Daniel Silbiger

VOODOO-PLANET

Düstere Visionen

Mystery

Band 2

my MORAWA

Illustration: Silvia Christoph
Schriftzug: Viktoria Gaugg

Verlag: myMorawa von Dataform Media GmbH, Wien
www.mymorawa.com

ISBN: 978-3-99129-340-8 (Paperback)
ISBN: 978-3-99129-339-2 (e-Book)

PRINTED IN AUSTRIA

Handlung, Kulisse und Figuren in diesem Buch sind frei erfunden und dienen der Unterhaltung. Namensähnlichkeiten, sofern sie vorkommen, sind zufällig und beziehen sich nicht auf reale lebende oder verstorbene Personen.

Prolog

Andover, England, 1942

Schwere Zeiten waren über das Land hereingebrochen, seit es sich im Krieg befand. Die tägliche Furcht vor dem, was noch kommen konnte, vergiftete die Atmosphäre und sorgte nicht nur im Herrenhaus von Arthur Cessler für erhitzte Gemüter und Frust, gepaart mit Verzweiflung und Trauer.

Von ihm als Oberhaupt der Familie wurde erwartet, die Dinge mit Fassung zu tragen und über allem zu stehen. Es lag nicht etwa daran, dass er besonders hart im Nehmen war, um diese Ereignisse zu verkraften. Vielmehr hatte er in seinem bisherigen Leben schon weit Schlimmeres durchgestanden.

Es war ein lauer Spätsommertag, an dem Arthur in seinem Arbeitszimmer saß und die Finanzunterlagen durchsah, was er sicherlich nicht gerne tat. Zahlen lagen ihm nicht und das Thema Geld sein ganzes Leben bestimmen zu lassen, widerstrebte ihm aufs Tiefste.

Der Grund war eindeutig seine Anspannung wegen der Umstände. Abraham war vor einigen Wochen glücklicherweise unversehrt aus seinem Kriegsdienst heimgekehrt. Doch jetzt war der Tag gekommen, an dem er wieder einrücken musste. Bei seinem Sohn James war das bereits vor einigen Wochen passiert.

Und dann war da noch Victor, der Verlobte seiner Tochter Regina, den Arthur in den vergangenen Jahren sehr liebgewonnen hatte. Sein Heimaturlaub überschnitt sich mit jenem von Abraham, sodass sie heute zusammen abreisten.

Wahrscheinlich ebenso bitter wie er selbst, litten Regina und Margaret unter dem Kriegseinsatz ihrer Verlobten. Was hätten sie wohl gegeben, um all dem ein Ende zu bereiten? An eine Hochzeit war für die beiden jungen Paare in dieser Situation nicht zu denken, zudem wollten sowohl Abraham als auch Victor sichergehen, dass ein Eheglück nicht unmittelbar danach durch tragische Ereignisse zerstört wurde. Daher hatten sie vor, erst zu heiraten, wenn der Krieg vorüber war.

Arthur fiel ein, dass auch Margarets Bruder Colin eingezogen worden war, ohne genau zu wissen wo. Der einzige Glückliche von ihnen war sein Schwiegersohn Roger, den seine Tochter Samantha bereits vor Kriegsbeginn geheiratet hatte. Er war in einer Rüstungsfabrik als Ingenieur tätig, was ihm den Kampfeinsatz ersparte.

Erfüllt von Abneigung dachte Arthur an seinen Einsatz im letzten Krieg zurück, aus dem er wie durch ein Wunder keine körperlichen Schäden davongetragen hatte. Die seelischen Verletzungen allerdings waren immens und bescherten ihm seither Albträume. Sie reihten sich ein in eine Serie aus Verlusten, Versagen und Zwängen, denen Arthur nicht entkommen konnte. In seinen dunkelsten Stunden gelang es ihm aber, die Erinnerungen an die schönste Zeit seines Lebens lebendig werden zu lassen. Seine Kindheit und Jugend, wie auch die ersten Jahre seines Erwachsenenlebens, in welchen er eine Freiheit erlebt hatte, die ihresgleichen suchte. Seit mehr als dreißig Jahren war es sein sehnlichster Wunsch, dorthin zurückzukehren, in die Geborgenheit, Sicherheit und Unbeschwertheit, die diese Zeit ihm geboten hatte. Ein Bedürfnis ohne Aussicht auf Erfüllung.

Es klopfte an die Zimmertür.

„Benedict, mein Lieber", rief Arthur erfreut. „Ein Funken Hoffnung in dieser Tristesse! Was führt dich zu mir?"

Sein ältester und treuester Freund Benedict Waunder trat mit einem schwachen Lächeln an den Tisch. Er hatte schon besser ausgesehen, dachte Arthur mitfühlend. Durch den Krieg war er zu Arthurs Leidensgenossen geworden, denn auch seine drei Söhne dienten in der Armee. Donnell, der jüngste davon, würde bald mit Abraham und Victor von einem Transport des Militärs abgeholt werden.

„Wie wahr, Arthur", erwiderte Benedict und hob seine Brille, um sich die Augen zu reiben. „Ohne dich wüsste ich bei Gott nicht, was ich tun sollte! Lucy spricht seit Monaten kaum ein Wort und scheint mir auch sehr mager. Es ist ein Jammer. Die Hölle ist über uns gekommen und ich habe keine Erklärung dafür."

„Kopf hoch, mein alter Freund", sagte Arthur sanft und klopfte Benedict auf die Schulter. „Es kommen wieder bessere Zeiten, darauf müssen wir bauen."

Benedict nickte betrübt und räusperte sich.

„Weswegen ich dich eigentlich aufsuche", setzte er an, „dein Sohn und deine Tochter verabschieden sich bereits. Wenn du dazustoßen möchtest, ist jetzt der richtige Zeitpunkt."

Arthur bedankte sich für die Information und eilte gemeinsam mit Benedict den Korridor entlang, die prunkvolle Treppe hinunter in die Eingangshalle. Am Tor angekommen, erblickte er sofort die Gruppe junger Leute auf der großen Terrasse, vor der sich der Vorplatz mit dem Springbrunnen erstreckte. In diesem Moment drängte sich auch die Sonne durch die Wolkendecke, als wollte sie ihnen Trost spenden.

Regina und Margaret hielten jeweils Victor und Abraham eng umschlungen, als würden sie sich weigern, sie jemals wieder loszulassen. Daneben stand Benedicts Sohn Donnell in Uniform und sah betreten zu Boden.

„Denk nicht zu sehr an das Schlechte", sagte Abraham zu Margaret. „Denk stattdessen an die schöne Zeit, die wir in den letzten Wochen hatten und den Tanz, den wir auf Vaters Empfang getanzt haben. Außerdem an die Hochzeit, die uns bevorsteht, sobald all das vorbei ist."

„Ich tue mein Bestes", sicherte Margaret zu und schniefte in ihr Taschentuch. „Schreib so oft du kannst, ja? Und nimm das Kreuz niemals ab! Es soll dich beschützen, hörst du?"

Abraham lächelte herzlich und küsste Margaret noch einmal.

Dann erblickte er Arthur.

„Pass auf dich auf, mein Sohn", sagte dieser besorgt.

„Das werde ich", versprach Abraham. „Dasselbe bitte ich dich und dass du Margaret zur Seite stehst. Ich würde sonst Mutter darum bitten, aber du weißt ja ..."

Arthur bejahte und hatte vollstes Verständnis. Als James abgeholt worden war, hatte sie eine opernhafte Szene geliefert, war aus dem Eingangstor gestürzt und hatte die Welt wissen lassen, sie sei die traurigste Mutter die man sich nur vorstellen könnte.

Heute bei Abraham beehrte sie sich nicht mal, überhaupt rauszukommen und Auf Wiedersehen zu sagen. Arthur wusste nur zu gut warum, doch dieser Grund schlummerte im Verborgenen und würde seinen Weg nie zu Abraham finden.

„Sie wird es gut haben", sagte Arthur zu. „Wir halten zusammen und werden es gemeinsam durchstehen. Umso schöner wird es sein, wenn wir endlich wieder vereint sind."

In diesem Moment fuhr das Militärfahrzeug vor und die Männer verabschiedeten sich endgültig, winkten ihnen noch zu, als sie in Richtung der Straße davonfuhren.

Margaret und Regina hielten sich in den Armen und blickten traurig in die Ferne.

„Verliert nicht den Mut", wollte Arthur sie trösten. „Sicher kommt ihr nächstes Schreiben bereits kommende Woche. Begleitet mich doch in den Teesalon und leistet mir Gesellschaft."

„Danke, Arthur", schluchzte Margaret und betrachtete den Verlobungsring, den Abraham ihr zum Geschenk gemacht hatte. „Ich bete jeden Tag für Abraham, Victor, James, Donnell und alle anderen."

„Dasselbe tue ich auch", hakte Regina ein. „Für irgendwas muss es ja gut sein."

Sie gingen vor und betraten begleitet von Benedict Waunder die Eingangshalle, wo sie den Weg zum Salon einschlugen.

Arthur verharrte einen Moment vor dem Tor und nahm einige tiefe Atemzüge.

Verschiedene Erinnerungen strömten durch seinen Kopf, an die Lieben, die er vor langer Zeit verloren hatte und die Hoffnung, nun nicht auch noch Abraham und James zu verlieren. Gleichzeitig musste er dringend das dunkle Geheimnis seiner Familie bewahren, auf das es längst seine halbe Dienerschaft abgesehen hatte.

Arthur fasste an seine Brust und spürte das Amulett unter seinem Frack. Irgendwann würde er herausfinden, wie alles zusammenhing, sagte er sich.

Und dann würde hoffentlich wieder alles gut sein.

Ohne Angst, ohne Intrigen – dafür mit Gewissheit.

Kapitel 1

Viele Jahre später

Sandra Brenton hielt schmerzerfüllt die Finger unter kühles Wasser, nachdem sie versehentlich den heißen Kessel auf dem Herd berührt hatte. Das Stechen ließ etwas nach, um kurz darauf wieder voll einzusetzen.

„Was ist denn passiert?", kam es aus dem Wohnzimmer. In der Stimme der alten Dame lag ein besorgter Unterton.

„Ist nicht so schlimm", rief Sandra. „Hab mich etwas verbrannt, aber es geht schon."

Sie war gewohnt, Wasser mit Strom aufzukochen, anstatt mit Gas auf dem Herd. Mit der schnellen Erhitzung hatte sie nicht gerechnet.

Die abendliche Dämmerung senkte sich allmählich über die Mendelaine Road. Draußen waren die Tiere und Insekten der Nacht zu hören, deren Laute sich mit dem Geräusch der leise rauschenden Blätter vermischten.

Sandra nahm einen Topflappen und griff nach dem Kessel, um Tee aufzugießen. Die heißen Dampfschwaden zogen an ihrem Gesicht vorbei, als sie das Wasser in die Kanne fließen ließ. Sie strich sich eine Locke ihrer dunkelblonden Haare nach hinten und setzte den Deckel zurück auf die Teekanne.

„Er ist gleich fertig", rief sie ins Wohnzimmer und ein leises „Mhm" erwiderte.

Sandra kannte ihre Nachbarin seit sie mit ihrer Familie in die Straße gezogen war. Sie mochte die alte Dame schon immer, denn sie war sehr nett und hatte ihr als Kind oft Süßigkeiten geschenkt.

Bis zum letzten Sommer hatte Sandra geglaubt, dass *Joanne Jenners* ein gemütliches und unbeschwertes Leben in ihrem Haus in der Mendelaine Road Nummer drei führte. Allerdings hatte sie dann etwas erfahren, das sie anfangs nur schwer glauben konnte.

Mrs. Jenners hieß in Wahrheit Margaret Cessler und gehörte zu jener Familie, deren Herrenhaus vor langer Zeit auf der großen Waldlichtung in einiger Entfernung der Straße gestanden hatte – bevor es in

Flammen aufgegangen war, die die ganze Familie in den Tod gerissen hatten.

Margaret lebte über Jahrzehnte in diesem Haus, ohne ihr Geheimnis irgendjemandem zu offenbaren. Sandra wusste, dass Margaret gute Gründe dafür hatte.

„Ich habe die Kräuterteemischung genommen", verkündete Sandra, als sie mit dem Tablett ins Wohnzimmer kam und es auf dem kleinen Ziertisch vor Margaret abstellte.

„Vielen Dank, Liebes."

Margaret richtete sich etwas beschwerlich auf und beugte sich nach vor. Ihr rundliches, blasses Gesicht lag in tiefen Falten, strahlte aber einen gewissen Lebensmut aus. Ihre schneeweißen Haare waren wie immer sorgfältig hochgesteckt und mit einer Spange fixiert.

Sandra reichte ihr eine Tasse und schenkte sich anschließend selbst ein. Während sie vorsichtig an der Kante nippte und den Tee auskühlen ließ, lauschte sie der Jazzmusik, die aus dem Radio kam.

„Ich finde es wirklich sehr freundlich von dir, dass du mir hilfst", sagte Margaret und schenkte Sandra einen Blick, der von Dankbarkeit und Herzlichkeit erfüllt war.

„Das macht mir doch keine Umstände", versicherte Sandra und nahm einen ersten Schluck vom Tee, der ihre Kehle mit angenehmer Wärme erfüllte. „Ich bin gerne für Sie da, wirklich. Mir vorzustellen, dass Ihnen sonst niemand hilft, halte ich nicht aus."

Margaret ließ ein schwaches Lächeln über ihre Lippen huschen und lehnte sich zurück in ihren gepolsterten Stuhl. Die dünne Sommerweste, die sie trug, war mit bunten Blumen bestickt.

Es war Sandra ein Bedürfnis, ihr bei alltäglichen Dingen zur Hand zu gehen, die für die alte Dame bereits sehr anstrengend sein mussten. Zwei bis drei Mal die Woche half sie Margaret beim Kochen, Waschen, Abstauben oder ging für sie einkaufen. Nach der Hausarbeit trank Sandra meistens noch Tee mit ihr und erzählte ihr davon, was es in ihrem Leben gerade Neues gab, oder hörte ihr zu, wenn sie aus ihrem eigenen langen Leben erzählte.

Sandra genoss diese Abende mit der alten Dame und übersah dabei nicht selten die Zeit, doch das störte sie nicht. Außerdem war es ihr ein

Anliegen, Margaret zurückzugeben, was sie und ihre Freunde ihr zu verdanken hatten.

Geholfen hatte sie ihnen vergangenen Sommer auf eine unbezahlbare Weise. Ihr Leben hatte sie gerettet, indem sie die Gefahr gewittert und die Polizei verständigt hatte. Nicht auszudenken, was sonst passieren hätte können!

Sandra verdrängte den Gedanken schnell wieder. Sie wollte nicht an den Wahnsinnigen denken, der sie letztes Jahr beinahe umgebracht hätte. Edmund Keyser, der zum Glück im Gefängnis saß und ihnen nicht mehr gefährlich werden konnte.

Zumindest nicht in absehbarer Zeit.

Sie sah zu Margaret hinüber, die mit entspanntem Gesichtsausdruck ins Leere blickte. Mit einer Hand strich sie über ein kleines, besticktes Deckchen, als würde sie sich dadurch geborgen fühlen.

„Soll ich am Wochenende wiederkommen?", erkundigte sich Sandra.

„Das wäre sehr liebenswürdig", sagte Margaret. „Aber nur, wenn du nichts Besseres vorhast. Ich möchte dich nicht von deinem eigenen Leben abhalten."

„Das tun Sie doch gar nicht." Sandra griff nach einem Keks und nahm einen weiteren Schluck Tee. „Es könnte bloß sein, dass ich in den nächsten Wochen nicht mehr so lange bleiben kann. Alex kommt nämlich morgen an, wissen Sie?"

Die alte Dame sah plötzlich besorgt drein.

„So?", fragte sie zurückhaltend. „Wie lange wird er hierbleiben?"

„Für sechs Wochen", antwortete Sandra. „Ihm geht es gut, Margaret. Wir kommen Sie sicher bald gemeinsam besuchen."

„Ich würde mich natürlich freuen", erklärte Margaret zögerlich. „Aber du weißt, dass es gefährlich für ihn sein kann, sich hier aufzuhalten. Ich wünsche euch beiden alle Zeit der Welt für die Zweisamkeit, aber gerade hier ..."

Sie brach ab, so als könnte sie es nicht aussprechen. Doch Sandra verstand genau, was sie meinte.

Margaret hatte sie bereits öfter vor dem gewarnt, was sich in dieser Straße metertief unter der Erde verborgen befand, insbesondere auf

Alex bezogen. Aber keiner konnte sich richtig ausmalen, was genau passieren würde, wenn Alex zurückkam und sich in der Nähe des Verstecks aufhielt, das hier lag.

„Ich kann Sie beruhigen", setzte Sandra an und stellte ihre leere Tasse ab, „bisher ist alles in Ordnung bei ihm. Er hatte keine ..." Sandra hielt inne, weil es sich so komisch anfühlte, es zu sagen. „Er hat keine *Visionen* oder Albträume. Wir sind ständig in Kontakt, er hätte es mir sicher erzählt."

Margaret sah beunruhigt drein und schien nach den richtigen Worten zu suchen.

„Ich wünsche ihm, dass er nicht dasselbe erleiden muss wie ich." Die alte Dame knetete unruhig ihre Finger.

„Wir werden aufpassen", versicherte Sandra. „Und das Versteck betreten wir sowieso nicht mehr, das haben wir uns letztes Jahr geschworen!"

In Margarets Gesicht lag ein Ausdruck von anhaltender Besorgnis. Sie sagte aber nichts mehr, sondern nickte nur.

„Darf ich Ihnen Tee nachschenken?"

Sandra griff zur Kanne, die inzwischen abgekühlt war. Margaret nickte, reichte Sandra die Tasse und wandte dann geistesabwesend den Kopf auf ihre andere Hand, mit der sie weiterhin über das Stofftuch strich.

Als Sandra ihr die Tasse zurückreichte, wirkte Margaret wie aus einem Traum erwacht.

„Ist das ein Erbstück von Ihnen?", erkundigte sich Sandra und versuchte zu erkennen, was auf das Tuch drauf gestickt war.

„Nein", antwortete Margaret schwach. „Nicht direkt."

Sie ließ ihre Finger darauf ruhen, als ob sie es einfach nur fühlen wollen würde. Sandra hatte den Eindruck, dass die alte Dame vielleicht nicht wollte, dass sie es sah. Deshalb hielt sie sich zurück und wartete darauf, dass Margaret das Wort ergriff. Doch diese starrte nur ruhig geradeaus und trank von ihrem Tee.

„Nun ja", meinte Sandra nach einem Blick auf die Uhr, „wenn Sie für heute nichts mehr brauchen, würde ich jetzt gehen. Ich habe John gesagt, dass ich noch kurz bei ihm vorbeischaue."

„Danke, Sandra." Die alte Dame sah sie wohlwollend an. „Geh ruhig, ich brauche heute nichts mehr."

Sandra erhob sich und stellte ihre Tasse in die Spülmaschine in der Küche.

„Dann noch einen schönen Abend, Margaret", wünschte sie ihr. „Wenn Sie mich brauchen, meine Nummer haben Sie ja."

Die alte Dame nickte und winkte ihr lächelnd mit jener Hand, die zuvor auf dem Deckchen auf der Lehne gelegen hatte, sodass das Muster darauf zum Vorschein kam.

Sandra erkannte einen Buchstaben, der groß und kunstvoll in die Mitte gestickt worden war. Bevor sie ihn genauer betrachten konnte, hatte Margaret ihre Hand erneut darauf abgelegt und Sandra ging durch den Vorraum zur Haustür.

Sie trat auf die Veranda, wo sie die milde Abendluft einatmete und ans Geländer neben der Treppe trat. Sie blickte hinüber zu Johns Haus. Aus einigen Fenstern im Erdgeschoß drang Licht.

Annie und Rob sollten auch schon dort sein, dachte Sandra und ging gemächlich durch Margarets Vorgarten zum Gehsteig.

Die Mendelaine Road wirkte ruhig und friedlich, wie an jedem Abend. Immer wieder huschten Schatten über die Fassaden der Häuser, die durch das ständige Schwirren von Insekten um das Licht der Straßenlaternen zustande kamen.

An der Gehsteigkante hielt Sandra inne und verschränkte die Arme vor der Brust. Sie holte tief Luft und blickte sich um.

Zahlreiche Gedanken strömten durch ihren Kopf, ausgelöst durch die Vorfreude, die sie empfand.

Die meiste Zeit hatte sie starke Sehnsucht nach Alex, mit dem sie seit dem letzten Sommer eine Fernbeziehung führte. Sie konnte es kaum erwarten, dass er morgen endlich wiederkam und sie mehrere Wochen miteinander Zeit verbringen konnten!

Sie dachte daran, wie es gewesen war, ihn das erste Mal in Amerika zu besuchen. Seine Familie hatte sie überaus freundlich aufgenommen, fast so, als gehörte sie schon seit Jahren dazu. Sie hatte es geliebt, gemeinsam mit seinen Eltern Wochenendausflüge zu machen und mit seinen Geschwistern zusammen in die nächste größere Stadt zu fahren.

Aber das Schönste war es gewesen, ganz nah bei Alex zu sein. Hand in Hand mit ihm durch die Nachbarschaft zu spazieren, Eis essen zu gehen und sich jeden Tag an ihn zu kuscheln.

Obwohl es erst drei Monate her war, kam es ihr unerträglich lange vor. Sie zählte die Stunden herunter, bis sie ihm endlich wieder um den Hals fallen konnte.

Sie hatten noch gar keine richtigen Pläne, was sie diesen Sommer alles unternehmen würden. Im Moment war Sandra das auch ziemlich egal. Das Wichtigste war, dass er da sein würde!

Dann dachte sie unweigerlich an Margarets Erzählungen. Von mysteriösen Visionen, die sie über viele Jahre gehabt hatte und vor denen sie Alex und die anderen schon so oft gewarnt hatte.

Was hatte es damit auf sich?

Alex hatte nichts Derartiges erzählt und sie konnte sich auch nur schwer etwas darunter vorstellen. Trotzdem konnte sie ihre Sorgen darüber nicht aus der Welt schaffen. Und nachdem sie die Erlebnisse des letzten Sommers auch nie für möglich gehalten hätte, hatte sie irgendwie das Gefühl, dass Margarets Ängste nicht unbegründet waren. Selbst wenn sie es nicht weiter erklären konnte. Seufzend überquerte sie die Straße und ging durch Johns Vorgarten.

„Hi, Sandra", begrüßte er sie erfreut an der Tür. „Schön dass du da bist. Komm rein!"

Sie folgte ihm durch den langen Korridor in den hinteren Teil des Hauses, wo Annie und Rob bereits auf dem Sofa im Wohnzimmer saßen. Gleich gegenüber saß Robs Mutter Linda. Sie trug eine bequeme Jogginghose und Hausschuhe, als ob sie eine Mitbewohnerin wäre.

In gewisser Weise war sie das ja, dachte Sandra fröhlich und setzte sich zu Annie und Rob, während John neben Linda Platz nahm und ganz natürlich den Arm um sie legte.

„Wie geht's dir, Linda?", erkundigte sich Sandra. „Hast du dich schon eingelebt?"

Linda begann zu lachen und ihre ohnehin schon strahlend blauen Augen schienen noch mehr zu leuchten.

„Es ist okay", meinte sie scherzhaft. „Wie die Küchenmaschine funktioniert, habe ich jetzt halbwegs raus. Nur mit der Suche nach dem richtigen Fernsehsender muss ich mich immer wieder ärgern – die Sender sind alle anders angeordnet als bei mir."

Scherzhaft vorwurfsvoll sah sie zu John hinüber.

„Gib nicht mir die Schuld", sagte er mit gehobener Hand. „Ich hab dir gesagt, du kannst mich jederzeit fragen."

„Ich weiß, Schatz", sagte Linda und küsste ihn auf die Wange. „Bloß, dass du es selbst meistens nicht weißt."

Der Anblick der beiden gab Sandra jedes Mal aufs Neue ein Hochgefühl. Sie waren nur kurz nach Alex' Abreise letztes Jahr offiziell ein Paar geworden und verhielten sich immer noch wie frisch verliebt. Offenbar waren sie das auch, selbst wenn bald ihr erster Jahrestag anstand, dachte Sandra.

„Jedenfalls räume ich das Feld ab morgen für ein paar Wochen", erklärte Linda. „Damit ihr das Haus ganz für euch habt, so lange Alex und sein Freund hier wohnen."

„Wann genau kommen sie noch mal an?", fragte Rob.

„Morgen Mittag", antwortete John. „Sandra und ich fahren sie abholen."

„Was habt ihr denn so alles vor?", fragte Linda neugierig.

„Jeden Tag nur knutschen, ist doch klar", übernahm Annie das Antworten und wurde dafür von Sandra in die Seite geknufft. „Ihr müsst aufholen, was ihr seit letztem Sommer nicht konntet, oder?"

„Sei nicht albern", erwiderte Sandra schmunzelnd. „Aber im Grunde hast du leider recht. So eine Fernbeziehung ist hart."

„Wann hast du das letzte Mal mit ihm gesprochen?", wollte Annie wissen.

„Heute Nachmittag", räumte Sandra ein. „Obwohl er morgen schon da sein wird, fühlt es sich an, als wären es noch Wochen! Ich kann es gar nicht richtig glauben."

„Ihr habt euch sicher wieder zehntausend Mal gesagt, wie sehr ihr euch vermisst", spekulierte Annie und kicherte.

„Na und?" Sandra sah ihre Freundin mit erhobenem Haupt an. „Am liebsten würde ich ihn noch zehn Mal anrufen bis morgen, aber dann kommt er vielleicht nicht zum Packen."

Die anderen lachten.

„Ich freue mich auch darauf, Josh kennenzulernen", wechselte Annie das Thema und wandte sich an Rob. „Wieder ein Neuer, den du durch die Stadt führen kannst."

„Du sagst es", erwiderte Rob zufrieden. „Auf jeden Fall eine nette Gelegenheit."

„Er dürfte sich von diesem Unfall völlig erholt haben, nicht?", fragte Linda. „Zum Glück!"

„Ja, das hat er", sagte John. „Ein richtiges Wunder, muss man schon sagen. Aber Alex hat es oft genug betont. Das Einzige, das er behalten hat, dürfte eine Narbe am Hals sein."

„Nach dem, was Alex erzählt hat, muss Josh ein lustiger Typ sein", meinte Annie freudig. „Dann passt er doch perfekt zu uns, was?"

Rob bestätigte mit einem Nicken.

„Ja", erwiderte Sandra mit angespannter Miene. „*Josh*."

Inmitten ihrer Euphorie stockte sie und dachte an den besten Freund von Alex. Sie erinnerte sich nur zu gut, wie verzweifelt er gewesen war, als er glaubte, Josh würde sterben und wie er anschließend aufgeblüht war, als er erfahren hatte, dass es ihm besser ging und er wieder auf die Beine kommen würde.

Sandra fand es großartig, dass es Josh wieder ging wie vorher und damit auch Alex. Und sie fühlte sich fast schuldig, wenn sie sich wünschte, Josh würde nicht zusammen mit Alex herkommen.

Sandra wusste, wie eng die beiden befreundet waren und wie viel Zeit sie zuhause miteinander verbrachten. In der Schule, am Sportplatz, am Wochenende ... genau wie bei ihr selbst und Annie, die sie sich niemals aus ihrem Leben hätte wegdenken können. Am liebsten hätte sie Annie mit nach Michigan genommen.

Der Unterschied war nur, dass Alex und Annie sehr gut miteinander auskamen. Sandra spürte, wie sich ihr Kiefer anspannte, als sie – wieder einmal – realisieren musste, dass sie Josh nicht ausstehen konnte! Und sie wusste, dass es umgekehrt nicht anders war.

Man konnte nicht sagen, dass es von dem Moment an so war, als sie sich das erste Mal gesehen hatten. Aber es hatte auch nicht lange auf sich warten lassen ...

„Das klingt ja nicht gerade begeistert", stellte John fest. „Ist zwischen Josh und dir etwas vorgefallen?"

Sandra schnaubte und verdrehte die Augen.

„Ich kann es nicht genau erklären", antwortete Sandra. „Seine Art ist so abweisend mir gegenüber. Als ich dort war hat er mir immer, wenn wir uns gesehen haben, das Gefühl gegeben, als wäre ich überflüssig und würde Alex den Kopf verdrehen."

„Das tust du ja auch", warf Annie kleinlaut dazwischen.

„Hör doch auf!", meinte Sandra genervt. „Das war noch nicht mal alles. Er ist so ein Typ, der offenbar ständig Aufmerksamkeit braucht. Jeden Tag, wenn Alex und ich Zeit zu zweit verbringen wollten, kam er vorbei und wollte irgendwas unternehmen. Das kam mir beinahe wie Absicht vor."

„Ich kann verstehen, dass dir das nicht gefallen hat", sagte Linda beruhigend. „Allerdings denke ich, dass das einfach nur Gewohnheit ist. Immerhin machen sie das sonst ständig, nach der Schule. Das solltest du nicht auf dich beziehen."

„Dem kann ich nur zustimmen", meinte auch John zu Sandra. „Lass dich nicht von Josh kränken, ich habe ihn das erste Mal bei einem Besuch bei meiner Familie gesehen, als er ein Kind war und sich gerade mit Alex angefreundet hat. Seine Art war immer schon aufmüpfig und dickköpfig, das meint er nicht böse. Auch Alex war früher so, seit dem Unfall ist er erwachsener geworden. Fakt ist, du bist Alex' Freundin und er steht zu dir, das weiß ich. Also steht euch auch nichts im Weg. Lass den Sommer einfach auf dich zukommen, so schlimm wird's nicht werden."

„Außerdem bleibt er ja nur drei Wochen, oder?", warf Rob ein. „Danach hast du immer noch drei Wochen mit Alex allein."

Sandra zuckte mit den Schultern. „Wahrscheinlich habt ihr recht."

„Was ist eigentlich mit dir und Emily?", fragte Annie dann vorsichtig. „Habt ihr noch mal miteinander gesprochen?"

Anklagend sah Sandra ihre Freundin an und atmete scharf aus.

„Nein, haben wir nicht", erklärte sie trocken. „Wenn sie es nicht für nötig hält, sich bei mir zu entschuldigen, dann soll sie bleiben wo auch immer!" Besorgt legte Annie ihr eine Hand auf die Schulter.

„Ihr redet schon monatelang kein Wort mehr", führte sie aus. „Meinst du nicht, es ist Zeit, diese Sache hinter euch zu lassen?"

„Wenn sie sich bei mir entschuldigt, dann gerne", beharrte Sandra darauf. „*Sie* hat sich danebenbenommen, nicht ich!"

„Ich nehme an, ihr wollt uns nicht darüber aufklären, was los war und einen Ratschlag von Erwachsenen annehmen?", meinte Linda erwartungsvoll.

„Danke, das ist nicht nötig", lehnte Sandra ab. „Wie schon gesagt, es liegt an Emily. Sie ist daran schuld, dass unsere Freundschaft zerbrochen ist. Also liegt es auch an ihr, die Sache wieder ins Reine zu bringen."

Linda schien Sandras klare Worte verstanden zu haben und sagte nichts mehr.

„Komm schon", hakte Annie nach. „Eigentlich war es doch nichts weiter als ein blöder kleiner Streit."

„*Klein* nennst du das?", fuhr Sandra auf. „Sie hat versucht, mich zu *erpressen*! Das ist vieles, aber sicherlich keine Kleinigkeit!"

Annie sah zu Rob und erhoffte sich offenbar Unterstützung, doch Rob gab mit einer Hand zu verstehen, dass er sich lieber nicht einmischen wollte, wenn Sandras wunder Punkt berührt wurde.

„Ich glaube, das war ein Missverständnis." Annie gab nicht auf. „Sie meinte es nicht so, sie war einfach wütend und hat nicht nachgedacht."

„Ach wirklich?" Sandra sah Annie böse an. „Warum ist sie dann nicht längst draufgekommen und hat sich entschuldigt? Hast du noch viel Kontakt mit ihr?"

„Ich ... nein", gestand Annie und senkte den Kopf. „Seit eurem Streit meidet sie mich auch."

„Na bitte! Das zeigt doch, was für eine tolle Freundin sie ist. Hatte einen Krach mit mir und lässt es an dir aus. Gar nicht weit entfernt von Melissa! Wahrscheinlich hat sie sich längst ihrem blöden Clan angeschlossen und erzählt Melissa und den anderen alle Geheimnisse über mich, die ich ihr anvertraut habe. Ich könnte sie erwürgen!"

„Das weißt du doch gar nicht", versuchte Annie zu beschwichtigen. „Und ich glaube es auch nicht, so ist Emily nicht."

„Wer weiß? Ich hätte auch niemals gedacht, dass sie jemals so zu mir sein und mich erpressen würde", meinte Sandra verärgert. „Aber wenn sie irgendwann die Seiten wechseln sollte, dann war's das auf jeden Fall!"

„Was wäre denn verloren, wenn sie es Alex erzählen würde?", fragte Annie unbeeindruckt.

„Es geht ums Prinzip!", stellte Sandra klar. „Außerdem wäre es mir peinlich."

„Worum geht es überhaupt?", wollte John wissen, der die ganze Zeit über verwirrt der Unterhaltung zugehört hatte.

„Nicht so wichtig", winkte Sandra schnell ab. „Ums Prinzip, wie ich gesagt habe!"

Annie lehnte sich zurück und sah offenbar ein, dass es keinen weiteren Sinn hatte.

„Na gut", setzte Linda an und erhob sich aus dem Stuhl, „ich werde mich mal ins Bad begeben und meine Sachen für den Umzug morgen einpacken. Wir sehen uns, Sandra! Rob, vergiss nicht das Licht abzudrehen, wenn du später nachhause kommst."

„Nein, Mum", gab Rob stöhnend zurück und schüttelte den Kopf.

„Bis dann, gute Nacht! Du kommst später nach, Schatz?" Sie gab John einen Kuss. Er nickte fröhlich und winkte ihr, als sie im Korridor zur Treppe verschwand.

„Ihr beide seid ja wirklich verboten glücklich", sagte Annie schmunzelnd zu John. „Ich glaube, bald wird die Mendelaine Road nur mehr *Die Straße der glücklichen Paare* genannt werden."

Sie kuschelte sich an Rob, der einen Arm um sie legte und sie auf den Kopf küsste.

„Ob du es glaubst oder nicht", erwiderte John gelassen, „vor ein paar Tagen hatte ich sogar die Idee für einen Liebesroman - das Schlimmste, das es gibt!"

„Ich würde ihn sofort lesen", sagte Sandra und hob die Hand. „Vielleicht würde er dein erfolgreichstes Buch werden."

John musste lachen.

„Möchtet ihr noch was trinken?" Er ging in die Küche, goss dort Tee auf und schenkte Saft für die anderen drei ein.

„Wie sind eigentlich eure Abschlussprüfungen gelaufen?", erkundigte er sich dann. „Die waren doch irgendwann in letzter Zeit?"

„Frag lieber nicht", winkte Rob ab.

„Ach du!", fuhr Annie ihm drüber und stieß ihn mit ihrem Ellbogen. „Wahrscheinlich hast du ohnehin wieder überall Bestnoten. Dein Professor muss für deine Prüfungen in Geschichte und Geographie sicher darum ansuchen, eine noch bessere Note als A vergeben zu dürfen."

„Und ob", stimmte Sandra ihr zu. „Ich hoffe nur, ich habe Mathe nicht verhauen."

„Und ich Naturwissenschaften", meinte Annie und knabberte an ihrer Unterlippe.

„Ich bin sicher, ihr habt es alle geschafft", sagte John ermutigend. „So viel wie ihr gelernt habt!"

„Danke", meinte Sandra, „bald wissen wir es. Aber daran versuche ich gerade nicht zu denken, erst mal nur an die Zeit mit Alex."

„Ich würde vorschlagen, wir bleiben diese Woche auf jeden Fall hier, damit sich die beiden einleben und an die Zeitumstellung gewöhnen können", sagte John. „Nächste Woche, wenn eure Ferien begonnen haben, könnten wir für ein paar Tage nach London fahren oder auch irgendwo an die Küste. Was meint ihr?"

„Ja gerne", übernahm Sandra das Wort und dachte nach. „Aber mein Geburtstag ist nächsten Freitag, den würde ich gerne hier feiern, so wie letztes Jahr. Auch diesmal dürfen meine Eltern nichts davon wissen, Leute!"

Sie sah verstohlen und mit einem Finger an der Lippe zu Annie und Rob.

„Hey, haben wir dich letztes Jahr etwa verraten?" Annie tat empört.

„Ich wollte nur sichergehen", stellte Sandra klar und wandte sich wieder an John. „Und auch die Woche danach würde ich gerne hier sein und die sturmfreie Zeit zuhause ausnutzen, also vielleicht könntet ihr ohne Alex und mich fahren und Josh gleich mitnehmen?"

Gespannt wartete sie auf die Reaktion der anderen.

„Du willst uns loswerden?" Jetzt fing auch Rob mit der scherzhaften Empörung an.

„Na, vielen Dank!“, legte Annie nach und spielte beleidigt.

„Ihr wisst was ich meine!“ Sandra sah ihre Freunde eindringlich an. „Alex und ich können mit dem Zug nachkommen, wo immer ihr seid, wenn meine Eltern zurück sind. Aber ich möchte gerne so schnell wie möglich ein bisschen Raum nur für Alex und mich haben. Das ist mit Josh nun mal schwer möglich.“

„Ich würde sagen, das bereden wir alles, sobald die beiden angekommen sind“, warf John ein. „Du kannst ihnen deine Idee ja vorschlagen.“

Sandra nickte und trank von ihrem Orangensaft. Eine Woche mit Alex allein, wenn noch dazu ihre Familie außer Haus war, kam ihr sehr verlockend vor. Wenn sie am Ende John und den anderen nachreisen würden, wären es ohnehin nur noch ein paar Tage, bis Josh zurück nach Michigan flog. Das würde sie aushalten, dachte Sandra zufrieden.

„Eine Sache wäre da aber noch zu klären“, setzte Annie an und unterbrach Sandras romantische Vorstellungen vom kommenden Sommer. Gespannt sah sie ihre Freundin an.

„Alex hat Josh doch sicher nicht von ... dieser Sache letztes Jahr erzählt?“, fragte Annie mit angespanntem Blick und deutete auf den Teppich zwischen der Sitzgarnitur. „Also von dem Globus, meine ich.“

Sandra schüttelte den Kopf.

„Nein, natürlich nicht“, winkte sie ab und redete jetzt leiser. „Das hatten wir ja abgemacht. Auch Linda weiß nichts vom Globus. Und Emily wenigstens nichts von seiner Wirkung. Zum Glück, denn das hätte sie inzwischen sicher auch schon überall rumerzählt!“

„Jetzt lass doch mal Emily aus dem Spiel!“, verlangte Annie etwas genervt. „Jedenfalls frage ich mich, was wir Josh erzählen sollen, wenn er neugierig wird? Sollen wir Linda sagen, dass sie vor ihm kein Wort über das Versteck verlieren soll?“

„Davon weiß er längst“, winkte Sandra ab und seufzte. „Alex hat ihn eingeweiht, als er ihm von der Sache mit Keyser erzählt hat. Josh hat mich auch ständig ausgefragt, als ich dort war. Ob ich dabei war, als Keyser Alex fast umgebracht hat, was ich gesehen habe und so weiter. Wie ein kleiner Junge, echt! Wie mein Bruder. Als ob es nur irgendein Actionfilm gewesen wäre, den er noch nicht gesehen hat.“

„Bei solchen Dingen werden die meisten Leute neugierig", meinte Rob schulterzuckend. „Samuel und die anderen aus der Straße wollten auch alles genau erfahren. Und ihr wisst wie schwierig es bei denen war, eine einheitliche Geschichte zu erzählen, ohne den Globus und das Versteck zu erwähnen."

„Wie war die noch mal?", fragte Annie leicht beschämt. „Ist schon so lange her, seit ich sie das letzte Mal jemandem erzählen musste."

Sandra, Rob und John wollten gleichzeitig antworten, ehe sie Rob das Wort gaben.

„Na, dass John aus Keysers Haus geflohen und in den Wald gelaufen ist, um sich zu verstecken", führte er aus. „Weil es zu offensichtlich gewesen wäre, wenn er sich in seinem Haus versteckt hätte. Und dass Alex zufällig zur selben Zeit dorthin wollte, um etwas zu holen und Keyser ihn dort überrascht hat, weil er dachte, John sei in sein Haus geflüchtet. Wir waren mit Alex mit, wollten aber nicht hinein, sondern einen kurzen Spaziergang in den Wald hineinmachen, wo wir auf John getroffen sind."

„Das ist zumindest die Variante, die wir der Polizei erzählt haben", fügte Sandra hinzu. „Die, in der das Versteck nicht erwähnt wird und die wir deshalb auch allen anderen erzählt haben, die nichts vom Versteck wissen. Aber Linda und Emily haben wir die andere Variante aufgetischt, die auch Josh von Alex kennt."

„Ach so, die meinst du", erinnerte sich Rob. „Dass Keyser vom Versteck erfahren hat und hoffte, dort irgendeinen Cessler-Schatz zu finden, was John ihm vereitelt hat."

„Genau", übernahm Sandra. „Deshalb hat er ihn entführt und, nachdem er entkommen ist, bis ins Versteck verfolgt, wo auch wir gerade waren, um nach John zu *suchen*. Er hat Alex anschließend hier ins Haus geschleppt, als Druckmittel, weil er dachte, wir würden ihm etwas verheimlichen und es ihm auf diese Art verraten. Wir sind durch einen Zweitausgang entkommen und Margaret hat die Polizei verständigt."

„Sollte nicht so schwer sein, das aufrechtzuerhalten", fand Rob. „Nachdem wir seit fast einem Jahr alle belügen mussten. Die Nachbarn, die Polizei, das Gericht bei Keysers Prozess."

„Uns bleibt keine andere Wahl", erinnerte ihn Sandra. „Und die Wahrheit würde uns sowieso keiner glauben."

„Eben", erwiderte Rob. „Es ist eine Notlüge."

„Dann ist ja alles klar", sagte John und klang dabei sehr selbstsicher.

Sandra sah auf die Uhr. Es war bereits kurz vor elf.

„Okay, ich werde dann gehen", verkündete sie und stand auf. „Zwar fällt die Schule morgen für mich aus, aber der Flughafen wartet." Sie zwinkerte den anderen zu.

„Du schlimmes Ding", witzelte Annie mit erhobenem Zeigefinger. „Einfach so die Schule zu schwänzen."

„Ich habe einen guten Grund", widersprach Sandra bestimmt. „Sogar meine Eltern haben es erlaubt und mich für morgen entschuldigt."

„Wir fahren um zehn", wies John sie darauf hin, als er die drei zur Tür begleitete. „Nur um sicherzugehen und Alex und Josh nicht unnötig warten zu lassen."

„Super, ich werde da sein!" Sandra trat aus dem Haus. „Bis morgen, John. Ich wünschte, ich könnte die Zeit beschleunigen!"

„Schlaf beschleunigt die Zeit", meinte Annie. „Probier's mal aus!"

„Was würde ich ohne deine Ratschläge tun?", gab Sandra mit ironischem Unterton zurück.

„Gute Nacht, ihr drei", wünschte John. „Morgen Abend bei der Barbecue-Party haben wir hier volles Haus. Ich hoffe, ihr seid alle da?"

„Soll das eine Frage sein?"

Rob winkte John, der lachend den Kopf schüttelte und die Tür hinter ihnen schloss. Nebeneinander gingen sie die Straße entlang in Richtung der aufsteigenden Hausnummern.

„Ich glaube, das wird der beste Sommer überhaupt", sagte Annie erfreut. „Alex geht es von Beginn an gut, ihr seid zusammen und es gibt keinen Brutalo, der uns bedroht."

Bei diesen Worten stockte Sandra.

Eben gingen sie an Nummer neun vorbei, das auf der anderen Straßenseite lag wie ein Geisterhaus. Obwohl sie nie drin gewesen war, wusste sie aus Johns Schilderungen wie widerlich es war, nachdem Keyser ihn dort vier Tage festgehalten hatte.

„Glaubt ihr, dass wieder jemand darin wohnt?", fragte sie ihre Freunde verängstigt.

„Wenn ja, dann offenbar jemand, der Helligkeit verabscheut", stellte Rob in den Raum und sah ebenfalls über die Straße zu dem Haus, das völlig im Dunkeln verschwunden wäre, hätte die Straßenlaterne ein paar Meter weiter nicht etwas Licht darauf geworfen.

„Ich glaube nicht", erwiderte Annie nachdenklich. „Es gehört doch Keyser, oder? Er wird es wohl kaum aus dem Gefängnis heraus vermietet haben. Und wer würde schon in das schäbige Haus eines Verrückten ziehen wollen?"

Sandra gab keine Antwort. Sie ließ ihren Blick über die Fassade des Hauses von oben nach unten wandern.

Täuschte sie ihre Wahrnehmung, oder drang aus dem Schlitz eines Fensters im ersten Stockwerk ein schmaler Lichtstreifen? Ein kalter Schauer durchfuhr sie und sie schluckte.

„Kommt, gehen wir nachhause", hielt sie ihre Freunde an und schritt voraus.

„Ich habe jedenfalls das ganze Jahr über niemanden raus- oder reingehen sehen", berichtete Rob. „Glaube nicht, dass jemand monatelang ohne Essen auskommt. Es kann nur leer stehen."

Sie waren bei Sandras Haus angekommen, wo in einem Fenster oben noch Licht brannte.

„Also dann", setzte Sandra an, „gute Nacht und wir sehen uns morgen Nachmittag! Ihr könnt ja für mich mitschreiben, wenn es etwas Wichtiges gibt."

Annie antwortete scherzhaft mit einem Militärgruß und auch Rob verabschiedete sich. Während Sandra die Straße überquerte und durch den Vorgarten voller Rosen auf ihre Veranda zuging, gingen Annie und Rob Hand in Hand weiter die Straße hinauf.

Im Haus war bereits Nachtruhe eingekehrt. Ricky musste längst schlafen und ihre Mutter las höchstens noch etwas, wenn sie nicht bei offenem Buch eingeschlafen war, dachte Sandra schmunzelnd.

Leise holte sie ein Glas Wasser aus der Küche und begab sich dann die Treppe hinauf in ihr Zimmer.

Die Magnettafel neben ihrem Schreibtisch war zum Großteil voll mit Bildern von Alex und ihr vom letzten Sommer, aber auch von ihrem Besuch in Michigan.

Sandra sah auf ihr Handy, ob vielleicht eine Nachricht von Alex gekommen war, doch es gab keine. Wahrscheinlich war es überflüssig, ihm noch mal zu schreiben, dachte sie, während sie das Fenster öffnete. Morgen würden sie sich ohnehin sehen.

Ein angenehm warmer Sommerwind wehte Sandra entgegen und ließ einige ihrer Haarlocken nach hinten flattern. Vor einem Jahr hatte das Wetter in Großbritannien und ganz Europa völlig verrückt gespielt und niemand hatte es sich erklären können, erinnerte sie sich. Es hatte Wochen gedauert, bis sie die Ursache herausgefunden hatten. Und noch einige Wochen mehr, bis sie es endlich realisieren hatten können.

Seither musste Sandra bei jeder Naturkatastrophe und jeder Wetterschwankung auf der Welt immer wieder an den Globus denken. Alex und den anderen ging es ähnlich. So sehr sie auch versuchten, diese Ängste aus ihrem Alltag zu verdrängen.

Als sie kurz vor Mitternacht endlich in ihrem Bett lag und versuchte einzuschlafen, kreisten erneut die vielen Gedanken in ihrem Kopf herum. Die Vorfreude auf Alex, die durch Josh etwas gedämpft wurde. Die Sehnsucht nach der Zweisamkeit, von der sie hoffte, dass sie genug davon bekommen würden. Die Pläne, die sie sich bereits zurechtgemacht hatte. Das unangenehme Gefühl, das sie jedes Mal überkam, wenn sie an Keysers Haus vorbeiging. Und die Angst davor, Margarets Warnungen vor einer Verbindung zwischen Alex und dem Globus – so verrückt das auch klang – wären ein ernsthaftes Problem und würden den Sommer in ein Desaster verwandeln.

Hoffentlich würde alles gut gehen, dachte sie insgeheim.

Kapitel 2

Es war ein surreales Gefühl, das Alex verspürte, als das Flugzeug zur Landung ansetzte. Tageslicht stach ihm durch die runden Fenster in die Augen und er streckte sich gähnend in seinem Sitz. Viel geschlafen hatte er nicht, obwohl es Abend gewesen war, als die Eltern ihn und Josh zum Flughafen gebracht hatten.

Durch die Zeitumstellung hatten sie die Nacht schnell hinter sich gelassen, und die Vorfreude auf Sandra, John und alle anderen machten es Alex schon seit mehreren Wochen nahezu unmöglich, Ruhe zu finden. Auch jetzt, wo die Landebahn des Flughafens immer näherkam, und er wusste, dass er in etwa einer halben Stunde Sandra in die Arme schließen konnte, pulsierte die Aufregung durch seinen Körper. Als ob immer noch Hindernisse vor ihm lägen, die er überwinden musste, um endlich an dem Ort anzukommen, den er im August zuvor verlassen hatte.

Josh hatte neben ihm im Fenstersitz gedöst und blinzelte nun verschlafen dem Sonnenlicht entgegen. Das Rumpeln durch die Landung schien ihn wachgerüttelt zu haben.

„Oh, wow", stieß er hervor und richtete sich auf, um hinauszusehen. „Kaum eine Wolke am Himmel, sieh mal."

Alex lächelte zufrieden.

„Wenn das mal kein gutes Zeichen ist", meinte er und prüfte, ob er alles in seine Reisetasche gepackt hatte.

„England freut sich, dass wir da sind, nicht wahr?" Josh grinste zuversichtlich und sah nach, ob sein Rucksack geschlossen war.

„Darauf würde ich wetten!"

Alex sah das Flughafengelände vor den Fenstern vorbeiziehen und lauschte der Durchsage, die das Ende der Reise verkündete.

Joshs blonder Kurzhaarschnitt reflektierte die Sonne und schillerte hell. Er trug ein offenes dunkles Hemd mit aufgesteckten Ärmeln über einem schwarzen T-Shirt und ausgebleichte Jeans. Zudem hatte er einige Armbänder, darunter manche mit verschiedenen Sprüchen wie *You Only Live Once*, andere aus Stoff oder mit kleinen Anhängern.

„Wie lange fährt man noch mal zu deinem Onkel?", erkundigte er sich, während er sein Handy einschaltete und nachsah, ob er Empfang hatte.

„Etwa anderthalb Stunden", erklärte Alex. „Vielleicht auch schneller, wenn wenig Verkehr ist. Es ist Donnerstagmittag, also wahrscheinlich, dass wir nicht im Stau landen."

„Sehr gut, möchte mich nämlich etwas aufs Ohr hauen, wenn wir da sind", verkündete Josh und schwenkte den Kopf hin und her. „Damit ich für die Party heute Abend fit bin und ordentlich reinhauen kann."

„Kannst du gern machen", meinte Alex. „Dann haben Sandra und ich etwas Zeit füreinander."

Bei diesem Namen schien Joshs Gesicht für einen Augenblick zu versteinern, ehe er mit den Achseln zuckte.

„Klar", sagte er unberührt und sah wieder auf sein Handy.

Alex seufzte und löste seinen Sicherheitsgurt, nachdem das Anschnallzeichen erloschen war und die ersten Leute begannen, ihr Handgepäck aus den Ablagen zu nehmen.

Er wusste nicht, was es war. Josh hatte immer abgestritten, wenn Alex ihn gefragt hatte, ob er etwas gegen sie hätte, doch seit Sandra und er sich kennengelernt hatten, wurde er das Gefühl nicht los, dass sein bester Freund nicht ganz einverstanden mit seiner Beziehung war.

Auch Sandra hatte Alex schnell zu verstehen gegeben, dass sie es vorzog, wenn Josh nicht dabei war. Zwar konnte er verstehen, dass Sandra in der kurzen Zeit, die sie im Frühling gemeinsam gehabt hatten, gerne so viel Zweisamkeit wie nur möglich gehabt hätte - ihm selbst war es nicht anders gegangen.

Aber Josh war nun mal sein bester Freund und besonders nach den Ereignissen von letztem Jahr, als er geglaubt hatte, Josh zu verlieren, wollte Alex ihm auf keinen Fall das Gefühl geben, dass er zweitrangig war. Immerhin verbrachten sie ohnehin die meiste Zeit miteinander, in der Schule, beim Sport, beim Zocken und sonst in ihrer Freizeit.

Josh war im Herbst aus dem Krankenhaus entlassen worden und hatte erst nach und nach wieder zu seinem Alltag zurückkehren können. Zu Beginn hatte er den Schulstoff nur zuhause lernen dürfen, bevor er wieder jeden Tag in die Schule kam. Um seinen Körper zu stärken, hatte Josh ein spezielles Training gehabt, das in immer kürzeren Abständen abgehalten worden war. Sport hatten ihm die Ärzte erst zu Jahresanfang wieder in vollem Ausmaß erlaubt, sodass er davor monatelang meist wehmütig auf der Tribüne sitzen und zusehen hatte müssen, wenn Alex Baseball spielte.

Es hatte eine scheinbar endlose Zeit gedauert, bis Josh wieder der Alte war, doch sein Wille, nach dem Unfall in seinem Leben dort weiterzumachen, wo er unterbrochen wurde, war so stark gewesen, dass Alex heute fast meinen konnte, es wäre nie etwas passiert. Lediglich eine Narbe, die sich hinter Joshs Ohr ein paar Zentimeter den Hals runter zog, erinnerte noch daran.

Nun setzten sich die Passagiere in Bewegung und strömten aus dem Flugzeug. Auch Alex und Josh reihten sich ein, verabschiedeten sich vom Bordpersonal und traten schließlich hinaus zum Gate.

Dass Hauptreisesaison war konnte man nicht übersehen, so viel war in den Hallen los. Als sie zur Einreisestelle gelangten, mussten sie eine Weile warten.

„Hast du eigentlich Hunger?", fragte Josh und rieb sich den Bauch. Alex zuckte mit den Schultern.

„Nicht so schlimm. Vielleicht können wir uns noch was besorgen, bevor wir zum Auto gehen."

„Das wär klasse! Kann ja nicht so lange dauern, du kommst trotzdem bald zu deinem Liebling."

Er stieß Alex gegen die Schulter und zwinkerte.

„Sandra ist doch mit am Flughafen", stellte Alex klar und lachte etwas verlegen auf. „Hab ich dir das nicht gesagt?"

An Joshs eingeschlafenem Lächeln konnte er erkennen, dass dieser offenbar nicht damit gerechnet hatte.

„Ach so", sagte er trocken und schnaubte kaum hörbar. „Na dann."

„Was denn?", wollte Alex wissen. „Das ist doch klar, oder? Wir haben uns monatelang nicht gesehen und müssen jede Minute nützen, die wir kriegen können."

„Ich sag ja nichts, Mann." Josh hob abwehrend die Hände, doch an seinem Tonfall erkannte Alex, dass sein bester Freund gereizt war. „Alles okay."

Alex verdrehte die Augen und wollte das nicht auf sich beruhen lassen.

„Das nehm ich dir nicht ab", sagte er bestimmt. „Jedes Mal, wenn wir über Sandra reden, machst du ein Gesicht, als hätte ich mich in eine Schaufensterpuppe verliebt und es wäre dir unangenehm. Was ist los? Hast du etwas gegen sie?"

Die Tatsache, dass Josh nicht sofort verneinte, beunruhigte Alex mehr als die unbehagliche Pause, die folgte.

„Sie ist *deine* Freundin", meinte er schließlich genervt. „Deshalb muss ich ja nicht andauernd mit ihr zusammenkleben. Irgendwie werden wir schon auskommen."

„*Irgendwie*?" Alex runzelte ungläubig die Stirn. „Bitte versprich mir, dass du dich zusammenreißt und sie nicht mit irgendwelchen von deinen Witzen oder Sprüchen verschreckst. Sie versteht das manchmal falsch."

„Manchmal?", wiederholte jetzt Josh und tippte sich an den Kopf. „Sie hat überhaupt keinen Humor, wenn du mich fragst. Und sie ist schon genervt, wenn ich nur den Mund aufmache, das sag ich dir! Wenn, dann ist sie diejenige, die *mich* nicht leiden kann."

„Komm schon, das stimmt nicht", widersprach Alex. „Du musst dich bloß etwas zurückhalten und dich damit anfreunden, dass sie jetzt nun mal auch da ist. Man kann mit ihr viel Spaß haben, ehrlich."

Josh sah Alex verschmitzt an.

„Das musst du ja am besten wissen, nicht wahr?"

Empört lachend stieß Alex ihn mit dem Ellbogen in die Seite.

„So doch nicht, du Idiot! Ich meinte, eine gute Zeit haben."

„Schon klar."

Josh grinste unverschämt und Alex schüttelte resigniert den Kopf.

Sie waren nun dran und traten getrennt an die Schalter, um ihre Pässe kontrollieren zu lassen.

Das konnte ja was werden, dachte Alex halb belustigt, halb besorgt. Schon als Sandra im Frühling in Michigan gewesen war, hatte es fast ständig Situationen gegeben, in denen entweder sie oder Josh ihren Ärger offensichtlich hinunterschlucken mussten, um keinen Streit zu provozieren. Er befürchtete, dass es in den kommenden drei Wochen ähnlich werden würde.

Er hatte oft das Gefühl gehabt, dass Josh ihm seine Zweisamkeit mit Sandra nicht richtig gönnte. Dabei hatten sie ohnehin so wenig davon. Dass Sandra fast ihre ganzen Osterferien dazu genutzt hatte um bei Alex zu sein, hatte ihn sehr glücklich gemacht. Besonders, dass sie zu seinem Geburtstag da gewesen war und mit ihm und seiner Familie gefeiert hatte, war wie ein besonderes Geschenk für ihn gewesen.

Für Josh hingegen wohl weniger, auch wenn er sich nie offen darüber beschwert hatte. Doch seine Stimmung zu verbergen war noch nie seine Stärke gewesen, sodass es keine ausführliche Erklärung gebraucht hatte.

Vielleicht lag es daran, dass er selbst noch keine Freundin hatte, überlegte Alex nicht zum ersten Mal. Doch diese Vermutung hatte er bisher nicht zu äußern gewagt. Sicher würde Josh sie sowieso abstreiten – so wie auch, dass er mit Sandra nicht wirklich klarkam, obwohl man das zwangsläufig erkannte, wenn man länger als ein paar Minuten mit den beiden im selben Raum war.

Selbst seine anderen Freunde hatten Alex das immer wieder zu verstehen gegeben. Doch was sollte er tun? Mehr als auf beide beschwichtigend einzureden war nicht drin.

Nach der Einreisekontrolle traf Alex wieder mit Josh zusammen und sie schlenderten zur Gepäckausgabe.

„Ich möchte unbedingt ein paar Tage nach London fahren", ließ Josh ihn wissen, während sie auf ihre Koffer warteten. „Und auch mal an die Küste, wenn's geht. Wie alt muss man sein, um in ein Pub zu gehen, achtzehn? Verdammt, vielleicht macht ja eines eine Ausnahme?"

„Sonst musst du eben in zwei Jahren wiederkommen", riet ihm Alex.

„Wär 'ne Überlegung wert", fand Josh und tat, als würde er scharf nachdenken.

„Vielleicht hat John auch ein paar Ideen", meinte Alex und nahm seinen Koffer vom Gepäckband. „Langweilig wird uns mit Sicherheit nicht."

Als auch Josh seinen Koffer hatte, gingen sie in Richtung Ausgang. Um sie herum drängten sich andere Ankömmlinge.

„Gibt es auch einen Sportplatz oder so in der Nähe von deinem Onkel?", fragte Josh. „Würde zwischendurch gern auch mal ein bisschen trainieren."

„Gibt es in der Stadt. Aber noch näher in der Gegend gibt es eine große Wiese, wo man Fußball spielen kann, sicher auch Baseball."

„Warte mal, ist das nicht dort, wo früher die Villa von dieser Familie stand?"

„Genau, das Herrenhaus der Cesslers."

„Krass, dass das einfach abgebrannt ist."

„Oh ja", murmelte Alex und hatte sofort die Bilder vor Augen, die er seit dem letzten Sommer immer wieder verdrängen musste.

Das unterirdische Versteck von Arthur Cessler und das, was darin verborgen lag. Das alles kam ihm vor wie aus einem anderen Leben und doch war es ihm unangenehm nahe. Als ob er jederzeit zurückgesaugt werden könnte zu dem Zeitpunkt, als er dort unten die Wahrheit über den Globus ohne Beschriftungen herausgefunden hatte.

Oder als Edmund Keyser ihn fast umgebracht hatte, um Informationen zu bekommen, die er ihm nicht hatte geben können – und die er nach wie vor nicht geben könnte.

„Siehst du deinen Onkel irgendwo?", fragte Josh, der Alex' momentane geistige Abwesenheit anscheinend nicht bemerkt hatte.

Sie waren in die Ankunftshalle getreten und blickten sich um.

Alex streckte seinen Hals, um besser über die Menge sehen zu können. Josh war etwas größer als er und tat dasselbe, obwohl er John lange nicht gesehen hatte und Alex nicht sicher war, ob er ihn erkennen würde.

Schon erblickte er seinen Onkel unter den Leuten, die auf die Ankommenden warteten, der ihn anstrahlte und winkte.

„Alex, hi", rief er, als sie sich gegenübertraten. „Willkommen zurück."

John umarmte ihn herzlich und streckte dann Josh die Hand hin. „Schön dich mal wieder zu sehen, Josh!" Sie schüttelten die Hände und John lächelte. „Freut mich, dass du da bist. Wie war der Flug?"

„Danke, Mr. Stancen", erwiderte Josh freundlich. „Auch nett Sie wieder zu sehen, es ist wirklich lange her. Ich fand, die Zeit ist schnell vergangen."

„Bitte, nenn mich John", verlangte er mit einer einladenden Handbewegung. „Das tun alle Freunde von Alex."

„Okay, danke, Mr.... ich meine, John."

„Wo ist eigentlich Sandra?", fiel Alex mit einem Mal ein. „Sie wollte doch mitkommen."

„Sie konnte leider nicht", erklärte John entschuldigend. „Sie wollte mithelfen, alles vorzubereiten und hat es sich anders überlegt. Aber ihr seht euch ja bald."

Alex spürte plötzlich ein flaues Gefühl im Magen. Er hatte so fest damit gerechnet, sie gleich am Flughafen in die Arme schließen zu können, dass ihm diese Nachricht wie eine Ohrfeige vorkam. Joshs Miene hingegen schien mit einem Mal eine Spur aufgehellter.

„Macht ja nichts, dann gehen wir hier noch was essen und du triffst deinen Liebling mit vollem Magen", meinte er locker und sah sich gleich darauf nach Essmöglichkeiten um.

„Bist du wirklich so hungrig?", fragte John. „Linda hat nämlich gekocht und euch dabei mitberücksichtigt. Meinst du, du hältst es noch anderthalb Stunden aus."

„Nun gut, wenn das so ist", lenkte Josh ein und packte seinen Koffer am Griff. „Wollen wir, Alex?"

„Ja, klar", seufzte dieser, immer noch etwas enttäuscht darüber, dass Sandra nicht mitgekommen war.

Er streckte sich die Ärmel seines schwarzblau gestreiften Sweatshirts hoch und folgte Josh und seinem Onkel durch die Menge zum Ausgang in Richtung Parkgarage.

Eine angenehm kühle Brise wehte Alex entgegen, als er ins Freie trat. Am Himmel waren einige Schönwetterwolken zu sehen und die Sonne wärmte ihm die Haut.

Plötzlich legten sich zwei Hände über seine Augen und Alex hielt perplex inne.

„Wer bin ich?", fragte eine vertraute Stimme.

Noch bevor er etwas sagen konnte, überschlug sich die Freude in seinen Gedanken.

„Sandra!", rief er und drehte sich um.

Ihr glückliches Lächeln glühte ihm entgegen und ihre grünen Augen funkelten ihn an, als sie ihm um den Hals fiel und ihre vollen Lippen auf seine presste. Er umarmte sie, als würde er sie nie wieder loslassen und vergaß beinahe, dass Josh und sein Onkel danebenstanden.

„John hat doch gesagt, du hast es dir anders überlegt", bemerkte Alex verwundert, als der Begrüßungskuss nach einer gefühlten Ewigkeit endete.

„Denkst du wirklich, ich lass mir die Gelegenheit entgehen, dich schon zwei Stunden früher zu sehen?", gab sie zurück, als wäre diese Annahme die abwegigste der Welt. „Ich wollte dich überraschen!"

„Das ist dir gelungen." Alex wandte sich kopfschüttelnd an John. „Und ich hab dir das auch noch abgekauft!"

„Hey", sagte John und hob die Arme, „ich bin stolz, dass du mich nicht gleich ertappt hast. Eigentlich kann ich nicht gut lügen."

Josh gab keinen Ton von sich und starrte Sandra ernst, mit leicht zusammengepressten Lippen an. Als sie ihn erblickte, schien die Freude für einen kurzen Moment auch aus ihrem Gesicht zu weichen.

„Hi, Josh", begrüßte sie ihn und winkte zurückhaltend. Das schien seine Starre zu lösen und er streckte ihr die Hand hin.

„Hi, Sandra", erwiderte er sichtlich wenig begeistert.

Sie nahm seine Hand entgegen, schüttelte sie kurz und zog sie anschließend rasch weg, ebenso wie er.

Verlegen kratzte sich Josh am Hinterkopf und überlegte offenbar, ob er sie ansehen sollte oder nicht.

„Wieso gehen wir nicht zum Auto und beschleunigen unseren Weg nachhause ein wenig?", schlug John vor, um die peinliche Stille zu durchbrechen und deutete ihnen den Weg zur Parkgarage.

„Gute Idee", stimmte Alex mit ein und nahm Sandra an der Hand. „Kann's kaum erwarten, die anderen zu sehen!"

„Sie können es auch kaum erwarten", versicherte Sandra und wirkte wieder höchst freudig. „Dir ist bewusst, dass du ... ich meine, ihr beide, heute Abend groß empfangen werdet? Fast alle sind dabei!"

„Auch Melissa?", kam es von Josh, der etwas weiter vorne neben John herging.

Alex sah ihn finster an und hätte ihm am liebsten eine verpasst. Auch Sandra hatte eindeutig Mühe, sich zurückzuhalten und atmete scharf durch die Nase aus.

„Ja, wenn die Hölle zufriert", entgegnete sie spitz.

„Wie geht es ihr eigentlich?", legte Josh nach und Alex ballte wütend seine Hand um den Koffergriff zur Faust.

„Keine Ahnung", schoss Sandra zurück. „Hoffentlich mies."

Josh erwiderte nichts darauf.

Alex sah entschuldigend zu Sandra, doch diese winkte ab. Seit sie Josh gegenüber in ihrem Urlaub in Michigan zum ersten Mal Melissa Carregan erwähnt hatte, machte sich Josh einen Spaß daraus, sie damit aufzuziehen und ignorierte dabei völlig, dass jegliche Erwähnung von Sandras verhasster Nachbarin durch ihn zu einem automatischen Stimmungstief führte.

Offenbar fand er es unglaublich komisch, Sandra damit zu ärgern. Doch Alex wollte jedes Mal für ein paar Minuten in Deckung gehen, um der aufgeladenen Stimmung zu entfliehen, die sich in Blitzen zu entladen drohte, die jeden Anwesenden treffen konnten.

„Gebt mir eure Koffer, Jungs", forderte John die beiden auf, als sie beim Auto angelangt waren.

„Alex und ich nehmen den Rücksitz, wenn es niemandem etwas ausmacht", verkündete Sandra ohne Josh dabei anzusehen, während Alex seinem Onkel half, den Kofferraum zu beladen.

Im selben Moment hatte Sandra bereits die Hintertür geöffnet und den Platz hinter dem Beifahrersitz beansprucht.

Josh öffnete grimmig die rechte Autotür und trat verwundert über das Lenkrad einen Schritt zurück.

„Linksverkehr, Mann", sagte Alex und klopfte ihm amüsiert auf die Schulter.

Sandra presste ihre Lippen zusammen und verkniff sich offenbar ein Lachen, während Josh sich verwirrt schmunzelnd an den Kopf fasste und ums Auto herumging.

John startete den Motor und fuhr los, Alex und Sandra kuschelten sich auf der Rückbank aneinander. Joshs hellblaue Augen funkelten Alex durch den Rückspiegel entgegen und er meinte darin einen Hauch von Missbilligung wahrzunehmen. Doch er konzentrierte sich auf Sandra und strich ihr sanft durch die Haare.

„Ich hoffe, du bist nicht müde?", meinte Sandra erwartungsvoll. „Wir haben heute noch volles Programm. Nach dem Mittagessen gehen wir zu mir nachhause, damit meine Eltern dich sehen. Danach eine Runde mit Tammy - sie freut sich sehr auf dich - und dann vielleicht etwas Zeit für uns. Am späten Nachmittag bereiten wir den Rest für deine Willkommensparty bei John vor."

„Schön, dass ihr eine Willkommensparty für Alex schmeißt", kam es vom Beifahrersitz. Josh sah regelrecht genervt aus.

Sandra atmete tief durch.

„Natürlich ist das *eure* Willkommensparty", stellte sie klar und vermied dabei den Blick in den Rückspiegel.

„Schon klar", erwiderte Josh kurzbündig.

Sandra verdrehte die Augen und lehnte sich in ihrem Sitz zurück.

„Ich bin sicher, es wird großartig", sagte Alex, um die Anspannung zu lösen. „Und ich hoffe, es wird nicht zu spät, ihr habt morgen noch Schule, richtig?"

„Ach", meinte Sandra und wedelte mit der Hand. „Wer braucht heute Nacht Schlaf? Ab übermorgen ist Wochenende!"

„So lange es deine Eltern erlauben, soll es mir recht sein", meldete sich John.

Sie waren bereits auf der Autobahn in Richtung Westen unterwegs.

„Die können sich auf was gefasst machen, wenn sie mich um Mitternacht schon nachhause zerren wollen!", sagte sie bestimmt, während sie Alex die Hand aufs Knie legte. „Da geht es doch erst richtig los! Und es wird der Vorgeschmack auf meine Geburtstagsparty nächsten Samstag, die sicher noch größer wird."

„Hattest du nicht letztes Jahr am Samstag Geburtstag?", fragte Alex vorsichtig.

„Nein, ich hab nur am Samstag gefeiert, weil sich meine Eltern mit Ricky erst da aus dem Staub gemacht haben", erklärte sie. „Mein Geburtstag war am Donnerstag und dieses Jahr am Freitag, nächste Woche. Habe meinen Eltern gesagt, dass es mir überhaupt nicht wichtig ist, dass sie an dem Tag zuhause sind und gerne besser früher als später an die Küste fahren können. Wir feiern ihn später nach. Sie fahren trotzdem nächsten Samstag. Das heißt, ich habe ein paar Stunden um alles vorzubereiten. Ihr sagt ihnen natürlich nichts, klar?"

Sie hielt sich den Zeigefinger an die Lippen und sah Alex kurz darauf mit gespielter Empörung an.

„Mal im Ernst, du weißt nicht mal, wann ich Geburtstag habe?" Alex lachte verlegen, doch bevor er etwas sagen konnte, übernahm Josh das Wort.

„Alex merkt sich eben nur Dinge, die wichtig sind."

Er konnte nicht fassen, was sein bester Freund eben von sich gegeben hatte und starrte ihn entgeistert durch den Rückspiegel an.

Sandra sog Luft durch die Nase ein und funkelte mit finsterer Miene nach vorne.

„Tja, dann wird er wohl auch vergessen, wo du die nächsten drei Wochen übernachtest", gab sie zurück.

Josh wandte brummend seinen Blick aus dem Fenster und verschränkte die Arme vor der Brust.

Alex saß mit ausdruckslosem Gesicht in den Sitz gelehnt und legte seinen Arm um Sandra, in der Hoffnung, ihren Ärger damit etwas zu lindern. Sie schenkte ihm einen wohlwollenden Blick und legte ihren Kopf auf seine Schulter.

„Was habt ihr denn sonst so vor für die Zeit, die ihr gemeinsam hier seid?", erkundigte sich John, um die schwer erträgliche Atmosphäre aufzulockern.

Während Josh ihm all seine Wünsche auflistete und ihn nach einigen Dingen fragte, war Alex froh, dass sich rechtzeitig alles beruhigt hatte.

Er hätte Josh echt verprügeln können! Hatte er ihm nicht extra gesagt, er solle sich benehmen und jetzt das? Eine Aussage nach der anderen, von denen er genau wusste, wie sehr sie Sandra aufregten.

Alex verstand nicht, was Josh daran so toll fand, sie zu ärgern. Er hätte längst einsehen müssen, dass Sandra das nicht als Witz auffasste. Und Spaß schien es ihm auch nicht zu bereiten, wenn er es geschafft hatte, dass sie ihn böse ansah. Er wirkte eher selbst beleidigt darüber.

Warum also hörte er nicht einfach auf damit und bemühte sich, die Stimmung nicht zu versauen? Warum sah er nicht, dass Sandra ein wunderbarer Mensch war, mit dem man die beste Zeit seines Lebens haben konnte - selbst wenn man nicht mit ihr zusammen war?

Sie hatte im vergangenen Sommer einen Großteil dazu beigetragen, dass es Alex wieder besser ging, alleine deswegen sollte Josh ihr eigentlich wohlgesonnen sein. Stattdessen führte er sich auf, als wäre Sandra ein Störfaktor, den er eben duldete.

Wenn das so weiterging, dachte Alex verbittert, musste er ein ernstes Wort mit seinem besten Freund reden. Ansonsten befürchtete er, dass die kommenden drei Wochen, bis Josh wieder nachhause flog, eine Tortur werden würden.

Und dafür waren sie beide sicherlich nicht so weit gereist!

Bald schon waren sie in der Grafschaft Hampshire, wo sich Felder, Wiesen, Wälder und Ortschaften abwechselten. Es zogen immer mehr Wolken auf, doch die Sonnenstrahlen bohrten sich überall dazwischen hindurch.

Kein Vergleich mit der Ankunft letztes Jahr, dachte Alex.

„Ich finde, sechs Wochen sind zu kurz", sagte ihm Sandra leise ins Ohr. „Es müssten sechs Monate sein, am besten sechs Jahre!"

„Ich weiß", gab Alex ihr recht und küsste sie auf die Wange. „Aber wenn ich früher gekommen wäre, hätten wir viel Zeit verloren, weil du noch Schule hast. Außerdem wäre mein Ferienjob dann ins Wasser gefallen und ich wäre pleite."

„Natürlich", erwiderte Sandra und hielt seine Hand. „Es ist eben oft so deprimierend, dich nur am Computer-Bildschirm zu sehen."

„Wem sagst du das! Aber vielleicht verhindert das, dass wir uns zu oft streiten." Sandra lachte auf.

„Wir müssen uns nie streiten. Ich habe sowieso recht."

„Jetzt, wo du mich erinnerst", meinte Alex einsichtig und lächelte.

Obwohl seine Ferien noch zum großen Teil vor ihm lagen, hatte er etwas Angst davor, dass die Zeit zu schnell vergehen würde. Er musste die Tage hier unbedingt so lange wie möglich auskosten, um nachher davon zehren zu können. Mindestens bis zum nächsten Sommer. Und so würde es wohl die nächsten Jahre weitergehen.

Inzwischen waren sie in Andover angekommen. Alex erkannte einige Orte von letztem Jahr wieder und saugte freudig alle Eindrücke auf, die er geboten bekam.

Nun bog John in die Mendelaine Road ein, wo die schiefe Tafel den Namen der Straße in Metallbuchstaben verkündete. Obwohl er gerade von zuhause kam, hatte er das Gefühl, gleichzeitig wieder nachhause zu kommen. Die Häuserfassaden, eine Mischung aus Ziegeln und Holzdielen in verschiedenen Farben, zogen gemächlich an den Fenstern neben ihm vorbei.

Am Beginn der Straße – zumindest, was die Nummerierung der Häuser betraf – bog John in die Einfahrt seines Hauses ein. Die Hecken um sein Grundstück herum bewegten sich in einer leichten Brise und das Sonnenlicht schien durch die Blätter der Bäume dahinter.

Sie stiegen aus und Alex streckte sich.

„Ist das schön, wieder hier zu sein", sagte er und gähnte.

In diesem Moment ging die Haustür auf und Annie sprintete die paar Stufen davor hinunter, gefolgt von Rob, der eine davon übersah und beinahe stolperte.

„Alex!", rief Annie und kam mit offenen Armen auf ihn zu. „Wie lang haben wir auf diesen Moment gewartet?"

„Offenbar zu lange", meinte Rob und trat neben sie. „Dem nach zu urteilen wie Annie gerade ausgetickt ist, als sie das Auto ankommen gehört hat."

Alex begrüßte die beiden mit einer Umarmung und stellte ihnen anschließend Josh vor, der erleichtert darüber wirkte, dass nun auch andere Leute anwesend waren als Sandra. Ein bisschen kochte noch immer die Wut in Alex über dessen Meldungen von vorhin, aber nun wurde alles von der Wiedersehensfreude kaschiert.

„Komm mit rein", forderte Annie Josh auf, als dieser seinen Koffer aus dem Auto genommen hatte. „John, soll ich ihn gleich durch das Haus führen? Nur das Erdgeschoß."

„Gerne", erwiderte John, der gerade den Koffer für Alex herausgehievt hatte. „Bis gleich."

Annie und Rob bugsierten Josh förmlich die Treppe hoch unter das Vordach und hinein ins Vorzimmer.

„Eine aufgeregte Annie und Rob, der gerne den Reiseführer spielt", merkte Sandra an. „Ich denke, Josh wird sich bald besser im Haus auskennen als ich."

John schmunzelte und sperrte sein Auto ab.

„Ich hoffe, es gefällt ihm hier."

„Er kann sich nicht beschweren, immerhin wohnt er hier umsonst", erwiderte Sandra schnippisch.

Alex nahm sein Gepäck und folgte mit Sandra Hand in Hand seinem Onkel ins Haus. Sofort bekam er einen Vorgeschmack auf das Mittagessen. Es roch nach gegartem, gewürzten Gemüse und Bratkartoffeln. Jetzt meldete sich auch sein Magen und er war froh, seinen Hunger bald loszuwerden.

Joshs Gepäck stand neben der Treppe. Aus der Küche geradeaus drangen fröhliche Stimmen, unter denen Alex auch die von Robs Mutter Linda heraushörte. Er stellte seine Sachen neben die von Josh und ging nach hinten, wo ihn Linda herzlich empfing.

„Wie schön, dass alles gut gegangen ist mit eurer Anreise", sagte sie und küsste John zur Begrüßung. „Und das Timing ist auch perfekt, in fünf Minuten können wir essen!"

„Ich führe sie davor noch schnell in ihre Zimmer, in Ordnung?"

„Wir decken inzwischen den Tisch."

Linda reichte Annie einen Stapel Teller, während Rob Besteck, Servietten und Trinkgläser herrichtete.

„Kommt mit rauf, ihr zwei", wies John Alex und Josh an und ging voran die Treppe nach oben, auch Sandra begleitete sie.

Im Flur im ersten Stock war es dunkler, da die Sonne von der Hinterseite kam. Dort angekommen deutete John mit der Hand auf die erste Tür.

„Alex, dein Zimmer, du weißt ja. Und Josh, dein Zimmer ist dort hinten. Ich zeige es dir."

Josh folgte ihm, während Alex in sein Zimmer trat. Es hatte sich nichts geändert, seit er es vor fast einem Jahr verlassen hatte. Nur das Gefühl war anders. Mit einem Schwung warf er seine Reisetasche auf das frisch überzogene King-Size-Bett.

„Ich liebe es echt, hier zu sein", meinte er zu Sandra.

„Ich liebe es auch, wenn du hier bist", erwiderte sie und machte einen Rundgang durchs Zimmer, der beim Fenster endete. „Ich habe bloß etwas Angst, dass unsere gemeinsame Zeit in den nächsten drei Wochen zu knapp wird."

Alex hielt inne. Er meinte zu wissen, was sie meinte und spürte zum ersten Mal einen Kloß im Hals.

„Hör mal", setzte er an, „es tut mir leid, dass Josh sich vorhin so komisch benommen hat. Ich werde mal mit ihm reden deswegen. Hab keine Ahnung, warum er so drauf ist."

Sandra verschränkte die Arme und lehnte sich gegen den Fensterrahmen.

„Das ist ja nichts Neues", meinte sie niedergeschlagen. „Schon als ich bei dir in Michigan war hat das angefangen. Ich hätte nur gerne, dass du nicht von mir erwartest, dass wir gute Freunde werden. Das halte ich nämlich für wenig wahrscheinlich."

Alex ging zu ihr, die Hände in den Taschen seiner dunkelblauen Jeans und versuchte, die richtigen Worte zu finden.

„Ich glaube, wenn Annie, Rob und ein paar andere dabei sind, ist er entspannter. Und das wird sicher oft der Fall sein. Dann lockert er hoffentlich auf, auch dir gegenüber."

Sandra lächelte schwach und sah auf die Straße.

„Wo bleibt ihr denn?", rief Linda von unten. „Das Essen ist fertig!"

„Schon unterwegs", rief John zurück und polterte die Treppe hinunter. „Josh kommt gleich."

Alex nahm Sandras Hand und ging mit ihr zum Treppenabsatz.

„Geh schon mal vor, ich hole Josh."

Alex ging den Flur nach hinten, zur Tür gegenüber vom Zimmer seines Onkels und klopfte.

„Ja?“, hörte er von innen und öffnete. Das Zimmer hatte er letztes Jahr gar nicht betreten. Es lag über dem Wohnzimmer des Hauses.

Links neben der Tür befand sich ein Kamin, weiter hinten ein Fenster mit Blick auf Johns Terrasse und den Garten. Der Tür gegenüber stand ein ebenfalls frisch überzogenes King-Size-Bett mit Nachttisch, rechts ein Kleiderschrank. Neben diesem ging das Zimmer weiter zu einem Fenster, von dem aus man in Richtung Straße sehen konnte. Ein Schreibtisch sowie ein gepolsterter Lesestuhl befanden sich davor.

„Und?“, fragte Alex. „Wie gefällt es dir?“

„Wirklich toll“, sagte Josh, der bereits einige seiner Sachen ausgepackt und im Raum verteilt hatte. „Dieses Haus ist der Wahnsinn! Und dieses Gästezimmer hier ... es muss doppelt so groß sein wie mein eigenes Zimmer zuhause.“

„John wird sich freuen“, meinte Alex zufrieden und deutete in Richtung Tür. „Linda hat zum Essen gerufen! Wollen wir?“

„Klar.“

Josh warf das Ladegerät seines Laptops aufs Bett und wollte zur Tür hinaus, doch Alex hielt ihn für einen Moment zurück.

„Josh, bitte“, bat er eindringlich. „Halt dich gegenüber Sandra zurück.“

„Was hab ich denn gemacht?“, wollte Josh mit unschuldiger Miene wissen.

„Du weißt, was ich meine“, bestand Alex darauf. „Deine zweideutigen Ansagen, die bei ihr oft falsch rüberkommen.“

Josh schnaubte.

„Keinen Schimmer, was du meinst, Kumpel“, sagte er achselzuckend und drängte sich an Alex vorbei in den Flur. „Jetzt komm, ich hab Hunger!“

Resigniert schloss Alex die Tür und folgte seinem besten Freund die Treppe hinunter in die Küche, wo bereits alle am Tisch saßen und Linda die Hauptspeise austeilte.

Scheinbar hatte Sandra darauf bestanden, so weit wie möglich von Josh weg zu sitzen, weswegen die gesamte Tischfläche zwischen ihnen lag. Josh nahm wie programmiert auf seinem Stuhl Platz und begann sofort, sich mit Annie und Rob zu unterhalten, während Alex sich auf den leeren Stuhl neben Sandra setzte und immer noch etwas verbittert zu Josh rüber starrte.

„Ist irgendwas?", wollte Sandra von ihm wissen.

„Alles bestens", erwiderte Alex gezwungen. „Guten Appetit."

Erneut fühlte sich die Situation ziemlich surreal für ihn an. Er war endlich wieder hier, zusammen mit Josh, der ihm gegenüber am anderen Tischende saß und sich allem Anschein nach bestens mit Annie, Rob, John und Linda unterhielt, von Sandra und Alex aber kaum Notiz nahm. Als wären die beiden lediglich die Zuseher einer Sitcom.

Dass Josh gerade eben so getan hatte, als wüsste er nicht, worauf Alex hinauswollte, besetzte seine Gedanken und ließ ihn fast den Hunger vergessen. Wie sollte das bloß weitergehen? War Josh vielleicht einfach etwas überwältigt von den Eindrücken seit ihrem Reiseantritt und deswegen besonders reizbar?

Würde er sich nach dem Essen einkriegen und sich um mehr Harmonie bemühen? Oder war dies hier erst der Anfang von wochenlanger Anspannung und mieser Stimmung?

Alex versuchte, sich aufs Essen zu konzentrieren und seine Befürchtungen beiseite zu schieben. Irgendwie würde sich das Ganze schon einpendeln, redete er sich ein.

Da fiel sein Blick über Joshs Schulter hinweg ins Wohnzimmer, auf den Teppich, den John letztes Jahr nach Keysers Attacke gegen den alten grünen ausgetauscht hatte.

Der neue war größer und klassisch dunkelrot, mit eingestickten weißen und grauen Mustern. Auch er verdeckte die Bodentür, die zum unterirdischen Versteck führte, fast perfekt.

Zum Glück, dachte Alex erleichtert. Er konnte es nicht gebrauchen, dass Josh neugierig wurde und sie ihm das Versteck zeigen mussten. Den Frieden zwischen ihm und Sandra zu wahren war schon Anstrengung genug und würde das im schlimmsten Fall bleiben. Da brauchte niemand ein weiteres Problem.

Erinnerungen tauchten in Alex' Gedanken auf. An den Schacht, der in den Tunnel zum Versteck führte. Die kleine Tür dort unten, die man als letztes Hindernis überwinden musste und an der Keyser letzten

Sommer gescheitert war - weswegen er John entführt hatte. Und daran, was dort immer noch für eine Gefahr lauerte.

Alex räusperte sich und nahm einen Schluck Fruchtsaft. Das alles gehörte der Vergangenheit an, sagte er sich!

Der Zugang zum Versteck war verschlossen und würde das auch bleiben. Er musste sich nie mehr damit abgeben. Und Keyser war im Gefängnis, der konnte ihnen erst recht nichts anhaben, zumindest für die nächsten Jahre.

Alles war so wie es sein sollte.

Wieso aber spürte er tief in seinem Inneren dennoch dieses unheilvolle Gefühl?

Kapitel 3

Den übrigen Nachmittag hatte Alex kaum Zeit gehabt, sich von der Reise auszuruhen, geschweige denn seine Sachen auszupacken. Nach dem Mittagessen hatten sie Linda beim Abräumen geholfen. Danach hatte Sandra darauf bestanden, dass er gleich mit ihr zu ihren Eltern ging um sie zu begrüßen. Annie und Rob waren mitgekommen, während Josh sich wie angekündigt in sein Zimmer zurückgezogen hatte um etwas Schlaf nachzuholen. Das hätte auch Alex vorgezogen, doch er wollte Sandra nicht vor den Kopf stoßen und war insgeheim froh, dass es zumindest bis zur Party am Abend keine großen Spannungen mehr geben würde. Es war ihm gerade gelungen, sich umzuziehen.

Mrs. Brenton hatte Alex herzlich empfangen, ihm Tee und Kekse angeboten und ihn alles Mögliche über die Schule, die Ferien und Josh gefragt, von dem sie bedauerte, dass er nicht mitgekommen war. Sandras Gesichtsausdruck war bei diesen Worten ihrer Mutter merkwürdig kühl geworden, was wohl auch Annie und Rob aufgefallen war, die nicht gewagt hatten, etwas darauf zu erwidern.

Danach war Mr. Brenton von der Arbeit gekommen und hatte Sandras kleinen Bruder Ricky am Weg vom Tennistraining mitgenommen. Kurz darauf hatte dieser mit Sandra darüber zu streiten begonnen, wer das letzte Keks bekommen sollte, wobei sie damit argumentierte, dass sie besonders angespannt sei und Nervennahrung bräuchte. Selbst als Mrs. Brenton das Keks teilte und beiden eine Hälfte gab, schienen sie nicht zufrieden damit.

Letztendlich hatte Alex Ricky damit beschwichtigt, dass es beim Barbecue am Abend sicher genug Nachtisch für ihn geben würde, was dieser zufrieden hingenommen hatte.

Am späteren Nachmittag nahm Sandra schließlich Tammy an die Leine und schlug vor, zur Cesslerwiese zu spazieren um ihre schwarze Cockerspaniel-Hündin dort etwas auslaufen zu lassen.

Bis zum Abendessen dauerte es noch über eine Stunde, sie hatten also genug Zeit.

Alex trat in seinem blauweißen Sommerhemd und knielanger dunkler Hose auf Sandras Veranda, gefolgt von Annie und Rob. Die

Sonne war nun hinter Wolken verschwunden und es wehte ein lebhafter Wind. Die Luft war kühl, aber wohltuend.

„Mum, ich komm später noch mal her und helfe dir, die Sachen rüber zu tragen", rief Sandra über die Schulter ins Haus hinein, als sie mit Tammy über die Schwelle trat. „Und sag Ricky, wenn er nervt, kann er zuhause bleiben!" Bevor Mrs. Brenton antworten konnte, ließ Sandra die Tür ins Schloss fallen.

„Wer ist jetzt aller dabei?", erkundigte sich Annie, als sie am Weg durch den Vorgarten waren, vorbei an Rosen unterschiedlicher Farben und in voller Blüte. „Die Martensons mit Norman und Lucy, Adam, Julian und Samuel?"

„Genau." Sandra zählte mit ihren Fingern, während Tammy an der Leine ihren anderen Arm nach vorne zog. „Mrs. Lightblue und Carmen können heute nicht und auch Michelle hat abgesagt."

„Was ist mit Emily?", fragte Alex ahnungslos und wunderte sich darüber, warum Annie und Rob plötzlich so bedrückt wirkten.

„Sie kommt nicht", antwortete Sandra kurz angebunden.

„Oh, ähm ... schade", meinte Alex und fuhr sich verlegen durch die Haare. „Und Jonathan Franks? Ich habe mich letztes Jahr auf deiner Party mit ihm unterhalten."

„Ihn habe ich gar nicht gefragt", räumte Sandra ein. „Hab nicht an ihn gedacht, wie blöd. Aber zu meinem Geburtstag ist er eingeladen. Er hat bloß noch nicht zugesagt."

„Weiß er von uns beiden?", fragte Alex.

„Das weiß hier die ganze Straße, Mann", raunte Rob ihm zu. „Sowas bleibt hier nicht lange geheim."

„Weil Emily es ja überall rumerzählen muss", meinte Sandra vorwurfsvoll.

„Aber wo ist das Problem, es ist doch kein Geheimnis?"

„Nein, natürlich nicht. Aber sie braucht nicht über uns zu reden, das geht sie nichts an. Kommt, lasst uns die Straßenseite wechseln."

Sie waren kurz vor Nummer neun, dem Haus von Edmund Keyser. Die rotbraunen Ziegel wirkten schäbiger denn je, die Fenster waren schmutzig und im ungepflegten Vorgarten neben der Einfahrt wucherte das Unkraut.

„Wohnt jemand da drin?", fragte Alex, als sie am Gehsteig auf der anderen Seite ankamen.

„Keine Ahnung", antwortete Annie, der ebenfalls nicht wohl dabei schien, dieses Haus zu betrachten. „Wir haben nie jemanden gesehen. Obwohl, glaube ich, ein paar Mal etwas hierher geliefert wurde."

„Ja stimmt", bestätigte Sandra. „Das ist mir auch aufgefallen. Es könnte sein, dass Keyser sein Haus vermietet hat."

„Dann müssen das aber ziemliche Einsiedler sein", meinte Rob, der versuchte, seine pechschwarzen Haare im Wind zurechtzurücken. „Ich habe nirgendwo gehört, dass sie sich in der Nachbarschaft vorgestellt hätten und man bekommt auch nichts von denen mit."

„Wer weiß schon, was Keyser für Leute kennt", überlegte Sandra und schüttelte sich dabei. „Hoffentlich sind die nicht so drauf wie er!"

„Könnt ihr euch an letztes Jahr erinnern?", warf Alex in den Raum. „Kurz nachdem Keyser verhaftet wurde, ich glaube am nächsten Tag. Ich weiß noch, dass ich zwei Männer gesehen habe, die in die Einfahrt von seinem Haus eingebogen sind."

„Schon möglich", sagte Rob nachdenklich. „Aber dass die gleich hier eingezogen sind, muss nicht unbedingt sein."

„Vor allem wissen wir nicht, wer diese Männer waren", führte Annie weiter aus. „Nicht mal genau, wie sie ausgesehen haben. Es könnten auch Freunde oder so gewesen sein. Und wer will schon dort klingeln und fragen?"

„Aber hieß es nicht, Keyser hätte zwei Brüder?" Alex ließ die Sache keine Ruhe. „Was, wenn es die beiden waren? Das wäre naheliegend!"

„Es wäre vorstellbar", lenkte Sandra ein. Inzwischen waren sie fast wieder bei Johns Haus angelangt. „Bloß wissen wir es nicht und ich will es mir auch nicht ausmalen!"

„Von den beiden Keyser-Brüdern hat schon Jahre niemand mehr etwas gehört", gab Rob zu bedenken.

„Ich meine nur, wenn es die beiden sind, ist es doch wahrscheinlich, dass sie auch vom Versteck wissen", erläuterte Alex seine Befürchtung. „Was machen wir dann?"

Sie gingen den Kiesweg am Straßenbeginn entlang, der etwas weiter vorne in einen Trampelpfad in Richtung Wald überging.

Tammy schnüffelte im Gras herum, markierte immer wieder eine Stelle und schien Alex und die anderen dabei kaum mehr wahrzunehmen. Der Wind fegte durch die Baumkronen und ließ die Blätter behaglich rascheln.

„Selbst wenn sie davon wissen", überlegte Annie, „und jetzt hier wohnen, dann hätten sie längst etwas unternehmen können um ranzukommen. Warum sollten sie so lange warten? Gesehen hat sie auch niemand, also hört sich das nicht plausibel an."

„Annie hat recht", meinte Sandra. „Das würde keinen Sinn machen. Keyser hätte seinen Brüdern sicher erzählt, was er da unten rausgefunden hat. Meint ihr nicht, die beiden würden versuchen, da weiterzumachen, wo er aufgehört hat?"

„Da bin ich mir nicht so sicher", entgegnete Rob. „Die beiden sind vor Jahren untergetaucht, kurz nachdem der Vorbesitzer von Johns Haus und Mrs. Keveron getötet wurden. Ich könnte mir vorstellen, dass die Polizei sie mit der Sache in Verbindung gebracht hat und ihnen die Lage zu brenzlig wurde. Wenn sie jetzt im Gefängnis auftauchen würden, um mit ihrem Bruder zu sprechen, würde das viele unangenehme Fragen für sie aufwerfen. Selbst wenn sie zurückgekommen sind und jetzt hier wohnen, muss das nicht heißen, dass sie schon mit Keyser gesprochen haben."

Alex dachte nach. Robs Theorie klang logisch, und eigentlich brauchte es ihn nicht weiter kümmern, ob in Keysers Haus jemand wohnte und wenn ja, wer es war. Es war seit letztem Jahr nichts mehr passiert was darauf schließen ließ, dass jemand hinter dem Globus in Arthur Cesslers Geheimversteck her war.

Trotzdem beunruhigte Alex die Ungewissheit. Er hatte das dringende Bedürfnis herauszufinden, was mit Keysers Haus passiert war.

Nach dem Ende der Baumgruppen erreichten sie die große Lichtung, an deren Rand sich der Steinbrunnen befand, unweit der Stelle, wo früher das Herrenhaus der Cesslers gestanden hatte.

Sandra nahm Tammy von der Leine, damit sie frei herumlaufen konnte, was die Hündin sogleich ausnutzte. Die vier gingen auf den Brunnen zu, der jetzt stärker von Pflanzen überwuchert war als vergangenes Jahr, wo Alex ihn das letzte Mal gesehen hatte.

Die Gräser und Sträucher schwankten im Wind und die weißgrauen Wolken tauchten die Wiese in eine geradezu dramatisch anmutende Atmosphäre.

„Irgendwie komisch, dass nur wir wissen, dass dieser Brunnen nicht echt ist", bemerkte Alex und ließ sich darauf nieder.

„Offiziell wissen wir das ja nicht", erwiderte Sandra und setzte sich neben ihn. „Wie sollten wir denn erklären, wie wir das rausgefunden haben?"

„Schon klar", lenkte Alex ein. „Ich hätte gerne allen die Wahrheit erzählt, meiner Familie, meinen Freunden, besonders Josh. Aber es würde ohnehin keiner glauben. Wahrscheinlich würden alle denken, ich hätte Halluzinationen."

„Was hast du deinen Eltern noch mal genau erzählt?", wollte Rob wissen, der sich ebenfalls an die Kante des Brunnendeckels lehnte. „Über die Nacht, als Keyser uns im Versteck überrascht hat?"

„Dasselbe, das ich erzählt habe, als ich bei der Gerichtsverhandlung aussagen musste", erklärte Alex. „Dass ich nur zufällig im Haus war, als Keyser ankam und John gesucht hat, der zur selben Zeit entkommen ist und sich im Wald versteckt hat. Und dass er von mir wissen wollte, wo etwas Wertvolles ist, das er mir nicht genau gesagt hat."

„Zum Glück haben es uns alle abgenommen", sagte Annie beschämt. „Obwohl wir versprochen haben, die Wahrheit zu sagen ... aber wenn das einer von uns getan hätte, wäre er nur für verrückt erklärt worden!"

„Eben", bestärkte Rob. „Kein Mensch hätte uns die Geschichte mit dem Globus geglaubt. Und zu riskieren, dass die Ermittler in das Versteck klettern und dort alles auseinandernehmen und belagern, wäre Wahnsinn gewesen."

„Auch Keyser hat kein Wort gesagt", erinnerte sich Sandra. „Er hat jede Aussage verweigert, wisst ihr nicht mehr? Saß da wie versteinert. Sein Anwalt hat sich auf eine wahnhafte Störung berufen, die ihn glauben ließ, John hätte ihm etwas gestohlen und dass er deshalb so ausgetickt ist. Dass ich nicht lache!"

„Das haben Staatsanwalt und Richter sowieso nicht geschluckt", winkte Annie ab. „Trotzdem finde ich, dass sechseinhalb Jahre für das, was Keyser getan hat, nicht fair sind!"

„Absolut nicht!", bekräftigte Sandra empört. „Mindestens zehn Jahre hätte er kriegen müssen, wenn nicht fünfzehn!"

„Wenn wir dem Gericht gesagt hätten, dass er uns alle mit der Pistole bedroht hat, wären vielleicht zehn Jahre zusammengekommen", meinte Rob schulterzuckend, die Hände in den Hosentaschen. „Aber das mussten wir ja verbergen."

„Auch für die Verbrechen, die ihm nachgewiesen wurden, ist das nicht fair!", beharrte Sandra. „Freiheitsberaubung, Nötigung, Körperverletzung, reicht das nicht?"

„Was ich immer noch merkwürdig finde ist, dass in Keysers Haus keine Beweise gefunden wurden, dass er John dort festgehalten hat", warf Alex ein. „Das Brecheisen, mit dem er bewusstlos geschlagen wurde, die Kabelbinder, mit denen er gefesselt war, oder alles, was er berührt hat. Man hat keine Fingerabdrücke von John gefunden. Wie hat Keyser das gemacht? Er ist meinem Onkel doch sofort nachgelaufen, als er geflüchtet ist und wurde direkt danach verhaftet."

„Bei der Gerichtsverhandlung wurde gesagt, dass ein Bekannter von Keyser kurz nach seiner Verhaftung im Haus war", erinnerte sich Rob. „Da warst du aber nicht mehr dabei. Der Bekannte hat angegeben, dass er für ein paar Tage bei Keyser unterkommen wollte und nicht wusste, dass er verhaftet worden war. Daher hat er begonnen, im Haus Ordnung zu machen, bevor die Hausdurchsuchung gemacht wurde. Dass er vielleicht ein Komplize war, konnte man ihm nicht nachweisen. Und Keyser hat es bestritten."

„Dann ist dieser Bekannte vielleicht derjenige, der jetzt dort wohnt?", folgerte Alex.

„Ja, wer weiß", erwiderte Rob. „Aber wie gesagt, wir haben ihn nie gesehen und ich glaube, auch sonst niemand. Er müsste doch einkaufen und zur Arbeit gehen, außerdem müssten am Abend Lichter brennen. Fehlanzeige bei allem!"

Während Sandra und Annie ausführten, was sie darüber dachten, verfiel Alex in Nachdenklichkeit.

Widerwillig erinnerte er sich zurück an den Tag, als er per Video live zur Gerichtsverhandlung gegen Keyser zugeschaltet worden war. Ein halbes Jahr war das jetzt her. Da er Schule gehabt hatte, war es nicht möglich gewesen, ein paar Tage nach England zu fliegen um seine Aussage persönlich zu machen. Eigentlich war er dankbar dafür, dass ihm die weite Reise aus einem so unschönen Grund erspart geblieben war, obwohl er bei dieser Gelegenheit Sandra und seinen Onkel gesehen hätte. Doch der Gedanke, dem Mann erneut persönlich zu begegnen, der nicht davor zurückgeschreckt hätte, ihn umzubringen, hatte ihm überhaupt nicht gefallen.

Dass er vor Gericht gelogen hatte, machte Alex manchmal immer noch zu schaffen. Auch John und seinen Freunden war alles andere als wohl dabei gewesen. Doch was hatten sie für eine Wahl gehabt? Es war wie Rob auf den Punkt gebracht hatte. Ein zu hohes Risiko, dass das Versteck von Fremden entdeckt wurde sowie die Gefahr, für verrückt gehalten zu werden. Nachdem Keyser verurteilt worden war, hatten Alex und die anderen stets gehofft, dass er aus welchem Grund auch immer nicht doch auspacken würde. Bisher war das nicht geschehen.

„Okay, Leute, es wird Zeit", verkündete Sandra, nahm Alex' Hand und sprang auf. „Die Willkommensparty beginnt bald. Gehen wir zurück und richten die letzten Sachen her, bevor die Gäste kommen!"

Sie pfiff Tammy zu sich, die aufgeregt hechelnd angelaufen kam und sich ohne Sträuben die Leine wieder anlegen ließ.

Auf dem Rückweg unterhielten sie sich weiter über die Gerichtsverhandlung gegen Keyser, nachdem dies die erste Gelegenheit war, bei der sie ungestört darüber reden konnten.

„Wenn er in sechs Jahren aus Winchester rauskommt, geben sie ihm hoffentlich ein Betretungsverbot für die Stadt!", meinte Sandra, als sie wieder am Beginn der Mendelaine Road angelangt waren. „Sonst versucht er es doch wieder! Dann wären *wir* es, die untertauchen müssten."

„Reden wir lieber über etwas Erfreuliches", schlug Annie vor. „Zum Beispiel über heute Abend – also jetzt gleich."

Die ersten Straßenlaternen waren angegangen, obwohl die Dämmerung gar nicht richtig begonnen hatte.

„Ihr könnt schon mal zu John und Linda reingehen, während ich meinen Eltern helfe, die vorbereiteten Sachen von zuhause zu holen", wies Sandra Alex und die anderen an. „Es dauert nicht lange, wir sind in ein paar Minuten da."

„Ich komme mit dir", beschloss Alex.

„Das ist sehr lieb, aber wirklich nicht nötig", lehnte Sandra lächelnd ab. „Es ist nicht so viel."

„Trotzdem", beharrte Alex. „Ich begleite dich gerne."

Schließlich akzeptierte Sandra. Annie und Rob verschwanden in Johns Haus, während Tammy an den Vorgärten schnüffelte.

„Wir müssen heute aber nicht wieder Karaoke singen, oder?", fragte Alex vorsichtig.

„Nein, erst nächste Woche bei meiner Party", erklärte Sandra feixend. „Heute singst du allein und spielst Gitarre für uns!"

„Was?" Verwirrt starrte er sie an. „Aber ich habe meine Gitarre nicht dabei ..."

„John hat eine", sagte sie bestimmend. „Er hat sie extra stimmen lassen." Ihr Lächeln wurde immer breiter, während Alex nicht wusste, ob er sich darüber freuen oder eine Fingerlähmung vortäuschen sollte, um dem zu entgehen.

„Keine Sorge", beschwichtigte Sandra schließlich und knuffte Alex in die Wange. „Singen werden Annie und ich, du musst nur spielen. Wenn es halbwegs die richtigen Töne sind, reicht das schon."

„Du erschreckst mich gerne, was?" Er grinste und versuchte Sandra in die Seite zu piken. Sie hüpfte lachend weg und pikte zurück.

Als sie Sandras Haus erreichten, zog Alex sie zu sich heran und küsste sie, wobei sie fast Tammys Leine fallen ließ.

„Wie sehr ich dich vermisst habe", flüsterte er in ihr Ohr.

„Und ich dich erst", hauchte sie und fuhr durch seine Haare. „Wie wär's, wenn wir die Party absagen und einfach die ganze Nacht knutschen?"

Alex runzelte spaßhalber die Stirn und tat, als würde er ernsthaft darüber nachdenken.

„Dann wären die anderen aber ziemlich enttäuscht, nicht?"

„Du hast recht ... dafür haben wir immerhin das ganze Wochenende!" Sie drückte ihm noch einen Kuss auf den Mund und ging dann auf die Haustür zu.

„Du brauchst wirklich nicht mit reinzukommen, wir sind in zehn Minuten bei euch! Geh schon mal vor."

„Okay, bis gleich!"

Alex machte kehrt und sah Sandra und Tammy hinter der Haustür verschwinden.

Als er mit gemächlichen Schritten die Straße hinunterging wurde ihm aufs Neue bewusst, wie viel ihm die Zweisamkeit mit Sandra bedeutete. Dass er wieder monatelang darauf hatte warten müssen, ließ seine Sehnsucht nach ihr jetzt, da er ganz nah bei ihr war, förmlich explodieren. Am liebsten wäre Alex sofort mit ihr allein weggefahren, um von niemandem gestört zu werden.

Dann musste er an Josh denken. Die Freundschaft mit ihm bedeutete ihm nicht weniger und ebenso, dass Josh ihn diesmal begleitet hatte. Eigentlich hätte sein Glück perfekt sein können. Wäre da nicht die Tatsache gewesen, dass man zwischen Sandra und Josh immer einen gewissen Sicherheitsabstand wahren musste, damit die Situation nicht eskalierte. Was konnte er bloß tun, um das Ganze zu entschärfen?

Er musste auf jeden Fall mit seinem besten Freund reden, gleich morgen! Vielleicht fand er dann endlich heraus, was Josh gegen Sandra hatte und konnte erreichen, dass die beiden sich während der nächsten Wochen miteinander anfreundeten. Das klang zwar nach einer schwierigen Mission, aber Alex musste irgendwo anfangen. Jetzt wollte er erstmal die Party hinter sich bringen und alle Freunde von letztem Jahr wiedersehen und das konnte nur gut verlaufen!

Nachdem er kurz in den bläulich wolkenverhangenen Himmel gestarrt hatte, wurde ihm plötzlich bewusst, dass er genau vor der Einfahrt von Keysers Haus stand, ein paar Meter von der Eingangstür entfernt. Alex sah sich um, ob Sandra schon mit ihren Eltern auf dem Weg war, doch die Straße war leer. Die ersten Gäste würden auch erst etwas später aufkreuzen, vermutete er.

Der Drang wurde stärker, herauszufinden, ob jemand im Haus Nummer neun wohnte.

Sollte er es wagen? Was konnte schon passieren? Keyser war im Gefängnis, und selbst wenn seine Brüder darin wohnten und vom Versteck wussten, sie kannten ihn nicht. Wenn sonst ein Freund oder Bekannter von Keyser darin wohnte, erst recht nicht.

Alex spürte, wie sein Herzschlag schneller wurde und atmete tief durch. Dann machte er ein paar Schritte auf die Haustür zu.

Beim Näherkommen wurde immer deutlicher, wie ungepflegt alles war. Alex entdeckte fast keinen einzigen Ziegel in der Fassade, der nicht abbröckelte. Die wenigen Stufen vor dem Eingang waren allesamt angeschlagen und auf den Fensterscheiben, soweit er erkennen konnte, klebte eine Schicht aus Staub, irgendeiner Schmiere und sonstigem Schmutz. Die Tür hatte zahlreiche Schrammen und wurde von Spinnweben und anderen Insektennestern umrahmt.

Mitsamt der abgenutzten Türklingel, die aussah, als wäre sie seit Ewigkeiten defekt, lud sicher nichts an diesem Grundstück dazu ein, die Bewohner kennenzulernen.

Alex fasste sich an die Brust, in der sein Herz scheinbar einen beschleunigten Stepptanz aufführte und sog ein paar weitere Male Luft ein. Erneut blickte er sich um, ob jemand kam, aber die Mendelaine Road war so still und verlassen wie eh und je.

Schließlich gab er sich einen Ruck, führte seine Hand zur Klingel und drückte sie. Der schrille Ton im Inneren des Hauses ließ ihn zusammenzucken, und er fragte sich im selben Moment, ob das wirklich eine gute Idee gewesen war.

Gespannt lauschte er und meinte dann, etwas zu hören.

Waren es Stimmen? Ein Rumpeln? Möbelrücken? Alex konnte es nicht genau ausmachen.

Im nächsten Moment konnte er deutlich Schritte vernehmen, die auf ihn zukamen.

Aufgescheucht trat Alex zurück und fiel dabei fast die Stufen hinunter. Er fing sich gerade rechtzeitig, als an der Innenseite der Tür offenbar der Spion beiseitegeschoben wurde.

Es war jemand da!

Doch niemand sagte etwas. Wieder das Schiebegeräusch, dann wurde die Tür tatsächlich einen Spalt geöffnet.

Sofort schlug Alex der Geruch von Zigarettenrauch und verschwitzter Kleidung entgegen. Um die Person dahinter zu sehen, war der Spalt aber zu schmal.

„Was willst du?", bellte ihn eine Männerstimme an, die weder besonders tief, noch besonders hoch war. „Wer bist du?"

Alex fühlte sich plötzlich klein und hilflos.

Was sollte er sagen?

„Ich, ähm ...", stieß er hervor und räusperte sich. „Tut mir leid, wenn ich Sie störe, ich ... habe gehört, dass hier ein ... Mr. Keveron wohnt. Ist das hier das richtige Haus?"

Stille.

Er hörte ein Schnaufen und schluckte beklommen.

„Wer bist du?", fragte die Männerstimme abermals in schroffem Tonfall.

„Alex, Sir", antwortete er, ohne vorher darüber nachzudenken, ob es klug war, einer unbekannten Person in Keysers Haus seinen Namen zu verraten.

„Alex?"

Der Mann schien von dem Namen überrascht. Als ob er ihn zum ersten Mal gehört hätte. Dann schlug seine Stimme wieder in den unfreundlichen Ton um.

„Hier wohnt kein Keveron", sagte er barsch. „Verschwinde!"

Damit knallte er die Tür wieder zu und entfernte sich den Geräuschen nach in einen Nebenraum.

Alex brauchte einen Augenblick, um sich von seiner Stelle loszueisen und entfernte sich dann mit raschen Schritten vom Grundstück.

Zurück am Gehsteig drehte er sich nochmals um und versuchte, hinter einem der Fenster ein Anzeichen von Bewegung ausfindig zu machen. Doch es war alles dunkel. In seinem Kopf fielen die Fragen über ihn her, wie Heuschrecken über ein Getreidefeld.

Es wohnte also jemand in Keysers Haus! Wer war dieser Mann? Wohnte er alleine? Kannte er Keyser? Warum hatte ihn noch keiner aus der Straße gesehen? Und warum war im Haus alles dunkel, wo es doch schon bald dämmrig wurde? Scheute der Bewohner das Licht und lebte im Dunkeln? Oder hatte er die Stromrechnung nicht bezahlt und sich damit abgefunden, dass es dunkel blieb?

Waren die Schmutzschichten an den Fensterscheiben so dick, dass sie kein Licht nach außen durchließen? Sollte vielleicht niemand erfahren, dass dieses Haus bewohnt war? Aber warum war der Mann dann an die Tür gekommen und hatte sogar geöffnet?

Mit schwirrendem Kopf und immer noch klopfendem Herz steuerte Alex auf Johns Haus zu, als ihn jemand rief.

„Bist du in Zeitlupe gegangen?"

Sandra kam mit einem Kuchenblech und zwei Taschen um die Arme auf ihn zu, gefolgt von ihren Eltern und Ricky, die ebenfalls mit Schüsseln und Taschen beladen waren.

Sollte Alex ihr von seinem Klingelversuch erzählen? Nein, das konnte er auf die Schnelle nicht erklären.

„Hab nur etwas die Abendluft genossen", log er und klingelte bei John, da er noch keinen Schlüssel hatte.

„Das kannst du hinten im Garten beim Barbecue ja fortsetzen", meinte Sandra augenzwinkernd. „Ich hoffe, dein Onkel hat Staubzucker für den Kuchen!"

Im Wohnzimmer war ein Banner aufgehängt worden mit der Aufschrift „Willkommen zurück Alex & Josh" – der zweite Name war offensichtlich nachträglich mit Malfarbe ergänzt worden.

Josh stand bereits in der Küche und unterhielt sich mit Rob, während John draußen den Grill angeworfen hatte.

Als Sandra mit ihren Sachen neben Josh trat, würdigte sie ihn keines Blickes, sondern bat ihn lediglich, zur Seite zu gehen, um eine Schublade öffnen zu können. Auch Josh sprach nicht mit ihr.

„Mr. und Mrs. Brenton, guten Abend!", begrüßte Linda Sandras Eltern und nahm ihnen einige Sachen ab.

Kurz darauf klingelte es an der Tür und Annie eilte ins Vorzimmer.

Obwohl Alex eigentlich der Grund war, warum all das hier veranstaltet wurde, kam er sich für kurze Zeit merkwürdig fehl am Platz vor. Sicher lag es an der Aufregung über seine Aktion von gerade eben, bei der er immer noch nicht wusste, was er davon halten sollte.

Sobald er seinen Onkel ungestört sprechen konnte, wollte er ihm davon erzählen. Auch wenn John sicher nicht mehr wusste, wollte er zumindest seine Meinung dazu hören.

Alex ließ sich nichts anmerken und half, Getränke herzurichten, vorbereitete Grillspeisen rauszutragen und begrüßte die nach und nach ankommenden Gäste.

Bald war er so eingespannt, dass er kaum noch an den Mann in Keysers Haus denken musste. Und doch hatte er im Hinterkopf das Gefühl, dass hier wieder etwas Seltsames passieren würde.

Kapitel 4

Der Abend war angebrochen und hatte der Mendelaine Road einmal mehr jenen Anblick verliehen, der sie wohl kaum von anderen Wohnstraßen des Landes unterschied.

Die Häuser ruhten solide auf ihren erhobenen Fundamenten wie Wächter, die Blumensträucher und Hecken in den Vorgärten wogten sanft in der windigen Luft und gaben dabei ein konstantes Rauschen von sich, das sich mit vereinzelten Autogeräuschen und Tierlauten aus dem umliegenden Wald vermischte.

Aus den meisten Fenstern schien Licht auf die Straße, das den Gehsteig beinahe genug erhellte, um die Laternen überflüssig zu machen, die alle paar Meter auf beiden Seiten aufgestellt waren.

Recht weit vorne, bei den beginnenden Hausnummern, gab es jedoch ein Haus, aus dem nicht der kleinste Schimmer drang. Man hätte fast meinen können, es stünde seit geraumer Zeit leer und würde von den Besitzern sträflich vernachlässigt.

Kaum jemand aus der Straße wusste, was sich im Haus in der Mendelaine Road Nummer neun abspielte, seit der einzige bekannte Bewohner vor knapp einem Jahr verhaftet worden war. Und nach dem, was passiert war, hatte offenbar auch niemand ein stärkeres Bedürfnis, sich näher damit zu beschäftigen.

Von fast allen wurde dieses unrühmliche Grundstück so gut es ging gemieden, und die direkten Nachbarn zu beiden Seiten taten anscheinend ihr Bestes, um den Umstand zu ignorieren, ausgerechnet neben diesem Schandfleck zu wohnen.

Dass nachts in den Fenstern schon monatelang kein Licht mehr brannte, schien zu bedeuten, dass es ohnehin nicht bewohnt war, was einen Großteil nur beruhigen konnte. Doch selbst ohne darin lebende Nachbarn war Nummer neun ein als unheilvoll wahrgenommener Ort, um den man am besten einen großen Bogen machte und bei dem man so tat, als existierte er gar nicht.

Hinter der schäbigen rotbraunen Ziegelsteinfassade verbargen sich an diesem Abend im Juli allerdings – wie auch schon die vielen Nächte davor – lichterfüllte Innenräume, eine nicht zu bestimmende Anzahl an verschiedenen Gerüchen sowie vier Männer, die sich außerhalb des Hauses in all den Monaten, in denen sie sich nun hier aufhielten, nur selten tagsüber blicken hatten lassen und auch nicht vorhatten, das zu ändern – jedenfalls nicht, so lange nicht eine gewisse Person greifbar war, auf die sie seit dem letzten Sommer lauerten.

Drei der Männer waren in mittleren Jahren, einer etwas jünger und alle vier hatten gemeinsam, dass sie einen gefährlichen Eindruck machten. Jene Sorte von Menschen, denen man auf offener Straße nur ungern begegnet, erst recht in der Gruppe.

Brad Keyser hatte eine massive Statur, die ihn wie einen Ringkämpfer wirken ließ, ergänzt durch einen nicht zu übersehenden Bauch. Aus seinem narbigen Gesicht war keine Spur von Empathie oder Verständnis abzulesen, dafür wilde Entschlossenheit und der Wille, für das Erreichen seiner Vorhaben keine Rücksicht auf Verluste zu nehmen.

Während er mit einer Hand die Zigarette ausdämpfte und mit der anderen über seinen vollen schwarzen Haarschopf rubbelte, starrte er auf das Autorennen am Fernsehbildschirm, der wiederholt flimmerte.

Ihm gegenüber, auf einem durchgesessenen und abgenutzten Polsterstuhl, saß sein jüngerer Bruder Jack, der angewidert auf den überfüllten Aschenbecher schielte, aber nichts sagte.

Er war um einiges schlanker als Brad, aber keineswegs schwächlich. Sein dunkelbraunes Haar war ebenfalls dicht und nicht länger als nötig, sein Gesicht abgesehen vom Dreitagebart glatt und leicht rosig.

Er bediente sich aus einer Schachtel Pralinen auf seiner Armlehne, die er aber weniger zu genießen, sondern eher als nebensächlichen Snack anzusehen schien, den man so rasch wie möglich verputzen sollte.

Zwischen den beiden auf einer ausgeblichenen Stoffcouch, die an mehreren Stellen aufgerissen war, saßen ihre zwei Mitbewohner und waren in unterschiedliche Beschäftigungen vertieft.

Einer von ihnen hieß Jasper Caldon, war wie die beiden Keyser-Brüder in mittleren Jahren und vertrieb sich die Zeit gerade damit, in einer Zeitschrift mit leicht bekleideten Frauen zu blättern. Sein schütteres Haar war ungekämmt und leicht gräulich, sein schiefes Grinsen offenbarte mehrere Zahnlücken und der stämmige Körperbau musste überaus einschüchternd auf den letzten Mann wirken, der neben ihm saß und hochkonzentriert ein Kartenhaus auf dem Wohnzimmertisch aufzubauen versuchte.

Sein Name war Frederick Holroy und seinem schmächtigen Äußeren nach war er etwa zehn bis fünfzehn Jahre jünger als seine Zeitgenossen. Er hatte hellbraune Haare, kleine graue Augen und kaum Bartwuchs. Sein Körper sah aus wie langgezogen, was auch durch seinen beigefarbenen Pullover verdeutlicht wurde, dessen Ärmel weit vor den Handgelenken endeten.

Zusammengenommen machten die vier Männer in diesem Moment den Eindruck einer zufällig arrangierten Gruppe von Testpersonen für irgendein soziales Experiment. Auf einen Außenstehenden mochten sie gewirkt haben, als würden sie sich nicht kennen, geschweige denn etwas miteinander planen.

In Wahrheit lag der einzige Grund, weswegen sie es seit fast einem Jahr gemeinsam hier aushielten, in einer Aktion, die sie irgendwann mit Sicherheit durchführen würden. Wann genau, hatte lange niemand von ihnen abschätzen können.

Es hatte von Beginn an so ausgesehen, als müssten sie den richtigen Zeitpunkt dem Zufall überlassen, was keinem von ihnen gefiel, am allerwenigsten Brad Keyser, der seinen Groll darüber selten verbarg.

Seit sie inkognito hier wohnten, hatten sie alles getan um möglichst unbemerkt zu bleiben. Alle Fenster auf der Straßenseite und zu den Nachbarhäusern waren von innen mit Planen, Holzbrettern oder Stoffdecken verhängt worden, um abends keinesfalls den Anschein eines bewohnten Hauses zu erwecken.

Lediglich auf der Hinterseite des Hauses drang tagsüber Licht hinein, da dort nichts abgedunkelt worden war. An dieser Stelle konnte es kaum jemandem auffallen, wenn Lampen brannten.

Einkäufe und alle Besorgungen wurden entweder zeitig in der Früh erledigt oder über Nacht, mithilfe eines Wagens, der mehrere hundert Meter entfernt geparkt war und nicht mit dieser Hausnummer in Verbindung gebracht werden sollte.

Das Haus wurde tagsüber selten verlassen, höchstens in Richtung Garten und gelegentlich in den Wald, meistens aber nachts.

Niemand in der Nachbarschaft sollte Fragen stellen!

Sie würden erst in Erscheinung treten, wenn der passende Zeitpunkt da war. Was jederzeit der Fall sein konnte, aber ganz unvorhergesehen. Wer von ihnen konnte schon ahnen oder gar wissen, wann ihre Zielperson da sein würde?

In den letzten Monaten hatten die vier Männer öfters gerätselt, ob das nach den Ereignissen im letzten Sommer überhaupt so schnell wieder der Fall sein würde. Die Erkenntnis, dass es möglicherweise noch lange dauern konnte, hatte den Missmut tageweise ungeheuer verstärkt und die Stimmung besonders in den vergangenen Tagen gedrückt.

Bis es an diesem Nachmittag völlig unverhofft an der Tür geklingelt hatte. Zuerst hatten sie überlegt, ob sie überhaupt öffnen sollten. Dann hatten sie entschieden, Holroy zur Tür gehen zu lassen um zu checken, wer es war.

Zu ihrer aller Überraschung war es ein Junge gewesen, im Teenageralter, vielleicht fünfzehn oder sechzehn Jahre alt, der ebenso überrascht darüber schien, dass jemand zuhause war. Offenbar hatte er sich im Haus geirrt, denn Brad und Jack Keyser wussten nur zu genau, dass Jacob Keveron im Haus Nummer vier wohnte. Das allein hätte niemanden von ihnen veranlasst, weiter darüber nachzudenken.

Doch dann hatte Holroy erwähnt, dass sich der Junge als *Alex* vorgestellt hatte. Bei diesem Namen waren alle vier in ekstatische Aufregung verfallen. Denn als die Keysers ihren Bruder Edmund das einzige Mal im Gefängnis besucht hatten, was ohnehin riskant genug gewesen war, hatte dieser den Neffen von John Stancen so oft erwähnt, dass er förmlich in ihr Gedächtnis eingebrannt war, wenngleich sie ihn niemals persönlich gesehen hatten. Eds Beschreibung hatte ziemlich genau auf den Jungen gepasst, der heute Nachmittag geläutet hatte.

Bedeutete das nun, dass sie bald zuschlagen konnten? Um diese Frage kreisten seit Stunden ihre Gedanken und gaben ihrem Ausharren zum ersten Mal seit vielen Monaten wieder einen Sinn.

Brad zündete gerade seine nächste Zigarette an, als Jack energisch nach der Fernbedienung griff und dem Bildschirm damit den Saft abdrehte.

„Was ist jetzt?", fragte er an seinen Bruder gerichtet und warf die Fernbedienung auf den Tisch zurück. Seine Stimme klang kratzig und durchdringend. „Holen wir uns das Ding bald oder verschwenden wir noch ein Jahr, bis wir uns gegenseitig auffressen?"

„Du hast vielleicht gute Laune", gab Brad zynisch zurück und schnippte die Asche in die Luft. „Was ist los, Jack? Juckt dich das Abenteuer?"

„Hat wohl Angst, dass uns jemand das Cessler-Geheimnis wegschnappt", rief Caldon dazwischen und gluckste. „So wie eurem Bruder letztes Jahr."

„Halt die Schnauze, Mann!", fuhr Jack ihn an und deutete drohend mit dem Zeigefinger auf ihn. „Du kannst auch im Garten pennen, wenn du's drauf anlegst."

„Lass gut sein", meinte Brad gelassen. In seiner tiefen Stimme lag etwas unheimlich Gefährliches, er klang wie ein lauerndes Raubtier, das jederzeit angreifen konnte. „Jasper hat doch recht. Zum hundertsten Mal, so dämlich wie Ed stellt sich im Leben kein zweiter Kerl an, der gerade drauf und dran ist, an den Globus zu kommen. Dass er jetzt im Knast sitzt, hat er nur seinem fehlenden Schneid zu verdanken."

„Sag ich doch", meinte Caldon, immer noch glucksend und schmiss die Zeitschrift achtlos auf den Boden. „Dabei kam er gar nicht so unfähig rüber, als ich ihn im Bau besucht habe. Misstrauisch war er, der Gute, sehr misstrauisch."

„Er hat sich verzettelt, der Idiot", sagte Brad verärgert. „Hätte er noch einen Tag gewartet, dann hätten wir das Ganze genau planen können und wären heute schon reich. Jedenfalls am besten Weg dahin. Würde er heute rauskommen, wäre das Erste, das er von mir bekäme, eine Tracht Prügel! Für diesen Scheiß, den er sich und uns eingebrockt hat."

„Seit Monaten dieselbe Leier von dir. Wen kümmert's, was du tun *würdest*?" Jack sprang aus dem Polsterstuhl auf und ging ziellos im Raum hin und her. „Es zählt, was wir tun *werden* – jetzt, da der Stancen-Neffe offenbar wieder hier ist!"

„Erzähl noch mal ganz genau wie er aussah, Fred", forderte Brad ihn auf, ohne auf seinen Bruder zu reagieren.

Holroys schlaksiger Oberkörper lehnte sich auf der Couch zurück und er schien von Brads aggressivem Tonfall etwas eingeschüchtert.

„Also ... mittelgroß, ich schätze nicht ganz eins achtzig, schlanker Typ, kastanienbraune Haare, glatte Haut ..."

„Ed hat ihn genauso beschrieben!", meinte Jack eindringlich. „Und denselben Namen hat er auch! Also worauf warten wir noch?"

In diesem Moment richtete sich Brad ruckartig aus seinem Stuhl auf und stapfte auf seinen Bruder zu.

„Willst du genau dieselbe Scheiße abziehen wie Ed letzten Sommer?", bellte er ihn an und beugte sich nah an sein Gesicht. „Unmaskiert und ohne Tarnkleidung in Stancens Haus rein, überall deine Spuren hinterlassen und am Ende direkt in die Arme der Bullen laufen? Nur zu, ich steh dir nicht im Weg! Aber lass mich und die anderen da raus."

„Natürlich ... natürlich nicht", antwortete Jack kleinlaut und schluckte. „So war das nicht gemeint. Ich wollte nur wissen, was für einen Plan wir haben."

„Was glaubst du, worüber ich die ganze Zeit nachdenke?", blaffte Brad und wischte den Aschenbecher vom Tisch, der seinen Inhalt staubend über den Boden verteilte. „Seit einem beschissenen Jahr plane ich diesen Coup für den richtigen Moment. Deswegen können wir jetzt nicht einfach loslegen und riskieren, dass es schiefgeht, Idiot!"

„Provozier ihn nicht, Jack", ermahnte Caldon grinsend. „Sonst wirft er dich noch raus."

„Du kannst mich", gab dieser zurück und verschränkte grimmig die Arme vor der Brust. „Keine Ahnung, warum du überhaupt hier bist."

„Weil wir ihn gut gebrauchen können, du dämlicher Sack!", schimpfte Brad. „Schon vergessen, dass er es war, der uns die falschen Ausweise besorgt hat? Wie hätten wir Ed sonst im Knast besuchen sollen? Etwa als die Typen, die wir sind? Dann hätten wir ihm gleich Gesellschaft leisten können!"

Provokant sah Caldon Jack an, der den Blick genervt abwandte.

„Außerdem", fuhr Brad fort, „können wir uns auf ihn verlassen! Er weiß wie man den Bullen entkommt, beschafft uns Waffen, Tarnklamotten und wenn nötig einen Fluchtwagen. Er steht voll und ganz hinter der Sache!"

„Die ich euch erst dann völlig glauben werde, wenn ich es selbst gesehen habe", warf Caldon ein. „Ein Globus, der alles auf die Erde überträgt, was man auf ihm anstellt? Ihr faselt mich jetzt schon monatelang damit voll. Wenn ich nicht wüsste, was für einen Aufwand ihr betreibt, um dort ranzukommen, würde ich euch für durchgeknallt halten. Aber irgendwas muss dran sein, denn ihr redet ja fast nur noch darüber, seit Ed letztes Jahr mit euch Kontakt aufgenommen hat. Und eine andere Bleibe habe ich momentan obendrein nicht ..."

„Du kannst nur gewinnen, Mann", versicherte ihm Brad. „Sobald wir den Schreiberling aus dem Weg geräumt und den Jungen in unserer Gewalt haben, kommen wir dahinter."

„Was ist mit den anderen?", stellte Jack in den Raum. „So viel Ed erzählt hat, gibt es einige Freunde, allesamt Kids aus der Straße. Denen wird es komisch vorkommen, wenn ihr amerikanischer Freund plötzlich verschwindet."

„Es waren drei letztes Jahr", bemerkte Brad nachdenklich. „Das hat Ed erzählt ... und dass er keine Ahnung hat, wie sie von dort unten entkommen sind."

„Drei Probleme mehr", schloss Jack daraus. „Was sollen wir mit denen machen, wenn sie dabei sind? Ihre Familien leben alle hier, sollen wir zwanzig Leute aus dem Weg räumen?"

„Ich glaube, das wird nicht nötig sein", winkte Brad ab. „Hast du vergessen, es ist Urlaubszeit! Die Familien schwärmen an die Küsten, in die Städte oder nach Übersee. Bestimmt sind auch sie darunter. Das werden wir in den nächsten Tagen herausfinden. Aber dazu werden wir etwas zusätzliche Hilfe benötigen."

„Du meinst Eds Komplizen von letztem Jahr?", erkundigte sich Jack und fing kurz darauf an zu lachen. „Die haben doch nichts getan außer im Weg zu stehen. Wozu brauchen wir die?"

„Es gibt immer Leute, die die Drecksarbeit machen müssen", erklärte Brad. „Schmiere stehen, Informationen beschaffen, und so weiter. Sie kennen die Leute, die heute in der Straße wohnen, besser als wir! Das wird uns nützen. Und dass Percy Crittenfield genauso scharf aufs Cessler-Geheimnis ist, wird ihm Motivation genug sein, uns zu helfen, das haben wir schon tausendmal besprochen."

„Mag sein", erwiderte Jack. „Aber er denkt doch nicht etwa, dass wir ihm etwas davon abgeben."

„Irgendwas wird schon drin sein", meinte Brad und hob die Füße auf den Wohnzimmertisch. „Zuerst müssen wir den Jungen dazu bringen, uns zu sagen, wie wir den Globus benutzen können. Das dürfte nicht allzu schwer werden. Im Idealfall haben wir seinen Onkel und ein paar seiner Freunde als Druckmittel."

„Die hatte Ed letztes Jahr auch", gab Caldon zu bedenken. „Und trotzdem hat der Junge nichts gesagt."

„Er wurde von den Bullen unterbrochen, das wisst ihr doch", erinnerte Brad. „Außerdem ist Ed, was sowas angeht, ein Schlappschwanz. Genau wie Dad. Ich hätte kurzen Prozess gemacht und eine der Gören erschossen, damit ihm klar wird wie ernst es mir ist. Dann die nächste, dann den nächsten. Und nicht im Haus, wo man alles im Umkreis von zehn Kilometern mitkriegt, sondern unten im Versteck! Welchen besseren Ort gäbe es für ein Verhör?"

„Seht ihr?" Caldon hatte gespannt gelauscht, ebenso Holroy, dem es offenbar schon lange die Sprache verschlagen hatte. „Genau das ist es! Würdet ihr diese Dinge etwa durchziehen, wenn es bloß um ein paar läppische Kröten ginge? Da muss etwas Größeres dahinterstecken."

„Darauf kannst du wetten", versicherte Brad. „Ed hat es selbst gesehen und auch wir werden bald das Vergnügen haben. Es hat lange gedauert und vieles ist schiefgegangen, aber dieses Mal sicher nicht!"

„Wenn Ed wenigstens das verdammte Amulett nicht verloren hätte", schnaubte Jack, wie schon so oft davor. „Blöd von uns, dass wir es damals hiergelassen haben."

„Egal", sagte Brad. „Das holen wir uns bald zurück."

„Ich ... also ...", begann Holroy zu stammeln und lehnte sich vor. „Ich will unbedingt wissen, was es mit dem Versteck auf sich hat. Aber ... ähm ... was passiert, wenn wir diesen ... Globus für uns haben?"

Es schien ihm viel Mut abzuverlangen, diese Frage an diesem Abend zu stellen, obwohl er seit letztem Sommer mit den anderen Männern zusammenwohnte. Brad und Jack tauschten einen prüfenden Blick, ehe sie in herablassendes Gelächter ausbrachen.

„Was *passiert*, fragst du?" Jack schüttelte den Kopf. „Bist ja ganz auf dem Laufenden, was?"

„Na ja ..." Holroy wurde leicht rot im Gesicht. „Ich meine nur, Ed hat doch erzählt - jedenfalls, als ich ihn das erste Mal besucht hab - dass sich das Ding nicht bewegen lässt. Das würde ja bedeuten, wir müssten ... da unten bleiben, nicht?"

„Hat das kleine Bürschchen etwa Angst vor der Dunkelheit?", fragte Caldon scherzhaft und rubbelte Holroy durch die Haare.

„Unsinn", bestritt dieser und zog seinen Kopf weg. „Ich frage mich bloß wie das gehen soll, dort immer rein- und rauszugehen, ohne dass es auffällt."

„Lass das unsere Sorge sein", meinte Brad in bestimmendem Ton. „Wenn wir den Globus erst mal besitzen, wird es das kleinste Problem der Leute sein, wo wir sind. Außerdem gibt es einen zweiten Zugang, den sicher die wenigsten kennen - bis auf die Gören, die mit dem Jungen befreundet sind. Ich wette, sie haben ihn letztes Jahr gefunden und sind dadurch abgehauen."

„Warum benutzen wir dann nicht diesen zweiten Zugang um reinzukommen?", fragte Holroy verwirrt. „Wäre doch einfacher, als die Nummer mit den ganzen Leuten, die wir dafür kriegen müssen."

„Weil wir nicht genau wissen, wo dieser Zugang liegt", antwortete Jack gereizt. „Und noch dazu brauchen wir den Stancen-Neffen dazu! Hast du Ed nicht zugehört? Er muss es dir doch auch erzählt haben! Nachdem er es geschafft hat, da reinzukommen und die Bälger vorgefunden hat, konnte nur dieser eine Junge den Globus berühren. Das hat ihm die ganze Aktion vermasselt."

„Der Trottel hatte vier Leute als Druckmittel!", fuhr Brad dazwischen. „Er hätte die Antwort einfach aus ihm rauskriegen können, aber was tut er? Lässt die anderen sicher in ihrem Bunker ausharren und gibt dem Jungen im Haus ein paar Ohrfeigen, die die ganze Nachbarschaft mitkriegt. Dass er jetzt sitzt, ist seine eigene Schuld, ich sag's euch noch mal!"

„Schon gut", versuchte Jack mit vorgehaltenen Händen zu beschwichtigen. „Dann war's eben seine Schuld, na und? Ändert nichts daran, dass der Junge – *Alex* – ihn als Einziger bedienen kann. Bis wir herausgefunden haben, wie sich das ändern lässt, brauchen wir ihn ohnehin! Da würde es auch nichts bringen, den zweiten Zugang zu kennen."

„Genau das", bestätigte Brad und zündete sich eine weitere Zigarette an.

„Und dieser zweite Zugang?", hakte jetzt Caldon nach. „Den habt ihr bis jetzt immer nur am Rande erwähnt. Wo könnte der liegen?"

Die Keysers zuckten mit den Schultern.

„Unser Onkel Jeff hat oft von ihm gesprochen", erzählte Jack. „Bis Ed vom Tunnel unter Stancens Haus erzählt hat, dachten wir sogar, es ist der einzige. Leider ist Onkel Jeff nie dahintergekommen, wo er genau liegt. Irgendwo im Wald, hat er geglaubt."

„Die anderen wussten es", warf Brad dazwischen. „Diese verdammten Schweine von Carregan, Crittenfield, Norwood und wie sie alle heißen. Wollten mit Onkel Jeff gemeinsame Sache machen und haben ihn übers Ohr gehauen!"

„Kann man wohl sagen", gab Jack ihm recht. „Aber sie haben es auch nie geknackt. Kamen vielleicht in Cesslers Versteck, oder nah dran, aber nie an den Globus. Sonst würden sie wohl kaum in ihren kleinen Häuschen dahinleben, nicht wahr?"

„Sagtet ihr nicht mal, ihr hättet nach dem Zugang gesucht?", wollte Caldon wissen.

„Haben wir", erwiderte Brad und starrte nachdenklich ins Leere. „Nachdem der Anhänger eines Tages plötzlich geleuchtet hat."

Holroy hatte sich weit nach vorne gebeugt und lauschte der Unterhaltung mit großen Augen und halb offenem Mund, obgleich er die Erzählung schon zur Genüge kannte. Als wäre es eine Krimiserie, in der jeden Moment die Auflösung folgte.

„Bis dahin haben wir selbst gedacht, dass sich Onkel Jeff in die ganze Sache mit Cessler und dem Globus zu sehr hineinsteigert. Ständig hat er davon gefaselt und versichert, dass das Teil aufleuchtet, wenn jemand was am Globus anstellt. Hat es aber bis dahin nie – dafür dann umso mehr, ihr müsstet es sehen! Onkel Jeff war da schon abgekratzt, also haben Jack und ich beschlossen, auf eigene Faust danach zu suchen. Ed wollte mitmachen, aber er war zu unvorsichtig, deshalb haben wir ihn kleingehalten. Hat sich nicht geändert, dieser Trottel! Jahre haben wir im Wald und in der Gegend nach einem Anhaltspunkt gesucht, aber da war nichts."

Brad schien die Aufmerksamkeit, die er gerade von Caldon und Holroy bekam, in vollen Zügen zu genießen und legte wohl daher Extra-Pausen ein, um sie auszukosten.

Obwohl sie diese Geschichte bereits mehrmals gehört hatten, lauschten sie ihr jedes Mal gespannt, als ob sie neue Antworten bekommen würden.

„Nach einigen Jahren, in denen der Anhänger immer wieder Licht abgegeben hat, haben wir von einem der Nachbarn erfahren, dass sich der alte Wappins auf Nummer zwei in der ganzen Straße nach der Cessler-Geschichte und den Gerüchten erkundigt – von einem Tag auf den anderen. Ein verwirrter Wissenschaftler, Physiker oder so. Wir haben schnell begriffen, dass er etwas entdeckt haben muss. Also haben wir ihn uns vorgeknöpft. Ich bin sicher, wir hätten es aus ihm rauskriegen können ..."

Zornig schlug Brad mit der Faust auf den Tisch und Caldon und Holroy zuckten wie aus einer Trance gerissen zusammen.

„Leider kam uns jemand dazwischen", führte Jack weiter aus und wirkte ebenso verbittert über den Misserfolg vor vielen Jahren. „Und dann mussten wir schnell handeln. Die Info vom alten Wappins haben wir nicht mehr bekommen und sind erstmal untergetaucht."

„Am Anfang hat uns Ed auf dem Laufenden gehalten", erzählte Brad weiter. „Und gesagt, dass der Anhänger nichts mehr von sich gegeben hat. Irgendwann ist dann der Kontakt abgerissen. Weiß nicht, was Ed in der Zeit alles gemacht hat. Aber letztes Jahr hat er plötzlich von sich hören lassen. Den Rest kennt ihr ja."

„Hat man nun nach euch gesucht?", fragte Holroy unsicher.

„Glaube schon", meinte Jack. „Aber wir haben es raffiniert angestellt - nicht so dämlich wie unser Bruder - und man hätte uns schwer was nachweisen können. Trotzdem wurde es uns hier zu brenzlig. Die Polizei hat allerhand Leute aus der Straße befragt und dem wollten wir entgehen. Man weiß ja nie. Keine Ahnung, ob uns jemand verdächtigt hat. Für eine Fahndung hat's offenbar nicht gereicht, aber wenn wir nicht aufpassen, wollen sie vielleicht trotzdem noch 'ne Aussage von uns. Das können wir nicht gebrauchen!"

Die beiden Komplizen schienen angestrengt über irgendwas nachzudenken.

„Dann war es ja echt 'ne Menge Glück, dass euch bei der Hausdurchsuchung letztes Jahr niemand erwischt hat", folgerte Caldon.

„Wie auch immer", winkte Brad ab und dämpfte die Zigarette auf der Tischplatte aus. „Dieses Unschuldslamm von Fred als Untermieter auszugeben, der nichts von Eds Verhaftung mitbekommen hat, mussten die Bullen doch schlucken."

Holroy schmunzelte etwas verlegen und wirkte wie bei jedem Mal bei diesem Teil der Geschichte stolz darüber, auch etwas zu der Sache beigetragen zu haben.

„Ed hat mir gleich abgenommen, dass ich zu euch gehöre", sagte er zufrieden. „So konnte ich alles rechtzeitig verschwinden lassen, was die hier im Haus gegen ihn verwenden hätten können."

„Wenn die Pfeife in Stancens Haus nicht so ausgerastet wäre, hätten sie gar nichts gegen ihn in der Hand gehabt", meinte Brad dazu. „Es hat aber auch sein Gutes, immerhin wiegen sich alle dort drüben in Sicherheit, jetzt wo Ed im Bau sitzt. Die werden nicht mit uns rechnen."

Ein finsterer Ausdruck der Zuversicht verbreitete sich in seinem Gesicht und sprang auch auf Jack über.

„Was sind jetzt die nächsten Schritte?", wollte Caldon wissen. „Wann machen wir ernst?"

„Jasper in Bestform", sagte Jack grinsend. „Das gefällt mir!"

„Als erstes fährt einer von euch morgen Früh los und besorgt unser Futter fürs Wochenende", stellte Brad klar. „In den nächsten Tagen werden Jack oder ich gewissen Leuten der Straße einen kleinen Besuch abstatten. Die wissen immerhin noch gar nichts davon, dass wir wieder Nachbarn sind. Diese Überraschung wollte ich mir bis zu diesem Moment aufheben, in dem die Planung in die heiße Phase geht."

Er grinste selbstzufrieden.

„An wen hast du gedacht?", fragte Jack mit ernster Miene.

„Crittenfield zum Beispiel", antwortete Brad. „Ed meinte, die Weiber von Alverston und Andrews wären skeptisch, also sollten wir die vorerst auslassen. Blieben noch Carregan und Norwood. Wir werden ein paar Informationen von ihnen verlangen und durchklingen lassen, dass wir drauf und dran sind, uns den Globus unter den Nagel zu reißen. Ich kann mir nicht vorstellen, dass sie das kalt lassen wird."

„Was wenn sie euch bei den Bullen verpfeifen?", stellte Holroy in den Raum und wirkte verunsichert.

„Das werden sie nicht wagen", stellte Brad klar, weniger in beruhigendem als in angriffslustigem Tonfall. „Die sind genauso scharf drauf, ans Cessler-Geheimnis ranzukommen. Schon deren Eltern und Großeltern haben 'ne Menge dafür aufgewendet, Onkel Jeff kannte sie alle. Wenn wir ihnen verklickern, dass für sie was rausspringt wenn sie uns unter die Arme greifen, werden sie es sich zweimal überlegen ob sie uns anschwärzen. Schließlich wissen sie, welche anderen Seiten wir aufziehen können."

Vielsagend sah er seinen Bruder an, der gehässig lachte.

„Alles klar, und was dann?"

Caldon schien inzwischen derart neugierig auf das Versteck zu sein, dass man meinen konnte, er hätte am liebsten in dieser Nacht losgelegt.

„Wenn erst mal klar ist, auf was wir uns einstellen müssen, werden Brad und ich uns Stancen und seinen Neffen vornehmen", führte Jack aus. „Sie könnten schließlich weggefahren und ein paar Tage unterwegs sein, das würde niemandem so schnell auffallen. Sobald wir wissen, wie der Globus funktioniert, räumen wir die beiden aus dem Weg und beginnen mit einer kleinen Testphase."

„Ihr meint, ein kleines Donnerwetter für die Welt?", vermutete Caldon und gluckste wieder.

„Genau das", bestätigte Brad. „Irgendwann haben wir den Dreh raus und beginnen mit der Hauptphase. Beobachten Börsenkurse, Aktienwerte, Öl- und Getreidepreise und so weiter. Mit etwas Startkapital lassen sich einige Mengen am einen oder anderen Gut besorgen, das bald sehr gefragt sein wird, nachdem wir die Natur nach unserer Pfeife tanzen lassen. Der Rest kommt dann wie von selbst."

„Wir haben da unten unendlich viel Zeit", meinte Jack. „Irgendwann finden wir auch den zweiten Zugang und können ihn zu unserem Vorteil nutzen. Auf lange Sicht lässt sich da unten sicher 'ne bequeme Bude einrichten."

„Eine Bude, in die wir nur die reinlassen, die es wert sind", fügte Brad mit erhobenem Finger hinzu.

„Und ihr denkt nicht, dass Nachbarn, Freunde und Eltern der beiden Alarm schlagen und nach ihnen suchen lassen?", warf Holroy in den Raum.

„Na und?" Brad musterte ihn wie ein bemitleidenswertes Tier, das immerzu in dieselbe Falle tappte. „Was können die uns schon? Der Zugang wird irgendwie verriegelt, sodass man ihn vom Haus aus nicht mehr findet. Kommt alles an die Reihe, wenn wir erst mal drin sind und Klarschiff gemacht haben. Wenn sie Stancen und den Jungen irgendwann finden, wird niemand mehr den Kopf dafür haben, die genauen Umstände herauszufinden. Dann geht's auf der Welt längst rund – und nur die Stärksten überleben!"

„Und nachdem *wir* die Fäden in der Hand haben, sind wir an der Spitze, verstehst du?", erklärte Caldon an Holroy gewandt. „Ohne dass jemand etwas davon mitkriegt."

Holroy nickte eifrig.

„Alles nur mehr eine Frage von Tagen", verkündete Brad abschließend und rieb sich genüsslich die Hände. „Und ich habe eben beschlossen, einen kleinen Rundgang zu Stancens Haus nach vor zu machen. Mal sehen, was sich dort gerade abspielt."

„Darf ... darf ich mitkommen?", fragte Holroy hoffnungsvoll.

„Wenn du dein Maul hältst und genau tust, was ich dir sage?", ermahnte ihn Brad.

„Sicher", versprach Holroy und sprang auf.

„Jack und Jasper, ihr seid morgen dran!", sagte er in befehlendem Ton. „Crittenfield und die anderen Schmarotzer nehmen wir uns am Wochenende vor."

Während Jack und Caldon sich in eine weitere Unterhaltung vertieften, spähte Brad vorsichtig durch einen Spalt in der Haustür. Nachdem niemand zu sehen war, winkte er Holroy heran und verließ gemeinsam mit ihm das Haus.

„Eigentlich 'ne hübsche Gegend", bemerkte Holroy leise, als sie am Gehsteig ankamen und den Weg die Mendelaine Road entlang einschlugen. „Zum Wohnen, meine ich."

Brad erwiderte nichts, sondern rauchte noch eine Zigarette an. Nach ein paar Metern nahm er das Haus Nummer zwei ins Visier, aus dem Licht und dumpfe Geräusche drangen. Es war zehn Uhr abends und die Straße praktisch ausgestorben.

Als sie auf der gegenüberliegenden Seite vor dem Haus standen, in dem niemand von ihnen Notiz zu nehmen schien, konnte Brad die Aufregung in sich hochsteigen fühlen. Holroy dürfte es nicht anders ergehen.

„Ich habe das Haus erst einmal bei Tag gesehen", meinte er zu Brad und sah wie gebannt auf die Ziegelfassade, die von schwachen Lichtflecken aus den Fenstern und von den Straßenlaternen gesprenkelt war.

„Bald wirst du's von innen sehen", versicherte Brad. „Wir haben was Großes vor."

Schamlos schnippte er die Zigarette auf den Asphalt, trat sie aus und setzte sich in Bewegung Richtung Nummer zwei.

„Etwas sehr Großes."

Kapitel 5

Wenn es in der Mendelaine Road an diesem Abend ein Haus gab, das sich deutlich von den anderen unterschied, war es definitiv jenes von John. Während in den meisten anderen längst Ruhe eingekehrt war, herrschte hier das pure Leben.

Der Garten war voll mit Leuten, die entweder um das kleine Lagerfeuer herumsaßen, sich Nachschlag vom Grill holten oder miteinander unterhaltend die laue Stimmung genossen. Obwohl immer noch Wolken die Sicht auf den Nachthimmel versperrten, blieb es trocken und nur leicht windig, ideal für diesen Anlass.

Alex hatte schnell verdrängt, was an diesem Nachmittag passiert war. Die Freude, alle Leute von letztem Jahr wiederzusehen, ließ ihn zeitweise sogar vergessen, dass Sandra und Josh sich gegenseitig wie Luft behandelten. Zu Beginn hatte er John beim Grillen geholfen und sich anschließend mit Backkartoffeln, Gemüse und Salat den Bauch vollgeschlagen, umgeben von Sandra, Rob und Samuel Tennesson, der am anderen Ende der Straße neben Rob wohnte. Josh hatte sich am Nebentisch auf der Terrasse mit Annie, Norman Martenson, Adam Hamerer und Julian Everyll unterhalten und dabei sehr ausgelassen gewirkt – sicher auch, weil zwischen Sandra und ihm so viele Leute als Puffer fungierten. Alex war das mehr als recht. Annies und Sandras Eltern saßen an den Tischen verteilt und unterhielten sich über die anderen hinweg mit Elena und Edward Martenson, die gegenüber von John wohnten und bereits lange mit ihm befreundet waren. Nachdem Linda den letzten Nachschlag vom Grill gebracht hatte, hatte sie sich mit John auf die letzten freien Plätze gesetzt und von dort aus immer wieder Kommentare zu den gerade geführten Gesprächen abgegeben, was besonders Rob manchmal peinlich zu sein schien, Alex und die anderen aber ziemlich amüsierte.

Nach Kuchen mit Sahne und Eis, die als Nachtisch aufgetragen worden waren, war Alex der Meinung gewesen, die nächsten Tage kein Essen mehr zu brauchen. Die Müdigkeit, die er seit seiner Reise mit sich rumschleppte, meldete sich nun zurück und er wäre am liebsten ohne Umwege ins Bett gegangen.

Allerdings wollte er Sandra nicht enttäuschen, die bereits überall angekündigt hatte, dass Alex sie heute Abend mit seinen Gitarrenklängen beglücken würde, weswegen er sich mit einigen anderen auf längliche Holzschemel um die Feuerstelle herum begeben hatte.

„Das ist so schön romantisch", hatte Sandra geschwärmt.

Alex freute sich, dass sie den Abend genoss, konnte es aber nicht ganz teilen - in diesem Moment weniger wegen seinem starken Bedürfnis, schlafen zu gehen, sondern vielmehr wegen des versteinerten Blicks, den Josh, der ein paar Plätze weitersaß, ihr zuwarf.

Letztendlich hatte es ihm großes Vergnügen bereitet, im orangen Licht der Flammen die Takte einiger Rock- und Popsongs anzustimmen, die er beherrschte und dem Gesang zu lauschen, den Sandra, Annie und Rob zum Besten gaben. Sogar einige der anderen stimmten mit ein, insbesondere Linda und Mrs. Brenton schienen dabei ihren Spaß zu haben.

Ein paar Lieder später stellte Alex die Gitarre beiseite, legte sich auf den Schemel mit seinem Kopf in Sandras Schoß und gähnte herzhaft.

„Du bist doch nicht etwa müde?", fragte Sandra scherzhalber, obwohl offensichtlich war, dass sie es längst erkannt hatte.

„Wir müssen heute Nacht noch Flaschendrehen und Wahrheit oder Pflicht spielen!"

Alex lachte erschöpft über Sandras Humor. Bevor er etwas sagen konnte, hörte er ein paar Sitze weiter einen wenig begeisterten Kommentar.

„Nichts lieber als das."

Schlagartig erstarb das Lächeln auf Sandras Lippen und sie atmete einmal mehr tief durch.

„Du musst nicht mitspielen", sagte sie gereizt zu Josh. „Es war übrigens nur ein Scherz, das sollte ich in Zukunft vielleicht dazusagen für gewisse Leute."

„Lasst gut sein", warf Linda dazwischen. „Dafür habt ihr wochenlang Zeit."

„Das meine ich auch", stimmte Alex hastig zu, als er hörte, dass Josh bereits zu einem neuen Satz ansetzte. „Ich fand es echt schön heute. Danke an alle!"

Sandra streichelte seine Haare in ihrem Schoß und wirkte nun wieder entspannt.

„Nichts zu danken", erwiderte Samuel mit einem Glas Limonade in der Hand.

„Hey, du hast überhaupt nichts gemacht!", rief Annie ihm empört zu.

„Ich hab mich wohl verhört!" Samuel setzte eine gespielt beleidigte Miene auf. „Wer hat die Servietten gefaltet und geholfen, die Tische aufzustellen?"

„Und ich hab beim Einkaufen für die Kuchenzutaten geholfen", meldete sich Norman zu Wort und deutete auf Elena und Edward Martenson. „Fragt meine Eltern!"

„Ich bin einfach da", verkündete Adam mit einer theatralischen Geste auf sich selbst. „Das ist mein Beitrag."

„Ihr seid wirklich klasse", rief Annie übertrieben glücklich. „Einer toller als der andere!"

Alex, Sandra und Rob lachten, während John sich hinter Linda stellte und sie umarmte.

„Habt ihr schon Ideen, was ihr am Wochenende gerne unternehmen würdet?", fragte John an Alex und Josh gewandt.

„Ich würde gerne in ein Pub", sagte Josh sofort. „Wenn es erlaubt ist."

„Hinein darf man ab sechzehn", erklärte Julian. „Aber Alkohol erst ab achtzehn."

„Mist", fluchte Josh. „Jedenfalls will ich es mal erlebt haben!"

Alex meinte zu sehen, wie Sandra über ihm die Augen verdrehte.

„Vielleicht für den Anfang eine Tour durch die Stadt", fuhr Josh fort. „Ach ja, und dieses abgebrannte Haus würd' ich auch gern mal sehen."

„Da gibt es leider nichts mehr zu sehen", klärte Rob ihn auf. „Alles abgetragen."

„Aber man kann dort klasse Fußball spielen", meinte Samuel. „Wenn man nicht extra zum Sportplatz fahren will. Dieses Wochenende wäre ich dabei!"

„Und nächstes nicht?", fragte Sandra beunruhigt. Offenbar fürchtete sie um ihre Party, die sie aber in Gegenwart ihrer Eltern nicht erwähnen wollte.

„Keine Sorge, Samstag bin ich noch da", beschwichtigte Samuel augenzwinkernd. „Nächsten Sonntag fahr ich mit meiner Familie für eine Woche weg, rüber nach Irland. Danach steh ich wieder zur Verfügung!"

„Wir fliegen auch gleich nächstes Wochenende in den Süden", sagte Julian. „Keine Ahnung wohin genau, irgendein Land am Meer. Zwei Wochen sind wir weg."

„Dann sind wir schon drei", meinte Adam. „Wir fliegen auch weg, aber nur ein paar Tage. Städtetrip nach Frankreich."

„Sind in der ersten Ferienwoche eigentlich alle weg?", fragte sich Sandra laut. „Die Mendelaine Road wird wie ausgestorben sein. Wenigstens verzieht sich auch Melissa, das hat mir Michelle erzählt. Und Chris hat damit geprahlt, dass er ein Praktikum bei irgendeinem Autohersteller in Deutschland macht. Sein Vater arbeitet in der Branche. Das heißt, ihn bin ich auch los!"

„Da fällt mir grade ein", setzte Elena Martenson an und trat neben John, „wir fahren auch nächsten Sonntag für eine Woche weg, zu Will nach Exeter. Würdest du für uns ein paar Mal nach dem Rechten sehen und Blumen gießen?"

„Kein Problem, Elena", sicherte John zu. „Ich bin sicher, wir werden nur ein paar Tagesauflüge machen."

„Vielen Dank! An dich habe ich auch gedacht, Linda, aber du fährst zu deinen Eltern, nicht?"

„Genau." Linda deutete auf Rob. „Normalerweise hätte ich darauf bestanden, dass der junge Mann auch mitkommt, aber nachdem Alex und Josh jetzt da sind, soll er die Zeit mit ihnen nutzen. Vielleicht kommt er nach!"

Der letzte Satz klang wie eine Aufforderung an ihren Sohn.

„Ich überleg's mir, Mum", murmelte er seufzend.

„Da wir gerade von Urlauben sprechen", begann Mrs. Stellers, Annies Mutter, die hinter Mrs. Martenson hervortrat, „mein Mann, unsere Kleinste und ich fahren schon am Donnerstag nach Manchester und kommen acht Tage später zurück. Ich habe Mrs. Rey auf Nummer 29 gebeten für Annie da zu sein, falls sie etwas braucht. Sie war noch nie so lange allein zuhause, deshalb ..."

„Ja, Mum!", fiel Annie ihr genervt ins Wort und gestikulierte mit den Armen. „Du musst keine Abschiedsrede halten, es ist nur knapp über eine Woche! Wahrscheinlich bin ich sowieso die ganze Zeit mit Sandra, Rob, Alex und den anderen unterwegs."

„Jetzt hör mal zu, wir können auch einen Babysitter für dich bestellen, wenn du dich wie ein kleines Kind benimmst!", entgegnete Mrs. Stellers streng.

„Oh nein, der arme Babysitter", flüsterte Sandra Alex ins Ohr und bemühte sich, ihr Lachen zurückzuhalten.

„Schon klar", lenkte Annie schnaubend ein. „Ich geh zu Mrs. Rey, wenn unser Haus explodiert oder der Boden darunter einstürzt."

„Ich habe volles Verständnis für deine Mum, Annie", schaltete sich nun Mrs. Brenton ein. „Sandra ist auch nur allein zuhause, weil Mr. und Mrs. Waunder sich diesmal wieder dazu bereit erklärt haben, gelegentlich nach ihr zu sehen. Ganz ohne Beaufsichtigung können wir euch nicht hierlassen – und Mr. Stancen können wir nicht auch noch euch anhängen, wo er ohnehin schon auf die drei Jungs aufpassen muss."

Sandra und Annie sahen sich verschmitzt an und konnten ihr Kichern nicht unterdrücken.

„Wo fahren Sie denn hin, Mrs. Brenton?", wollte Linda wissen.

„Wieder nach Cornwall, wie letztes Jahr", erklärte sie. „Wir fahren am Tag nach Sandras Geburtstag und bleiben dieses Jahr hoffentlich tatsächlich zehn Tage! Letzten Sommer haben wir die Reise früher beendet, wegen der Sache mit ..."

Sandras Mutter schluckte bekümmert und musste ihren Satz nicht beenden, damit die anderen verstanden.

„Was gar nicht notwendig gewesen wäre, Keyser war sowieso schon verhaftet", gab Sandra zu verstehen.

„Entschuldigung, dass wir uns Sorgen gemacht haben!", fuhr Mrs. Brenton empört auf. „Stell dir vor, Keyser hätte sich in unser Haus verirrt oder zu den Waunders, und du wärst ganz alleine gewesen!"

„Was hättet ihr denn gegen ihn ausrichten sollen?", argumentierte Sandra hitzig. „Er hatte eine *Pistole,* Mum! Hätte ihn Ricky vielleicht wegnerven sollen?"

„Au ja!", meldete sich ihr kleiner Bruder aus dem hinteren Garten, wo er die ganze Zeit über mit Lucy Martenson gespielt hatte. „Ich hätte ihn mit unseren Bowls-Kugeln beworfen und Tammy auf ihn gehetzt!"

Alex lag immer noch mit dem Kopf in Sandras Schoß und lauschte schmunzelnd der Unterhaltung, die immer mehr ins Komische abschweifte, als sich Linda einmischte und gemeinsam mit Mrs. Brenton und Mrs. Stellers gegen Sandra und Annie anzukommen versuchte, während sich John, Mr. Brenton und Mr. Stellers resignierte Blicke zuwarfen und offenbar nicht wagten, sich in die Debatte einzumischen.

„Alles klar, genug davon!", beendete Linda schließlich die Diskussion. „Sandra ist offiziell bei den Waunders, Annie bei Mrs. Rey und Rob bei John. Ihr solltet dankbar sein, als ich in eurem Alter war, hatte ich nicht so viele Freiheiten!"

Sie drehte sich demonstrativ um und ging zur Getränkebar, sodass sie auch Sandras und Annies rollende Augen nicht mehr mitbekam.

„Warum lachst du eigentlich so?", fragte Sandra schließlich an Alex gewandt.

„Weil ich es süß finde, wie du für deine Rechte eintrittst", sagte er und sah grinsend zu ihr hoch.

„Ach, sei still", sagte sie lachend und legte ihre Hand auf seinen Mund.

„Jedenfalls ist der vordere Teil der Straße damit für einige Zeit fast leerstehend", folgerte John, nachdem wieder Ruhe eingekehrt war. „Mr. Keveron von nebenan fährt mit seiner Tochter weg und außer Mrs. Jenners und uns ist niemand da."

„Cool, dann können wir also jeden Tag bis spät in die Nacht feiern?", meinte Alex spaßhalber.

„Nicht so voreilig, ich bin auch noch da!", ermahnte John mit erhobenem Zeigefinger.

„Übrigens", fiel Sandra ein, „Marg ... ich meine Mrs. Jenners müssen wir in den nächsten Tagen auch besuchen, sie freut sich, wenn sie dich sieht!"

„Auf jeden Fall", stimmte Alex zu. „Am besten gleich dieses Wochenende, damit wir nicht vergessen."

„Sandra ist fast mehr bei Mrs. Jenners als bei uns", fiepste Ricky, der sich mit einem großen Glas Limonade zwischen Sandra und Annie gezwängt hatte.

„Das stimmt doch gar nicht", bestritt Sandra. „Zwei- oder dreimal die Woche, ich möchte sie eben unterstützen."

„Sie hat so ein großes Herz", sagte Ricky theatralisch und ahmte damit wohl seine Mutter nach, die stolz lächelnd hinter ihm stand.

„Schön, dass du das auch mal erkennst", meinte Sandra und kitzelte Ricky am Bauch. Dieser wand sich wild lachend und konnte auch seine Arme nicht in Schach halten, sodass die Limonade mit der Orangenscheibe in seinem Glas gefährlich zu schwappen begann.

„Hey, passt auf ihr zwei", rief Mrs. Brenton den beiden zu, doch es war bereits zu spät.

Mit einer schwungvollen Bewegung kippte Ricky seine Limonade über Alex' Brust und die Orange landete auf seiner Schulter. Reflexartig fuhr er hoch und Sandra zuckte erschrocken zurück.

„Das tut mir so leid", hauchte sie betreten, während Ricky mit offenem Mund und großen Augen allem Anschein nach in eine Schockstarre verfallen war. „Soll ich dir was zum Abwischen holen?"

„Ist halb so schlimm", winkte Alex ab und nahm entspannt die Orangenscheibe von seinem Sommerhemd, das von oben abwärts klebrig durchnässt war. „Ich zieh mir schnell was anderes über!"

„Die Orangenfasern solltest du gleich rauswaschen", riet ihm Linda, als er aufgestanden und im Begriff war, ins Haus zu eilen. „Sonst trocknen sie ein und gehen dann nur schwer wieder weg."

„Mach ich", erwiderte Alex, tätschelte kurz Sandras Hand und steuerte den Weg durch den Garten zur Terrassentür an. Hinter sich hörte er den folgenden Streit zwischen Sandra und Ricky.

„Du hast angefangen, da hab ich die Kontrolle verloren", verteidigte er sich trotzig.

„Das ist doch eine Ausrede!", warf sie zurück. „Warum bist du eigentlich noch wach? Du solltest längst schlafen!"

„Jetzt hört auf", mischte sich Mrs. Brenton ein, allerdings hörte Alex den Rest nicht mehr, da er bereits durch die Küche und den Flur zur Treppe unterwegs war.

Der Holzboden und die grauweiß tapezierten Wände mit den unterschiedlichen Bildern von Landschaften, Städten und Gebäuden wurden nur von schwachen Lichtschimmern erhellt, die von der Küche und den Laternen auf der Straße hereindrangen.

Gekonnt sprintete er die Stufen hinauf und betätigte erst in seinem Zimmer den Lichtschalter. Zwei der Fenster in der prismatisch angeordneten Wand waren offen und ließen die Vorhänge in der kühlen Luft sanft vor- und zurückschwingen.

Alex öffnete seinen Koffer und zog ein T-Shirt sowie ein neues dunkles Sweatshirt heraus, mit denen er ins Badezimmer nebenan im Korridor schlurfte. Die sechs Deckenleuchten machten den Raum so hell, dass es wirkte wie Tageslicht. Er schloss die Tür zum Korridor und jene, die direkt in Johns Zimmer führte und langte nach einem Putztuch im Schrank unter dem Waschtisch, mit dem er die Orangenreste von seinem bekleckerten Hemd rubbeln konnte. Es ging überaus einfach und nach ein paarmal Spülen war nur mehr ein nasser Fleck zu sehen, den Alex im Spiegel betrachtete. Die Stimmen aus dem Garten waren gedämpft zu hören, ebenso ein leises Rauschen, das wohl von der Straße kam.

Alex gähnte seinem Spiegelbild entgegen und hätte in diesem Moment nichts lieber getan, als sich in sein Bett zu verkriechen und dort für die nächsten zwölf Stunden zu bleiben. Etwa eine Stunde musste er noch durchhalten, sagte er sich, dann war es endlich soweit. Er wollte sich gerade daranmachen, das Oberteil zu wechseln, als etwas passierte, das Alex nie zuvor erlebt hatte.

Mit einem Mal verschwamm seine Umgebung, die hellblauen Fliesen, die Einrichtung, die Beleuchtung, sein Ebenbild im Spiegel. Er wollte sich an den Kopf fassen, doch er hatte das Gefühl, nicht zu können. Als wäre plötzlich jegliche Kraft aus seinem Körper gewichen, die ihn bewegungsunfähig und zu einem bloßen passiven Beobachter machte. Es dauerte nur wenige Sekunden, in denen ihm durch den Kopf schoss, ob es an der Müdigkeit lag oder daran, dass er zu wenig getrunken hatte, was er beides gleich wieder ausschloss. Wenn Alex müde war, wurde er vielleicht träge, aber sicherlich nicht starr und sein Glas hatte er in den letzten Stunden mehrmals nachgefüllt. Was passierte mit ihm?

Bevor er weiter überlegen oder gar panisch werden konnte, hatte Alex das Gefühl, dass aus seiner bis zur Unkenntlichkeit verschwommenen Umgebung ein sonnenheller, trüber Schleier wurde, der sich plötzlich ruckartig auflöste – und ihn woanders hin transportiert zu haben schien. Er war nicht mehr in Johns Badezimmer in der Mendelaine Road! Er sah in einen Spiegel, aber nicht in jenen von eben gerade, sondern in einen ovalen mit goldverziertem Edelholzrahmen, der einen völlig anderen Raum reflektierte. Dann versuchte Alex, sich selbst darin zu sehen – aber was er entdeckte, war nicht sein eigenes schmales Gesicht, seine markante gerade Nase, seine kastanienbraunen kurzen Haare oder seine dunkelblauen Augen. Er blickte in ein anderes Gesicht! Das Gesicht einer Frau, die er nie zuvor gesehen hatte.

Sie musste etwa Mitte oder Ende zwanzig sein, sah aber äußerst mitgenommen aus, trotz ihres hübschen Gesichts und der dicht gelockten braunen Haare. Ihre dunkelgrünen Augen wirkten verweint, ihre kleine Nase war wund und ihre vollen Lippen zitterten. Sie trug ein roséfarbenes Kleid, das aufwendig mit zahlreichen Mustern bestickt sowie am Oberkörper eng anliegend war und ihren Hals bis zu ihrem runden Kinn zuknöpfte.

Ihre Mode sah überhaupt nicht zeitgemäß aus, dachte Alex und fragte sich immer drängender, was hier los war. Er konnte sich weiterhin nicht rühren, wusste nicht wo er war und suchte sein eigenes Spiegelbild vergeblich. Er *war* diese Frau, wurde ihm blitzartig klar und er fühlte ihre getrockneten Tränen auf den Wangen, ihr zitterndes Unterkiefer und etwas anderes, viel Erschreckenderes. Eine Anspannung, die jederzeit implodieren und alles in einen tiefen Abgrund reißen konnte. Eine Trauer, die sich im Körper ausbreitete wie tödliches Gift und jede noch so versteckte Zelle befiel, um sie zu zerstören. Ein Gefühl der Schwäche und Niedergeschlagenheit, das einem nichts anderes übrigließ, als sich dem drohenden Verderben hinzugeben. Ein überrollendes Gemisch von schlechten Gefühlen, die einem kaum Luft zum atmen ließen.

„Mein tiefes Beileid", sagte plötzlich eine Stimme neben der Frau.

Alex, der im Kampf gegen den inneren Untergang glaubte, den Boden unter den Füßen zu verlieren, wollte um sich blicken, war aber nicht einmal dazu fähig. Stattdessen huschten seine Augen scheinbar durch die Augen der Frau zu einem jungen Mann im Spiegel, der schräg hinter ihr stand.

„Einen nahestehenden Menschen auf diesem Wege zu verlieren, entbehrt jeder Vorstellung", sagte er weiter in bedrücktem Tonfall und mit ernstem Gesicht.

Auch der Mann schien in seinen Zwanzigern zu sein, trug ein tadellos sauberes und gebügeltes weißes Hemd, eine dunkle Stoffhose, die von Hosenträgern gehalten wurde und hatte seine Arme hinter dem Rücken verschränkt. Seine hellbraunen Haare waren perfekt gescheitelt und zur Seite gekämmt, seine Haut glatt und scheinbar frisch rasiert.

„Wenn es nur etwas gäbe, das dir eine Hilfe wäre", setzte er an und trat langsam auf die Frau zu, „so lass es mich nur wissen und ich zögere nicht, es zu tun."

Die Worte waren klar und verständlich, schienen aber trotzdem von weit herzukommen und nicht die geringste Bedeutung zu haben. Sie konnten nichts gegen das Inferno ausrichten, das Alex weiterhin fühlte und das ihn schon nach dieser kurzen Zeit beinahe in den Wahnsinn trieb.

„Ich ...", setzte die Frau zitternd an und Alex meinte, durch sie zu sprechen, „ich kann nicht ... wie konnte das bloß ... ich hätte ..."

Jedes Wort war wie eine tonnenschwere Last, die sie erst stemmen musste, um es auszusprechen.

„Komm zur Ruhe", meinte der Mann sanft und griff ihr auf die Schulter. „Soll ich dir ein Beruhigungsmittel bringen lassen oder Tee?"

Die Frau schluckte und schüttelte kraftlos den Kopf. Dabei schloss sie die Augen und Tränen liefen unter den Lidern hervor, die Wangen hinunter und tropften über das Kinn auf den Stoff des Kleides, wo sich bereits feuchte Flecken gebildet hatten.

Sie stieß sich vom glattpolierten, glänzenden Holztisch vor dem Spiegel ab und trat ein paar Schritte zurück. Wie sie sich bei dem inneren Sturm, der ihn langsam aber sicher zu zerreißen drohte, noch aufrecht halten konnte, war Alex ein Rätsel.

Ein aufgeschlitztes Kuvert lag auf dem Tisch, wie er nun entdeckte, darauf ein langer Brieföffner mit nobel verziertem Griff und daneben ein auseinandergefalteter Brief, mit der beschriebenen Seite nach unten.

„Dir ist nicht gut", redete der Mann mit besorgtem Unterton weiter, aber die Worte schienen immer noch weit weg und völlig unwichtig. „Du solltest zu Bett gehen und dir ein Schlafmittel geben lassen."

Die Frau hörte nicht auf ihn und stürmte durch das Zimmer, das beeindruckend groß war, wie Alex erkennen konnte. Es hatte insgesamt vier doppelflügelige Fenster, die aufgrund der Höhe des Raums meterhoch fast bis zur Decke hinaufragten und von weißen Gardinen und schweren purpurnen Vorhängen umrahmt wurden. Ein großes Himmelbett stand auf der gegenüberliegenden Seite, füllte aber kein Viertel des Zimmers aus. In zwei Kaminen, die an den jeweiligen Enden des Raums angebracht waren, loderten Flammen und große, dunkelrot gemusterte Teppiche bildeten die Unterlage für bequem gepolsterte Sitzgarnituren, einen imposanten Schreibtisch sowie hohe befüllte Bücherregale.

Die Frau ging direkt auf eines der Fenster zu und stieß die Flügel auf. Alex konnte nicht spüren, ob es kalte oder warme Luft war, die ihr entgegenschlug, allerdings trugen die Bäume, die in einiger Entfernung in der Dämmerung zu sehen waren, kaum Blätter, was bedeuten musste, dass Winter war. Sie nahm mehrere tiefe Atemzüge und stützte sich schwerfällig auf das marmorne Fensterbrett.

„Bitte tritt vom Fenster weg", bat der Mann besorgt und folgte ihr. „Du sollst dich nicht erkälten."

Behutsam zog er sie weg, schloss die Fenster und wollte sie zum Bett begleiten, als Alex spürte, wie das Inferno, das ihn die ganze Zeit schon maßlos quälte, noch mehrere Stufen draufsetzte und zu einer Apokalypse wurde, aus der es scheinbar kein Entrinnen mehr gab.

Die Frau - und Alex mit ihr - brach unter einem verzweifelten Heulen zusammen und konnte sich von selbst keinen Meter mehr rühren. Das Bild vor ihren Augen verschwamm unter Tränen, sie rang schnaufend und hustend nach Luft und wollte sich die Seele aus dem Körper weinen, was unmöglich schien.

„Ich hole Hilfe", hörte Alex den Mann aufgebracht rufen und sah ihn unscharf aus dem Zimmer eilen.

Der Schmerz war nicht auszuhalten und mit keiner Wunde, die man körperlich erleiden konnte, vergleichbar. Der Wunsch, zu fliehen, dem zu entkommen, am besten zu sterben, dröhnte darüber hinweg und die Frau krallte ihre Hände in den Teppich unter ihr, als sie schluchzend und zitternd darauf liegen blieb. Es gab keinen anderen Weg, als sich erdrücken zu lassen, es war keine Kraft da, um dagegen anzukämpfen.

Im nächsten Moment wurde das Bild immer unschärfer und der helle, trübe Schleier zog sich erneut über alles, um den Bruchteil einer Sekunde später zu verschwinden.

Alex blinzelte verwirrt und fuhr erschrocken hoch. Sein Atem ging unruhig, sein Herz raste und Schweiß rann ihm an den Schläfen hinunter. Das Nächste, das er fühlte, waren die glatten Fliesen unter seinen Handflächen. Er saß am Boden von Johns Badezimmer und blickte sich verunsichert um. Alles war wie vorher, die Deckenleuchten machten den Raum taghell, seine frischen Shirts lagen neben dem Waschbecken zum Wechseln bereit und die Türen waren geschlossen.

Unruhig nach Luft schnappend, richtete Alex sich auf und hielt sich dabei am Waschtisch fest. Sofort drehte er das kalte Wasser auf und wusch sein Gesicht, in der Hoffnung, dadurch etwas zur Ruhe zu kommen. Leicht zitternd griff er nach dem Handtuch an der Wand und trocknete sich. Als er in den Spiegel blickte, zuckte er zusammen. Seine Augen und Wangen waren gerötet und der Ausdruck, den er unbewusst im Gesicht hatte, zeugte von Angst und Unruhe.

Was war gerade passiert? Erst als seine Gedanken allmählich wieder klarer wurden und sein Herzschlag sich normalisierte, konnte er das eben Geschehene noch mal ablaufen lassen. Was hatte er da gesehen? Wer waren diese Menschen? Wie war er dort hingekommen –

und wieder zurück? Und warum hatte er die ganze Zeit dieses unbeschreiblich entsetzliche Gefühl gehabt, dass sein Leben vorbei war? Hatte er tatsächlich geweint, so wie die Frau, die er eben gesehen hatte? Die er allem Anschein nach auch *gewesen* war? Wie war das möglich? Wie konnte er so plötzlich in den Körper einer Frau schlüpfen, die er nicht einmal kannte und die der Kleidung nach auch nicht in der heutigen Zeit lebte? Was Alex sofort zur nächsten Frage führte, wann diese Frau gelebt haben konnte. Es musste weit zurück im letzten Jahrhundert gewesen sein, dachte Alex und blickte starr in den Spiegel. Als er auf seine Hände sah, merkte er, dass sie immer noch zitterten. Diese Erfahrung hatte ihn ziemlich mitgenommen. Er trank ein paar Schluck und spritzte sich noch mal kaltes Wasser ins Gesicht, um weiter runterzukommen. Schließlich fiel ihm ein, weshalb er eigentlich hier war und zog sich sein nasses Oberteil aus. Rasch schlüpfte er in die neuen, warf einen letzten Blick in den Spiegel und verließ dann das Badezimmer.

Nebenan warf Alex das nasse Hemd über die Lehne des Schreibtischsessels und trat ans Fenster, um frische Luft zu atmen. Er verspürte ein Gefühl, das er niemandem beschreiben konnte, der sich danach erkundigt hätte. Sein Leben war seit Joshs Genesung letztes Jahr großartig verlaufen, er war bei seinem Onkel und hatte sechs Wochen vor sich, die er mit Sandra und allen anderen verbringen konnte. Trotzdem fühlte er irgendwo in sich eine schreckliche Leere, als ob er jemand Wichtigen verloren hätte. Dieselbe Trauer, die er vorher gefühlt hatte, als er diese Frau beobachtet hatte. Es konnten unmöglich seine eigenen Gefühle gewesen sein. Waren es also die Gefühle der Frau gewesen? Aber wie sollte das gehen? Er fand keine Antworten, nur eines wusste er mit Sicherheit. Was er gerade erlebt hatte, wirkte nach und verschwand nicht so plötzlich wie die unbekannten Personen.

Alex rieb sich über die Stirn und sah auf die Straße. Bei Margaret, die er als Mrs. Jenners kennengelernt hatte, ging genau in diesem Moment das Licht aus, während es zwei Häuser weiter noch brannte. Er wollte sich gerade abwenden, als er am Gehsteig vor Johns Haus zwei Silhouetten entdeckte, die still dastanden, sich aber leise zu unterhalten schienen.

Kurze Zeit später setzten sie sich in Bewegung und gingen die Mendelaine Road hinauf.

In seinem Kopf tobte immer noch Verwirrung, als Alex sein Zimmer verließ und langsam die Treppe hinunterstapfte. Er dachte, ihm wäre heiß und kalt gleichzeitig. Seine Hand ließ er am glatten Holzgeländer hinunterstreichen und schluckte immer wieder, um seine raue Kehle zu befeuchten. Sein Zustand fühlte sich so ähnlich an, als würde er krank werden. Alex betastete seine Stirn, die zwar leicht schwitzte aber nicht heißer war als normal.

Unten angekommen drangen ihm die Stimmen aus dem Garten zunehmend deutlicher in die Ohren und erst jetzt kam ihm der vollkommen klare Gedanke, dass Josh, Sandra, John und alle anderen dort auf ihn warteten.

Wie sollte er ihnen erklären, was gerade passiert war? Wo Alex es nicht mal selbst wusste. Es war nicht zu verstehen und daher auch kaum zu beschreiben. Wahrscheinlich würden die meisten denken, er hätte einen Schwächeanfall gehabt oder eine Art Tagtraum. Nein, das wollte er sich nicht antun! Er wollte das von eben so schnell wie möglich verdrängen und hoffen, dass es das letzte Mal gewesen war. Am ehesten konnte er es John, Sandra, Annie und Rob erzählen, da sie immerhin das Geheimnis um den Globus kannten und Alex wahrscheinlich immer noch mehr glauben würden, als etwa Linda oder gar Josh.

„Und, hat es geklappt?", hörte er Lindas Stimme zu sich dringen, als er die Küche erreicht hatte. Sie hatte offenbar einen Stapel Teller zum Abwasch gebracht und stand jetzt mit einem Krug Wasser bereit um wieder rauszugehen.

„Ich ... wie bitte?", fragte Alex mit belegter Stimme.

„Der Orangenfleck", erinnerte ihn Linda lächelnd, stockte aber gleich darauf, als sie in sein Gesicht blickte. „Ist alles okay?"

„Ähm ... ja, klar", lenkte Alex rasch ein. „Ich ... hat gut geklappt, hab neue Klamotten angezogen."

„Alex, du siehst ja aus, als hättest du gerade einen Nervenzusammenbruch gehabt", bemerkte Linda sorgenvoll und fasste ihm an die Stirn. „Hm, keine zu hohe Temperatur, aber verschwitzt. Bist du rauf und runter gesprintet?"

„Nein, ähm ...", er lächelte verlegen und versuchte, ihrem Blick auszuweichen. „Geht mir gut, ehrlich. Bin nur schon etwas müde."

Linda betrachtete ihn skeptisch und glaubte seiner Erklärung ganz offensichtlich nicht. Sie sagte allerdings nichts weiter und nickte in Richtung Terrassentür, wohin sie sich hintereinander auf den Weg machten.

„Linda?", fragte er nach einer plötzlichen Eingebung, bevor sie bei den anderen waren. „Wie lange war ich weg?"

Sie runzelte die Stirn, als würde sie sich langsam ernsthafte Sorgen um ihn machen.

„Keine Ahnung, ein paar Minuten? Aber das musst du doch selbst am besten wissen. Ist wirklich alles okay, Alex?"

Er nickte schnell und schob sich mit einem leisen „Danke" an ihr vorbei in den Garten hinunter.

Die Stimmung war ausgelassen und der Streit zwischen Sandra und Ricky, der Alex nun auch wieder einfiel, schien aus der Welt geschafft.

„Na, hast du den Fleck rausgekriegt?", fragte ihn Sandra und betastete sofort seine Schulter. „Schönes Sweatshirt."

Dann sah sie ihm ins Gesicht und ihre Miene veränderte sich auf genau dieselbe Weise wie zuvor Lindas.

„Was ist denn los?", fragte sie leise. „Du siehst so aufgewühlt aus."

Alex winkte nervös ab und schüttelte den Kopf.

„Es ... ist nichts, ehrlich", stieß er hervor und hoffte, dass niemand weiter fragen würde.

„Alter, hast du geheult?", kam es von Josh, der ihn im Licht der Flammen anscheinend deutlicher gesehen hatte, als Alex in diesem Moment lieb war.

„Nein, Blödsinn!", bestritt er und hätte das Gespräch am liebsten auf der Stelle abgebrochen. „Mir ist bloß Seife ins Auge geraten, das ist alles."

Auch Annie, Rob und die anderen Jungs sahen besorgt zu ihm. Sie alle wirkten, als würden sie ihm nicht glauben und mehr dahinter vermuten. Selbst wenn sie recht hatten, was sollte Alex sagen? Er konnte es immer noch nicht richtig fassen.

„Ich hol mir was zu trinken", verkündete er und kehrte den anderen den Rücken zu, um ihren fragenden Blicken zu entgehen.

An der Getränkebar griff Alex nach der erstbesten Karaffe und schenkte sich ein Glas voll ein, das er sofort ganz leerte. Der erfrischende Limonadengeschmack prickelte seinen Hals hinunter und löschte seinen Durst, den er seit dem rätselhaften Erlebnis verspürte.

„Hey." Sandra trat neben ihn und ihre Miene ließ ihn wissen, dass sie die Wahrheit erfahren wollte.

„Was hat sich hier getan, als ich weg war?", versuchte Alex die Unterhaltung umzulenken.

„Komm schon, Alex", drängte sie und sah ihm unverwandt in die Augen. „Du siehst aus, als hättest du im Haus gerade etwas Furchtbares gesehen. Was ist passiert?"

Alex kam sich vor wie in die Enge gedrängt und ihm wurde wieder heiß.

„Bitte, ich ... kann es jetzt nicht erklären", sagte er kleinlaut. „Vielleicht morgen oder so, okay?"

„*Was* kannst du nicht erklären?", hakte Sandra nach. „Hast du etwas Unangenehmes erfahren?"

„Nein, wirklich nicht", antwortete Alex verunsichert. „Ich ... erzähle es ein anderes Mal, ja? Ich finde gerade keine Worte und bin schon so müde. Wir reden morgen."

Sandra resignierte und umarmte ihn schließlich, was er dankbar erwiderte. Dann nahm sie Alex an der Hand und sie gingen gemeinsam zum Lagerfeuer zurück, wo sie sich nebeneinander niederließen.

Ein paar Sekunden herrschte eine unangenehme Stille, die schließlich von Annie und Josh gleichzeitig gebrochen wurde, als sie mit ihren jeweiligen Sitznachbarn zu reden begannen und die anderen mit einstimmten.

Das Licht der Flammen stach Alex plötzlich in den Augen, sodass er den Kopf drehte und zur Hecke sah, die Johns Garten von jenem von Mr. Keveron trennte. Geistesabwesend dachte er über den heutigen Tag nach und verstand nicht, weshalb schon wieder alles so komisch war wie letztes Jahr, als er hier angekommen war.

Klar, Josh lag nicht im Krankenhaus sondern saß hier mit ihm am Lagerfeuer und es tobte auch kein Unwetter über ihnen, aber trotzdem! Was war im Badezimmer mit ihm passiert? Wen und was hatte er dort auf einmal gesehen?

Und Keysers Haus? Wer war der Mann gewesen, der geöffnet und ihn verscheucht hatte? Kannte er Keyser? Steckte er vielleicht sogar mit ihm unter einer Decke?

Alles Unangenehme, das Alex am Abend durch die Willkommensparty erfolgreich verdrängt hatte, sickerte nach dem Erlebnis von vorhin in seine Gedanken zurück und bescherte ihm ein beunruhigendes Gefühl. Es war, als hätte ihn die paranormale Erfahrung, oder was immer es gewesen war, so sehr geschwächt, dass er folgend auch empfänglich für alle anderen Unannehmlichkeiten wurde, die ihm in letzter Zeit widerfahren waren und sich nur mehr schwer dagegen abschirmen konnte.

Oder lag es nur an der Müdigkeit? Würde vielleicht morgen alles anders sein und die ganze Sache nur mehr halb so schlimm wirken? Er wünschte es sich.

Alex stützte sein Kinn auf die Hand und lauschte den Unterhaltungen um ihn herum, immer darauf bedacht, nicht direkt ins Feuer zu schauen. Dabei drängte sich die unbekannte Frau wieder in sein Gedächtnis. Er hatte sie so klar vor sich gesehen, dass er sie jederzeit genau beschreiben könnte. *Er* war diese Frau gewesen, hatte durch sie gesprochen, sich durch sie bewegt – und ihre Gefühle gefühlt! Schreckliche Gefühle, die kaum zu ertragen gewesen waren und sogar jetzt noch in ihm nachwirkten.

Wer war sie? Und wer war der Mann, der bei ihr gewesen war? Alex sehnte sich nach der Antwort, um sich irgendwie einen Reim darauf zu machen.

Doch er fürchtete bereits, dass er lange darauf warten musste, ehe er dahinterkam.

Kapitel 6

Es war kein bestimmtes Geräusch, das Alex am nächsten Tag aufweckte. Er lag auf dem Bauch, blinzelte zum Nachttisch und streckte gähnend den Arm nach seinem Handy aus. Kurz vor zwölf Uhr mittags zeigte es an, was ihn nicht überraschte. Als er am Vorabend gegen Mitternacht endlich ins Bett gefallen war, hatte ihn der Schlaf so schnell übermannt, dass nicht mal die Gedanken an die unbekannte Frau ihn wachhalten hätten können. Alex konnte sich an keinen Traum erinnern oder daran, dass er in der Nacht aufgewacht war. Seine Augen gewöhnten sich rasch an die schwache Helligkeit im Zimmer und kurz darauf nahm er dumpfe Musik wahr, die von unten kam.

Eine angenehm frische Morgenluft umwehte ihn, als Alex die Vorhänge zur Seite schob und die Fenster öffnete. Der Himmel war bewölkt, sah aber nicht nach Regen aus. Für ein paar Minuten blickte er zwischen den Häusern auf der anderen Straßenseite hin und her. Bei Margaret säumten verschiedene Wildblumen den Vorgarten und die Veranda lag wie besonders geschützt unter der Überdachung.

Alex musste unbedingt bald bei ihr vorbeischauen! Seit sie ihnen letztes Jahr das Leben gerettet und ihre wahre Identität offenbart hatte, fühlte er sich ihr verbunden. Würde er hier wohnen, würde er mit Sicherheit dasselbe tun wie Sandra und Margaret helfen, wo es nötig war. Vielleicht kam er in den sechs Wochen, die er jetzt hier war, ein paar Mal dazu.

Gerade, als er sich vom Fenster abwenden und zu seinem Koffer wollte um sich anzuziehen, fiel ihm das Gespräch mit der alten Dame vom letzten Sommer ein. Als sie ihn vor dem Globus gewarnt hatte und vor dessen Wirkung auf ihn, als Herrscher ...

Alex wusste bis heute nicht, was er davon halten sollte. Obwohl er sich nur zu gut an alles erinnern konnte, was er gemeinsam mit den anderen darauf angestellt hatte, letztendlich hatte sich alles in Wohlgefallen aufgelöst. Danach hatte er sich nicht mehr allzu viel damit beschäftigen wollen, sodass es irgendwann in den Hintergrund gerückt war. Jetzt allerdings, als Alex an Margaret dachte, kamen ihm auch ihre Worte wieder deutlicher ins Gedächtnis. Von Bildern im Kopf, von Halluzinationen und unbekannten Leuten, die sie vor ihrem inneren Auge gesehen hatte ...

Mit einem Mal wurde Alex klar, dass diese Beschreibungen ziemlich genau auf das passten, was er gestern im Badezimmer durchgemacht hatte. Ein beängstigendes Gefühl stieg in ihm hoch, als er überlegte, was es bedeutete, wenn er solche Situationen fortan öfter erlebte.

Aber wieso gerade jetzt? Laut dem, was die alte Dame erzählt hatte, war er seit jener Nacht, als Edmund Keyser ins Versteck eingedrungen war, der alleinige Herrscher über den Globus – so verrückt es auch klang. Wenn dieser Herrscher also dazu verdammt war, gedanklich in andere, ihm völlig unbekannte Menschen zu schlüpfen, ihre Gefühle zu spüren, so schrecklich sie auch sein mochten, und zusammenhanglose Szenerien zu erleben, auf die er sich keinen Reim machen konnte, warum hatte Alex dann fast ein ganzes Jahr nichts dergleichen erlebt? Setzte das Ganze etwa erst nach einer gewissen *Schonfrist* ein? Aber wieso? Was ergab das für einen Sinn? Wie kam das alles überhaupt zustande?

Alex merkte, wie er innerlich ins Straucheln kam und die Lage sich mehr und mehr anfühlte wie letzten Sommer, als sie hinter das Geheimnis des Globusses gekommen waren. Er stand vor einem Ozean voller Fragen, die ihm keiner beantworten konnte und die sich laufend vervielfältigten. Ob es Sinn machte, mit Margaret zu sprechen? Konnte sie ihm helfen? Was, wenn es sie zu sehr aufregte? Wenn Alex mit seinen Fragen und Berichten alte Wunden in ihr aufriss, die zu einem Schwächeanfall bei ihr führten? Konnte er das verantworten?

Irgendwie musste er versuchen, die Sache klein zu halten, um sich den Urlaub mit Josh nicht zu vermiesen. Sein bester Freund wusste überhaupt nichts vom Globus, wie also sollte er ihm das Ereignis von gestern erzählen? Und wie sollte er es John und Sandra erzählen?

Alex hoffte inständig, dass es dabei bleiben würde und vielleicht bloß eine kurze Halluzination gewesen war, die sich nicht wiederholen würde. Sehr zuversichtlich war er allerdings nicht als er spürte, wie ihm wieder das Herz klopfte, wenn er an das Gefühl dachte, das diese Frau ihn hatte spüren lassen.

In T-Shirt, Shorts und kurzen Socken verließ er sein Zimmer, putzte sich die Zähne und wusch sich das Gesicht – bewusst darum bemüht, den Blick in den Spiegel zu vermeiden. Dann ging er nach unten, wo ihn Rock-Musik aus dem Radio erwartete. Sein Onkel und Josh saßen am Küchentisch und unterhielten sich angeregt.

„Na, guten Morgen", begrüßte ihn John erfreut. „Wir haben schon gedacht, wir müssen dich mit einem Orchester wecken. Gut geschlafen?"

„Und wie!" Alex streckte sich gähnend und schlurfte auf den Tisch zu, auf dem eine Pfanne mit Rührei, ein Teller Toastscheiben und ein Topf Baked Beans auf ihn warteten, außerdem ein Krug Orangensaft, eine Kanne Schwarztee und ein Blech mit Kuchenresten.

„Bin auch erst vor einer Stunde aus dem Bett", erklärte Josh. „Hab geschlafen wie ein Stein! Und das Frühstück ist der Hammer. Kannst froh sein, dass ich dir was übrig gelassen habe."

„Erinner' mich daran, dir einen Dankesbrief zu schreiben", meinte Alex grinsend, als er sich am Essen bediente und ein paar große Schluck vom Saft nahm.

„Übrigens hat deine Mom angerufen und sich beschwert, dass du dich gestern nicht mehr gemeldet hast", erklärte ihm John gespielt vorwurfsvoll.

„Oh nein, hab ich total vergessen!" Alex schlug sich auf die Stirn und stellte sich die gereizte Miene seiner Mutter vor, die ihm eine Predigt hielt. „Ich ruf sie später an. Das kann ja was werden."

„Ich hab meine Mom gestern angerufen, als du mit Sandra abgehauen bist", betonte Josh und nahm sich noch ein Stück Kuchen. „Wollte die Zeit sinnvoll nutzen."

Alex schnaubte und sah genervt zu ihm rüber.

„Was willst du damit sagen, Mann?", fragte er in scharfem Ton. „Ich bin nicht mit ihr *abgehauen*, ich wollte Zeit mit ihr verbringen und ihre Eltern begrüßen!"

„Klar, kein Problem", winkte Josh ab und tat im nächsten Moment, als hätte er eben keinen Seitenhieb auf Sandra gemacht. „Ich hab mir gedacht, wir erkunden heut mal die Umgebung? Der Fleck wo das Haus früher stand, du weißt schon, von dieser Familie, und so."

„In Ordnung", lenkte Alex ein. „Am Nachmittag kommen Sandra und die anderen von der Schule, vielleicht können wir sie in der Stadt treffen."

„Wenn du meinst", erwiderte Josh wenig begeistert, wobei Alex überzeugt war, dass sein bester Freund kein Problem damit hatte, Annie und Rob zu treffen.

Er seufzte und machte sich über sein Frühstück her. Obwohl er sich wirklich darauf freute, mit Josh durch die Gegend zu schlendern und auf der Cesslerwiese Sport zu machen, wurde ihm übel bei der Vorstellung wie es sein würde, wenn er und Sandra sich später wiederbegegneten. Andererseits hatten sie sich gestern Abend ziemlich gut ignoriert. Mit etwas Glück gelang ihnen das auch heute.

Trotzdem musste er mit Josh reden und irgendwie erreichen, dass er Sandra gegenüber freundlicher wurde. Heute, während sie in der Schule war, war die optimale Gelegenheit dafür!

Nach dem Frühstück räumten Alex und Josh den Tisch ab, während sich John mit einer frischen Kanne Tee in sein Arbeitszimmer zurückzog, um an seinem neuesten Roman zu schreiben.

Danach suchten die beiden in der Rumpelkammer nach einer Beschäftigung für draußen und entschieden sich für einen Football, den John neben mehreren anderen Sportsachen dort verstaut hatte.

„Echt eine nette Gegend hier", merkte Josh an, als sie durch den Vorgarten auf den Straßenanfang zusteuerten. „Und dein Onkel ist super freundlich, schade, dass ich nicht schon früher mal mitgekommen bin."

„Na ja, ich war mit zwölf hier, mit meiner Familie, damals wäre das unseren Eltern nicht recht gewesen, denke ich", erwiderte Alex. „Und letztes Jahr ... du weißt schon." Er sprach nicht weiter, da er ahnte, dass Josh verstand, was er sagen wollte.

Dieses Thema war ein wunder Punkt bei beiden und sie hatten seit Joshs Genesung nie wirklich darüber gesprochen. Alles hatte sich darauf konzentriert, nach vorne zu schauen und die Erinnerung daran zu verdrängen, dass sie zwei Monate nicht gewusst hatten, ob Josh überleben würde. Danach hatte Alex erst recht nicht das Bedürfnis gehabt, mit ihm darüber zu reden.

Er war bloß unglaublich froh gewesen, die Sache hinter sich zu haben und wollte keinesfalls daran festhalten. Erst recht nicht, seitdem Josh wieder ganz der Alte war und bis auf die Narbe hinter seinem Ohr nichts mehr an den Unfall erinnerte.

„Weißt du mehr über die Familie, die hier gewohnt hat?", fragte Josh und warf den Football von einer Hand in die andere. Sie gingen den Kiesweg entlang in Richtung Wald.

Alex spürte die Aufregung in sich hochsteigen, die immer kam, wenn ihn jemand zuhause nach diesem Thema fragte.

„Nicht wirklich", meinte er zögernd. „Ihr Herrenhaus ist vor ungefähr fünfzig Jahren abgebrannt und alle sind dabei umgekommen. Sie haben nichts hinterlassen."

Ihm war klar, dass das im Grunde nicht der Wahrheit entsprach. Doch genau genommen wusste er kaum etwas über das Geheimversteck von Arthur Cessler, abgesehen davon wie es dort aussah, und über dessen Familie wusste er noch weniger, abgesehen von dem, was Margaret ihm erzählt hatte. Es war also nicht ganz gelogen.

„Krasse Geschichte jedenfalls", sagte Josh kopfschüttelnd. „Wie aus 'nem Film, findest du nicht?"

„Kann man wohl sagen", stimmte Alex zu. „Da lang!"

Er deutete zum Trampelpfad und konnte weiter entfernt hinter Baumstämmen und Gestrüpp bereits die Lichtung erkennen. Außer dem Rascheln von Blättern und vereinzelten Vogelrufen war es ungewöhnlich still.

„Hör mal", setzte Alex an, „ich wollte mit dir noch mal über Sandra reden."

„Wieso?", kam es unbekümmert zurück.

„Weil man blind sein muss, um nicht zu sehen, dass zwischen euch ständig heiße Luft ist", erklärte Alex in scharfem Ton. „Und das nervt mich!"

Josh sah Alex an, als hätte er eben kein Wort verstanden.

„Ehrlich, Mann, ich weiß nicht was du meinst", winkte er ab.

„Tu nicht so!", fuhr Alex auf. „Du hast sie gestern schon provoziert, als wir angekommen sind. Und auch am Abend bist du ihr ständig aus dem Weg gegangen und hast ihr nur ein paar Sprüche hingeschleudert."

„Na und?" Josh zuckte mit den Schultern und runzelte die Stirn. „Als ob sie das nicht verkraften würde."

„Darum geht's doch gar nicht!" Alex ballte die Hände zu Fäusten. Ärgerte Josh ihn gerade absichtlich?

„Ich hab dich gebeten, dich zurückzuhalten! Sandra versteht deinen Humor nicht immer und ..."

„Weil sie keinen hat", unterbrach Josh, immer noch völlig unbekümmert. „Ohne Witz, Alex, sie hat keinen Grund böse auf mich zu sein! Ich hab nur ein paar Mal gesagt was ich denke, wenn sie damit nicht klarkommt, ist das ihr Problem."

Alex atmete durch und suchte nach den richtigen Worten, die er gerade aber nur schwer finden konnte, weil es in ihm vor Ärger brodelte. Josh tat, als würde ihn die ganze Sache überhaupt nichts angehen, das war schon schlimm genug.

Aber obendrein schob er alles auf Sandra und wollte kein bisschen einsehen, dass es jedes Mal eine Nervenzerreißprobe für Alex war, wenn die beiden näher als fünf Meter beieinander waren.

Mittlerweile hatten sie die Cesslerwiese betreten. In ihren Ohren rauschte der Wind, in dem sich auch die Gräser und Sträucher der Lichtung wogten. Die Wolken ließen zwar kein Sonnenlicht durch, waren aber schneeweiß und tauchten die Umgebung wie ein Filter in eine wohlige Atmosphäre.

„Es ist nicht *ihr* Problem", widersprach Alex und versuchte dabei ruhig zu bleiben. „Es ist auch meines! Ich krieg jedes Mal Bauchschmerzen, wenn ihr beide im selben Raum seid. Und das liegt nicht an ihr, sondern an dir! Weil du bei allem, was sie sagt, irgendeine dämliche Meldung schiebst. Das kränkt sie und ich verstehe nicht, warum das nötig ist."

„Dann frag sie doch!", meinte Josh, der den Football immer wieder in die Luft warf und auffing.

„Ich will es aber von *dir* wissen!", bestand Alex darauf. „Warum provozierst du sie andauernd mit deinen Kommentaren und kannst nicht stattdessen versuchen, mit ihr auszukommen?"

„Jetzt komm schon!" Plötzlich war auch Josh aufgebracht. „Schieb nicht alles auf mich, okay? Ich hab sie nicht beleidigt, auch nicht angeschrien oder blöd angemacht. Ist dir aufgefallen, dass sie mich gestern den ganzen Tag ignoriert hat? Hast du auch ihr gesagt, dass sowas nicht grade freundlich ist?"

„Ich ... was?" Alex sah Josh perplex an und fand jetzt überhaupt keine Worte mehr.

„Also hast du's nicht mitgekriegt", schloss Josh daraus. „Sie hat mich nicht mal angesehen, höchstens von oben herab."

„Das ... nein, das hast du falsch verstanden", meinte Alex verunsichert. „Sie war sicher sauer auf dich, wegen dem was du den Tag über alles gesagt hast, das ist ihre Art."

„Ach, ist das so?", entgegnete Josh. „Ihre Art ist okay, aber meine Art ist schlecht?"

„Das hab ich doch gar nicht gesagt", verteidigte sich Alex, der immer mehr verunsichert war.

So hatte er das überhaupt noch nicht betrachtet. Hatte Josh recht? War er eher auf Sandras Seite und deshalb ungerecht zu seinem besten Freund? Oder verdrehte Josh nur die Tatsachen, um selbst besser dazustehen?

„Weißt du was?", setzte Alex schließlich an, um das Thema für jetzt zu beenden. „Reden wir nicht mehr drüber - versuch einfach, Sandra nicht mehr zu provozieren, klar? Dann sind alle zufrieden."

Josh verdrehte die Augen und warf Alex mit kräftigem Schwung den Football zu.

„Wenn sie es auch nicht tut", sagte er nachdrücklich.

Alex seufzte und drehte sich zur Wiese um. Sein erster Blick fiel auf den Brunnendeckel einige Meter entfernt.

„Hier hat also das Haus von dieser Familie gestanden?", fragte Josh und ging auf die große Fläche daneben zu.

Alex bejahte und folgte ihm.

„Schwer vorzustellen", meinte Josh. „Ist ja wirklich nichts mehr davon übrig."

„Die Überreste wurden abgetragen", erklärte Alex. „Ich hab Bilder gesehen, es sah übel aus nach dem Feuer."

„Sieh mal hier", rief Josh und deutete auf den Brunnen, den er offenbar erst jetzt entdeckt hatte. „Sieht aus wie aus diesem Gruselfilm, mit dem komischen Mädchen."

Alex schmunzelte verlegen – immerhin wusste er von den anderen, dass es kein echter Brunnen war, sondern ein zweiter Zugang zu Arthur Cesslers Geheimversteck.

„Kann sein", sagte er und war froh, dass sie nun ein anderes Thema hatten. „Soll ich weitergehen, damit wir besser werfen können?"

„Ich mach schon", meinte Josh und ging vom Brunnen weg in Richtung Mitte der Lichtung.

Auch Alex ging ein paar Meter vom Brunnen weg.

„Bereit?" Er holte mit dem Football aus.

„Los!", rief Josh.

Alex vergaß die Zeit, als er sich darauf konzentrierte, aufzufangen und zurückzuwerfen. Es fühlte sich an wie zuhause und er dachte nach wenigen Minuten schon nicht mehr an ihr unangenehmes Gespräch von vorhin. Gut gelaunt riefen sie sich motivierende Worte zu, rannten vor und zurück, wechselten die Position und waren genau die Freunde, die sie seit Ewigkeiten waren, ohne irgendwas dazwischen.

Es musste eine halbe Stunde vergangen sein, vielleicht auch mehr, als Alex sich schwitzend und außer Atem auf dem Brunnendeckel niederließ um zu verschnaufen.

„Wir hätten echt was zu trinken mitnehmen sollen", bemerkte Josh, als er ebenso verschwitzt neben Alex Platz nahm. „Oder sollen wir hier was rausschöpfen, was meinst du?" Er grinste herausfordernd und deutete auf den Brunnen. Alex lehnte lachend ab.

„Den kriegen wir sowieso nicht auf", sagte er. „Und wenn da Wasser unten ist, holen wir uns nur den Tod."

„Probieren würd ich's trotzdem gerne", meinte Josh und stemmte seine Arme gegen den massiven Steindeckel. Er rührte sich keinen Millimeter.

„Komm schon, lass das sein", versuchte Alex ihn davon abzubringen. Ihm wurde unwohl bei der Vorstellung, das Ding würde sich öffnen lassen und den Blick auf die Treppe nach unten freigeben, von der Sandra und die anderen ihm erzählt hatten. Draufgängerisch wie Josh war, würde er sofort hinunterklettern und das Ganze erkunden wollen.

„Funktioniert ohnehin nicht", murmelte Josh, als er seine Versuche aufgab. „Noch ein paar Würfe, dann nachhause was trinken?"

„Bin dabei." Bevor Alex sich aufmachen konnte, war Josh bereits wieder in die Mitte der Lichtung gelaufen. Alex ging hinterher und stellte sich einige Meter von Josh entfernt auf, als dieser auch schon ausholte. Als er warf, flog der Football ziemlich genau auf den Brunnen zu. Alex rannte zurück und sprang gekonnt auf den Deckel, wo er sich umdrehte und auf das Fangen konzentrierte.

„Hey, Hilfsmittel gelten nicht", rief Josh im Spaß vorwurfsvoll. Alex warf ihm einen kurzen Blick zu, sah ihn in der Mitte der Lichtung stehen, im Hintergrund die Baumfront des Waldes, umgeben von jenem Platz, wo früher das Cesslerhaus gestanden hatte ... dann verschwamm alles um ihn herum.

Gerade als er die Arme nach dem Ball ausstrecken wollte, der auf ihn zuflog, umgab ihn wieder der helle, trübe Schleier. Er verschmolz mit den hellen, weißen Wolken, dem grünen Gras und dunklen Holz zu einem weichgezeichneten, ausgeblichenen Foto und gab Alex das Gefühl, aus der Gegenwart gerissen zu werden.

Im nächsten Augenblick meinte er, an einem ganz anderen Ort zu sein. Am Landsitz eines Fürsten oder in einem Erholungsheim im Grünen. Doch als er seine neue Umgebung genauer wahrnahm, stellte er fest, dass er genau am selben Platz war wie gerade eben – bloß sah die Lichtung verändert aus. Er musste nicht lange überlegen, was es war: Da stand das Herrenhaus der Cesslers in voller Pracht und sah inmitten der Natur so beeindruckend aus, dass man es für eine Illusion hätte halten können. Die grauweißen Steinmauern, aus denen es gebaut war, gaben dem Gebäude etwas Unzerstörbares. Die Fassaden waren an manchen Stellen mit Ornamenten und Mustern verziert, die wohl Blumen darstellen sollten und die Fenster reihten sich gleichmäßig nebeneinander. An anderen Stellen wuchsen Blätter an der Wand entlang, gespickt mit Blüten in allen Farben. Mehrere Schornsteine schmückten das kupferfarbene Dach, das im Sonnenlicht schillerte und wie ein mächtiger Schutzschild aussah.

Alex fiel auf, dass das Haus drei Etagen hatte, die unterste lag allerdings zur Hälfte unter der Erde. Dann erst bemerkte er die zwei Kinder, die auf der Wiese hinter dem Haus spielten. Sie warfen einen Ball hin und her, lachten, riefen sich etwas zu und schienen ziemlich glücklich zu sein.

Es war ein Mädchen, das sieben oder acht Jahre alt sein musste, und ein Junge, der nicht älter als vier sein konnte. Das Mädchen trug ein gelb-weißes Kleid, das ihr bis unter die Knie reichte, mit üppigen Rüschen von der Taille bis zum Hals und weißen Strümpfen.

Der Junge hatte ein weißes Hemd an, dazu Stoffhosen mit Hosenträgern und einen kreisförmigen Strohhut. In geringer Entfernung saß eine hübsche junge Frau in ähnlicher Kleidung wie das Mädchen auf einer Steppdecke im Gras, einen Sonnenschirm in der einen, ein Buch in der anderen Hand. Immer wieder sah sie lächelnd zu den beiden Kindern hinüber.

„Sieh mal, Mutter!", rief das Mädchen der Frau zu. „Wie gut Arthur den Ball fangen kann."

Alex hatte den Namen ganz genau gehört! War dieser kleine Junge etwa Arthur Cessler? Aber wie war das möglich?

Er spürte plötzlich, wie ihn ein pochendes Gefühl überkam. Als würde ihn die Zuneigung zwischen den zwei Kindern und der Frau anwidern. Er wollte sie nicht sehen, sie sollten verschwinden und nie mehr wiederkommen!

Jetzt sah er den Jungen übermütig den Ball von sich wegschießen und er flog genau auf Alex zu – doch er konnte sich nicht rühren. Er konnte nur das Geschehen beobachten und das kalte Gefühl in ihm gären spüren, das diese Kinder regelrecht verteufelte.

Einen Meter vor Alex schlug der Ball auf den Boden und drippelte auf seine Füße zu. Nein! Es waren nicht mal *seine* Füße. Als er hinuntersah, erblickte er zwei Kinderfüße in Strümpfen und polierten Schuhen, die von einer runden Steinwand hinunterbaumelten. Offenbar saß er auf dem Brunnen, auf dem er gerade noch gestanden hatte!

„Möchtest du nicht mitspielen?", fragte ihn das Mädchen freundlich.

Eine neue Welle an Abstoßung durchfuhr Alex, oder besser das Kind, das er gerade war.

„Nein", sagte eine kindliche Jungenstimme trotzig, offenbar er selbst. „Das ist mir zu dumm."

„Wie schade", sagte das Mädchen etwas enttäuscht und hob den Ball auf. Sie kam Alex irgendwie bekannt vor, mit ihren hellbraunen Haaren, den vollen Lippen und dem runden Kinn ... Sie lächelte ihm aufmunternd zu, ehe sie sich umdrehte und zu dem Jungen zurücklief.

Alex – oder der Junge, durch dessen Augen er gerade wahrnahm – saß weiterhin auf dem Brunnendeckel und beobachtete die Kinder missgünstig. Er fühlte Zorn in sich hochsteigen, der sich gegen sie richtete. Die Freude der beiden störte ihn, er wollte sie ihnen nehmen! Wollte den Ball nehmen und zerstechen! Diese Vorstellung erfüllte ihn mit einem niederen Gefühl der Zufriedenheit.

Wie glücklich sie dort hin- und herliefen, liebevoll im Auge behalten von der Mutter und ganz in ihrer Welt, empfand er als derart widerwärtig, dass er wegsehen wollte. Doch er konnte nicht, er starrte sie weiter an. Als könnte sein bohrender Blick irgendwas bewirken, was er sich so sehr ersehnte.

Im Bruchteil einer Sekunde verschwamm alles hinter einem gleißend hellen Schleier und Alex fühlte einen unebenen Untergrund, auf dem er lag.

„Alex!", rief jemand tief besorgt. „Hörst du mich?"

Er öffnete benommen seine Augen und holte tief Luft.

„Oh Mann, Alex!", rief Josh, der sich über ihn gebeugt hatte. „Wieso hast du den Football nicht gefangen?"

Alex atmete mehrmals hintereinander ein und hatte Mühe zu realisieren, wo er war.

„Was ... was ist passiert?", fragte er und versuchte, sich aufzurichten. Josh half ihm dabei.

„Der Football ist dir voll ins Gesicht geknallt und hat dich vom Brunnendeckel geworfen", erklärte Josh erschrocken. „Ich dachte schon, du wärst bewusstlos, aber du hattest die Augen offen."

„Es ... ich ... was sagst du?", fragte Alex und spürte plötzlich einen Schmerz durch seinen Ellbogen und seine Nase pulsieren. Etwas rann aus seiner Nase und tropfte auf sein Sweatshirt. Dunkelrote Flecken bildeten sich dort. Intuitiv hielt er sich die Hand vor seine blutende Nase.

„Du hast starr geradeaus gesehen", sagte Josh aufgewühlt. „Ich hab zehnmal deinen Namen gerufen, aber du hast nicht reagiert, nur aus der Nase geblutet. Ich wollte schon einen Krankenwagen rufen, aber ich kenn' die Nummer hier nicht."

„Tut mir leid", sagte Alex und fasste in seine Hosentasche auf der Suche nach etwas, womit er das Blut abwischen konnte. Leider konnte er nichts finden, außer dem Schlüssel von Johns Haus. „Hast du Taschentücher bei dir?"

„Nein", sagte Josh und half Alex auf die Beine. „Gehen wir zu deinem Onkel, komm! Blutet es stark?"

„Es geht schon", meinte Alex und hielt sich die Nase zu. Er sah über den Brunnen hinweg auf die Lichtung. Von einem Haus war weit und breit nichts zu sehen. Es war derselbe Anblick wie schon so oft.

Was hatte er da gerade erlebt?

Josh hob den Football auf.

„Soll ich dich stützen?", erkundigte er sich.

„Danke, kein Problem", lehnte Alex ab. „Ist nicht so schlimm."

Das Blut verkrustete und verklebte seine Nasenlöcher, aber wenigstens blutete es kaum mehr.

„Was war denn los?", wollte Josh wissen, als sie auf den Wald zusteuerten. „Wieso hast du nicht gefangen?"

„Keine Ahnung", antwortete Alex im Wissen, dass es die absolute Wahrheit war. Er wusste bei bestem Willen nicht, was gerade wieder passiert war. Genau wie gestern Abend. „Vor mir ist auf einmal alles verschwommen und dann ... hab ich gar nichts mehr mitgekriegt."

Das war nicht ganz richtig. Alex erinnerte sich zu genau an die Szenen, die sich vor ihm abgespielt hatten. Wie würde Josh reagieren, wenn er es ihm erzählte? Wahrscheinlich würde er denken, der Schlag ins Gesicht hätte mehr bei Alex angerichtet als er vermutet hatte.

„Obwohl du die Augen offen hattest?" Josh sah stirnrunzelnd zu ihm rüber. „Trotzdem hast du nichts gesehen? Wie geht das denn?"

Alex zuckte nur mit den Schultern. Er konnte sich keinen Reim darauf machen und das machte ihm Angst. Seine Hoffnung, dass das mysteriöse Erlebnis von gestern Abend eine einmalige Sache war, schwand und ließ die Worte von Margaret erneut in seinen Ohren widerhallen.

„Ehrlich, Mann", sagte Josh mit bleichem Gesicht, „für einen kurzen Moment dachte ich schon, du hättest dir das Genick gebrochen."

Alex lachte gezwungen und schluckte.

„So fest kannst du nicht schießen", erwiderte er. „Und gefallen bin ich auch nicht tief genug dafür."

„Du siehst aus wie nach einer Schlägerei", bemerkte Josh.

„Ach was", winkte Alex ab. „Sieht schlimmer aus als es ist."

Tatsächlich machte ihm seine schmerzende Nase gerade um vieles weniger Sorgen, als die Tatsache, dass er diese unerklärlichen Erlebnisse hatte. Und dass er nicht im Entferntesten wusste, was es damit auf sich hatte.

Als sie über den Trampelpfad im Wald stapften, konnte Alex Stimmen hören, die von der Straße herkamen. Im ersten Moment fürchtete er, wieder in den trüben Schleier gezogen zu werden, doch dann sah er, dass es drei Jungen waren, die ihnen entgegenkamen.

Er schluckte einmal mehr, als er erkannte, dass es Chris Eckles mit zwei seiner Freunde war. Sie hatten einen Fußball dabei und waren wohl im Begriff, die Cesslerwiese ebenfalls als Sportplatz zu nutzen.

„Hey, was ist denn mit euch los?", fragte Chris, als sie in Hörweite waren. „Habt ihr euch geprügelt?" Er grinste.

Seine gewellten braunen Haare waren stilvoll zur Seite gekämmt und seine kräftige Statur ließ ihn wirken wie einen College-Studenten im letzten Semester. Dabei wusste Alex, dass er im selben Jahrgang war wie Sandra.

Warum war Chris dann nicht in der Schule?, fragte er sich.

„Nein, er hat einen Ball ins Gesicht bekommen", erklärte Josh leicht beschämt. „Habt ihr vielleicht was zum Wegwischen dabei?"

Einer von Chris' Freunden, den Alex als Emilys Bruder Marty Crendon wiedererkannte, zog eine Packung Taschentücher hervor und reichte sie ihnen.

„Danke, Mann", sagte Josh und gab sie an Alex weiter.

„Man sollte auch fangen können, was?", riet Chris ihnen und bemühte sich erst gar nicht, seine Schadenfreude zu verbergen. „Wer seid ihr überhaupt?"

„Ich bin Josh", stellte er sich vor und reichte Chris die Hand. „Das ist Alex, wir sind zu Besuch bei seinem Onkel, John Stancen."

Bei Alex' Namen huschte ein überaus grimmiges Funkeln über Chris' Gesicht. Scheinbar wusste er genau, wer Alex war. Für ihn der Grund, warum er selbst immer noch nicht bei Sandra gelandet war. Deshalb überraschte es Alex auch nicht, als er in dessen Ausdruck eine zutiefst erfreute Miene darüber feststellte, dass Alex gerade eins auf die Nase gekriegt hatte.

Auch Chris und seine Freunde stellten sich vor.

„Blöd gelaufen, was?", fragte Chris dann provokant und der zweite von seinen Freunden bemühte sich nicht sehr angestrengt, sein Lachen zurückzuhalten.

„Ja, gut erkannt", gab Alex trocken zurück und betrachtete die Blutflecken im Taschentuch, die er sich eben vom Mund gewischt hatte. „Danke dafür!"

„Wie lange seid ihr hier?", wollte Chris wissen.

„Ich für drei Wochen", antwortete Josh. „Er für sechs."

„Coole Sache", meinte Chris und Alex war sich nicht sicher, ob er das ernst meinte. Ihm wurde langsam unwohl.

„Also dann", versuchte er das Gespräch zu beenden. „Schönen Tag noch!"

„Habt ihr Lust, mal mit uns zu spielen?", fragte Chris, als hätte er Alex nicht gehört. Gekonnt kickte er den Fußball von einem Bein zum anderen, wie um seine Kenntnisse zur Schau zu stellen.

„Gerne", sagte Josh sofort. „Ich denke aber, mein Kumpel ist für heute bedient. Wie lange bleibt ihr?"

„Ein kleines Match geht sich sicher aus", sagte Chris.

„Alles klar", sagte Josh. „Ich begleite ihn rasch nachhause und komme dann wieder!"

„Ich hoffe, er kommt heil dort an", sagte Chris und gluckste.

„Bis gleich", rief Josh ihm zu und ging hinter Alex in Richtung Mendelaine Road.

„Netter Typ, was?", wandte er sich an Alex.

„Sei vorsichtig", warnte Alex ihn. „Chris und seine Kumpels sind hier dafür bekannt, Unsinn anzustellen. Eigentlich müssten sie in der Schule sein! Außerdem ist er immer noch hinter Sandra her."

„Was?" Josh schien es nicht glauben zu können. „So verzweifelt sieht er gar nicht aus."

„Josh!" Alex sah ihn verärgert an. „Hör auf damit, klar? Genau das meinte ich vorher, du schiebst Meldungen, die gegen Sandra gerichtet sind und glauben lassen, dass du sie hasst. Lass das endlich sein!"

„Sorry, Mann", sagte Josh und verdrehte die Augen. „War nur laut gedacht."

„Schön zu wissen, was du so über Sandra denkst", schnaubte Alex und war in diesem Moment froh, dass Josh sich gleich für ein paar Stunden aus dem Staub machen würde.

Sie kamen bei der Straße an und redeten nichts mehr. Als die beiden in Johns Haus traten, kam sein Onkel gerade mit einer neuen Kanne Tee den Flur entlang.

„Was ist denn passiert?", fragte er erschrocken.

Josh erzählte ihm die Geschichte noch mal und ebenso, dass er gleich wieder loswollte.

„Hau schon ab", verlangte Alex. „Aber vergiss nicht, was ich dir gesagt habe!"

„Ja, schon okay", gab Josh zurück und zog die Tür hinter sich zu.

Alex schlenderte seufzend in die Küche, goss sich ein Glas Wasser ein und trank es in einem Zug aus.

„Komm, das muss sauber gemacht werden", forderte John ihn auf und stellte einen Erste-Hilfe-Kasten auf den Tisch. „War es wirklich wie Josh erzählt hat?"

„So ungefähr", sagte Alex schwach. „Ich kann es selbst nicht genau sagen."

„Das ist doch oft so", beschwichtigte John und reichte Alex ein feuchtes Tuch. „Wenn es schnell geht, bleibt keine Zeit für Details. Hauptsache, du bist nicht schlimmer verletzt."

Alex starrte nur ins Leere und nickte, während er sich die restlichen Blutkrusten aus dem Gesicht wischte.

Seine Gedanken kreisten durch einen Nebel aus Fragen, die er immer schwieriger beiseiteschieben konnte. Dazu seine ständigen Diskussionen mit Josh, wenn es um Sandra ging, und dass der abgeschwirrt war, um sich mit Chris zu treffen. Was kam wohl als Nächstes?, fragte sich Alex verbittert. Freundete sich Sandra etwa noch dick mit Melissa an?

„Gibt es was, über das du gern reden möchtest?", erkundigte sich John, als wüsste er, was in Alex vorging.

„Ich weiß nicht", stieß er hervor und legte das Tuch beiseite. „Josh und ich sind erst einen Tag hier und schon ist er mit Sandra aneinandergeraten."

Sein Onkel presste betroffen die Lippen zusammen und sah Alex mitleidig an.

„Das ist nicht an mir vorbeigegangen", räumte er ein. „Ich hab davor schon mitgekriegt, dass sie nicht die besten Freunde sind, aber gestern hab ich den Beweis dafür bekommen. Tut mir echt leid für euch."

Alex rieb sich benommen die Augen, sehr darauf bedacht, nicht an seiner geprellten Nase anzukommen.

„Wenn andere dabei sind, geht es ja", meinte er. „Zumindest besser, als nur die beiden zusammen. Aber gestern Abend hat es trotzdem fast gekracht, obwohl volles Haus war. Wenn das jetzt drei Wochen lang so gehen soll ..."

„Warst du deshalb gestern so mitgenommen?", fragte John mit ruhiger Stimme. „Als du aus dem Haus zurückgekommen bist?"

„Ähm ..." Alex war nicht sicher, ob er seinem Onkel von den Dingen erzählen sollte, die er gesehen hatte. Immerhin wusste er von Arthur Cesslers Versteck, von dem Globus, von Margarets Geschichte und würde ihn sicher nicht für übergeschnappt halten.

Andererseits würde er ihm kaum helfen können, was für Sandra, Annie und Rob genauso galt. Am liebsten wollte Alex gar nicht weiter darüber sprechen und die Erinnerungen verdrängen, vielleicht würde es auf diese Weise irgendwann von selbst vergehen.

„Ich war nur schon ziemlich müde", wand er sich raus.

John sah ihn mit demselben musternden Blick an, den Alex schon öfter auf sich gespürt hatte, wenn sein Onkel ihm etwas nicht wirklich abnahm.

„Du hast wirklich fertig ausgesehen", versuchte er es weiter. „Als ob du einen Zusammenbruch gehabt oder etwas Verstörendes gesehen hättest."

Wieso?, dachte Alex zermürbt. Wieso war das derart offensichtlich? Konnte er den unangenehmen Themen nicht einmal entgehen, ohne dabei mit Fragen gelöchert zu werden?

„Okay, du hast recht", gab Alex zu, nachdem er erkannte, dass er seinem Onkel nichts vormachen konnte. „Es ist was passiert, als ich allein im Haus war. Aber können wir ein anderes Mal darüber reden? Ich find gerade echt nicht die richtigen Worte dafür."

„Sicher doch", lenkte John ein, was Alex sehr erleichterte. „Aber ich möchte nur wissen, hat es etwas mit dem Unfall letztes Jahr zu tun?"

Für einen kurzen Moment stand Alex völlig auf der Leitung.

„Was?", fragte er verwirrt.

„Ich dachte nur", setzte John an, „vielleicht hat dich deine Ankunft gestern an letztes Jahr erinnert, als du hierhergekommen bist und das Ganze wieder in dir aufgewühlt."

Alex begann trocken zu lachen, als ihm bewusst wurde, dass John dachte, er hätte wegen seiner Erinnerungen an letzten Sommer geheult.

„Nein, das war es nicht", versicherte er. „Ehrlich nicht, Josh ist ja hier und ich denke kaum noch an damals."

„Ich will dir das mal glauben", erwiderte John lächelnd und räumte den Erste-Hilfe-Kasten wieder weg. „Übrigens bleibe ich heute nach dem Abendessen bei Linda. Wenn etwas passiert, ihr wisst wo ich bin! Bitte macht nach neun Uhr keinen Lärm mehr."

„Versprochen", sagte Alex. „Keine Ahnung, ob wir überhaupt hier sind. Vielleicht gehen wir auch zu Sandra oder Annie nachhause, mal sehen."

„Ich hoffe, das zwischen Sandra und Josh klärt sich bald", sagte John und klopfte Alex auf die Schulter.

„Glaub mir", erwiderte er gedrückt, „das hoffe ich auch!"

Kapitel 7

Am späten Nachmittag war Josh noch immer nicht vom Fußball spielen zurückgekommen. Alex hatte ihm mehrere Nachrichten am Handy geschrieben, bis Josh schließlich geantwortet hatte, dass er mit Chris und seinen Freunden zu diesem nachhause gegangen war und bis zum Abendessen bleiben würde. Offensichtlich hatten sie eigenhändig beschlossen, die Schule heute ausfallen zu lassen, was Alex nicht im Geringsten verwunderte.

Großzügig hatte Josh Alex angeboten, auch vorbeizukommen, Chris hätte nichts dagegen. Doch Alex war nicht wohl bei dem Gedanken, außerdem wollte er Sandra sehen, sobald sie aus der Schule zurück war. Die Zeit bis dahin nutzte er dafür, endlich seine Mutter anzurufen, die sich nach anfänglichen Vorwürfen, warum er sie nicht schon gestern angerufen hatte, nach dem Flug, Sandra, Josh und seinen Plänen für den Urlaub erkundigte.

Alex stellte fest, dass es sich in seinen Schilderungen viel besser anhörte, als es tatsächlich war. Von dem angespannten Verhältnis zwischen Sandra und Josh erzählte er seiner Mutter nichts, da er es nicht groß reden wollte und tief in ihm nach wie vor die Hoffnung glomm, dass sich in ein paar Tagen alles in Wohlgefallen auflösen würde.

Anschließend ging er in sein Zimmer und räumte seinen Koffer aus, verteilte den Inhalt seiner Reisetasche auf dem Schreibtisch, sah die Nachrichten auf seinem Laptop durch und spähte nebenbei auf sein Handy, in der Erwartung, Josh würde ihn jederzeit wissen lassen, dass er auf dem Weg zurück sei. Was aber nicht geschah.

Ernüchtert steckte er das Handy ein, zog sich frische Klamotten an und machte sich auf den Weg zu Sandra, die der Uhrzeit nach bereits am Weg nachhause sein musste.

„Vergiss nicht, um sechs Uhr Abendessen bei Linda!", rief ihm John von seinem Arbeitszimmer aus zu, als Alex sich verabschiedete. „Weiß Josh Bescheid?"

„Klar, hab's ihm gesagt", grummelte Alex. „Bis später!"

Auf dem Weg durch Johns Vorgarten zum Bürgersteig starrte er auf Margarets Haus gegenüber. Das matte Rot der Holzdielen, welche die

Mauern bedeckten, verlieh dem Haus einen Eindruck der Geborgenheit und ließ es überaus einladend wirken. Muster aus Eisenbeschlägen waren auf der Fassade, besonders an den Ecken verteilt und ergänzten sich mit den abgerundeten Fenstern im Obergeschoß, von denen aus man wohl den besten Blick auf das Dach der Veranda hatte.

Was Margaret wohl gerade tat?, fragte sich Alex und wechselte die Straßenseite. Sie schien im Wohnzimmer im mittleren Teil des Hauses zu sein, er sah sie durch keines der Fenster im Erdgeschoß. Wieder nahm Alex sich vor, sie bald zu besuchen, am besten gleich morgen oder übermorgen! Zusammen mit Sandra, die sie beinahe zu einer Ersatzgroßmutter gemacht haben dürfte, seit sie ihnen letztes Jahr das Geheimnis über ihre wahre Identität anvertraut hatte.

Nach ein paar tiefen und erfrischenden Atemzügen schlenderte Alex die Mendelaine Road aufwärts zu Sandra. Es war immer noch bewölkt, aber gleichzeitig sehr hell, und hatte eine angenehme Temperatur, für die das graue Sweatshirt und die kurze Hose, die Alex trug, ideal waren.

Trotzdem fröstelte er, als er nach einigen Schritten bei Nummer neun vorbeikam, wo er gestern Nachmittag geklingelt hatte und förmlich verjagt worden war. Er wüsste zu gerne, wer dieser Mann gewesen war! Die Ungewissheit beunruhigte ihn und er hatte ein schlechtes Bauchgefühl.

Keysers Haus sah von außen so verwahrlost aus, dass einem der Bewohner fast leidtun konnte. Es regte sich nichts, kein Geräusch und kein Lichtschimmer drang heraus. Nur die Büsche und Sträucher, die über den ungepflegten Vorgarten verteilt wucherten, bewegten sich leicht im Wind. Alex kam kurz in den Sinn, erneut zu klingeln und den Mann zu fragen, wer er sei, ehe er die Idee für idiotisch befand und verwarf. Womöglich riskierte er dabei, beschimpft oder sogar verletzt zu werden, wenn sich der Unbekannte provoziert fühlte.

Entschlossen zwang sich Alex, weiterzugehen und erreichte ein paar Nummern weiter die Einfahrt von Sandras Haus. Die Rosen im Vorgarten blühten ihm in mehreren Farben entgegen und verstreuten stellenweise ihren unverkennbaren Duft. Er stieg die Stufen zur Veranda hoch und drückte die Türklingel.

„Hi!", fiepste Ricky, als er öffnete. „Sandra ist mit Tammy eine Runde gegangen."

„Ich warte auf sie", erwiderte Alex freundlich. „Ist eure Mom da?"

Ricky nickte und deutete aufs Wohnzimmer, wo Mrs. Brenton bei aufgedrehter Achtzigermusik etwas im Schrank sortierte.

Alex musste jedes Mal, wenn er Sandras Mutter sah, feststellen wie sehr sich beide ähnelten. Die Gesichtszüge mit der geschwungenen Nase, den vollen Lippen und die gelockten, dunkelblonden Haare hatte Sandra eindeutig von ihr. Bloß die Augen von Mrs. Brenton waren dunkel, während Sandra tiefgrüne hatte.

Nachdem Alex sie begrüßt und sie ihm Cream tea und Scones angeboten hatte, die er dankend annahm, war Ricky ganz wild drauf, ihm zu zeigen, in welchem Level er gerade in seinem Videospiel war. Aufgeregt erklärte er Alex jeden Zug am Controller und kommentierte seine Erfolge.

Alex genoss jeden Moment, den er mit Sandra und ihrer Familie verbrachte und wünschte sich, er könnte das bei sich zuhause auch immer haben. In diesem Moment hörte er die Hintertür zugehen und einen Hund hecheln.

„Mum, ich gehe jetzt zu Alex!", rief Sandra aus der Küche.

„Da musst du nicht weit gehen", erwiderte Ricky lachend.

„Was?" Sandra bog um die Ecke und strahlte, als sie Alex erblickte.

„Ich wusste in etwa, wann du von der Schule kommst", erklärte Alex und stellte seine leere Teetasse beiseite.

Sandra hielt plötzlich inne.

„Wo ist Josh?", fragte sie vorsichtig und blickte sich misstrauisch um.

„Nicht hier", stellte Alex klar und fragte sich im Stillen unsicher, ob das gut oder schlecht war.

Sandra schien mit einem Mal noch besser drauf zu sein.

„Wollen wir dann hoch in mein Zimmer gehen?", fragte sie und streckte Alex erwartungsvoll lächelnd die Hand hin.

„Aber seid nicht zu laut!", meinte Ricky unverblümt und erntete dafür einen mahnenden Blick von Mrs. Brenton.

„Sei still, du kleiner Giftzwerg!", zischte Sandra ihm zu, als Alex ihr zur Treppe folgte. Hinter sich konnte er ihren kleinen Bruder glucksen hören.

„Wo ist er?", wollte Sandra wissen, als sie ihr Zimmer betraten. Der Schreibtisch war vollgeräumt mit gestapelten Schulbüchern und über der Stuhllehne davor hing Sandras Schuluniform.

„Das willst du nicht wissen", sagte Alex leise und senkte den Blick.

„Jetzt will ich es erst recht wissen!", drängte Sandra, die das Fenster geöffnet und sich anschließend auf ihr Bett gesetzt hatte, auf dem wie immer die weiß-rosa Steppdecke lag.

Alex sah sie leidvoll an, holte tief Luft und erzählte ihr dann von dem kleinen Unfall auf der Cesslerwiese, das zufällige Aufeinandertreffen mit Chris und seinen Kumpels sowie Joshs Entschluss, den Nachmittag mit ebendiesen zu verbringen. Die Sache mit den rätselhaften Szenen, die sich vor seinem inneren Auge abgespielt hatten, ließ er bewusst aus, um nicht noch mehr erklären zu müssen.

Sandras Augen wurden im Laufe seiner Erläuterung immer größer, ihr Mund öffnete sich immer weiter.

„Bei Chris?", fragte sie ungläubig, als Alex fertig war. „Oh mein Gott, das darf nicht wahr sein! Wieso hast du ihn nicht zurückgehalten?"

„Ich kann ihm ja nichts vorschreiben!", verteidigte sich Alex. „Was soll ich tun, wenn er sie gut leiden kann?"

Sandras Miene war merkwürdig starr, als wäre soeben irgendwas in ihr blockiert worden.

„Schon gut", beschwichtigte sie dann. „Tut mir leid, du hast natürlich recht. War ja klar, dass Chris wieder mal die Schule schwänzt und gleichzeitig so blöd ist, durch die Gegend zu ziehen. Trotzdem finde ich das ..." Ihr fiel offenbar kein passender Ausdruck ein.

„Ich weiß", stimmte Alex zu. „Es ist komisch und passt mir eigentlich überhaupt nicht. Vielleicht merkt er gleich heute, was Chris für ein Typ ist und spart es sich danach."

„Hoffentlich", stieß Sandra hervor und schüttelte den Kopf. „Und deine Nase? Tut es noch weh?"

Alex verneinte.

Sie lagen aneinandergeschmiegt auf Sandras Bett, eine romantische Stimmung wollte jedoch vor dem Hintergrund der Umstände nicht wirklich aufkommen.

„Warum ihr auch immer so wild sein müsst", murmelte Sandra vorwurfsvoll.

„Hey!", entgegnete Alex empört. „Willst du sagen, ich bin selbst schuld? Es war ein Unfall!"

„Der garantiert nicht passiert wäre, wenn ihr stattdessen Badminton oder Tennis gespielt hättet", beharrte Sandra.

„Komm schon, sehe ich danach aus?", hielt Alex dagegen. „Sowas passiert nun mal und im Grunde war es nicht schlimm."

„Wenn du meinst", gab Sandra nach, wirkte aber nicht überzeugt.

„Hör zu", setzte Alex an, „ich habe versucht, mit Josh über die Sache zwischen euch zu reden."

„Worüber genau?", fragte sie schnippisch. „Dass er sich wie ein kleines Kind benimmt und kein normales Wort mit mir wechseln kann?"

„So in etwa. Leider ist er nicht wirklich darauf eingegangen."

„Was für eine Überraschung!"

„Ich hab ihn dann einfach gebeten, sich zu bemühen, damit nicht mehr böses Blut zwischen euch entsteht. Und ich hoffe, er hält sich dran."

Sandra nickte und kuschelte sich enger an Alex. Er strich ihr über die Haare und wollte in diesem Moment nicht weiter über unangenehme Dinge nachgrübeln.

„Sag mal", begann jetzt Sandra, „was war gestern Abend los mit dir? Ich meine, nachdem du aus dem Haus zurückgekommen bist. Es hat wirklich ausgesehen, als hättest du ..."

„Geheult?"

„Na ja ... ja, schon. Ich meine ... hast du?"

„Nein, worüber denn?", bestritt Alex, obwohl er wusste, dass es nicht stimmte.

Warum er geheult hatte, konnte er nach wie vor nicht erklären. Es waren diese entsetzlichen Gefühle gewesen. Die nicht seine eigenen waren, sondern die von der unbekannten Frau ...

„Also ... ich dachte, dir ist vielleicht alles etwas zu viel geworden gestern", sagte sie zögerlich. „Ich hab mir schon überlegt, dass ich übertrieben habe mit den ganzen Vorbereitungen, aber ich war einfach so glücklich, dass du kommst, und wollte das feiern und ..."

„Aber deswegen heule ich doch nicht", meinte er sanft. „Ich war schon ziemlich müde gestern, trotzdem hab ich mich genauso riesig gefreut, endlich da zu sein!"

„Okay. Aber was war es dann?"

Alex suchte nach den richtigen Worten. Er musste schmunzeln, als er an Johns Theorie dachte, seine Ankunft hätte die Erinnerungen an letztes Jahr aufgewühlt und er hätte deswegen geheult.

Sie beide konnten nicht ahnen, wie weit daneben sie lagen. Aber woher sollten sie das auch? Wo nicht mal Alex erklären konnte, was er erlebt hatte.

Er nahm sich vor, auch Sandra vorerst nichts davon zu sagen. Immer noch baute er darauf, dass das heutige Erlebnis das letzte gewesen sein konnte und es daher nichts brachte, auch sein Umfeld damit verrückt zu machen.

„Ich glaube, es war einfach alles zusammen", wand er sich raus. „Die Müdigkeit, die Anspannung zwischen dir und Josh und dann ist mir beim Waschen noch was in die Augen geronnen. Es muss schlimmer ausgesehen haben, als es war."

„Verstehe." Sandra schien es ihm abgenommen zu haben.

„Ich habe übrigens an Margaret gedacht", sagte Alex und war froh, das Thema zu wechseln. „Wir können sie gleich morgen besuchen, was hältst du davon?"

„Oh ja, sehr gerne! Sie wird sich freuen."

„Wann warst du das letzte Mal bei ihr?"

„Am Mittwoch. Sie hat mir auch einen Schlüssel gegeben, damit ich immer reinkomme. Aber morgen sollten wir höflicherweise klingeln."

Alex gab ihr recht. Kurz darauf redeten sie nur noch über Dinge, die Freude machten, wie die anstehenden Ferien von Sandra, Annie und Rob, die viele gemeinsame Zeit, die vor ihnen lag und über das vergangene Schuljahr.

Zwar hatten sie sich in dieser Zeit mehrmals die Woche angerufen und gechattet, dabei aber meistens über die schmerzliche Tatsache gesprochen, dass zwischen ihnen mehrere tausend Meilen lagen und wie sehr sie einander vermissten. Jetzt hatten sie genug Gelegenheit, alles Unerzählte aufzuholen und das ganz ohne Zeitdruck.

So berichtete Sandra ausführlich von ihren Lieblingsfächern Kunst und englische Literatur, während Alex von seiner Entdeckung der Flugzeuge vor ein paar Monaten redete, die ihn beeindruckten und den Wunsch in ihm geweckt hatten, irgendwann Pilot zu werden.

Schließlich wurde es Abend und das Essen bei Linda rückte näher. Alex hatte inzwischen großen Appetit und streckte sich ausgiebig, bevor er aufstand und wartete, bis Sandra ihre Klamotten ausgewählt hatte.

In einem engen, schwarzen Pullover und hellblauen Jeans kämmte sie sich die Haare und versetzte sich ein paar Sprüher Parfum, ehe sie Alex an der Hand nahm und gemeinsam mit ihm nach unten ging.

„Richtet Mrs. Harton schöne Grüße aus!", bat Mrs. Brenton.

„Machen wir, Mum", versprach Sandra, die Tammy in ihrem Hundekorb am Kopf kraulte und sich von ihr verabschiedete.

Es war immer noch hell, als sie auf die Veranda traten und an den üppigen Rosensträuchern vorbei zum Gehsteig gingen. Alex merkte gleich, dass die Straßenlaternen trotzdem schon an waren, was der Mendelaine Road eine romantische Atmosphäre verlieh.

„Stört es dich, wenn wir kommende Woche schon mal ohne dich Ausflüge machen?", fragte Alex zögerlich. „Ich meine, nur Josh, mein Onkel und ich? Sobald du Ferien hast, fahren wir zusammen wohin du willst."

„Natürlich nicht", meinte Sandra wohlwollend. „Fahrt ruhig! Ich würde echt gerne mitkommen, aber drei Schultage sind es noch, was soll's. An den Abenden sehen wir uns ja, nicht?"

„Versprochen", sagte Alex zufrieden.

Ein paar Häuser weiter sah er auf der anderen Straßenseite plötzlich Emily Crendon entgegenkommen, die gerade die Einfahrt ihres Hauses betrat. Das Erste, das an ihr auffiel, waren ihre hellblonden Haare.

„Hey, Emily", rief er ihr nichtsahnend zu und winkte. „Hi!"

Emily zuckte förmlich zusammen, als sie sich umdrehte und Alex und Sandra erblickte. Offenbar wusste sie nicht, wie sie reagieren sollte.

Alex meinte, sie für eine Sekunde gezwungen lächeln zu sehen, als sie ihren Arm hob und ihm kurz zurückwinkte. Sie sagte kein Wort, ging weiter und verschwand in ihrem Haus.

Verwirrt wandte sich Alex an Sandra, deren Gesicht sich derart verfinstert hatte, dass er Angst vor ihr bekommen konnte.

„Weißt du was sie hat?", erkundigte er sich zurückhaltend. „Das war eben ziemlich seltsam."

„Mich überrascht es nicht", gab Sandra kurzbündig zurück und ging weiter.

„Hä?" Alex begriff überhaupt nichts mehr. „Was ist denn passiert? Letztes Jahr wart ihr gute Freundinnen."

„Das ist vorbei", stellte Sandra in kaltem Ton klar. „Sie ist unter die Zicken gegangen, muss ich mehr sagen?"

„Das verstehe ich nicht", sagte er und versuchte, sie zurückzuhalten. „Du hast mir gar nichts erzählt. Hattet ihr Streit?"

„Wieso ist das so wichtig?", versuchte Sandra abzulenken. „Emily ist egal, Freundschaften vergehen. Ich hab mich wohl in ihr getäuscht."

„Aber ihr seid befreundet seit ihr Kinder wart", erinnerte Alex daran. „Sandra, was war zwischen euch?"

Sandra schien das Thema sehr unangenehm zu sein und sie sog scharf Luft durch die Nase ein.

„Lass uns nicht darüber reden, okay? Das soll ein netter Abend werden und über Emily zu reden verdirbt mir bloß die Laune. Irgendwann wirst du's schon erfahren."

Alex sah noch mal zu Emilys Haus rüber und kam sich vor wie der letzte Trottel, weil er nichts darüber gewusst hatte. Mit Sandra weiter zu diskutieren war heute aber auch keine gute Wahl mehr, weswegen er resignierte.

„Na gut", gab er schulterzuckend von sich und verspürte den starken Drang, bald eine Antwort zu bekommen.

Was konnte zwischen Sandra und Emily vorgefallen sein, die bei seinem letzten Besuch noch fast so eng befreundet gewesen waren wie

Sandra und Annie? Und warum hatte Sandra es ihm nicht bei einem ihrer Telefonate oder Chats erzählt? War es erst vor kurzem geschehen oder schon länger her?

Noch ein Thema, das ihn ab jetzt beschäftigte, dachte Alex ernüchtert und fand, dass es eigentlich längst genug war! Er wollte einfach nur einen schönen Urlaub verbringen, konnte das denn zu viel verlangt sein?

Sandra war nach der merkwürdigen Begegnung mit Emily verstummt und auch Alex fand kein Thema, das die Stimmung auf die Schnelle lockern konnte.

Schweigend aber nach wie vor Hand in Hand gingen sie die Mendelaine Road hinauf. Niemand sonst war draußen unterwegs, doch in den Häusern brannten teilweise schon Lichter. Aus dem Wald hinter den Häusern kamen Tierlaute, die sich mit den Stimmen und Fernsehgeräuschen aus manchen Häusern vermischten.

Abgesehen davon war es sehr ruhig, auch der Wind hatte sich gelegt. Alex hörte seine und Sandras Schritte auf dem Asphalt und versuchte, sich auf das bevorstehende Abendessen zu freuen. Als Robs Haus bereits in Sichtweite war, wechselten sie die Seite.

Alex hatte gerade wieder den Gehsteig betreten und aus dem Augenwinkel die dort montierte Straßenlaterne mit ihrem orangefarbenen Licht betrachtet, als ihn ein unerklärlich bekanntes Gefühl überkam.

Seine Umgebung verschwamm von einem Augenblick zum nächsten, seine Hand schien sich aus Sandras Griff zu lösen und er entfernte sich um gefühlte zehntausend Meilen oder hundert Jahre - oder beides. Alles um ihn herum war von diesem Schleier überdeckt, der heller und heller wurde und in kürzester Zeit ein neues Bild vor ihm aufbaute.

Das Erste, das Alex im selben Moment entdeckte, war eine kunstvoll geschwungene, schmiedeeiserne Laterne, die an einer massiven steinernen Mauer montiert war. Sie funktionierte aber nicht mit Elektrizität, sondern barg eine lodernde Flamme in sich, die einen flackernden runden Lichtkegel auf die Mauer warf. Ein paar Meter weiter war eine weitere montiert, danach wieder, bis zum Ende der Mauer.

Aufgeregt sah er sich um – nein, nicht er!, schoss es ihm durch den Kopf. Das war nicht er! Alex sah wieder durch die Augen einer anderen Person, wurde ihm bewusst. Er konnte seine Bewegungen nicht steuern, nicht mal selbst bestimmen, wo er hinsah. Alles war wie vorgegeben, als wäre er ein Roboter, dem sämtliche Handlungen einprogrammiert worden waren. Doch die Person, aus der heraus er das Geschehen betrachtete, war definitiv ein Mensch, dessen war sich Alex sicher. Bloß wer?

„Arthur!", sagte er plötzlich mit einer erregten Frauenstimme durch fremde Lippen. „Arthur, so warte doch!"

Dann erkannte Alex, dass die Steinmauer die Fassade des Cessler-Herrenhauses war, das neben ihm aufragte. Zwischen den Laternen reihte sich ein hohes Fenster ans nächste. Er trat mit schnellen, klappernden Schritten auf ein großes Eingangstor zu, aus dem soeben ein Mann getreten war. Er musste Anfang zwanzig sein, wirkte durch seine vornehme Kleidung aber auf den ersten Blick älter.

„Elizabeth!", stieß der Mann namens Arthur überrascht hervor. „Was tust du denn hier zu so später Stunde?"

„Ich musste dich sehen", erklärte Alex durch die Lippen der Frau, ohne irgendwas steuern zu können. Ein nervöses Flattern breitete sich in seiner Brust aus, weniger ein Gefühl der Angst, als vielmehr die Hoffnung auf etwas. „Dein gestriger Brief hat mich verzaubert, Arthur. Wie wunderbar du mit der Sprache umgehen kannst. Deine Worte haben mir keine andere Wahl gelassen, als dich alsbald aufzusuchen und in deiner Nähe zu sein."

Alex bewegte sich auf Arthur zu, voll explosiver Erwartung und befreiender Hingabe. Doch Arthur trat zurück, offenbar überwältigt und unsicher. Nun stand er genau im Schein einer Laterne, sodass seine Züge deutlich zu erkennen waren.

Ein schmales Gesicht mit herzlichen Augen, einer langen geraden Nase und schmalen Lippen. Seine braunen Haare waren zu einem perfekten Seitenscheitel gekämmt und er war gut einen Kopf größer als die Frau, aus der heraus Alex ihn betrachtete. Immer noch fühlte er die Spannung pulsieren und wollte nichts mehr, als Arthur nahe sein.

„Das ehrt mich", sagte Arthur schüchtern und konnte sich offenbar nicht entscheiden, wie er auf die Worte reagieren sollte. „Ich dachte auch jeden der vergangenen Tage an dich und wünschte, wir hätten sie zusammen verbringen können. Doch bin ich der Ansicht, wir sollten nichts überstürzen."

„Wann wirst du mich ausführen, Arthur?", wollte die Frau wissen und das Gefühl der Erwartung erreichte in Alex einen neuen Höhepunkt. „Nun schreiben wir uns bereits so viele Monate Briefe und ich hoffe mit jedem Tag, jeder Stunde, dass diesen bald ..."

Sie unterbrach, da das starke Gefühl in ihr mittlerweile ihre Stimmbänder gelähmt haben musste. Arthur wusste womöglich, was kommen würde und zupfte nervös an den Knöpfen seines Gilets, schluckte, sagte aber nichts.

„Dass bald unsere Verlobung folgen wird, Arthur", führte die Frau ihren Satz zu Ende und es wunderte Alex, dass sie trotz der nervenzerreißenden Anspannung atmen konnte.

Arthur wirkte jetzt völlig unsicher, setzte mehrmals zum Sprechen an, wischte sich über die Stirn, versuchte offenbar, seine Antwort hinauszuzögern. In den riesigen Wellen der Hoffnung, die Alex verspürte, taten sich dunkle Flecken und Risse der Enttäuschung auf.

„Arthur, nun antworte mir endlich", verlangte die Frau und griff nach seiner Hand.

„Elizabeth, ich ...", begann Arthur zu stammeln. „Bitte missverstehe mich nicht, ich möchte dich keineswegs in Verzweiflung zurücklassen. Doch glaube ich, dass ich ... diese Entscheidung noch nicht treffen kann. So sehr ich mich dir auch zugetan fühle, ich fürchte die Konsequenzen einer unbedachten Entscheidung zu sehr. Ich hoffe, uns gelingt es dennoch, Freunde zu bleiben."

Die Enttäuschung traf ein wie ätzende Säure, welche die Hoffnung verstümmelte und in ein Anfangsstadium zurückwarf. Alex spürte den Frust, der verzweifelt nach außen dringen wollte, jedoch erbittert zurückgehalten wurde.

Nun trat die Frau namens Elizabeth einen Schritt von Arthur weg.

„Oh, Arthur", sagte sie mit zitternder Stimme. „Wieso nur? Sag doch, was ich tun kann, um dich umzustimmen."

„Ich flehe dich an, mach es dir nicht schwerer", appellierte er an sie. „Dies ist keine Ablehnung deiner reizenden Person, glaube mir! Allein meine Unsicherheit hat Schuld daran."

Diese Worte schienen die Enttäuschung zu stoppen und die Hoffnung neu aufzustellen.

„Nun gut", sagte Elizabeth bestimmt. „Dann warte ich, Arthur. Um dir zu beweisen, dass es mir ernst ist!"

Er schien nicht zu wissen, was er davon halten sollte, bemühte sich aber, ihr ein ermutigendes Lächeln zu schenken.

„Erlaubst du mir, dich zurück nachhause zu begleiten?", erkundigte er sich dann und streckte ihr seine Hand entgegen.

„Danke, Arthur", sagte sie ablehnend. „Ich finde alleine zurück. Noch heute Nacht werde ich dir eine Antwort verfassen und hoffe, dass sie bei deiner Entscheidung helfen wird. Bis dahin sollten wir nicht riskieren, öffentlich zusammen gesehen zu werden. Gute Nacht, Arthur."

Er verschwand aus Alex' Sichtfeld, als Elizabeth sich umdrehte und die breite, gewundene Marmortreppe hinuntertrabte, die sich auf zwei Seiten vor dem Eingangstor bis zu einem großen Vorplatz mit Springbrunnen erstreckte.

Dort angekommen drehte sich Elizabeth ein weiteres Mal um und sah Arthur verschüchtert am Treppenabsatz stehen. Dann senkte dieser den Kopf, wandte sich ab und verschwand in die andere Richtung. Bevor sie weiterging, fiel Alex ein Fenster im Erdgeschoß ins Auge, in dem eine weitere Person stand. Aus der Ferne konnte er deren Aussehen nur ansatzweise erkennen, bemerkte aber, dass es ein Mann war, bei dem er unerklärlicherweise sicher war, ihn schon einmal gesehen zu haben. Alex blieb jedoch keine Zeit, sich weiter danach zu fragen, denn kaum hatte er den Mann einigermaßen im Blick, verschwamm seine Umgebung und er erwachte wie aus einem Traum.

„Alex, bitte!", hörte er Sandras verzweifelte Worte. „Was hast du? Kannst du mich hören?"

Ihre Hände lagen auf seinen Schultern und rüttelten daran. Jetzt sah er in ihr besorgtes Gesicht und zuckte zusammen.

„Sandra!", stieß er hervor. „Was ist passiert?"

„Das fragst du *mich*?", rief sie aufgewühlt. „Sag du es mir!"

„Ich ..." Sein Herz pochte schnell, er musste öfter Luft holen um zu sprechen und sein Kopf ging über vor Eindrücken. „Ähm ..."

„Alex, geht es dir gut?", fragte Sandra verängstigt. „Du bist plötzlich stehen geblieben, hast ins Leere gestarrt und warst nicht mehr ansprechbar. Was ist los?"

„Es war ... ich habe auf einmal alles nur mehr verschwommen gesehen", sagte er keuchend. „Ich weiß auch nicht, aber ich habe nichts mehr mitgekriegt, außer ..."

Er stockte, als er sich an die Szenen erinnerte, die sich soeben vor ihm abgespielt hatten. Aber nicht hier, nicht heute. Sie mussten Jahre zurückliegen, aber es hatte sich wieder so real angefühlt.

„Außer *was*?", hakte Sandra nach und legte zitternd ihre Hände auf seine Wangen. „Was hast du mitgekriegt?"

Alex schluckte und bemühte sich, konzentriert zu bleiben und seine Gedanken zu ordnen.

„Ich kann es nicht beschreiben", murmelte er leise und senkte den Blick. „Es war so komisch."

Sandra sah ihm ratlos in die Augen.

„Ist dir das gestern auch passiert?", fragte sie dann. „Als du oben im Badezimmer warst?"

„Ja", hauchte Alex und war dankbar, dass sie gefragt hatte. „Aber da war es noch viel schlimmer. Und heute Nachmittag beim Football werfen genauso! Ich sehe ... Dinge, die ich nicht selbst erlebt habe."

Sandras Augen weiteten sich vor Schreck.

„Du hast Visionen?"

Alex zuckte mit den Achseln. „Wenn man es so nennen kann, ja. Aber nicht von der Zukunft, sondern ... sie sind wie aus der Vergangenheit."

„Mein Gott", erwiderte Sandra und umarmte Alex sanft. „Das tut mir so leid. Ich hatte schon seit letztem Sommer Angst deswegen. Seit Margaret uns das von sich erzählt hat ..."

„Von dem Globus?", schoss es Alex durch den Kopf.

Sandra nickte und sah immer noch sehr aufgelöst aus.

„Sie hat dich gewarnt, dass er eine Verbindung zu dir aufbauen und versuchen wird, dich in den Wahnsinn zu treiben", rief sie ihm in Erinnerung. „Genau wie bei ihr! Ich habe oft daran gedacht, aber du hast mir immer versichert, dass du nichts von dem erlebt hast."

„Hab ich auch nicht! Als ich zuhause war, hatte ich das kein einziges Mal, ehrlich. Erst gestern hat es begonnen. Nach meiner Ankunft."

„Das war jetzt schon das dritte Mal?", fragte Sandra nervös.

Alex bejahte und erinnerte sich plötzlich noch genauer, wovor Margaret ihn vor einem Jahr gewarnt hatte.

„Sie bekam auch Halluzinationen und Wahnvorstellungen", stieß er aus. „Weißt du noch? Margaret erzählte, dass sie das zu jeder beliebigen Zeit hatte. Sie sagte, es war als ..."

Eine schaurige Erkenntnis machte sich in ihm breit.

„Als würde sie mit den Augen anderer Personen sehen", beendete Sandra den Satz. „Tust du das? Siehst du fremde Leute?"

Alex sah sie hilfesuchend an und nickte.

„Das ist Wahnsinn", sagte er unruhig. „Wie hat sie das nur ertragen? Und wie soll ich das auf Dauer ertragen?"

„Wir müssen mit ihr sprechen!", beschloss Sandra. „Sobald wie möglich. Wir wollten sie morgen ohnehin besuchen, da sagst du es ihr, okay?"

„Ja gut", lenkte Alex ein. „Aber was soll sie denn tun? Sie konnte selbst nicht damit umgehen und musste in Behandlung deswegen. Und was, wenn sie das zu sehr aufregt? Wenn sie Angst bekommt oder was auch immer?"

„Sie kann dir vielleicht Informationen geben, wodurch du ein paar Dinge besser verstehst", spekulierte Sandra. „Wir können es ihr schonend beibringen, dann muss sie sich auch nicht aufregen. Komm schon, Alex! Sie ist die Einzige, die dir ansatzweise helfen könnte."

„Einverstanden", gab Alex nach. „John, Annie und Rob sollten auch davon erfahren, meinst du nicht?"

Sandra wirkte nachdenklich.

„Ja, finde ich auch. Aber wie machen wir das, ohne dass Linda und Josh dabei sind?"

„Irgendein Moment wird sich schon ergeben."

Er deutete ihr in Richtung Robs Haus, als Zeichen weiterzugehen. Sie schlenderten mitgenommen auf Nummer 42 zu und klingelten.

„Hi", grüßte Rob sie freudig. „Habt ihr Josh gar nicht dabei?"

Verwundert sahen sich Alex und Sandra an.

„Ist er noch nicht da?"

Rob schüttelte den Kopf und Sandra verdrehte die Augen. Ohne etwas zu sagen zog sie ihre Schuhe aus und verschwand direkt im Flur zum Esszimmer.

„Haben sie wieder gestritten?", wollte Rob wissen.

„Viel komplizierter", seufzte Alex und zog sein Handy aus der Tasche. „Ich schreibe ihm gleich."

Im Haus duftete es nach Gemüseauflauf aus dem Ofen.

Auf der Gartenseite des Hauses neben der Küche lag das Esszimmer, das durch den massiven dunklen Holztisch mit seinen geschwungenen Beinen zu einem großen Teil ausgefüllt wurde. Annie saß Robs Mutter gegenüber und war in ein Gespräch mit ihr vertieft, zu dem sich auch Sandra gesellt hatte.

„Er kommt gleich", sagte Alex zu Rob, als er die Nachricht von Josh bekam.

Auf dem Tisch lagen bereits sieben Gedecke, in der Mitte standen zwei große Schüsseln mit Salat und mehrere Karaffen mit Wasser und Limonade.

„Perfektes Timing", sagte John aus der Küche.

„Hat er gekocht?", fragte Sandra an Linda gewandt.

„Und ob", meinte sie mit vielsagendem Blick. „Dieser Auflauf ist seine Spezialität. Ich habe in der Zwischenzeit Yoga gemacht."

„Und wir haben den Tisch gedeckt", meldete Annie sich zu Wort und deutete auf sich selbst und Rob. „Bitte bewundert uns!"

Alex und Sandra setzten eine begeistert staunende Miene auf, die alle zum Lachen brachte. Im nächsten Moment ertönte die Türklingel und Rob ging ins Vorzimmer. Schon von dort konnte Alex Josh aufgeregt reden hören.

„Freut mich, dass du dich so gut mit Chris verstehst", sagte Rob etwas gedämpft, als er mit Josh ins Esszimmer trat.

„Hallo allerseits", rief dieser munter in die Runde. „Sorry, dass ich zu spät bin, ich hab die Zeit total übersehen beim Zocken mit Chris und seinen Kumpels."

„Was du nicht sagst", sagte Sandra gereizt, mehr zu sich selbst als zu Josh, der davon keine Notiz nahm.

„Du kommst gerade richtig", teilte John ihm mit, der in diesem Moment mit der dampfenden Backform hereinkam. „Setzt euch und nehmt euch Salat!"

Johns Kochkünste waren sehr ansehnlich, das wurde Alex einmal mehr bewusst. Er nahm sich zwei Nachschläge, ebenso die anderen, wodurch am Ende nichts mehr übrig blieb.

Gut gesättigt lehnte Alex sich zurück, trank von seinem Glas Limonade und hätte eigentlich sehr zufrieden sein können – hätte Josh nicht während dem Essen begonnen, in höchsten Tönen von Chris zu erzählen und Sandras Stimmung damit weiter in den Keller sinken lassen. Sie bemühte sich allem Anschein nach, nicht genau hinzuhören, doch ihr Appetit war offenbar trotzdem geringer als sonst.

„Ihr müsstet mal sein Haus sehen!", schwärmte Josh. „Überall nur das Neueste und er hat ein eigenes Fernsehzimmer mit Riesen-Flatscreen, wo wir zusammen mit Marty, Gabe und Matt gezockt haben. Kennt ihr die?"

Verlegen tauschten Annie, Rob und Alex ihre Blicke, während Sandra demonstrativ auf den leeren Teller vor sich starrte.

„Sein Dad ist in der Autoindustrie", redete Josh weiter. „Wenn Chris den Führerschein hat, bekommt er von ihm ein Auto geschenkt, ist das nicht krass?"

„Wie schön für ihn", stieß Sandra zwischen ihren Zähnen hervor und hielt ihr Glas so verkrampft, dass Alex fürchtete, es könnte jeden Moment zerbrechen.

Endlich schien Josh zu merken, dass Sandra alles andere als positiv auf seine Schilderungen reagierte.

„Nach dir hat er sich auch ständig erkundigt", sagte er beiläufig zu ihr. Wie alarmiert sah sie zu ihm.

„Wie bitte?"

„Ja, er fährt ziemlich auf dich ab, wusstest du das?", erklärte Josh, nahm ein paar Schluck von seinem Glas und dachte offenbar, eine große Neuigkeit ins Spiel gebracht zu haben.

„Nein", erwiderte Sandra sarkastisch. „Davon hatte ich wirklich *keine* Ahnung!" Alex hasste diesen Moment und hätte sich am liebsten in Luft aufgelöst.

„Er hat mich gefragt, ob ich Tipps für ihn habe wie er am besten bei dir ankommt", meinte Josh ungeniert und dachte wohl allen Ernstes, dass er Sandra damit eine Freude machte. „Aber ich habe ihm gesagt, dass du an Alex vergeben bist."

„Wenigstens etwas", presste Sandra hervor.

„Jedenfalls geh ich nachher noch mal zu ihm", vermeldete Josh, als wäre es das Selbstverständlichste der Welt. „Wir wollen weiterzocken und vielleicht gehen wir am Wochenende zusammen in ein Pub in der Stadt. Alex, du kommst doch mit?"

In solchen Augenblicken wünschte sich Alex, er wäre der Hauptdarsteller einer Seifenoper und die Episode würde jetzt enden, sodass er sich bis zur nächsten eine passende Antwort einfallen lassen konnte.

„Josh, im Ernst", sagte er eindringlich. „Mit Chris habe ich nichts am Hut, wirklich."

„Wieso nicht, Mann?", fragte Josh verständnislos. „Er ist ein klasse Kerl und zu sechst könnten wir drei gegen drei Fußball spielen."

Bevor Alex zur Antwort ansetzen konnte, fuhr ihm Sandra dazwischen und ließ alle anderen zusammenzucken.

„Bist du echt so dämlich? Du hast eben selbst gesagt, dass Chris auf mich abfährt und Alex ist mein Freund! Denkst du ernsthaft, er ist heiß drauf, Alex dabei zu haben, der in seinen Augen daran schuld ist, dass er noch nicht bei mir gelandet ist? Was nebenbei ganz andere Gründe hat!"

„Was ist denn mit dir los?", verteidigte sich Josh. „Du hast Alex nicht zu sagen, mit wem er sich treffen darf, klar? Außerdem macht Chris das nichts aus, er steht da drüber."

„Aber sicher", zischte Sandra und lehnte sich in ihrem Stuhl zurück. „Du kennst ihn seit heute und kannst das natürlich am besten von uns allen beurteilen!"

„Bitte, hört auf zu streiten", mischte sich jetzt Linda ein, die die ganze Zeit über wie erschlagen der hitzigen Auseinandersetzung gelauscht hatte. „Josh, wenn du Chris und seine Freunde gerne hast, triff dich mit ihnen so oft du willst. Aber lass dich auf keine dummen Sachen ein, verstanden? Dafür sind diese Jungs hier nämlich bekannt."

„Hab ich nicht vor", erwiderte Josh kleinlaut.

„Und sei bitte um zehn zuhause, ja?", ergänzte John. „Ich habe die Verantwortung für dich und möchte nicht, dass du dich spät am Abend irgendwo rumtreibst."

„Schon gut, kein Thema", versicherte Josh und verschränkte trotzig die Arme vor der Brust.

„Dann ist jetzt Zeit für den Nachtisch", verkündete Linda um die Stimmung etwas zu heben und holte aus der Küche einen großen Teller Brownies. Obwohl sie unglaublich gut waren, hatte Alex schon nach drei Bissen keinen Appetit mehr. Und er glaubte nicht, dass es an seinen drei Portionen der Hauptspeise lag. Missmutig sah er zu seinem besten Freund über den Tisch, der sich gerade mit Rob unterhielt und unbekümmert einen Brownie nach dem anderen verschlang.

„Also, es war wirklich lecker", meinte Josh schließlich zu John und Linda. „Danke dafür! Wenn es euch nichts ausmacht, würde ich jetzt wieder zu Chris rübergehen?"

Sandras Miene war zu entnehmen, dass sie innerlich kurz vor einem kritischen Punkt angelangt war, bei dessen Erreichen sie für nichts mehr garantieren konnte. Daher begrüßte Alex beinahe, dass Josh sich aus dem Staub machte.

„Bis später", rief Josh in die Runde. „Alex, wir sehen uns um zehn! Habt einen schönen Abend, Leute." Damit verschwand er aus dem Esszimmer und wenig später hörte man die Haustür ins Schloss fallen.

Eine betretene Stille lag nun über ihnen.

„Tja", sagte Linda als Erste. „Er scheint sich hier ja gut zu amüsieren."

„Den Eindruck hab ich auch", stimmte John ihr zu. „Denkt ihr, er wird sich auch mal überreden, gerne mit uns etwas zu unternehmen?"

„Ist mir egal", sagte Sandra zynisch. „Von mir aus kann er ewig mit dieser Clique rumgeistern."

„Ich finde es schade, dass es zwischen dir und Josh nicht so gut läuft", meinte Annie.

„Das ist etwas untertrieben, meinst du nicht?", schoss Sandra zurück.

„Wie auch immer." Annie schob ihren Teller beiseite und beugte sich nach vorne. „Wir können ihn nicht zwingen, nur Zeit mit uns zu verbringen."

„Es ist erst der zweite Tag", versuchte Rob zu beschwichtigen. „Nächste Woche sieht es wahrscheinlich schon ganz anders aus."

„Aber sicher." Sandra schien die Lust auf alles vergangen zu sein.

„Wenn das so weitergeht, können auch wir mal mit Josh reden", schlug Linda vor. „Ich denke, er weiß nicht wie die Verhältnisse hier stehen. Zum Beispiel, dass ihr mit Chris Eckles nicht gut könnt, woher sollte er das wissen?"

„Aber selbst wenn er es vorher gewusst hätte", entgegnete Annie. „Wenn er gut mit ihm klarkommt, können wir es ihm nicht verbieten. Dann soll er eben mit ihnen abhängen, wir haben doch uns!"

„Darum geht es gar nicht", warf Sandra dazwischen. „Allein dass er so offen davon spricht, dass Chris auf mich abfährt - vor Alex, meinem Freund und seinem *besten* Freund! Das ist taktlos bis zum Umfallen!"

„Ich denke, das hat er nicht böse gemeint", meldete sich Alex zu Wort. „Er wollte dir damit schmeicheln, das ist seine Art."

„Ist ihm ja toll gelungen", gab Sandra sarkastisch zurück. „Ich sage ja, wie ein kleines Kind, das allen aufgeregt von seinen neuen Freunden erzählt, die er in der Sandkiste getroffen hat und keine Sekunde weiter darüber nachdenkt."

Weder Alex, Annie und Rob, noch John und Linda wussten darauf etwas zu erwidern. Wenn er ehrlich zu sich war, musste Alex eingestehen, dass er mit dieser Situation noch am Vortag niemals gerechnet hätte. Josh, der nicht nur weiterhin keinen Schritt auf Sandra zuging, sondern jetzt auch noch mit den falschen Leuten abhängen wollte, was ihm niemand verbieten konnte. Es war zum Verrücktwerden!

Eine Welle des Zorns strömte Alex den Rücken hinauf und er ballte die Hände zu Fäusten. Wahrscheinlich konnte er jetzt nur hoffen, dass

Rob recht behielt und Josh spätestens nächste Woche zur Vernunft kam. Und dass Sandra nicht immer wütender wurde und die ganze Sache irgendwann unlösbar machte.

„Wir räumen den Tisch ab", sagte Alex an John und Linda gerichtet und bedeutete Sandra, mit ihm aufzustehen.

Sie folgte ihm wortlos, nachdem sie die leeren Teller aufeinandergestapelt und Alex die Salatschüsseln in die Backform gestellt hatte, um sie besser tragen zu können.

Als sie fertig waren, gesellten sie sich wieder zu den anderen. Sandra schien sich etwas beruhigt zu haben, lächelte Alex zu und strich ihm durch die Haare, was ihn einigermaßen erleichterte. Das Telefon klingelte.

„Ich geh ran", sagte Linda sofort und Alex war nicht sicher, ob sie deshalb so erpicht darauf war, weil sie einen wichtigen Anruf erwartete oder einfach nur der gedrückten Stimmung im Esszimmer entfliehen wollte. „Es ist Grandpa! Das heißt, wir sehen uns in zwei Stunden wieder." Damit schloss sie die Tür hinter sich und Rob ließ seufzend den Kopf sinken.

„Wahrscheinlich fragt er wieder, wann die Abschlussprüfungen sind", meinte er und brachte Alex und Annie damit zum Schmunzeln.

„Wir sollten die Zeit nutzen, um über ein ernstes Thema zu sprechen", meinte Sandra in nüchternem Ton und sah Alex fordernd an. „Du weißt schon."

Alex spürte seinen Magen rumoren, als er an die Visionen dachte, von denen er ihr vorher erzählt hatte.

„Um was geht es?", fragte John und lehnte sich besorgt nach vorne. Auch Annie und Rob warteten gespannt.

„Also ... es ..." Alex suchte fieberhaft nach den passenden Worten.

Nacheinander erzählte er von seiner ersten Vision am Vorabend, von der nächsten am heutigen Nachmittag und der bisher letzten am Weg hierher. Den Reaktionen der anderen nach musste es sich ziemlich unheimlich anhören.

„Oh nein", stieß Annie hervor. „Das klingt ja schrecklich. Und du hast keine Ahnung, wer diese Personen waren?"

Alex schüttelte ratlos den Kopf.

„Erzähl uns etwas genauer von den Visionen", schlug Rob vor. „Vielleicht gibt es ein paar Hinweise, mit denen wir was anfangen können!"

„Es ist nicht einfach, das alles zu beschreiben", erklärte Alex. „Die Szenen waren so real, dass ich von Eindrücken fast erschlagen wurde."

„Du sagst, diese Leute stammen aus einer anderen Zeit?", wiederholte John nachdenklich.

„Ja, definitiv", versicherte Alex. „Die Klamotten, die sie anhaben, die Art wie sie sprechen, das ist alles nicht von heute."

„Kannst du ungefähr schätzen, aus welcher Zeit?", fragte Rob. „Also vor zehn Jahren, vor zwanzig oder fünfzig Jahren?"

„Ich glaube noch viel weiter zurück. Solche Kleider kenne ich nur aus Geschichtsbüchern, wahrscheinlich hundert Jahre oder so."

„Das ist ja unglaublich lange", meinte Annie überrascht. „Was sollen Ereignisse, die so weit zurückliegen, mit Alex zu tun haben?"

„Erinnert ihr euch nicht an unser Gespräch mit Margaret letztes Jahr?", warf Sandra in den Raum. „Als sie sagte, Alex sei zum Herrscher über den Globus erwählt worden und dieser würde versuchen, eine Verbindung zu ihm aufzubauen? So absurd es klingt, aber wir haben es alle erlebt. Und Margaret hat es geschworen! Was wenn das die Verbindung ist, von der sie gesprochen hat?"

„Das macht keinen Sinn", entgegnete Alex. „Ich meine, es ist ein *Globus*! Wie soll der eine Verbindung zu irgendjemandem aufbauen können?"

„Es ist kein gewöhnlicher Globus", korrigierte Sandra. „Das wissen wir alle."

„Aber wieso sehe ich dann Dinge, die anscheinend andere *Menschen* erlebt haben, wenn doch der Globus die Verbindung zu mir aufbaut?", fragte Alex verwirrt.

„Scheinbar standen all diese Menschen in irgendeiner Verbindung zum Globus", folgerte Rob. „Du sagtest, du warst in diesen Visionen nicht immer dieselbe Person?"

„Nein, zumindest nicht in allen. Gestern war es eine Frau, heute Nachmittag ein Junge und vorhin wieder eine Frau."

„Dieselbe Frau?"

„Ich weiß es nicht. Die erste habe ich durch ein Spiegelbild gesehen, aber keinen Namen mitgekriegt und bei der letzten habe ich einen Namen gehört, aber nicht gesehen wie sie aussieht."

„Wie hieß sie?"

„Elizabeth", erinnerte sich Alex. „Und der Mann hieß Arthur, genau wie der kleine Junge in der anderen Vision."

„Arthur Cessler?", überlegte Sandra laut. „Könnte es er gewesen sein? Das würde passen, immerhin war es sein Geheimversteck, in dem der Globus steht."

„Wahrscheinlich, aber nicht mit Sicherheit. Ich habe nur Fotos von ihm gesehen, auf denen er schon älter war. Keine Ahnung wie er als Kind ausgesehen hat."

„Da müsste sich doch was finden lassen", meinte Sandra.

„Wir werden im Internet suchen", beschloss Annie. „Dann kannst du ihn vielleicht zuordnen. Und Elizabeth ... oh! Könnt ihr euch an das alte Foto erinnern? Im Versteck, das unter den ganzen Papieren lag? Hinten stand dieser Name drauf, wisst ihr noch?"

„Ach ja!" Alex, Sandra und Rob kam es offenbar gleichzeitig wieder ins Gedächtnis. „Aber wir wollen da nicht ernsthaft wieder runtergehen?"

„Unmöglich ist es nicht", meldete sich John zu Wort. „Die Bodentür habe ich nicht mehr zugenagelt und die Schlösser im Tunnel müssen nur aufgesperrt werden. Allerdings bin ich auch nicht dafür, so lange es sich vermeiden lässt."

„Ich kann mir auch nicht vorstellen, was das bringen soll", meinte Alex niedergeschlagen. „Das Schlimme sind nicht mal die Aussetzer, die ich währenddessen habe, sondern ..." Es fiel ihm schwer, das richtig zu formulieren. „Diese Gefühle, die ich dabei habe. Gestern, als ich mit den Augen dieser Frau im Spiegel gesehen habe, wollte ich am liebsten sterben! Es war entsetzlich, als würde ... meine Seele in Flammen stehen."

„Oh Gott", erwiderte Sandra leise. „Deshalb bist du so aufgelöst wieder runtergekommen."

„Ja", räumte Alex ein. „Es war so, als wären das meine eigenen Gefühle. Zumindest ... während ich dort war. Und auch danach hat es nicht gleich aufgehört, sondern weiter in mir gewütet. Heute, als ich der Junge war, hab ich geglaubt, ich würde gleich zu den beiden Kindern hinstürzen und sie verprügeln! Ich hatte so richtig das Gefühl, sie nicht zu mögen, sie regelrecht zu hassen."

„Aber du kennst sie doch gar nicht?"

„Nein, eben nicht! Wie denn auch? Wenn der kleine Junge tatsächlich Arthur Cessler gewesen sein soll, liegt die ganze Szene weit über hundert Jahre zurück."

„Wer das Mädchen und die Frau darin waren, hast du auch nicht mitbekommen?"

„Nicht wirklich. Die Frau muss die Mutter des Mädchens gewesen sein, so hat die Kleine sie genannt. Und so vertraut wie die Kinder gespielt haben, nehme ich fast an, dass sie Geschwister waren."

„Das heißt also – wenn es sich bei dem Jungen wirklich um Arthur Cessler als Kind handelt – dass es seine Schwester und seine Mutter waren", kombinierte Sandra. „Und der Junge, aus dessen Perspektive du alles gesehen hast ... vielleicht der Bruder?"

„Möglich, aber man weiß nichts darüber, ob Arthur Cessler Geschwister hatte!"

„Nur deshalb bedeutet das nicht, dass es keine gab", wies John darauf hin. „Sie tauchten später in keinen Erzählungen mehr auf, so viel ist sicher. Zumindest in keinen, die ich bisher gehört habe."

„Aber welchen Grund könnte Arthur Cessler gehabt haben, seine Geschwister nie zu erwähnen?", fragte sich Annie. „Und vor allem, was ist mit ihnen passiert? Wenn es sie wirklich gegeben hat, müsste Margaret sie doch gekannt haben, aber sie hat nichts erwähnt."

„Wir dürfen nicht vergessen, was sich in dieser Zeit alles abgespielt hat", warf Rob ein. „Der Erste Weltkrieg und die Spanische Grippe zum Beispiel."

„Selbst wenn die Geschwister dem zum Opfer gefallen sind, das wäre doch kein Grund gewesen, sie für immer und ewig totzuschweigen!", hielt Annie dagegen.

„Die Menschen sind früher mit tragischen Verlusten oft anders umgegangen als heute", meinte John. „Während man heute eher darüber spricht, haben sie früher viel verdrängt und einfach nicht mehr darüber geredet. Es ist also nicht ausgeschlossen."

„Wie auch immer", winkte Sandra ab. „Wir wissen nicht mit Sicherheit, ob es Cesslers Geschwister waren. Im Grunde könnten es auch Cousinen, Nachbarskinder oder so etwas Ähnliches gewesen sein. Wir müssen unbedingt noch mal mit Margaret sprechen und sie bitten, sich zu erinnern, ob Arthur Cessler irgendwann etwas in diese Richtung erwähnt hat."

„Das müssen wir ..." Alex war nicht wohl bei dem Gedanken, die alte Dame mit solchen Fragen zu löchern. Wenn sie jahrelang das durchgemacht hatte, was er jetzt gerade einmal zwei Tage erleben musste, würde das sicher viele schlechte Erinnerungen in ihr wecken. Das wollte er ihr nicht antun - und auch sich selbst nicht.

„Die Frau aus deiner letzten Vision", setzte Sandra an, „diese Elizabeth - denkst du, sie gehörte auch zur Familie?"

„Nein, ganz bestimmt nicht. Sie war in Arthur verliebt."

Überrascht sahen ihn die anderen an.

„Ich hatte das Gefühl, sie kann es kaum erwarten, einen Heiratsantrag von ihm zu bekommen", erzählte Alex. „Und sie war richtig enttäuscht, als er sie zurückgewiesen hat. Wäre das eine Verwandte gewesen, wäre das ziemlich ..." Er fand kein Wort dafür.

„Aber Arthur Cesslers Frau hieß doch Victoria?", erinnerte sich Annie. „Das heißt, wir wissen schon mal, dass er diese Elizabeth nicht geheiratet hat."

Sandra wollte etwas sagen, doch in diesem Moment kam Linda zurück in den Raum.

„Tut mir leid", seufzte sie. „Ich hab ja gesagt, das kann dauern. Hab ich was verpasst?"

„Nein, gar nichts", sagten Sandra und Rob gleichzeitig, was es nicht gerade unauffällig wirken ließ.

„Hey, seid ihr etwa über mich hergezogen?", fragte Linda spaßhalber empört und setzte sich neben John.

„Du hast uns erwischt", gestand John fälschlicherweise.

„Ihr seid so gemein!" Linda schmunzelte und verpasste John einen leichten Stoß gegen den Oberarm.

Nachdem es nun zwecklos war, weiter über das Thema zu sprechen, da sie Linda nicht einweihen wollten, verabschiedeten sich die vier.

„Und vergesst nicht", bläute Linda ihnen ein, „nach zehn Uhr seid ihr alle im Haus, egal ob bei Sandra, bei John oder hier, verstanden?"

„Ja, Sir", maulte Rob und kassierte dafür einen strengen Blick von seiner Mutter.

Alex wünschte seinem Onkel einen schönen Abend und verließ dann mit Sandra, Annie und Rob das Haus. Es war inzwischen fast dunkel, der Himmel hatte ein dämmriges dunkles Blau angenommen, und ein pfeifender Wind fegte mit neuer Kraft die Straße entlang.

„Kommt ihr mit zu mir?", fragte Alex, der wieder Sandras Hand genommen hatte. Sie bejahten.

„Ich kann immer noch nicht fassen, dass genau das passiert ist, wovor Margaret dich gewarnt hat", sagte Sandra nach einigen Hausnummern. „Wir hätten es kommen sehen müssen."

„Letzten Sommer hatte ich das kein einziges Mal", gab Alex zu bedenken. „Und auch die Zeit zuhause, nichts! Warum erst jetzt? Wer hätte das ahnen können?"

„Alex hat recht", fand Annie. „Auch wenn Margaret sicher keine Lügnerin ist, aber was sie sagte, klang damals so unwirklich und unverständlich. Was sollten wir uns darunter vorstellen?"

„Jetzt wissen wir es", murmelte Rob.

„So schlimm diese Visionen auch sind", meinte Sandra, „vielleicht sind sie nötig, um irgendwas herauszufinden. Etwas, das uns niemand mehr sagen kann."

„Ich kann mir schwer ausmalen, was genau das sein könnte", erwiderte Alex und erschauderte dabei.

Sandras Vermutung war sicher nicht falsch, denn was Alex in seinen Visionen erlebte, würde sich irgendwann vielleicht zusammenfügen und mehr Sinn ergeben als jetzt gerade.

Aber was war der Preis dafür? Dass er fortan täglich diese Aussetzer hatte, die alle anderen Menschen in seinem Umfeld glauben lassen mussten, dass er den Verstand verlor? Dass er die Gefühle von Menschen erleben musste, die seit vielen Jahren tot waren und die ihn schon beim ersten Mal beinahe in den Wahnsinn getrieben hatten? Und nicht zuletzt die Tatsache, dass er ihnen auf eine schrecklich ohnmächtige Art ausgeliefert war. Die Visionen kamen einfach, ohne dass er etwas dagegen tun konnte und waren so verwirrend wie die Cessler-Geschichte als solche.

Was hatte das alles zu bedeuten?, fragte sich Alex einmal mehr. Was konnten all die unbekannten Leute aus der anderen Zeit mit dem Globus zu tun gehabt haben?

Ihm wurde immer mulmiger zumute, als er einsah, dass er sich damit abfinden musste, dass die Antwort wohl tiefer verborgen lag als der mysteriöse Globus in der geheimen Kammer unter der Erde.

Kapitel 8

Dass die Mendelaine Road eine mysteriöse Geschichte hatte, war so gut wie allen Bewohnern der Straße bekannt. Seit vielen Jahrzehnten reihte sich Legende an Legende, Gerücht an Gerücht und Theorie an Theorie. Der Name *Cessler* spielte dabei stets eine zentrale Rolle, auch wenn man über diese Familie weniger wusste, als über die Leute, die heute hier wohnten.

Vielleicht lag es daran, dass von den Cesslers seit fast fünfzig Jahren niemand mehr lebte und alle Geheimnisse mit ins Grab genommen worden waren. Oder daran, dass Klatsch und Tratsch über Nachbarn, die nur ein paar Häuser weiter wohnten, grundsätzlich interessanter war als über eine ausgestorbene Familie, weswegen die Details über ebendiese mehr und mehr in Vergessenheit gerieten.

Aber vielleicht lag es auch daran, dass über die Zeit so viel über die Cesslers spekuliert worden war, dass die meisten kaum mehr auseinanderhalten konnten, was nun wahr und was erfunden war. Ein Großteil der Nachbarschaft hatte keinen aus der Familie mehr persönlich kennengelernt, lediglich Geschichten von Eltern, Großeltern, Tanten oder Onkeln erzählt bekommen, wobei fast jede Familie ihre eigene Sicht auf die Dinge hatte.

Das wusste Percy Crittenfield selbst nur zu gut. Wie oft hatten ihm sein Vater Kenneth und sein Großvater Morton bloß von ihren seinerzeitigen Machenschaften im Hause Cessler erzählt? Sein ganzes Leben hatten ihn diese Schilderungen begleitet, die seine Familie natürlich im absoluten Recht wiegten und sie als die einzigen legitimen Erben von Arthur Cesslers berüchtigtem Geheimnis ansahen.

Auch heute noch war Mr. Crittenfield der festen Überzeugung, dass seine Frau Rebecca und er es sein mussten, die letztendlich an jenes Ziel gelangten, das so viele andere in dieser Straße ebenfalls anstrebten.

Im vergangenen Sommer hatte es nach Jahren des Stillstandes endlich einen Hoffnungsschimmer gegeben, der ihn seinem Ziel näherbringen hätte können. Doch er war von Edmund Keyser genauso schnell zerstört wie davor präsentiert worden.

Dass die Keysers allgemein nicht sehr lange fackelten, wenn sie etwas wollten, wusste Mr. Crittenfield seit langem. Eigentlich war es sogar verwunderlich, dass Keyser sich wochenlang Zeit gelassen hatte, bevor er in Stancens Haus eingestiegen war und ihn entführt hatte, fand er. Auch Mrs. Crittenfield wäre nicht überrascht gewesen, hätte Keyser die Aktion schon vermasselt, als er ihnen gerade erst vom leuchtenden Amulett erzählt hatte – dass er das überhaupt getan hatte, war allerdings sehr wohl überraschend. Im Grunde hätte er das Ganze für sich behalten, sich gemütlich einen Plan zurechtlegen und dann allen anderen den Globus vor der Nase wegschnappen können.

Warum also hatte er sie alle eingeweiht und damit Blut lecken lassen? Wollte er Bestätigung? Oder Mithilfe? War er darauf aus gewesen, sie zappeln zu lassen und ihnen genüsslich seinen Erfolg vorzuführen? Niemand wusste darauf eine logische Antwort.

An diesem Abend im Juli hatte das Ehepaar Crittenfield Gäste, wie so oft seit letztem Jahr. Auch wenn sie die Carregans und Stuart Alverston ebenso lange kannten wie die Keysers, in den Jahren seit ihrer Jugend hatte sich der Kontakt auf gelegentliche Teestunden oder zufällige Treffen auf der Straße beschränkt. Die Ereignisse des letzten Sommers hatten das geändert.

„Der Neffe von Stancen und sein Freund sind also gestern angekommen", murmelte Mr. Crittenfield und biss grübelnd die Zähne zusammen, was sein Gesicht noch eckiger wirken ließ als ohnehin schon.

„Matt hat heute einen von ihn getroffen", bestätigte Mr. Alverston. „Scheint der Freund des Stancen-Neffen zu sein."

Sie saßen zu fünft um den Küchentisch der Crittenfields im Haus Nummer 31, beschienen von einer kräftigen Deckenlampe und geziert mit einem weißen Tischtuch, einer Karaffe Wasser und mehreren Gläsern.

„Wie lange sind sie hier?", wollte Mrs. Crittenfield mit kühlem Blick wissen.

„Ein paar Wochen, nehme ich an", antwortete Mr. Alverston schulterzuckend. „Die haben ihren Schock von damals wohl schon überwunden."

„Wen interessiert das?", schaltete sich Mrs. Carregan ein. „Die Zeit ist da, um eine Strategie zu entwickeln. Sicher werden Stancen und seine Anhängsel ein paar Tage wegfahren. Bis dahin müssen wir genau planen."

„Deine Zielstrebigkeit ehrt dich, Ellen", sagte Mrs. Crittenfield. „Bloß halte ich es nicht für klug, genauso plump in das Haus einzusteigen wie dieser Trottel Keyser letztes Jahr und aufzufliegen genau wie er."

„Immerhin hat er das Versteck von innen gesehen", warf Raymond Carregan anerkennend dazwischen.

„Ja, und verrottet jetzt dafür im Gefängnis", fuhr ihm seine Frau drüber. „Herzlichen Glückwunsch! Stancen zu entführen war die dümmste Aktion, von der ich je gehört habe. Dann noch alleine! Zum Glück seid Percy und du rechtzeitig entkommen, sonst könntet ihr ihm heute Gesellschaft leisten."

„So dumm wären wir nie gewesen, uns erwischen zu lassen", entgegnete Mr. Crittenfield bestimmt. „Wir dachten, wir ziehen unerkannt ab und kommen ein anderes Mal wieder. Da hätten wir das Gröbste hinter uns gehabt. Warum Keyser noch mal zurückgegangen ist, bedeutet doch nur eines: er wollte den Globus für sich."

„Überrascht dich das?", fragte Mrs. Crittenfield ihren Mann. „Mit sowas hätten wir rechnen müssen. Keyser und ein faires Spiel – passt zusammen wie Esoterik und Wissenschaft."

„Natürlich", mischte sich Mr. Carregan ein. „Aber Keyser stand genauso vor verschlossenen Türen wie wir. Dass im Tunnel noch mal eine verschlossene Tür ist, konnte keiner wissen. Zu viert hätten wir Stancen überwältigen und den Aufbewahrungsort der Schlüssel gleich vor Ort aus ihm rausquetschen können."

„Du bist mir vielleicht einer", sagte Mr. Crittenfield gehässig grinsend. „Als du Stancen gesehen hast, bist du in Panik geraten, gib es zu! Wir mussten so schnell wie möglich weg, sonst hätte er uns gesehen."

„Willst du mir etwa die Schuld geben, dass wir gehindert wurden?", fuhr Mr. Carregan auf. „Adrian, Keyser und du seid genauso aufgeschreckt weggerannt."

„Das spielt jetzt keine Rolle mehr", beendete Mrs. Carregan die Auseinandersetzung in ihrer typisch dominanten Art. „Auch wenn es nicht besonders mutig war, aber Stancen ohne Plan in seinem Haus zu attackieren hätte für euch nach hinten losgehen können! Als du zurückkamst war ich sicher, dass wir spätestens ein paar Wochen danach einen neuen Anlauf starten würden können. Dann hätten wir einen Plan gehabt. Aber durch Keysers Amokaktion konnten wir uns das abschminken."

„Wer von euch hat ihn das letzte Mal besucht?", fragte Mr. Alverston in die Runde.

„Ich denke, das war ich", meldete sich Mrs. Crittenfield zu Wort. „Vor etwa fünf Wochen habe ich es wieder versucht. Nachdem er Percy und Raymond nicht sehen wollte. Und Ellen hat es auch probiert, nicht wahr?"

„Schon drei Mal", erläuterte diese verärgert. „Der Mistkerl rückt nicht mit den Informationen raus!"

„Ist doch klar", erwiderte Mr. Alverston wenig überrascht. „Er will euch eins reinwürgen!"

„Und dass er behauptet hat, nur der Neffe von Stancen könne den Globus betätigen, war doch bloß eine Lüge, um uns an der Nase rumzuführen", meinte Mrs. Crittenfield.

„Das sehe ich auch so", stimmte Mrs. Carregan zu. „Eine billige Ablenkung, nichts weiter. Wahrscheinlich denkt er, wir sind so blöd und lassen uns deshalb davon abhalten, ohne ihn weiterzusuchen."

„Bisher kann man nichts Gegenteiliges behaupten", grummelte Mr. Alverston und wurde dafür mit einem eiskalten Blick von Mrs. Carregan abgestraft.

„Das hat andere Gründe", sagte sie völlig überzeugt. „Durch sein Scheitern hat er Stancen in Alarmbereitschaft versetzt. Er ist seitdem mit Sicherheit vorsichtiger als zuvor, weil er weiß, dass jemand hinter dem Globus her ist. Das macht es für uns umso schwieriger. Außerdem ist er jetzt mit diesem Harton-Flittchen zusammen, die ständig mit ihrem Bastard bei ihm ein- und ausgeht. Das wäre letztes Jahr anders gewesen!"

„Da haben sich ja die zwei Richtigen gefunden", sagte Mrs. Crittenfield herablassend. „Der ewig ledige Schriftsteller und die alleinstehende Sozialarbeiterin mit pubertierendem Kind. Wie armselig."

„Zum Glück haben wir uns mit ihresgleichen nie abgegeben", setzte Mrs. Carregan hinzu. „Aber es macht die Sache trotzdem schwieriger, weil jetzt viel schneller auffallen würde, wenn Stancen von heute auf morgen verschwindet."

„Nicht diesen Sommer", wies Mr. Alverston darauf hin. „So viel ich von Emma weiß, ist die Straße ab Ende nächster Woche so gut wie unbewohnt. Alle ausgeflogen. Auch mein Sohn Matt ist für zwei Wochen im Sportcamp und Emma fährt zur selben Zeit auf Wellness-Urlaub. Zusammen mit Mrs. Bertil von Nummer 38."

„Das könnte also unsere Chance sein", folgerte Mr. Carregan. „Vorausgesetzt, wir haben innerhalb einer Woche einen bombensicheren Plan."

„Was um vieles einfacher wäre, hätte uns Keyser sein Wissen über das Versteck weitergegeben", meinte Mrs. Carregan zerknirscht. „Logisch, dass er es nicht tut. Aber er wird sich wundern, das garantiere ich! Was für ein Genuss wird es werden, seine hässliche Fratze zu sehen, wenn er erkennt, dass wir uns den Globus längst zu eigen gemacht haben!"

„Was, wenn er wirklich die Wahrheit gesagt hat?", stellte Mr. Crittenfield in den Raum. „Wenn der Stancen-Neffe tatsächlich der Einzige ist, der den Globus berühren kann? Dann nützt der beste Plan auch nichts."

„Lass dir von so jemandem keine Märchen erzählen!", erwiderte Mrs. Crittenfield und lachte gackernd auf. „Wir alle wissen, dass die Amulette der Schlüssel sind."

„So ist es uns *erzählt* worden", berichtigte Mr. Crittenfield seine Frau. „Wir haben es nie überprüfen können, Rebecca."

„Alle haben es einstimmig an uns weitergegeben", schaltete sich Mrs. Carregan ein. „Keysers Amulett ist eines von vieren, deren Besitz die Handhabung des Globusses ermöglicht. Ich möchte wissen, wo er es herhat!"

„Die Keysers haben sich seinerzeit alles unter den Nagel gerissen, was im Herrenhaus interessant für sie war", warf Mr. Alverston ein und kratzte sich an seinem hellbraunen Bürstenschnitt. „Offenbar hatten sie Glück, als sie das Amulett gefunden haben."

„Und die anderen drei?", fragte Mrs. Crittenfield. „Sind bis heute verschollen, nicht wahr?"

„Sieht so aus", meinte Mr. Carregan und blickte grimmig ins Leere.

„Ob Keyser seinen Anhänger noch bei sich hat?", spekulierte Mr. Alverston.

„Was denn sonst?", schnappte Mrs. Carregan und ihre knochigen Hände krampften sich vor Groll zusammen. „Er würde lieber sterben als es herzugeben!"

„Dann frage ich mich aber, weshalb er nicht längst den Globus in seine Gewalt gebracht hat", sagte Mr. Crittenfield skeptisch. „Was hätte ihn damals abgehalten, Stancen und die Gören einfach zu erschießen, es wie einen Einbruch durch Unbekannte aussehen zu lassen und sich gleich danach über den Globus herzumachen? Er wurde mit dem Stancen-Neffen zusammen im Haus überrascht, der Onkel und die drei anderen waren nicht dort. Wieso kam er mit dem Jungen hinauf, anstatt seinen Triumph auszukosten? Da muss etwas schiefgelaufen sein."

Niemand antwortete sofort, alle schienen durch diese Tatsache nachdenklich zu werden.

„So genau habe ich mir das gar nicht überlegt", meinte Mr. Carregan dann. „Du hast recht, Percy. Logisch betrachtet ergibt das keinen Sinn."

„Was ergibt bei Keyser schon Sinn?", warf Mrs. Carregan genervt dazwischen. „Ich kann mir nicht vorstellen, dass er da unten weit gekommen ist. Wahrscheinlich haben die anderen versucht, ihn aufzuhalten und er hat sich mit dem Jungen hinauf geflüchtet, um sie einzeln zu erledigen, was weiß ich!"

„Das würde seine Blödheit bestätigen", fand Mr. Alverston. „Da unten hätten ein paar Kugeln gereicht, um sie alle auszuschalten – niemand hätte etwas mitgekriegt, er hätte sie danach einfach unten verschwinden lassen können. Das perfekte Verbrechen. Einzeln mit ihnen raufgehen und sie im Haus kaltmachen, wo es jeder hören kann? Mit Verlaub, Ellen, die Theorie ist mehr als unwahrscheinlich. So dumm ist nicht mal Keyser!" Mrs. Carregan würdigte ihn keines Blickes und erwiderte nichts darauf.

„So lange er nicht redet - und das wird er sicher nie - werden wir es nicht erfahren", folgerte Mr. Crittenfield. „Deshalb müssen wir uns selbst ein Bild machen. Und Ellens Idee, einen Plan zu entwickeln und abzuwarten, bis das Pack ausgeflogen ist, halte ich für sehr klug. Das einzige Problem wäre dann das Amulett. Keyser wird seines niemals rausrücken und wir haben keinen Hinweis, wo sich die anderen befinden."

„Ich bin dabei", sicherte Mr. Alverston zu. „Dass die halbe Straße im Sommer weg ist, kommt uns gelegen."

„Könnten wir bloß den alten Cessler fragen!", sagte Mrs. Crittenfield zerknirscht.

„Der würde uns nichts sagen", erinnerte sie Mr. Carregan daran. „Mein Vater Clyde hat es oft genug versucht, auch mein Großvater Norman. Arthur Cessler hat geschwiegen bis zu seinem Tod. Er wusste wohl, warum."

„Lebt dein Vater nicht noch?", erkundigte sich Mr. Crittenfield.

Mr. Carregan nickte.

„Im Altersheim, ja. Wenn ich den Namen Cessler erwähne, weiß er aber nicht mehr, wer das ist."

„Wir haben doch über das vergangene Jahr alle Informationen zusammengetragen, die wir von unseren Eltern und Großeltern wissen", erinnerte Mrs. Carregan. „Sehr spärlich, aber vielleicht ist uns irgendwann ein winziges Detail davon nützlich. Meine Familie hatte bei Cessler ebenso schlechte Karten, daher konnte ich auch nicht viele Fakten liefern. Was ich weiß ist aber, dass seine Frau Victoria genauso heiß darauf war, an den Globus zu kommen. Sie hat mit vielen von ihren Bediensteten zusammengearbeitet, um das zu erreichen - wie wir heute alle wissen, ebenfalls ohne Erfolg."

„Stimmt, das wurde mir auch von meinen Eltern erzählt", sagte Mr. Alverston wie elektrisiert. „War ein ziemliches Biest, die Alte. Cessler hatte wohl deswegen nicht mal Vertrauen zu seiner eigenen Frau."

„Die ganze Geschichte, weshalb er sie überhaupt geheiratet hat, ist bis heute sehr nebulös", stellte Mrs. Crittenfield fest. „Angeblich gab es lange vor ihr eine andere Frau, für die er geschwärmt hat. Aber von ihr hat man nie wieder etwas gehört."

„Genau wie Cesslers Schwester", setzte Mr. Alverston hinzu. „Auch von ihr hat man ab einem gewissen Zeitpunkt nichts mehr gehört oder gesehen und Cessler hat sie nie mehr erwähnt. Weiß sonst wer, was mit ihr passiert ist. Wahrscheinlich hat er sie selbst aus dem Weg geräumt."

„Wer von euch weiß, welche Familien loyal zu Arthur Cessler waren?", fragte Mrs. Carregan erwartungsvoll in die Runde. „Denen wird er sich am ehesten geöffnet haben und dort wären auch die meisten Infos zu holen. Ich weiß bloß von den Waunders."

„Über die weiß jeder Bescheid. Benedict Waunder war Arthurs treuester Freund. Er starb beim Bombenattentat, ein paar Wochen vor dem Brand."

„Er war der Urgroßvater von George Waunder, nicht wahr? Der auf Nummer 13."

„Richtig. Harolds Frau Karen ist auch eine gebürtige Waunder, sie ist Georges Cousine. Und seine Schwester Ruby hat damals den Sohn von den Britts geheiratet und wohnt gleich neben den Andrews. So viel ich weiß sind die aber alle untereinander zerstritten."

„Zumindest sind sie vielleicht eine gute Informationsquelle!"

„Denkst du, sie reden mit uns?"

„Wieso nicht?", meinte Mrs. Carregan selbstsicher. „Wenn ich Informationen will, bekomme ich sie von denen. Lasst mich nur machen."

„Dann wären da noch Martenson, Hamerer ... ach ja, und natürlich Keveron!"

„Stimmt, der gute alte Jacob", sagte Mrs. Carregan mit einem gehässigen Lächeln. „Ist ziemlich grau geworden, seit sie seine geliebte Frau umgebracht haben."

„Du warst doch mit ihm befreundet?"

„In der Grundschule! Das heißt gar nichts, er war immer ein Schwächling. Ein Wunder, dass er überhaupt eine Frau gefunden hat.

Aber wissen könnte er so einiges. Bloß wird er es mir nicht sagen, da müsste jemand von euch ran."

„Keveron ist ein verschlossenes Buch. Er fürchtet sich vor dem Wissen, das er hat. Ich kann mir nicht vorstellen, dass er auspackt, schon gar nicht vor uns. Da müsste jemand nachhelfen."

„Wenn der richtige Zeitpunkt gekommen ist, wird er reden."

„Was ist mit der alten Mrs. Jenners?"

„Vergiss sie! Jedes Mal, wenn ich sie sehe, bekomme ich das Gefühl, dass sie im nächsten Moment zusammenbricht. Vor allem wohnte sie zu Cesslers Zeiten nicht hier. Was soll sie also wissen?"

Mr. Crittenfield wollte gerade zum Sprechen ansetzen, als es an der Tür klingelte. Überrascht sahen sich die Anwesenden an.

„Habt ihr noch jemanden eingeladen, Rebecca?", wollte Mrs. Carregan wissen. Diese schüttelte den Kopf.

„Nicht dass ich wüsste, Percy?" Auch ihr Mann verneinte. Zögernd erhob er sich, gefolgt von seiner Frau und verschwand im Flur zum Vorzimmer.

Mr. Alverston und die Carregans blieben misstrauisch sitzen und warteten gespannt, was nun kam. Sie konnten hören, wie die Haustür geöffnet wurde.

Dann Stimmen, eindeutig von Männern. Zwischendurch gab Mrs. Crittenfield einige Worte von sich, die aber nicht zu verstehen waren. Auch die Worte der anderen waren in der Küche nicht vernehmbar.

Anschließend Schritte, die Tür wurde geschlossen, die Überraschungsgäste waren im Haus geblieben. Sie kamen auf die Küche zu.

„Ihr werdet nicht glauben, wer hier ist", verkündete Mrs. Crittenfield, sichtlich aufgeregt.

Im nächsten Moment kam auch ihr Mann um die Ecke in die Küche. Hinter ihnen zwei stämmige Männer mit dunklen Haaren, die sich auf eine gewisse Weise ähnlich sahen.

Mr. Carregan war der Erste, der sie erkannte.

„Brad und Jack Keyser!", stieß er hervor und schien nicht zu wissen, ob er sie wie alte Freunde begrüßen oder das Weite suchen sollte.

Jetzt hatten es auch Mrs. Carregan und Mr. Alverston realisiert und starrten die Keyser-Brüder an, als wären sie seltene Ausstellungsobjekte in einem Museum. Keiner wusste anscheinend, wie er darauf reagieren sollte.

„Habt nicht mit uns gerechnet, was?", meinte Brad Keyser und grinste höhnisch.

„Setzen Sie sich!", forderte Mrs. Crittenfield die beiden auf, aber sie lehnten ab. „Möchten Sie etwas trinken?"

„Machen Sie sich keine Mühe", winkte Jack Keyser ab und lehnte sich locker an den Türstock. „Wir haben was Bestimmtes zu bereden."

„Und das wäre?" Mrs. Carregan hatte ihre Sprache wiedergefunden und funkelte die beiden Männer kalt an.

„Was denken Sie denn, Mrs. Carregan?" Brad grinste noch breiter und schiefer, trat auf den Tisch zu und stützte die Arme auf die Platte.

„Woher soll ich das wissen?", gab sie schnippisch zurück. „Sie haben sich hier die letzten zwanzig Jahre nicht blicken lassen, tauchen heute spätabends wie aus dem Nichts wieder auf und wollen etwas Bestimmtes bereden. Was sollen wir davon halten?"

Bis auf Mrs. Carregan, der man keinerlei Furcht vor der aggressiven Erscheinung der beiden Keyser-Brüder anmerken konnte, schienen alle anderen in eine Art Schockstarre verfallen zu sein, die sie zu passiven Beobachtern der folgenden Situation werden ließ.

„Raffiniert, Mrs. Carregan", sagte Brad und ließ in seinem Tonfall anklingen, dass er sie nicht wirklich ernstnahm. „Sie spielen die Unwissende nicht mal schlecht, aber ich sehe Ihren Augen an, dass Sie ziemlich genau wissen, worum es geht."

„Tatsächlich? Dann legen Sie mal los, Keyser."

„Also dann", setzte Brad an und verschränkte die Arme vor der Brust, „Sie wissen, dass unser Bruder Ed seit letztem Jahr im Knast sitzt. Und Sie wissen auch warum, alles andere wäre gelogen. Das bedeutet, dass Sie alle hier hinter demselben her sind wie wir. Arthur Cesslers Geheimnis. Oder, um das Ding beim Namen zu nennen, hinter seinem Globus."

Niemand erwiderte etwas, alle hingen an seinen Lippen.

„Scheint, als hätte ich Ihre ungeteilte Aufmerksamkeit, was? Dann will ich Sie warnen: sollten Sie uns bei der Polizei verpfeifen und denen stecken, dass wir hier sind, werden Sie das bereuen, verstanden? Wir haben Komplizen in der ganzen Umgebung, die Ihre Adresse kennen, und die Ihrer Kinder!"

„Lassen Sie doch die billigen Drohungen!", gab Mrs. Carregan zurück und wirkte nicht im Geringsten eingeschüchtert. „Was wissen Sie, Keyser?"

„Nicht so schnell", beschwichtigte Brad und genoss es sichtlich, die Anwesenden in der Luft hängen zu lassen. „Zuerst sagen Sie uns, was *Sie* wissen! Was ist letztes Jahr hier passiert?"

„Was kümmert es Sie beide? Sie waren seit einer Ewigkeit nicht mehr hier und wahrscheinlich hat Ihr Bruder Sie längst umfassend informiert."

„Tut nichts zur Sache. Wir wollen Antworten. Also los!"

Mrs. Carregan legte es auf ein psychologisches Duell an, doch Mr. Crittenfield kam dazwischen.

„Ihr Bruder Ed hat uns vor etwa einem Jahr zu sich bestellt und gemeint, er hält die Legende vom Cessler-Geheimnis für wahr. Dann hat er uns das Amulett gezeigt, mehrmals. Wir wussten, dass etwas im Busch war und haben herausgefunden, dass es einen Zugang bei Mr. Stancen in das Versteck gibt. Das ist der Schriftsteller auf ..."

„Nummer zwei, wissen wir. Weiter!"

„Nun ja ... in der Nacht, als wir zusammen in Stancens Haus einsteigen wollten, hat uns der überrascht und wir mussten abhauen. Aber Ihr Bruder ist zurückgerannt, hat Stancen überwältigt und entführt ..."

„Wissen wir auch! Wo waren Sie, als Ed diesem Schreiberling nach seiner Flucht in sein Haus gefolgt ist? Er meint, Sie waren bei ihm!"

Ein unangenehmes Schweigen breitete sich unter ihnen aus.

„So, so", kam Jack zu dem Schluss und trat neben seinen Bruder. „Sie haben ihn ins Verderben laufen lassen und dachten, er soll schön die Drecksarbeit machen und Sie ernten danach den Ruhm. War es nicht so?" Seine Stimme war lauter geworden und er sah vorwurfsvoll in die Runde.

„Nein, das ist ein Missverständnis", wand sich Mr. Alverston raus. „Stancen ist völlig überraschend die Treppe hinuntergestürmt und geflüchtet. Adrian hat versucht, ihn zurückzuhalten, aber er hat sich rasend gewehrt. Ihm zu folgen wäre zu riskant gewesen. Nachdem wir Ihren Bruder aus dem Zimmer bei Ihnen befreit hatten, wollten wir ihn überreden, unterzutauchen und ihm wenn nötig ein Alibi zu geben. Aber er hat uns nicht mal zugehört, sondern ist gleich losgestürmt."

„Klingt sehr nach Ihnen", meinte Brad herablassend. „Wenn Sie nur halb so heiß drauf sind, an den Globus zu kommen, hätten Sie Ed alle in Stancens Haus folgen, dort Schmiere stehen und ihm helfen müssen. Stattdessen haben Sie sich verkrochen und danach, als die Bullen aufgekreuzt sind, die scheinheiligen Ahnungslosen gespielt."

„Was hätten wir denn tun sollen?", schaltete sich Mr. Crittenfield ein und wirkte wie ein kleines Kind, das einen Streich rechtfertigen wollte. „Wir hatten weder Waffen, noch Handschuhe, noch Masken dabei. Sie hätten alle unsere Gesichter gesehen und gegen uns aussagen können! Hätten wir so leichtfertig riskieren sollen, gefasst zu werden?"

„Kurzum, Sie haben an sich selbst gedacht, nicht an die Sache", folgte Jack mürrisch. „Alles Andere hätte mich bei Ihnen auch gewundert." Trotzig sank Mr. Crittenfield in seinem Stuhl zusammen.

„Sie haben leicht reden", schoss Mrs. Carregan zurück. „Adrian Norwood hat seine Abreibung bekommen. Sein Schienbein war wochenlang geprellt. Was hätten Sie denn getan?"

„Das ist der Punkt! Wir hätten Stancen aus dem Weg geräumt und uns dann um die Gören gekümmert. Leider sind wir erst einen Tag später angekommen, zu blöd!"

„Wir haben alle nicht gegen Ihren Bruder ausgesagt", hielt Mrs. Crittenfield fest.

„Natürlich nicht! Warum auch? Sie waren fein raus, niemand hat Sie verdächtigt und Sie hatten keinen Grund, ihn noch tiefer in die Scheiße zu reiten. Er hätte genauso gut Sie belasten und als Komplizen nennen können. Zwar hätte sich das schwer beweisen lassen, aber dann wären die Ermittlungen wohl etwas länger und tiefgehender gelaufen und irgendwas hätten sie sicher gegen einen von Ihnen gefunden, das können Sie sich selbst eintrichtern!"

„Warum genau sind Sie hier?", fragte Mrs. Carregan entnervt. „Um uns Vorwürfe zu machen?"

„Um etwas Licht ins Dunkel zu bringen", stellte Brad klar. „Jetzt wissen wir ja, dass Sie bloß zu feige waren, Ed zur Hand zu gehen. Vielleicht haben Sie auch gehofft, dass er aus dem Weg ist und Sie das Versteck für sich haben. Wie auch immer, der Punkt ist, dass wir hier sind um ernst zu machen."

Er legte eine Pause ein und genoss es einmal mehr, dass die anderen vor Spannung beinahe platzten.

„Wie uns Ed erzählt hat, haben ihn einige von Ihnen besucht und probiert, ihm Informationen zu entlocken. Ziemlich mieser Zug, finden Sie nicht? Ihn auszuhorchen und dann in eigener Sache weiterzumachen." Die Keysers hatten ihren Spaß daran, in empfindliche Stellen zu stechen und die beschämten, gesenkten Blicke zu beobachten.

„Sei's drum, wir wissen genug von Ed um uns diesmal besser auf den Coup vorzubereiten."

„Hat er Ihnen das Amulett gegeben? Sind die Kontrollen bei Gefängnisbesuchen nicht unglaublich streng?"

„Er hat das Amulett nicht bei sich."

„Dann haben Sie es?" Mr. Carregans Augen leuchteten auf, doch die Keyser-Brüder schüttelten die Köpfe.

„Wo ist es dann?"

„Da, wo auch unser Ziel ist. Unten, im Versteck."

„Was? Warum hat er es nur dort zurückgelassen?"

„Komplizierte Geschichte. Aber das ist unwichtig. Die Sache ist die, dass der Neffe von Stancen der Schlüssel zum Globus ist!"

„Das hat er Ihnen also auch weiszumachen versucht?"

„Warum sollte Ed uns belügen? Der Junge war letztes Jahr der Einzige, der den Globus am Ende berühren konnte. Ed hat sie alle nach der Reihe probieren lassen. Keine Ahnung, was da los war. Deshalb hat er den Jungen auch mit rauf zurück ins Haus geschleppt, um ihn sich vorzuknöpfen. Dort wurde er dann von den Bullen überrascht, wie Sie wissen."

„Sie glauben die Geschichte also? Dass der Stancen-Neffe alleine den Globus bedienen kann?"

„Gibt's 'nen Grund es nicht zu glauben? Wenn Ed es uns schwört, stimmt es wohl oder übel. Also hatte es die letzten Monate keinen Zweck, ein Ding zu drehen, ohne dass wir ihn dabeihaben. Aber das hat sich geändert."

Den Carregans, Crittenfields und Mr. Alverston schien gleichzeitig ein Licht aufzugehen.

„Wir werden uns die ganze Truppe bald vorknöpfen, da können Sie sicher sein! Die Frage ist, sind Sie dabei?"

Die Anwesenden schienen nicht recht zu wissen, ob sie sich verhört hatten.

„Sie wollen mit uns gemeinsame Sache machen?", fragte Mrs. Carregan misstrauisch.

„Wonach klingt es denn? Wir werden Stancen, seinen Neffen und wahrscheinlich einige von den Gören in Schach halten müssen, bis wir aus dem Jungen herausbekommen haben, wie man den Globus bedienen kann. Allzu lange wird es sicher nicht dauern, aber bis dahin brauchen wir Druckmittel. Ed hat sich letztes Jahr an ihm die Zähne ausgebissen."

„Wir sollen die Kinder und Stancen also bewachen, während Sie sich unten mit dem Globus befassen?"

„So in etwa. Wie viele Anhängsel es wirklich sein werden, müssen wir noch rausfinden."

„Allzu viele werden es nicht sein. Die meisten davon fahren in den Urlaub, besonders vorne in der Straße. Womöglich auch Stancen und die Gören."

„Gut zu wissen. Aber wir brauchen den Jungen unbedingt! In ein bis zwei Tagen sollte das Ganze über die Bühne gegangen sein. Dann gehört der Globus uns und wir können beginnen, die Welt ein wenig aufzumischen."

„Wenn Sie *uns* sagen, meinen Sie dann sich selbst oder auch alle, die mithelfen?", fragte Mrs. Crittenfield und versuchte dabei so bestimmt zu klingen wie Mrs. Carregan, was ihr nur ansatzweise gelang.

„Hey, Mrs. Crittenfield, halten Sie uns für Betrüger? Klar kriegt jeder sein Stück vom Kuchen, aber vorher müssen wir zusehen, dass wir an den Globus kommen und alle Hindernisse loswerden. Erst dann können wir richtig verhandeln."

„In Ordnung", sagte Mrs. Carregan im Namen aller anderen. „Wir sind dabei. Aber nicht ohne Plan!"

„Woran haben Sie denn gedacht?", fragte Jack von oben herab.

„Ich schlage vor, übernächste Woche zu starten", führte sie aus. „Da sind die meisten schon weg aus der Straße. Zwei von uns gehen draußen Patrouille, am besten abwechselnd, damit es nicht zu auffällig ist, falls doch jemand zuhause ist. Melissa und Michelle fahren nächsten Sonntag zu meiner Cousine in London und bleiben ein paar Tage, Stuarts Frau und Sohn sind auch weg, das heißt sie kriegen nichts davon mit. Wir werden sie erst einweihen, wenn alles erledigt ist."

„Ich muss sagen, Mrs. Carregan, Ihre Strategie gefällt mir. Wir werden Waffen und Munition, Betäubungsmittel, Tarnkleidung und Funkgeräte auftreiben – damit wir nicht so dämlich auf der Nase landen wie Ed, dieser Idiot!"

„Sehr gut", sagte Mrs. Carregan kalt, als hätte sie eben mit einem langjährigen Geschäftspartner eine Einigung erzielt. „Bis dahin werden wir zusehen, noch so viel wie möglich herauszufinden, mit welchen störenden Leuten wir sonst rechnen müssen und überlegen, was wir so lange mit ihnen machen."

„Ich sehe, wir verstehen uns", sagte Brad abschließend. „Sie hören von uns, sobald die Ausrüstung aufgetrieben ist. Einen schönen Abend."

Damit wandten sich die beiden Keyser-Brüder ab und verschwanden im Flur zur Haustür, die wenig später zufiel.

Einige Sekunden vergingen, in denen niemand etwas sagte.

„Ist das zu fassen?", brach Mrs. Carregan dann das Schweigen. „Tauchen hier auf, als wären sie niemals weg gewesen und machen uns Vorwürfe! Elende Armleuchter!"

„Ich habe mir schon lange gedacht, dass sie zurückkommen werden", räumte Mr. Crittenfield ein. „Dass Keyser seinen Brüdern von seiner Aktion erzählt, ist offensichtlich. Sie wollen den Globus noch mehr als ihr Bruder."

„Das steht fest. Nur dringt seit Monaten nichts aus dem Haus. Ich hätte nicht gedacht, dass sie drin wohnen."

„Es gibt Mittel und Wege, sich unsichtbar zu machen. Darin haben die beiden Erfahrung, seit sie damals abgehauen sind. Mich hat bloß gewundert, weshalb sie uns nicht früher aufgesucht haben, nachdem sie die Informationen von ihrem Bruder im Gefängnis hatten. Jetzt wissen wir es. Es geht um den Stancen-Neffen!"

„Die werden sich wundern", sagte Mr. Carregan siegessicher. „Stancen und alle, die um ihn herumtänzeln. Bald haben sie nichts mehr zu lachen."

„Ich traue den beiden nicht wirklich", meldete sich Mr. Alverston zu Wort. „Sie brauchen uns, sonst würden sie kaum wollen, dass wir ihnen helfen. Nachher versuchen sie vielleicht, uns auch loszuwerden, damit sie den Globus für sich haben."

„Da haben sie sich geschnitten!", stellte Mrs. Carregan klar und ihre Stimme schallte kräftig durch die Küche. „Wenn hier jemand wen loswird, dann *wir* sie! Aber alles zu seiner Zeit."

Das Gespräch dauerte bis in die Nacht hinein und so wenig sie auch über das Versteck und den Globus wussten, einer Sache waren sie sich alle sicher: Beides würde in rund zehn Tagen ihnen gehören! Bloß wem genau, darüber dachte jeder anders.

Natürlich hätte niemand gewagt, dies in der Runde zu äußern und das ohnehin angespannte Vertrauen zu zerbrechen. Doch wie man es auch drehte und wendete, letztendlich würde nur eine Familie den Globus besitzen.

Und alle konnten sich nur selbst als die Auserwählten vorstellen.

Kapitel 9

In Johns Haus aufzuwachen war für Alex immer aufs Neue mit einem angenehmen Gefühl verbunden. Selten war es heiß und stickig in seinem Gästezimmer, meistens kam erfrischende kühle Luft durch das gekippte Fenster herein und höchstens aus der Ferne hörte man Autos fahren oder Blätter rascheln.

Oft fiel ein Lichtstreifen durch die Vorhänge in den Raum, der ihn wissen ließ, dass der Tag begonnen hatte und nicht lange Zeit darauf konnte Alex von unten leise Musik vernehmen, was bedeutete, dass sein Onkel bereits beim Frühstück war und das Radio dazu eingeschaltet hatte.

Doch nicht heute, denn John hatte bei Linda übernachtet und würde erst am späten Vormittag wiederauftauchen.

Es war sein dritter Tag in Andover, obwohl es sich anfühlte, als wäre er schon wochenlang hier. Zu viele Dinge waren seit seiner Ankunft passiert, um locker seinen Urlaubsplänen entgegenzusehen. Das entspannende Gefühl eines freien Kopfes, das Alex fast immer hatte, wenn er aufwachte, verzog sich rasch und wurde von den Erinnerungen an gestern Abend vertrieben.

Sandra, Annie, Rob und er waren nachhause gekommen und hatten Musik gehört, Tee getrunken und sich weiter über alles Mögliche unterhalten. Die Stunden waren vorübergezogen, bis Josh kurz nach zehn Uhr aufgekreuzt war.

Zuhause in Michigan überkam Alex stets ein starkes Gefühl der Freude, wenn er seinen besten Freund sah, doch hier in England schien es nie angekommen zu sein. Immerzu meinte Alex zu spüren, die Luft wäre mit einem Mal gefährlich geladen und jede noch so kleine falsche Bewegung könnte zum Desaster führen.

Auch Sandra, die bis zu diesem Zeitpunkt in Hochstimmung gewesen war, hatte sich in Sekundenschnelle verändert, sobald die Tür aufgegangen war und Josh „Hallo" ins Haus gerufen hatte.

Die Luft war Alex plötzlich merkwürdig sauerstoffarm vorgekommen und in seiner Brust musste ein schwerer Brocken gelandet sein, der sich kein Stück wegbewegte.

Josh war direkt zu ihnen ins Wohnzimmer gekommen, hatte sich auf das Sofa neben Alex gesetzt und sofort begonnen, in höchsten Tönen von Chris und seinen Freunden zu reden. Wie cool sie waren, was sie schon für abgefahrene Sachen unternommen hatten und in Dauerschleife, dass sie mit Josh am Wochenende eine Pub-Tour machen würden. Ab diesem Zeitpunkt hatte sich Sandra demonstrativ abgewandt und mit Annie ein Gespräch begonnen, obwohl Alex überzeugt gewesen war, dass sie mit einem Ohr immer noch mithörte.

Wiederholt hatte Josh betont, wie oft Chris nach ihm gefragt hatte und dass er gerne jederzeit mitkommen und mit ihnen abhängen konnte. Dass Alex das Angebot jedes Mal bestimmt zurückwies, schien Josh überhaupt nicht zu verstehen. Schließlich war er mit Rob ins Gespräch gekommen und hatte sich nicht lange darauf verabschiedet um in sein Zimmer zu gehen. Wie durch ein Wunder war die Stimmung nun wieder viel entspannter gewesen und sie waren bis Mitternacht zusammengesessen, ehe Sandra, Annie und Rob sich verabschiedet und mit Alex für den nächsten Tag verabredet hatten. Beim Abschiedskuss mit Sandra war die Welt für Alex einen Moment lang vollkommen in Ordnung gewesen. Er hatte noch mal mit Josh reden wollen, doch dieser hatte bereits geschlafen.

Nun lag Alex wach in seinem Bett und hatte die unbehagliche Vorahnung, dass es so weitergehen würde, bis Josh in knapp drei Wochen abreiste, was seiner Vorfreude einmal mehr einen kräftigen Dämpfer versetzte. Es musste doch möglich sein, Sandra und Josh soweit zu bekommen, dass man keinen Sicherheitsabstand zwischen den beiden mehr gewährleisten musste, dachte Alex verbittert.

Wenn Josh ab sofort jeden Tag mit Chris und seinen Freunden unterwegs war, würde das zwar eine entspannte Zeit für Sandra und ihn bedeuten, aber eigentlich waren sie dafür nicht gemeinsam hergekommen. Alex hatte damit gerechnet, dass Sandras Verhältnis zu Josh distanziert bleiben würde, nur nicht damit, dass es zunehmend untragbar wurde oder gar, dass Josh sich ausgerechnet mit Chris Eckles einließ! Fehlte nur noch, dass er Melissa und ihre Freundinnen kennenlernte und auch von ihnen zu schwärmen begann. In diesem Fall wäre wohl jede Hoffnung ausgelöscht, dass Sandra ihn jemals wieder ansehen, geschweige mit ihm sprechen würde.

Alex betete inständig, dass es nicht soweit kam! Er fühlte sich furchtbar ohnmächtig. Obwohl Alex sich bemühte zu vermitteln und zu erreichen, dass die beiden einen Schritt aufeinander zugingen, passierte rein gar nichts, eher das Gegenteil.

Seufzend lag er auf dem Rücken und starrte auf die Decke, die im Gegensatz zu den blauen Tapeten schneeweiß war.

Alex wollte weiter überlegen, was er tun konnte um den Frieden zu wahren, als es wieder passierte. Seine Umgebung verschwamm und versank in einem trüben Schleier aus Helligkeit, wogegen er nichts tun konnte. Im nächsten Moment überfiel ihn eine unendliche hohe Welle von Trauer, Verzweiflung und Machtlosigkeit, in der er glaubte ertrinken zu müssen.

Wie glühend heiße Lava breitete es sich von seinem Kopf in seinen Brustkorb aus und löschte jedes gute Gefühl, jeden Funken Überlebenswillen und jede noch so schwache positive Erinnerung aus. Er wollte nichts als schreien, wollte, dass es aufhörte, selbst wenn das sein Ende bedeutete!

Gelähmt von der Intensität dieser entsetzlichen inneren Zerstörung, brauchte Alex eine Weile, um seine neue Umgebung zu realisieren. Er wusste, dass er wieder durch die Augen einer anderen Person sah, bloß konnte er sie nicht sehen.

„Ms. Cessler?", vernahm er die Stimme eines Mannes. „Wie ist Ihr Befinden? Fühlen Sie sich krank?"

Keine Antwort.

Alex bemühte sich, trotz der Apokalypse in seiner Seele einen Blick auf das zu erhaschen, was sich um ihn herum befand. Offenbar lag er in einem Krankenhausbett, alles war weiß.

Das Gerüst seines Bettes, die Laken und Decken, die Stühle und Tische, Nachtkästchen und Lampen in seiner Nähe, überall nur weiße Flächen und Formen.

„Ms. Cessler", ertönte erneut die Männerstimme. „Bitte sprechen Sie mit mir. Wie ist Ihr Zustand heute?"

Keine Reaktion.

Alex spürte ein Pochen von Zorn irgendwo inmitten des Strudels an Verderben. Er ging gerade zugrunde und dieser Mann, wer immer es war, hatte nichts Besseres im Sinn, als in alle Ruhe nach seinem Befinden zu fragen? Als wäre das nicht offensichtlich!

„Nun gut, Ms. Cessler", sagte der Mann schließlich. „Ich lasse Sie für einige Zeit allein, vielleicht fühlen Sie sich nachher besser. Bitte essen Sie Ihr Frühstück und lassen Sie eine Schwester kommen, sollten Sie Hilfe brauchen."

Alex konnte nicht sehen, wie der Mann aussah, da die Person, aus deren Augen er gerade wahrnahm, ihren Kopf keinen Millimeter bewegte. Der Blick ruhte auf einer scheinbar weißen Leinwand, nur gebrochen durch Konturen verschiedener Gegenstände, die sich etwas abhoben.

„Weiterhin kein Erfolg, Doktor?", sagte nun eine andere, weibliche Stimme in gesenktem Ton.

Der Mann sagte zunächst nichts.

„Soll ihr eine Medizin verabreicht werden?", erkundigte sich die Frauenstimme.

„Vorerst nicht", lehnte der Mann ab. „Sie hat keine Anzeichen einer Psychose, leidet aber an einer schweren Melancholie. Wir werden ihren Zustand weiter beobachten und den Verwandten um mehr Informationen zu ihrem Krankheitsverlauf bitten. Ms. Cessler ist nun schon so viele Wochen hier und hat nicht ein Wort gesprochen. Hat ihr Bruder sein erneutes Kommen angekündigt?"

„Nein, Doktor. Meist stattet er ihr aber einmal pro Woche einen Besuch ab."

„Bitte informieren Sie mich, wenn Mr. Cessler erneut zu Besuch ist. Ich möchte dringend mit ihm sprechen."

„Ja, Doktor!"

Damit entfernten sich die Schritte und eine Stille des Schreckens blieb zurück. Eine Stille, die wie verstärkend auf das Innere wirkte, von dem Alex gerade zerquetscht wurde. Dröhnend, hallend und durchbrochen von gelegentlichen Schreien, die aus der Ferne kommen mussten und, so leidvoll sie auch klangen, nicht annähernd so unheimlich waren wie die Hölle, die Alex gerade durchmachte.

Er wollte immer noch schreien, sich die Kleider vom Leib reißen, alles um sich herum zerstören, aus dem Fenster springen, sich ertränken. Doch die Lage machte solche Vorhaben unmöglich, da sie ihm jegliche Kraft raubten und ihn zu einem Sklaven seines Inneren werden ließen.

Willenlos, unfähig nur einen einzigen Satz zu sprechen. Könnte doch einfach alles enden! Alles sollte aufhören, er wollte ins Nichts verschwinden, ohne Gefühle, ohne Körper, ohne Geist ...

Mit einem Schlag löste sich die weiße Umgebung auf und Alex sog im Bett in seinem Zimmer tief nach Luft. Ruckartig fuhr er hoch und fasste instinktiv an sein Herz. Es schlug, als wäre er gerade die Mendelaine Road rauf und runter gerannt. Er zitterte, Schweiß rann ihm die Stirn und die Schläfen hinunter. Er griff sich ins Gesicht, unter die Augen und betrachtete seine feuchten Finger. Tränen hatten seine Wangen überzogen und sein Mund war trocken.

Benommen stieg er aus dem Bett, torkelte zum Fenster und riss es auf. Kühle Morgenluft schlug ihm entgegen und linderte den ersten Schock. Obwohl Alex immer noch leicht zitterte, beruhigte er sich langsam und sein Herzschlag normalisierte sich, seine Atmung wurde regelmäßiger. Erst nach einigen Minuten konnte er wieder einen klaren Gedanken fassen.

Wo war er hier bloß reingeraten? Würde er ab sofort jeden Tag von diesen schrecklichen Entführungen in die Körper anderer, längst verstorbener Menschen geplagt werden? Wie sollte sein Leben weitergehen, wenn es nicht aufhörte und vielleicht sogar immer schlimmer wurde? So wie bei Margaret ... Alex hatte ihr Haus im Blick und ihm wurde klar, dass kein Weg daran vorbeiführte. Er musste Margaret davon erzählen und sie um Rat fragen!

„Hey, Morgen!", kam es plötzlich von der Zimmertür. „Alles klar?" Alex fuhr herum und sah Josh im Türrahmen stehen.

„Ist was passiert?", fragte dieser, als er seine Miene sah. „Sag mal, ernsthaft, hast du gerade geheult?" Er wirkte nicht belustigt, sondern ehrlich besorgt. Unsicher trat Josh auf ihn zu.

„Nein!", winkte Alex ab und tat sein Bestes, um alles wie ein Missverständnis aussehen zu lassen. „Wie kommst du darauf?"

„Mann, Alex", sagte Josh und legte ihm eine Hand auf die Schulter. „Du siehst aus, als hättest du eben erfahren, dass deine Mom gestorben ist. Was ist los?"

„Das ... ich weiß echt nicht, was du meinst", wich Alex aus und überlegte sich, welche Ausrede er Josh am besten auftischen sollte. „Okay, ich hab schlecht geträumt, deswegen vielleicht."

Josh runzelte die Stirn und wirkte nicht überzeugt.

„Du heulst wegen einem Albtraum?", fragte er ungläubig.

„Ich habe nicht *geheult*!", fuhr Alex auf. „Ich bin gerade erst vor ein paar Minuten aufgewacht und war etwas durch den Wind, okay? Kein Grund zur Panik!"

„Schon gut", beschwichtigte Josh. „Ich hab's kapiert. Kommst du dann runter zum Frühstück?"

„Klar, gib mir ein paar Minuten", meinte Alex und verschwand rasch im Bad, während er Josh die Treppe hinuntergehen hörte.

Immer noch etwas mitgenommen von der neuerlichen Vision, ließ er kühles Wasser über sein Gesicht rinnen und wiederholte das Ganze mehrmals. Beim Zähneputzen bemühte er sich, nicht in den Spiegel zu sehen. Er hatte ein seltsames Gefühl dabei, seit er vor zwei Tagen die erste Vision gehabt hatte. Obwohl es nicht am Spiegel liegen konnte, denn gerade eben war er im Bett gewesen und gestern draußen auf der Straße und auf der Wiese.

Warum sah er diese Dinge nur so willkürlich? Warum nicht in regelmäßigen Abständen, zu festen Zeiten oder nur an einem bestimmten Ort? Die Visionen schienen überall auf ihn zu lauern und auf einen passenden Moment zu warten, ihn zu überfallen. Woher kamen sie und von wem stammten diese Erinnerungen?

Der Mann gerade eben hatte ihn mit *Ms. Cessler* angesprochen, also musste er im Körper einer Verwandten von Arthur Cessler gewesen sein. Aber von wem? War es tatsächlich seine Schwester, die er später niemals wieder erwähnt hatte und von der niemand etwas wusste?

Mittlerweile hatte Alex sich beruhigt und stapfte hungrig die Treppe hinunter, wo der Geruch von frisch geröstetem Toast in der Luft lag. Josh saß bereits am Tisch, den er mit allen möglichen Brotbelägen gedeckt hatte.

Alex bestrich seine Toastscheiben mit Marmelade und schenkte sich Tee in die Tasse.

„Was hältst du davon, wenn wir heute einen Ausflug nach Southampton machen?", erkundigte sich Josh vorfreudig.

„Lieber ein anderes Mal", meinte Alex gleichgültig. „Sandra und ich wollen heute Margaret besuchen."

Josh hielt mitten im Kauen inne und schluckte den Bissen dann runter, um sprechen zu können.

„Hä?", fragte er verwirrt. „Wer ist das noch mal?"

„Die Nachbarin, die mir letztes Jahr das Leben gerettet hat", erklärte Alex.

„Und warum musst du die ausgerechnet heute besuchen?"

„Weil Sandra und ich es uns vorgenommen haben! Du kannst gerne mitkommen, Margaret ist wirklich nett."

„Danke", erwiderte Josh wenig begeistert. „Ich glaube, ihr kommt dort ohne mich klar. Kein Thema, ich werd einfach bei Chris vorbeischauen."

Alex hatte plötzlich das Gefühl, dass sein Appetit abrupt nachließ. Das hatte er definitiv nicht beabsichtigt!

„Hör mal", setzte er an, „ich möchte auf jeden Fall Ausflüge machen, so lange wir hier sind, bloß nicht sofort. Wir sind vor zwei Tagen erst angekommen, es ist noch genug Zeit. Ich würde gerne zuerst ein paar Besuche hier machen, bevor wir wegfahren, das gehört sich so."

„Wenn du meinst", murmelte Josh und zuckte die Achseln. „Aber das sind *deine* Freunde, ich verbringe inzwischen Zeit mit meinen Freunden."

„Du meinst Chris?" Wie immer bei diesem Namen überkam Alex ein unangenehmes Gefühl. Josh nickte und gab ihm mit einer lässigen Handbewegung zu verstehen, dass er richtiglag.

„Josh, es ist ja toll, dass du so gut mit ihm auskommst, aber bei Sandra, Annie und Rob ist das eben nicht der Fall", versuchte er ihm klarzumachen. „Sie haben sich nie besonders gemocht und auch ich hab Chris letzten Sommer von einer schlechten Seite kennengelernt. Bitte lass dich nicht zu sehr mit ihm und seinen Kumpels ein, das kommt bei Sandra und den anderen vielleicht falsch rüber."

„Was soll das heißen?" Josh sah ihn aufgebracht an. „Nur weil deine geliebte Sandra ein Problem mit ihm hat, darf ich ihn nicht treffen, oder wie?"

„So war das nicht ..."

„Ganz im Ernst, Alex. Auch wenn wir zusammen hier sind, aber wenn du mit deinen Freunden abhängst und irgendwelche Nachbarn besuchen gehst, die ich nicht mal kenne, dann darf ich auch mit Chris und den anderen abhängen, ohne deswegen blöd von dir oder Sandra angemacht zu werden!"

„Schon klar, Mann, nur ..."

„Und das Angebot steht, Chris hätte nichts dagegen, wenn du mit uns unterwegs bist. Ein wenig Abwechslung würde dir auch nicht schaden."

„Du ... was?" Alex war erschlagen von Joshs Argumenten und wusste auf die Schnelle nicht, was er darauf antworten sollte. „Abwechslung würde mir nicht schaden?"

„Das meine ich ernst", bestätigte Josh. „Ich glaube, du bist beeinflusst von Sandra und ihren Freunden und gibst Chris deshalb keine Chance. Dabei ist er echt nett und hat auch was drauf. Stattdessen schlägst du dich auf Sandras Seite und tust genau das, was sie dir sagt."

„Das ist nicht wahr", stritt Alex ab. „Sie hat ihre Gründe, sich von ihm fernzuhalten, das habe ich selbst miterlebt. Und Sandra ist nun mal meine Freundin, find dich endlich damit ab!"

„Ich erkenn dich fast nicht wieder", sagte Josh kopfschüttelnd. „Seit du letztes Jahr hier warst, hast du dich total verändert. Was hat sie nur mit dir gemacht?"

„Was meinst du damit?"

Alex spürte den Zorn in seinen Schläfen pulsieren.

„Im Ernst, ich hab das Gefühl, dass sie dir nicht immer guttut. Als wir angekommen sind, hat sie dich sofort in Beschlag genommen und nicht mehr hergegeben, obwohl du müde von der Reise warst. Deshalb warst du am Abend auch so fertig, nicht wahr? Gib's zu!"

Alex wusste nicht genau, was er dazu sagen sollte.

„Das hatte nichts mit Sandra zu tun!"

„Komm schon, Mann, das nehm' ich dir nicht ab. Als du aus dem Haus zurückgekommen bist, warst du völlig aufgelöst. Gestern beim Football werfen warst du so unkonzentriert, dass du voll eins auf die Nase gekriegt hast und heute Morgen komm ich in dein Zimmer und sehe dich vor dem Fenster wie ausgeheult. Zuhause hast du sowas noch nie gehabt, erst seit wir hier sind. Das ist eindeutig."

Das konnte nicht wahr sein!, dachte Alex verärgert. Zuerst John, dann Sandra, jetzt kam auch noch Josh mit einer Theorie an, die seine aufgewühlte Stimmung nach den Visionen erklären sollte.

Hörte das denn nie auf?

„Das stimmt nicht! Hör auf, Sandra die Schuld zu geben!"

„Alex, ich meine es gut mit dir! Es ist nicht so, dass ich dir die gemeinsame Zeit mit ihr nicht vergönne – egal, ob ich gut mit ihr klarkomme oder nicht. Der Punkt ist, dass ich denke, dass du zwischendurch auch mal deine Freiheit brauchst und nicht ständig nach ihrer Pfeife tanzen musst. Ich kenne dich länger als sie und weiß besser, wie du drauf bist, meinst du nicht?"

Alex wollte laut loslachen und gleichzeitig wütend mit Dingen um sich werfen, aber er verkniff sich beides.

„Keine Ahnung, worauf du hinauswillst", sagte er und versuchte, das Gespräch abzuschließen. „Weißt du was, triff dich mit wem du möchtest, aber rechne nicht damit, dass ich dabei bin. Nach London, Southampton oder wohin auch immer können wir nächste Woche fahren. Chris ist in den Ferien ohnehin weg, also bleibt genug Zeit für alles."

„In Ordnung", lenkte Josh ein und stand auf. „Dann geh ich gleich zu Chris rüber. Wenn du nachkommen willst, lass es mich wissen!"

Alex nickte nur angespannt, während Josh sein Geschirr wegräumte, sich danach verabschiedete und das Haus verließ.

Alex blieb allein am Küchentisch zurück und sah auf die Uhr. Es war kurz vor zehn.

Er räumte ebenfalls sein Geschirr in die Spülmaschine und trank sein Glas Orangensaft in einem Zug leer. Dann rief er bei Sandra an und verabredete sich mit ihr in zwanzig Minuten am Gehsteig, um gemeinsam zu Margaret rüberzugehen.

Während er hinauf in sein Zimmer schlurfte, um sich umzuziehen, gingen ihm unzählige Dinge durch den Kopf. Die miese Stimmung zwischen ihm und seinem besten Freund, die Visionen, die ihm zu schaffen machten und die unheimliche Begegnung, die er gemacht hatte, als er bei Keyser geläutet hatte.

Beunruhigte ihn eine Sache davon am meisten? Nein, war er sicher. Alles davon war gleichermaßen beunruhigend und viel schlimmer war, dass er bei keinem der Probleme wusste, wie er es lösen sollte.

Wer konnte ihm sagen, wie er endlich Frieden zwischen Sandra und Josh schaffen konnte? Wie sollte er herausbekommen, wer in Keysers Haus wohnte? Und wo lag die Antwort auf die Fragen, die sich durch die mysteriösen Visionen auftaten? Margaret war für den Moment ein Lichtblick, denn wenn sie ihm keine Hinweise geben konnte, was das alles zu bedeuten hatte, wer sonst?

Er steckte sein Handy und die Hausschlüssel ein und trat zur vereinbarten Zeit vor die Tür. Als er durch Johns Vorgarten schlenderte, kam ihm Sandra schon entgegen.

„Perfektes Timing", rief sie ihm strahlend zu. „Wie geht's dir heute? Gut geschlafen?"

Alex erwiderte ihren Begrüßungskuss, nahm ihre Hände und fühlte sich mit einem Mal viel besser. Das schaffte Sandra mit ihrer fröhlich aufgeweckten Art und ihrem herzlichen Lächeln immer wieder bei ihm.

„Ja, danke", antwortete er. „Nur heute Morgen ..."

Er brauchte nicht weiterzureden, sein gesenkter und angeschlagener Blick schienen Sandra alles zu verraten.

„Wieder eine Vision?"

Er nickte und erzählte ihr davon, was er gesehen und gefühlt hatte. Sie sah sehr betroffen drein.

„Das klingt entsetzlich", sagte sie und streichelte ihm über die Wange. „Es tut mir so leid für dich. Aber vielleicht kann Margaret uns zumindest ein klein wenig weiterhelfen! Wir müssen sie ja nicht damit überfallen. Sie wird sicher verstehen, dass wir zu ihr kommen. Sonst gibt es ja niemanden."

„Wahrscheinlich", murmelte Alex und ging mit Sandra über die Straße auf Margarets Veranda zu.

Ihm war etwas mulmig zumute bei dem Gedanken, der alten Dame davon zu erzählen. Nicht etwa, weil er befürchtete, dass sie ihm nicht glaubte, sondern vielmehr aus dem Grund, dass es so verrückt klang, was er erlebte hatte und dass Margaret dieselben Visionen jahrelang durchmachen musste, ohne jemals mit jemandem darüber sprechen zu können.

Nachdem Sandra geklingelt hatte, hörten sie kurz darauf die Schritte der alten Dame den Flur entlangkommen. Die Tür schwang gemächlich auf und Margarets rundes, freundliches Gesicht kam zum Vorschein.

„Was für eine schöne Überraschung", stieß sie hervor und winkte die beiden ins Haus. „Guten Tag, meine Lieben, kommt nur herein."

Sie folgten der alten Dame durch den Korridor ins Wohnzimmer, wo es nach alten Büchern und Seife roch.

„Nun", begann Margaret, als sie sich gesetzt hatten, „was führt euch denn zu mir? Alex, wie geht es dir?"

Im ersten Moment wusste er nicht, was er darauf antworten sollte. Schnell entschied er sich aber, sie nicht gleich zu beunruhigen, sondern sie langsam an das Thema heranzuführen.

„Danke, es geht mir gut, Ma'am! Und bei Ihnen?"

„Oh bitte, Alex", meinte die alte Dame lächelnd, „nenn mich doch Margaret, das ist viel persönlicher. Danke der Nachfrage, mir fehlt nichts. Sandra unterstützt mich fabelhaft, obwohl ich ihr immer wieder sage, sie braucht ihre Freizeit nicht ganz für mich aufzuopfern."

„Das ist wirklich kein Problem", winkte Sandra ab. „Ich kann nur wiederholen, dass ich Ihnen gerne helfe und es mir ein Bedürfnis ist."

Margaret lächelte dankbar. In diesem Moment fiel Alex' Blick auf die Armlehne des Stuhls, wo die rechte Hand der alten Dame auf einem bestickten Stofftuch lag und immer wieder sanft darüber strich.

„Ist das ein selbst genähtes Stofftaschentuch?", erkundigte er sich, um Interesse zu zeigen.

Margarets Lächeln verschwand und sie schaute überrascht zu ihm hinüber.

„Wie? Ach nein, das ist es nicht. Ich habe es vor langer Zeit als Geschenk bekommen."

„Von wem denn?"

Die alte Dame senkte den Blick und wirkte plötzlich wie geistesabwesend. Ein paar Sekunden lang sagte sie nichts.

„Von Abrahams Schwester Regina", stieß sie zögerlich hervor, ohne Alex oder Sandra dabei direkt anzusehen.

„Oh", erwiderten die beiden betroffen.

Sie wussten, dass Margaret sich gut mit Regina Cessler verstanden hatte und dass diese im Feuer gestorben war – mitsamt ihrer Familie.

„Also ... es ist wirklich hübsch", meinte Alex verlegen, um keine alten Wunden aufzureißen. „War Regina Cessler eine Schneiderin?"

Jetzt sah ihm Margaret wieder fröhlich in die Augen.

„Nein, das nicht. Aber sie konnte trotzdem fabelhaft nähen und noch besser sticken, besonders Muster auf Tücher. Sie hat öfter versucht, es mir beizubringen. Doch ich war leider ein hoffnungsloser Fall."

Alex und Sandra lachten zurückhaltend und Alex überlegte, ob er weiter fragen sollte, um so vielleicht ein paar Informationen und Anhaltspunkte für seine Visionen zu bekommen. Ihm war nicht wohl bei dem Gedanken, in Margaret schlechte Erinnerungen wachzurufen, die sie aufregten. Er musste vorsichtig und gefühlvoll sein, dann würde er sicher am ehesten Erfolg haben. Als er zu Sandra blickte, war er überzeugt, dass sie gerade das Gleiche gedacht hatte. Sie leckte sich über ihre vollen Lippen und setzte zu einer weiteren Frage an.

„Sie haben es mir zwar schon erzählt, aber vielleicht könnten Sie das noch mal tun? Damit Alex es auch von Ihnen persönlich hört."

„Was denn erzählen, Liebes?"

„Wie Sie Abraham und seine Familie kennengelernt haben, das könnte ich immer wieder hören! Es ist so romantisch."

Margaret schmunzelte und schien sich darüber zu freuen, dass Sandra Interesse hatte und Alex ihr gespannt zuhörte.

„Als wir uns kennengelernt haben, war ich ein junges Mädchen", begann die alte Dame mit ihrer Erzählung. „Kaum viel älter als du. Wie alt bist du noch gleich?"

„Ich werde nächste Woche sechzehn."

„Ein schönes Alter", meinte Margaret nostalgisch. „Meine Familie und ich wohnten hier in der Straße. Mein Vater war Gärtner bei der Familie Cessler und hat immer nur gut von ihnen gesprochen. Er wollte, dass ich zuhause blieb, so lange ich unverheiratet war, und dass ich nicht zu weit zu meiner Dienststelle hatte. Daher bat er Arthur, mich als Hausmädchen einzustellen. Abraham diente damals bei der Armee und kam nur am Wochenende nachhause. Aber das war mir recht!" Als Alex und Sandra sie verwundert ansahen, fing Margaret an zu lachen.

„Es war mir recht, weil ich in seiner Gegenwart kein Wort herausbrachte. Als er mich zum ersten Mal begrüßt hat, bin ich beinahe von der Leiter gefallen, von der ich die Regale abgestaubt habe. Abraham hat mich aufgefangen und mich angelächelt. Diesen Moment werde ich niemals vergessen."

Die alte Dame überlegte kurz, ehe sie den Faden wieder aufnahm.

„Ein anderes Mal, als ich gerade in der Waschküche war, kam Abraham hinunter und bat mich, seine Armee-Uniform zu bügeln. Ich war so angetan von seinem Anblick, dass mir das Bügeleisen aus der Hand in den Waschtrog fiel. Er muss gedacht haben, ich wäre ein Tollpatsch."

„Mir fällt etwas ein, das Sie noch nicht erzählt haben", meinte Sandra gespannt. „Wie sind Sie schlussendlich ein Paar geworden?"

Die alte Dame blickte ins Leere.

„Abraham hat mich getröstet", fuhr sie nach einer Weile fort. „Nachdem mein Vater ... uns verlassen hat. Abraham war so einfühlsam und verständnisvoll. Von da an hatte sich etwas zwischen uns verändert. Ich verlor meine Schüchternheit und hatte das Gefühl, mit ihm über alles reden zu können. Wir begannen uns abends zu treffen, immer öfter. Es war eine wundervolle Zeit für uns. Leider währte sie nicht sehr lange. Als der Krieg begann, musste Abraham in die Armee und wir konnten uns über einige Zeit nur Briefe schreiben. Wann immer er für ein paar Tage zurückkehrte, nutzten wir so viel Zeit wie nur möglich um zusammen zu sein. Es war nicht einfach damals ..."

Die beiden schluckten und sahen Margaret mitfühlend an. Alex stellte es sich schrecklich vor, wenn ein Mensch, der einem so viel bedeutete, in ständiger Gefahr war. Er hielt es schon kaum aus, dass er Sandra nur ein paar Mal im Jahr sehen konnte.

„Regina ging es genauso", erzählte die alte Dame weiter. „Sie und Victor hatten sich kurze Zeit nach Abraham und mir kennengelernt. Zu Beginn konnten wir uns kaum ausstehen, aber schließlich wuchsen wir zusammen wie Schwestern. Regina und ich haben uns gegenseitig Hoffnung gegeben und diese Zeit gemeinsam überstanden. Als Abraham und Victor eines Tages im Sommer wieder für eine kurze Zeit zurückkehrten, hat Abraham mir einen Heiratsantrag gemacht."

Bei diesen Worten funkelten Margarets Augen vor Freude, als wäre es erst vor ein paar Tagen passiert.

„Und Victor hielt um Reginas Hand an. Am liebsten wollten wir die Hochzeiten im selben Jahr feiern. Leider kam zu viel dazwischen."

Die alte Dame senkte den Kopf und sah auf das Stofftuch in ihrer Hand. Sie fuhr erneut mit ihren Fingern das gestickte Muster nach, das Alex nicht erkennen konnte.

„Aber ...", begann Sandra zögerlich, „Sie haben geheiratet, nicht?"

Margaret nickte, ohne sie dabei direkt anzusehen.

„Mehr als ein Jahr später", sagte sie und seufzte. „Abraham hatte es nicht leicht, diese Entscheidung durchzusetzen. Nicht wegen Arthur, der sich durchaus für seinen Sohn gefreut hat. Aber Victoria und Samantha wollten unsere Heirat unter allen Umständen verhindern. Aus irgendeinem Grund haben sie mich gehasst. Wenn ich nur wüsste, was ich ihnen getan habe ..."

„Das waren Abrahams Mutter und seine andere Schwester?"

Die alte Dame bejahte. Die Trübseligkeit über diese furchtbare Verachtung, die ihr entgegengebracht worden war, schien immer noch ihr Gesicht auszufüllen, wenn sie sich erinnerte.

„Es tut mir wirklich leid, dass Sie das erleben mussten", sagte Sandra leise.

„Ach, Liebes", erwiderte Margaret und schüttelte den Kopf, „letztendlich konnten sie nichts dagegen tun und Abraham und ich haben doch geheiratet."

Das trieb Sandra einen Ausdruck der Genugtuung ins Gesicht und Alex nahm symbolisch ihre Hand.

„Würden Sie uns etwas über Arthur Cessler erzählen?", fragte Alex dann vorsichtig. „Wie haben Sie ihn erlebt? War er glücklich als Familienvater?" Margaret wandte den Kopf in Richtung Fenster und blickte ernst drein.

„Arthur war mir immer ein Rätsel. Er war niemals böse zu mir, hat mich in seiner Familie willkommen geheißen und sein Bestes getan, um für uns da zu sein in dieser schweren Zeit des Krieges. Ich hatte jedoch stets das Gefühl, dass er etwas sehr Trauriges zu verbergen hat, über das er nie sprach. Auch hatte ich den Eindruck, dass er ein unglaublich nostalgischer Mensch war. Immerzu sprach er in schönsten Tönen von seiner Kindheit und Jugend und wie wundervoll alles früher gewesen war. Oft glaubte ich, er würde lieber in der Vergangenheit leben, als in der Gegenwart. Ich war mir dessen sogar zeitweise sicher, denn Arthur hat sich wiederholt zurückgezogen und wollte nicht gestört werden. Ich vermute, er hat über Stunden in seinen Erinnerungen geschwelgt."

„Denken Sie, dass er seine Frau geliebt hat?", fragte Sandra und war offenbar nicht sicher, ob sie damit eine Grenze überschritt.

„Nein", kam es sofort von Margaret. „Das kann ich mir nicht vorstellen. Ich habe die beiden nie liebevoll oder harmonisch miteinander erlebt. Immerzu hat Victoria den Ton angegeben und Arthur hat sich meistens gefügt, um die Auseinandersetzung zu vermeiden. Nur selten hat er ihr etwas entgegengesetzt."

„Das klingt ja schrecklich", sagte Sandra kopfschüttelnd. „Wieso haben sie bloß geheiratet, wenn sie sich nicht mal verstanden haben?"

„Ich denke, das war eine andere Zeit", vermutete Alex. „Damals stand oft nicht die Liebe im Vordergrund, sondern die Absicherung oder die Tradition."

„Da magst du recht haben", erwiderte Margaret. „Doch sogar unter diesen Umständen kann ich Arthurs Entscheidung, Victoria zu heiraten, bis heute nicht verstehen. Sie war eine arrogante, hinterhältige und gemeine Person. Dass sie in jungen Jahren anders war, kann ich mir kaum vorstellen. Samantha kam ganz nach ihr. Auch Regina hat sehr unter ihrer Mutter und ihrer Schwester gelitten."

Alex wusste nichts darauf zu sagen. Die Schilderung klang, als wäre es im Hause Cessler damals zugegangen wie in einer Schlangengrube. Er wollte sich nicht ausmalen wie es sich anfühlen musste, tagtäglich diesen Spannungen ausgesetzt zu sein. Schon die Krise zwischen Sandra und Josh raubte ihm die Nerven, nicht auszudenken also, wenn das in seiner Familie der Fall wäre.

„Möchten Sie uns mehr darüber erzählen?", erkundigte sich Sandra demütig. „Über Victoria und Samantha Cessler?"

Margaret seufzte und schien nicht zu wissen, was sie davon halten sollte.

„So vieles ist mir bereits entfallen", räumte sie ein. „Ich könnte nicht genau wiedergeben, was passiert ist, weil Jahre seitdem vergangen sind. An eines erinnere ich mich aber ganz genau! Als Abraham und sein jüngerer Bruder James im Krieg waren, sagte mir Victoria ohne Scham ins Gesicht, dass James der viel bessere Vater sein würde als Abraham."

Sandra starrte die alte Dame ungläubig an und auch Alex konnte es nicht fassen.

„So etwas hat sie über ihren eigenen Sohn gesagt?"

Margaret nickte betroffen und der Schmerz, der aus ihr sprach, war nicht zu leugnen – selbst wenn es so viele Jahre zurücklag.

„So eine Gemeinheit!", schnaubte Sandra verärgert.

„Von denen hatte sie zu viele weitere auf Lager, als dass ich mich an jede davon erinnern könnte", sagte die alte Dame. „Als der Krieg endlich zu Ende war und Abraham lebend zurückkam, war ich überglücklich und keine Äußerung von Victoria oder Samantha hätte das trüben können. Keine einzige ..."

Ihr Blick wanderte erneut ins Leere ab.

„Was ... ähm ... was wurde aus James Cessler?", fragte Alex unsicher.

„Er kam fast unversehrt zurück", erzählte Margaret. „Ich hatte nie viel mit ihm zu tun. Obwohl er seiner Mutter und seiner Schwester näherstand als Arthur, Abraham oder Regina, war er nie bösartig oder hinterlistig. Abraham und ich haben fortan alles getan, um Victoria und Samantha aus dem Weg zu gehen. Nachdem Samantha und ihr Mann Roger selbst Kinder bekamen, standen diese für Victoria im Mittelpunkt und sie hatte nicht mehr genügend Zeit, sich Bosheiten gegen uns auszudenken." Ein bitteres Lächeln legte sich auf ihre Lippen.

„Und Regina? Bekam sie auch Kinder?"

Alex hatte inzwischen das Gefühl, dass viele der Fragen die alte Dame sehr tief trafen. Sie schaute jedes Mal nach unten, wirkte verunsichert und schien nicht recht zu wissen, was sie sagen sollte, so auch bei dieser Frage.

„Nein, leider nicht", antwortete sie, als ob es ein Geheimnis wäre, das sie gerade offenlegte. „Regina blieb kinderlos. Dafür hatten Samantha und James jeweils drei, sehr zur Freude von Victoria."

„Das wundert mich nicht", stellte Sandra klar. „Auch wenn die Kinder nichts dafür konnten, dass sie von ihrer Großmutter bevorzugt wurden. Bedeutet das, dass Arthur ein engeres Verhältnis zu Ihrem Sohn Andrew hatte?"

„Ja, in der Tat." Man konnte Margaret ihre Freude darüber nach all der Zeit immer noch ansehen. „Arthur hat sich Andrew von Beginn an sehr angenommen. Selbst das ist Victoria und Samantha missfallen und sie haben öfters versucht, auch hier einen Keil dazwischen zu treiben. Das gelang ihnen aber nie. Ihre einzige Errungenschaft war am Ende, dass die Straße nach Samanthas Mann benannt wurde."

Das ließ Alex und Sandra aufhorchen.

„Tatsächlich? Nach dem ist die Mendelaine Road benannt?"

Margaret nickte, als ob es ein allgemein bekannter Fakt wäre.

„Ja, Roger Mendelaine. Auch mit ihm hatte ich wenig zu tun, er schien kein schlechter Mensch gewesen zu sein. So viel ich damals mitbekommen habe, stammte er ebenfalls aus einer Unternehmerfamilie."

„Wir hatten wirklich keine Ahnung", versicherte Sandra. „Scheint, als wüssten wir endlich mal mehr über Geschichte als Rob." Alex schmunzelte, ehe sich blitzartig eine Frage in ihm auftat, die er nicht für sich behalten konnte.

„Margaret, hat Arthur Ihnen gegenüber jemals seine Eltern oder Geschwister erwähnt?"

Erschrocken sah die alte Dame ihn an, als hätte er eben ein völliges Tabu gebrochen.

„Nein", hauchte sie. „Niemals. Keiner hat es gewagt, dieses Thema vor ihm anzusprechen. Es war wie ein böses Geheimnis, das sich niemand zu erwähnen traute. Ebenso wenig wie jemals über Victorias Alter gesprochen wurde."

„Wie meinen Sie das?"

„Niemand im Herrenhaus wusste ihr Alter, nicht mal ihre eigenen Kinder. Als ich Abraham danach fragte, schien er schreckliche Angst vor diesem Thema zu haben und meinte, auch seine Geschwister wussten davon nichts und würden es niemals riskieren, Victoria darauf anzusprechen. Manchmal bin ich nicht mal sicher, ob Arthur das Alter seiner Frau wusste." Sandra lachte verwirrt auf.

„War sie etwa so eitel? Das ist ja komisch, wenn nicht mal die eigenen Kinder wissen, wie alt ihre Eltern sind."

Margaret erwiderte nichts darauf, sondern sah besorgt zu Alex.

„Wieso fragst du nach Arthurs Familie?" Sie schien zu ahnen, dass er damit auf etwas Bestimmtes hinauswollte. War es der richtige Zeitpunkt, seine Visionen anzusprechen?, fragte sich Alex. Sein Herz pochte und er schluckte nervös. Auch Sandra wirkte angespannt.

„Nun ja ... es ist so, dass ... Margaret, es tut mir leid, wenn ich Sie damit überrumple, ich möchte Ihnen wirklich keine Angst machen. Aber seit ich vor zwei Tagen hier angekommen bin, habe ich immer wieder diese ... Bilder vor meinem inneren Auge."

Die alte Dame machte plötzlich den Eindruck, versteinert worden zu sein. Ihre Augen weiteten sich, ihre Atmung klang schnappend und sie hielt sich die Hand vor den Mund.

„Oh Gott", stieß sie leise hervor. „Dann siehst du sie auch?"

Alex wusste nicht, wen sie mit *sie* meinte.

„Es sind verschiedene Personen, die ich noch nie gesehen habe und die offenbar in einer anderen Zeit gelebt haben. Und ich habe schon mehrmals Arthurs Namen darin gehört."

„Du siehst durch ihre Augen, nicht wahr?", fragte Margaret verängstigt. „Und eine davon ist so schrecklich, dass man es kaum aushalten kann. Die Frau im Spiegel."

„Ja!" Alex war völlig perplex. Margaret schien genau zu wissen, von wem er sprach. „Kennen Sie diese Frau? Wissen Sie, wer sie war?"

„*Theresa*", hauchte die alte Dame und fasste sich ans Herz.

„Ist das ihr Name?", wollte Alex wissen.

„Margaret, bitte regen Sie sich nicht zu sehr auf", flehte Sandra, erhob sich aus dem Sofa und ging langsam auf sie zu. „Wenn Ihnen nicht gut ist, kann ich Ihnen etwas zur Beruhigung holen oder einen Arzt rufen."

„Vielen Dank, Liebes", lehnte Margaret ab, immer noch aufgelöst. „Mir geht es gut. Ich bin nur so überwältigt von Alex' Erzählung! Genau dasselbe habe ich erlebt, über so viele Jahre. Diese entsetzlichen Gefühle, die nicht meine waren und mich dennoch in den Wahnsinn getrieben haben. So viele Dinge und Geschehnisse, die ich nicht zuordnen konnte."

„Ja genau", bestätigte Alex aufgeregt. „Sie erwähnten eine Theresa. Ist das wirklich ihr Name? Ich habe nur Elizabeth gehört."

„Um Himmels willen", sagte Margaret. „Auch aus ihren Augen habe ich gesehen, wieder und wieder."

„Heißt das, es sind zwei verschiedene Personen? Woher wissen Sie von dieser Theresa?"

„Ich ... ich habe ihren Namen immer aufs Neue gehört. Aber dieses Gefühl ... ich werde es nie vergessen."

„Bei mir auch, Margaret", sagte Alex ruhig, um ihr das Gefühl zu vermitteln, dass er sie verstand. „Es ist kaum auszuhalten. Würden Sie uns helfen?"

„Wie kann ich denn helfen? Ich weiß selbst nicht, wer Theresa und Elizabeth waren. Auch den Mann konnte ich nie identifizieren, nicht mal seinen Namen erfuhr ich."

„Das macht nichts, wirklich! Wenn Sie uns bloß erzählen würden, woran Sie sich erinnern können, wann das alles begonnen hat und ob Sie irgendwas von Arthur Cessler persönlich erfahren haben."

„Also gut, ich will es versuchen", versprach Margaret verschüchtert. „Aber ich muss euch enttäuschen, was Arthur angeht. Er hat immer geschwiegen, sein Leben lang. Ich habe immerzu versucht, etwas aus ihm herauszubekommen, vergebens. Ich war sicher, dass er die beiden Frauen und den Mann persönlich kannte, doch er wollte nie darüber sprechen."

„Ich verstehe ..." Das war ziemlich ernüchternd, allerdings lagen Alex auch andere Fragen auf der Zunge. „Können Sie sich erinnern, wann Sie diese Visionen zum ersten Mal hatten? Gleich am selben Tag, als Sie zur Herrscherin gewählt wurden, oder auch erst ein Jahr später?" Margarets Blick driftete erneut ins Leere ab und sie schien sich innerlich durch Berge von schmerzhaften Erinnerungen graben zu müssen.

„Es begann bald danach", erzählte sie leise. „Ein paar Tage später, vielleicht eine Woche. Immer wiederkehrend, völlig willkürlich. Ich habe mir nie erklären können, nach welchem Schema die Erinnerungen über mich kamen. Einmal kamen sie morgens, dann mittags, dann abends, als ob keine Logik dahinterstecken würde."

„Das ist bei dir genauso, nicht wahr?", fragte Sandra aufgeregt an Alex gewandt. Dieser bejahte.

„Es ist, als würde ich jedes Mal plötzlich in eine andere Realität gestoßen werden", führte er aus und fröstelte.

Margaret sah ihn besorgt an.

„Mein armer Junge", sagte sie mitfühlend. „Ich wünschte, ich könnte dir helfen und ein Mittel verraten, um sich dagegen zu wehren. Ich selbst habe das nie geschafft. Auch Arthur konnte mir nicht helfen. Er hat mir gute Ärzte verschafft und alles getan, dass ich Ruhe im Herrenhaus hatte, aber sonst war er ebenso machtlos. Allerdings hatte ich manchmal den Eindruck, dass er es nicht zum ersten Mal erlebte."

„*Was* zum ersten Mal erlebte?", fragte Alex verdutzt. „Was meinen Sie damit?"

„Er wirkte so betroffen, so tief bestürzt über meine Zustände, die ich ihm nicht richtig erklären konnte. Immer wieder schien er in Gedanken zu versinken und sich an etwas längst Vergangenes zu erinnern, das ich in ihm wachrief. Oft habe ich ihn gefragt, ob er mehr weiß, doch so ertappt er dabei auch aussah, er gab mir nie eine Antwort. Bloß ein einziges Mal ist es mir gelungen, etwas aus ihm herauszubekommen, wenn auch nur wenig. Als ich ihn einige Zeit nach den Ereignissen im Versteck mit dem Globus und dessen Hintergründen konfrontierte, eröffnete er mir, dass dieser mich zu seiner Herrscherin erwählt hätte. Er wisse jedoch nicht, wie das passieren konnte, wie auch beim *ersten* Mal nicht. Danach verfiel er wieder in Schweigen."

„Das ist wirklich eigenartig", murmelte Sandra kopfschüttelnd. „Er hat den Globus doch selbst irgendwie geschaffen, wie konnte er dann nicht wissen, wie er funktionierte?"

„Margaret, darf ich Sie etwas anderes fragen?", setzte Alex vorsichtig an. „Bevor ich Sie kennenlernte, habe ich Gerüchte gehört, über Ihre Geschichte und dass Sie ... nun ja ... *krank* geworden sind. Jetzt weiß ich ja, dass Sie genau an denselben Visionen gelitten haben wie ich heute, was niemand ahnen konnte! Es gab aber auch das Gerücht, dass Sie ... versucht hätten ..." Er schluckte und atmete tief ein. „Sich im Brunnen auf der Cesslerwiese zu ertränken." Sofort warf ihm Sandra einen vorwurfsvollen Blick entgegen. „Sie müssen nicht darüber sprechen, wenn es zu schmerzvoll für Sie ist!", fügte er beschwichtigend hinzu.

Margarets Augen wanderten langsam zu dem bestickten Stofftuch auf ihrer rechten Armlehne und blieben dort haften. Sie sagte nichts, strich zärtlich über das Tuch und starrte es an, als würde es sie beruhigen.

„Es ist so lange her", sagte sie schwach. „Ich fürchte, ich erinnere mich nicht mehr daran."

„Das ist nicht schlimm, Margaret", griff Sandra ein. „Wir möchten Sie nicht verhören. Wenn Sie uns nur erzählen, woran Sie sich erinnern können, auch Details. Alles könnte irgendwann hilfreich sein."

Alex lehnte sich etwas beschämt zurück. Er wollte keinesfalls böse Erinnerungen der alten Dame wachrufen, aber wer konnte ihm sonst helfen? Bis auf sie waren alle Cesslers tot.

„Erzählen Sie uns davon wie Arthur Sie weggeschickt hat?", fragte er anschließend und hoffte, sie damit etwas aus ihrem Trancezustand herauszuholen.

„Das war einige Jahre später." Margaret war wieder ganz da und wirkte absolut klar im Kopf. „Andrew war bereits vierzehn Jahre alt. Abraham hatte nie gewollt, dass er auf ein Internat ging, damit er bei mir sein konnte. Samanthas und James' Kinder gingen natürlich auf die besten Internate des Landes und Victoria hatte einen weiteren

Grund, Abraham und seine Familie ins schlechte Licht zu rücken. Ich schweife ab ... eines Tages, als Abraham und Andrew bei einem Pferderennen waren, suchte Arthur mich auf und sagte, ich sei in höchster Gefahr. Einige seiner Bediensteten würden seit Jahren versuchen, an mich heranzukommen um damit in den Besitz des Globusses zu gelangen. Sie hätten gedroht, Abraham oder Andrew etwas anzutun, wenn ich nicht mit ihnen kooperieren würde und Arthur wolle mich und die beiden schützen. Er hatte bereits Dokumente mit dem Decknamen *Joanne Jenners* besorgt und warnte mich davor, zurückzukommen. Er wollte Abraham und Andrew erzählen, ich sei in einer Rehabilitationsklinik, in die er mich kurzfristig einweisen musste, weil ich einen schweren Anfall erlitten hätte und zuhause ohne ständige medizinische Betreuung zu sehr leiden würde. Er versprach, Abraham und Andrew nachzuschicken, sobald Andrew die Schule beendet hätte. Ich könne jederzeit Briefe an sie schicken, die er ihnen unter Geheimhaltung übermitteln würde, und dabei jedes Mal mit *J. Jenners* unterzeichnen, damit niemand Verdacht schöpfen konnte, sollte einer der Briefe in falsche Hände geraten. Ich durfte diese auch niemals an ihn direkt senden, sondern an *Cessler Road* Nummer eins."

Alex und Sandra stutzten.

„Das war der Name vor der Umbenennung in Mendelaine Road, nicht wahr? Aber es gibt doch keine Nummer eins hier ..."

„Heute nicht mehr", sagte Margaret verschüchtert. „Aber damals schon. Es war ein kleines Haus, gleich nebenan."

Sie deutete aus dem Fenster in Richtung Wald, wo eine unscheinbare Fläche von Sträuchern, Gras und Gestrüpp überwuchert war.

„Aber was ist mit dem Haus passiert? Wer wohnte dort?"

Die alte Dame zuckte schwach mit den Schultern.

„Ich habe die Bewohner nie kennengelernt, ich musste die Briefe bloß immer an eine Familie Jenners adressieren, um den Anschein zu erwecken, ich sei eine Verwandte."

„Das Haus war also noch da, als Sie weggeschickt wurden, aber nicht mehr als Sie zurückkamen?"

„Es war noch da in jener Nacht, als ich zurückkam und das Herrenhaus brannte."

„Aber was geschah damit? Wurde es später abgerissen?"

Wieder schien sich Margaret in die Enge gedrängt zu fühlen und verstummte eine kurze Weile.

„Es brannte nieder", erklärte sie dann. „In derselben Nacht wie Arthurs Herrenhaus."

Jetzt verstand Alex gar nichts mehr und auch Sandra sah ziemlich verwirrt aus.

„Soll das heißen, das Feuer hat auf den Wald übergegriffen und auch Nummer eins erwischt?"

„Ich weiß es nicht", murmelte die alte Dame. „Ich musste wieder fliehen und habe für viele Jahre alles hinter mir gelassen."

„Aber woher – "

„Ich finde, das reicht für heute", unterbrach Sandra ruhig, aber bestimmt. „Vielen Dank, Margaret, dass Sie sich uns geöffnet haben. Dürfen wir Sie in ein paar Tagen wieder besuchen, wenn wir Fragen haben?"

„Natürlich, Liebes", sagte Margaret und lächelte nun wieder herzlich. „Seid mir aber nicht böse, wenn mir so vieles schon entfallen ist. Nach so vielen Jahren ..."

„Selbstverständlich", erwiderte Sandra höflich. „Was Sie uns heute erzählt haben, wird uns sicher schon weiterhelfen. Wenn Sie Hilfe brauchen, rufen Sie mich an, in Ordnung?"

Damit erhob sie sich und packte Alex am Arm.

„Einen schönen Tag noch!", verabschiedete sie sich und Margaret tat selbiges mit einem freundlichen Winken.

„Wiedersehen, Margaret", sagte auch Alex, bevor sie das Haus verließen. „Wir kommen Sie wieder besuchen, versprochen."

„Das würde mich freuen", sagte Margaret strahlend. „Bis bald, macht es gut."

Draußen angelangt, tobte einmal mehr ein Wirbelsturm aus Fragen in Alex' Kopf. Auch wenn sie nun sicher mehr wussten als vorher, so war ihm klar, dass dies nur ein Bruchteil von allem war.

„Ich musste das jetzt beenden", erklärte Sandra, als sie durch Margarets Vorgarten gingen. „Sie war schon zu aufgeregt, mehr hätte ihr sicher nicht gutgetan."

„Ist okay", meinte Alex. „Das war richtig, ich hätte mich vor Fragen sonst nicht zurückhalten können."

„Ich weiß." Sie drückte sanft seine Hand. „Wollen wir gleich bei Annie vorbeischauen und mit ihr und Rob darüber sprechen, was wir wissen?"

Alex nickte und sie beschleunigten ihr Tempo. Weniger deswegen, um schneller bei Annie zu sein, sondern vielmehr, weil die eben erfahrenen neuen Informationen vor allem bei Alex einen starken Drang auslösten, mehr herauszufinden - und der würde kaum vorübergehen, bevor er Antworten hatte.

Kapitel 10

„Das heißt also, Margaret weiß von den Personen, über die du sprichst, obwohl sie sie selbst nicht kennt?" Annie saß im Schneidersitz an ihrer Bettkante und beugte sich gespannt nach vor.

Alex nickte nur, den Arm um Sandra gelegt, die neben ihm auf dem Sofa in Annies Zimmer saß. Rob hatte es offenbar nicht mehr ausgehalten still zu sitzen, und war deshalb aufgestanden um nachdenklich zwischen Annies Bett, Sofa und Schreibtisch auf und ab zu gehen.

„Immerhin hat sie Namen erwähnt", erinnerte Rob. „Theresa, Elizabeth, Arthur ..."

„Wer Arthur war, wissen wir ja", meinte Sandra. „Zumindest ist es naheliegend. Aber es gibt keinen Anhaltspunkt dafür, wer die beiden Frauen waren oder der Mann, von dem Alex und Margaret gesprochen haben."

„Vielleicht gibt es einen", warf Alex dazwischen. „Wenn auch keinen, der uns viel weiterbringt. In meiner Vision heute Morgen hat irgendein Arzt mich - oder besser die Person, die ich war - mit *Ms. Cessler* angesprochen. Als ich Margaret von dem schrecklichen Gefühl erzählt habe, hat sie nur den Namen Theresa gesagt. Scheinbar hatte sie ähnliche Erlebnisse, aus denen dieser Name hervorging. Demnach müsste der volle Name der Frau *Theresa Cessler* gewesen sein. Meint ihr nicht?"

„Dann war sie bestimmt eine Verwandte von Arthur Cessler", folgerte Annie. „Vielleicht eine Schwester oder Tante oder Cousine? Eventuell sogar die Mutter?"

„Das haben wir gestern schon vermutet", spekulierte Sandra. „Den Visionen nach, die Alex bisher hatte, liegt es also nahe, dass Arthur Cessler eine Schwester namens Theresa hatte, die aber an irgendeinem Punkt der Geschichte verschwand und über die niemals wieder gesprochen wurde. Nicht mal Margaret hat sie kennengelernt."

„Und offensichtlich hat sie entsetzlich gelitten", murmelte Alex betroffen und erinnerte sich mit Grauen an die Gefühle, die ihn jedes Mal überrollten und in einen tiefen Abgrund zogen, wenn er die Erinnerungen dieser Frau durchlebte.

Waren es tatsächlich ihre Erinnerungen? Alex fand keine alternative Antwort. Die Dinge, die er sah, die er fühlte und sonst irgendwie wahrnahm, all das war derart real, dass es unmöglich Träume sein konnten.

„Das hört sich so schrecklich an", sagte Sandra mitfühlend. „Es tut mir so leid für dich, dass du das alles durchmachen musst. Aber um ehrlich zu sein tut es mir auch leid für diese Theresa. Obwohl ich sie nicht kenne und keine Ahnung habe, was der Grund für ihr Leiden war."

„Kannst du vielleicht inzwischen eine Verbindung aufbauen?", erkundigte sich Annie. „Ich meine, gibt es irgendwelche Zusammenhänge oder gemeinsame Dinge aus diesen Visionen, die man verknüpfen könnte?" Alex überlegte.

„Schwer zu sagen. Mal sehe ich Kinder, mal Erwachsene und ich wusste bisher fast nie, wer ich gerade bin oder wie die Person aussieht, aus deren Augen ich es erlebe. Diese Frau ... ich meine, Theresa - falls sie tatsächlich so heißt - habe ich im Spiegel gesehen. Heute Morgen habe ich keine einzige Person gesehen, nur gehört. Aber ich wusste, dass ich dieselbe Frau bin, also Theresa. Ich erkenne es an den Gefühlen ..." Er schauderte bei diesem Gedanken.

„In der anderen Vision warst du ein Junge, nicht wahr?", erkundigte sich Rob. „Der den zwei Kindern, von denen eines wieder Arthur war, beim Spielen auf der Wiese zugesehen hat. Und in der dritten warst du eine andere Frau namens Elizabeth, die Arthur ihre Liebe gesteht, der sie aber nicht erwidert."

„Damit können wir nicht sehr viel anfangen", seufzte Annie und senkte den Blick. „Wir bräuchten mehr Informationen, die uns aber niemand geben kann."

„Eben das ist unser Problem", stimmte Sandra zu und sah Alex in die Augen. „Am wichtigsten wäre mir, dass du nicht mehr darunter leiden musst. Ich wünschte, ich könnte dir helfen."

Alex lächelte und küsste sie auf die Wange.

„So lange ich dich bei mir habe, ist das Hilfe genug."

„Was schlägst du vor?", wollte Sandra wissen, nachdem sie den Kuss erwidert hatte. „Wie soll es damit weitergehen? Was können wir tun, damit die Visionen seltener werden?" Er zuckte mit den Schultern.

„Wisst ihr", setzte er an und war sehr unsicher, wie er seine Theorie am besten formulieren sollte, „ich kann nicht mal genau sagen, warum die Erlebnisse dann kommen, wenn sie kommen. Es passiert einfach, von einem Moment auf den anderen. Im Grunde könnte es auch jetzt und hier passieren, versteht ihr? Das tut es aber gerade nicht."

Annie und Rob sahen sich stirnrunzelnd an.

„Worauf willst du hinaus?", fragte Annie ahnungslos und Rob verschränkte erwartungsvoll die Arme vor der Brust.

„Ich meine, dass es irgendwelche Auslöser geben muss, warum ich die Visionen immer dann bekomme, wenn ich sie eben bekomme", schloss Alex. „Und dass ich bisher nicht wusste, was die Auslöser sein könnten. Jetzt habe ich eine Vermutung, die aber genauso wenig hilft."

Keiner der anderen sagte ein Wort, alle drei warteten wie gebannt auf Alex' Ausführung.

„Als ich nämlich die Visionen hatte, war ich immer in einer ähnlichen Situation wie die Person darin. Der Spiegel zum Beispiel, in Johns Badezimmer. Ich habe mich darin angesehen und das Erste, was ich in der Vision sah, war die Frau namens Theresa. Oder gestern, auf der Wiese. Josh und ich haben uns einen Football zugeworfen und in der Vision war ich am selben Ort und ein Ball flog mir vor die Füße – also dem Jungen, der ich dort war."

„Klingt einleuchtend", meinte Rob. „Es ist, als würden bestimmte Details in der Gegenwart bei dir Erinnerungen auslösen, bloß nicht deine eigenen, sondern die von anderen. Wie ein Zünder, der das alles in dir aufwühlt."

„Ja, genau." Alex war froh, dass sich seine Theorie nicht völlig dämlich anhörte. „Ich bin mir inzwischen ziemlich sicher, dass es so sein muss. Als ich gestern mit Sandra auf dem Weg zu dir war, habe ich in eine Straßenlaterne gesehen und kurz darauf eine andere, die an einer Hauswand befestigt war. Und heute habe ich auf die weiße Decke gestarrt, als ich im Bett gelegen bin. In der Vision war alles weiß, es muss ein Sanatorium gewesen sein."

„Das ist doch genial!", freute sich Sandra. „Wenn du weißt, was die Visionen auslöst, kannst du dich darauf vorbereiten und ..." Sie musste in diesem Augenblick bemerkt haben, dass sie auf dem Holzweg war.

„Leider nicht", erklärte Alex ernüchternd. „Weil es *alles* sein könnte! Ein Spiegel, ein Ball, eine Laterne, versteht ihr? Ich muss nur einmal zufällig irgendwo hinsehen und etwas Bestimmtes entdecken, schon kann ich es nicht mehr aufhalten. Es könnte jederzeit wieder passieren und das macht mir Angst."

„Das ... ich ... weiß nicht was ich sagen soll." Sandra kuschelte sich traurig enger an Alex. „Ich fühl mich so hilflos. Noch schlimmer als letztes Jahr, als wir den Globus entdeckt und ihn berührt haben! Da konnten wir wenigstens dem Versteck fernbleiben, aber jetzt verfolgt es uns. Ich meine, Alex."

„Und wenn wir noch mal dort runtergehen und die Papiere durchforsten?", schlug Rob plötzlich vor und erntete schockierte Blicke von Sandra und Annie.

„Das ist nicht dein Ernst!", rief Annie empört. „Du willst wirklich dorthin, wo wir solche Ängste ausgestanden haben? Ohne mich!"

„Du musst ja nicht mitgehen", beschwichtigte Rob. „Alex, Sandra und ich können das auch alleine machen."

„Ich weiß nicht recht." Auch Sandra wirkte wenig begeistert. „Margaret hat uns gewarnt, in die Nähe vom Globus zu kommen. Das gilt besonders für Alex!"

Alex dachte über Robs Idee nach. Er konnte sich nicht vorstellen, dass sie in dieser Kammer etwas finden würden, das sie weiterbrachte und Antworten gab. Vor allem, da sie die meisten Papiere wegen der alten Schrift ohnehin nicht entziffern konnten.

Andererseits hatten sie sich letztes Jahr nie wirklich Zeit dafür genommen und waren auch gar nicht weiter daran interessiert gewesen, weil es nicht sehr wichtig erschienen war. Das hatte sich nun geändert.

„Einen Versuch ist es vielleicht wert", meinte Alex. „Was haben wir zu verlieren? Aber das geht erst, wenn Josh weg ist. Sonst müssten wir ihn einweihen und das will ich vermeiden!"

„Ganz klar", stimmte Rob zu. „Nur ist das erst in etwa drei Wochen. Bis dahin musst du tatenlos alle Visionen über dich ergehen lassen, die du bekommst. Ich meine nur, wenn wir schneller da unten sein könnten und ein paar Antworten finden, dann lässt sich das vielleicht abstellen."

„Das klingt zu schön um wahr zu sein, ehrlich Rob", warf Annie ein. „Oder meint ihr etwa, wir finden dort eine Bedienungsanleitung *Wie man seltsame Visionen loswird? Schritt eins, verbinden Sie Ihre Augen und sehen Sie nirgends mehr hin, um das Risiko eines plötzlichen Flashbacks zu vermindern."*

Sandra prustete los und auch Alex war sehr amüsiert davon.

„Nein, so doch nicht", erwiderte Rob, der ebenfalls lachte. „Aber wenn wir dort keine Antworten finden, wo dann? Es geht schließlich um Alex, da sollten wir alles versuchen, was möglich ist."

„Danke", stieß Alex hervor und seufzte. „Wahrscheinlich hast du recht. Aber ich bleibe dabei, erst wenn Josh weg ist. Irgendwie werde ich die Zeit bis dahin schon überstehen und mich ablenken. Und wenn ich noch mal bei Keysers Haus klingeln muss –" Er schlug sich die Hand auf den Mund.

Verdammt, schoss es ihm durch den Kopf. Das hatte er für sich behalten wollen!

„Wie war das?", fragte Sandra ungläubig. *„Noch mal* bei Keysers Haus klingeln? Soll das heißen, du hast ... Alex! Wann? Warum hast du das gemacht?"

„Reg dich ab, es wohnt sowieso niemand darin, stimmt's Alex?" Annie sah ihn selbstsicher an, als würde sie jeden Moment eine Bestätigung von ihm erhalten.

„Leute, bitte", sagte er ruhig, „das war eine Kurzschlussreaktion. Keine Ahnung, was mich da geritten hat, ich dachte, es kann ohnehin nichts passieren."

„Ist denn etwas passiert?", hakte Rob nach.

Alex schluckte und sah unsicher in die Runde.

„Hat etwa jemand geöffnet?", fragte Sandra leise und Annie hielt sich erschrocken die Hand vor den Mund.

Er nickte und spürte wie ihm ein kalter Schauer den Rücken hinunterfuhr.

„Oh mein Gott!", japste Annie. „Wer war es?"

„Ich weiß nicht, es war ein Mann, aber ich hab ihn nicht gesehen. Er hat die Tür bloß einen Spalt geöffnet und mir gesagt, ich soll verschwinden, mehr nicht."

„Wer kann das gewesen sein?", fragte Sandra verängstigt. „Irgendein kranker Freund von Keyser? Glaubt ihr, er weiß vom Globus und versucht jetzt an Keysers Stelle an ihn ranzukommen?"

„Wenn ja, hätte er es längst versuchen können", meinte Rob und tat sein Bestes, um die Situation zu beruhigen. „Wahrscheinlich ein Kumpan von Keyser, der in das Haus eingezogen ist, so lange der im Knast sitzt."

„Das ist jedenfalls echt unheimlich", beharrte Sandra. „Allein, dass dort überhaupt jemand wohnt. Das Haus wirkt immer, als stünde es leer!"

„Ist doch jetzt egal", sagte Alex bestimmt und wollte das Thema damit beenden. „Dann wohnt eben wer darin, na und? Das macht mir weniger Sorgen als die Aussicht, mein ganzes Leben mit diesen Visionen zu verbringen!"

„Du hast ja recht", räumte Sandra ein und beruhigte sich. „Ich war gerade nur so überrascht. Du hättest es uns sagen können, dass du geklingelt hast. Das machst du aber nicht wieder, versprochen? Bleib nur fern von diesem Haus! Wir wissen nicht, was dort sonst noch lauert."

„Versprochen", sicherte Alex zu. „Ich hatte es auch nicht vor. Zumindest wissen wir jetzt, dass das Haus nicht leer steht - und damit sicher mehr, als die meisten anderen in der Straße."

„Du solltest es aber auf jeden Fall John erzählen", riet ihm Annie. „Nur damit er vorgewarnt ist, falls mal wieder jemand um sein Haus herumschleicht."

„Das werde ich, bei Gelegenheit."

Obwohl er es nach wie vor ziemlich unheimlich fand, was er vor zwei Tagen bei Keysers Haus erlebt hatte, war Alex froh, dass die anderen nun Bescheid wussten.

Zumindest ein Problem hatte er sich von der Seele geredet, selbst wenn es dadurch nicht gelöst war. Verglichen mit seinem anderen Problem war es sogar ziemlich unwichtig. Heute schon die vierte Vision, von der er das Gefühl hatte, dass sie tief in seinem Inneren noch an ihm nagte. Dazu die Ungewissheit über diese Frau, die allem Anschein nach Theresa Cessler war, und die anderen Personen aus den Erinnerungen, die nicht mal seine eigenen waren.

„Was haltet ihr davon, wenn wir heute Nachmittag in die Innenstadt bummeln gehen?", fragte Sandra.

Alex, Annie und Rob bejahten den Vorschlag und machten sich anschließend auf zu John, der um die Mittagszeit mit Linda zurückkommen sollte.

Es war immer noch bewölkt, als sie vor Annies Haustür traten, aber um einiges heller als am Vormittag. Die Sonne bahnte sich ihren Weg hinunter und würde sicherlich bald hervorkommen. Wie so oft wehte eine kühle Brise durch die Straße und gab den vielen Bäumen, Sträuchern und Blumen in den Vorgärten den Anschein, als wären sie zum Leben erweckt und würden jeden Moment davon stolzieren.

„Ist es John überhaupt recht, wenn wir wieder in das Versteck klettern?", fragte Annie nervös, als würde sie mit allen Mitteln nach Gründen suchen, dort nicht mehr hin zu müssen.

„Annie, wenn du nicht mitwillst, zwingt dich keiner!", blaffte Sandra sie an.

„Aber wenn ich die Einzige bin, die nicht dabei ist, komm ich mir auch blöd vor", jammerte sie. „Als würde ich euch im Stich lassen."

„Dann entscheide dich eben! Keyser ist im Gefängnis, er kann uns nichts anhaben. Außerdem weiß Robs Mum auch vom Versteck und kann uns wenn nötig zur Hilfe kommen."

„Ich nehm dich beim Wort!"

Annie ging trotzig neben Sandra her und wirkte innerlich hin und hergerissen.

Sie waren gerade an Emilys Haus vorbeigegangen, das mit seiner rotbraunen Ziegelfassade etwas eingequetscht zwischen den Nachbarhäusern lag, als Alex von weiter vorne Stimmen hörte, die eindeutig von Mädchen stammten. Er brauchte nicht lange, bis er erkannte, dass es Melissa Carregan und zwei ihrer Freundinnen waren. Sie kamen ihnen entgegen.

„Die hat mir gerade noch gefehlt", presste Sandra hervor und war augenscheinlich dabei, ihre verhassten Nachbarinnen durch einen einzigen Blick in die Flucht zu schlagen – was leider nicht funktionierte.

„Muss es etwa wieder auf einen Streit hinauslaufen?", fragte Annie unruhig.

„Das hängt von *Ms. Ich-bin-eigentlich-total-unwichtig* ab", zischte Sandra und schritt selbstsicher voran.

„Na toll", kam es von der anderen Seite. Melissa hatte sie längst bemerkt und trat wie immer provokant auf Sandra zu. „Ich wusste doch, dass mir heute noch etwas Beschissenes passieren würde. Dort steht es!"

„Das ist ja eine Überraschung", konterte Sandra geübt. „Nachdem du in Sachen Dummheit schon alle Rekorde gesprengt hast, versuchst du's jetzt wohl mit witzig sein. Leider bist du dabei genauso schlecht wie darin, eine einzige kluge Aussage zu machen. Gratuliere für nichts!"

„Seht ihr?", fragte Melissa an ihre beiden Freundinnen gewandt. „Ich sag's doch! Hoffentlich leuchtet ihr bald ein, wer hier worin schlecht ist."

Annie nahm Sandra am Arm und sah sie eindringlich an.

„Können wir das nicht beenden, bevor es wieder eskaliert?", appellierte sie an Sandra. „Es wird genauso wenig bringen wie bei den anderen tausend Malen!"

„Oh, natürlich braucht sie ihre Schutzpatronin dabei, weil sie allein nichts zustande bringt", legte Melissa nach und begann gemeinsam mit ihren Freundinnen gehässig zu kichern. Man konnte die Luft gefährlich rauschen hören, die Sandra durch ihre Nase scharf einsog und kurz darauf einen weiteren Schritt nach vorne trat, als hätte sie Annies Versuch zu beschwichtigen nie wahrgenommen.

„Man soll nicht von sich selbst auf andere schließen, das hat dir deine Mum im letzten Hausarrest wohl nicht beigebracht - wahrscheinlich, weil sie es selbst andauernd tut!"

Alex konnte spüren, dass Sandra jetzt richtig in Fahrt war. Ebenso Melissa, deren Gesicht sich unheilvoll verfinstert hatte, als Sandra ihre Mutter erwähnt hatte.

„Du redest nicht schlecht über meine Familie, du billige kleine Verführerin", zischte sie mit einem abfälligen Seitenblick auf Alex.

„Oder was?" Sandra breitete provokant die Arme aus. „Wenn deine Drohungen genauso leer sind wie die von deiner Mum, habe ich davon weniger zu befürchten, als von einem Blitzschlag!"

Es war nicht zu übersehen, dass Melissa innerlich kochte.

„Ein Blitzschlag würde dir guttun, danach würdest du garantiert besser aussehen", schoss sie in Sandras Richtung. „Und um eines klarzustellen: wenn ich meiner Mum erzähle, wie du über sie redest, macht sie dich in einer Sekunde platt!"

Sandra beugte sich kurz zurück und brach im selben Moment in lautes Gelächter aus.

„Das ist der beste Witz, den du jemals erzählt hast", prustete sie. „Und sicher auch der einzige überhaupt. Aber bitte, wenn du willst, renn doch zu Mummy und erzähl ihr alles, ich freu mich drauf, wenn ich es ihr genauso zeigen kann wie dir!"

„Nimm bloß den Mund nicht so voll", warnte das Mädchen neben Melissa, die Alex als Rachel Andrews wiedererkannte. Sie hatte dieselben kastanienbraunen Haare wie er, bloß lang bis zum Rücken und eine athletische Statur. „Wir wissen Dinge über dich, von denen du sicher nicht möchtest, dass sie rauskommen. Vor allem nicht vor deinem Lover hier!"

Sie deutete vielsagend auf Alex, der nicht verstand und verwirrt zu Sandra rüber sah. Ihre Miene war versteinert und er meinte sie leicht erröten zu sehen.

„Ach ja, stimmt", legte Melissa nach. „War *er* nicht der Grund, warum Emily und du euch zerstritten habt?"

Jetzt war Sandra eindeutig rot, wohl weniger vor Verlegenheit als vor Wut.

„Ich wusste ja, dass sie gleich zu euch rennt und alles brühwarm weitererzählt", stieß sie zwischen zusammengepressten Zähnen hervor. „Und dass ihr gleich jeden Schwachsinn glaubt, den sie euch auftischt!"

„Oh nein, jetzt wird sie wütend", bohrte das andere Mädchen weiter. Alex wusste noch, dass es Tamara Norwood war, wegen ihrer dunklen Haare und der Tatsache, dass sie sogar noch ein wenig größer war als Melissa, die Sandra bereits um einen halben Kopf überragte. „Da hat wohl jemand ins Schwarze getroffen!"

„Ganz eindeutig", gab Melissa recht und frohlockte über ihren Erfolg. „Aber wenn du glaubst, dass wir uns mit deinen abgelegten

Freundinnen abgeben, hast du dich geschnitten! Wir haben andere Quellen, die uns genau informieren."

„Ach wirklich, und zwar?" Sandra schien sich wieder gefasst zu haben. „Klatschmagazine, Talkshows oder doch die stille Post?"

„Als ob", gab Melissa unbeeindruckt zurück. „Rachel ist seit Monaten mit Emilys Bruder Marty zusammen und die beiden haben ein so furchtbar enges Verhältnis." Sie überkreuzte übertrieben die Finger.

„So eng wie du und Chris?", erwiderte Sandra zufrieden und es war offensichtlich, dass diesmal sie ins Schwarze getroffen hatte. „Hat wohl noch immer nicht geklappt mit euch, was? Obwohl ich inzwischen vergeben bin und Chris das weiß! Tja, Melissa, es liegt wohl doch daran, dass er gewisse Ansprüche hat. Selbst ein Trottel wie er möchte keine dämliche Zicke als Freundin haben!"

„Halt die Klappe, du widerliche Lügnerin!", fuhr Melissa sie an, doch Sandra wirkte bloß noch zufriedener. „Noch so ein Wort über Chris und du lernst mich kennen!"

„Leider kenne ich dich schon längst", entgegnete Sandra. „Viel Vergnügen noch bei eurem Wettkampf, wer die dümmste Kuh der Welt ist."

Damit drängte sie sich an Melissa vorbei die Straße weiter und Alex folgte ihr intuitiv. Auch Annie und Rob, die ziemlich still geworden waren, schlossen auf, machten dabei allerdings einen Bogen über die Straße.

„Dir viel Vergnügen mit deinem Lover", rief Melissa ihr nach. „Möchte wissen, was du gegen ihn in der Hand hast, dass er freiwillig mit dir geht!" Reflexartig drehte sich Alex um und sah die drei Mädchen empört an.

„Hey", meinte er. „Hört jetzt auf, klar? Es reicht!"

Dann spürte er es aufs Neue. Wie zuerst Melissa und ihre zwei Freundinnen verschwammen, dann die Straße, dann die Häuser und alles für einen Augenblick hell und weiß wurde.

„Hört mal, ihr Lover sagt auch mal was", war das Letzte, das Alex vernahm, bevor ihn eine übermenschliche Kraft packte und in den Abgrund riss.

Er fühlte sich plötzlich so elend wie selten zuvor, wollte nichts als aufhören zu empfinden, konnte diese entsetzliche Gefühlsmischung aus Zerrissenheit, Anspannung und Trauer nicht eine Minute länger ertragen.

Nun sah er eine große Wiese vor sich, deren Blumen und Gräser im Wind wogten. Graue Wolken kündigten einen baldigen Regen an und verdüsterten die Stimmung auf eine erschwerende Art und Weise. Als würden sie nie wieder weiterziehen, als würde nie wieder Licht durchscheinen.

„Dein Bruder ist wahrhaftig gestraft mit dir", durchdrang eine kalte Frauenstimme die Luft. „Sieh dich an! Verkommen und verwirrt, als würde es dir Freude bereiten. Anstelle eines Ehemannes liegst du Arthur ewig auf der Tasche und besudelst die Ehre deiner Familie."

Die Worte lösten innere Stiche aus, Schläge, Krämpfe, Stöße. In einem Strudel von völliger Hoffnungslosigkeit gingen sie dennoch nicht unter, sondern beschleunigten den Fall in den Abgrund, der keinen Boden zu haben schien.

Alex nahm einen großen Sonnenschirm aus Stoff über ihnen wahr, mit kunstvollen Fransen und detaillierten Stickmustern, der bald eher als Regenschirm zum Einsatz kommen würde. Die andere Frau musste irgendwo daneben sitzen.

„Wären deine Eltern nicht bereits unter den Seligen, würde sie die Schande deines bloßen Anblicks ins Grab bringen", redete diese kalt weiter und die Verachtung war in jedem einzelnen Wort zu hören. „Arthur täte gut daran, dich in eine Klinik einzuweisen und sich deiner damit zu entledigen. Hätte ich eine Schwester wie dich, würde ich dich niemals erwähnen!"

Die Impulsivität, mit der Alex diese Worte entgegengeschleudert wurden, ließ ihn schaudern und er konnte kaum fassen, dass die Person, aus deren Augen er wahrnahm, überhaupt noch aufrecht sitzen konnte. Mehr als sämtliche seiner Kräfte durften allein dafür draufgehen, nicht an der immensen Trauer zu ersticken, die bereits jede Körperzelle befallen hatte.

„Und wähne dich nicht in Sicherheit", zischte die Frauenstimme nun dezenter, aber immer noch unverkennbar feindselig. „Sobald ich

Arthur zum Mann habe, werde ich höchstpersönlich dafür sorgen, dass ..."

„Victoria!", polterte plötzlich eine Männerstimme und der Blick, den Alex hatte, wanderte hinüber.

Ein Mann um die dreißig kam entschlossen auf die beiden Frauen zu. Jetzt konnte Alex auch die Person sehen, zu der die kalte Stimme gehörte. Eine makellos blasse Haut spannte sich über ihr Gesicht, das auf eine gruselige Art schön war. Eine spitze Nase zog sich symmetrisch von ihrem unbarmherzigen Blick hinunter zu den bemalten Lippen. Ihre pechschwarzen Haare hatte sie zu einer aufwendigen Frisur hochgesteckt, an der ein imposanter Federhut befestigt war, passend zu ihrem dunkelroten Kleid. Ihre knochigen Hände hatte sie verbittert zusammengekrampft.

„Was tust du da?", fragte der Mann aufgebracht. „Ich hatte dir deutlich gesagt, dass sie Ruhe braucht! Theresa, meine Liebe, geht es dir gut?"

Kein Wort, aber Alex spürte inmitten der inneren Dunkelheit ein winziges Aufflammen der Freude und Geborgenheit.

„Aber Arthur", rechtfertigte sich die Frau namens Victoria, deren Stimme plötzlich süßlich und wohlwollend klang. „Versage mir doch nicht den Wunsch, mich mit deiner reizenden Schwester zu unterhalten."

Der Mann achtete nicht auf ihre Worte, sondern kniete sich neben seine Schwester und sah ihr tief in die Augen. Alex erkannte die Sorge, die in sein Gesicht geschrieben war, und wusste auf Anhieb, dass Arthur Cessler vor ihm stand. In jungen Jahren, mit vollem, hellbraunem Haar, das adrett gekämmt und geölt war, gekleidet in ein dunkles Gilet über weißem Hemd. Er schien sich nichts sehnlicher zu wünschen, als eine Reaktion seiner Schwester.

„Theresa", sagte er gefühlvoll und strich ihr über die Stirn. „Kann ich etwas für dich tun? Möchtest du zu Bett gehen oder einen Imbiss nehmen?"

„Nun hör auf, Arthur", fuhr ihm die Frau namens Victoria dazwischen. „Es reicht, deine Schwester plagt ein Kummer, den Männer nicht zu verstehen vermögen."

Die Funken an Freude und Hoffnung erloschen mit einem Mal. „Bitte lass nach mir rufen, wenn du etwas benötigst, ja?", bat Arthur an seine Schwester gewandt und entfernte sich zögernd von ihr.

Victoria winkte ihm lächelnd und ihr Blick wurde erneut eiskalt, als er ihnen den Rücken zugewandt hatte. Ein Blick voller Abfälligkeit, Verachtung und Geringschätzung.

Doch für Angst war kein Platz. Der innere Sturm tobte weiter, ohne die Aussicht darauf, jemals zu enden. Alex wollte einschlafen, er wollte versinken, einfach verschwinden!

Eine sanfte Stimme drang ihm flüsternd in die Ohren.

„Alex, bitte sag etwas." Als hätten diese Worte auflösend gewirkt, brach die Szene in gleißend hellen Fetzen auseinander und er atmete erschrocken ein. Seine Augen tränten und er schniefte.

„Alles gut, ich bin da", versicherte ihm Sandra leise und hielt ihn sanft in ihren Armen.

Melissa, Rachel und Tamara standen immer noch einige Meter hinter Sandra und blickten abfällig kopfschüttelnd zu ihm hinüber.

„Was hat der denn?", hörte er sie reden. „Passt ja perfekt zu ihr, auch so einen Dachschaden."

„Verpiss dich endlich, du blöde Kuh!", schrie Sandra.

„Keine Sorge", rief Melissa herablassend und drehte sich gemeinsam mit ihren Freundinnen um, „diese Freakshow will ich mir sowieso nicht länger ansehen."

Damit entfernten sie sich straßenaufwärts. Besorgt wandte sich Sandra wieder Alex zu.

„Was hast du gesehen?", fragte sie zurückhaltend.

„Sie *war* seine Schwester", antwortete Alex, immer noch ziemlich aufgelöst. Er merkte wie seine Hände zitterten und Schweiß auf seiner Stirn klebte. „Theresa war Arthur Cesslers Schwester!"

„Hast du sie gesehen?", fragte Annie betroffen. „Wer war noch da?"

„Arthur", keuchte Alex und atmete gierig ein und schnell wieder aus. „Und Victoria ..."

„Seine Frau?" Sandra blickte ihn aufgeregt an. „Komm, gehen wir zu John nachhause! Du solltest was trinken."

Sie wollten sich gerade aufmachen, als ein junger Mann von der anderen Straßenseite zu ihnen rüberkam.

„Alles in Ordnung bei euch?", erkundigte er sich freundlich und sah ehrlich besorgt aus.

Er hatte strohblonde Haare, ein schmales Gesicht mit dunklen Augen und war recht groß und schlaksig. Er trug weite blaue Jeans und ein zerknittertes, bunt kariertes Hemd.

„Ich bin Jeremy, ich glaube, wir kennen uns schon?"

Er sah zu Annie, die nickend erwiderte.

„Ja genau, meine Mum hat deine Tante gebeten, ein Auge auf mich zu haben, wenn sie weg ist", sagte sie und verdrehte schmunzelnd die Augen. „Leute, das ist der Neffe von Mrs. Rey auf Nummer 29, gegenüber von uns. Du bist im Sommer ein paar Wochen hier, nicht wahr?"

„Richtig, das mache ich fast jeden Sommer", erklärte Jeremy. „Hier kann ich besser für die Uni lernen und gleichzeitig Zeit mit meiner Tante verbringen. Aber zurück zu euch, geht es dir gut?" Er sah zu Alex, der verlegen schluckte und sich durch die Haare fuhr.

„Alles klar", sagte er schnell. „Mir war nur kurz schwindlig."

Jeremy schien ihm nicht recht zu glauben, doch er hakte nicht weiter nach.

„Okay, wollte nur sichergehen", sagte er und steckte die Hände in die Hosentaschen.

„Das ist lieb von dir", erwiderte Sandra dankbar. „Ich glaube, ein paarmal hab ich dich schon gesehen. Mein Name ist Sandra Brenton, ich wohne hier in der Straße." Sie schüttelten sich die Hände.

„Stimmt, ich kann mich erinnern", meinte Jeremy. „Auch dein Wortgefecht mit dem anderen Mädchen gerade kam mir gleich bekannt vor." Er grinste und Sandra hielt sich die Hand vors Gesicht.

„Das ist hier allgemein bekannt", winkte Rob gelassen ab. „Wenn die Leute hier nicht so gute Manieren hätten, würden sie alle jedes Mal aus ihren Häusern kommen und amüsiert zusehen."

Jeremy lachte herzlich.

„Das glaube ich!", stimmte er zu. „Es hat beinahe Unterhaltungswert."

„Schön, dass es euch so gut gefällt, wenn ich der dämlichsten Bewohnerin hier den Spiegel vorhalte", sagte Sandra trocken. „Jeremy, war nett dich zu treffen, aber wir wollten gerade zu Alex' Onkel zurück. Vielleicht sieht man sich ja ein anderes Mal. Bis dann!"

Auch Jeremy verabschiedete sich und schlug seinen Rückweg die Straße hinauf ein.

Bei John angekommen wurde Alex von Sandra direkt ins Wohnzimmer geführt und auf dem Sofa platziert. Rob ging in die Küche und füllte ein Glas Wasser für ihn.

„Geht es dir etwas besser?", erkundigte sich Sandra, als er ein paar große Schlucke genommen hatte.

„Ja, danke", stieß er hervor und rieb sich das Gesicht. „Ich weiß nicht, was ich sagen soll. Das war gerade so peinlich ..."

„Unsinn!", entgegnete Annie, die sich mit Rob auf den gepolsterten Stuhl gegenüber gezwängt hatte. „Du kannst nichts dafür und vor Melissa und ihren Zicken muss dir überhaupt nichts peinlich sein."

„Was ist eigentlich passiert?", wollte Alex wissen. „Ich meine, als ich ... nicht da war."

Sandra, Annie und Rob tauschten ratlose Blicke aus.

„Also", setzte Annie an, „Melissa hat einen blöden Kommentar abgegeben, als du ihr gesagt hast, es reicht jetzt und scheinbar auf deine Reaktion gewartet. Aber es kam keine ..."

„Du bist plötzlich dagestanden wie eingefroren", führte Rob weiter aus, „und Sandra hat als erstes begriffen, was los ist. Es hat ungefähr eine Minute gedauert, bis du wieder reagiert hast."

Alex versuchte sich das bildlich vorzustellen und es kam ihm einfach nur merkwürdig vor. Als wäre er ein Tagträumer oder ein Schlafwandler, der zwischendurch einfach mal kurz den Bezug zur Realität verliert.

„Erzählst du uns, was du gesehen hast?", fragte Sandra noch mal und wirkte dabei sehr verlegen, als würde sie ihn nach seinem dunkelsten Geheimnis fragen.

Alex lehnte sich zurück, atmete kurz durch und anschließend sprudelten die Worte nur so aus ihm heraus. Obwohl er dabei nicht so empfand wie vorher, als er es fast live durchlebt hatte, erinnerte er sich beängstigend genau an die schrecklichen Gefühle. Den inneren Hurrikan, der ihn jedes Mal aufs Neue beinahe um den Verstand brachte und sogar nachwirkte.

„Diese Victoria war also wirklich ein Miststück!", meinte Sandra empört, als er fertig war. „Wie Margaret gesagt hat, unfassbar. Wieso hat Arthur Cessler sie nur geheiratet? Wo sie seine Schwester wie Dreck behandelt hat."

„Ich finde das echt widerlich", schloss sich Annie an. „Theresa Cessler war offenbar psychisch krank und Victoria hat ihr noch Schuldgefühle eingeredet. Sowas Ekelhaftes!"

„Vielleicht ist Melissa die Wiedergeburt von ihr?", spekulierte Sandra und Annie und Rob brachen in Gelächter aus. „Was denn? Soviel mieser Charakter kann nicht in einem Leben aufkommen, da hat sich aus den vorigen Leben einiges angestaut, ich bin sicher!"

„Glaubst du wirklich an vorherige Leben?", fragte Rob mit gerunzelter Stirn. Sandra zuckte mit den Schultern.

„Eigentlich nicht, aber bei den Carregans vielleicht schon?", überlegte sie.

„Zurück zum Thema", übernahm Rob und wandte sich Alex zu. „Wir wissen also jetzt sicher, dass Theresa seine Schwester war. Und dass seine Frau sie furchtbar verachtet und niedergemacht hat, ohne es vor Arthur zu zeigen. Aber was noch? Du sagtest, dass Arthur sehr besorgt um sie war. Warum weiß Margaret dann nichts von ihr? Sie hat nie von Theresa erfahren, auch nicht von Abraham."

„Ich kann es mir nicht erklären", murmelte Alex ernüchtert. „Dass Arthur das Wohl seiner Schwester sehr am Herzen lag, ist für mich offensichtlich. Er hat wohl einfach nicht gemerkt, dass sie von seiner Frau schlecht behandelt wird, dafür hat er nicht genau genug hingesehen."

„Ich stelle mir dieselbe Frage wie Rob", sagte Annie. „Wieso hat er später nie wieder von Theresa gesprochen, obwohl er offenbar so eng mit ihr war?"

„Sie muss früh gestorben sein", folgerte Sandra. „Vielleicht hat ihn das so stark mitgenommen, dass er nicht anders konnte, als sie völlig zu vergessen und so zu tun, als hätte es sie nie gegeben."

„Kann sein", sagte Alex müde. „Ich fürchte, ich muss noch monatelang solche Visionen haben, damit wir dahinterkommen."

Sandra umarmte ihn von der Seite.

„Ich bin für dich da", versicherte sie. „Was auch immer du durchleben musst, du kannst es dir immer sofort von der Seele reden."

Er legte seinen Kopf auf ihren.

„Gemeinsam kommen wir der Geschichte sicher auf die Spur", fügte Annie optimistisch hinzu. „Vielleicht finden wir dann auch heraus, was es mit dem Globus auf sich hat."

„Das meine ich auch", ergänzte Rob. „Wir haben Einblicke in die Cessler-Geschichte, die niemand sonst hatte. Außer vielleicht Margaret. Irgendwann werden die Dinge sicher mehr Sinn ergeben."

Alex nickte nur und grübelte darüber nach. Die Chance, die sich ihm durch die Visionen bot, mehr über die Cesslers herauszufinden und sogar wahrhaftig daran teilzuhaben, war sicherlich einzigartig, wenn auch unheimlich und eigentlich unmöglich. Der Gedanke, jederzeit willkürlich von neuen Flashbacks heimgesucht zu werden, jagte ihm große Angst ein und er hätte am liebsten darauf verzichtet. Die Spuren, die diese Reisen in unendliche Tiefen der Seele von Theresa Cessler in ihm hinterließen, wirkten stärker nach, als Sandra, Annie und Rob vielleicht bewusst war. Alex wollte etwas sagen, als er die Haustür aufgehen hörte.

„Hey, wie läuft's?", fragte John gut gelaunt, als er mit Linda Hand in Hand ins Wohnzimmer kam.

„Alles gut", gab Sandra von sich. „Tut uns leid, wir wollten eigentlich für das Mittagessen herrichten, aber uns ist was dazwischengekommen."

„Natürlich, ihr seid am Wochenende auch immer sehr verplant, nicht wahr?", fragte Linda mit hochgezogenen Augenbrauen. „Aber das macht nichts, wir können jetzt gemeinsam kochen. Ich würde sagen, die Jungs helfen mir heute in der Küche. Rob, Alex, kommt mit!"

Ohne Widerrede folgten ihr Alex und Rob, während John mit Sandra und Annie ein Gespräch begann, das Alex in der Küche beim Gemüseschneiden nicht hören konnte. Den ernsten Gesichtern nach und den wiederholten Blicken in seine Richtung, erzählten die beiden seinem Onkel wohl von der neuesten Vision und dem, was sie sich daraus zusammengereimt hatten.

Linda bekam davon erst recht nichts mit, weil sie zu sehr damit beschäftigt war, ihrem Sohn Anweisungen zu geben, der sie mal seufzend, mal augenverdrehend befolgte.

Alex versuchte sich auf das Schneiden zu konzentrieren, schweifte aber alle paar Sekunden in Gedanken ab.

So gut es ihn auch entlasten konnte, Sandra, John, Annie und Rob alles anzuvertrauen, was er vor seinem inneren Auge erlebte - sie konnten ihm genauso wenig helfen wie Margaret oder sonst irgendwer. Sie waren zwar einen kleinen Schritt weiter, was die Identifikation einiger Personen betraf. Gleichzeitig taten sich exponentiell viele neue Fragen vor ihnen auf, deren Beantwortung in den Sternen stand.

Da waren einerseits die Umstände in der Cessler-Familie, von denen sie nur bruchstückhaft wussten und lange zu wenig Information hatten, um ein umfassendes Bild davon zu bekommen.

Dann die Unwissenheit darüber, wer die anderen beiden Personen gewesen waren, deren Erinnerungen Alex gesehen hatte - die Frau namens Elizabeth und der Junge, von denen er nicht mal sicher wusste wie sie aussahen.

Würde es bei diesen drei Personen bleiben? Oder kamen bald die Erinnerungen von zehn oder mehr weiteren Unbekannten auf ihn zu, denen er machtlos ausgeliefert war?

Alex wurde kalt bei diesem Gedanken.

Andererseits pochte die Frage in ihm, wie er überhaupt dazu kam und was das alles mit dem Globus zu tun hatte?

In welchem Zusammenhang standen die Erinnerungen von Arthur Cesslers Schwester, Elizabeth, die ihn offenbar heiraten wollte, und die des unbekannten Jungen mit diesem? Was konnten sie damit zu tun gehabt haben?

Und wieso hatte er erst jetzt diese Visionen, wo immerhin ein Jahr vergangen war, seit er unten im Versteck zum *Herrscher* über den Globus gewählt wurde?

Margaret hatte erzählt, dass es bei ihr nur kurze Zeit später begonnen hatte. Oder lag es schon so weit zurück, dass sie sich einfach nicht mehr genau erinnern konnte?

Was immer noch kommen würde, eines wusste Alex sicher: dass er sehr bald den Verstand verlieren würde, wenn das so weiterging.

Kapitel 11

Alex hatte sehr darauf gehofft, dass sich die Situation nach ein paar Tagen entspannen würde. Leider war dies auch in der Woche nach seiner Ankunft in Andover nicht eingetreten. Vielleicht war es sogar naiv von ihm gewesen, zu glauben, dass sich alles innerhalb von sechs Tagen in Wohlgefallen auflösen könnte.

Wie gerne hätte er nur eine entspannte Zeit mit seiner Freundin, seinem besten Freund, seinem Onkel und allen anderen in England gehabt, die sie damit verbrachten, im Land herumzufahren, sich zu unterhalten, zwischendurch Sport zu machen und einfach ihr Leben zu genießen.

Stattdessen redeten Sandra und Josh weiterhin kaum mehr als ein paar Worte miteinander, wenn sie im selben Raum waren. Wer in Keysers Haus wohnte, wusste immer noch niemand und das bescherte Alex ein ziemlich mulmiges Bauchgefühl.

Obendrein war kein Tag verstrichen, an dem er nicht mindestens eine Vision gehabt hatte, die ihn unfreiwillig in eine längst vergangene Zeit führte.

Josh hatte das ganze Wochenende über den Großteil seiner Zeit mit Chris und dessen Kumpels verbracht. Wiederholt hatte er Alex zu überzeugen versucht, auch mitzukommen und ihm versichert, dass es echt cool war mit Chris. Alex hatte Josh immer noch nicht verständlich machen können, wie die Verhältnisse in der Mendelaine Road waren und dass er an Chris absolut kein Interesse hatte, schon alleine wegen Sandra. So oft er es auch versuchte, Josh nahm es jedes Mal bloß hin oder verteidigte Chris sogar.

Obwohl das bedeutete, dass er mehr Zeit mit Sandra, Annie und Rob verbringen konnte, ohne die Luft knistern zu spüren, tat es ihm leid, dass die Harmonie nicht mal ansatzweise vorhanden war. Und dass er diesen Sommer wohl nicht in Erinnerung behalten würde als den, in dem sich Sandra und Josh endlich anfreundeten und sie eine großartige, unbeschwerte Zeit zusammen in Andover verbrachten.

Nachdem die neue Woche begonnen hatte und Sandra und die anderen ihre letzten Schultage absitzen mussten, waren zumindest auch

Chris und seine Kumpels nicht verfügbar. John war mit ihnen nach Southampton gefahren und einen Tag später nach London, wo Alex' Freundschaft mit Josh wieder ganz die alte gewesen war. Sie hatten einige Sehenswürdigkeiten abgeklappert, zahlreiche Fotos geschossen und waren bestens gelaunt nach Andover zurückgekommen – wo sich plötzlich wieder eine Art Wand zwischen den beiden aufgebaut hatte, so als könnten sie an diesem Ort nicht die Freunde sein, die sie sonst überall waren.

Josh war sofort wieder mit Chris unterwegs gewesen und Alex mit Sandra und den anderen. Nach wenigen Tagen hatte er sich eingestanden, dass er diese Umstände wohl oder übel so hinnehmen musste.

Das war irgendwie verkraftbar, hätte Alex nicht tagtäglich neue Visionen gehabt, die manchmal neutral, manchmal unheimlich und manchmal schier nicht aushaltbar waren, ohne dass er etwas dagegen tun konnte.

Sie waren bei den alltäglichsten Dingen gekommen. Einmal beim Durchblättern einer Zeitschrift, wo Alex sich plötzlich im Körper eines unbekannten Mannes wiederfand, der bei Berichten über Naturkatastrophen die schönsten Hochgefühle hatte. Ein anderes Mal in Johns Garten, wo er seinem Onkel half, den kleinen Holzschuppen aufzuräumen und im nächsten Moment aus den Augen einer Frau – wahrscheinlich die der unbekannten Elizabeth – erfuhr, wie sie dem jungen Arthur Cessler ihre Gefühle ausschüttete.

Und am schlimmsten, als er versehentlich Wasser verschüttet hatte und sofort in Theresa Cesslers Erinnerungen eintauchte, die er inzwischen mehr fürchtete als alles andere. Alex hatte das Gefühl, nach jedem noch so kurzen Ausflug in Theresas Seele eine monatelange Therapie zu benötigen, um sich davon zu erholen. Und die Visionen kamen immer wieder, jeden Tag, in jedem erdenklichen Moment.

Josh sah ihn immer auf eine Art und Weise an, wenn er eben eine aufwühlende Vision gehabt hatte, als machte er sich ernsthafte Sorgen um Alex. Bei einem Telefonat mit Mrs. McCormack hatte Josh ihr scheinbar davon erzählt, was dazu geführt hatte, dass Mrs. Stancen nur einen Tag später voller Sorge angerufen und Alex Vorwürfe gemacht hatte, weshalb er ihr nicht von seinen Panikattacken erzählte. Es hatte Johns und Sandras Intervention gebraucht, um seine Mutter davon zu überzeugen, dass sie etwas falsch verstanden haben musste.

Aber auch Sandra und sein Onkel machten sich zunehmend Sorgen um Alex. Sicher spielte dabei auch die Tatsache eine Rolle, dass sie alle vollkommen machtlos waren und nicht den Funken einer Ahnung hatten, was es damit auf sich hatte und wie sie ihm helfen konnten, die Visionen loszuwerden. Dass selbst Margaret, die jahrelang darunter gelitten hatte, keinen Rat wusste, zermürbte sie alle noch mehr.

Nach dem Gespräch mit der alten Dame hatten sie sie nicht mehr aufgesucht, da sie sie nicht weiter beunruhigen wollten. Doch die Fragen, die sie ihr stellen wollten, drängten Alex immer mehr und irgendwann würden sie es tun müssen.

Am letzten Schultag von Sandra und den anderen wachte Alex früh auf und stieg sofort aus dem Bett, da er nicht noch eine Vision von Theresa Cessler riskieren wollte. Im Bad vermied er so gut es ging den Blick in den Spiegel und wann immer es ging, hörte er Musik oder surfte im Internet und bemühte sich, ganz darin vertieft und abgelenkt zu sein.

Die Visionen waren wie eine lange Reihe von Damoklesschwertern, die ständig über ihm hingen und drohten, ihn jederzeit zu durchbohren. Er wurde zunehmend unruhig und fürchtete sich vor weiteren dieser Erlebnisse. Die Hilflosigkeit machte ihn traurig, die Ungewissheit fast wahnsinnig. Immer wieder stellte sich Alex die Frage, wie sein Leben weitergehen sollte, wenn er das nun jahrzehntelang vor sich hatte. Margaret hatte nichts tun können, außer sich zurückzuziehen und von Ärzten beaufsichtigt zu werden, was also, wenn ihm dasselbe Schicksal drohte? Und vor allem, *warum*?

Wieso bedeutete die Herrschaft über Arthur Cesslers Globus dieses Leid? Aus welchem Grund hatte er überhaupt Alex zu seinem Herrscher erwählt? Weshalb hatte Arthur Cessler Margaret diese Frage bei ihr nie beantwortet? Und warum waren es immer dieselben drei Personen, deren Erinnerungen offenbar in irgendeiner Verbindung zum Globus standen? Arthur Cesslers Schwester Theresa, seine Verehrerin namens Elizabeth und der unbekannte Junge oder auch Mann. In welcher Beziehung standen diese drei Menschen zu dem Globus? Wieso sah er nicht Arthurs Erinnerungen, wo immerhin dieser den Globus angeblich erschaffen hatte?

Es war zum Ausrasten. John hatte ihm bereits angeboten, sollten die Phasen schlimmer werden, seinen Flug vorverlegen zu lassen, damit er nachhause konnte. Das wollte Alex jedoch unter keinen Umständen! Er hatte sich so sehr darauf gefreut, sechs Wochen in Andover zu verbringen und Sandra nahe zu sein. Das konnte er jetzt und trotzdem war er von unbeschwertem Glück meilenweit entfernt.

Er stand vor dem offenen Fenster in seinem Zimmer, es war kurz nach neun Uhr Früh. Kühle Luft strömte hinein und Alex nahm mehrere tiefe Atemzüge hintereinander. Am Himmel wechselten sich Blau- und Grautöne ab, vereinzelt sah oder hörte er Autos wegfahren. Es war eine seltsam ruhige, gleichzeitig unheilvolle Stimmung. Als würden von jetzt an sämtliche Tage seines Lebens gleich grau verlaufen. Johns Gästezimmer kam ihm plötzlich merkwürdig fremd vor, wie ein Ort, der sich grundlegend verändert hatte und überhaupt nicht mehr seiner Erinnerung entsprach. Dabei sah alles aus wie immer.

Seufzend versuchte er die Gedanken zu verdrängen und zog sich für den Tag an. Ein grauschwarz gestreiftes Sweatshirt über einem weißen T-Shirt, dazu eine dunkle Jogginghose. Er öffnete alle Fenster zum Durchlüften und verließ anschließend das Zimmer. John war wohl schon am Arbeiten, er hörte das Radio von unten spielen. Gemächliche Saxophonklänge drangen zu ihm hinauf, als er zur Treppe ging. Dabei warf er einen kurzen Blick nach hinten in den Flur, um zu sehen ob Joshs Tür offen stand. Sie war geschlossen, was sicher bedeutete, dass er noch schlief. Mit schweren Schritten, die vom weichen Teppich gedämpft wurden, und immer noch die Saxophonmusik im Ohr, ging Alex die Treppe hinunter und rubbelte seine Haare.

Als er gerade auf halbem Weg angekommen war, überfiel ihn ein bekanntes Gefühl. Das Geländer, die Bilder an den tapezierten Wänden und die letzten Stufen nach unten verschwammen vor seinen Augen und wurden kurz darauf von einem gleißend hellen Nebel verschluckt, der sich ebenso schnell auflöste, wie er gekommen war und dabei die Sicht auf einen hohen, prunkvoll eingerichteten Raum freigab. Die Musik von Saxophon, Cello und Klavier tönte aus geringer

Entfernung zu ihm und er trabte gerade eine breite Treppe mit dunkelbraunem, künstlerisch bearbeitetem Holzgeländer hinunter.

Um ihn herum befanden sich Bücherregale bis zur Decke, Sitzgarnituren aus Samt, riesige Teppiche mit unzähligen Mustern darauf und einem wuchtigen Schreibtisch, auf dem sich Schreibutensilien, Papier, weitere Bücher und das Grammophon befanden, auf dem sich eine glänzende Schellackplatte drehte.

Alex steuerte geradewegs einen kleinen Beistelltisch an, auf dem sich allerhand Flaschen mit Kristallgläsern daneben befanden und schenkte sich begierig ein Glas ein. Er setzte es an den Mund, schmeckte allerdings nichts, fühlte nur die Zufriedenheit, die ihn überkam, als er das Glas abstellte. Dann wandte er sich zum Schreibtisch, setzte sich auf den einladenden Lehnstuhl davor und nahm das Kuvert in die Hand, das über einem Stapel von Papieren lag.

Zu Händen Melvin Lanclay konnte Alex die erste Zeile entziffern, ehe er leise Stimmen vernahm. Seine Zufriedenheit schwankte abrupt in Aufregung um und er wandte sich zum Fenster hinter ihm. Energisch schob er die schweren roten Vorhänge zur Seite und beugte sich nahe zur Scheibe, um hinauszusehen.

„... bald unsere Verlobung folgen wird, Arthur", hörte er eine hoffnungsvolle Frauenstimme von der großen Terrasse vor den Fenstern.

Aus dem Augenwinkel und im Schein der Außenlaternen am Haus sah er Arthur Cessler! Und eine junge Frau, die vor ihm stand und sich nahezu aufopfernd nach ihm verzehrte. Sie stand mit dem Rücken zu den Fenstern, hatte aufgesteckte blonde Locken und trug ein Kleid, dessen Farbe in diesem Licht schwer genau zu bestimmen war.

Ein kräftiger Schwall von Wut und das Bedürfnis, diese abendliche Zusammenkunft zu stören, stieg in ihm hoch.

„Arthur, nun antworte mir doch", sagte die Frau flehend.

„Elizabeth, ich ...", begann der junge Mann ihr gegenüber zu stammeln, doch er konnte den Rest nicht genau hören. So unauffällig wie möglich öffnete er das Fenster einen Spalt und beugte sich nach vorne um zu lauschen.

„... hoffe, uns gelingt es dennoch, Freunde zu bleiben."

Nun erstarrte der Zorn in ihm und verwandelte sich in abwartende Genugtuung.

„Oh, Arthur", sagte die Frau zitternd. „Wieso nur? Sag doch, was ich tun kann, um dich umzustimmen."

Sofort stach ihm der Ärger in die Brust zurück und er wollte alles um sich herum zerstören.

„Ich flehe dich an, mach es dir nicht noch schwerer", appellierte Arthur an die Frau. „Dies ist keine Ablehnung deiner reizenden Person, glaube mir! Allein meine Unsicherheit hat Schuld daran."

„Nun gut, dann warte ich, Arthur. Um dir zu beweisen, dass es mir ernst ist!"

Auch die folgenden Worte konnte Alex nicht genau wahrnehmen, da der Drang auszurasten und alles in Stücke zu schlagen gerade seinen Höhepunkt erreichte und die Kraft, es zurückzuhalten, ihm alles abverlangte.

Dann entfernte sich die Frau von Arthur und kam in seine Richtung! Er hielt inne und wartete, ob sie ihn sah. Als sie nur ein paar Meter vor der Fensterscheibe vom Licht einer Laterne angestrahlt wurde, konnte Alex erstmals ihr Gesicht sehen. Es war leicht rundlich und mädchenhaft, mit einer Stupsnase, kleinem Mund und treuherzigem Blick. Doch bevor er sie näher betrachten konnte, ging sie mit flotten Schritten die Terrassentreppe hinunter und drehte sich erst unten ein letztes Mal um. Jedoch galt ihr sehnsüchtiger Blick nicht ihm, sondern dem jungen Arthur Cessler, der immer noch auf der Terrasse stand und wirkte wie ein schwächliches Häufchen Elend. Alex im Körper des Unbekannten hingegen bekam bloß einen kurzen, verunsicherten Blick von ihr, als er ihr endlich aufgefallen zu sein schien, wie er da im beleuchteten Zimmer vor dem Fenster stand und erregt zu ihr starrte. Dann drehte sich die Frau um und verschwand in der Dunkelheit. Nun konnte er seine Wut nicht mehr zurückhalten.

Wutentbrannt stürmte er zum Schreibtisch zurück und fegte alles, was sich auf der Arbeitsfläche befand, mit einem Ruck hinunter. Er schlug nach den Flaschen und Gläsern, die klirrend zerbrachen, trat nach den gepolsterten Möbeln und riss Bücher aus den Regalen, um sie quer durch den Raum zu werfen. Ein Zornesschrei gellte ihm in den

Ohren, seine eigene Stimme, die eines wütenden Rasers, der wohl nicht genug zerstören konnte, um sich jemals wieder abzureagieren. Gerade als er die Schellackplatte vom Grammophon riss und sie zerbrach, verschwamm die Umgebung und Alex fand sich angespannt, mit klopfendem Herz am Geländer von Johns Treppe wieder.

Die Musik kam noch immer von unten, ansonsten war alles ruhig. Sein Onkel hatte ihn nicht bemerkt. Verängstigt schluckte er und wischte sich über die Stirn, von der ihm Schweißtropfen über die Schläfen rannen.

Wie immer nach diesen Erlebnissen fiel es Alex schwer, einen ersten klaren Gedanken zu fassen. Er ließ sich auf die Stufen sinken, hielt sich dabei am Handlauf des Geländers fest und versuchte, ruhig zu atmen. Die Szenen, die er eben gesehen hatte, musste er sich erst wieder in Erinnerung rufen, da sie von den starken Gefühlen fast vollständig übertönt wurden.

Nach einigen Minuten hatte sich sein Herzschlag beruhigt. Alex starrte ins Leere und tat sein Bestes, um sich einen Reim darauf zu machen. Aus dem Stand war ihm klar, dass er diese Erinnerung bereits kannte, allerdings aus einer anderen Perspektive. Aus der Sicht von Elizabeth - der Frau, von der er nun eindeutig wusste, wie sie ausgesehen hatte. Weil er sie selbst *gesehen* hatte! Und ihre Unterhaltung mit Arthur, in der sie erfolglos versucht hatte, ihn für sich zu gewinnen.

Blieb noch der unbekannte Mann, der eben randalierte, als er das mitbekommen hatte. Wer war er? Da er offenbar im Haus der Cesslers wohnte oder zumindest dort arbeitete, musste Arthur ihn gekannt haben – und das schon als Kind!

Alex erinnerte sich an seine Vision vor ein paar Tagen auf der Cesslerwiese, in der er als Junge auf dem Brunnen gesessen war und den anderen kleinen Jungen beobachtet hatte, der von dem Mädchen Arthur genannt wurde. Die Abstoßung, die er über die beiden empfunden hatte.

Waren dieser Junge und der Mann von gerade eben ein und dieselbe Person? Es lag nahe, aber er konnte es nicht mit Sicherheit sagen.

Alex wusste nicht wie viel Zeit verging, bis er sich langsam am Treppengeländer hochzog – ob ein paar Sekunden, eine Minute oder mehrere. Er verharrte kurz im Stehen und wollte dann die letzten Stufen nach unten nehmen.

„Hey, Morgen!", kam es von hinten und Alex fuhr zusammen.

Josh kam leicht verschlafen die Treppe hinunter und blieb verdutzt neben ihm stehen.

„Ist irgendwas?", erkundigte er sich stirnrunzelnd. „Du siehst ja wieder so durch den Wind aus. Stehst du hier schon lange rum?"

„Nein, war grade am Weg in die Küche", stieß Alex hervor und wollte weitergehen, um das Thema gleich wieder zu beenden, doch Josh hielt ihn am Arm zurück.

„Komm schon, was ist los?", hakte er nach. „Erzähl mir nicht, dass alles in Ordnung ist! Hast du irgendwas erfahren von zuhause?"

Alex sah Josh wie durch eine beschlagene Glaswand und hatte das Gefühl, gleich keine Luft mehr zu kriegen.

„Gehen wir erst mal nach unten", bat er in gepresstem Ton. „Ich brauch was zu trinken!"

Ohne Joshs Reaktion abzuwarten, entwand er sich dessen Griff und trabte die Treppe nach unten, huschte den Korridor entlang, bis er an der Spüle angelangt war, wo er ein Glas Wasser in einem Zug leerte.

„Sagst du mir jetzt, was los ist?", beharrte Josh darauf, als er Alex eingeholt hatte. Er wirkte wieder ehrlich besorgt, aber auch verärgert über Alex' Verschwiegenheit. Er konnte es ihm nicht verübeln, doch wie sollte er Josh von den Visionen erzählen?

„Hab schlecht geträumt", sagte Alex kurz angebunden und hoffte, dass Josh die Ausrede schluckte.

„So schlecht, dass du dich aufführst wie jemand, der gerade aus einer Geiselnahme befreit wurde?"

Josh hob seine Augenbrauen und wirkte keineswegs überzeugt. Er trat ein paar Schritte näher und verschränkte die Arme vor der Brust.

„Hattest du Streit mit Sandra?", fragte er gerade heraus.

Alex sah ihn fassungslos an.

„Was? Nein, wie kommst du darauf?"

Josh schien etwas zurückhaltend zu überlegen, wie er seine nächsten Worte formulieren sollte.

„Wirklich, Mann, das ist jetzt nicht böse gemeint. Aber ich glaube manchmal, dass es dir nicht guttut, wenn du ständig Zeit mit ihr verbringst."

Jetzt war Alex völlig sprachlos.

„Sie vereinnahmt dich ziemlich", fuhr Josh fort. „Du bist ganz anders, wenn sie in der Nähe ist. Als ob du nicht du selbst sein könntest. Und ich glaube, das ist der Grund, weshalb es dir manchmal so mies geht, seit wir hier sind."

Er sagte das mit einer Selbstsicherheit, als würde er fest annehmen, den Nagel auf den Kopf getroffen zu haben. Zu dumm, dass Alex ihm nicht erklären konnte, wie falsch er damit lag.

„Das ist so nicht", versuchte er dagegen zu halten. „Sandra tut mir gut und ich hab mich das ganze Jahr gefreut, wieder mehr Zeit mit ihr zu verbringen, das weißt du!"

„Dann müsste es dir blendend gehen, oder?", warf Josh ein. „Tut es aber nicht! Du hast Albträume, bist ständig aufgelöst, geistig abwesend und weichst mir aus."

„Josh, bitte! Das hat nichts mit Sandra zu tun, sondern andere Gründe."

„Welche denn?" Josh ließ nicht locker.

Alex fühlte sich in die Enge gedrängt. Zu gerne hätte er sich Josh anvertraut, doch das würde alles nur komplizierter machen. Vor allem weil Josh, selbst wenn er ihm glauben würde, genau wie alle anderen nichts dagegen ausrichten konnte.

„Ich freue mich, mit dir hier zu sein", setzte Alex an, als er einen Grund gefunden hatte, den er vorschieben konnte und der obendrein nicht mal erfunden war. „Und ich freue mich auch, dass Sandra in meiner Nähe ist. Was ich ätzend finde ist, dass ich jedes Mal Bauchschmerzen bekomme, wenn Sandra und du euch begegnet."

„Und das ist meine Schuld?", fragte Josh und fühlte sich sichtlich angegriffen.

„Nein!", erwiderte Alex sofort. „Zumindest nicht alleine. Ich habe dir schon oft gesagt, dass ich es nett fände, wenn du mal ein paar Schritte auf sie zugehst! Stattdessen triffst du dich nur mehr mit Chris und seinen Freunden."

„Wieso ich? Hast du ihr auch schon gesagt, dass sie auf mich zugehen soll? Außerdem hab ich dich jedes Mal gefragt, ob du mitkommen willst. Ich glaube immer noch, dass Abwechslung dir nicht schaden würde. Sandra und du, ihr klebt zu sehr aufeinander."

„Der Punkt ist, dass Sandra Chris nicht ausstehen kann! Und der Kerl es immer noch nicht gecheckt hat, dass sie mit *mir* zusammen ist und weiterhin versucht, sie für sich zu gewinnen. Das ist mies von ihm! Deshalb interessiert er mich auch nicht."

„Das nimmst du viel zu ernst", winkte Josh ab. „Chris ist kein Typ, der anderen die Freundin ausspannt. Sei doch lockerer, das gibt es ja nicht!"

Alex begriff, dass es wieder mal zwecklos war. Josh sprach auf seine Argumente nicht an. Dass Chris in ein paar Tagen für sein Praktikum weg sein würde, war wohl die einzige Chance, dass Josh wieder mehr Zeit mit ihm und den anderen verbrachte – und sich mit der Zeit vielleicht ein wenig mit Sandra anfreundete.

„Ich will dir nichts vorschreiben", stellte Alex klar und wollte das Gespräch im Moment nur noch abschließen. „Du kannst abhängen mit wem du möchtest. Ich bleibe dabei, dass ich mit Chris nichts zu tun haben will! Und ich finde es schade, dass du nicht mehr Zeit mit Sandra, Annie, Rob und mir verbringst. Vielleicht wird das ja noch."

Josh zuckte nur gleichgültig mit den Schultern und schnaubte leise. „Ich nehm dir nicht ab, dass das der Grund ist, warum du so komisch drauf bist", sagte er vorwurfsvoll. „Langsam glaube ich, dass da was läuft, wovon ich keine Ahnung habe und woran ihr mich auch nicht teilhaben lassen wollt. Wie soll ich da jemals einen Schritt auf irgendwen zugehen, wenn ich nicht mal eingeweiht werde?"

Alex fühlte sich ertappt, obwohl Josh unmöglich von dem Globus wissen konnte. Sein Herz schlug schneller vor Aufregung und Schuldgefühlen, dass er seinen besten Freund außen vor lassen musste.

„Da läuft gar nichts", log er und wusste nicht, ob er dabei überzeugend wirkte. „Ich hoffe, dass sich das klärt, so lange wir da sind."

Josh sah ihn gekränkt an, als ob er sicher war, dass Alex ihm nicht die Wahrheit gesagt hatte. Bevor er etwas erwidern konnte, kam John in die Küche.

„Guten Morgen", grüßte er gut gelaunt. „Ich dachte heute, ich warte mit dem Frühstück auf euch. Gut geschlafen?"

Die beiden bejahten, ohne dass Alex die Frage genau verstanden hatte. In ihm arbeitete noch immer das Gespräch von gerade eben. Dass Josh Verdacht geschöpft hatte und irgendwas im Hintergrund vermutete, fehlte gerade noch. Wie von selbst zog es seinen Blick zum Teppich im Wohnzimmer, unter dem die Bodentür versteckt lag. Die Visionen würden weitergehen, das wusste Alex. Damit würde er das Vertrauen seines besten Freundes nicht gerade stärken können. Eine Lösung dieses Problems lag in weiter Ferne, was ihn noch stärker runterzog. Ihm blieb nur die Hoffnung, dass sich eine dieser Angelegenheiten irgendwann aus der Welt schaffen ließ und er sich dann darauf konzentrieren konnte, die anderen anzupacken. Die Zweifel, dass sich das in absehbarer Zeit machen ließ, verdrängte er so gut er konnte.

Während des Frühstücks, das für Alex aus einer Schüssel Cornflakes mit Milch und einer Tasse Tee bestand, da er nach den Ereignissen am Morgen nicht mehr Hunger hatte, versuchte John alles Mögliche, um die sichtlich angeschlagene Stimmung zu heben. Er erkundigte sich nach Joshs Familie, nach der Schule, den Hobbys, wohin sie in ihren Ferien hier noch fahren wollten und ob sie Lust auf einen Tagesausflug nach Salisbury hätten. Josh kam Alex zuvor, als er dankend ablehnte. Alex konnte sich nicht vorstellen, dass eine Stadtbesichtigung ihn heute noch auf andere Gedanken brachte. So gerne er Josh auch hatte, gerade war es, als hätten sie sich nichts mehr zu sagen.

„Wollen wir zur Wiese nach hinten gehen?", schlug Josh dann vor. Alex war jedoch überhaupt nicht danach. Er war erschöpft und wollte nichts als seine innere Ruhe finden.

„Tut mir leid, ich muss mich noch mal aufs Ohr hauen", lehnte er ab. „Wir können später zu Sandra, wenn sie und die anderen aus der Schule kommen."

Joshs Reaktion klang mäßig begeistert.

„Ich treffe wieder Chris, Marty, Gabe und Matt", führte er aus. „Diesmal bei Gabe auf Nummer 33. Vielleicht überlegst du's dir ja." Alex nickte nur schwach und erhob sich dann vom Tisch.

„Bis später!"

Obwohl zwischen dem Frühstück und dem Moment, als Alex aus seinem Halbschlaf erwachte, nur wenige Stunden lagen, war es, als hätte er mehrere Tage durchgeschlafen. Es war kurz vor ein Uhr nachmittags und das Licht von draußen schien sich weiter verdüstert zu haben. Es hätte auch ein kalter Tag im November sein können, dachte Alex, als er gähnend sein Handy in die Hand nahm und eine Nachricht von Sandra las. Sie war bereits von der Schule nachhause gekommen, mit Tammy eine Runde gegangen und danach zu Annie, wohin sie Alex nun auch einlud.

Er antwortete, er würde in zwanzig Minuten da sein und begab sich gleich ins Bad, um sein Gesicht zu waschen und die Haare in Form zu bringen.

Diesmal konnte er es nicht verhindern, wie ferngesteuert in den Spiegel zu sehen und dachte erst nach einer Weile, dass es vielleicht eine neue Vision auslösen könnte. Doch es passierte nichts. Einerseits war Alex froh darüber, andererseits fühlte er sich nicht wirklich besser. Sein Spiegelbild kam ihm blass vor, seine dunkelblauen Augen wirkten glasig und sein Blick schien müde und kraftlos. Am liebsten wäre er gleich wieder ins Bett verschwunden.

Nachdem er sich ein neues T-Shirt und lange Jeans angezogen hatte, ging er nach unten um nach Josh zu sehen. Er war nicht da, nur aus Johns Arbeitszimmer gleich neben der Haustür hörte er leise Musik laufen. Alex klopfte und öffnete.

„Hey, Alex", begrüßte ihn John und erhob sich von seinem Schreibtisch. Der Raum war ziemlich groß und lag genau unter dem Gästezimmer, das Alex bewohnte.

Auf der einen Seite waren die Fenster eingebaut, von denen man direkt durch den Vorgarten zur Straße und dem Haus von Margaret und den Martensons sehen konnte. An einem der Fenster stand auch der Arbeitstisch mit Computer, Laptop, einer Lampe, Papier und Schreibzubehör.

Auf der anderen Seite war ein Bücherregal ans andere gereiht, befüllt mit Werken aus aller Welt und natürlich Johns eigenen Büchern.

Auch eine Sitzgarnitur war in einer Ecke gleich bei der Tür untergebracht, auf dem kleinen Beistelltisch stand eine Karaffe Wasser mit ein paar Gläsern.

„Wie geht es dir?", erkundigte sich sein Onkel. „Du hast vorhin ziemlich fertig gewirkt. Josh ist vor etwa anderthalb Stunden zu Chris gegangen, oder einem seiner Freunde. Er meinte, er wird dir eine Nachricht schreiben."

„Kein Thema." Alex lehnte sich gegen einen Stuhl der Sitzgarnitur. „Ich hatte heute Morgen wieder eine Vision."

John sah nicht überrascht aus, vielmehr tief besorgt. Als Alex ihm erzählt hatte, was er gesehen hatte, wirkte er ratlos und verzweifelt darüber, dass er ihm nicht helfen konnte.

„Wenn ich gewusst hätte, was dir hier bevorsteht", setzte John an, doch Alex fiel ihm ins Wort.

„Dann hättest du auch nichts dagegen tun können", meinte er gleichgültig. „Das konnte keiner von uns ahnen. Es wäre vielleicht leichter, wenn Josh nicht hier wäre ..."

Sofort schämte er sich dafür, das gesagt zu haben. Immerhin hatte er sich monatelang darauf gefreut, mit seinem besten Freund gemeinsam herzukommen.

„Ich weiß, was du meinst", gab John zu verstehen. „Dass Sandra und er so gar nicht miteinander klarkommen, hätte ich mir nicht gedacht. Linda und ich haben schon einige Male darüber gesprochen, wie wir da vermitteln könnten."

„Macht euch keine Mühe", sagte Alex kopfschüttelnd. „Ich hoffe nur drauf, dass sich was ändert, wenn Chris sich aus dem Staub gemacht hat und alle Ferien haben. Momentan ist das nur eine kleine Sorge, die zum Rest dazukommt. Und da ist noch etwas, was ich dir noch nicht erzählt habe ..."

Er berichtete John von seinem Klingelversuch bei Keysers Haus und erwartete, dass sein Onkel überrascht von der Tatsache sein würde, dass offenbar jemand in dem Haus wohnte. Stattdessen nickte er gelassen und öffnete das Fenster, als könnte er von hier aus zum Haus Nummer neun sehen.

„Ich dachte mir schon länger, dass jemand darin wohnen muss", meinte er beunruhigt. „Obwohl alles so verwahrlost aussieht, aber vergangenen Winter habe ich nachts einige Male Rauch aus dem Schornstein kommen sehen."

„Wer denkst du könnte es sein?"

John zuckte mit den Schultern.

„Ich will es gar nicht wissen", sagte er. „Bisher ist nichts passiert und ich hoffe sehr, dass es so bleibt."

„Wieso ist es immer dunkel, wenn doch jemand darin wohnt?", überlegte Alex laut.

„Vielleicht haben sie abgedunkelt", spekulierte John. „Ich nehme an, er oder sie wollen nicht, dass man von ihnen weiß. Deshalb kochen und heizen sie anscheinend auch immer nur nachts, da fällt es weniger auf."

„Das allein ist schon unheimlich", bemerkte Alex und schauderte bei dem Gedanken an ein Leben im Dunkeln.

„Mutig jedenfalls, dass du es probiert hast", sagte John dann anerkennend, gleichzeitig streng. „Ich möchte aber nicht, dass du das noch mal machst, okay? Man weiß nicht, was für Leute das sind und was sie im Sinn haben."

Alex nickte einsichtig.

„Ich gehe dann zu Annie, Sandra ist auch dort. Schätze, wir werden dort Mittagessen. Zum Abendessen sind wir wieder da."

John willigte ein und winkte ihm zum Abschied.

Das Gespräch mit seinem Onkel hatte Alex gutgetan, wenn es auch nichts an der Situation änderte. Vor allem, dass John schon länger vermutet hatte, dass jemand in Keysers Haus wohnte, bestärkte sein Unwohlsein dahingehend nur.

Als er am Haus Nummer neun vorbeikam, warf er einen verschreckten Blick über die Straße auf den verwilderten Vorgarten, die schäbige Fassade und die dunklen Fenster. Es wirkte wie ein unheilvoller Ort, der Unglück über jeden brachte, der ihn betrat. Dürfte stimmen, dachte Alex verbittert, immerhin hatten die Visionen an dem Abend begonnen, nachdem er dort geklingelt hatte.

Hätte er es bloß sein lassen!

Ein paar Häuser weiter trat jemand aus dem Vorgarten, den Alex als Jeremy Rey erkannte, den er vor einigen Tagen kennengelernt hatte. Er hatte einen Karton unter dem Arm und winkte Alex freundlich zu, als er ihn bemerkte.

„Hey, wir kennen uns doch!", meinte er. „Du bist Rob, oder?"

„Alex."

„Ah ja." Jeremy wartete, bis Alex ihn eingeholt hatte und schlenderte dann neben ihm her. Wie beim letzten Mal trug er weite Jeans und ein schlabbriges, buntes Hemd.

„Wie läuft's bei dir?", erkundigte er sich locker.

„Ganz okay", antwortete Alex beiläufig. „Und bei dir?"

„Es läuft. Hab gerade ein paar Bücher von den Caupers geholt, die sie meiner Tante geschenkt haben. Sie wird sie ohnehin nicht lesen, aber so ist sie nun mal."

Alex schmunzelte und fand Jeremy sehr sympathisch, mit seiner offenen Art, die einem sofort das Gefühl gab, schon ewig mit ihm befreundet zu sein. Er musste Anfang zwanzig sein, wirkte aber um einiges jünger mit seinem schmalen, glatten Gesicht, obwohl er mindestens einen Kopf größer war als Alex.

„Darf ich vielleicht fragen, was beim letzten Mal los war?", fragte Jeremy dann zögerlich. „Ich will nicht taktlos sein, aber es sah von weitem echt so aus, als würdest du jeden Moment umkippen. Ich dachte schon, ich muss einen Krankenwagen rufen."

Alex hatte nicht die geringste Lust darüber zu reden, wollte aber auch nicht unhöflich sein.

„Mir ist schwarz vor Augen geworden", log er. „War wohl der Kreislauf oder so. Keine Ahnung warum."

„Verstehe", gab sich Jeremy damit zufrieden. „Vielleicht solltest du mehr trinken. Tante Geena nötigt mich jeden Tag zu etwa drei Litern Tee, aber eigentlich tut es ganz gut."

„Danke für den Tipp", sagte Alex und grinste. „Seit wann wohnt deine Tante hier?"

„Seit sie geboren wurde. Schon ihre Eltern haben hier gewohnt, sie haben für die Cesslers gearbeitet, kennst du die?"

„Klar", sagte Alex und fügte gedanklich hinzu: „Wahrscheinlich besser als die meisten anderen!"

„Spannende Geschichte, was?" Jeremy hievte den Karton unter seinen anderen Arm. „War schon ein paarmal hinten auf der Wiese und hab versucht, den Standort von ihrem Haus zu rekonstruieren. Gar nicht so einfach, wo doch alles abgetragen wurde."

„Wirklich", stimmte Alex zu und fragte sich, wie Jeremy wohl reagieren würde, wenn er ihm alles erzählte, was er wusste. Wahrscheinlich würde er ihn für verrückt halten und ihn fortan meiden.

„Tante Geena liebt es, über die Familie zu tratschen und über das Geheimnis zu spekulieren, das Arthur Cessler angeblich hatte", erzählte Jeremy weiter, als sie gerade an Emilys Haus vorbeigingen. „Ihr Dachboden ist auch voll mit Kisten, in denen allerhand Kram von den Cesslers verstaut wurde. Bin noch nicht dazugekommen alles zu durchsuchen und die meisten Briefe kann ich nicht lesen. Tante Geena könnte die Schrift sicher entziffern, aber ihre Augen sind schon so schlecht. Auch Fotos habe ich gefunden."

„Tatsächlich?" Alex hatte bereits Annies Haus in Sichtweite, hörte Jeremy aber trotzdem interessiert zu.

Der Gedanke, dass auf Mrs. Reys Dachboden vielleicht Informationen verborgen waren, die etwas Licht ins Dunkel bringen und seine Visionen sinnvoller wirken lassen konnten, verlieh ihm Auftrieb, wenn es auch sicher keine vollständige Aufklärung bringen würde.

„Denkst du, deiner Tante würde es etwas ausmachen, wenn ich mich dort mal umsehe?", fragte er vorsichtig. „Mich interessiert die ganze Sache nämlich auch ziemlich."

Jeremy schien sehr überrascht von diesem Anliegen.

„Ich frage sie", versprach er und strahlte fast, als wäre er überglücklich, jemanden gefunden zu haben, der sich auch für solche alten Dinge begeisterte. „Kann mir nicht vorstellen, dass sie etwas dagegen hat. Immerhin bekommt sie sehr gerne Besuch."

Alex blieb an der Einfahrt zu Annies Haus stehen.

„Also, ich muss hierher", ließ er Jeremy wissen. „Was mich noch interessieren würde, hat deine Tante öfter mal über die Cesslers gesprochen? Vielleicht was ihre Eltern ihr erzählt haben?"

„Andauernd", meinte Jeremy und verdrehte schmunzelnd die Augen. „Arthur Cessler hebt sie immerzu in den Himmel, obwohl sie ihn nicht mal persönlich kannte. Scheinbar war er ein guter Arbeitgeber für ihre Eltern, also meine Großeltern."

„Klingt ja toll", sagte Alex. „Na dann, man sieht sich!"

Er winkte Jeremy zum Abschied und betrat Annies Einfahrt, während dieser auf das Haus Nummer 29 gegenüber zusteuerte und Alex ebenfalls zuwinkte. Er kam ihm vor wie ein kleiner Junge, der sich tierisch freute, dass er eben einen neuen Freund gefunden hatte.

Im nächsten Moment stockte er, als sein Blick auf das Haus neben dem von Annie fiel. Ihm wurde zum ersten Mal richtig bewusst, dass Chris Eckles genau neben Annie wohnte.

Die Grundstücke hätten unterschiedlicher nicht aussehen können. Das Haus von Annies Eltern hatte eine dezent dunkle, nostalgisch anmutende Fassade aus gepflegten, rotbraunen Ziegeln und war im Vorgarten von unterschiedlichen Blumen und Sträuchern bewachsen, darunter bunte Rosen sowie weißer Liguster und Magnolien. Die vielen Klebebilder in den Fenstern deuteten auf eine kreative, individuelle Einstellung der Bewohner hin.

Das Haus von Chris' Eltern hingegen sah aus wie vor kurzem erst erbaut. Der helle Anstrich der Außenfassade konnte keine zwei Jahre alt sein, der Dachboden war offensichtlich ausgebaut worden, was man an der langen Front von großen Fenstern erkennen konnte, die sich von einem Ende zum anderen zogen.

Auch die Veranda war gläsern überdacht worden und alle Scheiben waren so glänzend sauber, dass jegliche Beschmutzung sicherlich ein Sakrileg war, geschweige denn eigene Klebebilder.

Außer dem hellgrünen, perfekt gemähten Rasen im Vorgarten ließ sich nichts Buntes daran finden, keine Blumen, auch die zwei Autos in der Einfahrt waren schillernd schwarz.

„Was glotzt du denn so?", hörte Alex plötzlich von der Straße und fuhr herum. Er erkannte Chris auf Anhieb, wie er von dem Haus schräg gegenüber auf ihn zukam. „Noch nie einen Bentley gesehen?"

„Wahrscheinlich nicht", gab Alex zurück, obwohl er darauf überhaupt nicht geachtet hatte. „Wieso?"

„Du bist doch Joshs bester Kumpel, nicht wahr?", fragte Chris dann, ohne auf Alex einzugehen. „Was macht deine Nase?"

Er grinste ihn höhnisch an und trat näher auf Annies Vorgarten zu. Seine weißen Sportschuhe mussten neu sein, seine schwarze Jeans ebenfalls und seine hellgraue Weste sah teurer aus als alles zusammen, was Alex an Klamotten hierher mitgenommen hatte.

„Danke, sie blutet nicht mehr", erwiderte Alex trocken. „Sonst noch was? Wo ist Josh überhaupt?"

Chris deutete mit dem Daumen auf das Haus schräg hinter ihm, von dem er eben gekommen war.

„Bei Gabe zuhause", sagte er lässig. „Sie haben mich rübergeschickt, um ein paar Spiele zum Zocken zu holen. Und du gammelst hier nur so rum?"

„Ich war grade am Weg zu Annie", sagte Alex und hatte immer weniger Lust, dieses Gespräch fortzuführen. „Also dann, viel Spaß noch!"

Er wollte sich wegdrehen, doch Chris schien irgendwas im Sinn zu haben.

„Warte mal", rief er ihm zu und trat ebenfalls in Annies Einfahrt. „Ist dir schon mal aufgefallen, dass dein Freund eigenartig ist?"

Alex runzelte die Stirn.

„Was?" Er spürte, wie sein Herz vor Ärger schneller schlug. Chris schien es sichtlich zu genießen, ihn aus der Fassung zu bringen.

„Na ja, er hängt sich ständig an uns an und geht uns auf den Sack", erklärte Chris ohne Zurückhaltung. „Als ob er sonst keine Freunde hätte."

„Was soll daran eigenartig sein?", meinte Alex und trat auf ihn zu. „Er mag euch eben und ganz ehrlich Mann, ich hab keine Ahnung wieso! Wenn ihr ihn nicht leiden könnt, sagt es ihm und benehmt euch nicht wie kleine Kinder."

„Schon komisch, dass er von dir nichts wissen will, obwohl ihr angeblich beste Kumpels seid", redete Chris weiter und klang immer provokanter. „Hätte zuhause bleiben sollen, dann würde er uns jetzt nicht auf die Nüsse gehen."

Alex wurde immer wütender und wusste plötzlich wieder zu deutlich, weshalb er mit Chris nichts zu tun haben und Josh am liebsten von ihm wegholen wollte.

„Hol deine dämlichen Spiele und lass mich in Ruhe!", blaffte er ihn an. „Und rede Klartext mit Josh, wenn du von ihm genervt bist, dann sieht er endlich was für ein mieser Typ du bist."

Jetzt schien auch Chris wütend zu werden.

„Du schreibst mir nichts vor, du kleiner Scheißer!", sagte er in aggressivem Ton. „Bin froh, wenn ich hier weg bin und sich die Sache von selbst erledigt. Bei seinem Unfall hat er wohl ordentlich auf die Birne gekriegt, da nützt eine klare Ansage nichts!"

Alex schnellte nach vorne und kochte innerlich.

„Hör auf so über Josh zu reden, du Arschloch!", fuhr er Chris an. „Du hast keine Ahnung wovon du hier redest, weil du ein verwöhnter Mistkerl bist, der in seinem Leben noch nichts Schlimmes erlebt hat, außer vielleicht weniger als hundert Dollar Taschengeld - ich meine, Pfund!"

„Sag das noch mal, Pisser!", rief Chris, der inzwischen kaum zwei Meter von Alex entfernt stand und sich bedrohlich aufgebaut hatte.

„Weil du zu dämlich bist, es beim ersten Mal zu checken?", legte Alex nach und wollte in diesem Moment nichts lieber, als Chris eine Abreibung verpassen.

Obwohl er nicht zuhause war, nicht in seinem Land, vor Annies Einfahrt und ihm dieser eingebildete Typ eigentlich völlig egal sein konnte, machte er sich bereit, zu verteidigen. Doch ehe er ernst machen konnte, verspürte er ein bekanntes und angsteinflößendes Gefühl.

Chris' Umrisse, die auf ihn zukamen, verschwammen mitsamt der Umgebung und alles verschwand in gleißend hellem Licht. Bevor er daran denken konnte, dass dies der denkbar ungünstigste Zeitpunkt dafür war, fand er sich einem Menschen gegenüber, den er glaubte schon mal gesehen zu haben, allerdings wusste er nicht wo.

„Du gehörst zu mir", sagte der junge Mann beharrlich und schien die Person, aus deren Augen Alex wahrnahm, mit kräftigem Griff an sich ziehen zu wollen. „Vergiss Arthur, er vermag dir nicht dasselbe zu bieten wie ich!"

„Nimm deine Hände von mir!", rief Alex in verzweifeltem Ton durch fremde Lippen. „Du elender Grobian, lass mich los!"

Doch der Mann machte keine Anstalten, dem Folge zu leisten, im Gegenteil. Er trat mit übersteigerter Selbstsicherheit näher, sein Gesicht voran.

Es war gut genährt, frisch rasiert, die Haut makellos glatt, die Nase symmetrisch gerade, die Augen funkelten in dunklem Grün und das hellbraune Haar war perfekt zur Seite frisiert.

„Wieso begreifst du nicht?", fragte der Mann eindringlich. „Arthur ist schwächlich und armselig, mit ihm würdest du dein Glück nicht finden."

„Das geht dich nichts an, *Richard*!", rief die Frauenstimme aus Alex' Mund und er fühlte nur den Wunsch, zu fliehen. Diesem scheußlichen Mann zu entkommen und so viel Abstand wie möglich dazwischen zu bringen. Aber es war aussichtslos, er war einfach zu kräftig und zu entschlossen. „Ich liebe Arthur und das zu ändern wird dir niemals gelingen! Lass mich in Frieden!"

„Nein!" Der Blick des Mannes verhieß nichts Gutes. Es war der Blick eines Wahnsinnigen, der durch diese Zurückweisung zu allem fähig schien. „Ich werde nicht eher ruhen, bis du meine Frau bist, Elizabeth! Irgendwann wirst du das einsehen und mir dankbar sein!"

Seine Hand kam näher an Alex' Gesicht und aus dem Augenwinkel sah er eine blond gelockte Strähne, die der Mann namens Richard zwischen seinen Fingern hielt und es sichtlich genoss, damit zu spielen.

„Du Scheusal!", rief die verzweifelte Frauenstimme und war offenbar den Tränen nahe.

Dann flammte mit einem Mal eine Welle des Mutes auf und die Arme der Frau begannen mit aller Gewalt gegen Richard einzuwirken. Sie krallte ihre Nägel in seinen Arm, biss in seine Hand und drosch mit der Faust auf ihn ein.

„Uneinsichtiges Weibsbild!", schimpfte er, ließ aber endlich von ihr ab. „Du wirst es bereuen, dich mir widersetzt zu haben, an jenem Tag, an dem wir Mann und Frau werden!"

„Eher sterbe ich!", schrie die Frau zurück und entfernte sich hastig. Angst und Erleichterung durchströmten sie gleichermaßen.

Jetzt spürte Alex einen Schlag auf seinen Hinterkopf und hatte das Gefühl, an seinem Rumpf gezogen zu werden. Als er blinzelte, blickte er in den graublauen Himmel.

„Was ist denn mit dir los, Mann?", hörte er eine Stimme, die gleichzeitig belustigt und beängstigt klang.

Alex sah sich um und bemerkte, dass er mit dem Rücken auf dem Asphalt lag. Über ihn gebeugt stand Chris, der ein Gesicht machte, als hätte er eben zum ersten Mal jemanden umkippen sehen – was er vielleicht auch hatte.

Bevor Alex sich sammeln und etwas sagen konnte, hörte er hinter sich die Tür aufgehen.

„Was macht ihr da?", rief Sandra schrill und stürmte aus Annies Haus. „Chris, was hast du hier verloren?"

Sie lief auf Alex zu und wollte ihm aufhelfen.

„Geht schon, danke", sagte Alex leise und erhob sich leicht schwindlig.

„Was ist überhaupt passiert?", fragte Sandra aufgebracht, während Annie und Rob hinter ihr auftauchten. „Hat Chris dich verprügelt?"

„Nein, ich ..." Alex wurde das Wort abgeschnitten.

„So ein Blödsinn!", wehrte sich Chris. „Der Kerl wollte frech werden, aber bevor es zur Sache ging, ist er starr geworden und hat nicht mehr reagiert. Als ich ihm einen kleinen Schubs gegeben habe, ist er umgekippt. Ich habe ihn am T-Shirt festgehalten, damit er nicht auf den Boden kracht!"

„Wie bitte?" Sandra sah erschrocken zu Alex, als wüsste sie bereits, was passiert war.

Es war ihm unheimlich peinlich, dass es nun so aussah, als sei er Chris nicht gewachsen und hätte vor ihm klein beigegeben.

„Kann ich was dafür, wenn dein Typ umfällt wie ein Schwächling?", fragte Chris beleidigt.

„Verschwinde!", fuhr Sandra ihn an. „Du hast genug angerichtet, okay? Mach, dass du wegkommst!"

„Mann, du hast dir echt 'nen Schlappschwanz ausgesucht", erwiderte Chris, als er Sandras Worten Folge leistete und auf das Haus seiner Eltern zusteuerte. „Kippt um wie ein Sack Kartoffeln."

Sandra achtete nicht mehr auf ihn, sondern geleitete Alex in Annies Haus.

„Alles in Ordnung", versicherte er ihr, doch sie ließ nicht von ihm ab. „Sandra, ich kann alleine gehen!"

„Dann erklär mir, was da eben los war", forderte sie ihn auf, als sie im Vorzimmer angekommen waren und Annie die Tür geschlossen hatte. „Hattest du eine Vision?"

Alex nickte nur betroffen.

„Was hast du gesehen?"

Gute Frage, dachte Alex und musste sofort an den Mann denken, der offenbar Richard hieß und den er mit Sicherheit schon von irgendwo kannte. Er erzählte Sandra, Annie und Rob davon, nachdem sie hinauf in Annies Zimmer gegangen waren.

„Elizabeth kennen wir ja schon", folgerte Annie und stellte Alex ein Glas Limonade hin, das er gleich zur Hälfte austrank. „Sie war in Arthur verliebt und wurde von ihm zurückgewiesen. Jetzt wissen wir, dass es einen Mann namens Richard gab, der Arthur wohl ausstechen und sie zur Frau nehmen wollte."

Während die drei weitere Theorien aufstellten, dachte Alex nur an den Mann und von wo er ihn kannte. Dann fiel es ihm ein.

„Die Frau im Spiegel", stieß er hervor und Sandra, Annie und Rob sahen ihn verwirrt an. „Er war neben der Frau im Spiegel, neben Theresa!" Alex erklärte es ihnen und kam dabei zu immer mehr Schlüssen.

„Das heißt, dieser Richard kannte Elizabeth und Theresa, er muss irgendwas mit den Cesslers zu tun gehabt haben, entweder verwandt oder angestellt. Auch Arthur musste er gekannt haben, immerhin hat er ihn erwähnt! Er kannte beide Cessler-Geschwister und ..."

Er musste tief Luft holen und dabei seine Gedanken ordnen, die ihm durch den Kopf schossen wie ein Bienenschwarm.

„Er war vielleicht auch der Junge, der die zwei Kinder gehasst hat, von denen eines Arthur war! Und heute Morgen ... das habe ich euch noch gar nicht erzählt. Das muss auch er gewesen sein! Er muss Elizabeth für sich gewollt haben und furchtbar eifersüchtig auf Arthur gewesen sein. Zumindest wissen wir jetzt seinen Namen, aber sonst ... nichts."

Nachdem er den dreien von seiner Vision am Morgen erzählt hatte, spekulierten sie einige Zeit, was das alles bedeuten konnte. Obwohl sie nun die Namen aller Personen kannten, deren Erinnerungen Alex immer wieder zu sehen bekam, waren sie keinen großen Schritt weiter. Zu viele Informationen fehlten, um alles zu einem logischen Ganzen zusammenzusetzen. Vor allem die fortwährende Frage, was diese drei Menschen mit Arthur Cesslers Globus zu tun gehabt haben konnten, nachdem nur Margaret und Alex als Herrscher diese Visionen erlitten, war nicht zu beantworten.

„Das wird immer schlimmer", sagte Sandra traurig und lehnte sich mitfühlend an Alex. „Ich würde dir so gerne helfen ..."

„Ich weiß", seufzte Alex. „Wahrscheinlich muss ich das die nächsten dreiundvierzig Jahre aushalten." Er lachte bitter.

„Das *darf* nicht sein!", entgegnete Sandra entschlossen. „Wir müssen noch mal mit Margaret sprechen und ihr alles erzählen, was wir Neues erfahren haben."

„Das meine ich auch", stimmte Rob zu. „Vielleicht hilft es ihrem Gedächtnis etwas auf die Sprünge und sie erinnert sich an mehr. Wir müssen es versuchen."

Alex, Sandra und Annie stimmten ihm schweigend zu.

„Was wollte Chris denn jetzt eigentlich?", fragte Sandra dann.

Der Gedanke daran ließ Alex schlecht werden.

„Erzähl' ich dir ein anderes Mal, in Ordnung?", bat er.

Wieder mal war an einem halben Tag so viel passiert, dass er vor Erschöpfung einschlafen hätte können. Die Vision am Morgen, die Auseinandersetzung mit Josh, das Treffen mit Jeremy, der Streit mit Chris und die zweite Vision.

Alex wollte nichts als in Ruhe seinen Sommer genießen! Nur schien ihm das nicht vergönnt zu sein, und er hatte keine Ahnung warum.

Sollte er Josh erzählen, was Chris wirklich von ihm dachte? Würde er ihm glauben? Oder erzählte Chris ohnehin gerade, was er von Alex hielt und ließ damit Josh endlich aufwachen?

Er wusste darauf ebenso wenig die richtigen Antworten wie auf die Fragen, die er sich zu seinen Visionen stellte.

Kapitel 12

Die Mendelaine Road würde am Beginn der Schulferien eine Weile wie ausgestorben sein, das hatten inzwischen alle Bewohner der Straße mitgekriegt. Manchen war dieser Umstand ziemlich egal, anderen hingegen kam er sehr gelegen.

Dazu zählten auch Percy und Rebecca Crittenfield, die seit gut einer Woche dem Tag entgegenfieberten, an dem sie endlich das unterirdische Geheimversteck von Arthur Cessler betreten konnten. Es war wie die Zielgerade eines Marathons, den sie jahrzehntelang gelaufen waren, um diesen Sommer endlich anzukommen.

Seit jenem Abend vor einigen Tagen, an dem die beiden Keyser-Brüder ihnen überraschend einen Besuch abgestattet und sie in ihre Pläne eingeweiht hatten, waren sie von diesen nicht mehr kontaktiert worden, was sie zeitweise etwas beunruhigte. Die Crittenfields trauten ihnen nicht, doch sie waren von ihnen abhängig. Die Keysers und ihre Komplizen – wer immer sie waren – würden den größten Teil der Arbeit und damit den Weg ins Versteck frei machen, sodass sie bloß noch einzutreten brauchten und dann ... ja, was eigentlich? Selbst wenn sie den Globus für sich alleine hatten, was nicht so einfach gehen würde, was sollten sie dann damit anstellen? Wo sollten sie anfangen?

Das Thema, wie die Macht über den Globus nach der Mission aufgeteilt werden konnte, war von niemandem aus der Runde der Eingeweihten jemals angesprochen worden. Wahrscheinlich weil jeder wusste, dass es nicht so schnell eine Einigung darüber geben würde. Im Grunde ahnten wohl alle, dass diese Frage schnell in einen Streit ausarten konnte, aus dem am Ende nur die als Sieger hervorgehen würden, die am gerissensten und ihren Konkurrenten stets einen Schritt voraus waren.

Mr. und Mrs. Crittenfield redeten also seither darüber, wie sie das am besten anstellen konnten. Dass sich Brad und Jack Keyser mit ihrer Habgier und impulsiven Handlungsweise früher oder später selbst ein Bein stellen und entweder der Polizei in die Fänge geraten oder daran zugrunde gehen würden, erachteten sie beide als sicher. Deren Komplizen kannten sie zu wenig, um sie einzuschätzen, doch konnten diese kaum viel schlauer als die Keysers sein, zumal sie die Cessler-Gerüchte nicht bereits seit ihrem frühesten Leben kannten und damit dieses Ziel bestimmt nicht so verbittert verfolgten wie viele andere. Die Keyser-Brüder und deren Anhang würden also die Drecksarbeit machen und sich bald darauf selbst ausschalten.

Kritischer war es mit den Nachbarn aus der Straße, die sich gewissermaßen alle als rechtmäßige Erben des Cessler-Geheimnisses betrachteten. So sehr die Crittenfields auch der Wunsch nach dem Globus mit den Carregans, Alverstons, Andrews und Norwoods einte, so sehr entzweite sie auf der anderen Seite die Missgunst, die sie empfanden. Es war ein offenes Geheimnis, das jahrelang bloß deswegen nie angesprochen wurde, weil es keine Hinweise auf den genauen Ort des Verstecks gegeben hatte, und nun immer noch nicht, da sie allesamt hinter demselben her waren und es alleine oder zu zweit kaum fertigbringen würden, sich Zutritt in die Kammer zu verschaffen.

Es war eine eingefahrene Situation, der sich nun mal alle fügen mussten, da es keinen alternativen Weg gab. Sie mussten bis zu einem gewissen Punkt zusammenarbeiten, das war allen klar. Doch keinen Schritt weiter, bloß bis zu diesem einen Moment, in dem Stancen ausgeschaltet und beseitigt war und sein Neffe ihnen alles verraten hatte, was er wusste. Dann wäre alle Einigkeit vorüber und der richtige Kampf würde beginnen. Bis dahin mussten Mr. und Mrs. Crittenfield diesen Gedanken - so wie alle anderen auch - verdrängen so gut es möglich war.

Es war kurz nach Mitternacht an diesem Julitag, als es an der Tür der Crittenfields in der Mendelaine Road Nummer 31 klopfte und Rebecca Crittenfield wie aufgescheucht ins Vorzimmer lief um zu öffnen. Percy Crittenfield im Wohnzimmer hörte seine Frau nur japsen und ahnte sofort, was das bedeuten musste. Kurz darauf betrat Brad Keyser gefolgt von zwei unbekannten Männern das Wohnzimmer und ließ sich wie selbstverständlich auf dem Sofa nieder, während die zwei Neuen zögernd daneben stehen blieben.

„Das sind Jasper und Fred", erklärte Brad und deutete mit dem Daumen kurz auf jeden der beiden. „Mehr müssen Sie nicht wissen. Sie wissen Bescheid und werden uns bei der Sache behilflich sein."

Der eine war ein gestandener Mann mit fülligem Körperbau, wohl ein in die Jahre gekommener Kleinkrimineller, mit schütterem Haar und einem schiefen Grinsen. Der andere wirkte wie frisch aus der Schule abgegangen, mit blassem Milchgesicht und kleinen hellen Augen. Er war bei weitem der Größte der Runde, wenn er auch vermuten ließ, noch nie etwas Schlimmeres angestellt zu haben, als Kaugummis aus einem Laden zu klauen.

„Verstehe", erwiderte Mr. Crittenfield in gleichgültigem Tonfall, während er sich innerlich darüber empörte, dass Keyser sie ohne zu fragen mit eingeladen hatte. „Ich nehme an, es gibt Neuigkeiten? Sonst würden Sie wohl kaum um diese Zeit hier aufkreuzen."

„Wir haben uns bei den Carregans angekündigt", sagte Brad gelassen. „Nicht unser Problem, wenn die Ihnen das nicht weitersagen."

„Wie sinnvoll, sich bei Ellen und Raymond anzukündigen, wenn wir die Gastgeber sind", merkte Mrs. Crittenfield an und zog eine ihrer Augenbrauen hoch, was ihr einen sehr speziellen Anblick verlieh. Wie eine Staatsanwältin, die gerade versuchte, die Wahrheit aus dem Angeklagten rauszubekommen und dabei mit ihrer Mimik nachhalf.

„Sie sind die Einzigen ohne Kinder", sagte Brad und winkte herablassend mit der Hand. „Ihr Haus als Treffpunkt ist am einfachsten."

Bevor Mr. Crittenfield etwas erwidern konnte, ertönte die Türklingel und Mrs. Crittenfield fuhr wie elektrisiert hoch, um wenig später mit Ellen Carregan und Stuart Alverston zurück ins Wohnzimmer zu kommen.

„Sie scheinen sich hier ja wie zuhause zu fühlen, Keyser", bemerkte Mrs. Carregan spitz und ließ sich selbstbewusst ihm gegenüber nieder.

„Hier könnte ich es auch aushalten", erwiderte dieser grinsend und lehnte sich gemächlich zurück. „Bloß der Whirlpool fehlt noch."

Der junge Mann namens Fred gluckste und der andere namens Jasper entblößte mit einem fiesen Schmunzeln seine Zahnlücken.

„Den werden Sie von Ihrem Luxusanwesen vorne mit Sicherheit mitnehmen können", warf Mrs. Carregan zurück und ihr Tonfall triefte vor Zynismus. „Alleine die äußere Erscheinung lässt auf die nobelsten Bewohner schließen."

„Sie sollten nicht alles so oberflächlich betrachten, Mrs. Carregan", rügte Brad sie mit gehobenem Finger. „Immerhin sieht Stancens Haus nicht ansatzweise so aus, als hätte es irgendwas zu verbergen, richtig? Wahrscheinlich haben Sie deshalb all die Jahre, die wir weg waren, keine Fortschritte gemacht und nichts gefunden. Das wird sich ja bald ändern. Weil es mir gerade einfällt, wo ist eigentlich Ihr Göttergatte? War er froh, Sie mal für eine Nacht los zu sein?"

Wieder zeigten sich die beiden Männer, die mit Brad gekommen waren, belustigt und auch die Crittenfields und Mr. Alverston konnten nur schwer verbergen, dass sie diese Aussagen sehr amüsierten.

„Als täte das etwas zur Sache", blockte Mrs. Carregan eiskalt ab. „Kommen Sie zum Punkt, Keyser! Wieso haben Sie uns heute Nacht hier zusammengetrommelt?"

„Um Ihnen mitzuteilen, dass wir am Sonntag zuschlagen werden", verkündete Brad geradeheraus.

Niemand sagte etwas darauf. Die Information schien alle zu überraschen, außer Brad und seine beiden Begleiter, die immer noch danebenstanden und kein Wort sagten.

„Wie genau sieht Ihr Plan aus?", fragte Mrs. Carregan dann und ließ sich nicht die kleinste Spur des Zögerns anmerken.

Brad winkte den jüngeren Mann namens Fred zu sich heran, der einen mittelgroßen Stoffsack dabei trug.

„Hier drin sind Ihre Tarnkleidung und Funkgeräte, über die wir fortan kommunizieren werden", erklärte Brad und ließ Holroy den Inhalt ohne Zurückhaltung auf den Wohnzimmertisch ausleeren. „Ihre Waffen bekommen Sie am Sonntag."

Mr. Alverston langte als Erster nach einem der handlichen Funkgeräte und einer schwarzen Sturmhaube, die er regelrecht fasziniert betrachtete.

„Und weiter?" Mrs. Carregan wirkte nach wie vor völlig unbeeindruckt. Ihre optische Zierlichkeit wurde durch ihren kühlen Blick, den strengen Gesichtsausdruck und ihr schlagfertiges Mundwerk bei weitem aufgewogen.

„Wie wir mitbekommen haben, wird die Straße ab Sonntagmittag praktisch ausgestorben sein – bis auf die Leute von Nummer zwei", führte Brad aus. „Wir starten zwischen neun und zehn Uhr abends. Zuerst das Haus von Stancen. Wir bringen ihn dazu, uns den Weg ins Versteck freizumachen. Danach wird er erstmal kaltgestellt."

„Sie meinen kalt*gemacht*?", wollte Mr. Crittenfield wissen.

„Noch nicht", widersprach Brad. „Wir wissen nicht, wofür wir ihn später noch brauchen können. Sein Neffe kommt mit uns ins Versteck, der andere Junge wird gemeinsam mit Stancen weggesperrt, als Druckmittel. Einer von uns versiegelt das Zimmer, das wir dafür brauchen, von innen, wir haben genügend Material. Die Wache übernehmen wir abwechselnd."

„Was wenn die anderen Gören auch dabei sind?", stellte Mrs. Crittenfield in den Raum. „So viel ich weiß, sind sie oft miteinander unterwegs. Was machen wir mit denen?"

„In diesem Fall werden wir sie aufteilen", meinte Brad. „Einer mit ins Versteck, einer mit den anderen und so weiter. Es wird Nacht sein, die meisten Leute sind ausgeflogen und wir haben genug Betäubungsmittel um sie alle monatelang auszuschalten."

„Nun gut", bemerkte Mrs. Carregan, faltete ihre Hände und überkreuzte ihre Beine, als würde sie gerade als Chefin ein Vorstellungsgespräch führen. „Wer von uns ist wann an welchem Ort?"

„Sie alle bleiben in Ihren Häusern und werden von uns per Funk auf dem Laufenden gehalten", erklärte Brad bestimmt. „Für den Fall dass wir Verstärkung brauchen, halten Sie sich alle bereit."

„Das war's?", fragte Mr. Alverston empört. „Sie nehmen den Globus ein und wir stehen Schmiere?"

„Für den Anfang ja!", bestätigte Brad und sein Ton ließ so gut wie keine Widerrede zu. „Sobald Stancen und der Junge uns verraten haben was wir wissen wollen, wenn wir die Macht über den Globus haben, werden alle Anwesenden ausgeschaltet. Dann haben wir die Kammer nur für uns und teilen den Kuchen auf."

Die Skepsis und das Misstrauen gegenüber Brad, aber auch untereinander, waren allen ins Gesicht geschrieben, am offensichtlichsten Mrs. Carregan.

„Sie werden also fair mit uns teilen?", versicherte sie sich. „Obwohl wir nichts anderes tun, als in unseren Häusern auf einen möglichen Alarm zu warten?"

„Möchten Sie lieber vorangehen?", fragte Brad gekünstelt großzügig. „Und riskieren, dass Sie von jemandem an Ihrer Stimme oder anderen Merkmalen erkannt werden?"

„Wen kümmert das? Keiner wird die Möglichkeit haben, es auszuplaudern."

„Wenn alles glatt läuft! Kann mir nicht vorstellen, dass etwas schiefgeht, aber wir sollten auf alles vorbereitet sein. Wenn einer von ihnen irgendwie entkommt und zu den Bullen rennt, haben sie keine Anhaltspunkte, wer wir sind. Bei Ihnen sieht das etwas anders aus."

Mrs. Carregan kräuselte die Lippen, sagte aber nichts.

„Am Ende, wenn die Sache geklappt hat, werden die Angehörigen von denen irgendwann eine Vermisstenanzeige aufgeben, die Polizei wird früher oder später das Haus durchsuchen und sie alle finden. Eine Zeit lang wird dazu ermittelt werden, natürlich ohne Ergebnisse, dann wird der Fall ungelöst zu den Akten gelegt und wir müssen keinen Schiss mehr haben, verdächtigt zu werden."

„Respekt, Keyser", sagte Mr. Crittenfield anerkennend. „Das haben Sie ja alles gut durchdacht. Bloß was passiert, wenn das Haus zum Verkauf steht und wieder jemand Neues einzieht der im Weg steht, ist Ihnen wohl entgangen." Brad zuckte die Achseln.

„Irgendwas wird uns schon einfallen. Nachdem wir bald die Geschicke der Welt lenken, werden wir schnell genug Kohle haben, um es selbst einzusacken."

„Wer garantiert uns, dass Sie den Gewinn nicht unterschlagen und wir leer ausgehen?", fragte Mrs. Carregan scharf.

„Wer garantiert uns, dass Sie alle uns nicht bei den Bullen verpfeifen, sobald wir den Weg freigemacht und alle beseitigt haben?", stellte Brad die Gegenfrage. Mrs. Carregan schien das erste Mal in ihrem Leben sprachlos zu sein.

„Wir sind voneinander abhängig", stellte Brad klar. „Eine Hand wäscht die andere, ganz einfach. Bevor wir das Versteck nicht eingenommen haben, läuft ohnehin kein Ding. Dann können Sie auch gleich bis an Ihr Lebensende in Ihren Häusern verrotten und den Träumen über Arthur Cesslers Geheimnis nachhängen, so wie schon Ihre lieben Eltern und Großeltern."

„Dann wollen wir Ihnen mal vertrauen", sagte Mr. Alverston einsichtig. „Matt und Emma sind ab Freitag weg, niemand wird mir irgendwelche Fragen stellen."

„Dasselbe bei uns", ergänzte Mrs. Carregan. „Meine Töchter sind ab Sonntag weg."

„Was ist mit den Norwoods und Andrews?", erkundigte sich Mrs. Crittenfield. „Sie sind bisher nicht eingeweiht. Brauchen wir sie?"

Sofort verneinten mehrere Anwesende gleichzeitig.

„Überflüssig", meinte Brad.

„Und nicht verfügbar", fügte Mr. Alverston hinzu. „Sie fahren alle am Wochenende weg, mit ihren Töchtern."

„Umso besser", meinte Mr. Crittenfield zufrieden. „Zu viele Köche verderben den Brei."

„Genau das", stimmte Brad zu. „Mit neun Leuten sind wir gut aufgestellt. Am besten kein Wort zu den anderen, verstanden? Sie dürfen es uns auf keinen Fall vermasseln!"

„Mit Sicherheit nicht", beschwichtigte Mr. Alverston. „Sie werden nicht mal da sein, wenn es passiert."

„Dann verstehen wir uns ja", sagte Brad zum Schluss und erhob sich. Mit einer Handbewegung ließ er seine beiden Begleiter wissen, dass sie in Richtung Haustür gehen sollten. „Sonntag ab acht Uhr abends kreuzen Sie alle nacheinander bei uns auf. Nicht alle auf einmal, das wäre verdächtig. Und passen Sie auf, dass möglichst keiner Sie sieht, selbst wenn fast niemand zuhause ist! Da besprechen wir alles Weitere."

Ohne sich förmlich zu verabschieden, drehte Brad ihnen den Rücken zu und stapfte mit schweren Schritten durchs Vorzimmer, um kurz darauf die Tür zuzuschlagen.

„Diesem Pack Manieren beizubringen wäre schwieriger, als dieses Ding am Sonntag durchzuziehen", merkte Mrs. Crittenfield gereizt an.

„Hoffen wir, dass es schnell vorbei ist", erwiderte ihr Mann und bot seinen übrigen Gästen ein Glas Scotch an.

„Keysers Plan hört sich besser an, als ich gedacht hätte", meinte Mr. Alverston, der Brads Platz am Sofa eingenommen hatte. „Und auch wenn seine Kumpane nichts weiter sind als hirnlose Dackel, unter Kontrolle hat er sie eindeutig."

„Eigentlich kann dabei nichts schiefgehen", dachte Mrs. Crittenfield laut. „Vorne in der Straße sind nur die alte Mrs. Jenners und Mr. Spencler zuhause, die eine Sicht auf Nummer zwei hätten."

„Das denke ich auch", erwiderte Mr. Alverston mit seinem Glas Scotch in der Hand, das er zufrieden hin und her schwenkte. „Es kann nichts mehr schiefgehen, wenn man es realistisch betrachtet."

„Eben das macht mir Sorgen", schaltete sich Mrs. Carregan ein. „Die Keysers werden mit ziemlicher Sicherheit Sonntagnacht das Versteck betreten und den Globus vereinnahmen, sobald sie die Wahrheit aus dem Jungen rausbekommen haben - was nicht allzu schwer sein dürfte, sofern sie sich nicht so dämlich anstellen wie ihr Bruder letztes Jahr. Denkt ihr allen Ernstes, dass sie uns dann nur einen Schritt mehr als nötig in die Nähe des Hauses lassen?"

„Du meinst, sie betrügen uns am Ende?", fragte Mr. Crittenfield und kratzte sich am Kopf.

„Natürlich, Percy!", fuhr Mrs. Carregan ihn an. „Was denn sonst? Von allen Familien, die sich um Cesslers Geheimnis gestritten haben, waren die Keysers immer die am stärksten Entschlossenen!"

„Weil sie nichts zu verlieren haben", warf Mrs. Crittenfield ein. „Keine Kinder, keine geregelte Arbeit, keine Dinge, die sie abschrecken würden."

„Das mag sein, ist aber unwichtig", meinte Mrs. Carregan. „Der Punkt ist, dass es naiv von uns wäre zu glauben, dass sie uns jemals gerecht an der Macht über den Globus oder am daraus entstehenden Gewinn teilhaben lassen werden, so groß dieser auch sein wird."

„Bloß warum weihen sie uns trotzdem in ihren Plan ein?", fragte Mr. Alverston. „Sie hätten ihn durchziehen können, ohne uns irgendwas zu sagen, dann hätten sie ihr Ziel erreicht und uns ausgestochen."

„Sie brauchen uns für die einfache Arbeit am Rande", führte Mrs. Carregan aus, als wäre es eine bewiesene Tatsache. „Mindestens einer von ihnen muss mit dem Neffen von Stancen im Versteck bleiben und wie ich die Keysers kenne, wird sich keiner von beiden das Vergnügen entgehen lassen. Mindestens zwei weitere müssen die anderen in Schach halten, den Onkel und den Freund des Jungen, vielleicht auch welche von den Gören aus der Straße. Sie wollen sichergehen, dass auch wirklich niemand darauf aufmerksam wird, sollte jemand später oder auch gar nicht wegfahren und zuhause sein. Dafür sind nun wir zuständig – zu kontrollieren, ob jemand von den Nachbarn was mitbekommt und Alarm zu schlagen, falls ja. Außerdem brauchen sie eventuell jemanden als Aufpasser für die Gefangenen. Das wäre dann wohl auch unsere Aufgabe. Babysitter für einen Haufen unbeteiligter Narren zu spielen."

„Ich muss sagen, Ellen, dein Scharfsinn erstaunt mich immer wieder", sagte Mrs. Crittenfield anerkennend.

„Danke, Rebecca", erwiderte Mrs. Carregan kühl, verzog dabei aber keine Miene. „Alles andere wären Hirngespinste. Die nächste Frage lautet, was sie vorhaben, sobald die Sache zu Ende ist. Wenn Stancen, sein Neffe, dessen Freund und die anderen Bälger aus dem Weg geschafft sind. Und die Antwort darauf ist, sie werden versuchen auch uns aus dem Weg zu räumen!"

Die Crittenfields und Mr. Alverston sahen erschrocken zu ihr, als hätte sie gerade ein absolutes Tabu gebrochen.

„Das kann nicht dein Ernst sein!", widersprach Mrs. Crittenfield als Erste. „Sie können nicht fünf Leute umbringen, wir sind in der Überzahl!"

„Jetzt, da Ellen es sagt, kommt mir dieser Schritt von den Keysers nur logisch vor", sagte Mr. Crittenfield zerknirscht. „Immerhin weiß niemand, dass sie hier sind und wenn auf einen Schlag acht oder zehn Menschen in einer Straße unter mysteriösen Umständen sterben, wird die Polizei kaum Spuren haben. In dem Versteck unter der Erde wird wohl niemand suchen."

„Aber Percy!", rief seine Frau wie aufgescheucht. „Er sagte doch selbst, wir bekommen alle Waffen. Einen Kampf auf offener Straße werden sie kaum riskieren!"

„Ist das so?", fragte Mrs. Carregan herablassend. „Denkst du, wir können besser mit Waffen umgehen als vier Männer, die ihre gesamte

Vergangenheit mit kriminellen Aktionen verbracht haben? Noch dazu wissen wir nicht, *welche* Waffen sie haben. Wahrscheinlich statten sie sich selbst mit mehreren halbautomatischen Geschossen aus und überlassen uns die Taschenmesser und Pfeffersprays."

„Ein Glück, dass wir dich haben, Ellen!", verkündete Mr. Alverston leicht überschwänglich. „Was schlägst du vor?"

„Ganz einfach: wir lassen sie glauben, dass wir darauf reinfallen und statten uns selbst mit Schusswaffen aus, die wir bei uns tragen oder in Griffbereitschaft zuhause lassen. Neben den Funkgeräten kommunizieren wir, sobald die Aktion richtig läuft, per Handy-Nachrichten, die wir mit verschiedenen Codewörtern verschlüsseln könnten, damit nichts offensichtlich ist. Sobald die Keysers die Drecksarbeit erledigt und alle Mitwisser ausgeschaltet haben, werden wir sie und ihre Kumpane ausschalten! Wir werden es so darstellen, als hätten wir die Geiselnahme entdeckt und wären wegen Gefahr im Verzug eingeschritten, um die Kinder zu retten, aber *leider* zu spät. Am Ende war es einer von ihnen, der ausgerastet ist, die anderen erledigt hat und schließlich von uns gestellt wurde."

„Denkst du, das können wir so aussehen lassen?", meinte Mr. Alverston zweifelnd.

„Natürlich müssen wir darauf achten, dass sie von den Kugeln ihrer eigenen Waffen getroffen werden. Am besten aus derselben, dann ist die Version mit dem Ausraster glaubwürdiger. Und selbstverständlich werden wir offiziell nicht alle vor Ort gewesen sein, sondern nur Raymond und ich – ihr wart jedoch in der Nähe und könnt unsere Geschichte bezeugen!"

„Wieso Raymond und du?", fragte Mr. Crittenfield misstrauisch, als wäre ihm das gar nicht recht. „Das könnten auch Rebecca und ich sein."

„Der Plan ist von mir, also Raymond und ich!", fuhr Mrs. Carregan ihm drüber und ihre Augen funkelten wütend. Als kein Widerspruch kam, fuhr sie fort: „Bevor wir die Polizei alarmieren, schaffen wir Proviant in das Versteck, Getränke, Konserven und alles was man benötigt, um einige Zeit auszukommen. Raymond und ich wechseln uns ab und werden genügend Zeit haben, den Globus zu studieren und ihn optimal zu nutzen."

„Ich schließe mich meinem Mann an", fiel ihr Mrs. Crittenfield ins Wort. „Wieso Raymond und du? Werden eure Töchter nicht misstrauisch, wenn ihr ständig weg seid? Percy und ich haben keine Kinder, bei uns würde das keine Fragen aufwerfen."

„Es wäre aber auffällig, wenn ihr kurz nach einem Massaker nicht mehr in eurem Haus anzutreffen seid", sagte Mrs. Carregan bestimmt. „Was sollten Nachbarn daraus nur schließen? Sicher wird die Polizei einige Wochen damit verbringen, die Nachbarschaft durchzugehen und sich wundern, wenn sie euch nie antrifft. Raymond und ich werden uns abwechseln oder ich werde vorgeben, kurzfristig zu verreisen und alleine daran arbeiten."

„Da dein Mann berufstätig ist, wäre das keine schlechte Idee", meinte Mrs. Crittenfield schnippisch. „Und ich schließe mich dir an, Percy hält inzwischen hier alles im Blick und informiert uns über alle Vorgänge."

Mrs. Carregan wirkte wenig begeistert davon, sich das Versteck teilen zu müssen, doch sagte sie nichts weiter dazu. Mr. Alverston durchkramte inzwischen den Stoffhaufen am Wohnzimmertisch, den Brad Keyser ihnen dagelassen hatte.

„Sturmhauben und Handschuhe", vermeldete er. „Die Kerle haben an alles gedacht."

„Das haben wir auch", sagte Mrs. Carregan berechnend. „Nur wissen sie es nicht."

„Hast du auch einen Plan für nachher?", erkundigte sich Mr. Crittenfield belustigt. „Wenn der Globus uns gehört."

„Hier kommen wir alle ins Spiel", antwortete Mrs. Carregan euphorisch. „Selbst die Norwoods und Andrews! Adrian, Patricia, Harold, Percy, Raymond und ich wissen enorm viel über Wirtschaft und Handel. Sicher schadet es nicht, wenn wir uns ab sofort intensiver damit beschäftigen, um eine Basis zu schaffen. Im Anschluss werden wir auf dem Aktienmarkt investieren, Waren kaufen, zuerst in kleinem Rahmen, aber zunehmend größer. Unsere Konkurrenz wird bald von unvorhergesehenen Wetterereignissen angeschlagen sein, sodass wir als

Einzige das anbieten können, was benötigt wird – und schließlich auch den Preis bestimmen. Das lässt sich langfristig in praktisch allen Branchen durchführen."

Die übrigen Anwesenden schienen beruhigt dadurch zu sein, dass Mrs. Carregan sie alle miteinbezogen hatte. Dennoch wäre das gegenseitige Misstrauen wohl für jeden Außenstehenden spürbar gewesen.

„Stancens Haus zu erwerben ist ein guter Punkt, den Keyser auf den Tisch gelegt hat", meinte Mr. Crittenfield dann. „Für mich wäre das finanziell keine Schwierigkeit, sodass ich gerne anbieten möchte, das zu übernehmen."

„Ich trage gerne etwas dazu bei", meldete sich Mr. Alverston sofort.

„Unsinn!", wischte Mrs. Carregan die Vorschläge beiseite. „Raymond und ich kaufen das Haus, ganz klar."

„Ellen, bitte!", widersprach Mrs. Crittenfield energisch. „Du willst das Haus haben, du willst als Erste das Versteck vereinnahmen, die Geschicke der Wirtschaft in die Hand nehmen, was kommt noch? Wir haben alle ein Anrecht, an der zukünftigen Handhabung des Globusses mitzuwirken!"

„Das könnt ihr genauso gut, wenn Stancens Haus uns gehört", bekräftigte Mrs. Carregan. „Das steht nicht weiter zur Diskussion. Immerhin haben wir zwei Töchter und es ist das Nächstliegende, für sie ein Haus in der Nähe zu erwerben."

„Darüber reden wir noch", schaltete sich Mr. Crittenfield ein. „Wenn wir alle gleichberechtigt sein sollen, muss auch der Zugang zu dem Versteck für alle von uns frei sein und darf nicht von eurem Empfinden abhängen."

„Ich sehe keinen weiteren Redebedarf, möchte es aber dabei belassen", sagte Mrs. Carregan barsch. „Zuerst muss Sonntagnacht alles funktionieren wie geplant, danach werden wir Zeit genug haben!"

Die Runde löste sich wenig später auf und die Crittenfields hatten ihr Haus wieder für sich. Zu zweit beratschlagten sie sich bis tief in die Nacht hinein, wie sie es anstellen konnten, den Globus letztendlich in ihre Hände zu bekommen. Ellen Carregan war besonders scharfsinnig, was es nicht einfach machen würde, sie auszustechen.

Doch irgendwie würde es gehen!

Es dauerte nur mehr dreieinhalb Tage bis zum entscheidenden Augenblick, an dem sich ihr aller Leben verändern würde. Von einer unscheinbaren Kleinstadtfamilie zu den mächtigsten Menschen der Welt. Und niemand würde davon etwas ahnen. Sie hatten absolut freie Hand und keiner konnte sie aufhalten.

Die Tage bis Sonntag würden sich mit Sicherheit lange anfühlen. Aber das war es wert. Das war es mehr wert, als alles, was die Crittenfields bisher getan hatten.

Kapitel 13

Sandras eigentlicher Geburtstag am Freitag stand unter keinem guten Stern. Zum einen schien sie sich immer größere Sorgen um Alex zu machen, bei dem es schon zur täglichen Gewohnheit geworden war, dass er aufgelöst aus einer neuerlichen Vision hochschreckte und anschließend Stunden brauchte, um sie zu verarbeiten.

Alex selbst war das unglaublich peinlich, vor Sandra, vor John, am meisten jedoch vor Josh, dem er nicht mal die Wahrheit sagen konnte. Josh musste ihn inzwischen für übergeschnappt halten oder sogar Angst vor ihm haben.

Noch schlechter stand es aber nach Alex' Empfinden um Sandras Party, die für den Tag darauf geplant war. Ihre Eltern würden am Nachmittag mit Ricky wegfahren, sodass eigentlich nichts im Weg stand – bis auf die Tatsache, dass man mittlerweile in eine förmliche Kältestarre fiel, wenn man im selben Raum mit Josh und Sandra war. Derart eisig war ihr Verhältnis.

Josh war immer noch der Meinung, dass Alex sich zu sehr an Sandra klammerte und dadurch mehr litt als er sich eingestehen wollte, sah also Sandra als Ursache seiner schlechten Verfassung, was sich für Alex nicht absurder anhören hätte können.

Zu allem Überfluss hatte Josh es ein weiteres Mal seiner Mutter am Telefon erzählt, worauf wenig später Alex' Bruder angerufen und gefragt hatte, ob es stimmte, dass er unter epileptischen Anfällen litt.

Alex hatte Josh natürlich nichts von Chris' Äußerungen erzählt, da er befürchtete, Josh würde ihm entweder nicht glauben oder wäre so gekränkt, dass er seinen Frust danach erst recht an Sandra auslassen könnte. Wenigstens würde Chris am Sonntag für den restlichen Sommer weg sein, zumindest so lange Alex mit Josh hier war. Somit würde sich dieses Problem mehr oder weniger von selbst lösen.

Wie es allerdings gelingen sollte, ihn mit Sandra zu versöhnen, war Alex noch weniger klar als seine Visionen. Sandra hatte zwar nie gesagt, dass sie Josh nicht zu ihrer Party einladen wollte, doch Alex war sicher, dass sie lieber einen Tag mit Melissa Carregan verbringen würde als das.

Trotzdem hoffte er, dass sie sich dazu durchringen würde, weil es die einzige – wenn auch verschwindend geringe – Chance war, Sandra und Josh irgendwann im Leben freundlich miteinander zu sehen.

Es war Freitagvormittag und zum ersten Mal seit mehreren Tagen schien die Sonne zum Fenster herein. Alex hatte bei Sandra übernachtet, weil sie unbedingt an ihrem Geburtstag neben ihm aufwachen wollte. Genau wie er an seinem Geburtstag, als sie auf Besuch bei ihm in Michigan war.

Mrs. Brenton hatte sich freigenommen, um ihnen Frühstück zu machen, zu dem auch Annie und Rob dazustießen. Im ganzen Haus duftete es nach Pfannkuchen und auf dem Tisch in der Küche stapelten sich die Geschenke für Sandra.

Nachdem Ricky gefrühstückt hatte, durfte er im Elternschlafzimmer so lange fernsehen wie er wollte – zweifellos Mrs. Brentons Geheimwaffe, um ihre Kinder am Streiten zu hindern, die sie ausschließlich an bestimmten Tagen einsetzte.

Aus der Stereoanlage tönte Sandras Lieblingsmusik, hauptsächlich Pop, und zwischendurch öffnete sie freudig ein Geschenk nach dem anderen. Neben einigen neuen Klamotten waren alle Arten von Büchern darunter, die sie neben sich aufstapelte.

„Du weißt echt genau, was ich will", lobte sie Rob, während sie weiteraß und im obersten Buch auf dem Stapel blätterte. „Seit ich Mar ... ich meine, Mrs. Jenners öfter besuche und ihr helfe, interessiert mich die Altenpflege immer mehr."

„Ich kenne dich lange genug", erwiderte Rob selbstsicher und hob die Schultern. „Dir ein Buch über die Betreuung von alten Menschen zu schenken war naheliegend."

„Und natürlich hat dir niemand den Tipp gegeben", sagte Annie und warf ihrem Freund einen skeptischen Blick zu. „Zum Beispiel eine gewisse Linda."

„Schon gut, meine Mum hat es mir vorgeschlagen", gab er zu. „Aber ausgesucht hab ich's!"

„Sag ihr danke von mir", bat Sandra und nahm das nächste Buch zur Hand, einen romantischen historischen Roman. „Er spielt im barocken Frankreich, ich kann's kaum erwarten!"

Sie schickte Annie einen Luftkuss und packte kurz darauf das Parfum aus, das Alex ihr geschenkt hatte. Als er mit Josh und seinem Onkel in London gewesen war, war ihm zum Glück eingefallen, dass er noch nichts für sie hatte.

„Es duftet herrlich", sagte sie und zog ihn zu sich heran, um ihn auf die Wange zu küssen, während er Annie und Rob einen erleichterten Blick zuwarf.

„Glück gehabt", meinte er und kippte Ahornsirup über seine nächsten Pfannkuchen. „Die sind echt lecker, Mrs. Brenton."

„Freut mich, Alex", sagte Sandras Mutter, die nebenbei in einer Zeitung blätterte. „Aber ich finde es wird langsam Zeit, dass du mich Diane nennst. Immerhin bist du fast ein Jahr mit meiner Tochter zusammen."

„Ich habe mich auch gerade gewundert, warum du meine Mum so förmlich ansprichst", warf Sandra ein. „Deine Mum habe ich doch schon am ersten Tag Catherine genannt."

„Gewohnheit", meinte Alex kauend und zuckte die Achseln. „Mach ich aber gerne, Mrs ... ich meine, *Diane*!" Sie lächelte ihn freudig an.

„Was habt ihr heute noch vor?", erkundigte sie sich dann. „Wenn ihr wollt, können wir ins Kino fahren oder in Sandras Lieblingsrestaurant."

„Danke, Mum", lehnte Sandra ab. „Aber mir reicht es, Alex und meine Freunde bei mir zu haben - und Tammy!" Sie kraulte ihre Hündin, die neben ihrem Stuhl saß und begierig zur Tischplatte hinaufschaute, hinter den Ohren. „Und - so lieb ich euch auch habe - zehn Tage sturmfrei!" Diane schmunzelte und verdrehte die Augen.

„Wenn das Haus am Ende so aussieht wie letztes Jahr, als wir zurückgekommen sind, soll es mir recht sein", meinte sie gelassen. „Du weißt aber, offiziell ..."

„... bin ich bei den Waunders nebenan untergebracht, ja", übernahm Sandra genervt. „Ihr habt ja Glück, dass sie da sind, sonst wäre ich wirklich alleine!"

„*Du* hast Glück, dass sie da sind, junge Dame", korrigierte Diane mit erhobenem Zeigefinger. „Sonst wärst du mit uns mitgefahren, ob du willst oder nicht. Alex hätten wir ja mitnehmen können."

Sie zwinkerte ihm zu.

„Leere Drohungen", murmelte Sandra trotzig und Alex meinte zu erkennen, dass sie leicht rot geworden war.

„Also dann", verkündete Sandra und sprang auf, „vielen Dank Mum, für das Frühstück! Ich bringe meine Geschenke hoch, danach gehen wir eine Runde mit Tammy, okay?"

Alex und die anderen stimmten zu und erhoben sich ebenfalls.

„Dürfen wir dir beim Abräumen helfen?", bot Alex an.

„Nein danke, an Sandras Geburtstag übernehme ich das", lehnte Diane ab. „Immerhin tut sie es auch an meinem."

Die drei warteten im Vorzimmer auf Sandra, die rasch nachkam.

„Bis später!", rief sie ins Haus und pfiff Tammy zu sich, die aufgeregt hechelnd angelaufen kam. „Wollen wir zur Cesslerwiese, wie immer? Danach bringe ich Tammy zurück nachhause und wir können zu Alex oder sonst wem gehen."

Ohne die Rückmeldungen abzuwarten, schlug sie mit Tammy den Weg in Richtung Cesslerwiese ein.

Es war angenehm warm und das Tageslicht fühlte sich richtig belebend auf der Haut an. Alex hörte überall Vögel zwitschern, als sie nach dem Ende der Mendelaine Road unter den Bäumen durchgingen. Die Sonne bildete, stellenweise abgeschirmt durch das Dickicht der Blätter, helle Flecken auf dem Kiesweg. Dazu wehte ihnen eine leichte Brise um die Ohren.

„Ich freu mich schon so sehr auf die Party morgen!", meinte Sandra euphorisch. „Hoffentlich kommen meine Eltern nicht doch irgendwie dahinter."

„Wieso sollten sie?", warf Annie ein, die mit Rob hinter Alex und Sandra Hand in Hand ging. „Wir halten alle dicht."

„Ich weiß ...", murmelte Sandra mit einem besorgten Blick zu Alex. „Nur hab ich irgendwie ein schlechtes Gefühl, keine Ahnung warum. Als ob es zu schön wäre, um wahr zu sein."

Alex erwiderte ihren Blick mit einem aufmunternden Lächeln und hatte plötzlich das Gefühl, seine Stimmbänder und Lippen würden sich von alleine bewegen.

„Lädst du Josh auch zur Party ein?", fragte er und war schon im nächsten Moment unsicher, ob das der richtige Zeitpunkt war, das Thema anzusprechen. Andererseits musste es irgendwann raus, so hatte er wenigstens nicht mehr nach dem idealen Zeitpunkt zu suchen.

Ein betretenes Schweigen legte sich über sie und Sandra sah zuerst drein, als hätte Alex gerade gefragt, ob Melissa und ihre Freundinnen auch eingeladen seien.

„Ich hatte gehofft, du würdest mich das nicht fragen", gestand Sandra dann leise ein.

„Du willst ihn nicht dabeihaben, stimmt's?", deutete Alex ihre Worte. Er war nicht mal überrascht davon, allerdings erfüllte ihn die Gewissheit trotzdem mit einer leichten Enttäuschung.

Sandra sah verlegen den Weg entlang.

„Wie soll ich es erklären? Du weißt doch, dass Josh und ich nicht wirklich miteinander können. Und ich kann mir auch nicht vorstellen, dass er besonders heiß darauf ist, dabei zu sein. Wo er so an Chris und seinen Kumpels hängt."

Alex seufzte und dachte an das, was Chris ihm vor zwei Tagen an den Kopf geworfen hatte. Eigentlich wollte er es möglichst verdrängen, aber vielleicht konnte es sogar nützlich sein? Angespannt suchte er nach den richtigen Worten.

„Hör mal, es gab noch etwas, weswegen Chris und ich vorgestern fast aneinandergeraten sind", setzte er an.

Verdutzt blickte Sandra zu ihm.

„Also war es doch nicht nur, weil ihr euch zufällig über den Weg gelaufen und er dich wegen den Autos in seiner Einfahrt blöd angemacht hat? Ich wusste es!"

Alex erzählte ihnen von Chris' Aussagen über Josh und davon, was er wirklich von seinem besten Freund hielt. Als er fertig war, wartete er gespannt auf eine Reaktion.

„Das beweist einmal mehr, was für ein Trottel er ist", sagte Annie gelassen. „Tut mir leid, Alex, vor allem für Josh, aber ich habe schon drauf gewartet, dass sowas kommt. Was hat Josh dazu gesagt?"

„Ich hab's ihm nicht erzählt", räumte Alex ein. „Das bringt nichts, ehrlich. Und ab Sonntag ist Chris sowieso weg, da ist das ganze Drama vorbei."

„Sonst bin ich ja sehr für Ehrlichkeit", meinte Rob. „Aber in diesem Fall war's wahrscheinlich besser, Josh nichts zu erzählen. Auch wenn er als dein bester Freund eigentlich dir glauben sollte."

„Außerdem hast du Josh vor Chris verteidigt", hielt Annie fest. „Das ist das Wichtigste, finde ich!"

„Ich bin ja hin- und hergerissen", klagte Alex, als sie auf der Cesslerwiese angelangt waren. „Einerseits möchte ich Josh die Wahrheit sagen und ihn von Chris fernhalten, aber andererseits kann ich ihm nichts vorschreiben und will ihn nicht kränken."

„Komplizierte Situation, was?" Rob klopfte ihm ermutigend auf die Schulter. „Das wird schon, zwei Wochen seid ihr ja noch gemeinsam hier."

Sandra hatte die ganze Zeit über kein Wort von sich gegeben, was gar nicht typisch für sie war. Erwartungsvoll sah er sie an.

„Nun sag schon", forderte er sie auf. „Wirst du ihn einladen?"

Sandra verdrehte die Augen und schnaubte.

„Weißt du, was ich denke? Dass es Josh recht geschieht! Du hast ihn einige Male gewarnt und wenn er jetzt vor den Kopf gestoßen wird, ist das seine eigene Schuld."

Alex spürte die Hoffnung auf eine Versöhnung schwinden, wollte aber nicht aufgeben.

„Es schadet aber nicht, wenn du einen Schritt auf ihn zugehst", argumentierte er. „Dann wird er dir gegenüber sicher auch offener und vielleicht kommt ihr dadurch auch besser miteinander klar."

„Er wird sowieso nicht kommen", winkte Sandra ab, offensichtlich um sich nicht zu der Entscheidung durchringen zu müssen. „Also wozu diese Geste?"

„Doch, das wird er!", entgegnete Alex bestimmt. „Weil ich darauf bestehen werde. Und glaub mir, wenn morgen damit der Anfang gemacht wird, dass er sich auf deiner Party amüsiert und Chris danach die Fliege macht, wird er an ihn und seine Kumpels später überhaupt nicht mehr denken."

Sandra verzog skeptisch den Mund und wirkte alles andere als begeistert von der Idee.

„Bitte, Sandra", flehte Alex und bemühte sich, seinen traurigsten Hundeblick aufzusetzen. „Tu's mir zuliebe!"

Gespannt sahen auch Annie und Rob zu Sandra, der leicht anzusehen war, dass sie innerlich mit sich rang.

„Also gut", verkündete sie schließlich. „Ich lade ihn ein. Aber wirklich nur dir zuliebe! Und wenn er irgendwie Ärger macht, will ich ihn nie wiedersehen, verstanden?"

„Du bist die Beste", rief Alex lachend und fiel ihr um den Hals. „Mach dir keinen Kopf, das wird schon."

„Wir werden sehen", erwiderte Sandra zurückhaltend.

In diesem Moment kam Tammy angelaufen und tapste aufgeregt um sie herum, als hätte sie alles mitbekommen und würde sich nun mit Alex zusammen freuen.

Er konnte sich gerade nichts anderes vorstellen, als dass der morgige Abend endlich Frieden zwischen die beiden bringen würde und ihn zumindest diese eine große Sorge loswerden ließ.

Blieben nur noch die Visionen, aber um die konnte er sich anschließend immer noch kümmern, dachte Alex locker.

Die letzte Vision war jetzt schon einen halben Tag her und was er gesehen hatte, jagte ihm nicht besonders viel Angst ein. Er wusste nicht mal, welche Person er darin gewesen war. Vielleicht wurden die Visionen schwächer und weniger intensiv? Wenn in Zukunft alle Visionen so sein würden, konnte er irgendwann bestimmt gut damit leben.

Gut gelaunt drehte er mit Sandra, Annie und Rob eine Runde auf der Cesslerwiese, weiterhin begleitet von erwärmendem Sonnenschein und einer frischen Sommerbrise.

Alex fühlte sich zuversichtlich wie nie, seit er in Andover angekommen war. Es konnte nur gut werden, bläute er sich ein und es klang sehr realistisch. Auch Sandras Laune besserte sich wieder, nachdem sie über ihre anstehende Party, die kommenden gemeinsamen Wochen und ihre Familien redeten.

Alex hätte den ganzen Tag auf der Wiese verbringen können, doch Sandra wollte nach einer Weile zurück und Tammy füttern.

Als sie sich vom Kiesweg aus dem Wald heraus der Mendelaine Road näherten, lagen die Häuserfassaden auf der gegenüberliegenden Seite von Johns Haus in strahlendem Tageslicht. Die Ziegelsteine funkelten teilweise und die Fenster blendeten jeden, der direkt hineinschaute. Die gestrichenen Holzdielen offenbarten die kräftigste Farbpracht, die sie zu bieten hatten und ließen in Kombination mit den blühenden Vorgärten das Bild malerisch und wie aus einem Familienfilm wirken. Sogar Keysers Haus sah in dieser Stimmung halbwegs freundlich aus, wenn man von den abgeschlagenen Ziegeln und dem wüsten Vorgarten absah.

„Wisst ihr, was ich mir zu meinem achtzehnten Geburtstag wünschen werde?", meinte Sandra gewitzt. „Das Haus Nummer 17 nebenan! Dann hab ich meine Familie und engsten Freunde in der Nähe und trotzdem hundert Prozent Privatsphäre. Tammy bekommt ein Hundeparadies im Garten und vielleicht einen Rüden. Ricky darf mich besuchen kommen, wenn er mir im Haushalt hilft. Ich denke, zwei Stunden Arbeit für zehn Minuten Abhängen bei mir ist fair, was meint ihr?"

Alex lachte und Annie und Rob stimmten mit ein. Er betrachtete das Haus neben dem von Sandra, das eine dunkle Backsteinfassade hatte und sicher Platz genug für eine Familie bot.

„Weißt du wem es gehört?", wollte er wissen.

„Den Waunders", antwortete Sandra. „Die geben es mir sicher ab! Ich glaube sie benutzen es nur als Stauraum."

„Notfalls könntest du ja dort deine Party feiern", schlug Annie vor. Sandra hielt einen Finger vor ihren Mund.

„Nicht so laut, wenn das meine Mum hört!", zischte sie.

„Dann kann sie nichts dagegen tun", warf Rob ein. „Wenn dir die Waunders erlauben, in ihrem Haus eine Party zu feiern, hat sie wohl nichts mitzureden."

„Aber sie könnte mich in den Urlaub mitschleppen", warnte Sandra. „Dann kann ich mir das abschminken, also pst!"

Alex und Rob symbolisierten gerade einen Reißverschluss über ihre Lippen, als ihnen eine Gruppe Mädchen vom Haus schräg auf der anderen Seite entgegenkam.

Da Alex und die anderen bereits in Sandras Einfahrt standen, hoffte er, dass sie schnell zu ihr nachhause verschwinden würden, ehe das Drama von vorne begann. Doch bevor es dazu kommen konnte, rief Melissa Carregan bereits ihre ersten Sticheleien.

„Der Tag heute ist wirklich unglaublich mies. Ich weiß nicht mal warum ... die Sonne scheint, es sind Ferien, ich fahre in zwei Tagen weg – ach ja, jetzt fällt's mir ein! Sandra Brenton hat Geburtstag! Igitt!"

Das war wie immer Sandras Stichwort, zurückzuschießen.

„An deinem Geburtstag hatte ich Fieber und habe ich mich fünfmal übergeben! Warum wohl?"

Melissa, begleitet von Tamara Norwood und ihrer anderen Freundin Ashley Franks, kam über die Straße direkt auf Sandras Vorgarten zu. Ihr gehässiges Lächeln war trotz ihrer Sonnenbrille unübersehbar.

„Vielleicht weil es das Schicksal gut mit mir meinte", flötete sie. „Schade, dass es nicht für mehr gereicht hat. Die Grippe oder die Pest!"

„Lieber das als dein widerliches Gesicht zu sehen!", schoss Sandra zurück. „Dass du dich am Sonntag verpisst ist das Beste, was dieser Stadt diesen Sommer passieren konnte. Bleib am besten gleich für immer!"

„Damit du hier meinen Freundinnen auf die Nerven gehen kannst? Aber sicher."

„Deine *Freundinnen*, die eigentlich nur hirnlose Nachahmerinnen sind, nerve ich sicher nicht, dafür ist meine Zeit zu schade. Da wir gerade davon reden, hat Rachel euch schon vergessen, nachdem sie jetzt mit Marty Crendon geht?"

„Was geht dich das an?", fuhr Ashley Franks neben Melissa auf, die rotbraune glatte Haare hatte, die ihr fast bis zur Hüfte reichten.

Ihre kindlichen Gesichtszüge ähnelten sehr denen ihres Bruders Jonathan, den Alex von Sandras Party im letzten Jahr kannte, und waren geziert von einigen Sommersprossen. „Ich kann von Glück reden, dass mein Bruder nicht mit dir geht, sonst müsste ich dich sogar bei mir zuhause aushalten!"

„Du kannst *wirklich* von Glück reden, denn ich würde dir derart die Hölle heiß machen, dass du keinen Tag überleben könntest!"

Sandra war zur Höchstform aufgelaufen und wirkte mit ihrer selbstbewussten Ausstrahlung und der starken Stimme nahezu unbesiegbar.

„Was kannst du schon?", gab Melissa zurück und betrachtete abfällig Alex, Annie und Rob. „Außer dich mit Verlierern abzugeben und dabei zu glauben, dass du das große Los gezogen hast. Ehrlich, das Spiel um Chris würdest du haushoch verlieren, wenn du mit denen ankommst."

„Genauso dämlich wie eh und je!", gab Sandra zurück. „Immer noch nicht kapiert, dass ich *nichts* von Chris will und nicht der Grund bin, dass er nichts von dir will. Das bist du selbst, du vertrottelte Zicke! Aber spielen wir doch *Wer hat die schrecklichste Familie*, da gewinnst du mit völliger Sicherheit haushoch!"

Melissa geriet ins Wanken, das fiel Alex deutlich auf. Ihr Gesicht errötete, ihre Hände verkrampften sich und sie schien nicht rasch genug die richtigen Worte zu finden. Weder sie noch eine ihrer Freundinnen waren Sandras Schlagfertigkeit gewachsen.

„Ich sag dir eines", setzte Melissa dann an. „Dass Michelle zu deiner bescheuerten Party morgen kommt, kannst du vergessen!"

„Hast du ihr irgendwas vorzuschreiben?" Sandra zeigte sich unbeeindruckt und wollte nachlegen, als plötzlich ihre Haustür aufging und Diane herauskam. Sie musste die lauten Stimmen gehört haben. Sandra wurde zuerst totenblass und Sekunden später hitzig rot.

„Was ist denn hier los?", wollte Diane mit gerunzelter Stirn wissen und kam durch den Vorgarten zur Einfahrt. „Habt ihr Ärger?"

„Wir klären das schon", stieß Sandra zwischen zusammengepressten Zähnen hervor.

Melissas Mund breitete sich zu einem triumphierenden Lächeln aus. Sie schob ihre Sonnenbrille nach oben, sodass ihre haselnussbraunen Augen im Licht glänzten.

„Oh, Mrs. Brenton", sagte sie mit einer falschen Freundlichkeit, die sogar Alex zuwider war. „Wir haben gerade über Sandras Party gesprochen, die sie morgen Abend feiern will."

Sandras Gesicht versteinerte und Alex hatte Angst vor dem, was als Nächstes passieren würde. Ahnungslos sah Diane zu ihrer Tochter.

„Wie bitte?", fragte sie mit durchdringendem Blick. „Ist das wahr, Sandra? Welche Party meint sie?"

Ob es für Sandra schlimmer war, dass sie die Party nun höchstwahrscheinlich vergessen konnte, oder die Tatsache, dass Melissa einen nie dagewesenen Sieg über sie errungen hatte, war wohl niemandem von ihnen klar, nicht mal ihr selbst.

„Sie hat die halbe Straße eingeladen", führte Melissa weiter aus und auch Tamara und Ashley genossen sichtlich die Demütigung für Sandra. „Meine Schwester, Ashleys Bruder und viele andere. Letztes Jahr haben sie bis spät in die Nacht gefeiert."

Diane sah immer überraschter drein und ihre Miene forderte wortlos eine dringende Erklärung von Sandra.

„Ups", meinte Melissa dann gekünstelt und hielt sich die Hand vor den Mund. „Wussten Sie das etwa nicht? Oh nein."

„Sandra ...", setzte ihre Mutter an, aber Sandras Stimme durchbrach alles.

„Du verdammte Petze!", schrie sie Melissa entgegen. „Wieso nimmst du kein One-Way-Ticket zum Mond, hä? Ich kann mir denken warum, weil der Mond wahrscheinlich ausweichen würde! Nicht mal ein lebloser Ball im All will dich auf sich rumtrampeln haben!"

Die letzten Worte klangen sehr schrill. Sandra machte kehrt und lief aufgelöst ins Haus, Tammy ihr nach.

„Meine Güte, Sandra!", rief Diane ihr nach.

Alex war zu angespannt um irgendwas zu sagen, dasselbe galt wohl für Annie und Rob, die starr von Melissa, zu Diane und zueinander blickten.

„Wie dumm, dass Sie das von mir erfahren mussten", sagte Melissa gespielt. „Wenn ich gewusst hätte, dass Sandra Ihnen das nicht anvertrauen wollte ..."

„Danke, Melissa", unterbrach Diane sie genervt. „Einen schönen Tag noch!"

Damit ging sie ebenfalls zurück ins Haus, gefolgt von Alex, Annie und Rob. Das schadenfrohe Gelächter der Mädchen war bis zur Veranda zu hören.

Sie hetzten alle vier hintereinander hinauf in Sandras Zimmer, wo diese sich auf ihrem Bett zusammengerollt und das Gesicht in den Armen vergraben hatte.

„Sandra, stimmt das, was Melissa gesagt hat?", fragte Diane noch mal. „Hast du letztes Jahr eine Party gefeiert, während wir weg waren und willst das morgen wieder tun?"

„Ja", drang es traurig unter Sandras Haaren hervor.

„Warum hast du mir oder Dad nichts gesagt?", wollte Diane wissen, setzte sich zu ihrer Tochter aufs Bett und strich ihr über die Haare.

„Weil ich wusste, dass ihr es nicht erlauben würdet", schluchzte Sandra. „Und es nur Ärger mit euch geben wird!"

„Aber wieso denn?", fragte Diane ratlos.

Jetzt blickte Sandra auf, das Gesicht noch rot, und sah ebenso verwirrt drein.

„Was?", fragte sie. „Heißt das, du bist mir nicht böse?"

„Warum sollte ich? Sandra, es ist doch schön, wenn du Spaß hast mit deinen Freunden."

Sandra schien sich vorzukommen wie im falschen Film und überlegte sichtlich angestrengt, ob das wahr sein konnte oder ob sie gerade in eine Falle tappte.

„Im Ernst?"

„Natürlich, mein Schatz! Ich habe in deinem Alter auch Partys gefeiert – allerdings ohne Alkohol."

„Ich auch", sagte Sandra schnell. „Die drei können es bezeugen, stimmt's, Leute?" In diesem Augenblick betrat Ricky das Zimmer.

„Hey, wieso heult Sandra?", fragte er geradeheraus.

„Das geht dich nichts an, sei still", fuhr Sandra ihm drüber und wandte sich wieder an ihre Mutter. „Ich hatte keine Ahnung, ich dachte Dad und du würdet das nie erlauben. Aber jetzt ..."

„Feiere nur deine Party!", sagte Diane freundlich. „Die einzig wirklich wichtige Frage, die ich mir stelle, ist doch nur eine: wieso lädst du uns nicht ein?"

Die Frage hatte zur Folge, dass Sandra zuerst erstarrte und gleich darauf wieder ihr Gesicht in den Händen vergrub.

„Oh Gott, bitte nicht!", stieß sie hervor und Diane fing an zu lachen, wobei sie Alex, Annie und Rob schelmisch zuzwinkerte.

„Was denn, das wäre doch eine tolle Idee", redete sie weiter. „Ich könnte deine Freunde mit meinen Steppeinlagen unterhalten, Dad könnte mit dir abtanzen und Ricky Karaoke mit dir singen, das klingt doch super toll!"

„Oh nein!", quiekte Sandra, während nun auch Ricky, Alex und die anderen in Gelächter ausbrachen.

„Ich singe *My Heart Will Go On* mit dir, so wie früher", schlug Ricky vor und warf sich zu ihr aufs Bett.

„Tötet mich", verlangte Sandra, während aus ihrer Stimme vielmehr die Erleichterung sprach.

„Das ist doch nur Spaß", beschwichtigte Diane dann. „Wir fahren morgen Vormittag wie abgemacht und du hast ab Mittag das Haus für dich. Wenn alles so ordentlich ist wie letztes Jahr, ist das kein Problem."

„Danke, Mum." Sandra hatte sich nun wieder gänzlich beruhigt und aufgesetzt. „Ehrlich, ich dachte schon, ich krieg dafür Hausarrest."

„Komm schon", meinte Diane kopfschüttelnd und winkte Ricky aus dem Zimmer. „Da musst du schon Schlimmeres anstellen. Wir lassen euch alleine, sag Bescheid was du heute noch machen willst."

Damit schloss sie die Tür.

„Wow, deine Mum ist wirklich cool", bemerkte Annie. „Ob meine das auch so gelassen sieht?"

„Nur wenn du bei Mrs. Rey feierst", sagte Rob und grinste.

„Dann steht tatsächlich nichts mehr im Weg", meinte Alex zufrieden. „Ich helfe natürlich wieder beim Herrichten, vielleicht kann ich Josh auch überreden! Diesmal ist er ja nicht ..." Er stockte.

Den Unfall und Joshs Koma hatte er lange nicht angesprochen und wollte es auch gar nicht. „Also, diesmal ist er dabei, und das finde ich klasse."

Sandra zog ihn zu sich heran und küsste ihn herzlich.

„Ich freue mich, wenn ich dir eine Freude machen kann", sagte sie. „Vielleicht wird es ja auch sehr nett mit ihm."

Diese Worte aus Sandras Mund zu hören, bedeutete Alex sehr viel. Sicherlich wurde ihre Einstellung auch dadurch beeinflusst, dass Melissas Triumph nun doch keiner gewesen, sondern komplett ins Leere gelaufen war.

Die Party würde toll werden und Sandra und Josh würden sich endlich anfreunden, war Alex überzeugt. Das konnte nur gut ausgehen, dachte er glücklich.

Und wenn er Josh den ganzen Tag bearbeiten musste, damit er die Einladung annahm!

Kapitel 14

Am nächsten Tag war Alex schon früh auf den Beinen und der Erste in der Küche. Spontan schrieb er Sandra eine Nachricht, ob sie zum Frühstück vorbeikommen wolle und sie sagte nicht lange später zu. Als sie klingelte, war noch immer niemand aufgewacht und Alex fiel ein, dass John am vorigen Abend zu Linda gegangen war, da sie bald zu ihren Eltern fahren würde. Erst zum Mittagessen würde er wieder zurück sein.

So brieten sie Rührei, rösteten Toast und kochten Baked Beans, dazu setzten sie Tee auf, pressten Orangensaft aus und stellten eine Packung Cornflakes mit Milch auf den Tisch. Für Alex war es das beste Frühstück, seit er hier angekommen war. Nur Sandra und er, ohne Sorgen, mit der Aussicht auf eine coole Party und darauf, dass Josh und Sandra bald besser miteinander auskommen würden.

Es war bereits nach zehn Uhr, als Josh leicht verschlafen die Treppe runterkam und in die Küche stapfte.

„Morgen!", grüßte Alex. „Wie lange warst du gestern auf?"

Josh gähnte und streckte sich, bevor er gegenüber von Sandra am Tisch Platz nahm.

„Keine Ahnung", nuschelte er. „Bis nach Mitternacht auf jeden Fall. Und ihr?"

„Nicht so lange." Alex nahm einen großen Schluck Saft und blickte vielsagend zu Sandra hinüber. „Immerhin mussten wir für heute Abend ausgeschlafen sein."

„Wofür?" Josh griff nach einem Toast und begann ihn hungrig zu verschlingen.

Erst jetzt bemerkte Alex, dass sein bester Freund offenbar nicht besonders gut drauf war.

„Sag mal, ist was passiert?", erkundigte er sich.

Josh sah mit leeren Augen auf die Tischplatte und kaute vor sich hin.

„Nein, alles klar", sagte er dann. „Habt ihr das Frühstück gemacht? Danke dafür."

„Gerne", schaltete sich jetzt auch Sandra ein.

Josh lächelte kurz schwach.

„Also, wofür müsst ihr jetzt ausgeschlafen sein?"

„Für Sandras Geburtstagsparty", erklärte Alex, bevor er erwartungsvoll zu Sandra blickte.

„Na ja, ich ...", setzte sie an und atmete kurz durch. „Ich wollte dich auch dazu einladen, Josh. Also wenn du kommen möchtest, dann gerne."

Gespannt sah Alex zu seinem besten Freund rüber, der plötzlich innehielt und Sandra anstarrte, als hätte sie gerade eine andere Sprache gesprochen.

„Ähm ... okay ... danke", meinte er dann verlegen.

Alex wartete auf die Antwort, doch es kam keine. Ahnungslos sah Sandra zu ihm.

„Und?", bohrte Alex weiter.

„Was?" Josh schien sich dumm zu stellen.

„Na, kommst du?"

Das konnte nicht wahr sein!

„Ich ... also ...", stammelte Josh und schien nichts lieber zu wollen, als abzuhauen. „Finde das echt nett, aber ich bin heute nicht so gut drauf."

„Wieso, was ist denn los?", wollte Alex wissen und musste sofort an Chris denken. Hatte er Josh etwa das spüren lassen, was er Alex gegenüber offen ausgesprochen hatte?

„Will nicht drüber reden", winkte Josh ab und sah dann wieder zu Sandra. „Wünsch dir trotzdem alles Gute und 'ne tolle Feier!"

„Danke", murmelte Sandra und wirkte irgendwie verwirrt.

„Komm schon, erzähl's mir", hakte Alex nach. „Was auch immer es ist, eine Party bei Sandra ist da genau das Richtige!"

„Lass gut sein", wehrte Josh ab. „Nicht so wichtig." Alex biss die Zähne zusammen und hätte vor Wut laut aufschreien können.

„Ich geh mal kurz auf die Toilette", verkündete Sandra vorsichtig und verschwand im Flur.

„Josh, was hast du?", versuchte Alex es noch mal, als sie zu zweit am Tisch saßen. „War irgendwas bei Chris? Hat er dich mies behandelt?"

„Unsinn", sagte Josh sofort.

„Was dann? Ich verstehe nicht, warum du Sandras Einladung nicht annimmst. Sie macht einen Schritt auf dich zu und du blockst ab, was soll das?"

Normalerweise hätte Josh sofort ein Gegenargument gebracht, das Alex eine Weile überlegen lassen musste, was er darauf sagen sollte. Dass er das diesmal nicht tat, konnte nur bedeuten, dass wirklich irgendwas im Busch war.

„Sollen wir heute Fußball spielen gehen?", schlug Alex vor. „Ich könnte Rob, Samuel und die anderen zusammentrommeln und auch Sandra und Annie können mitmachen. Das wäre sicher lustig!"

Josh schüttelte nur den Kopf. Es war Alex ein Rätsel. Sonst erzählten sie sich immer, wenn ihnen etwas im Magen lag – abgesehen vom Unfall letztes Jahr, aber das war auch nicht mehr aktuell.

„Drehen wir dann zumindest eine Runde durch die Straße oder im Wald, damit du auf andere Gedanken kommst?"

„Klar", erwiderte Josh.

„Ich bin fertig", rief Sandra, die eben zögernd in die Küche zurückkam. „Wollen wir zu Annie oder Rob gehen?"

„Josh und ich haben gerade vorgehabt, mal rauszugehen und frische Luft zu schnappen", sagte Alex.

„Auch gut", meinte sie schulterzuckend und drehte wieder um. „Ich mach mich schon mal fertig!"

Als sie wegging, sah Alex wieder zu seinem besten Freund, der wenig begeistert aussah.

„Kommt sie auch mit?", war seine Reaktion, während er mit der Hand in Richtung Flur deutete.

Alex verdrehte schnaufend die Augen.

„Das kann nicht dein Ernst sein!", sagte er leise, damit Sandra nichts mitbekam. „Sie hat dich eben zu ihrer Party eingeladen, du hast das ausgeschlagen und jetzt willst du sie nicht dabeihaben? Mann, Josh, langsam wird mir das alles zu blöd!"

„Sorry", erwiderte Josh nur und sah weiter auf die Tischplatte. „Ich glaube, es ist keine gute Idee, wenn ich heute Abend komme. Werde dann bei Chris vorbeischauen."

„Chris fliegt morgen weg und kommt nicht mehr, bevor du abreist", wies Alex ihn darauf hin.

„Ich weiß", seufzte Josh. „Das ist in Ordnung, Gabe ist schon in einer Woche wieder da und Marty vielleicht auch."

„Also hast du immer noch überhaupt kein Interesse, Zeit mit mir und *meinen* Freunden hier zu verbringen?", folgerte Alex bitter.

„Das hatten wir schon. Du hast deine Freunde hier und ich meine, so einfach."

„Schön." Alex erhob sich und räumte ohne weitere Worte den Tisch ab. „Kommst du jetzt mit uns?"

„Geht ihr nur", meinte Josh. „Ich komm allein klar."

„Na dann", sagte Alex enttäuscht. „Bis später!"

Damit kehrte er seinem besten Freund den Rücken zu und traf im Vorzimmer auf Sandra.

„Wo ist Josh?", fragte sie verwundert.

„Er kommt nicht mit", erklärte Alex kurz angebunden.

Sandra nahm es so hin und sagte nichts weiter.

Es hatte eine angenehme Temperatur draußen, nicht zu kalt, aber auch nicht zu warm. Dafür war es unheimlich düster, da sich eben große Wolken vor die Sonne geschoben hatten.

„Wollen wir eine Runde durch den Wald spazieren, bevor wir zu Annie gehen?", schlug Sandra vor und Alex bejahte mit einem Nicken.

„Ich hab absolut keine Ahnung, was mit ihm los ist", beklagte Alex, als sie die Mendelaine Road hinter sich gelassen hatten und zwischen den Baumgruppen in Richtung Cesslerwiese stapften. „Und ich weiß auch nicht mehr, was ich tun soll. Irgendwie kommt er mir vor wie ein Fremder, wenn wir hier sind."

„Das finde ich echt schade", merkte Sandra an.

„Bist du sauer?", fragte Alex.

„Worauf? Dass Josh meine Einladung nicht angenommen hat? Warum denn? Ich glaube, es gibt wirklich was woran er zu nagen hat, also kann man nichts machen. Hey, die Party wird trotzdem cool werden!"

Alex überwand sich zu einem Lächeln, war in Wirklichkeit aber alles andere als glücklich. Er hatte es sich so schön ausgemalt, dass endlich Normalität einkehren würde und nun das! Dabei war er sicher, dass irgendwas bei Chris vorgefallen sein musste, nachdem Josh so schlecht drauf war. Was es gewesen sein konnte, lag aber im Nebel und es machte ihn rasend, dass Josh ihm nichts erzählte.

„Lass dir davon nicht die Laune verderben", meinte Sandra und sah ihm in die Augen. „Vielleicht kommst du besser an ihn ran, wenn Chris und seine Kumpels morgen endlich abhauen. Dann könnt ihr noch mal drüber reden."

„Hoffentlich", seufzte Alex und wäre sich in diesem Moment ziemlich verloren vorgekommen, wenn Sandra nicht bei ihm gewesen wäre. Dass sie so entspannt reagierte, nachdem es sie so viel Überwindung gekostet hatte, Josh zu ihrer Party einzuladen, half ihm ein wenig - änderte aber leider nichts daran, dass er sich seinem besten Freund weiter entfernt fühlte als jemals zuvor.

Durch die dichten Wolken war es im Wald recht dunkel geworden, selbst auf der Lichtung machte es den Eindruck, als wäre bereits früher Abend. Sie steuerten wie so oft auf den Brunnen zu, der einige Meter entfernt am Rand der Wiese stand.

„Komm, setzen wir uns kurz hin", meinte Sandra und nahm seine Hand.

Alex wollte gerade zustimmen, als er dieses bekannte Gefühl spürte. Seine Umgebung begann zu verschwimmen, Sandras Umrisse, die des Brunnens, der Bäume, des Grases, alles verschwand unter dem hellen trüben Schleier.

Das Nächste, das er wahrnahm, war eine beängstigende Dunkelheit und der Wirbelsturm, der in seinem Inneren tobte um alles in den tiefsten aller Abgründe zu reißen.

In diesem Sturm gab es kein Licht, keine Hoffnung, nichts Gutes oder ein Ende in Sicht. Er musste von Mächten entfesselt worden sein, die ausschließlich das Ziel hatten, ihn in den seelischen Untergang zu treiben, ihn zu vernichten.

„Folge mir", sagte eine Männerstimme irgendwo neben ihm wispernd. „Es ist nicht mehr weit."

Alex konnte noch immer nichts sehen - oder doch? Undeutlich aber trotzdem erkennbar zeichneten sich vor ihm die Umrisse von Bäumen ab. Sie wurden von einem orangen Lichtschein, der irgendwo in der

Ferne liegen musste, angestrahlt und wirkten ziemlich bedrohlich. Wie ein unendliches Dickicht, das niemanden mehr preisgab, den es einmal verschlungen hatte.

Wäre in seinem Inneren nicht die Hölle losgewesen, hätte er tatsächlich Angst gehabt. Doch die furchtbaren Schäden, die Sekunde für Sekunde in ihm angerichtet wurden, ließen keine anderen Empfindungen zu.

„Warte hier", wurde ihm gesagt und er tat wie geheißen. Besser gesagt, die Person, die er gerade war. Theresa.

Alex wusste es genau. An diesem Zustand war nichts falsch zu deuten. Kein anderer Mensch, den er jemals gekannt hatte, dürfte irgendwann so gefühlt haben wie sie ...

Nun konnte er etwas mehr erkennen. Die Umrisse des Mannes, der ihm die Anweisungen zugerufen hatte. Dieser bückte sich gerade, um an irgendeinem Gebilde zu werken. Nur wenig später merkte Alex, dass es ein Brunnen war. Der Brunnen auf der Cesslerwiese! Genau dieselbe Größe, dasselbe Aussehen.

Er spürte, wie Fragen in ihm auftauchten, die rauswollten, um von diesem Mann beantwortet zu werden. Doch sie drangen nicht aus dem Sturm heraus, verloren sich in der Zerstörung jeglicher Fröhlichkeit.

Im nächsten Moment setzte sich der Brunnen wie durch Magie in Bewegung, teilte sich langsam und klappte den Deckel hoch. Das Licht aus der Ferne reichte aus, um die Treppe zu offenbaren, die nun vor ihm in die Tiefe führte.

Nein, stellte er fest, auch von da unten kam Licht!

„Komm mit mir", forderte der Mann ihn auf und reichte ihm die Hand. „Arthur und Elizabeth warten bereits."

Irgendwo tief in dem Chaos, das ihn erfüllte, regte sich Widerstand und er wollte kaum etwas weniger, als dieser merkwürdigen Einladung zu folgen. Doch jegliche Kraft, die ermöglicht hätte sich dagegen zu wehren, fehlte.

So setzte er sich in Bewegung, hinter dem Mann nach, dessen Gesicht nicht zu identifizieren war. Er drehte sich ständig um, wohl um zu kontrollieren, ob sein Gast ihm auch wirklich folgte. Da das Licht aber von unten kam, beschien es dabei nur seinen Hinterkopf.

Schließlich kamen sie unten an, wo der Mann nun eindeutig zu sehen war - Richard!

Wer auch immer er war, seine Mimik war undurchdringlich. Ein Lächeln umspielte seine Lippen, das allerdings weniger aufheiternd als gruselig rüberkam. Als würde er etwas Übles im Schilde führen.

„Es ist nicht allzu weit", versicherte er und deutete Alex, oder Theresa, den Weg in einen Tunnel, an dessen Wänden überall brennende Fackeln angebracht waren. Der Ort hatte etwas Schauerliches, gleichzeitig Faszinierendes.

Hätte er Angst oder Neugier empfinden können, wären beide in einen endlosen Wettstreit verwickelt gewesen. Doch das konnte er nicht. Was sich in seinem Inneren abspielte, ließ nichts anderes zu, außer den Anweisungen von Richard Folge zu leisten.

Was wohl am Ende des Tunnels wartete?

Er fand es nicht heraus, denn die Fackeln erhellten sich plötzlich so rasant, dass alles im gleißenden Schleier unterging und kurz darauf die Cesslerwiese der heutigen Zeit vor ihm auftauchte.

Er spürte Arme, die sich sanft um ihn legten. Sandra hielt ihn fest und hatte ihren Kopf an seine Brust geschmiegt.

„Alex?", fragte sie betroffen. „Was hast du gesehen?"

Er musste durchatmen und sich räuspern, um seine Stimme wiederzufinden.

„Theresa", hauchte er und spürte sein Herz wild klopfen.

Sandra sah ihn traurig an und umarmte ihn sofort wieder. Als genügte ihr allein dieser Name, um genau zu wissen, was Alex gerade durchgemacht hatte.

Für eine Weile standen sie umarmt einfach nur da und sagten nichts. Das half Alex, sich wieder zu beruhigen und einen klaren Kopf zu bekommen.

„Weißt du", setzte Sandra an, „ich habe es mir schon früher überlegt und denke, es ist vielleicht besser ... na ja ... wenn ich meine Party absage."

Alex glaubte, sich verhört zu haben. Verblüfft starrte er sie an.

„Das meinst du nicht ernst! Wieso?"

„Das nimmt langsam überhand", führte Sandra aus und klang dabei sehr bedrückt. „Ich will dich nicht in eine Lage bringen, wo du unter so vielen Leuten zusammenbrichst. Aber ohne dich feiern will ich auch nicht. Also finde ich ..."

„Nein, mach das nicht", widersprach Alex. „Du hast dich schon so lange drauf gefreut, außerdem weißt du jetzt, dass deine Eltern es gutheißen! Es sind alle eingeladen und du hast alles dafür besorgt. Du sollst nicht wegen mir auf das alles verzichten müssen. Ich werde schon klarkommen, ehrlich!"

Sandra senkte den Kopf und schien überhaupt nicht begeistert zu sein.

„Okay", gab sie dann allerdings nach. „Feiern wir wie geplant. Aber wenn es dir schlecht geht, beenden wir es!"

„Auf deiner Party kann es mir gar nicht schlecht gehen", versicherte Alex. „Ehrlich, das glaube ich nicht."

„Wir sollten noch mal zu Margaret gehen", meinte Sandra eindringlich. „Und ihr von all deinen Visionen der letzten Tage erzählen. Vielleicht fällt ihr irgendwas ein und sie kann uns Hinweise geben."

Alex war dahingehend wenig optimistisch, doch war es sicher eine nette Gelegenheit, die alte Dame wieder einmal zu besuchen.

„Wann denn?"

„Gleich heute Abend. Vor meiner Party."

Alex nickte als Zeichen, dass er einverstanden war, nahm Sandras Hand und sie gingen über die Wiese zurück durch den Wald in die Mendelaine Road.

Kapitel 15

Der Tag verging ziemlich langsam, was sicher auch daran lag, dass Alex auf bestimmte Ereignisse wartete. Zum einen der Besuch bei Margaret, zum anderen Sandras Party, vor der er sich zwar definitiv fürchtete, die er aber Sandra zuliebe auf keinen Fall verpassen wollte. Noch weniger mochte er der Grund dafür sein, dass sie ganz abgesagt wurde, unter keinen Umständen!

Zu Mittag aß Sandra noch mal mit ihrer Familie, bevor diese abreiste. Währenddessen versuchte Alex erneut, Josh dazu zu überreden, Sandras Einladung anzunehmen, was nicht einfach war. Am Ende gab Josh jedoch nach und versprach, es sich zu überlegen und eventuell später nachzukommen.

Das war zumindest ein Lichtblick, obwohl Josh sich kurz danach gleich wieder aufmachte und zu Chris und seinen Freunden ging. Alex hätte immer noch zu gerne gewusst, was dort vorgefallen war, dass Josh heute so drauf war. Noch lieber aber hätte er erfahren, wieso Josh trotzdem noch immer mit ihnen abhing. Mit etwas Glück würde er es am Abend oder am nächsten Tag herausfinden.

Diesmal trafen sich Alex, Annie und Rob schon am frühen Nachmittag bei Sandra, kurz nachdem ihre Eltern mit Ricky weggefahren waren, um für den Abend alles herzurichten. Es machte richtig viel Spaß und Alex vergaß schnell, was heute alles vorgefallen war.

Obwohl er Annie und Rob von seiner neuen Vision erzählte und sie einige Zeit spekulierten, was darin genau geschehen sein konnte, war das Thema schnell vom Tisch und wurde abgelöst vom Test der Stereoanlage, vom Umstellen des Wohnzimmers und der Dekoration des Hauses und des Vorgartens.

Als alles fertig war beschloss Sandra, noch eine Runde mit Tammy zu machen, bevor sie ihre Hündin bei den Waunders abgab, damit sie nicht unter der lauten Musik litt.

Die Sonne stand bereits tief am Himmel, als sie das Haus verließen, und ließ ihre orangegelben Strahlen so schräg auf die Straße fallen, dass sich lange Schatten hinter ihnen herzogen.

Zur Cesslerwiese wollten sie diesmal nicht, um zu vermeiden, dass Alex eine weitere Vision überfiel. Obwohl ihm klar war, dass das überall passieren konnte, fühlte er sich dennoch etwas sicherer, wenn er diesen Ort vorerst mied.

So gingen sie den Trampelpfad in die andere Richtung, gelangten irgendwann zu einem Feld, von wo aus man aus der Entfernung die Stadt sehen konnte, und kehrten dort um.

Die Sonne war mittlerweile untergegangen und es dämmerte. In Margarets Haus brannte Licht, ebenso in Johns Arbeitszimmer. Aus den Häusern, die die Mendelaine Road weiter nach hinten lagen, drang es nur stellenweise, viele Nachbarn waren schon in den vergangenen Tagen abgereist.

„Eine Beschwerde wegen Ruhestörung ist dieses Jahr ziemlich unwahrscheinlich", merkte Rob an, als er das Straßenbild betrachtete.

„Letztes Jahr hat sich auch niemand beschwert", stellte Sandra klar. „Außerdem legen wir nur gute Musik auf, da braucht sich niemand beschweren, selbst wenn er sie hört."

Sie blieb vor Margarets Einfahrt stehen.

Zurückhaltend stand Alex neben den anderen und sah zu dem schwach beleuchteten Fenster bei Margaret. So kurz davor war er nun nicht sicher, ob es überhaupt etwas brachte, die alte Dame noch ein weiteres Mal mit seinen Fragen zu belästigen. Vielleicht war es besser, sie in Ruhe zu lassen ...

„Also, gehen wir", wies Sandra ihn und die anderen an und kam damit so entschlossen rüber, dass Widerstand praktisch zwecklos war. „Allzu lange haben wir ohnehin nicht, in einer Stunde beginnt meine Party!"

Annie betätigte die Türklingel, worauf man die bekannten schweren Schritte im Inneren des Hauses hörte, um kurz darauf ins rosigrunde Gesicht von Margaret zu blicken.

„Oh, was für ein schöner Besuch", freute sich die alte Dame und deutete ihnen sofort in den Flur, der in ihr Wohnzimmer führte. „Nach euch, meine Lieben!"

Sie nahmen wie schon öfter auf der hellgelben Sitzgarnitur Platz und Alex lauschte den leisen Klängen einer Jazz-Schallplatte, die sich auf dem Plattenspieler drehte. Das Ticken der Pendeluhr im Hintergrund schien den Takt vorzugeben und der Geruch nach altem Papier und Büchern ließ das Zimmer so gemütlich wirken, dass Alex tagelang hierbleiben hätte können, um richtig zur Ruhe zu kommen.

„Braucht dein Hund Wasser, Sandra?", erkundigte sich die alte Dame rücksichtsvoll.

„Ja, das wäre nett", meinte Sandra und stand auf. „Ich mache das schon, Margaret. Nehmen Sie Platz!"

Die alte Dame kraulte Tammy kurz am Kopf, bevor sie sich in ihren gepolsterten Stuhl niederließ und ihnen ein treuherziges Lächeln schenkte. „Möchtet ihr Plätzchen?" Sie hielt ihnen einen Teller mit Biskuitgebäck entgegen und Alex und Rob griffen höflichkeitshalber zu.

Aus dem Augenwinkel erkannte er das Stofftuch mit dem eingestickten Muster – oder Buchstaben? Ja, er konnte erkennen, dass es ein einzelner Buchstabe war, umgeben von mehreren Verzierungen in verschiedenen Farben. Allerdings nicht genau, welcher.

Als Sandra mit einer Schale Wasser zurück war und sie Tammy hingestellt hatte, setzte sie sich neben Annie und sah in die Runde, um zu prüfen, ob jemand anders beginnen wollte. Dem war nicht so.

„Wie geht es Ihnen, Margaret?", fragte Sandra.

„Danke, Liebes", antwortete Margaret entspannt. „Mir fehlt nichts."

„Sie haben in den letzten Tagen gar keine Hilfe benötigt", merkte Sandra an. „Ich komme aber immer gerne, wenn Sie sich melden, bitte zögern Sie nicht."

Margaret schüttelte dankend den Kopf.

„Es ist alles in Ordnung", versicherte sie. „Und bei euch? Haben die Schulferien schon begonnen?"

Sie erzählten ihr ein wenig von den letzten Schultagen, den anstehenden Ferien und was sie so alles vorhatten. Die alte Dame hörte interessiert zu und strich dabei erneut über das Stofftuch, wie ganz von selbst und ohne einen einzigen Blick darauf zu werfen.

„Alex", wandte sie sich anschließend an ihn. „Wie geht es dir? Genießt du deinen Urlaub hier?"

Leider ist es ziemlich düster, hätte er ehrlicherweise antworten müssen.

„Ja, Margaret", sagte er stattdessen. „Es ist schön, Zeit mit meinem Onkel zu verbringen und meinen besten Freund dabeizuhaben. Und natürlich in der Nähe von Sandra und den anderen zu sein."

Margarets Miene wurde sorgenvoll, als würde sie ihm das nicht ganz glauben.

„Ich hoffe, du hattest nicht zu sehr unter den Visionen zu leiden?", fragte sie dann geradeaus und Alex konnte ihr ansehen, dass sie richtig mitfühlte.

Er senkte den Kopf und wollte der alten Dame die ganzen beunruhigenden Erzählungen eigentlich ersparen.

„Es hört leider nicht auf, Margaret", schaltete sich Sandra ein. „Im Gegenteil, es ... wird schlimmer. Und wir haben gehofft, dass Sie uns vielleicht wieder ... etwas helfen könnten, die ganzen Dinge zu verstehen, die Alex gesehen hat."

Margaret bewegte sich unruhig in ihrem Stuhl hin und her, sah sie alle abwechselnd an und schien sich nicht sicher zu sein, was sie sagen sollte. Immer wieder berührte sie das Stofftuch und legte die Hand drauf.

„Was immer ich weiß, werde ich euch erzählen", versprach sie mit schwacher Stimme. „Selbst wenn ich denke, dass ich schon alles gesagt habe, woran ich mich erinnern kann."

Sandra sah auffordernd zu Alex, der mit seiner Hand die Sofalehne umklammerte und überlegte, wo er anfangen sollte.

„Ich sehe sie immer wieder", stieß er hervor und hatte das Gefühl, seine Stimme würde gleich versagen. „Sie alle. Theresa, Elizabeth - und den Mann, von dem ich weiß, dass er Richard heißt."

Die Augen der alten Dame glitten ins Leere ab.

„Richard ...", hauchte sie, als käme ihr dieser Name bekannt vor. Doch sie sagte nichts weiter.

„Jedenfalls macht es den Eindruck, als wäre Elizabeth in Arthur verliebt gewesen und der Mann - Richard - in Elizabeth. Ich habe gesehen wie er sie ... belästigt hat und für sich haben wollte und sie sich gegen ihn gewehrt hat. Und auch wie wütend er wurde, als er mitbekam, dass sie Arthur Cessler lieber wollte."

Immer noch keine Reaktion von Margaret. Es hatte den Anschein, als würde in ihrem Kopf ein uralter Film immer wieder ablaufen, ohne aber nützliche Informationen herzugeben, die sie deuten konnte.

„Wissen Sie vielleicht, wer Richard war?", fragte Annie vorsichtig und alle warteten gespannt.

Margaret sah sie nur mit großen Augen an und schien immer noch von diesem Rückblick vereinnahmt zu sein, der sich in ihren Gedanken abspielte.

„Ich ... Richard ... ich ...", begann sie zu stammeln.

„Auch Victoria habe ich gesehen", erzählte Alex weiter und bekam dafür sofort Margarets Aufmerksamkeit. „Sie war ... so widerlich zu Theresa. Sie muss ein furchtbarer Mensch gewesen sein."

„Oh ja, das war sie!", bestätigte Margaret und wirkte klarer denn je. „Einer Toten soll man nichts nachsagen, aber sie ist die einzige Cessler, um die es niemals schade war."

Noch nie zuvor hatte Alex die alte Dame so aufgewühlt erlebt wie in diesem Moment. Der ganze Hass und die Trauer über die jahrelangen Demütigungen dieser furchtbaren Person mussten von ihr Besitz ergriffen haben.

„Es wäre interessant zu wissen, warum Arthur sie trotzdem geheiratet hat", meinte Sandra. „Können Sie sich vielleicht einen Reim darauf machen?"

„Nein, nie", sagte Margaret ohne zu überlegen. „Das wurde von niemandem angesprochen, als ich im Herrenhaus lebte. Ich hatte den Eindruck, dass es keiner verstehen konnte. Was hat Victoria gemacht, als du sie gesehen hast?"

„Na ja, sie hat ... Theresa Vorwürfe gemacht und sie spüren lassen, dass sie nur eine Last für Arthur ist."

Margarets Herz erlitt gerade offensichtlich einen Stich.

„Genau wie bei mir", sagte sie betrübt. „Die arme Theresa ..."

„Sie sagten doch, Arthur habe nie über sie gesprochen. Können Sie sich erklären, wieso nicht?"

„Ich vermute, es muss ihr etwas Schreckliches passiert sein. Etwas so Furchtbares, dass Arthur es nie wieder übers Herz brachte, ein Wort über sie zu verlieren. Ich bin mir sogar sicher, dass es so war ..."

Sie unterbrach und es schien ihr unangenehm zu sein.

„Dürfen wir wissen, warum Sie sich sicher sind?", fragte Sandra sanft. „Bitte Margaret, alles kann wichtig für uns sein."

„Nun ja ... als Abraham im Krieg war, gab es im Herrenhaus einen Vorfall, den ich nie vergessen habe."

Es musste die alte Dame ziemlich anstrengen, diese Erinnerung auszugraben, so unruhig bewegte sie sich gerade. Alex und die anderen hingen gespannt an ihren Lippen.

„Ich ging eines Nachmittages durch die Flure des Hauses, ich weiß nicht mehr, was ich wollte oder wen ich gesucht habe. Dabei kam ich an Arthurs Arbeitszimmer vorbei und ... hörte ihn fürchterlich weinen. Die Tür war einen Spalt offen und ich ging näher, um zu sehen, ob etwas passiert war. Ich wollte nicht lauschen, ehrlich! Ich musste nur wissen, was mit Arthur geschehen war. Aber er ... saß nur an seinem Tisch und weinte. So fürchterlich wie ich niemals sonst einen Menschen weinen gesehen habe. Ich wusste nicht, ob ich ihn trösten sollte und traute mich nicht, hineinzugehen. Also ging ich in mein Zimmer zurück um mich zu beruhigen. Eine Weile später beschloss ich, doch anzuklopfen und ihm meine Hilfe anzubieten. Aber er war nicht mehr da. Ich war neugierig und ging zu seinem Arbeitstisch. Und da lag ... eine Fotografie. Eine sehr alte Fotografie, von einer Frau. Es war Theresa, ich kannte sie. Aus den Visionen. Ich weiß bis heute, wie sie aussah. Aber ... ich kam nie hinter ihr Schicksal."

Betrübt hörte Alex ihr zu und glaubte ihr jedes Wort. Dass Theresa etwas Entsetzliches passiert sein musste, lag auf der Hand. Durch nichts sonst ließ sich ihre grenzenlose Trauer erklären. Was es gewesen sein konnte, lag jedoch völlig im Dunkeln.

„Würden Sie uns noch mal von der Nacht erzählen, als Sie zurückkamen?", bat Sandra. „Sie sagten, sie hätten von dem Bombenattentat in der Zeitung erfahren und sich Sorgen gemacht. Wie haben Sie es geschafft, unerkannt ins Haus zu gelangen?"

„Ich fuhr mit dem Zug bis nach Andover und ging vom Bahnhof zu Fuß. Das Herrenhaus betrat ich durch die Tür zur Waschküche im Untergeschoß, von der ich wusste, dass sie meistens offen war, so auch in dieser Nacht. Es war niemand da. Im ganzen Haus war es still, obwohl ich öfter glaubte, Leute durch die Flure huschen zu hören. Ich bin durch das Treppenhaus der Bediensteten hinaufgeschlichen und habe auch dort niemanden angetroffen."

„Norman hat erzählt, dass Arthur Cessler in dieser Nacht fast allen seiner Angestellten freigegeben hat", raunte Rob den anderen zu. „Das muss der Grund gewesen sein, weshalb niemand da war."

„Ich wollte in unser altes Zimmer, von Abraham und mir, in der Hoffnung ihn und Andrew dort anzutreffen. Ich hörte sogar Stimmen heraus, doch dann hörte ich harte Schritte, die mir entgegenkamen und bin in die nächste Abstellkammer geflüchtet. Ich kann nicht mehr sagen, wie lange ich darin ausgeharrt habe. Als ich wieder rauskam und mich versichert hatte, dass niemand kam, wollte ich in das Zimmer, aber es war abgeschlossen und es war auch nichts mehr zu hören. Daraufhin bin ich direkt zu Arthur ..."

Sie verstummte.

„Den Sie ja auch angetroffen haben, nicht wahr?"

Margaret nickte geistesabwesend.

„Er sah fürchterlich müde und geschafft aus. Arthur hatte schreckliche Angst, von jemandem belauscht zu werden und wollte mir nicht sagen, wo Abraham und Andrew waren. Er versprach, es mir in einem Brief mitzuteilen, bevor er mich beschwor, wieder unterzutauchen. Einen Brief erhielt ich nie ..."

Von ihnen allen sah Sandra am stärksten betroffen aus. Es schien ihr persönlich sehr nahezugehen.

„Sie sagten, die Visionen hätten aufgehört, als Sie in London gelebt haben", versuchte Alex, ein anderes Thema ins Spiel zu bringen.

„Sie wurden schwächer und waren bei weitem nicht mehr so schlimm", bestätigte Margaret. „Aber die Angst davor hing trotzdem für viele Jahre über mir. Bis zu diesem Tag viele Jahre später. Es ist nichts Bestimmtes passiert, aber ich hatte plötzlich das Gefühl, befreit zu sein. Das gab mir den Antrieb, wieder herzukommen. Und es bestätigte sich, ich hatte nie wieder eine Vision."

„Wie sind Sie zu diesem Haus gekommen?", fragte Annie neugierig. „Hat es Ihnen der Vorbesitzer verkauft oder vermietet?"

„Es stand leer. Arthur hatte es über einen Notar in London an Joanne Jenners vermacht und da dieser zu strenger Geheimhaltung angewiesen worden war, drang keine Information an irgendjemanden von hier. Ich hatte meine falschen Papiere, die mich als Joanne Jenners auswiesen und machte davon Gebrauch. Es war schon kurze Zeit nach dem Feuer, aber ich konnte noch nicht zurückkommen. Ich hatte zu große Angst, erkannt zu werden und außerdem ... war es doch der Ort, an dem ich meine Liebsten verloren hatte."

Sandra war offensichtlich den Tränen nahe und auch Alex hätte sein Mitgefühl kaum beschreiben können. Annie und Rob saßen Arm in Arm nebeneinander, als würde sie diese Nähe davor schützen, dasselbe Schicksal zu erleiden. Keiner sagte ein Wort. Margaret wirkte zwar melancholisch, aber keineswegs todtraurig und strich weiterhin bedächtig über das bestickte Stofftuch.

„Margaret", setzte Alex dann an, „eine Sache möchte ich Sie noch fragen, bevor wir Sie in Ruhe lassen. Heute hatte ich auf der Cesslerwiese eine Vision, in der ich Theresa war. Und sie wurde von einem Mann, wahrscheinlich Richard, durch den Brunnen in die unterirdischen Tunnel geführt. Er sagte zu ihr, dass Arthur und Elizabeth bereits warten würden. Können Sie ... sich irgendwie erklären, worum es dabei ging?"

Annie und Rob starrten ihn wie gebannt an, sie hörten zum ersten Mal davon. Margaret überlegte mit geschlossenen Augen.

„Es muss so gewesen sein. Ich kann mich daran erinnern, dasselbe gesehen zu haben. Und was sich danach unten abgespielt hat. Nur habe ich es nie verstanden."

„Was meinen Sie?", fragte Alex aufgeregt. „Was hat sich da unten abgespielt?"

„Es ... muss Chaos gewesen sein. Ein Handgemenge ... der Globus ... das helle Licht ... der Schrei ..."

„Wissen Sie, wer dabei war?"

„Sie alle. Arthur, Theresa, Elizabeth ... und dieser Mann namens Richard. Was haben sie nur getan ..."

Es war nicht zu übersehen, dass es Margaret verwirrte, diese Erinnerung wiederzugeben und dass sie nicht die richtigen Worte fand, zu beschreiben, was sie tatsächlich gesehen hatte. Obwohl Alex in diesem Moment nichts lieber wollte als herauszufinden, was damals geschehen war, hielt er sich zurück, um die alte Dame nicht weiter aus der Fassung zu bringen.

„Es ist schon spät", verkündete Sandra nach einem Blick auf die Uhr. Ihre Stimme zitterte leicht und sie räusperte sich. „Wir müssen jetzt gehen. Danke, Margaret! Ich komme Sie bald wieder besuchen, in Ordnung?"

Margaret lächelte erfreut und erhob sich beschwerlich aus ihrem Stuhl.

„Sehr gerne, Liebes", erwiderte sie. „Wann immer du möchtest."

Sandra bedeutete Tammy, ihr zu folgen und Alex schloss sich dem Aufbruch an. Dabei konnte er für eine Sekunde einen Blick auf das Stofftuch erhaschen. Ein großes „E" war in der Mitte eingestickt worden, umgeben von Ornamenten, Tieren und Blumen in verschiedenen Farben ...

Es war inzwischen dunkel geworden und so bot sich ihnen der gewohnte Anblick der Mendelaine Road, wie sie von Straßenlaternen beleuchtet wurde und ruhiger kaum wirken hätte können.

Sandra war zweifellos sehr aufgewühlt durch Margarets Erzählung und selbst Alex konnte sie mit seiner Umarmung und dem Kuss gerade nicht umstimmen.

„Einen schönen Abend noch, Margaret", verabschiedete sich Rob. „Und bis bald." Sie winkte ihm dankbar zu.

Dann bemerkte sie offenbar Sandras Stimmung und trat aus ihrem Türrahmen auf sie zu.

„Sei nicht traurig, Liebes", sagte sie aufmunternd und strich ihr herzlich über die Wange. „Letztendlich kommt alles, wie es kommen sollte."

Sandra schaffte es, ihre Fassung wiederzufinden.

„Ja, Margaret", sagte sie schniefend. „Alles Gute und bis bald!"

Die alte Dame lächelte und trat zurück in ihr Vorzimmer. Sie wartete, bis die vier ihre Veranda verlassen hatten, winkte dann ein letztes Mal zum Abschied und schloss sanft die Tür.

Niemand sagte etwas, als sie auf dem Weg zu Sandra waren. Margarets Erzählungen mussten ihnen allen zu denken gegeben haben. Alex hätte immer noch eine Vielzahl von Fragen an sie gehabt, jedoch wurde es immer mehr zu einer Qual, die alte Dame mit solch persönlichen Themen zu belagern. Er fühlte sich schlecht dabei und gönnte ihr nichts als ihren Frieden, den sie nach allem, was sie durchgemacht hatte, mehr als verdiente.

Vielleicht würden sie noch ein paar Gelegenheiten finden, dachte er bewusst optimistisch, als sie bei Sandra angekommen waren und die letzten Vorbereitungen trafen. Und selbst wenn Margaret ihnen nicht mehr weiterhelfen konnte, immerhin hatte Alex einen Vorteil, dachte er verbittert.

Denn früher oder später würde er sicherlich das mit eigenen Augen sehen, wovon Margaret ihm berichtet hatte.

Und auch alles *fühlen*.

Kapitel 16

Beinahe hätte man meinen können, es sei alles in Ordnung. Beim Nachhausekommen war Sandra noch ziemlich aufgewühlt gewesen von Margarets Erzählungen. Bei den Waunders hatte sie sich nichts anmerken lassen, als sie Tammy für die Nacht abgegeben hatte, doch Alex hatte es deutlich spüren können. Als jedoch die ersten Partygäste auftauchten und das Haus der Brentons sich zu füllen begann, schien die Trübseligkeit langsam aber sicher von Sandra abzufallen und irgendwann in Vergessenheit zu geraten. Sie war ganz die Alte und gab wie letztes Jahr eine überaus fröhliche Gastgeberin ab.

Schnell begannen sich die Leute im Haus aufzuteilen, manche redeten in der Küche miteinander, mit einem Becher Saft oder Limonade in der Hand, andere tanzten im Wohnzimmer oder spielten irgendwo dazwischen ein Quizspiel, bei dem sie wegen der lauten Musik so eng zusammenrücken mussten, um sich zu verstehen, dass es schwer war, die Fragekarten voreinander zu verbergen.

Sandra hatte mit Alex gemeinsam die Tanzfläche eingeweiht, sodass sie nach einigen Liedern erhitzt in die Küche stolperten, um sich mit Eistee abzukühlen. Samuel Tennesson und Carmen Lightblue empfingen sie dort.

„Sieht so aus, als hättet ihr viel Spaß", meinte Carmen mit vielsagendem Blick. „Passt auf, dass ihr nicht müde werdet, wir haben noch Stunden vor uns!" Sie hatte ihre hellbraun gelockten Haare mit Spangen fixiert und wie meistens ihre Lippen stark rot betont.

„Ich und müde", entgegnete Sandra, die Alex mit ihrem Arm an der Hüfte zu sich zog. „Du bist wirklich putzig. Aber sag mal, wie geht's deiner Mum? Immer wenn ich sie mit Rose sehe, sehen die beiden so glücklich aus."

„Das sind sie zum Glück auch!", bestätigte Carmen und nahm einen Schluck aus ihrem Becher. „Meine Mum ist schon seit fünf Jahren mit ihr zusammen. Übermorgen fliegen sie zu zweit nach Paris."

„Wie romantisch!", sagte Sandra angetan und sah zu Alex. „Dort müssen wir unbedingt auch mal hin!"

Er zuckte mit den Schultern.

„Vielleicht fährt uns mein Onkel ja hin."
Sie lachte und wandte sich dann wieder an Carmen.
„Du bist in der Zwischenzeit bei deinem Vater?" Diese nickte.
„Für ein paar Wochen, wie lange genau weiß ich noch nicht. Wie es mir gefällt eben. Er wohnt in Birmingham, mit meiner Stiefmutter und meinen Halbgeschwistern."
„Ruf an, wenn du dich langweilst", bot Sandra an. „Dann kommen wir dich besuchen!"
„Ich komm drauf zurück."
„Wo ist eigentlich Josh?", erkundigte sich Samuel verdutzt. „Hast du ihn nicht eingeladen?"
Alex befürchtete schon, dass diese Frage die Stimmung erheblich drücken würde, aber zu seiner Erleichterung sah Sandra sehr gelassen drein.
„Doch, natürlich. Er meinte, er kommt nach, nicht wahr?"
„Ja, sicher", bekräftigte Alex. Ich *hoffe* das wird er, ergänzte er in Gedanken.
„Hat sich ja gut mit Chris angefreundet, stimmt's?", fragte Carmen und sah fast besorgt aus, obwohl sie Josh nicht mal persönlich kannte.
„So gut man sich mit Chris anfreunden kann", übernahm Samuel trocken. „Also nicht wirklich."
„Er war öfter mit ihnen unterwegs, ja", erklärte Sandra, immer noch ganz gelassen. „Ist er jetzt gerade auch, denke ich. Mal sehen, wann er hier aufkreuzt."
„Hoffentlich hören wir die Türklingel", raunte Samuel Alex zu.
„Keine Sorge, wenn Josh hier auftaucht, krieg ich das mit", versicherte Alex und fügte in Gedanken hinzu: „Und er soll gefälligst *bald* hier auftauchen!"
„Von wem redet ihr?", fragte plötzlich Michelle Carregan, die eben in die Küche gekommen war. Ihre Haare waren blond und glatt wie Seide. Mit ihrer schlanken Statur, den haselnussbraunen Augen und den markanten Gesichtszügen sah sie ihrer älteren Schwester Melissa recht ähnlich.
„Von Josh", antwortete Sandra und deutete mit dem Daumen auf Alex. „Seinem besten Freund."

„Ist das der Typ, der in letzter Zeit immer mit Chris und den anderen abhängt?", fragte Michelle, während sie sich Cola in ihren Becher einschenkte und in die Chipsschale langte.

Carmen bejahte mit einem Nicken.

„Oh je, das tut mir leid", meinte Michelle und verzog den Mund. „Hoffentlich bleibt er danach anständig. Rachel hat ihn mal getroffen, als sie mit ihrem Freund Marty - ihr wisst, Emilys Bruder - und seinen Kumpels beisammen war. Hat ihn ziemlich ausgehorcht, das kann sie ja, wie meine Schwester." Sie verdrehte die Augen.

Von Sandra hingegen schien plötzlich sämtliche Gelassenheit abgefallen und ihre Konzentration gänzlich auf Michelles Erzählung gerichtet zu sein.

„Ach ja? Was hat er ihr denn alles erzählt?"

Alex hatte gar kein gutes Gefühl und sah auch in Michelles Gesicht, dass sie lieber nicht weiter darüber reden wollte.

„Ähm ... na ja, alles Mögliche", begann Michelle unsicher. „Ich meine ... allgemeine Sachen eben ... keine Ahnung."

„Michelle!", sagte Sandra eindringlich. „Du weißt mehr, das spüre ich."

„Ich ... ja, aber vielleicht ist das hier nicht der richtige Moment, darüber zu reden", versuchte sie auszuweichen.

„Das finde ich auch", mischte sich Alex ein und legte Sandra die Hand auf die Schulter. „So interessant kann es gar nicht gewesen sein."

„Das entscheide ich!", wies Sandra die Einwände ab. „Sag schon, Michelle."

Diese atmete tief durch und konnte nicht verbergen, dass sie bereute, das angesprochen zu haben.

„So viel ich mitbekommen habe, haben sie auch über die Sache zwischen dir und ... Emily geredet."

Alex meinte, in Sandras Augen ein grimmiges Funkeln gesehen zu haben, was oft nichts Gutes bedeutete. Nervös sah er in der Küche herum. Carmen, die aufgeregt an ihren Erdnüssen knabberte, als wäre das eine spannende Szene in einem Kinofilm und Samuel, der mit verschränkten Armen am Türstock lehnte, seine dunklen, gewellten Haare leicht zur Seite schüttelte und nicht weniger interessiert wirkte.

„Oh mein Gott!", rief Sandra und griff sich an den Kopf. „Warum wundert mich das nicht? Ich wusste ja, dass Emily zu deiner Schwester angelaufen kommt und Stimmung gegen mich macht."

„Nein, so war das nicht", widersprach Michelle. „Melissa wusste die ganze Zeit über nichts Genaues davon – auch ich habe ihr nichts erzählt, ehrlich! Sie hat es versucht und ich habe es bloß genossen, dass sie so scharf drauf war und nichts aus mir rausbekommen hat."

„Das heißt, Emily gibt sich nicht mit Melissa, Rachel und den anderen Idiotinnen ab?" Sandra wirkte verwirrt, als ob eben ihr gesamtes Weltbild ins Wanken geraten wäre.

„Sie kann Melissa nicht leiden, das weißt du ja", bekräftigte Michelle. „Meine Schwester hat ein paarmal versucht, sie für sich zu vereinnahmen, aber Emily hat immer abgelehnt."

Alex fiel ein, dass er noch immer nicht wusste, warum Sandra und Emily sich zerstritten hatten. Im Zuge der vielen anderen Dinge, die in den letzten Tagen passiert waren, war das völlig in den Hintergrund geraten.

„Wer's glaubt", murmelte Sandra.

„Es ist wahr, ich hätte es gemerkt, wenn Emily plötzlich immer bei Melissas Lästertreffen dabei gewesen wäre", bekräftigte Michelle abwinkend. „Ehrlich Sandra, das was Emily getan hat, war das Letzte, aber so mies ist sie nicht. Wahrscheinlich bereut sie es auch inzwischen."

„Dann soll sie gefälligst herkommen und sich entschuldigen!", fuhr Sandra auf.

„Darf ich fragen, was eigentlich los war?", versuchte Alex, sich einzubringen, doch Sandra nahm sofort wieder das Wort an sich.

„Wir schweifen ab", sagte sie schnippisch. „Ich möchte bloß wissen, weshalb das Thema dann zwischen Josh und Rachel aufkam, wo doch beide nichts davon wissen konnten?"

„Emilys Bruder war dabei!", erinnerte Michelle.

„Und der ist intelligent genug, irgendwas von seiner Schwester mitzukriegen?", fragte Sandra ungläubig. „Ich erfahre hier heute lauter unfassbare Neuigkeiten. Was kommt als Nächstes? Heiratet Mr. Spencler die Herzogin von York?"

„Das war Kalkül", war sich Michelle sicher. „Marty hat Rachel mit Sicherheit von Josh erzählt und dass er der beste Freund von Alex ist – der ja mit dir zusammen ist." Sie deutete auf Sandra. „Daraufhin hat Melissa Rachel geschickt, um mit Josh ins Gespräch zu kommen und irgendwas über Alex und dich herauszufinden, was sie später gegen dich verwenden kann. Ist nicht so aufgegangen, offensichtlich, aber irgendwie sind sie eben auf die Sache zwischen Emily und dir gekommen und weil Marty dabei war, der davon zuhause sicher was mitbekommen hat, hat er mitgeredet und ... na ja."

Sandras Miene war von schadenfroh auf geschockt umgeschlagen.

„Heißt das etwa, Josh weiß jetzt auch alles?"

Michelle zuckte mit den Schultern und schenkte sich Cola nach.

„Wahrscheinlich, was weiß ich? Schlimmer finde ich, dass Melissa und ihre Freundinnen es jetzt wissen. Aber wenigstens weißt du, dass es nicht Emilys Schuld war."

Sandra wirkte davon gar nicht beruhigt. Es schien ihr gewaltig gegen den Strich zu gehen, dass die Sache eine größere Runde gemacht hatte.

„Immerhin", sagte sie dann steif. „Dass Melissas Plan, mehr über mich herauszufinden nicht aufgeht, hätte ich ihr gleich sagen können. Welcher Plan von ihr würde jemals aufgehen, außer vielleicht eine Gehirntransplantation!"

„Wem sagst du das?", seufzte Michelle. „Und morgen muss ich mit ihr wegfahren!"

„Ruf an, wenn sie schwierig wird", meinte Sandra aufmunternd und tätschelte Michelle am Arm. „Dann gebe ich dir Tipps, versprochen!"

„Hey, alles klar?", fragte Annie, die mit Rob Hand in Hand in die Küche gestolpert kam und aussah, als wäre sie eben einen Marathon gelaufen. Vom vielen Tanzen musste den beiden ziemlich heiß geworden sein.

„Ich brauch unbedingt was zu trinken", bat Rob keuchend. „Egal was!"

„Mach ich dir sofort", erwiderte Sandra und suchte auf dem Küchentisch nach dem passenden für Rob.

„Worüber habt ihr gerade gesprochen?", wollte Annie wissen, die ihren Becher bereits randvoll mit Limonade befüllt hatte.

„Über Michelle, ihre Schwester und mich", erklärte Carmen.

Annie runzelte die Stirn.

„Das klingt, als wärt ihr die neue Traumclique der Straße", sagte sie angewidert. „Ist doch hoffentlich nicht so?"

„Blödsinn", entgegnete Michelle kopfschüttelnd. „Bevor das passiert, fällt ein Komet auf unser Haus!"

„Ihr bleibt alle den Sommer über hier, stimmt's?", fragte Carmen. „Kein Urlaub, stört euch das nicht?"

„Wir machen Tagesausflüge", meinte Sandra, die Rob eben seinen Becher Eistee gereicht hatte. „Alex ist noch fast fünf Wochen hier, das ist für mich Urlaub genug."

Sie streckte sich hinauf und er erwiderte ihren Kuss.

„Wenn ihr zurück seid, könnt ihr gerne mal mitkommen", bot sie an. „Sam ist schon in einer Woche wieder da, ein paar Tage bevor Josh wieder fliegt."

Samuels Gesicht verdunkelte sich förmlich und er sah Sandra grimmig an.

„Wenn du es nicht wärst!", presste er hervor.

„Wieso hasst du es noch mal so sehr, *Sam* genannt zu werden?", fragte Sandra unbeeindruckt.

„Weil mich meine dämlichen Cousinen immer so genannt haben und ich obendrein in der Grundschule unter diesem Spitznamen gemobbt wurde!", stellte Samuel klar.

„Oh, tut mir leid", lenkte Sandra ein. „Kommt nicht mehr vor, Sam ... uel!"

„Deshalb hast du doch auch mit dem Kampfsport begonnen, nicht wahr?", erkundigte sich Carmen mitfühlend. „Damit das nicht wieder passiert."

„Und ob", bestätigte Samuel. „Ist es auch nicht seither. Aber der Schmerz bleibt." Er fasste sich theatralisch ans Herz und Sandra verdrehte schmunzelnd die Augen.

„Sandra, gehst du eigentlich immer noch zu Mrs. Jenners?", erkundigte sich Michelle dann. Diese bejahte.

„Alle paar Tage. Jetzt seltener, weil Alex da ist, aber ab September sicher wieder öfter. Heute waren wir zufällig bei ihr."

„Ich kenne sie gar nicht näher", räumte Carmen ein.

„Schade, sie ist nämlich wirklich nett", meinte Sandra. „Du kannst gerne mal mitkommen, sie erzählt sehr interessante Sachen, vor allem von den Cesslers. Sie hat ja früher für die gearbeitet und kannte Arthur Cessler und seine Familie. Wisst ihr, was sie über seine Frau erzählt hat, Victoria? Dass sie eine richtige Schlange war."

„Echt?"

„Ja, dass sie sich zwei ihrer Kinder rausgepickt hat, um sie zu verhätscheln und die anderen zwei nur niedergemacht und ignoriert hat. Widerlich, so etwas! Und was das Beste ist, dass sie aus ihrem Alter ein Staatsgeheimnis gemacht hat. Niemand wusste genau wie alt sie war, angeblich nicht mal Arthur Cessler selbst. Ist das nicht irre?"

„Krasse Lady", meinte Samuel.

„Das kenne ich von woher", sagte Michelle wehmütig. „Meine Mum redet auch nie über ihr Alter."

Sandra hob ungläubig eine Augenbraue.

„Aber wenn ihr es ohnehin wisst, muss man ja nicht ständig darüber reden."

„Wir wissen es ja nicht", räumte Michelle ein. „Es ist ein totales Tabuthema bei uns zuhause. Manchmal habe ich auch den Eindruck, dass nicht mal Dad es weiß."

„Moment mal", warf Sandra dazwischen. „Du weißt ehrlich nicht, wie alt deine Mum ist?"

Michelle schüttelte den Kopf und sah drein, als wäre es das Normalste der Welt.

„Oh mein Gott, das ist ..." Sandra unterbrach sich, wohl um Michelle nicht zu kränken. „Na ja, witzige Geschichte. Und wenn sie Geburtstag hat und du ihr eine Karte schreibst, kannst du ihr nicht mal zu einem runden gratulieren?"

„Wenn das einer von uns wagen würde, wäre zuhause wochenlang Eiszeit", wehrte Michelle ab. „Nie im Leben würde ich mich das trauen! Mum ist es extrem wichtig, jung auszusehen und am besten gar nicht zu altern. Sogar als sie mal bei einer Umfrage mitmachen sollte und dort nach ihrem Alter gefragt wurde, hat sie fast einen Anfall bekommen. Ich glaube, der Interviewer hat heute noch Albträume davon. Sprecht dieses Thema bloß nie vor meiner Mum an!"

Sandra erwiderte nichts, doch Alex konnte deutlich das verschmitzte Lächeln sehen, das ihre Lippen umspielte.

„Okay, genug gefaselt", verkündete sie dann und stellte ihren Becher ab. „Ich will noch mal tanzen, wer kommt mit?"

Annie, Carmen, Michelle und Samuel folgten ihr, während Alex und Rob in der Küche zurückblieben und das Buffet auffüllten. Wenig später kamen Adam Hamerer und Julian Everyll in die Küche, die scheinbar gerade ein Brettspiel gewonnen hatten.

„Alles klar?", fragte Julian und deutete mit dem Daumen in Richtung Wohnzimmer. „Eure Freundinnen gehen da drin gerade ziemlich ab."

„Kann ich mir vorstellen", erwiderte Rob belustigt. „Immerhin läuft Tina Turner."

„Ist heute wieder irgendwann Karaoke?", fragte Adam und schenkte sich Cola nach. „Würde gerne mit Sandra ein Duett singen, wie letztes Jahr – das heißt, wenn es dir nichts ausmacht", ergänzte er mit unsicherem Blick zu Alex. Dieser winkte ab.

„Wenn es Sandra Spaß macht, nur zu", meinte er und lehnte sich mit einem Becher Limonade gegen den Kühlschrank. „Ich hab heute sowieso keine Lust auf Singen."

Er sah auf die Uhr und fragte sich, wann Josh wohl endlich hier auftauchen würde. Intuitiv streckte er seinen Hals, um durch den Hausflur aus dem Wohnzimmerfenster zu spähen, doch draußen war es bereits zu dunkel um etwas zu erkennen. Er sah lediglich die Raumlichter, die sich in der Fensterscheibe spiegelten.

„Ihr fahrt auch morgen weg?", erkundigte sich Rob.

Adam und Julian nickten.

„Schon ziemlich früh, um neun Uhr geht der Flug", sagte Adam wenig begeistert. „Meine Eltern killen mich, wenn ich verschlafe."

„Sie werden dich aus dem Bett prügeln", scherzte Julian und gab ihm einen Stoß gegen die Schulter. „Wir fliegen zu Mittag, immerhin etwas. Aber so wie meine Mum immer stresst, weckt sie mich wahrscheinlich trotzdem schon um sechs!"

Alex und die anderen schmunzelten. Sein Blick fiel auf Jonathan Franks, der etwas verloren auf der Seite zwischen Flur und Küche stand und scheinbar nicht recht wusste, wohin er schauen sollte.

„Hey, Jonathan!", rief Alex ihm zu. „Komm zu uns."

Zögerlich trat Jonathan auf die kleine Gruppe zu und erwiderte die Begrüßungen schüchtern. Seine rotbraunen Haare waren nach hinten frisiert und schillerten im Licht, seinem Gesicht nach hätte er auch erst zwölf sein können und mit seinem großen, schlaksigen Körper überragte er alle von ihnen um fast einen Kopf.

„Nette Party", sagte er verklemmt. „Wie letztes Jahr."

„Nicht wahr?", stimmte Alex zu. „Sandra hat von ihren Eltern sogar die Erlaubnis bekommen."

Die anderen machten große Augen.

„Ich wünschte, meine Eltern würden das auch so locker sehen", maulte Julian.

„Wenn du nicht alles versauen würdest, so wie damals nach dem Spiel, würden sie das vielleicht", warf Adam ein.

„Halt die Klappe." Julian stieß ihn in die Seite. „Tu nicht so, als wär nach deiner letzten Zockernacht alles tipptopp gewesen."

„Nicht so verwüstet wie bei dir", bestätigte Rob und wandte unschuldig seinen Blick ab.

„Ihr seid Penner."

„Fährst du auch auf Urlaub, Jonathan?", fragte Alex.

Dieser verschluckte sich fast, als er zum Sprechen ansetzte.

„Ja, morgen", erzählte er zurückhaltend. „Nach Schottland, eigentlich sehr schön, aber ... na ja ..."

„Deine Schwester?", half Rob ihm auf die Sprünge.

Jonathan nickte bedrückt.

„Ashley und du, ihr versteht euch nicht besonders, was?", meinte Adam mitleidvoll.

„Sie ist eben meine Schwester", sagte Jonathan schulterzuckend, wirkte dabei aber gar nicht erfreut.

Während sie über Ashley Franks sprachen und wie sehr sie ihren Bruder dafür hasste, dass er mal für Sandra geschwärmt hatte, gesellte sich auch Norman Martenson dazu. Die Küche wurde langsam eng, denn außer ihnen kamen immer wieder Leute vorbei, um sich am Buffet zu bedienen.

Alex folgte dem Gespräch nur teilweise und dachte wiederholt an Josh. Es war inzwischen zehn Uhr und er fragte sich langsam, ob sein bester Freund überhaupt noch vorhatte, heute nachzukommen. Ihn beschlich das Gefühl, dass er darauf umsonst hoffte. Eine unangenehme Anspannung breitete sich in ihm aus.

Wieso wollte Josh so absolut nichts mit Sandra zu tun haben, selbst wenn sie ihm die Hand reichte und ihn zu sich einlud? Wie sollte es weitergehen, wenn er nicht mehr kam und Sandra deswegen beleidigt war? Gab es dann noch irgendwas, das er tun konnte, damit sich die beiden endlich vertrugen?

In diesem Moment kamen noch einige Leute, die sich an den Schüsseln mit Chips, Erdnüssen und Salzbrezeln sowie am Getränketisch bedienen wollten. Die anderen Jungs kamen nah an Alex heran, da sie Platz machen mussten und es keine andere Ausweichmöglichkeit gab.

Diesmal ging es schneller als bisher. Mit einem Wimpernschlag verschwand alles um Alex herum in dem gleißenden weißen Licht, mit dem nächsten Wimpernschlag überfiel ihn die entsetzliche Leere, die er schon so oft gefühlt hatte.

Dass er sich noch auf den Beinen halten konnte war ein Wunder, eigentlich müsste er unter dieser Last zusammenbrechen, in einen unendlichen Abgrund versinken und für immer in tiefer Dunkelheit gefangen sein. Irgendwie musste sich sein Körper selbstständig gemacht haben, um das zu ertragen, anders konnte Alex sich nicht erklären, dass er noch aufrecht stand.

Hinzu kamen deutliche Gefühle der Abneigung und der Scham. Als würde die Welt sich vor ihm ekeln und umgekehrt. Erst jetzt realisierte er die Szene, die sich vor seinen Augen – oder den Augen von Theresa Cessler – abspielte. Mehrere junge Männer waren rundherum versammelt, alle trugen bräunliche Uniformen, hatten ziemlich kurze Haare und schienen sich gut zu amüsieren.

„Hab dich nicht so, Kleine", rief einer von ihnen. „Was Besseres wirst du hier nicht bekommen."

Er stand so nahe, dass Alex die trockene, rasierte Haut, die aufgesprungenen Lippen und die schiefen Zähne nur zu deutlich erkennen konnte. In seinem Inneren pulsierte die Abstoßung, aber er hatte nichts entgegenzusetzen. Er fühlte sich völlig schwach und ausgeliefert.

„Na komm schon, gib mir 'nen Kuss, Süße", verlangte er und näherte sein Gesicht noch weiter.

Die anderen Männer standen dicht gedrängt neben und hinter ihm, wie gierige Raubtiere, die ihren Anteil an der Beute wollten.

„Nein", presste die Frau hervor, in deren Körper Alex gerade festsaß, es war jedoch kaum hörbar.

„Wehr dich nicht, Puppe", rief ein Mann daneben. „Billy akzeptiert keine Widerrede."

„Genau, gib ihm lieber, was er verlangt", kam es ordinär von einem anderen.

„Hey, Billy, lass was für uns übrig!", verlangte ein weiterer lachend, als wäre das ein Wettessen.

„Nein!", kreischte Theresa plötzlich und schaffte es irgendwie, sich loszureißen und fortzustürmen.

Es musste später Abend sein, Alex konnte in der Ferne das Meer rauschen hören und befand sich allem Anschein nach im Außenbereich eines Hauses an der Küste.

„Wo willst du denn hin, Mädchen?", kam es von hinter ihr und mehrere schwere Schritte drohten sie einzuholen.

„So einfach entkommst du mir nicht", sagte der Mann namens Billy erheitert. „Komm schon, du willst es doch auch!"

„Verschwinde!", schrie Theresa verzweifelt und versuchte sich zu wehren, aber der Mann ließ sich nicht abhalten. Sie begann zu weinen, was ihn nicht im Geringsten beeindruckte.

„Oh, du brauchst wohl jemanden, der dich tröstet, was?" Er hob sie hoch und grinste sie an. „Lass mich mal machen."

Alex wollte um sich schlagen, wollte es diesem Billy so richtig zeigen, wollte schreien – es passierte nichts.

Die Trauer, die Hoffnungslosigkeit in seinem Inneren lähmte ihn regelrecht und hielt ihn völlig davon ab.

„Alex!", hörte er dann Sandras zärtliche Stimme in seinem Ohr. „Es ist alles gut, ich bin da."

Er blinzelte und sah kurz darauf in ihr besorgtes Gesicht. Ihm war übel, er zitterte und merkte, dass seine Augen und Wangen feucht waren.

„Sandra", stieß er hervor. Sein Blick fiel auf seine Füße, wo sich eine Lache gebildet hatte. Er musste seinen halbvollen Becher fallengelassen haben.

„Alles in Ordnung?", erkundigte sich Julian, der dreinsah, als hätte er so etwas nie zuvor gesehen.

„Hey, Mann, was ist los?", fragte auch Adam.

„Mir ist übel", sagte Alex und drängte sich an den anderen vorbei in den Flur, wo die Toilette war. „Entschuldigt mich kurz!"

Sandra folgte ihm und blieb vor der abgeschlossenen Tür stehen. Alex beugte sich über die Kloschüssel und glaubte, sich jeden Moment übergeben zu müssen. Er reckte sich und rang mehrmals nach Luft.

Es kam nichts.

„Alex, brauchst du Hilfe?", kam es von draußen.

„Nein", brachte er heraus. „Danke, ich komm klar."

Die Bilder von gerade eben kreisten durch seinen Kopf und ließen ihn nicht los. Er hatte gerade am eigenen Leib – mehr oder weniger – erlebt, wie Theresa sexuell belästigt wurde, offensichtlich von einer Gruppe junger Soldaten. Und vielleicht Schlimmeres. Er hatte nicht gesehen, was danach passiert war. Zum Glück ...

Wie war Theresa bloß in diese Lage gekommen? Was hatte sie alleine an diesem Abend an dem Ort an der Küste gemacht? War das vielleicht ihre letzte Nacht gewesen? Alex wollte es sich nicht vorstellen, ihm wurde sofort wieder übel und schwarz vor Augen.

Schwerfällig stand er vom Klodeckel auf, drehte das kalte Wasser des kleinen Waschbeckens auf und schüttete sich mehrere Hände voll ins Gesicht. Schließlich hatte er sich etwas beruhigt, richtete sich gerade und trat dann heraus. Sandra stand im Wohnzimmer, kam jedoch sofort zu ihm gelaufen und umarmte ihn innig.

„Willst du es mir gleich erzählen oder morgen?", fragte sie diskret.

„Lieber morgen", sagte Alex beklemmt. „Ist Josh vielleicht schon gekommen?" Sandra schüttelte den Kopf und wirkte absolut desinteressiert daran.

Einige Leute, darunter Annie, Rob, Julian, Adam und Carmen spähten besorgt zu ihnen rüber, andere Leute schienen von dem Zwischenfall nichts mitbekommen zu haben und unterhielten sich immer noch lachend oder tanzten zur Musik.

„Hör zu, ich bin dir nicht böse, wenn du dich gleich ins Bett legst", sagte sie mitfühlend und deutete die Treppe hinauf. „Ich kann die Party auch beenden, wenn du mich brauchst."

„Nein, auf keinen Fall!", lehnte Alex ab. „Nicht wegen mir, bitte. Ich geh nur mal kurz in dein Zimmer, mich abreagieren, okay? Wenn Josh auftaucht, hol mich einfach."

Er küsste sie auf die Stirn, schenkte ihr ein schwaches Lächeln und winkte dann den anderen zu, bevor er die Treppe hinauftrabte und in Sandras Zimmer trat. Mit einem gezielten Schwung ließ er die Tür ins Schloss fallen.

Die Musik und das Gerede drangen dumpf in seine Ohren, wo es obendrein pochte, dröhnte und quietschte. Alex drückte die Hände darauf und wollte nichts als Ruhe.

Müde ließ er sich auf Sandras Bett fallen und fragte sich, was an seinem Leben momentan eigentlich noch normal war.

Sein bester Freund traf sich lieber mit den Nichtsnutzen der Straße, anstatt mit ihm und Sandra ihren Geburtstag zu feiern, er hatte Visionen, in denen er Menschen sah, die längst tot waren, und ihre Emotionen fühlte, auf Sandras Party hatte er sich eben blamiert und er hatte keinen Plan, wie er aus dem allen rauskommen sollte.

Er hätte ausrasten können!

Energisch stand Alex auf, öffnete das Fenster und sah in Sandras Vorgarten die Lichter, die aus dem Haus drangen.

Die frische Luft tat ihm gut und er fühlte sich etwas besser, aber er war nun unglaublich müde. Erschöpft zog er sich bis auf sein T-Shirt und die Boxershorts aus, schlüpfte unter die Decke und hoffte, dass er nach einer halben Stunde wieder fit genug war, um zur Party zurückzugehen. Vielleicht würde Josh bis dahin auch da sein.

Dann wäre dieser Abend doch noch gerettet!

Mit diesem Gedanken schloss er die Augen und vernahm aus der Ferne die Bässe der Musik, die von unten kamen. Er stellte sich vor, wie er später gut gelaunt runterkam und Josh ihn begrüßen würde.

Das konnte noch ein schöner Abend werden. Wenn er nur eine kurze Schlafpause einlegte ...

Kapitel 17

Die Party verlief ziemlich komisch, fand Alex. Als er wieder dazustieß, waren plötzlich Sandras Eltern da und legten Death-Metal-Musik auf, die von den anderen aber gar nicht beachtet wurde. Sandra trank einen Becher Wasser nach dem anderen, Ricky war plötzlich größer als sie und Josh, der nun auch da war, verkündete begeistert, er habe sich in Michelle Carregan verliebt und wolle sie auf der Stelle heiraten. Danach ging Alex aus Sandras Haus, um sich bei sich zuhause in Michigan vorzufinden, wo der Schulbus auf ihn wartete - gesäumt von einer Schar Flamingos. Merkwürdigerweise wohnten John und Linda auch hier und sogar die Martensons waren in seine Umgebung gezogen. Irgendwas stimmte da nicht ...

Erst als die schwache Helligkeit in seine Augen drang, stellte er fest, dass er geträumt hatte - und schon der nächste Morgen angebrochen war! Verdammt, schoss es Alex durch den Kopf. Er hatte tatsächlich Sandras restliche Party verschlafen! Das durfte nicht wahr sein!

Ruckartig fuhr er hoch und sah sich um. Sandra lag friedlich schlafend neben ihm und hatte einen Arm um seine Taille gelegt. Wenn er aufstand, würde er sie möglicherweise wecken. Deshalb legte er sich wieder hin und sah auf die Zeitanzeige am Wecker.

Es war kurz nach neun Uhr. Alex schloss die Augen und ließ die Ereignisse des letzten Abends vor sich ablaufen. Die Vision löste erneut unbehagliches Empfinden in ihm aus, wenn auch nicht so stark wie am Vorabend.

Und Josh? War er noch da gewesen und Alex hatte ihn verpasst? Wenn Sandra aufwachte, musste er sie unbedingt gleich fragen.

Es dauerte jedoch über zwei Stunden, bis Sandra Zeichen der Wachheit von sich gab.

„Oh, hey", murmelte sie gähnend, als sie Alex bemerkte. „Gut geschlafen?"

„Auf jeden Fall", sagte er und streichelte ihre Haare. „Und lang! Ist mir ziemlich peinlich, tut mir leid."

„Ist doch kein Problem", beschwichtigte Sandra. „Wie geht's dir? Du warst ja völlig durch den Wind."

„Danke, geht schon wieder. Haben die Leute Fragen gestellt?"

„Natürlich, aber ich hab einfach gesagt, dass ich nicht weiß, was los ist. Hab noch ein paar mal nach dir gesehen, als du schon geschlafen hast, wollte dich aber nicht wecken."

„Wie lange hat die Party noch gedauert?"

„Bis kurz nach Mitternacht, dann habe ich alle nachhause geschickt. Es haben alle verstanden, nachdem was mit dir war."

„Es tut mir leid, echt. Dass ich dir die Party versaut habe ..."

„Das stimmt doch nicht, ich hatte viel Spaß", widersprach Sandra. „Aber was hast du eigentlich gesehen?"

Alex senkte den Blick und suchte einmal mehr nach den richtigen Worten, um das Furchtbare zu beschreiben. Als er fertig war, sah Sandra ziemlich erschrocken aus und hielt sich die Hand vor den Mund.

„Das ist ja entsetzlich", stieß sie hervor. „Die arme Theresa ... nicht auszudenken, was danach noch passiert ist ..." Sie brach ab und rieb sich das Gesicht.

„Ich fürchte, das werde ich nicht mehr los", sagte Alex betrübt.

„Irgendeinen Weg werden wir finden", versicherte Sandra und nahm seine Hand. „Da bin ich überzeugt!"

Alex nickte seufzend.

„Ist Josh eigentlich nachgekommen?", fragte er dann erwartungsvoll. Sandra schüttelte den Kopf.

„Nein", sagte sie matt. „Aber was soll's, ich hab ihn eingeladen, das war alles was ich tun konnte."

Alex spürte einen Kloß im Hals und war sicher, dass er von dem Frust herrührte, der plötzlich in ihm hochkam.

„Du bist nicht sauer?", fragte er.

„Wieso sollte ich? Ehrlich gesagt habe ich ohnehin nicht damit gerechnet. Er hatte eben keinen Bock. Das Haus war trotzdem voll und er hat einen netten Abend mit Chris verbracht. Alles okay!"

Sandra wirkte wirklich kein bisschen beleidigt deswegen. Sie stieg aus dem Bett, zog sich an und verschwand im Bad. Alex tat dasselbe und wollte bald nachhause, um sich frische Klamotten anzuziehen.

Sie frühstückten schnell, um danach Tammy abzuholen und mit ihr eine Runde zu gehen.

„Ich hoffe, deine Party ist gut verlaufen", sagte Mrs. Waunder freundlich. „Sandra, George und ich fahren heute Nachmittag zu meiner Cousine nach London und kommen erst morgen Abend zurück. Wenn irgendetwas ist, hier ist die Nummer meiner Cousine, in Ordnung?"

„Ja, Mrs. Waunder. Und danke, dass Sie wieder auf Tammy aufgepasst haben", erwiderte Sandra und winkte zum Abschied. „Bis morgen Abend und gute Reise!"

Sie gingen an Johns Haus vorbei, in Richtung Wald, wo die schwarze Hündin sich freudig hechelnd durch das Gestrüpp schnupperte und die beiden überhaupt nicht mehr wahrzunehmen schien.

„Ab heute Nachmittag sind also kaum zwei Dutzend Nachbarn hier", stellte Sandra fest. „Linda ist gestern schon gefahren, Annies Eltern sind seit Freitag weg und meine Eltern seit gestern. Und endlich verziehen sich auch Melissa und Chris! Nur für Michelle tut's mir leid, dass sie so lange mit ihrer Schwester verbringen muss. Ich glaube, ich schreibe ihr jeden Tag eine aufmunternde Nachricht. Oder zehn, was meinst du?"

Sie sprachen den ganzen Spaziergang über die ausgestorbene Mendelaine Road, die dadurch für einige Tage sowas wie eine Geisterstraße sein würde. Ihnen sollte es recht sein, sie hatten sich und würden sicher ebenfalls öfter mal wegfahren.

Bloß Josh machte Alex Sorgen ...

Als sie zurück in der Straße waren, steuerte Alex auf Johns Haus zu.

„Ich bringe Tammy schnell nachhause", ließ Sandra ihn wissen. „Und schreibe Annie, ob sie schon wach ist! Dann können sie sofort mit zu euch kommen. Bis gleich!"

Alex schloss die Tür auf und fragte sich, was ihn gleich erwartete, wenn er Josh zu Gesicht bekam. Der Erste, dem er jedoch begegnete, war sein Onkel, der in seinem Arbeitszimmer saß.

„Aber hallo!", rief er ihm zu. „Na, wie war's?"

„Ziemlich cool", sagte Alex kurz angebunden. „Sandra kommt gleich nach. Ist Josh hier?"

John nickte und deutete nach oben.

„Er ist heute zum Frühstück gekommen und dann gleich wieder in sein Zimmer verschwunden", erklärte er ratlos. „Ich habe ihn gefragt, ob gestern irgendwas passiert ist, aber er ist ausgewichen."

„Gestern?" Alex verstand nicht ganz.

„Das konnte ich dir noch nicht erzählen", begann John und begleitete Alex in die Küche. „Josh ist gestern am frühen Abend nachhause gekommen, ich nehme an von Chris oder einem seiner Freunde. Er hat ziemlich niedergeschlagen ausgesehen, wollte aber nichts erzählen."

„Josh war gestern schon früher zuhause?", vergewisserte sich Alex. „Er wollte nach Chris zu Sandra kommen. Das kann doch nicht ..."

Er brach ab und atmete aus.

„Vielleicht redest du mal mit ihm", schlug John vor. „Irgendwas dürfte ihm im Magen liegen."

Alex nickte einsichtig und steuerte dann direkt den Weg zur Treppe, hinauf in sein Zimmer an. Er wechselte die Klamotten, putzte sich im Bad die Zähne, kämmte sich die Haare, trat dann entschlossen vor Joshs Zimmer und klopfte. Es kam keine Reaktion.

„Josh?", rief er und wollte am Knauf drehen, aber es war abgeschlossen. „Josh, bist du da drin?" Keine Antwort.

„Bitte, wir müssen reden! Komm raus, Mann." Doch er konnte nichts hören. „Okay, ich bin unten, klar? Bis später."

Ernüchtert stapfte er wieder hinunter, setzte sich aufs Sofa im Wohnzimmer und tat sein Bestes, um zu verstehen, was mit seinem besten Freund los sein konnte.

„Und?", wollte John wissen, der mit einer Teekanne und mehreren Tassen auf einem Tablett zu ihm kam.

„Er hat sich eingeschlossen", erklärte Alex angespannt. „Ich hab keine Ahnung, was das alles soll."

„Josh wird sich einkriegen", beruhigte ihn sein Onkel. „Dann lässt er bestimmt besser mit sich reden."

Alex wollte erwidern, als er die Türklingel hörte.

„Das ist Sandra", sagte er und eilte zur Haustür. Zu seiner Freude waren auch Annie und Rob dabei.

„Wie geht's dir?", fragte Rob. „Du warst ja gestern ziemlich fertig, nach der Vision."

„Ich hoffe, du bist nicht böse, ich habe es ihnen schon erzählt", gestand Sandra.

„Nein, recht so. Dann bleibt es mir erspart."

Sie gingen alle ins Wohnzimmer und ließen sich verteilt auf der Sitzgarnitur nieder.

„Ihr seht ja alle gut erholt aus", stellte John fest. „Hat die Party diesmal kürzer gedauert?"

Abwechselnd erzählten sie ihm, was am Vorabend mit Alex passiert war. John erstarrte förmlich und umkrampfte seine Teetasse immer fester, sodass Alex sich wunderte, warum er sich nicht verbrannte.

Danach sagte John eine Weile nichts, da er die vielen neuen Informationen wohl erst fertig verarbeiten musste.

Irgendwie wanderte ihr aller Blick in diesen stillen Minuten zu dem dunkelroten Teppich zwischen den beiden Sofas und den Stühlen der Sitzgarnitur, der die Bodentür verdeckte, die ins Versteck führte. Er reichte bis unter die Füße der Möbel und lenkte mit seinen eingestickten weißen und grauen Mustern ideal von dem ab, was darunterlag.

„Wo ist eigentlich Josh?", fragte Annie dann und schüttelte ihre schwarzbraunen Haare nach hinten.

Alex deutete nach oben.

„Was ist mit ihm?", wollte Sandra wissen. Alex zuckte nur mit den Schultern.

„Ich hab keine Ahnung, was ich tun soll", sagte er müde. „Eigentlich würde ich heute gerne mit euch allen wegfahren, aber wenn Josh nicht mal sein Zimmer verlässt, können wir das wohl vergessen."

„Irgendwann muss er rauskommen", meinte Sandra. „Spätestens zum Mittagessen. Dann können wir immer noch reden, was wir heute machen."

„Wenn das nur alles wäre", murmelte Alex bedrückt.

„Du meinst die Visionen?" Alex bejahte.

„Ich weiß nicht, wohin das führen soll", klagte er. „Wenn ich immerzu damit rechnen muss, von sowas überfallen zu werden, kann man mit mir nirgendwo mehr hingehen!"

„Wir sind doch bei dir", widersprach Sandra. „Wir wissen Bescheid und können im Notfall dafür sorgen, dass wir dich in Sicherheit bringen."

Alex schätzte Sandras Einsatzbereitschaft. Leider wirkte das aber nur gegen die Symptome, nicht gegen die Ursache.

„Ich denke, wenn es Antworten gibt, liegen sie da unten."

Er deutete auf den Teppich.

„Du möchtest ins Versteck gehen?" John wirkte wenig begeistert, ließ sich aber deutlich anmerken, dass er keine bessere Idee hatte.

„Irgendwann auf jeden Fall", sagte Alex entschlossen. „Nicht so lange Josh hier ist, ich will ihn da nicht mit reinziehen. Aber danach."

Sandra wollte gerade etwas sagen, als eine andere Stimme ihr das Wort abschnitt.

„Ich kann mich gerne verziehen, wenn ich im Weg stehe."

Alex fuhr herum und starrte in den Korridor, der vom Vorraum um die Ecke direkt ins Wohnzimmer führte.

„Josh? Wie lange stehst du da schon?"

Sein Freund trat langsam aus dem halbdunklen Flur ins Zimmer.

„Lange genug um zu hören, dass du irgendwas nicht tun kannst, so lange ich hier bin", sagte er trocken.

„Das hat er nicht gemeint", schaltete sich Sandra ein. „Wirklich Josh, setz dich erst mal, dann können wir ..."

„Lass mich in Ruhe!", fuhr Josh ihr drüber. „Du brauchst mir gar nichts zu sagen. Offenbar teilt ihr hier ein nettes Geheimnis, von dem ich nichts wissen soll."

„Jetzt hör mal zu", warf Sandra zurück und stand wütend auf. „Du brauchst hier keine Szene zu machen, nur weil du dich ausgeschlossen fühlst, klar? Daran bist du nämlich nicht unschuldig."

Josh verharrte an der Stelle, seine blauen Augen funkelten zornig und er war eindeutig auf Konfrontation aus – genau wie Sandra, die ihm über die Sofalehne hinweg einen ebenso vernichtenden Blick zuwarf. Alex wollte gleichzeitig vermitteln und im Erdboden versinken.

„Was sagst du da für einen Blödsinn?", fragte Josh in aggressivem Tonfall an Sandra gerichtet. „Du wolltest mich von Anfang an nicht dabeihaben, gib's zu!"

„Bin ich jetzt dafür verantwortlich, dass du lieber Zeit bei Chris und seinen Idiotenkumpels verbringst, anstatt mit den Freunden von deinem besten Freund?", schoss Sandra zurück.

Alex meinte die Luft knistern spüren zu können wie nie zuvor. Nach seiner Wahrnehmung übertraf es alles, was er jemals an Streit zwischen Sandra und Melissa Carregan erlebt hatte.

„Hört mal, ich ...", setzte er an, hatte jedoch keine Chance.

„Natürlich bist du das!", schrie Josh Sandra entgegen und hatte offensichtlich die Kontrolle über seine Emotionen verloren. „Wer hat ihn denn vom ersten Tag an nur für sich vereinnahmt und uns kaum eine Minute alleingelassen?"

„Du spinnst doch!", schrie Sandra ebenso laut zurück. „Du hast Alex das ganze Jahr für dich und ich sechs Wochen im Sommer, gönnst du uns die etwa nicht?"

„Lenk nicht vom Thema ab! Immer wenn du da bist, schießt du gegen mich. Warum sagst du mir nicht ins Gesicht, dass du mich nicht leiden kannst und es am liebsten hättest, wenn ich nicht hier wäre?"

„Wenn du es ehrlich wissen willst: ja, ich finde es ätzend, dass du hier bist und eine Szene machst wegen nichts! Weißt du, ich wollte dich eigentlich nicht zu meiner Party einladen und hab es nur getan, weil Alex mich gebeten hat, aber danach dachte ich, dass das der Beginn einer Versöhnung zwischen uns sein könnte. Nur hab ich mich da anscheinend geirrt!"

„Na schön, dass du es zugibst. Dass du auf Versöhnung aus warst, nehm ich dir nicht ab, immerhin hättest du dann, was du wolltest. Nämlich Alex nur mehr für dich!"

„Ist dir klar, wie bescheuert das klingt?" Sandras Stimme bebte vor Wut und weder Alex, noch John, Annie oder Rob schienen einen Zwischenruf zu wagen. „Was hätte ich davon, wenn hier ständig dicke Luft ist? Außerdem warst *du* derjenige, der sich ständig bei Chris angehängt hat, statt mal einen Nachmittag mit uns zu verbringen. Und auf meiner Party warst du auch nicht, obwohl du willkommen gewesen wärst. Also such' die Schuld für den ganzen Ärger gefälligst nicht bei mir!" Josh schien nun von Sandras Wortgewalt eingeschüchtert zu sein, wollte es aber sicherlich nicht zugeben.

„Ich sag dir, warum ich lieber mit Chris abgehangen bin anstatt mit euch: weil ich *dich* nicht in meiner Nähe haben wollte! Mit deiner falschen Art, mit der du Alex die ganze Zeit bevormundest und der Masche, um alle Aufmerksamkeit für dich zu haben. Wer soll das ertragen?"

Jetzt sah Sandra gekränkt aus.

„Dass Chris ab heute weg ist heißt, dass ich entweder alleine auf meinem Zimmer bleiben kann oder dich aushalten muss!"

„Du bist so mies, weißt du das?", schrie Sandra. „Nichts von dem stimmt und wenn dir das nicht klar ist, kann ich dir auch nicht helfen. Flieg zurück nachhause, wenn es für dich hier – wie hast du gesagt? – nicht zu *ertragen* ist!"

„Das werd ich wohl, weil Alex nur von dir in Beschlag genommen wird und sonst niemand mehr hier ist, mit dem ich mich amüsieren könnte. Chris war der einzige Ausweg!"

„Oh, da ist wohl jemand verliebt", sagte Sandra schnippisch und stemmte die Hände in die Hüften. Josh sah sie entsetzt an.

„Du blöde Kuh, ich freu mich schon, wenn ich hier weg bin und dich nicht mehr sehen muss!"

„Reisende soll man nicht aufhalten! Verschwinde, du Idiot, und komm bloß nie wieder!"

Damit stürmte sie aus dem Wohnzimmer in Richtung Haustür, Annie hinterher, während Rob aufsprang und nicht recht zu wissen schien, wo er nun beschwichtigen sollte.

„Josh, bitte, beruhig dich jetzt mal", bat John, der seine Sprache wiedergefunden haben dürfte. „Dass Sandra und du euch nicht besonders verstanden habt, weiß jeder. Das ist aber kein Grund, sie zu beleidigen und zu verletzen."

„Sie kann mich mal!", gab Josh trotzig zurück. „Sie ist der Grund, weshalb dieser Urlaub total den Bach runtergeht, nur sieht Alex das leider nicht."

Das war wie ein Weckruf für ihn. Nach der Schockstarre, in die Alex im Zuge der verbalen Schlacht verfallen war, erhob er sich nun und trat seinem besten Freund gegenüber.

„Hast du sie noch alle?", fragte er aufgebracht. „Ich wollte hier mit dir eine nette Zeit verbringen, mit meinen Freunden, meinem Onkel, aber du machst alles kaputt und gibst dann Sandra die Schuld? Was ist los mit dir, Mann?"

„Da habt ihr's", rief Josh kein bisschen einsichtig. „Ich bin für alles verantwortlich und Sandra ist das Unschuldslamm. Wisst ihr was, ihr könnt mich alle mal!"

Er drehte sich ruckartig um und war auf dem Weg zu Treppe. Alex folgte ihm ohne Zögern.

„Du sagst mir jetzt, was dein Problem ist!", verlangte er und versuchte Josh am Arm zu packen, doch der schüttelte ihn jedes Mal ab. „Josh, was soll das? Warum tust du das alles?"

Josh war an seiner Zimmertür angelangt und wollte sie Alex vor der Nase zuschlagen, aber Alex stieß dagegen und trat ebenfalls ins Zimmer.

„Seit du letztes Jahr zurückgekommen bist, gibt es nur mehr Sandra!", warf Josh ihm vor. „Sandra hier, Sandra da, Sandra für immer. Du hast dich völlig verändert, ich hab dich oft gar nicht wiedererkannt. Weißt du, wie das für mich ist?"

Alex konnte es nicht fassen! Sein Herz begann zu rasen, seine Wut steigerte sich ins Unermessliche.

„Wie das für *dich* ist?", wiederholte er kopfschüttelnd. „Hast du jemals drüber nachgedacht, wie es für *mich* war, als du nach dem Unfall ins Koma gefallen bist? Ich war froh, hier Freunde zu finden, die mir geholfen haben damit klarzukommen und Sandra kennenzulernen, die immer für mich da war, als es mir schlecht ging!"

Josh schien überrumpelt. Noch nie hatte Alex den Unfall so offen vor ihm angesprochen.

„Mag sein, aber als du wieder zuhause warst, hat es nicht aufgehört!", schleuderte er ihm entgegen. „Ständig hast du von ihr erzählt und so getan, als wäre sie die wichtigste Person in deinem Leben, als wäre dir unsere Freundschaft plötzlich weniger wichtig als vorher! Und als ich sie dann kennenlernte, musste ich feststellen, dass sie bei weitem nicht so toll war, wie du sie immer beschrieben hast. Sie hat keinen Humor, zickt nur rum, will dich allein für sich und hat kein

Geheimnis draus gemacht, dass sie mich nicht leiden kann. Und trotzdem hast du zu ihr gehalten!"

Alex fürchtete, sich jeden Moment zu überschlagen, so viel wollte er gerade gleichzeitig loswerden.

„Das ist nicht wahr! Weißt du eigentlich, dass ich monatelang nicht wusste, ob du überleben würdest? Kannst du dir vorstellen, wie das war? Jeden Tag Angst davor zu haben, dass ich zurückkomme und dich an deinem Grab besuchen muss? Ich wollte damals nicht auf Sandras Party, weil ich das Gefühl hatte, dich damit zu verraten!"

Josh senkte betroffen den Blick.

„Ich kann dir versichern, dass es die schlimmste Zeit in meinem Leben war!", führte Alex weiter aus. „Als mich meine Mom angerufen und mir gesagt hat, dass du aufgewacht bist, wollte ich am liebsten sofort nachhause!"

„Und warum bist du das nicht?" Josh verschränkte die Arme.

„Weil meine Mom mir gesagt hat, dass du noch Ruhe brauchst und nur Besuch von deiner Familie bekommen darfst!"

„Und weil du hier Freunde gefunden hast, die mich ersetzt haben, richtig?"

Jetzt war das Maß endgültig überschritten!

„Wie kannst du das glauben?", schrie Alex seinen besten Freund an, wie noch nie zuvor. „Ja, ich habe hier Freunde kennengelernt! Freunde, die für mich da waren, als es mir dreckig ging, so wie du immer für mich da warst, aber nicht da sein *konntest* nach dem Unfall. Was hätte ich denn tun sollen, wenn du nicht mehr aufgewacht wärst, Josh? Sag es mir! Hätte ich mein Leben wegwerfen sollen? Ich habe dir gesagt, wie schlecht es mir ging, aber ich musste irgendwie weitermachen! Verstehst du das nicht?"

Josh schluckte und sah aus, als würde er jeden Moment zu heulen beginnen.

„Wäre vielleicht besser gewesen, wenn ich abgekratzt wäre, was?", sagte er mit bebender Stimme. „Dann würde ich deinem perfekten Sommer mit Sandra und den anderen jetzt nicht im Weg stehen."

„Du bist echt verrückt", erwiderte Alex fassungslos. „Weißt du was? Flieg nachhause, am besten gleich heute Abend! John bringt dich zum Flughafen. Ich hab dir gerade nichts mehr zu sagen. Gute Reise!"

Damit verließ er das Zimmer und stürmte in den Flur, wo sein Onkel wartete.

„Ich rede noch mal mit Josh", versprach dieser.

„Nicht nötig", lehnte Alex ab und sprach laut genug, damit Josh alles hörte. „Er will sowieso abreisen! Am besten ihr ruft seine Eltern an, bucht seinen Flug um und er fliegt heute noch weg. Ich bin bei Sandra!"

Johns Antwort wartete er nicht mehr ab, sondern polterte aufgebracht die Treppe hinunter, wo Rob in der offenen Haustür stand.

„Was ist rausgekommen?", erkundigte er sich vorsichtig.

„Gar nichts", sagte Alex sauer. „Josh fliegt nachhause."

Er steckte seine Schlüssel ein und wollte raus, als ihm Annie entgegenkam.

„Wo ist Sandra?", fragte er verwundert.

„Sie wollte nicht reden", erklärte Annie traurig. „Sie ist nachhause gestürmt und hat nicht mehr geöffnet. Ich ... habe versucht, sie zu beruhigen, aber ..."

„Danke", sagte Alex und umarmte sie. „Ich übernehme ab hier, okay? Würdet ihr hierbleiben und John etwas Gesellschaft leisten? Ich melde mich, wenn es wieder einigermaßen in Ordnung ist."

Annie und Rob nickten und gingen zurück zu John, während Alex direkt auf Sandras Haus zusteuerte.

Er hatte richtig gehandelt, dachte er überzeugt. Er hatte Josh offen gesagt, wie er empfunden hatte und dass Sandra nicht ihre Freundschaft ersetzte! Und er hatte ihm nicht geglaubt.

Was lief hier falsch? Wie hatte es so weit kommen können? Dass er seinen besten Freund, den er seit der Grundschule kannte, im Moment nicht mal sehen wollte?

Gleichzeitig überlegte er sich, wie er am besten die Sache mit Sandra klären konnte. Es tat ihm leid, dass sie so gekränkt war und er hätte alles getan, um diesen Streit ungeschehen zu machen. In der Hitze des

Gefechts war er einfach nicht in der Lage gewesen, einzuschreiten und ruhig zu vermitteln.

Irgendwie würde es schon funktionieren, hoffte er. Dann war fürs Erste zumindest ein Problem gelöst – wenn auch nicht optimal.

Aber immerhin.

Kapitel 18

Etwas Besonderes lag in der Luft. Eine Stimmung der großen Taten, die bald vollbracht werden würden. Jedenfalls für Brad und Jack Keyser, die sich in der Dämmerung an diesem Abend voller Vorfreude auf den wahrscheinlich wichtigsten Coup ihres Lebens vorbereiteten. Sie konnten das Versteck schon förmlich vor Augen sehen, konnten die Oberfläche des Globusses spüren und die Macht fühlen, die von ihm ausgehen musste.

Beide waren sehr siegessicher, da sie den Plan so oft durchgesprochen hatten, dass er ihnen bereits wie vollzogen vorkam. Ihre Komplizen Caldon und Holroy waren um einiges angespannter und schienen sich unter dem geschilderten Voodoo-Globus noch nichts Konkretes vorstellen zu können, obwohl sie schon länger mit im Boot saßen und eifrig an allem mitgewirkt hatten. Scheinbar erhofften sie sich trotz des abstrakten Ziels einen hohen Gewinn.

Die Waffen lagen geladen auf dem hölzernen Wohnzimmertisch, mehrere Pistolen samt Reservemunition und Schalldämpfern, dazu für alle Fälle Seile, Messer, Brecheisen und Holzbretter. Außerdem Betäubungsmittel, Tücher, Taschenlampen und die Funkgeräte. Alle hatten tiefschwarze Kleidung angezogen, deren Taschen sie mit ihren Waffen und Werkzeugen befüllten, während sie auf die Verstärkung warteten.

„Die Carregans sollten gleich da sein", verkündete Brad.

Tatsächlich klopfte es nur wenige Minuten später an die Tür. Holroy wurde zum Öffnen geschickt und kam mit Raymond und Ellen Carregan zurück ins Wohnzimmer. Auch sie hatten ihre schwarze Tarnkleidung bereits angezogen.

„Ihr Haus ist eine Zumutung, Keyser", beschwerte sich Mrs. Carregan als erstes, ohne überhaupt zu grüßen.

„Ihnen auch einen schönen Abend, Mrs. Carregan", überhörte Brad ihre Kritik und deutete auf den Tisch. „Nehmen Sie sich jeweils eine. Hat Sie jemand gesehen?"

„Es ist niemand da, um uns zu sehen", erklärte Mr. Carregan, während er mit der Waffe in seinen Händen spielte. „Fast alle verreist, wie geplant. Wenn's hochkommt, brennt vielleicht in zehn Häusern Licht und die meisten davon sind am anderen Ende der Straße."

„Gut so", meinte Brad und nahm einen Schluck Bier. „Wir kommunizieren mit Codenamen via Funk. Der erste Buchstabe unserer Nachnamen und eine Ziffer danach. Ich bin K1, Jack ist K2, Caldon ist C1 und Holroy ist H1. Sie sind demnach C2 und C3 und so weiter."

„Haben Sie sich versichert, dass Stancen und die Bälger zuhause sind?", fragte Mrs. Carregan schroff.

„Was denken Sie haben wir die letzten Abende getan?", gab Jack zurück, der eben ein Seil geschultert hatte. „C1 war vorher auf der Lauer, bei Stancen brennt Licht. Sie werden heute kaum noch wegfahren."

„Es sind alle auf einem Haufen", warf Holroy dazwischen. „Wird leicht werden, sie alle auf einmal zu kriegen."

„Schön, dass Sie so gründlich arbeiten", meinte Mrs. Carregan spöttisch. „Dass auch bei Brenton auf Nummer 15 Licht brennt, ist Ihnen aber entgangen, nicht wahr? Die Göre der Brentons ist die Freundin von Stancens Neffen."

„Rundherum ist niemand zuhause", versicherte Caldon. „Nur auf Nummer 15, ich hab mir extra die andere Richtung vorgenommen um nachzusehen!"

Mrs. Carregan rümpfte angewidert die Nase, als wäre es ihrer unwürdig, dass jemand wie Caldon mit ihr sprach.

Eine halbe Stunde später traf Stuart Alverston ein, der nach der Erläuterung darauf beharrte, dass die Sieben seine Glückszahl war und deswegen den Codenamen A7 erhielt. Eine weitere halbe Stunde darauf kamen die Crittenfields an, die zu C4 und C5 wurden. Draußen war es ziemlich dunkel, abgesehen von den Straßenlaternen.

„Alles klar", setzte Brad an. „K2, C1, H1 und ich gehen um ein paar Minuten zeitversetzt vor zu Nummer zwei und umstellen das Haus. Hier beginnt Phase eins. C1 läutet an der Vordertür, während K2 und ich von der Hinterseite angreifen. H1 bleibt vorne in Stellung, falls jemand versucht, zu entkommen. Sobald drin alle unschädlich gemacht sind, zwingen wir Stancen dazu, uns das Versteck zu öffnen. Anschließend wird auch er unschädlich gemacht. Wir teilen ihn und die zwei

Jungs auf verschiedene Räume auf. Vergesst nicht, allen die Handys abzunehmen!"

„Und die Gören bei den Brentons?", warf Mrs. Carregan ein. „Denen wird es seltsam vorkommen, wenn ihre Freunde plötzlich verschwunden sind."

„Hier kommen Sie ins Spiel", hakte Brad ein. „Sie verteilen sich von unserem Haus ausgehend über die Straße, C2 und C3 in unmittelbarer Nähe, C4 und C5 etwas weiter und A7 zwischen Stancen und Brenton. Wenn irgendwas nicht nach Plan läuft, werden alle per Funk sofort informiert. Wenn es glattgeht, sind die Kids bei den Brentons danach dran und kommen hierher!" Er deutete einen Stock nach oben. „Wenn das Versteck geöffnet, der Stancen-Neffe mit einem seiner Freunde unten ist und die anderen auf die Räume verteilt sind, beginnt Phase zwei." Er legte eine Pause ein, um eine Zigarette anzuzünden.

„K2 und ich werden unten in der Kammer aus dem Jungen rausquetschen, wie der Globus sich bedienen lässt. Das dürfte nicht allzu lange dauern. Notfalls haben wir seine kleinen Freunde als Druckmittel. C1 und H1 bewachen die Geiseln im Haus und passen auf, dass niemand unangekündigt auftaucht, klar?"

„Netter Versuch", sagte Mrs. Carregan. „Sie vier sind ganz nah an der Quelle und wir sollen in sicherer Entfernung Schmiere stehen, was? Kommt nicht in Frage! *Ich* werde ebenfalls im Haus von Stancen sein!"

Brad breitete großzügig die Arme aus.

„Meinetwegen, C2", sagte er schelmisch. „Dann wird H1 euch hier Gesellschaft leisten und die anderen behalten die Straße im Auge. Es ist zwar Nacht, aber man weiß nie. Zurück zum Plan. Wenn der Junge uns eingeweiht hat, beginnt Phase drei. Wir wissen, was das bedeutet."

Er blickte vielsagend in die Runde und alle nickten.

„Schön, danach sind wir am Ziel. Für den Anfang wechseln wir uns zu zweit ab, um das Versteck in Besitz zu nehmen. Jede Nacht um zwei Uhr kommen die nächsten, und so weiter. Um fair zu bleiben, werden wir durchmischt. Zum Beispiel K2 und A1 - oder C2 und ich." Grinsend sah er zu Mrs. Carregan, die nur angewidert die Lippen kräuselte.

„Alles klar, wir haben kurz vor neun Uhr, früher als geplant", sagte Brad dann abschließend. „Gibt es noch irgendwelche Fragen?"

Niemand meldete sich.

„Dann los!"

Sie setzten sich ihre Sturmhauben auf, zogen die Handschuhe an, checkten ab, ob sie alles dabeihatten und machten sich dann auf den Weg.

Mit Jack zusammen verließ Brad als Erster das Haus und schlenderte entspannt, aber aufmerksam, nach vorne zur Mendelaine Road Nummer zwei. Es war tatsächlich das einzige Haus in unmittelbarer Nähe, aus dem es herausleuchtete. Sie hatten leichtes Spiel, besser hätte es nicht laufen können!

„Mann, Brad, kannst du es glauben?", fragte Jack euphorisch, als sie im Vorgarten stehenblieben. „Wie gerne würde ich Onkel Jeff davon erzählen."

Brad lachte leise auf und war von tiefster Zufriedenheit und gleichzeitig begieriger Aufregung erfüllt.

„Endlich landet der Cessler-Globus in unseren Händen", sagte er feixend.

Wenig später kamen Caldon und Holroy nach. Brad und Jack teilten ihnen durch Handbewegungen mit, dass sie sich zur Hinterseite schleichen und per Funk bekanntgeben würden, wann die beiden klingeln sollten.

Mit Leichtigkeit überkletterten sie den Gartenzaun, beschienen vom Licht, das aus dem Haus kam. Wie zwei Schatzsucher stiegen sie die Treppe zur Terrasse hinauf und gingen neben den Türflügeln in Deckung.

„C1, leg los", zischte er in das Funkgerät. Es knisterte kurz, bevor sich eine kühle Stimme meldete.

„Verstanden."

Wenige Sekunden verstrichen.

Dann hörten Brad und Jack die Türglocke im Haus ertönen.

Kapitel 19

Aus den Lautsprechern drangen leise Pop-Balladen, es brannte nur die Stehlampe in Sandras Wohnzimmer und im Fernsehen lief lautlos ein Actionfilm.

Alex lehnte gemütlich im Sofa, Sandra eng an ihn gekuschelt. Am Sofa daneben hatten es sich Annie und Rob ähnlich bequem gemacht. Am Tisch standen leere Teller mit Resten von Tomatensauce. Tammy lag in ihrem Hundekorb und sah treuherzig zu ihnen auf.

„Hat sich John wieder gemeldet?", fragte Annie gähnend.

„Dann hättest du es ja auch mitbekommen", antwortete Sandra für Alex.

„Stimmt", gestand Annie achselzuckend ein.

Sie alle waren froh, dass sich die Situation im Laufe des Nachmittags beruhigt hatte, hatten aber dennoch nicht wirklich Lust auf große Unternehmungen.

Alex hatte fast eine Stunde vor Sandras Haus gewartet, bis sie endlich geöffnet hatte. Sie hatte sich entschuldigt, für die Eskalation und dass sie sich so lange verkrochen hatte. Scheinbar war das notwendig gewesen, damit sie wieder einigermaßen am Boden ankam.

Danach hatten sie ziemlich lange geredet, Alex hatte ihr traurig von seinem Streit mit Josh erzählt und Sandra hatte trotz ihrer inzwischen grenzenlosen Abneigung gegen seinen besten Freund Verständnis für Alex gehabt.

Einige Zeit später waren Annie und Rob aufgetaucht, die zuvor bei John geblieben waren und ebenfalls versucht hatten, mit Josh zu reden und die Situation zu beruhigen. Leider hatte dieser sich nicht einsichtig gezeigt und war auch nicht bereit gewesen, sich mit Alex oder Sandra auszusprechen. Stattdessen hatte er sein Vorhaben bekräftigt, heute noch nachhause zu fliegen. Irgendwann hatten sie John mit ihm alleingelassen und dieser hatte ihnen gesagt, er würde versuchen, noch mal vernünftig mit Josh zu reden. Von Zeit zu Zeit hatte er angerufen oder Handy-Nachrichten geschrieben, wie die Lage der Dinge war. Eine letzte Entscheidung war nach Einbruch der Dunkelheit noch immer nicht getroffen, jedenfalls hatte John Alex deswegen nicht angerufen.

Es sah aber ganz danach aus, als würde Alex seinen besten Freund – und er fragte sich mittlerweile, ob er ihn überhaupt noch als solchen bezeichnen konnte – vor seiner Rückkehr nach Michigan nicht mehr sehen. Das machte ihm momentan gar nichts aus, war ihm sogar recht!

Alex konnte nach wie vor nicht glauben, was Josh ihm an den Kopf geworfen hatte. Allein dafür wollte er ihn mit Verachtung strafen, von seinen Attacken gegen Sandra ganz zu schweigen.

„John hat sich jetzt schon lange nicht gemeldet, oder?", sprach Sandra ihn drauf an. „Wann hat er das letzte Mal geschrieben?"

Alex sah auf sein Handy.

„Vor über einer Stunde", stellte er verdutzt fest. „Eigentlich müssten sie mittlerweile den Flug für Josh umgebucht haben."

„Vielleicht war kein Platz mehr für heute frei?", stellte Rob in den Raum.

„Dann hätte er es mir auch sagen können", meinte Alex. „Keine Ahnung, was da so lange dauert. Ich rufe ihn mal an."

Er wählte John zum Anrufen aus und hielt sich das Handy ans Ohr. Es läutete ein paarmal – dann brach es ab.

„Was ist?"

„Ähm ... er ist nicht rangegangen", murmelte Alex verwirrt und versuchte es noch mal – wieder endeten die Freizeichen nach wenigen Malen ruckartig.

„Das kann doch nicht sein!", sagte er verärgert. „Was können sie nur so Wichtiges besprechen, dass er nicht rangeht?"

„Er ruft dich sicher gleich zurück", meinte Rob gelassen. „Vielleicht telefoniert er gerade am anderen Telefon mit Joshs Eltern oder so."

Das konnte gut sein, überlegte Alex und lehnte sich wieder zurück, als plötzlich sein Handy zu klingeln begann. Er ging sofort ran.

„John? Was ist los, wie sieht's aus?" Keine Reaktion.

„Hallo?" Er sah auf den Bildschirm und blickte verwundert zu den anderen. „Aufgelegt."

Jetzt richteten sich alle fragend auf.

„Was? Das gibt's doch nicht."

„Ich geh rüber", verkündete Alex. „Ich will wissen, wann Josh fliegt."

„Wir begleiten dich", sagten Annie und Rob übereinstimmend. „Sandra, du bleibst hier?" Sie nickte.

„Bitte seid nicht böse, aber nachdem was heute dort passiert ist, brauche ich etwas Abstand. Und Josh möchte ich überhaupt nicht mehr sehen."

„Dann bis später", sagte Alex am Weg zur Tür. „Ich melde mich, wenn ich etwas weiß."

Es war ein gespenstischer Anblick, als sie die Mendelaine Road nach vorne spazierten. Fast nirgendwo war jemand zuhause, überall war es dunkel. Kurz vor Johns Haus stockte Alex. Er sah zu Margarets Haus gegenüber. Auch bei ihr war alles dunkel.

„Wie spät ist es?", fragte er, mehr an sich selbst gerichtet als an die anderen. „Nach halb zehn ... geht Margaret so früh ins Bett?"

„Wieso?"

Auch Annie spähte jetzt zum Haus der alten Dame hinüber.

„Normalerweise ist sie länger wach, oder nicht?"

Rob hob ratlos die Schultern.

„Wir können später nachsehen", schlug er vor.

Alex folgte ihm zu John, wo überall Lichter brannten und wollte die Tür aufschließen. Da stellte er fest, dass sie nicht geschlossen sondern nur angelehnt war.

„Was zum ...?", murmelte er und stieß sie auf.

Sofort wurden Erinnerungen in ihm wach, an letztes Jahr, als er die Einbruchspuren entdeckt hatte und John verschwunden war. Seine Schläfen begannen zu pochen, ihm wurde heiß und seine Atmung fiel ihm plötzlich schwerer.

„Was ist hier los?"

Auch Annie und Rob schienen Böses zu ahnen. Langsam gingen sie durch den Flur in Richtung Küche. Von irgendwo war ein Hämmern zu hören.

„John?", rief Alex nach oben. Keine Antwort.

Als sie in der Küche angekommen waren, war auch dort niemand vorzufinden – allerdings setzte vor Schock sein Herz aus, als Alex' Blick ins Wohnzimmer fiel. Der Teppich war offenbar gewaltsam zur

Seite gerissen worden, die Bodentür geöffnet und alle Rollläden heruntergefahren.

„Raus hier!", rief Alex den anderen zu, die sofort verstanden und panisch umdrehten. Sie kamen nicht weit.

Als sie an der Treppe vorbeiliefen, sprang ihnen eine dunkle Gestalt in den Weg. Eine Person ganz in schwarz, mit Sturmhaube vermummt und einer Pistole in der Hand.

„Keinen Schritt weiter!", schrie der Mann sie an. „Auf euch haben wir gewartet."

Er betätigte ein Funkgerät. „Hier C1, die Kids sind da."

„Hier K1, halt sie fest, bis wir da sind", drang es aus dem Gerät.

„Alles klar", gab der vermummte Mann zur Antwort, die Pistole weiterhin auf Alex, Annie und Rob gerichtet.

Die Panik in seinem Brustkorb wurde immer stärker, seine Kehle trocknete in Sekundenschnelle aus und die Hitze in seinem Körper stieg immer weiter.

„Wer sind Sie?", stieß er hervor. „Was wollen Sie von uns?"

„Halt die Schnauze!", blaffte ihn der Mann an. „Sonst stopf ich sie dir, Junge!"

Alex dachte an Sandra. Sie wusste gar nichts davon!

Und wo waren John und Josh?

Der Mann kam näher und bedeutete ihnen, in die Küche zu gehen. Annie wimmerte leise und Rob war so blass wie selten zuvor.

„Macht schon, Bewegung!", herrschte der Unbekannte die drei an.

Alex lenkte zunächst ein, dann jedoch überkam ihn eine Kurzschlussreaktion.

Mit voller Wucht fuhr er herum und schlug dem Vermummten ins Gesicht, woraufhin dieser aufjaulte. Annie schrie, der Mann geriet kurz ins Wanken, Alex trat ihn gegen die Brust und brachte ihn zu Fall.

„Lauft!", schrie er den anderen zu und sprintete los zur Haustür.

„Bleibt hier, oder ich schieße!", kam es von hinten, doch Alex achtete nicht darauf.

Er übersprang die Stufen vor der Haustür, setzte über den Rasen des Vorgartens und rannte so schnell wie schon lange nicht mehr. Er dachte, Annie und Rob würden ihm folgen, aber er hörte sie nicht. Als er einen kurzen Blick nach hinten riskierte, merkte er, dass sie nicht da waren – stattdessen zwei vermummte Personen, die etwas in ihre Funkgeräte sprachen und ihm beharrlich folgten.

Wie von selbst rannte er weiter, rang nach Luft, dass seine Lunge brannte und erreichte wenig später Sandras Veranda.

„Sandra!", schrie er aus vollem Hals. „Ruf die Polizei, schnell! Mach schon, komm nicht raus! Sie sind hinter uns her, bitte!"

Als hätte sie ihn nicht verstanden, öffnete Sandra Sekunden darauf und sah ihn geschockt an.

„Alex, was ist ..."

Sie kam nicht weiter, denn in diesem Moment packte Alex jemand grob von hinten. Er versuchte sich zu wehren, doch die Person war zu stark. Er wurde weggezerrt und eine kräftige Hand drückte ihm ein seltsam riechendes Tuch aufs Gesicht.

Die zweite Person nahm Sandra gefangen, die sich kratzend und beißend dagegen wehrte, ebenfalls zwecklos.

Tammy kam bellend angelaufen und versuchte, die Person von Sandra wegzuzerren.

„Verdammtes Vieh!", fluchte der Mann und richtete die Pistole auf die schwarze Hündin.

„Nein!", kreischte Sandra, als ein gedämpfter Schuss fiel und Tammy jaulte, um kurz darauf reglos am Boden liegen zu bleiben.

Dann verschwamm alles vor Alex' Augen und er dachte schon, er hätte wieder eine Vision.

Was folgte, war jedoch nur ein schwarzes Nichts, ohne Gefühle, ohne Geräusche und dafür voller Ungewissheit.

Kapitel 20

Ein Déjà-vu erlebt man in den unterschiedlichsten Situationen, war Johns erster Gedanke, als er wieder zu sich kam. Beim Frühstück, im Gespräch mit Freunden oder beim Lesen. Auch jetzt hatte John ein regelrechtes Déjà-vu, allerdings wusste er genau, wo er das schon mal erlebt hatte. Vor einem Jahr, als Keyser ihn in sein Haus verschleppt hatte. Wieder dröhnte sein Kopf, als er aufwachte und versuchte, seine Umgebung wahrzunehmen. Wie von selbst fasste er an seine Handgelenke und streckte seine Beine durch. Erleichtert stellte er fest, dass sie nicht gefesselt waren.

Er spürte, dass er auf einem harten Parkettboden lag und fürchtete voller Abscheu, dass er wieder in dem kleinen, fensterlosen Raum in Keysers Haus eingesperrt war. Es war tiefdunkel und er konnte nichts tun, als sich behutsam nach vorne zu tasten, um vielleicht irgendwo einen Lichtschalter zu finden. Rasch stieß er mit dem Knie an eine weiche Kante, wohl ein Bett? Dann an eine harte Kante in Hüfthöhe. Das kam ihm bekannt vor ...

Motiviert durch seine Vermutung bewegte John sich vorwärts und war überzeugt, in wenigen Schritten auf eine Wand zu stoßen – was er tat. Und auch der Lichtschalter war genau an der Stelle, die er angesteuert hatte. Er kniff die Augen zusammen, um sich an die plötzliche Helligkeit gewöhnen zu können.

Der beleuchtete Raum bestätigte ihm nun, dass er sich in seinem eigenen Schlafzimmer befand. Er war im hinteren Bereich aufgewacht, neben dem Bett, zwischen Kommode und Kleiderschrank.

Kurz lauschte er, ob irgendjemand in der Nähe war. Dann fasste er reflexartig an den Knauf der Zimmertür. Sie ließ sich nicht öffnen.

Eines der ersten Dinge, die er nun bemerkte, war das zugenagelte Fenster. Als nächstes Rob, der bewusstlos davor auf dem Boden lag.

„Rob!", stieß John hervor, taumelte auf ihn zu und beugte sich zu ihm runter. Er atmete ruhig, ließ aber kein Zeichen dafür entdecken, dass er bald aufwachen würde. Die Typen mussten sie alle mit Betäubungsmittel ausgeschaltet haben!

Wie eine tief vergrabene Erinnerung zogen die Ereignisse vom letzten Abend vor Johns innerem Auge vorbei – war es überhaupt der letzte Abend gewesen? Wie lange konnte er hier schon bewusstlos gelegen haben? Sicher nicht mehr als einige Stunden.

Schwummrig trat er vor das zugenagelte Fenster und versuchte intuitiv, die Holzlatten mit den Händen runterzureißen, worauf er sich schnell ziemlich naiv vorkam. Die Bretter hielten eisern und da es das einzige Fenster im Raum war, gab es auch keine Alternative. Wer immer dafür verantwortlich war, hatte selbst die Rollläden dahinter runtergezogen, sodass kaum Licht von draußen hineindrang. Es musste allerdings noch dunkel sein, sonst hätte es John durch einen schmalen Spalt erkennen können. Offensichtlich war es mitten in der Nacht.

Mit pochendem Herz sank er auf sein Bett und versuchte sich einen Reim auf das Ganze zu machen.

Wo war Alex? Und Josh? Was war mit Sandra und Annie? Waren sie auch gefangen? Er mochte gar nicht daran denken!

Die Unbekannten hatten es auf den Globus abgesehen, das wusste John. Sie hatten ihn zuerst gezwungen, den Weg ins Versteck freizugeben, bevor sie ihn betäubten. Wenigstens konnten sie selbst nichts mit dem Globus anstellen.

Aber was, wenn sie Alex in ihrer Gewalt hatten? Das war sogar ziemlich naheliegend. John wurde übel bei dieser Vorstellung und noch übler bei der Ungewissheit darüber.

Als ihm die Tür ins Auge fiel, die von seinem Schlafzimmer ins Badezimmer führte, stürmte er hoffnungsvoll darauf zu. Der Knauf ließ sich jedoch nicht drehen, sie war genau wie die Zimmertür von der anderen Seite abgeschlossen worden. Verdammt!

Wütend trat und hämmerte er einige Male gegen die Tür, als er ein Stöhnen hörte.

„John?" Er drehte sich zu Rob, der sich eben halb aufgerichtet hatte. „Wo sind wir?"

„Hast du Schmerzen?", erkundigte sich John bei ihm. „Haben sie dich verletzt?"

Rob wirkte ziemlich benommen und stützte sich mühselig auf den Händen ab.

„Geht schon", gab er schwach von sich. „Wer waren diese Typen?"

„Ich hab keine Ahnung", gestand John und bot Rob seine Hilfe beim Aufstehen an. „Das hier ist mein Schlafzimmer. Sie haben das Fenster vernagelt und die Türen abgeschlossen."

„Oh nein, Annie!", sagte Rob erschrocken und schien mit einem Mal hellwach. „Was haben sie mit ihr gemacht?"

John wusste keine Antwort darauf.

„Was ist überhaupt passiert?", wollte Rob dann wissen und ließ sich auf dem Bett nieder. „Wie sind die in dein Haus gekommen?"

John ließ die Geschehnisse vor sich ablaufen.

„Ich war oben – nebenan bei Josh und habe mit ihm geredet", erklärte er. „Dann hat es an der Tür geklingelt. Zuerst hab ich gedacht, Alex hätte seine Schlüssel vergessen. Bevor ich reagieren konnte, haben zwei Vermummte das Haus gestürmt, auch von der Hinterseite kamen zwei. Sie haben Josh ..." – er stockte kurz – „... er kam die Treppe runter, weil er den Lärm gehört hat und wurde von ihnen überwältigt. Oh Gott, ich hoffe sie haben ihm nichts Schlimmeres getan!"

„Was ist dann passiert?", hakte Rob nach, der Johns Schilderung entsetzt lauschte.

„Sie haben ihn nach oben gebracht und mich unten behalten. Ich sollte ihnen die Schlüssel für die Schlösser der kleinen Tür im Tunnel geben. Sie haben gedroht, Josh etwas anzutun. Also hab ich ihnen gegeben, was sie wollten. Danach haben sie mich auch betäubt ..."

Rob senkte den Kopf und fuhr sich zermürbt durch seine pechschwarzen Haare.

„Wie haben sie euch gekriegt?", fragte John.

Er erzählte es ihm.

„Ich wollte Annie helfen und von diesem Dreckskerl losreißen, als ein anderer aus dem Wohnzimmer gekommen ist und mich gepackt hat", endete Rob. „Das war das Letzte, das ich weiß ... verdammt, Annie!" Er vergrub sein Gesicht in den Händen.

John setzte sich neben ihn und klopfte ihm auf die Schulter. Er hätte ihm am liebsten gesagt, er solle sich keine Sorgen machen, doch das glaubte er selbst nicht. Denn auch er hatte unfassbare Angst davor, was passieren konnte. Dass Alex in Sicherheit war, nahm er deshalb an, weil er als Einziger den Globus bedienen konnte, was die Entführer inzwischen sicher rausgefunden hatten - wenn sie es nicht ohnehin schon vorher gewusst hatten.

„Und Sandra?", fragte er an Rob gewandt.

Dieser zuckte mit den Schultern.

„Alex ist rausgerannt, ich weiß nicht wie weit er gekommen ist", sagte er leise. „Ich fürchte nicht sehr weit ..."

John bemühte sich, die schlimmen Vorstellungen, die sich ihm aufdrängten, beiseite zu schieben und einen kühlen Kopf zu bewahren.

„Das war eine geplante Aktion", meinte er fest überzeugt. „Die hatten das bestimmt seit Wochen vor, wenn nicht seit Monaten. Und ich bin ziemlich sicher, dass sie Keyser von irgendwo kennen, sonst hätten sie nicht von sich aus über die Tür im Tunnel Bescheid wissen können."

Rob erwiderte nichts, sondern starrte nur ins Leere. Es schien ihm furchtbar zuzusetzen, dass er seine Freundin nicht hatte beschützen können, vermutete John mitfühlend.

„Du kannst nichts dafür", appellierte er an ihn. „Die haben uns alle überrumpelt und sie haben Waffen. Gegen die konnten wir nichts ausrichten."

Rob schloss die Augen und rieb sich das Gesicht. Dann fuhr er hoch und wirkte sehr geladen.

„So ein Mist!", fluchte er. „Gerade jetzt, wo alle weg sind und es tagelang niemandem auffallen wird, dass wir verschwunden sind."

„Ich denke, das gehörte mit zum Plan", wies John darauf hin. „Sie müssen jemanden aus der Straße kennen, der sie informiert hat. Darüber, dass ab heute fast alle verreist sind - und dass Alex hier ist."

„Woher sollten sie das von Alex und dem Globus wissen?", fragte sich Rob verwirrt. „Sie kennen ihn doch nicht."

„Aber sie kennen Keyser", äußerte John seine Theorie. „Zumindest ein paar von ihnen, mit ziemlicher Sicherheit. Bevor sie mich betäubten, haben sie einige Sachen aus mir rausgequetscht, die sie nicht wissen hätten können, ohne die Information von ihm zu haben! Sie wussten auch genau, wo sich die Bodentür befindet und dass ich Schlösser an der Tür im Tunnel angebracht habe, an denen Keyser letztes Jahr schon gescheitert ist."

„Und wer aus der Straße kann es sein?" Rob lehnte sich gegen die Wand neben der Zimmertür und versuchte wohl krampfhaft, sich zu beruhigen. „Warum schlagen sie dann erst jetzt zu und nicht schon früher? Alex ist immerhin schon zehn Tage hier!"

John brauchte nicht lang zu überlegen.

„Ich bin mir ziemlich sicher, dass die Crittenfields mit drinstecken. Bei meiner Flucht aus Keysers Haus letztes Jahr habe ich den Namen *Rebecca* aufgeschnappt – so heißt seine Ehefrau und sonst kenne ich keine hier. Und Adrian Norwood genauso! Ich würde darauf wetten, dass er es war, der mich letztes Jahr festhalten wollte und den ich am Schienbein erwischt habe."

„Norwood und Crittenfield?", fragte Rob ungläubig. „Warum hast du das der Polizei und vor Gericht nicht gesagt?"

„Ich konnte nichts beweisen!", verteidigte sich John. „Und kann es auch jetzt nicht. Auch Keyser hat niemanden von ihnen angeschwärzt, frag mich nicht, wieso ..."

„Das sollte kein Vorwurf sein", machte Rob ihm klar. „Du hast ja recht. Wir konnten der Polizei nicht mal die Wahrheit sagen, weswegen Keyser hier eingebrochen ist und dich verschleppt hat ..."

John senkte den Blick und versuchte sich irgendwas zu überlegen, um aus seinem Schlafzimmer zu entkommen. Die Tür einzutreten würde nicht leicht funktionieren, außerdem zu viel Lärm machen und die Entführer sicherlich alarmieren.

Waren es nur die vier, die er in Erinnerung hatte? Oder noch mehr, die sich überall ums Haus herum verteilt hatten? Wenn sie alle bewaffnet waren – was anzunehmen war – wäre eine Flucht ohnehin nur dann möglich gewesen, wenn sie bis zum nächsten Telefon unbemerkt blieben. Und das glich dem Wandeln auf einem Minenfeld!

„Mein Handy haben sie mir auch abgenommen", stellte Rob ernüchtert fest. „Die haben echt an alles gedacht, diese Mistkerle! Aber Moment ... wenn meine Mum mich anruft und ich stunden- und tagelang nicht rangehe, wird sie sicher misstrauisch und verständigt vielleicht von selbst die Polizei!"

„Ich hoffe nur, sie kommt nicht zuerst selbst her um nachzusehen", bangte John und schluckte.

„Dasselbe gilt für Annie, Sandra, Alex und Josh!", meinte Rob aufgeregt. „Ihre Eltern werden sie irgendwann anrufen, wenn sie nichts von ihnen hören und je öfter das passiert, desto unruhiger werden sie. Sicher werden sie sich gegenseitig verständigen und fragen und wenn niemand weiß, wo wir stecken und du nicht erreichbar bist, werden sie sicher Hilfe schicken!"

Das leuchtete John ein, doch sah er den Haken an der Sache.

„Grundsätzlich ja, bloß wissen wir nicht, was die Entführer genau vorhaben und wie viel Zeit uns bleibt", gab John zu bedenken. „Sie haben uns als Druckmittel gegen Alex und wenn wir uns morgen oder übermorgen nicht melden, werden die Eltern noch nicht misstrauisch werden, erst nach mehreren Tagen."

„Da kennst du meine Mum aber schlecht", widersprach Rob. „Als ich sie vor ein paar Wochen nicht innerhalb von zwei Stunden zurückgerufen habe, hat sie mir fast Hausarrest gegeben!"

Trotz der ernsten und wahrlich nicht lustigen Situation, entfuhr John ein spontanes Lachen.

„Ich erinnere mich", gab er ihm recht. „Linda ist unsere größte Chance, Hilfe zu bekommen – wenn sie nicht zuerst selbst vor der Tür steht und denen in die Arme läuft."

„Oh Gott", stieß Rob hervor und vergrub sein Gesicht in den Händen. „Wie ich sie kenne, wird sie genau das tun!"

John wurde schwindlig bei dem Gedanken, sie würden Linda zu fassen bekommen.

„Hör zu, Rob", setzte er an, „ich werde alles tun, um dich vor denen in Sicherheit zu halten, versprochen! Lieber ich als du."

„So weit wird es hoffentlich nicht kommen!", verdrängte Rob anscheinend diese Möglichkeit. „Ich meine, irgendwann müssen sie uns doch was zum Essen und Trinken geben und auf die Toilette lassen, oder? Das wäre sonst ... abartig!"

John erinnerte sich an seine erniedrigenden Tage in Keysers Haus, in denen dieser ihn jedes Mal auf die Toilette begleitet und ihm nur das Nötigste zum Essen und Trinken gegeben hatte, damit er nicht umkam. Körperpflege hatte er überhaupt vergessen können.

Nachdem die Entführer nur Alex benötigten, um an den Globus zu kommen, war John nicht sicher, wie sie es mit ihm und den anderen hielten.

„Wir werden sehen", meinte er nur schwach.

John saß immer noch am Bett, Rob sank neben der Zimmertür auf den Boden und starrte still ins Leere. Eine längere Zeit sagte keiner von beiden etwas. John ging in seinem Kopf alle Fluchtwege durch, die ihm einfielen. Zwischendurch suchte er im Zimmer nach etwas, womit er die Holzlatten von den Fenstern stemmen konnte, fand allerdings nichts außer Kleiderhaken. Sein ganzes Werkzeug befand sich in der Rumpelkammer im Erdgeschoß!

Um sich abzureagieren, probierte er es immer wieder mit bloßen Händen, nur um jedes Mal aufs Neue daran zu scheitern. Über das Fenster zu entkommen schied also aus.

Die Türen mit Hilfsmitteln aufzubekommen würde auch kaum möglich sein, da schlicht keine dafür vorhanden waren. Sie saßen fest und waren der Willkür ihrer Peiniger ausgeliefert. Der einzige Weg, der John einfiel, war zu fliehen, wenn jemand ins Zimmer kam, um nachzusehen oder ihnen Verpflegung zu bringen – wenn sie das überhaupt tun würden! Und selbst dann wussten sie nicht, ob unten im Haus nicht schon die anderen auf sie warteten.

John fühlte sich einmal mehr als Versager. Wieder war es ihm nicht gelungen, auf Alex oder seine Freunde aufzupassen. Und diesmal war es noch auswegloser als letztes Jahr. Er hoffte, dass bald jemand kam und er dadurch vielleicht Informationen erhielt, die ihm halfen, einen Fluchtplan zu schmieden.

Doch es kam niemand. Die Minuten verstrichen, irgendwann wahrscheinlich die Stunden und es war nichts zu hören.

Was hatten diese Leute mit ihnen vor?, fragte sich John immer panischer. Was würden sie mit ihnen anstellen?

Kapitel 21

Alex erwachte wie aus einem Albtraum, als er das kalte Wasser im Gesicht spürte.

„Wach auf!", befahl eine aggressive Stimme. „Komm schon, ich rede mit dir!"

Eine kräftige Hand packte ihn am Unterkiefer und riss seinen Kopf nach oben. Alex wurde von einem Lichtstrahl geblendet und kniff die Augen zusammen.

Ihm war leicht schwindlig und übel, er rang nach Luft und versuchte irgendwo Halt zu finden. Erst jetzt merkte er, dass er auf einem staubigen Boden saß und an eine raue Wand angelehnt war.

„Wo bin ich?", brachte er hervor. „Sandra ...?"

Jemand versetzte ihm einen Schlag ins Gesicht.

„Halt die Schnauze, wir stellen hier die Fragen!"

Alex spürte einen warmen Atem, der ihm entgegenschlug.

„Steh auf!"

Er wurde an den Schultern gepackt und auf die Beine gehoben, wo er ins Wanken geriet.

„Stell dich nicht so an, komm!" Jemand zerrte ihn in die Dunkelheit, die weiterhin nur von diesem einen Lichtstrahl durchbrochen wurde – nein, von zwei, wie Alex jetzt merkte. Der eine stammte von einer Taschenlampe, die auf dem Tisch abgestellt war, der andere von der Lampe, die der Unbekannte in der Hand hielt, der Alex gerade gepackt hatte. Jetzt konnte Alex auch sehen, wohin er ihn schleppte: direkt auf den Globus in der Mitte des Verstecks zu!

Sie hatten ihn hier hinuntergebracht!

Sofort drangen die Szenen in sein Gedächtnis, die sich vorher in rasender Schnelle abgespielt hatten.

Wie lange war das her? Wer waren diese Leute? Wo war Sandra? Was war mit John, Annie, Rob – und Josh?

„Zeig uns, wie man ihn betätigt!", befahl der Unbekannte, den Alex geblendet vom Licht nicht sehen konnte.

„Was?", keuchte Alex und schluckte nervös. „Nein, bitte, das kann ich nicht ..."

„Red' keinen Scheiß, du bist doch Alex, oder nicht?", wurde er angeblafft, während ihn jemand grob an den Haaren zog. „Wir wissen, dass der Globus sich nur von dir berühren lässt, also zeig es uns!"

Alex atmete hektisch und überlegte, wie er verhindern konnte, Schaden anzurichten.

„Wo sind meine Freunde?", fragte er stammelnd.

„Das tut nichts zur Sache!", wurde ihm geantwortet. „Tu was ich dir sage, sonst lernst du mich kennen!"

„Ich will wissen, wo mein Onkel ist!", beharrte Alex darauf. „Was haben Sie mit ihm gemacht?"

Der Entführer stieß ihn zu Boden und Alex landete unsanft auf der staubigen Erde.

„Weißt du, ich hasse es, wenn man nicht tut was ich befehle", zischte er Alex zu und trat nach ihm. „Aber um nachzuhelfen, will ich's dir sagen. Deine Freunde und dein Onkel leben – *noch*. Das können wir ganz schnell ändern, wenn du nicht tust was ich verlange, verstanden?"

Alex versuchte, den Mann zu identifizieren, konnte aber nur die Umrisse wahrnehmen.

„Bitte, tun Sie Ihnen nichts", flehte Alex. „Wir ... ich weiß selbst kaum was über den ..."

„Hast du eben nicht zugehört?" Der Mann riss ihn am Pullover wieder hoch. „Wenn du tust, was dir gesagt wird, geschieht ihnen nichts, klar? Jetzt zeig es uns!"

Er packte Alex' Arm, führte diesen ruckartig an den Globus heran – und fuhr mitten durch.

„Hä?", gab der Entführer von sich. „Was soll das? Bist du überhaupt Alex?"

Er verstand nicht, was da gerade passierte.

„Ich rede mit dir!" Der Mann schüttelte ihn unsanft.

„Ja, bin ich", bestätigte Alex.

„Wieso tut sich dann nichts? Du bist doch der Einzige, der ihn bedienen kann! Wie funktioniert es?"

„Ich weiß es nicht", sagte Alex verzweifelt. „Ich kenne mich selbst nicht aus damit."

„Red keinen Scheiß!", wurde er angefahren. „Wir wissen, dass du es kannst! Ich warne dich, wenn du Probleme machst, muss ich nur ein Kommando durchgeben" - er zeigte auf das Funkgerät, das an seiner Brust befestigt war - „und einer von deinen Freunden hat die längste Zeit gelebt! Also?"

„Bitte", appellierte Alex, immer verzweifelter, „ich weiß es nicht, ich hab ihn nur ganz selten berührt, zweimal vielleicht und war seitdem nicht mehr hier! Ich will damit nichts zu tun haben."

„Ist mir scheißegal, was du willst oder nicht", kam als Reaktion. „Du wirst uns zeigen, wie man ihn bedient und zwar *jetzt*!"

Erneut packte er Alex beim Arm und führte diesen zum Globus, doch wieder erschien der Erdball als Hologramm und ließ sich nicht anfassen.

„Wie hast du das gemacht, letztes Jahr? Musst du irgendwelche Sprüche aufsagen oder ein komisches Ritual aufziehen? Wenn ja, tu es!"

Alex hatte das Gefühl, jeden Moment umzufallen und wusste bei bestem Willen nicht, was das zu bedeuten hatte.

„Alex?", hörte er plötzlich eine bekannte Stimme und fuhr herum.

„Annie!", stieß Alex hervor, als er sie am Rand der Kammer liegen sah und wollte zu ihr, doch der Entführer hielt ihn zurück.

„Schön, dass deine Freundin auch schon wach ist", meinte er hämisch. „Aber du bleibst hier und wirst mir jetzt vorführen, wie sich dieses Teil hier bedienen lässt, sonst" - er holte eine Pistole hervor, deren Konturen im Licht der Taschenlampe bedrohlich schillerten - „passiert gleich etwas Hässliches!"

Er richtete Alex den Lauf gegen den Hals.

„Hören Sie mir bitte zu", stieß Alex panisch hervor. „Als ich letztes Jahr ein paarmal hier unten war, wusste ich noch nichts von seiner Auswirkung! Bevor ich plötzlich der Einzige war, der darauf was ausrichten konnte, habe ich den Globus auch nie berührt - und dann bloß, um eine Katastrophe zu verhindern! Ich hab mich nie damit beschäftigt, wirklich nicht."

„Das ist unwichtig, kapierst du nicht?" Der Mann wurde immer ungeduldiger, was nicht zu überhören war.

In diesem Moment merkte Alex, dass eine weitere Person im Versteck war, die sich bisher im Hintergrund gehalten hatte. Ihr gehörte wohl auch die Taschenlampe, die auf einem der Tische an der Erdwand lag.

„Ich glaube, das bringt so nichts", sagte eine andere tiefe Stimme, die gefährlich ruhig klang. „Wir müssen härtere Seiten aufziehen."

Mit diesen Worten packte er Annie am Arm und riss sie vom Boden hoch. Sie schrie auf und zappelte vergebens. Dann richtete der Entführer eine Pistole auf Annies Kopf.

„Du hast zehn Sekunden, es uns zu zeigen", drohte er, ohne jegliche emotionale Regung in seiner Stimme.

„Nein, lassen Sie sie los, bitte!", rief Alex.

„Neun ... acht ..."

„Okay, okay!", sagte Alex so laut, dass seine Stimme beinahe versagte. „Ich mache es, ich zeig es Ihnen!"

Der Mann, der ihn bisher festgehalten hatte, ließ von ihm ab und trat einen Schritt zurück.

Alex versuchte sich zu fassen und dabei den Globus zu inspizieren. Er musste ihn irgendwo berühren, wo er nichts allzu Schlimmes anrichten konnte! Wieso aber hatte es eben gerade nicht funktioniert? Seine Hand war mittendurch gefahren, genau wie bei Keyser letztes Jahr und allen anderen.

War er vielleicht doch nicht mehr der Herrscher darüber? Warum aber hatte er dann seit Tagen diese Visionen? Er konnte nicht weiter warten, er musste Annie beschützen, so gut er konnte!

Vorsichtig, als würde er dünnes Glas berühren, ließ er seine Fingerkuppen über den Nordpol streichen. Augenblicklich durchfuhr ihn ein warmes Gefühl, wie ein kräftiger Energieschub, der ihn zu neuen Höchstleistungen anspornen wollte.

Wind kam auf, wie damals, als er es das erste Mal gefühlt hatte. Die Oberfläche vom Globus begann zu strahlen, als wäre er zum Leben erweckt worden, und in seinen Fingern kribbelte es unbeschreiblich.

„Geht doch", kam es zufrieden von dem Unbekannten, der Annie festhielt. Er ließ von ihr ab, worauf sie wimmernd auf dem Boden zusammensackte.

„Was hast du eben gemacht?", wurde Alex gefragt.

„Ich sage Ihnen doch, ich weiß nicht wie es funktioniert", versuchte er ihnen klarzumachen. Wortlos packte der Mann, der eben Annie bedroht hatte, Alex am Arm und führte seine Hand zum Globus. Wieder löste sich der Ball beinahe auf und nichts passierte. Der Unbekannte fuchtelte mehrmals mit seiner Hand innerhalb der verschwommenen Konturen herum, ohne irgendwas zu erreichen.

„Jetzt noch mal alleine!", befahl er Alex. Dieser tat wie ihm geheißen, so schwer es auch fiel. Als seine Finger erneut am Nordpol ankamen, fing der Globus förmlich an zu leuchten und eine spürbare Kraft fegte durch die Kammer.

„Tja, da haben wir das Problem", stellte der Mann fest. „Es funktioniert nur, wenn es der Junge selbst tut."

„Scheiße gelaufen", erwiderte der andere. „Wäre auch zu schön gewesen, wenn wir's auf die Art hätten lösen können. Dann muss er uns eben verraten, wie er das fertig bringt."

„Ich *kann* es Ihnen nicht sagen", beteuerte Alex und kämpfte mit seiner Verzweiflung. „Ich habe keine Ahnung, ich schwöre! Es ist einfach so gekommen."

„Wir werden sehen, ob wir dir glauben können", kam zurück. „Aber wenn du uns verarschst, Junge, dann weißt du ja was deinen Freunden passiert?"

„Bitte", appellierte er einmal mehr an ihn. „Tun Sie Ihnen nichts!"

„Dein Gejammer nervt", blaffte ihn einer der Männer an und Alex hatte inzwischen festgestellt, dass sie Sturmhauben trugen.

Zu erkennen wer sie waren, konnte er vergessen. Auch ihre Stimmen kamen ihm nicht bekannt vor.

„Dir ist klar, was wir wollen, oder?", hakte der andere nach. „Dann ist die Sache ja ganz einfach. Du gibst uns die Kontrolle über den Globus und wir schenken dir dein Leben. Klingt das nicht verlockend?"

Alex presste seine Lippen zusammen und wusste nicht, was er darauf sagen sollte. Selbst wenn er sich darauf einlassen hätte wollen, ihm war nicht bekannt wie sich die Herrschaft über den Globus übertragen ließ. Margaret hatte ihm versichert, dass der Herrscher sich nicht davon lösen konnte, bevor sie von selbst endete. Und die Geiselnehmer würden kaum die nächsten dreiundvierzig Jahre hier unten mit ihm ausharren – er noch weniger!

„Na, was ist?", drängte einer der beiden. „Sagst du's uns jetzt?"

„Ich würde, wenn ich es wüsste", versuchte Alex ihm klarzumachen. „Ehrlich ..."

Einer der Entführer wollte etwas sagen, als ein starkes Licht sie alle blendete.

„Verdammt, was ist das?", fluchte er. „Versuchst du Spielchen mit uns zu spielen?"

„Ich bin das nicht", verteidigte sich Alex. „Das kommt von dem Amulett." Vor seinen geschlossenen Augen tanzten Lichtpunkte und er wandte sich vom Globus ab, um sie weg zu blinzeln.

„Amulett?", wiederholte der andere nachdenklich. „Na klar, das hat Ed hiergelassen!" Bei diesem Namen stutzte Alex und zählte sofort eins und eins zusammen. Diese Männer kannten Edmund Keyser!

Waren sie von ihm geschickt worden? Nein, das konnte nicht sein, er saß doch im Gefängnis. Eine böse Vorahnung beschlich ihn, als er sich erinnerte, immer wieder gehört zu haben, dass Keyser angeblich zwei Brüder hatte, die lange niemand gesehen hatte. Er wagte nicht, seine Vermutung vor ihnen auszusprechen.

„Sieh mal, Br ... ich meine, K1", sagte der Entführer und griff das Amulett aus dem runden Standfuß des Globushalters. „Das kommt mir bekannt vor, was meinst du?"

„Gib es mir", forderte der andere auf und ließ es an der gerissenen Schnur vor seinen Augen auf und ab baumeln. „Schön, dass wir es wiederhaben!"

„Das Licht hast anscheinend du verursacht", stellte er fest und fixierte Alex mit seinen dunklen Augen. „Nicht wahr? Es leuchtet immer wenn man sich am Globus zu schaffen gemacht hat."

Alex nickte beklemmt und sah eingeschüchtert auf die Oberfläche des Miniatur-Erdballs, dessen Farben natürlich und in voller Pracht strahlten, als wäre er eben erst neu bemalt worden. An der Stelle, an der er vorher hantiert hatte, meinte er einen dunklen Schatten zu sehen, der sich langsam bewegte.

Der Mann, der vorher K1 genannt worden war, trat nach vorne und fuhr mit der Hand auf den Globus zu - der sich einmal mehr auflöste und ihm durchsichtig entgegenschimmerte. Sobald der Unbekannte seine Hand zurückgezogen hatte, nahm er wieder seine feste Gestalt an und Alex spürte die Energie, die ihn erfüllte. Allerdings nützte sie ihm überhaupt nichts, schon gar nicht in dieser Situation.

„Es hilft nichts", knurrte er. „Dieser Junge ist der Einzige, der ihn benutzen kann. Und solange sich das nicht ändern lässt" - er richtete seine Waffe auf Alex - „wirst du genau das auf dem Globus ausführen, was wir dir sagen, kapiert?"

Alex hätte heulen können bei diesem Gedanken! Er wollte nichts mit dem Globus von Arthur Cessler zu tun haben, geschweige denn ihn berühren. Er wusste nicht mal, wie ausgerechnet er dazu gekommen war, zum Herrscher gewählt worden zu sein.

Oder wie es funktionierte, das Wetter auf der Welt zu beeinflussen und die Eingriffe wieder rückgängig zu machen. Selbst das beschäftigte ihn immer noch weniger, als seine Sorge um die Menschen, die ihm nahestanden. Wenn er nur wüsste, wo John, Sandra und die anderen waren, dachte er traurig.

„Ob du kapiert hast!", fuhr ihn der Entführer an.

„Ja", presste Alex hervor.

„Gut", kam es von der anderen Seite. „Dann machen wir fürs Erste einen kleinen Test. Sieh zu, dass auf dem Atlantik ein Sturm losbricht!"

Erschrocken sah Alex ihn an.

„Nein, bitte! Ich weiß nicht wie das geht, außerdem sind Schiffe unterwegs, was wenn die ..."

Der Vermummte griff ihn an den Haaren und zog seinen Kopf nach hinten.

„Keine Widerrede", bellte er. „Tu, was dir gesagt wird, oder verabschiede dich gleich von deiner Freundin! K2?"

Der andere Mann stapfte auf Annie zu, packte sie am Arm und zerrte sie auf Alex in der Mitte des Raumes zu. Sie schluchzte und zitterte, während sie versuchte jeglichen Blick zu den beiden zu vermeiden. Alex war klar, dass er keine andere Chance hatte, um Annie zu schützen.

Langsam näherte er seine Hand dem Globus, der die Berührung sehnlich zu erwarten schien. Er schimmerte und funkelte beeindruckend. Seine Finger berührten den Atlantik und kribbelten heiß und kalt gleichzeitig. Er ließ sie so vorsichtig wie möglich zwischen Afrika und der Karibik in Richtung Südosten gleiten und hoffte inständig, dass wegen ihm keine Menschen sterben mussten.

„Na bitte", sagte der Unbekannte zufrieden. „Dann werden wir in den nächsten Stunden mal Nachrichten gucken!"

„Hier K2", sagte der andere in sein Funkgerät. „Der Junge hat eben am Atlantik rumhantiert. Lasst die Nachrichten laufen und berichtet uns, wenn sich was tut."

„Verstanden", ertönte eine verzerrte Stimme aus dem Lautsprecher und kurz darauf eine weitere, die eindeutig von einer Frau stammte.

„Wie sieht's da unten aus?", fragte sie.

Der Mann schubste Annie zu Alex, wandte sich von ihnen ab und verschwand in Richtung Eingang, wo sich der Tunnel hinauf in Johns Haus befand.

„Ich behalte euch im Auge!", warnte er die beiden. „Tut ja nichts, was uns verärgern könnte. Und vielleicht fällt dir in den nächsten Stunden ein, wie du die Macht auf uns übertragen kannst. Ist zwar ganz nett, wenn du es für uns machst, aber auf Dauer wird das etwas umständlich. Denk drüber nach! Je früher, desto besser – für dich und deine Freunde und deinen Onkel da oben." Er deutete mit seiner Waffe an die Decke und wandte sich dann ebenfalls ab.

Das Licht der Taschenlampen erhellte jetzt nur mehr den Bereich, in dem sich die zwei vermummten Entführer aufhielten. Neben dem Globus herrschte beinahe völlige Dunkelheit, bis auf diesen selbst, der weiterhin die schimmernden Farben ausstrahlte.

„Bist du verletzt?", fragte er Annie leise und umarmte sie sanft. Sie wimmerte immer noch.

„Geht schon", hauchte sie und schniefte. „Aber Sandra und Rob ... ich habe Angst um sie."

„Ich auch." Alex tat sein Bestes, um die zehrende Ungewissheit in sich zu unterdrücken. „Was ist passiert, als ich aus dem Haus gelaufen war?"

In dem schwachen Schimmern, das vom Globus kam, konnte er sehen wie sich Annie die Tränen von den Wangen wischte.

„Du warst bei der Tür, als der Typ, den du getreten hast, mich gepackt hat. Als Rob mir zur Hilfe kommen wollte, warst du schon aus dem Haus und ein anderer Mann kam die Treppe runter, um dir zu folgen. Dann weiß ich nur noch, dass aus dem Wohnzimmer zwei andere Männer stürmten. Der eine hat Rob gepackt, der andere ist auch dir nach ... dann bin ich hier wieder zu mir gekommen."

Ihre Stimme vibrierte vor Aufregung und versagte immer wieder. Sie drückte sich an ihn, als wäre Alex ihr einziger Halt, den sie hatte.

„Und Sandra?", fragte sie dann betroffen. „Sie haben ihr doch nichts getan?"

Alex fuhr ein kalter Schauer über den Rücken.

„Es ging so schnell", begann er und erzählte ihr dann kurz, was sich auf Sandras Veranda abgespielt hatte.

„Oh Gott", stieß Annie hervor. „Tammy ..." Sie begann zu weinen und auch Alex war tief betroffen, als ihn die Erinnerung einholte.

Sie sanken auf den Boden und starrten in die Dunkelheit, die von einzelnen Strahlen der Taschenlampen durchbrochen wurde. Alex verschwendete keinen Blick in die andere Richtung, wo die Entführer ihren Kumpanen offenbar über Funk Bericht erstatteten.

Wenn er nur wüsste, wer sie waren! Obwohl ihm das auch nicht viel nützen würde.

„Du hast keine Ahnung, wieso der Globus dich gewählt hat, oder?", fragte Annie dann kleinlaut.

„Nein", antwortete er traurig. „Ich weiß nicht mal, was ich da grade getan habe. Ich kenne mich ja nicht aus damit!"

„Was werden sie mit uns machen, wenn du es ihnen nicht sagen kannst?"

Alex stützte den Kopf in seine Hände.

„Irgendwie muss ich sie hinhalten", flüsterte er. „Sie werden es mir eine Zeit lang abnehmen - immerhin ist es die Wahrheit!"

„Was denkst du, wie spät es ist?"

„Ich hab kein Zeitgefühl. Vielleicht kurz vor Mitternacht, oder schon zwei Uhr."

„Geht mir genauso."

Annie kauerte entmutigt neben ihm auf der Erde, als sich der Raum mit einem Mal schlagartig aufhellte. Reflexartig fuhr Alex herum, um sich gleich darauf wieder wegzudrehen, damit er nicht geblendet wurde. Es war das Amulett in der Hand eines der Entführer, das die Lichtstrahlen der Taschenlampen mit Leichtigkeit verschluckte.

„Krass", hörte er einen von ihnen sagen.

Nach einigen Sekunden erstarb das Licht und vor Alex breitete sich wieder eine unheilvolle Dunkelheit aus. Noch immer flackerten Lichter vor seinen Augen, die sich langsam aufzulösen begannen – um kurz darauf von einem gleißend hellen Schleier übermalt zu werden.

Passierte es wieder?, schoss ihm durch den Kopf.

Die Frage beantwortete sich von selbst, als eine neue Umgebung vor ihm entstand. Er war in einem dunklen Tunnel und hielt ebenfalls eine Taschenlampe in der Hand, die den Weg ausleuchtete.

Er spürte Furcht, Entsetzen und Lebensgefahr, aber auch Tatendrang und die Notwendigkeit, weiterzulaufen und ans Ende des Tunnels zu gelangen. Er sah nicht nach hinten, nur nach vorne, die Schritte wurden immer schneller, aus dem Augenwinkel konnte er den langen Rock vor und zurück wehen sehen, den die Person anhatte, aus deren Augen er sah.

Der Tunnel war nicht allzu lang und führte an einen Ort, der Alex unangenehm bekannt vorkam. Das Versteck!

Keine der Fackeln brannte, niemand war da. Er sah sich hektisch um, suchte nach einem Ausgang, einer Fluchtmöglichkeit, aber nirgends war eine! Dann fiel sein Blick auf den Globus, genau in der Mitte. Er glänzte gefährlich, als würde er jeden Besucher zu sich locken wollen, um ihn zu schrecklichen Taten zu verführen.

Zögernd bewegte er sich darauf zu, leuchtete mit der Lampe auf die Oberfläche des Erdballs, der den Lichtschein nicht reflektierte. Je näher er kam, desto intensiver wurde er von einem Gefühl der Macht und Wärme erfüllt, das die Angst allerdings bei weitem nicht überdecken konnte. Nun stand er direkt davor, nur etwa eine Armlänge entfernt.

Er musste es tun! Er musste ihn anfassen und etwas ändern. Vielleicht funktionierte es ja! Was hatte er zu verlieren?

Alex beobachtete, wie sich eine dürre Hand auf den Globus zubewegte, dessen Farben plötzlich kräftig zu schimmern anfingen, und nicht nur das. Er erhob sich aus seinem Halter, schwebte etwas empor und verharrte dann still und bereit in der Luft. Schnell hastete die Person weiter, zu der Stelle, an der sich Europa befand. Großbritannien. England. Hampshire. In etwa Andover. Er *musste* es tun! Jetzt! So vorsichtig wie es hier möglich war, berührte der dürre Zeigefinger ganz Südengland und das Gefühl von Unwettern, Regenschwaden, dicken Tropfen vervielfältigte sich in ihm und war immer noch deutlich da, als der Zeigefinger von der Fläche abließ. Sekunden verstrichen. Minuten. Vielleicht eine Viertelstunde, vielleicht eine halbe ...

Dann wurde er geblendet. Von einer Helligkeit, die in seine Augen stach wie die Sonne. Als sie endete, leuchtete die Lampe auf einen schillernden Stein, der im Rundfuß des Globushalters lag. Intuitiv griff die dürre Hand danach und betrachtete es. Dasselbe Amulett, das Keyser besessen hatte, durchfuhr es Alex. Nur eine Sache war anders ... die Farbe! Es war nicht dunkelblau, sondern dunkelgrün! Es kam ihm bekannt vor ... wahrscheinlich wäre er draufgekommen von wo, wenn nicht im nächsten Augenblick alles verwischt worden wäre.

„Wach auf!", schrie ihm jemand entgegen. „Was soll der Mist? Willst du uns ärgern, du kleiner Scheißer?"

„Alex, bitte, was ist los?", hörte er Annie quieken.

„Halt die Klappe!", wurde sie angeblafft.

Alex blickte ins Gesicht eines der vermummten Männer, der ihn am Kragen gepackt hatte und wiederholt schüttelte.

„Tut mir leid ... ich war nur kurz ...", stammelte er.

„Spiel hier keine Spielchen!", drohte der Unbekannte. „Unsere Geduld hat Grenzen und die sind eng, klar? Wenn wir dich was fragen, gib uns gefälligst eine Antwort!"

Er verpasste Alex eine Ohrfeige und ließ dann von ihm ab.

„Hast du da grade meditiert oder so einen Blödsinn?", fragte der andere misstrauisch. „Verschafft man sich so die Kontrolle über den Globus? Red schon!"

„Nein, wirklich", versicherte Alex und hatte seine Hand an der pochenden Wange. „Mir war bloß schwindlig ..."

„Hey, K1", rief er seinem Komplizen zu. „Kann es sein, dass dieses Betäubungszeug Nachwirkungen hat?"

„Was weiß ich", gab dieser zurück. „Jedenfalls kriegen sie davon noch eine ganze Menge mehr, wenn sie frech werden!"

Der Entführer grinste gemein und kehrte Alex dann den Rücken zu.

„Das war wieder eine Vision, nicht wahr?", fragte Annie leise, als sich die beiden Männer außer Hörweite befanden.

Alex nickte entmutigt und versuchte noch immer, die eben gesehenen Erinnerungen zu deuten.

„Ich weiß nicht mal, wer ich war", sagte er. „Es kann nur Elizabeth gewesen sein, es war eine Frau. Theresa hätte ich an den schrecklichen Gefühlen erkannt. Und sie hat ... den Globus betätigt!"

Annies Augen, in denen sich die schimmernden Farben vom Globus spiegelten, wurden groß.

„Dann war sie auch Herrscherin?", folgerte sie. „Vor Margaret?"

„Ja ... anders macht es keinen Sinn", war Alex zunächst überzeugt, ehe ihm ein anderer Hinweis in die Quere kam. „Obwohl, sie hatte eine Taschenlampe. Eine batteriebetriebene ... gab es sowas vor hundert Jahren schon?"

Annie zuckte ratlos mit den Schultern.

„Wahrscheinlich nicht", meinte sie entkräftet. „Könnten wir nur Rob fragen ... ich hoffe, ihm geht es gut!"

Alex legte seinen Arm beruhigend um sie und dachte an Sandra, Josh, seinen Onkel, Rob ... und Tammy.

Er hätte alles gegeben, um jetzt mit ihnen sprechen zu dürfen und sie in Sicherheit zu wissen.

Ihre Entführer waren eiskalt und zu allem entschlossen. Es musste ein Wunder geschehen, dass sie alle heil hier rauskamen.

Und Alex betete im Stillen, dass es bald eintraf!

Kapitel 22

„Sandra?"

Sie hörte jemanden mehrmals ihren Namen sagen - eher flüstern, ganz vorsichtig, als könnte jedes zu laute Wort eine Katastrophe bedeuten. Wem die Stimme gehörte, wusste Sandra nicht auf Anhieb. Als sie mühselig ihre Augenlider hob und das Bild allmählich schärfer wurde, blickte sie in das verängstigte Gesicht von Josh.

„Sandra, kannst du mich hören?", fragte er verzweifelt und rüttelte leicht an ihr.

„Josh", keuchte sie und spürte, dass ihr Mund völlig ausgetrocknet war. „Wo sind wir?"

„Ich habe gehofft, du würdest das wissen", entgegnete er und blickte sich verunsichert um.

Sandra räusperte sich und setzte sich beschwerlich in eine aufrechte Position. Ihre Umgebung drehte sich und ihr war schwummrig, sodass sie ihre Augen schloss und ihren Kopf mit der Hand stützte.

„Wie haben sie dich gekriegt?", wollte Josh wissen. „Was ist mit Alex, wo ist er?"

Als sich das Schwindelgefühl gelegt hatte, blickte sich Sandra im Raum um. Es war ein winziges Zimmer ohne Fenster, in dem eine alte Matratze lag, die fast den ganzen Boden bedeckte. Eine schwach leuchtende Glühbirne hing an einem Draht an der Decke und beschien eine kleine, schäbige Kommode und einen brüchigen Stuhl aus Holz.

„Keine Ahnung, wo wir sind", dachte sie laut. „Alex ... er wollte ... oh Gott, Tammy!" Sie schlug sich die Hand vor den Mund und spürte, wie sich ihre Augen mit Tränen füllten.

„Wer?" Josh schien nicht zu verstehen, doch Sandras Lippen zitterten zu stark, um es ihm gleich zu erklären.

„Hey, was ist passiert?", fragte Josh, als erwartete er furchtbare Nachrichten.

„Meine Hündin", schluchzte Sandra. „Er ... er hat auf sie geschossen und ..."

„Oh nein", presste Josh hervor und sah tief betroffen drein. „Das tut mir leid, wirklich."

Sandra konnte nicht richtig sprechen und drehte sich von ihm weg. Sie hörte Tammys Jaulen in ihren Ohren widerhallen und hätte alles getan, um diese Szene sofort aus ihrem Gedächtnis zu löschen.

„Sandra", setzte Josh erneut an, „was wollen diese Typen? Weißt du, wer die sind?"

Sie brauchte noch einige Minuten, um sich zu fassen.

„Keine Ahnung, wer die sind", erklärte sie dann. „Was sie wollen kann ich auch nicht sicher sagen, aber ich denke, ich weiß es."

„Und was?"

Wie sollte Sandra es Josh erklären? Die Geschichte vom Globus würde er ihr niemals glauben.

„Josh, das ist ... ziemlich kompliziert und verrückt", versuchte sie auszuweichen. „Ich weiß nicht, wie ich es dir sagen soll."

„Dann fang doch mal an!", verlangte Josh aufbrausend.

Sandra atmete ein paarmal tief durch und bemühte sich, die passenden Worte zusammenzureimen.

„Also, du kennst ja die Geschichte von den Cesslers."

Josh bejahte ungeduldig.

„Es gibt ein altes Gerücht, dass der Stammvater von der Familie irgendwo hier ein ... einen Schatz versteckt hat."

„Soll das ein Witz sein?" Josh kam sich offenbar veralbert vor.

„Jetzt hör mir doch mal zu!", fuhr Sandra ihn an. „Alex hat dir von Keyser erzählt, der letzten Sommer seinen Onkel entführt hat, nicht wahr? Er war auf der Suche nach diesem Schatz."

„Und warum hat er geglaubt, dass ausgerechnet John es ihm sagen kann?" Josh wirkte nicht überzeugt.

„Weil wir unter Johns Haus die verborgene und verlassene Kammer gefunden haben, von der Alex dir erzählt hat", erklärte Sandra, worauf Josh kurz nachdenken musste.

„Ach ja, er hat mal was erwähnt", murmelte er, schien aber die einzelnen Informationen gerade nicht zu einem Ganzen verbinden zu können. „Ich sollte es niemandem weitererzählen, nicht mal seinen Eltern, keine Ahnung warum. Hab auch nicht weiter drüber nachgedacht. Heißt das also, wir sind entführt worden, weil diese Typen immer noch denken, dass dort dieser … *Cessler-Schatz* liegt?"

Sandra nickte erschöpft.

„Wir wollten es eigentlich geheim halten", erklärte sie betreten. „Aber John hat es leider einigen Nachbarn erzählt. Irgendwie muss es zu Keyser durchgedrungen sein, sodass er unbedingt dort danach suchen wollte. John stand ihm im Weg."

Josh überlegte offenbar, was er davon halten sollte.

„Das macht Sinn", meinte er. „Warum habt ihr mir diese Schatz-Geschichte nie erzählt? Wieso durfte ich davon nichts wissen? Weil das nur eine Sache unter euch ist, oder was?"

„Komm schon, bitte", bat Sandra entnervt. „Das ist jetzt nicht der passende Zeitpunkt dafür, wir müssen irgendwie hier raus!"

„Na klar, es ist nie der richtige Zeitpunkt", erwiderte Josh gekränkt.

Sandra schnaubte und ging zur Tür, wo sie reflexartig am Knauf drehte, der sich natürlich nicht bewegen ließ.

„Das hab ich auch schon probiert", meinte Josh beiläufig. „Können wir vergessen."

„So eine Scheiße!", fluchte Sandra und trat gegen die Kommode, die gefährlich schepperte.

„Weißt du was mit Alex ist?", fragte Josh dann noch mal besorgt.

Sandra schüttelte traurig den Kopf.

„Er ist zu mir gerannt und hat geschrien, ich hab ihn nicht genau verstanden. Als ich ihn reinlassen wollte, haben diese vermummten Männer mein Haus gestürmt und uns betäubt. Ich nehme an, sie haben ihn ..." Sie unterbrach.

„Was?", hakte Josh nach. „Nun sag schon!"

„Sie haben ihn in die Kammer verschleppt", führte sie den Satz zu Ende. Josh runzelte die Stirn.

„Und wozu? Was soll er dort machen?"

Es war zum Verrücktwerden, dass sie Josh nicht einfach offen alles erzählen konnte.

„Sie denken, dass er weiß, wo dieser Schatz versteckt ist", log sie und kam sich ziemlich blöd dabei vor.

„Wieso denn? Alex wohnt hier nicht mal, woher soll er irgendwas von einem Schatz von einem Typen wissen, der früher mal hier gelebt hat? Das ergibt keinen Sinn!"

„Ich weiß es auch nicht, Josh!", gab sie zurück. „Du siehst doch, was sie mit uns gemacht haben, das sind Verrückte!"

Diese Worte schienen ihn zum Nachdenken zu bewegen.

„Was ist überhaupt in dieser Kammer?", wollte er wissen.

Obwohl Sandra seine Neugier verstehen konnte, waren ihr Joshs Fragen ziemlich unangenehm.

„Nichts Besonderes", log sie erneut. „Nur ein paar alte Schränke, Tische und beschriebene Papiere. Jedenfalls nichts, das irgendeinen Wert hat." Das entsprach – je nachdem wie man es betrachtete – sogar der Wahrheit.

„Diese Irren denken, da lässt sich ein Schatz finden?" Josh schüttelte entnervt den Kopf. „Und ziehen so ein Ding mit uns ab? Mann, das glaub ich einfach nicht!"

Sandra sank mit dem Rücken an der Tür auf den Boden.

„Was ist bei John passiert?"

Zum ersten Mal stellte Sandra eine Frage. Der vorherige Streit zwischen den beiden, der bisher weit in den Hintergrund getreten war, als hätte er nie stattgefunden, flammte dabei wieder in ihr auf.

„John war bei mir im Zimmer, als ich schon gepackt habe", begann er zu erzählen und warf Sandra dabei einen vorwurfsvollen Blick zu. „Er wollte mich umstimmen und wir haben eine Weile geredet. Dann hat es an der Tür geklingelt und er ist runtergegangen. Ich wollte mich schon zurückziehen, weil ich keine Lust auf ein neues Drama hatte, da hab ich auf einmal Lärm gehört und wollte nachsehen, was los ist. John hat mir zugerufen, ich soll weglaufen, aber da war schon einer von denen hinter mir her. Ich hab's zwar in mein Zimmer geschafft, aber nicht mehr abzusperren und dann ..."

Er endete hier, denn Sandra verstand den Rest von selbst.

„Mein Handy ist auch weg", fügte Josh hinzu.

Sandra fasste reflexartig an ihre Jeanstasche, nur um festzustellen, dass auch ihr Handy nicht mehr da war.

„War ja klar", sagte sie zerknirscht. „Wäre auch dämlich von ihnen gewesen, uns mit Handys hier einzusperren."

Sie vergrub ihr Gesicht in den Händen und versuchte ihre Gedanken zu ordnen. Es war alles so plötzlich gekommen und so schnell abgelaufen, dass es ihr vorkam wie ein böser Traum.

„Meinen Eltern wird irgendwann auffallen, dass ich nicht erreichbar bin", meinte Josh überzeugt. „Genau wie John, Alex oder jemand von euch. Ewig können sie uns nicht festhalten!"

Sandra sagte nichts darauf, sondern ließ seine Worte auf sich wirken. Natürlich konnten die sie nicht ewig einsperren, dachte sie, aber das hieß nicht zwangsläufig, dass diese Sache gut für sie alle ausgehen würde.

Sie fragte sich, was Alex wohl gerade durchmachte und wollte es sofort wieder wegschieben. Irgendwann würden diese Typen bemerken, dass sie am Globus nichts ausrichten konnten, sondern nur Alex.

Vielleicht wussten sie es auch schon längst! Was würden sie dann unternehmen? Alex zwingen, es für sie zu machen? Ihn umbringen? Sandra schniefte und wollte am liebsten laut schreien.

„Weißt du, wo wir hier sind?", fragte Josh und riss sie damit aus ihren trüben Gedanken. Er hatte sich ihr gegenüber ebenfalls am Boden niedergelassen.

Sandra zuckte mit den Schultern.

„Nein, obwohl ... das Zimmer sieht aus wie das, in dem Keyser letztes Jahr John eingesperrt hat. Von seinen Beschreibungen her könnte es dasselbe sein. Das würde heißen, wir sind in Keysers Haus! Obwohl der im Gefängnis sitzt."

„Wenn er ausgebrochen ist?", stellte Josh in den Raum.

„Glaub ich nicht. Das hätten wir mitbekommen, im Fernsehen oder sonst wo. Sicher hätten sie John dann gewarnt oder sogar hier auf Keyser gewartet."

„Aber wenn es erst heute passiert ist, vor ein paar Stunden?"

„In so kurzer Zeit hätte er es nicht hinbekommen, das alles zu planen", war sich Sandra sicher. „Irgendwie müssen diese Leute gewusst haben, dass ab heute fast niemand mehr hier ist."

Und dass Alex hier ist, ergänzte sie in Gedanken, um Josh nicht weiter neugierig zu machen.

„Da ist was dran", gestand dieser ein.

Inmitten der Ausweglosigkeit kam Sandra mit einem Mal ein aufbauender Gedanke.

„*Margaret*!", stieß sie hervor.

„Wer?" Josh runzelte die Stirn.

„Ich meine ... Mrs. Jenners, die gegenüber von John wohnt", erklärte Sandra und auch, dass sie der Aufmerksamkeit der alten Dame im letzten Jahr zu verdanken hatten, dass ihnen nichts Schlimmeres passiert war.

„Du meinst, sie könnte auch diesmal wieder misstrauisch werden?" Josh wirkte wenig überzeugt.

„Ich hoffe es." Sie knabberte nervös an ihrer Unterlippe und konzentrierte all ihre Gedanken auf diese Vorstellung.

Gleichzeitig lauschte sie an der Tür, ob irgendwas zu hören war. Es herrschte jedoch Stille und man hätte fast meinen können, sie beide wären die Einzigen in diesem Haus.

Das war jedoch zu schön um wahr zu sein, dachte Sandra verbittert. Vielleicht wurden sie auch von draußen belauscht! Von jemandem, der sich ganz ruhig verhielt und hoffte, dass Sandra irgendwas preisgab, das ihnen half. Dabei wusste sie rein gar nichts.

„Was habt ihr eigentlich vor mir vertuscht?", fragte Josh dann plötzlich. Sandra blickte verwirrt zu ihm auf.

„Wie meinst du?"

„Als ich runtergekommen bin und ihr alle im Wohnzimmer gesessen seid, habt ihr über irgendwas geredet", führte er aus. „Alex hat gesagt, dass *die Antworten da unten liegen* und er nicht danach suchen will, so lange ich hier bin. Wovon hat er geredet?"

Sandra hatte mit vielem gerechnet, aber sicher nicht damit und konnte auch nicht sagen, ob Josh das nur fragte, um irgendwas zum Reden zu haben oder weil es ihn immer noch beschäftigte.

Wieder war sie in der Situation, nicht alles sagen, aber diesmal auch nicht weglaufen zu können.

„Wieso kommst du jetzt damit?", versuchte sie auszuweichen. „Ich glaube, es gibt gerade wichtigere Dinge als das! Zum Beispiel hier rauszukommen."

„Das können wir sowieso vergessen", schob Josh ihren Versuch beiseite. „Bis nicht jemand kommt und öffnet, müssen wir hier ausharren. Also hast du genug Zeit, mir alles zu erklären! Oder bin ich nicht würdig, in euer Geheimnis eingeweiht zu werden?"

Sandra fühlte sich in die Enge gedrängt. Das war so ziemlich das Letzte, über das sie jetzt sprechen wollte - erst recht mit Josh, den sie eigentlich nicht mehr hatte sehen wollen!

Sie erinnerte sich an die kränkenden Worte, die er ihr an den Kopf geworfen hatte und wollte ihm am liebsten sofort wieder den Rücken zudrehen - was in diesem kleinen Raum allerdings nicht einfach durchzuziehen war.

„Jetzt sag schon!", verlangte Josh. „Was wollte Alex tun, was ich nicht mitkriegen sollte? Hängt es mit dem angeblichen Schatz in dieser Kammer zusammen? Oder mit seinen komischen Zuständen in den letzten Tagen?"

Auf jeden Fall, antwortete Sandra in Gedanken und vermied es, Josh direkt anzusehen.

„Das kann ich nicht so einfach erklären", sagte Sandra gequält, worauf Josh hochfuhr und sich demonstrativ von ihr wegsetzte.

„Alles klar, war nur ein Versuch", meinte er beleidigt. „Wenn ich es nicht mal jetzt wissen darf, muss ich wohl damit leben."

Sandra schloss die Augen und atmete tief durch.

„Es hat nichts mit dir zu tun, okay?", machte sie ihm klar.

„Logisch", kam es zurück.

„Warum warst du nicht auf meiner Party?", wechselte Sandra dann das Thema. Josh sah sie verständnislos an.

„Und warum muss ich mich rechtfertigen, wenn du mir nicht mal Antworten gibst?"

„Weil ich es dir nicht erklären *kann*!", beharrte Sandra. „Es hat nichts mit dir als Person zu tun. Aber mir zu sagen, wieso du nicht gekommen bist, dürfte nicht so schwer sein."

Kurz fixierte Josh sie mit seinen Augen, bevor er ihrem Blick erneut auswich.

„Du hast doch gesagt, dass du mich sowieso nur eingeladen hast, weil Alex es wollte", warf er ihr dann vor. „Wozu also soll ich dir dann Gründe sagen?"

Sandra verdrehte die Augen.

„Das hab ich im Streit gesagt", versuchte sie ihm klarzumachen. „Weil ich in diesem Moment furchtbar wütend auf dich war! Wenn du dich weiter erinnerst, habe ich auch gesagt, dass ich es später selbst wollte und dachte, wir könnten uns dadurch irgendwie vertragen. Das ging ja wohl daneben! Bloß hat das Alex viel stärker zugesetzt, er war echt enttäuscht."

„Scheinbar habt ihr euch trotzdem gut ohne mich amüsiert", sagte Josh gleichgültig und brachte Sandra damit beinahe in Rage.

„Kapierst du nicht?", blaffte sie ihn an. „Auch Alex hat sich gewünscht, dass wir uns vertragen – und ich habe einen Schritt auf dich zugemacht! Nur du hast mal wieder geschmollt und keinen Wert darauf gelegt. Und das verstehe ich nicht."

„Ist ja auch nicht notwendig", winkte Josh ab und wirkte zuerst desinteressiert. Gleich im nächsten Augenblick fuhr er aber zusammen, genau wie Sandra und sie starrten in Richtung Tür.

Sandra trat schnell davon weg auf Josh zu, denn laute Schritte waren zu hören und kurz darauf machte sich jemand am Knauf zu schaffen. Dann flog die Tür kräftig auf und krachte gegen die Wand.

Die beiden schreckten zurück, als sie einer vermummten Gestalt gegenüberstanden, deren Körpergröße sogar Josh überragte. Es musste ein sehr schlaksiger Mann sein, der schwarze Kleidung und eine Sturmhaube trug.

„Haltet gefälligst die Klappe!", bellte er sie an. „Sonst stopf' ich euch das Maul, verstanden?" Seine Stimme klang zwar weder sehr hoch, noch sehr tief, kam durch seinen Ärger allerdings fast ins Kippen.

Sandra und Josh nickten nur verängstigt, als der Unbekannte seine Pistole auf sie richtete.

„Setzt euch dahin und seid ruhig!", befahl er und deutete auf die Matratze. Josh zögerte, Sandra gehorchte jedoch sofort und zog ihn sanft aber bestimmt mit sich. Sie kauerten sich auf der Matratze an die Wand und warteten darauf, dass der Mann wieder verschwand.

Aber er blieb im Türrahmen stehen, die Waffe weiter auf sie gerichtet und musterte scheinbar Sandra durch die Schlitze seiner Sturmhaube.

„Sagen Sie uns, wo unsere Freunde sind?", fragte Josh plötzlich und Sandra sah erschrocken zwischen ihm und dem Unbekannten hin und her.

„Geht dich 'nen Dreck an!", war die Antwort. „Das Einzige, das ihr wissen müsst ist, dass alles von eurem Freund Alex abhängt. Und dass ihr verdammt noch mal still sein sollt!"

Damit verschwand er aus dem Raum, zog die Tür kräftig mit sich und schloss wieder ab.

Sandra sank zusammen und fühlte sich so machtlos wie kaum zuvor. Höchstens letztes Jahr im unterirdischen Versteck, als sie Alex nicht helfen konnte, der oben im Haus von Keyser gepeinigt wurde.

„Sandra, was meint er damit?", fragte Josh leise. „Dass alles von Alex abhängt. Bitte, sag mir, was du weißt!"

Er klang ziemlich verängstigt.

„Wirklich, ich ... das kann ich nicht erklären, ich verstehe es selbst nicht richtig, ehrlich ..."

„Hat Alex sich mit irgendwem angelegt?", spekulierte Josh. „Oder ist er Zeuge von einem Verbrechen geworden und die wollen ihn zum Schweigen bringen? Irgendwas muss es doch sein!"

Josh hatte keine Ahnung, wie sehr er danebenlag, dachte Sandra hilflos.

„Oder hat er wirklich irgendeinen Schatz gefunden, den sie haben wollen?", fragte Josh weiter. „Liegt der in dieser Kammer da unten?"

Sandra befeuchtete ihre Lippen und verspürte plötzlich einen drängenden Durst.

„Ja, so in etwa", gestand sie und hätte in diesem Moment vieles für ein Glas Wasser gegeben.

„Aber wieso weiß nur Alex davon und ihr nicht, wenn ihr alle unten wart?", hakte Josh weiter nach. „Und warum hat er mir nie mehr darüber erzählt? Ich meine ... ich bin sein bester Freund."

Er wirkte ziemlich enttäuscht.

„Nein, Josh, das darfst du nicht persönlich nehmen", appellierte sie an ihn. „Wir wollten alle nichts mehr damit zu tun haben, als es vorbei war."

„Als *was* vorbei war?"

Verdammt, sie hatte ihn noch neugieriger gemacht!

Langsam wurde ihr alles zu viel.

„Gib mir etwas Zeit, ja?", sagte sie schwach. „Ich muss erst die richtigen Worte finden."

Josh nickte und gab sich offenbar damit zufrieden.

Nun trat ein längeres Schweigen ein, das für Sandra erdrückend war. Sie hatten nichts zu essen, nichts zu trinken, konnten nicht auf die Toilette gehen und wussten nicht, was der Unbekannte tun würde, wenn er wiederkam. Noch dazu war ihre Familie auf Urlaub und würde erst in mehreren Tagen wiederkommen!

Würden sie dann noch immer hier gefangen sein?, fragte sich Sandra entsetzt. Oder würden sie dasselbe Ende gefunden haben wie Tammy? Sandra spürte, wie sich wieder Tränen bildeten und tat ihr Bestes, um Josh nicht darauf aufmerksam zu machen.

Sie dachte an Margaret und hoffte inständig, dass der alten Dame auch diesmal auffallen würde, dass irgendwas bei John nicht stimmte. Vielleicht konnte sie sie damit wieder retten.

Denn wenn nicht, wer sollte ihnen dann rechtzeitig zur Hilfe kommen?

Kapitel 23

Auch bei Tagesanbruch kehrte kein Leben in die Mendelaine Road ein. Die Straße erweckte den Anschein einer ausgedienten Filmkulisse, die niemanden mehr interessierte. Man sah stundenlang weder Autos, noch Leute, die zur Arbeit oder einkaufen gingen.

Eigentlich fast zu schöne Umstände für die Durchführung ihres Plans, dachte sich Ellen Carregan, als sie an diesem Morgen in das leere Wohnzimmer ihres Hauses trat, das aus einem Möbelkatalog stammen hätte können. Eine Sitzgarnitur mit weißem Lederbezug, gegenüber der Flachbildfernseher im Wandverbau, dessen Schranktüren aus hellem Edelholz bestanden und der mehrere beleuchtete Vitrinen umfasste. Neugierige Blicke von draußen wurden durch silbern wirkende Seidenvorhänge abgehalten und sämtliche Bücher im Regal des hinteren Bereichs sahen so gepflegt aus, als wären sie nie angefasst worden.

Mrs. Carregan betrat gerade die Küche, als sie die Haustür aufgehen hörte. Es war sechs Uhr, ihr Mann war pünktlich zurückgekommen.

„Wie war's?", fragte sie ihn neugierig, während sie heißes Wasser kochte.

„Es läuft beeindruckend gut", berichtete Mr. Carregan, nachdem er seinen Rucksack mit der Ausrüstung in der Garderobe aufgehängt hatte. „Ich war unten, Ellen! Als ich einen von den Keysers abgelöst habe, um den Jungen und das Mädchen zu bewachen."

„Und wie ist es?", hakte sie nach und verbrannte sich beinahe am aufgeheizten Wasserkocher.

„Ziemlich dunkel", meinte Mr. Carregan, der sich ein paar Scheiben Toast genommen und am Küchentisch Platz genommen hatte. „Man braucht die ganze Zeit über Taschenlampen. Aber der Globus ... wenn du ihn erst siehst! Allein wie er aussieht."

„Heute werde ich ja das Vergnügen haben, nicht wahr?", verkündete sie voller Vorfreude und goss Tee auf. „Wie sind Stancen und die Gören verteilt? Sein Neffe ist unten und das Balg von den Brentons mit ihm, nehme ich an?"

Mr. Carregan schluckte einen Bissen runter.

„Das Mädchen sah nicht wie das von den Brentons aus", erklärte er. „Ich hab sie nicht genau gesehen, aber sie hatte eindeutig dunkle Haare."

„Wie überaus klug", spottete Mrs. Carregan und setzte sich zu ihrem Mann. „Den Jungen mit einem Mädchen als Druckmittel gemeinsam festzuhalten, der gar nicht sein Herz gehört. Wo ist das Brenton-Mädchen dann?"

„Hatte praktische Gründe", erklärte Mr. Carregan schulterzuckend. „Caldon hat mir erzählt, dass sie gerade Stancen ausgeschaltet hatten, als sein Neffe mit zwei seiner Freunde aufgetaucht ist und wieder entkommen wollte. Den anderen Jungen - von Mrs. Harton - und das Mädchen haben sie noch im Haus geschnappt. Haben wohl angenommen, wenn er schon aufkreuzt, dann wohl mit seiner eigenen Freundin. Der Stancen-Junge hat es aber geschafft rauszulaufen und ist bis zu den Brentons gekommen, wo sie ihn und das Mädchen geschnappt haben. Weil das Haus der Keysers am Weg liegt, haben sie die direkt dort abgeliefert und noch einen der Jungen hingebracht."

„Den vom Harton-Trampel?" Mrs. Carregan nippte in aller Ruhe an ihrem Tee, während sie aufmerksam zuhörte.

„Bin mir gar nicht sicher. Caldon meinte, sie hätten den Blonden genommen, weil sie den Schwarzhaarigen schon zu Stancen gesperrt hatten. Das Zimmer, in dem der Blonde wohnt, hat zu viele Fenster um alle zu verbarrikadieren, deswegen musste er woanders hin. Drei auf einem Fleck wollten sie nicht, daher haben sie ihn in ihr Haus geschleppt."

„Der ursprüngliche Plan war doch, den Neffen von Stancen und seine Freundin von den Brentons gemeinsam ins Versteck zu bringen, damit er stärker unter Druck steht und schneller auspackt", rief Mrs. Carregan in Erinnerung. „Stancen und der Blonde sollten bei ihm im Haus bleiben und die anderen zwei Anhängsel bei Keyser. Die Aufteilung macht wenig Sinn."

Sie schürzte die Lippen und schenkte sich Tee nach.

„Glaub mir, egal ob es seine eigene Freundin ist oder nicht, der Junge hat ziemliche Angst um sie", beschwichtigte Mr. Carregan zufrieden. „Hat nicht allzu lang gedauert, ihn dazu zu bringen."

Er grinste.

„Haben die Keysers den Globus getestet?", wollte Mrs. Carregan dann wissen. Ihr Mann verneinte.

„Sie haben's versucht, ohne Erfolg. Nicht mal wenn sie die Hand des Jungen steuern, funktioniert es! Nur wenn er es ganz alleine tut."

„Und er hat ihnen bis jetzt nicht verraten, wie es geht?"

Mrs. Carregan sah nicht besonders erfreut drein.

„Er bleibt bei seiner Geschichte, dass er nicht weiß wie es geht. Ich fürchte ehrlich, dass er die Wahrheit sagt. Wieso sollte er sich so sehr sträuben und das alles in Kauf nehmen?"

„Raymond, bist du tatsächlich so naiv?", zischte Mrs. Carregan und griff sich an die Stirn. „Er ist nicht dumm und ahnt ziemlich sicher, dass sie alle aus dem Weg geräumt werden, sobald wir es wissen! Er will Zeit schinden und überlegt sich inzwischen, wie er entkommen kann. Das liegt auf der Hand! Nichts als Amateure am Werk."

„Das denke ich nicht", widersprach Mr. Carregan. „Ich hatte den Eindruck, dass er ziemlich verzweifelt ist und nichts anderes will, als sich und seine Freunde zu retten. Wüsste er es, hätte er es mit Sicherheit längst ausgespuckt. Nein, nein, ich vermute, er weiß selbst nicht wie er da reingeraten ist. Was die ganze Sache natürlich schwieriger macht ..."

„Was willst du damit sagen?"

„Wenn der Neffe von Stancen es nicht weiß und wir es nicht wissen - wer soll es dann rausfinden?"

„Glaub mir, mein Lieber, läge das in meiner Hand, wären wir längst am Ziel", knurrte sie und umklammerte gereizt ihre Tasse.

„Wir haben gestern darüber gesprochen, Liebling", erinnerte er sie. „Als ich unten war, habe ich kein Wort gesagt. Dass einer von beiden mich erkannt hat, ist mehr als unwahrscheinlich, weil ich dieselbe Tarnkleidung und in etwa dieselbe Größe habe. Dass du eine Frau bist, würde ihnen sofort auffallen, vor allem wenn du mit ihnen sprichst. Sie würden deine Stimme wiedererkennen."

„Also gehst du davon aus, dass sie ohnehin davonkommen, weil Keyser und Co es mal wieder vermasseln?", folgerte Mrs. Carregan und verdrehte wenig überrascht die Augen. „Weißt du, ich habe im

Grunde auch nichts anderes erwartet. Das Warten macht mich nur immer wütender. Ich will Cesslers Geheimnis endlich in unseren Händen wissen!"

„Es wird sicher nicht so einfach wie geplant", stellte Mr. Carregan klar. „Dass die Übertragung der Macht, oder wie immer man es nennen mag, nicht so klappt wie ausgemalt, hat niemand in unserem Vorhaben berücksichtigt. Es könnte sein, dass wir wieder leer ausgehen. Zumindest aber wären wir auch in diesem Fall wieder einen Schritt weiter."

„Was machen Percy, Rebecca und Stuart?", fragte sie dann.

„Rebecca hält die Stellung in ihrem Haus", führte Mr. Carregan aus. „Percy ist bei Keyser um den kleinen Holroy zu entlasten, Stuart löst gerade Caldon oder einen der Keysers und mich in Stancens Haus ab."

„Hat dich irgendjemand die Straße raufgehen sehen?"

Mrs. Carregan traute der Ruhe der Mendelaine Road nicht ganz.

„Selbst wenn, es wäre nichts Ungewöhnliches daran", winkte er ab. „Jeder weiß, dass ich morgens joggen gehe und meine Tarnkleidung steckt im Rucksack. Ich habe jedenfalls keine Spur von irgendeinem Nachbarn entdeckt."

„Nun gut", seufzte sie. „Leg dich hin, Raymond. Ich hatte schon ein paar Stunden Schlaf und werde in Kürze die Straße hinuntergehen und den Stümpern bei Stancen Gesellschaft leisten. Mal sehen, wie schnell es dann weitergeht."

Siegessicher faltete Mrs. Carregan die Hände und griff nach ihrem Funkgerät, das in einer Küchenschublade versteckt war.

„Hier C2", vermeldete sie. „Wie ist die Lage?"

Es rauschte, dann meldete sich eine tiefe Männerstimme.

„Hier K2, alles klar", sagte er gedämpft. „Die beiden schlafen ruhig und K1 ist oben, C1 löst ihn gerade ab. Wie sieht's in der Straße aus?"

„Alles ruhig", antwortete Mrs. Carregan. „C3 ist eben zurückgekommen und wird sich ausruhen, ich mache einen Spaziergang durch die Straße und stoße in Stancens Haus dazu."

„Nicht nötig", meldete sich eine weitere Männerstimme, die eindeutig von Mr. Alverston stammte. „Wir haben hier alles im Griff. Lieber die Straße im Auge behalten!"

„Das tun H1, C4 und C5 bereits", ließ Mrs. Carregan den Einwand abprallen. „So viele Augen sind nicht nötig."

„C4 schläft noch", mischte sich Mr. Crittenfield ein.

„Sonst hätte sie sich bereits gemeldet. Sie wird heute die Straße im Auge behalten und am Abend zu Stancen stoßen."

„Dann kann ich ja inzwischen die Lücke füllen", verkündete Mrs. Carregan bestimmt. „Ich komme von der Hinterseite, durch die Terrassentür, verstanden?"

„Verstanden", erwiderte Jack Keyser. „K1 oder C1 werden Sie erwarten. Eine Sache wäre da noch, weil es nun doch länger dauert, als gedacht."

„Nämlich?" Mr. und Mrs. Carregan lauschten gespannt dem neuen Vorhaben, das ihnen gerade geschildert wurde.

„So gewinnen wir im besten Fall ein paar Tage, die sicher genug sein sollten, um den Jungen zu zermürben", schloss Jack Keyser.

„Das leuchtet ein", stimmte Mrs. Carregan zu, während ihr Mann den Küchenfernseher aufdrehte und den Ton dabei ausschaltete.

„Das ist sagenhaft!", stieß Mr. Carregan plötzlich hervor.

Seine Frau fuhr herum und wollte ihn bereits maßregeln, sie gefälligst nicht derart zu erschrecken, doch ein Blick in die Nachrichten ließ sie das sofort vergessen.

„*... Wodurch genau der Tsunami im Atlantik entstanden ist, kann momentan nicht mit Sicherheit gesagt werden*", sagte die Nachrichtensprecherin mit Luftbildern einer gewaltigen Welle auf offenem Meer. „*Als Ursache wird jedoch ein Seebeben im Mittelatlantik vermutet, das sich heute Nacht ereignet haben soll. Seismologen werten aktuell alle Daten aus, weitere Berichte folgen in Kürze. Die Riesenwelle ist im Augenblick noch weit von den Küsten Afrikas und Südamerikas entfernt, steuert aber rasant auf die kapverdischen Inseln zu. Die Regierung des Inselstaates hat bereits Evakuierungsmaßnahmen eingeleitet ...*"

Mrs. Carregan starrte begeistert auf den Bildschirm und auch Mr. Carregans Augen funkelten vor Aufregung.

„A7, du bist oben im Stancen-Haus?", erkundigte sie sich.

„Korrekt, wieso?"

„Schalt mal die Nachrichten ein", riet sie ihm feixend.

„Wird etwa schon von der Aktion des Jungen berichtet?", kam es erwartungsvoll von Jack Keyser.

„Und ob", erwiderte Mrs. Carregan. „Das ist der Anfang, meine Lieben. Wir *müssen* ihn endlich dazu bringen, uns den Weg zu verraten wie man es anstellt!"

„Was denken Sie, was wir hier unten schon die ganze Nacht versuchen?", knurrte Jack Keyser.

„So wie es Ihr Bruder letztes Jahr versucht hat?", konterte Mrs. Carregan, während sie ihre Ausrüstung zusammensuchte. „Ich bin in zwanzig Minuten da, dann wird Ernst gemacht!" Sie legte das Funkgerät beiseite, ohne eine Rückmeldung abzuwarten.

„Wann wirst du zurück sein?", erkundigte sich Mr. Carregan, der herzhaft gähnte.

„Bei Einbruch der Dunkelheit", ließ sie ihn wissen, küsste ihn auf die Wange und zog sich fertig an. „Vielleicht können wir bis dahin in die nächste Phase übergehen." Vielsagend sah sie ihrem Mann in die Augen, der ihre innere Bereitschaft breit grinsend teilte.

„Du wirst eine entzückende Weltherrscherin", sagte er zuversichtlich. „Zu schade, dass sich niemand jemals vor dir verneigen wird." Sie lächelte verstohlen.

„Das ist mir gleich, Schatz. Solange wir nur endlich an diesen Globus kommen und ihn für uns alleine haben! Freude haben werden wir genügend durch unsere Reichtümer, die jene der Cesslers in den Schatten stellen werden. Und wenn Oxford, Cambridge oder St. Andrews eine unserer Töchter nicht aufnehmen wollen, werden wir die jeweiligen Mauern eben unter einem Erdbeben erzittern lassen und dafür sorgen – mit einer großzügigen Spende für den Wiederaufbau!"

Mr. Carregan schloss genussvoll die Augen.

„Und so viel mehr. Ich kann es richtig vor mir sehen. Cesslers Globus, endlich dort wo er hingehört."

Mrs. Carregan öffnete die Haustür und drehte sich noch mal zu ihrem Mann um.

„Du sagst es. Dieser Zweck heiligt alle Mittel. Und damit meine ich *alle*!"

Kapitel 24

Alex war mit jeder Stunde die verging dankbarer, dass wenigstens Annie bei ihm war. Obgleich er nicht sagen konnte, wann eine Stunde vergangen war. Er schätzte, dass er nun schon die ganze Nacht hier festgehalten wurde und oben mittlerweile Sonnenaufgang gewesen sein musste.

Dass es nicht schon Tage, Wochen oder Monate sein konnten machte er daran fest, dass sein Hungergefühl noch nicht überhandgenommen hatte. Unter gewöhnlichen Umständen wäre er jetzt wohl am Frühstückstisch gesessen, dachte er betrübt, als er aus einem unruhigen Halbschlaf erwachte und einmal mehr nur in das unheilvoll stechende Leuchten der Taschenlampen ihrer Entführer blinzelte.

Annie lehnte schlafend an seiner Schulter und sah selbst dabei nicht glücklich aus. Eher, als würde sie gerade ein schlimmer Albtraum plagen. Dabei fand der Albtraum in der Realität statt und nichts, was sie jetzt träumte, konnte schlimmer sein als das!

Alex dachte an Sandra, von der er nicht wusste, wo sie war und wie es ihr ging. An John, der das hier zum zweiten Mal durchmachen musste, und von dessen Zustand er ebenso wenig wusste. An Josh, mit dem er zuletzt fürchterlich gestritten hatte und wo er nicht nur hoffte, dass er das heil überstehen würde, sondern auch, dass ihre Auseinandersetzung nicht das Letzte gewesen war, das sie sich gesagt hatten.

Alex dachte an seine Eltern und Geschwister, die tausende Meilen entfernt waren und keine Ahnung hatten, was hier gerade vor sich ging und auch bei bestem Willen nicht hätten helfen können. Genauso wenig wie Sandras, Annies oder Joshs Eltern.

Er fragte sich, wie lange es dauern würde, bis ihr aller Verschwinden irgendjemandem auffiel. Spätestens wenn Sandras oder Annies Eltern oder Linda zurückkamen und bei ihnen vorbeischauten. Aber bis dahin musste es ihnen doch seltsam vorkommen, dass sie nichts von ihren Kindern hörten, oder nicht? Alex' und Joshs Eltern konnten wenig tun, außer sich vielleicht untereinander und anschließend Sandras Eltern anzurufen, die ihnen dann sagen würden, dass sie selbst nicht wüssten, wo sie alle abgeblieben waren. An diesem Punkt mussten sie tätig werden, war Alex überzeugt. Nur wann würde das sein? Noch heute? Morgen? In zwei Tagen? Was würden die Entführer bis dahin alles mit ihnen anstellen können?

„Auch schon wach?", kam es auf einmal vom Eingang des Verstecks und einer der Entführer stapfte auf ihn zu. „Komm her, Junge!"

Alex hatte sowohl Angst, dem Befehl zu folgen, als auch, es nicht zu tun. Behutsam lehnte er Annie, die immer noch benommen vor sich hin döste, an die erdige Wand und erhob sich unsicher.

„Du wirst mir jetzt folgen", forderte der Unbekannte ihn auf. „Und zwar nach oben. Versuch ja nicht, abzuhauen oder nach Hilfe zu rufen, klar? Mein Kollege wird deine Freundin hier im Auge behalten."

Er packte Alex an der Schulter und bugsierte ihn grob an dem Schrank vorbei, der zur kleinen Tür und danach in den Tunnel führte. Sein Komplize lehnte gelassen daneben und beobachtete sie beim Verlassen des Verstecks.

„Was zum Teufel ...", fluchte dieser plötzlich, als er an der Schnur anstreifte, die letztes Jahr die Fackeln in der Kammer entflammt hatte.

Was dann geschah, bekam Alex nicht mehr mit. Der Gedanke, die Dunkelheit durch diesen unerklärlichen Trick loszuwerden, war ihm noch gar nicht gekommen. Wahrscheinlich wäre es auch nicht schlau gewesen, den Entführern diesen Tipp zu geben, da eine beleuchtete Kammer unter der Erde sie eher dazu verleiten würde, ihre Aktion wenn nötig zu verlängern, anstatt zuzusehen, dass sie schnell wieder verschwinden konnten.

Es war das erste Mal seit seinem Aufenthalt in Andover letzten Sommer, dass er durch diesen Tunnel ging. Schon damals hatte er eine verhängnisvolle Ungewissheit ausgestrahlt, die durch die momentane Situation nun zu einer bedrohlichen Gefahr wurde.

Endlich drang Tageslicht von oben herab und Alex erblickte die Sprossen, die durch den Schacht hinauf in Johns Wohnzimmer führten.

„Los, rauf da!", wurde ihm befohlen. „Und keine Tricks."

Alex folgte und genoss bei seiner Ankunft im Haus zuallererst die natürliche Helligkeit. Er konnte einen kurzen Blick auf die Küchenuhr erhaschen, die kurz nach sieben Uhr anzeigte.

Auf dem Sofa entdeckte er einen weiteren Entführer, der ganz in Schwarz gekleidet war – allerdings seine Sturmhaube nicht trug! Dennoch konnte er das Gesicht nicht sehen, da sich der Mann von ihm weg zur Seite gedreht hatte.

„Hierher." Er wurde zum Küchentisch beordert, wo all ihre Handys nebeneinanderlagen.

„Das ist deines", wurde Alex gesagt und er stellte verdutzt fest, dass es tatsächlich sein eigenes war. „Pass auf, du wirst jetzt eine Nachricht an deine Mum oder deinen Dad schreiben und zwar, dass ihr für ein paar Tage wegfahrt und du dich erst wieder meldest, wenn ihr zurück seid, kapiert? Bevor du sie abschickst, zeigst du sie mir – versuch nicht, eine versteckte Botschaft mitzuschicken! Ich brauche meinem Kollegen da unten sonst nur kurz Bescheid geben und er macht deine Freundin fertig. Also los jetzt!"

Alex hatte keine Wahl. Er wollte Annies Leben auf keinen Fall aufs Spiel setzen, genauso wenig jenes von Sandra, John und den anderen. Daher begann er eine neue Nachricht und tippte harmlose Wörter ein. Alle Überlegungen, wie er einen Hilferuf darin verstecken konnte, führten in der Hektik und Anspannung ins Leere. Noch dazu stellte Alex fest, dass er bereits zwei versäumte Anrufe von seiner Mutter hatte.

„Fertig?" Der Unbekannte nahm ihm das Handy ab und las den Text durch. „Sehr schön, nur noch ein Smiley" – er tippte es dazu und drückte dann auf *Senden* – „und Mummy und Daddy sind beruhigt, nicht wahr?" Er grinste hämisch und Alex versuchte beschämt, ihn nicht direkt anzusehen.

„Wenn du auf die Toilette musst, ist das jetzt deine Chance", teilte er ihm mit. „Die nächste gibt's erst wieder morgen."

Alex nahm an und wurde von ihm zur Toilette im Korridor zur Haustür geleitet. Auf der Treppe stand eine weitere schwarz gekleidete Person mit Sturmhaube, die allerdings etwas kleiner und schlanker war als die anderen. Sie verharrte ganz still und beobachtete ihn nur.

„Beeil' dich!" Danach wies der Entführer ihn wieder zurück in die Küche. „Trink was und nimm dir ein paar Scheiben Toast."

Alex trank zwei Gläser und griff in die Brotbüchse, als er auch schon weiter gedrängt wurde. „Essen kannst du unten auch, los!"

Die Brotscheiben mit den Zähnen fixiert, kletterte Alex zurück nach unten und schlug wie ferngesteuert den Weg in Richtung Versteck ein. Er sah keinen Sinn darin, sich gegen den Entführer zu wehren, der am längeren Hebel saß. Als sie in der Kammer ankamen, stellte Alex überrascht und entmutigt zugleich fest, dass die Fackeln brannten.

„Sieh dir das an!", rief der Komplize seinem Begleiter zu. „Hab an dieser Schnur hier gezogen und plötzlich sind die alle angegangen."

Ohne Alex aus den Augen zu lassen, betrachtete der Vermummte die lodernden Flammen, die ihr orange-flackerndes Licht durch den Raum warfen und ihm beinahe den Anschein eines gemütlichen Wohnzimmers gaben.

„Keinen Plan, wie das funktioniert", ergänzte er. „Aber das tut es! Ein Problem weniger, was?" Bei seinem zufriedenen Grinsen fielen Alex mehrere Zahnlücken auf. Annie war inzwischen auch wach und kauerte wortlos auf der anderen Seite des Verstecks.

„Nicht schlecht", meinte sein Begleiter beeindruckt. „Cessler hat an alles gedacht, wie's aussieht. Geh mit dem Mädchen nach oben und lass sie ihren Teil erledigen, wie abgesprochen."

Annies Augen weiteten sich vor Schreck, als sie bemerkte, dass von ihr die Rede war. Der Komplize gehorchte und deutete Annie, ihn zu begleiten. Doch sie konnte sich offensichtlich nicht rühren.

„Komm schon!", bellte der Unbekannte sie an. Zitternd stand sie auf und ging auf ihn zu, wobei sie panisch zu Alex sah.

„Bitte tun Sie ihr nichts", bettelte dieser an die beiden Entführer gewandt, die ihn jedoch nicht beachteten.

Annie schniefte und wimmerte, als sie von dem anderen Vermummten in den Tunnel begleitet wurde.

„Bitte", flehte Alex den Verbliebenen an, der ihn vorher nach oben gebracht hatte. „Er wird ihr doch nichts tun?"

Der Mann verdrehte die Augen, packte Alex an der Schulter und zerrte ihn in die Raummitte zum Globus.

„Sagen Sie etwas!", entfuhr es ihm schrill. Daraufhin packte der Entführer ihn an den Haaren und riss seinen Kopf nach hinten.

„Halt jetzt den Rand", verlangte er ruhig. „Die Mädchen werden nicht angefasst, klar? Wir sind ja keine Unmenschen."

Damit ließ er von ihm ab.

Alex wusste nicht, was er von dieser Aussage halten sollte. Wie sehr konnte man auf das Wort eines Menschen vertrauen, der einen gefangen hielt? Dennoch beruhigte es ihn ein wenig, immerhin war es besser als gar nichts.

„Sag mir lieber, wie wir dasselbe mit dem Globus machen können wie du!"

Nicht schon wieder, dachte Alex erschöpft.

„Hörst du schlecht?" Der Unbekannte versetzte ihm einen schmerzhaften Stoß gegen die Brust.

„Ich kann es nicht sagen, weil ich es nicht weiß", versuchte Alex ihm erneut klarzumachen und klang dabei sehr eingeschüchtert.

Der Entführer schnaubte und schlug gegen den Globus, der sich sofort wieder auflöste.

„Das nimmt dir hier niemand ab! Wir wissen, dass du auch letztes Jahr der Einzige warst, der etwas auf ihm ausrichten konnte. Jetzt haben wir es selbst gesehen. Irgendwie musst du damals dahintergekommen sein, wie du seine Macht auf dich begrenzen kannst, nicht wahr?"

Er hatte offensichtlich nicht die geringste Ahnung, wie lächerlich sich das für Alex anhörte.

„Nein, ehrlich nicht", versicherte er dem Entführer. „Selbst wenn ich es herausgefunden hätte, ich hätte das nie freiwillig getan! Ich will gar nichts mit diesem ... Ding zu tun haben."

„Warum nicht?"

Alex war nicht sicher, ob er die Frage eben richtig gehört hatte.

„Wieso wollen Sie das wissen?"

Der Mann packte ihn am Hals und zog ihn zu sich heran.

„*Ich* stelle hier die Fragen!", zischte er ihm zu. „Du beantwortest sie schön brav, verstanden?"

Alex nickte und sog nach Luft, als er losgelassen wurde.

„Muss ich sie noch mal stellen?"

„Ich will nicht verantwortlich für eine Katastrophe sein", röchelte Alex. „Das ist uns letztes Jahr schon passiert, es war furchtbar."

„Ach ja, richtig", sagte der Entführer einsichtig. „Da hast du dieses Teil schon mal zum Glühen gebracht." Er hielt das Amulett hoch, dessen dunkelblauer Stein im Licht der Fackeln schillerte.

„Das war ich nicht", berichtigte Alex. „Das waren die anderen. Ich habe den Globus erst später das erste Mal berührt."

„Interessant." Der Vermummte umrundete den Globus langsam und beobachtete Alex dabei genau. „Es war also auch für andere möglich, etwas darauf auszurichten. Dann auf einmal nicht mehr. Welche Erklärung hast du dafür?"

„Gar keine", antwortete Alex. „Wir haben es alle nicht verstanden und waren nur froh, dass nichts Schlimmeres passiert ist."

„Wenn du uns sagst wie es geht, wärst du es los! Denk mal darüber nach."

„Das nützt nichts." Alex überlegte, wie er noch klarer machen konnte, dass er absolut nichts wusste. „Es ist einfach passiert, ohne dass ich was getan habe."

Der Entführer stand inzwischen wieder neben ihm und betrachtete ihn prüfend. Als ob er in seinem Gesicht erkennen wollte, ob Alex die Wahrheit sagte. Dann packte er wortlos seinen Arm und führte ihn einmal mehr zum Globus, der sich daraufhin wieder auflöste.

„Für dich ist es wohl fast zu schön um wahr zu sein", sagte er knurrend. „Du bist der Einzige, auf den er reagiert und nicht mal, wenn jemand deine Bewegung ausführt, sondern nur wenn du sie ganz von selbst tust. Ist dir klar, dass du der mächtigste Mensch der Welt bist, Junge?"

Bei diesen Worten bekam Alex eine Gänsehaut.

„Weißt du, was heute in den Nachrichten kam? Etwas von einer Riesenwelle im Mittelatlantik."

Alex wurde heiß, als er erkannte, worauf der Entführer hinauswollte.

„Du kannst alles steuern, alles tun was du willst und niemand wird jemals davon erfahren. Findest du es nicht genial, dass du alle in der Hand hast und jedem die Hölle bereiten kannst, wenn er nicht nach deinen Regeln spielt?"

Alex schüttelte vehement den Kopf.

„Es ist furchtbar", stieß er hervor. „Ich darf nicht Gott spielen und will es auch nicht. Nie im Leben!"

„Ach, hör bloß auf", meinte der Entführer spöttisch. „Tu nicht so scheinheilig. Das Leben wird dir bald zeigen, dass es rein gar nichts bringt, sich immer an alle Regeln zu halten, glaub mir. Dir ist eine Macht zugefallen, von der andere Leute seit Ewigkeiten träumen, ist dir das klar? Wenn du lernst, damit umzugehen und sie richtig einzusetzen, kannst du Großes damit schaffen."

Alex entging inzwischen nicht mehr, dass der Unbekannte gerade versuchte, ihn auf seine Seite zu ziehen. Er fragte sich nervös, ob er darauf eingehen und das Spiel mitspielen sollte, um so vielleicht besser aus der Situation rauszukommen. Schnell wurde ihm aber klar, dass es aussichtslos war, denn sein Onkel und seine Freunde würden sie so oder so nicht einfach freilassen.

„Ich will damit nichts Großes schaffen", sagte er bestimmt. „Am liebsten würde ich die nächsten dreiundvierzig Jahre nicht hierherkommen und auch danach nie wieder!"

Zu spät wurde ihm bewusst, dass er seinem Entführer eben einen Hinweis gegeben hatte.

„Wieso *dreiundvierzig* Jahre?", fragte er skeptisch. „Was ist das für eine komische Zahl?"

„Das ... war nur so dahingesagt", versuchte Alex sich herauszuwinden.

„Lüg nicht!", fuhr der Unbekannte ihn an und stieß ihn erneut gegen die Schulter. „Sag, was das zu bedeuten hat! Sonst muss einer deiner Freunde dran glauben." Er fasste an sein Funkgerät.

„Es ... nein, ich ...", stammelte Alex. „Ich habe erfahren, dass die Herrschaft über den Globus insgesamt vierundvierzig Jahre dauert."

Sogar unter der Sturmhaube war nicht zu übersehen, dass der Mann die Stirn runzelte.

„Die *Herrschaft*?", wiederholte er nachdenklich. „Erzähl' weiter!"

„Also ... viel mehr weiß ich auch nicht, ehrlich. Der Globus hat mich letztes Jahr zu seinem Herrscher erwählt – keine Ahnung warum ausgerechnet mich! Es ist einfach passiert, als ..."

Er unterbrach.

„Als Ed euch hier unten überrascht hat, richtig?", führte der Entführer den Satz zu Ende, als wäre er damals selbst dabei gewesen. „Sicher, das hat er uns auch erzählt." Alex fand die Vorstellung unheimlich, dass diese Männer Kontakt mit Edmund Keyser und von ihm alles erfahren hatten, obwohl dieser im Gefängnis saß.

„Aber woher weißt du das mit den vierundvierzig Jahren?"

Alex schluckte.

„Das hab ich in einer der Aufzeichnungen hier entdeckt", log er und war erleichtert, als der Unbekannte ihm zu glauben schien.

„In welcher?", hakte er nach.

„Irgendwo auf einem Tisch hier", sagte Alex. „Ich habe nur schnell überall durchgestöbert und das Papier wieder fallengelassen."

„Dann wirst du es eben wiederfinden", beschloss der Mann und deutete ihm zu einem der Tische. „Los, fang an!"

Alex trat an den nächsten Tisch, auf dem sich die Papiere verteilten und versuchte so langsam wie möglich irgendwas zu finden, worauf die Zahl „44" geschrieben stand.

Nicht lange später kam der zweite Entführer mit Annie ins Versteck zurück. Sie sah immer noch ziemlich verängstigt aus, zum Glück aber nicht verstört oder verletzt.

„Setz dich wieder dort rüber", befahl der Unbekannte und Annie gehorchte ohne Worte. Sie sah zu Alex, der ihren Blick erwiderte und es kaum aushielt, nichts für sie tun zu können. Sie kauerte sich neben einen Schrank und begann an einer Toastscheibe zu knabbern, was Alex an seinen eigenen Hunger erinnerte. Unauffällig zog er eine seiner zerdrückten Brotscheiben aus der Westentasche und begann zu kauen. Selten hatte ihm Toast so gut geschmeckt!

Die Entführer sprachen miteinander und in die Funkgeräte. Alex sah sich demselben Problem gegenüber wie vor einem Jahr. Überall Papiere, völlig zusammenhanglos gestapelt und verstreut, beschrieben mit Worten, die er nicht entziffern konnte, weil es eine ziemlich alte Handschrift war. Lediglich die Namen oder Initialen und die Zahlen konnte er lesen, zumeist Jahreszahlen. Die Initialen *R. C.* tauchten aber öfter auf, ebenso der ausgeschriebene Name *Arthur Cessler*, wobei sich die Schrift seiner Meinung nach kaum voneinander unterschied.

Wieder sah er sich zu Annie um und wäre am liebsten sofort zu ihr gegangen, als er sie traurig auf dem Boden sitzen sah. Da löste sich in der Sekunde seine Umgebung auf, verschwamm vor seinen Augen und ging in gleißend helles Licht über. Er wusste, was jetzt kam und hatte dennoch keine Ahnung, was ihn erwartete. Widersprüchlich, aber es beschrieb treffend das Gefühl, das er jedes Mal durchmachte, wenn wieder eine Vision begann.

Nur einen Wimpernschlag später fand er sich am selben Ort wieder. In der unterirdischen Kammer, wo aber auf den zweiten Blick irgendwas anders war. Alex fühlte eine Art Vorfreude, als würde jeden Moment etwas Großartiges geschehen. Die Fackeln waren erleuchtet, wie in der Gegenwart ... die Schränke und Tische hingegen sahen aus wie neu! Die Schranktüren waren ordentlich geschlossen und die Tischplatten wurden von jeweils vier robusten Beinen gestützt.

Auch lagen nicht überall Papiere verstreut herum, hier und da stapelten sich einige Blätter und nur der Tisch, vor dem Alex stand – im Körper eines anderen – war bedeckt von einer Menge an Aufzeichnungen, auf denen neben handgeschriebenen Textzeilen aus Tinte auch Symbole und Zeichnungen abgebildet waren.

„Es dauert nicht mehr lange", sagte der Unbekannte, in dessen Körper Alex gerade gefangen war, und drehte sich zur Mitte des Raums um – wo ihm mehrere Dinge auf einmal auffielen, die er alle in der Schnelle nicht genau zuordnen konnte. Als Erstes der Globus, der wie gewohnt auf dem schmalen Sockel stand und von den vier eisernen Bügeln an seiner Unterseite geziert war. Der runde Standfuß hatte jedoch keine Vertiefungen, in die das blaue Amulett genau hineinpasste. Das Markanteste war aber die Oberfläche der Erdkugel. Sie wies alle Beschriftungen auf, die jeder andere Globus auch hatte. Längen- und Breitengrade, Länder- und Städtenamen, sogar die einzelnen Länder waren unterschiedlich eingefärbt.

Das Nächste, das Alex ins Auge fiel, waren drei weitere Menschen, die sich hier unten befanden. Zum einen eine junge Frau, die hellbraune, offene Haare hatte und ein beigefarbenes Kleid trug. Sie saß auf einem Stuhl etwas abseits vom Globus, hatte den Kopf gesenkt und starrte ins Leere. Alex war nicht sicher, ob sie die Worte überhaupt wahrgenommen hatte. Die anderen zwei Menschen, ein junger Mann und eine weitere junge Frau, lehnten in einer unbequemen Liegestellung auf der Seite der Kammer nebeneinander an der Wand und schienen zu schlafen. Es dauerte nicht lange, bis Alex erkannte, um wen es sich handelte: Arthur Cessler und diese Elizabeth, von der er nur wusste, dass sie Arthur ihre Liebe gestanden hatte und von ihm zurückgewiesen worden war. Sein Blick blieb eine Weile auf Elizabeth haften und Alex spürte eine jähe Aufregung in sich hochkommen. Sie würde bald ihm gehören! Ja, nicht mehr lange ...

Er ging zu der Frau am Stuhl und beugte sich zu ihr hinunter.

„Glaube mir, so ist es am besten für alle", sagte er ihr so sanft, dass es nichts Gutes bedeuten konnte.

Jetzt erkannte Alex auch sie: es war Theresa Cessler! Sie reagierte nicht, starrte weiter ins Leere und schien an allem, was gerade um sie herum passierte, nicht das geringste Interesse zu haben. Nach dem, was Alex alles in ihren Erinnerungen erlebt hatte, wunderte er sich, dass sie überhaupt so ruhig dasitzen konnte.

Er streichelte ihre Schulter und ging dann rüber zu einem weiteren Tisch, auf dem vier runde Steine lagen – Amulette! Ja, Alex identifizierte eindeutig den blauen Anhänger, den Keyser letztes Jahr ins Versteck gebracht hatte. Er sah genauso aus wie er ihn kannte, bloß die Schnur sah neu und nicht so verschlissen aus.

Daneben jedoch lagen drei weitere in unterschiedlichen Farben. Eines in einem dunklen Smaragdgrün, das ihm auch bekannt vorkam. Ein weiteres in dunklem Blutrot und eines, das sich bernsteinfarben mit dem orangen Feuerlicht ergänzte. In der Mitte hatten alle vier Anhänger denselben kleineren Stein, der blaugrün und in einigen weiteren Farben glänzte. Sie waren alle gleich groß und strahlten eine mysteriöse, unergründliche Schönheit aus.

Er nahm die vier Amulette an den Bändern in die Hand und trug sie zum Globus, wo er sie gleichmäßig auf dem runden Standfuß verteilte.

„Gleich ist es so weit", verkündete er an Theresa gerichtet, die nach wie vor keine Reaktion zeigte. Das schien den Mann, aus dessen Augen Alex gerade wahrnahm, aber nicht weiter zu stören.

Er ging noch mal zum Tisch mit den Papieren zurück, wo er eine Feder aus dem Tintenfass nahm und etwas in derselben altmodischen Handschrift aufschrieb, die Alex nicht lesen konnte.

Bloß eines konnte er entziffern: die Initialen *R. C.*, die er am Ende unter die geschriebenen Worte setzte.

Obwohl Alex kaum ahnte, was hier vor sich ging, hätte er die Szene gerne etwas weiterverfolgt, was ihm aber nicht vergönnt war. Denn im nächsten Moment verschwand alles hinter dem hellen, trüben Schleier und er fand sich im selben Versteck wieder. Mit dem Unterschied, dass alle verbliebenen Möbel schwer in die Jahre gekommen waren.

„Hast du was gefunden?", gellte die Frage in seinen Ohren.

Alex hatte sich schnell wieder im Griff.

„Nein, hier nicht", erwiderte er.

„Dann such dort weiter!", wurde ihm befohlen.

Er begab sich gehorsam zu einem der Schränke, dessen Tür in seiner Hand förmlich zerfiel und leidvoll knarzte. Im Inneren war nicht viel zu finden, außer weitere Papiere, die teilweise vergilbt oder zerrissen waren. Als er die zweite Tür öffnen wollte, fiel sein Blick auf ein Foto. Reflexartig nahm er es vom losen Nagel, an dem es auf der Innenseite der Schranktür befestigt war, und starrte in das Gesicht der jungen Frau. Theresa Cessler!

Die Leere in ihrem Gesicht spiegelte das wider, was Alex bereits so häufig hatte fühlen müssen. Trotz der adrett hochgesteckten Haare und dem üppigen Rüschenkleid, das sie auf dem Foto trug, machte es absolut keine Freude, dieses Bild anzusehen. Als würde alles Leid, das Theresa gefühlt hatte, aus ihm herausströmen und Alex daran zu erinnern versuchen. Er drehte die handgroße Fotoplatte auf die Rückseite und entdeckte eine Jahreszahl. 1907. Kein Name oder sonstige Hinweise darauf, wer diese Person gewesen war. Nur er wusste es, weil er sie bereits so oft gesehen hatte, sie *gewesen* war! Und das, obwohl sie sicherlich seit langer Zeit tot war.

„Du kannst später weitersuchen", wurde ihm mitgeteilt. „Setz dich zu deiner Freundin und sei still. Wir sagen dir, wenn du wieder zum Einsatz kommst."

Alex war froh, wieder mit Annie sprechen zu können. Er stürmte beinahe auf sie zu, das Bild in der Hand, und flüsterte ihr ins Ohr.

„Geht es dir gut? Hat er dir was getan?" Annie schüttelte den Kopf. „Ich musste eine Nachricht an meine Eltern schreiben", erzählte sie gefasst. „Und durfte auf die Toilette gehen, etwas trinken und essen. Dasselbe wie du, nicht wahr?" Er nickte.

„Alex, was machen wir jetzt?", fragte Annie gequält. „Unsere Eltern werden tagelang glauben, es ist alles in Ordnung und erst nach uns suchen, wenn sie dann nichts hören oder zurückkommen!"

Er konnte ihr keine Antworten geben. Stattdessen erzählte er ihr so leise wie möglich von seiner Vision und zeigte ihr das Foto, das sie staunend betrachtete.

„So hat sie also ausgesehen", murmelte sie. „Sehr hübsch, wirklich. Aber so lange her ... über hundert Jahre! Was denkst du, hast du da vorhin gesehen?"

„Theresa sah nicht viel älter aus, als auf diesem Bild", stellte er fest. „Das heißt, was auch immer da passiert ist, kann nicht sehr lange davor oder danach gewesen sein. Der Globus sah darin normaler aus, es war fast so als ... wäre er noch nicht das, was er heute ist. Und dieser Mann, dessen Erinnerung ich gesehen hab, war sicher wieder dieser Richard ... R. C. ... natürlich! *Richard Cessler*!"

„Was?" Annie schien das zu schnell zu gehen.

„Auf den Aufzeichnungen, die ich vorhin durchsuchen musste, habe ich diese Initialen öfter entdeckt. Er muss tatsächlich ein Verwandter von Arthur und Theresa gewesen sein! Vielleicht ... ihr Bruder? Oder ein Cousin?"

„Und sonst waren nur Theresa, diese Elizabeth und Arthur Cessler da?" Alex bejahte.

„Es war, als hätte er einen Plan. Als würde er gleich mit etwas beginnen, mit einem Ritual oder so."

„Oh mein Gott, Alex! Vielleicht hat *er* den Globus erschaffen!"

Diese Vermutung von Annie zu hören, bestätigte ihm, dass sie kein Hirngespinst sein konnte.

„Das habe ich mir auch überlegt", stimmte er zu. „Aber *wie*? Und wenn ja, was hatten die drei anderen damit zu tun? Wieso haben Elizabeth und Arthur da unten geschlafen? Und wenn dieser Richard ein Verwandter war, warum weiß man von ihm nichts?"

„Margaret sagte doch, dass Arthur Cessler nie über seine Vergangenheit gesprochen hat, auch nicht über seine Familie oder Geschwister", erinnerte Annie daran. „Von seiner Schwester hat er ihr auch nie etwas erzählt. Kein Wunder, dass Richard da auch totgeschwiegen wurde."

Alex seufzte und stützte den Kopf in seine Hände.

„Alles klar", sagte plötzlich einer der Entführer und trat auf die beiden zu. „So schnell wird keiner nach euch suchen, eure Freunde und dein Onkel haben alle wissen lassen, dass ihr eine schöne kleine Reise durchs Land macht. Das verschafft uns mehr Zeit und euch mehr Qualen, wenn der Junge nicht endlich mit seinem Geheimnis rausrückt!"

Alex konnte nichts darauf sagen, da ihm die Worte darüber, dass er es nicht wusste - aufgrund der Häufigkeit, in der er sie schon gesagt hatte - längst bedeutungslos vorkamen.

„Bis dahin", fuhr der Unbekannte fort, „wirst du uns noch ein paar Kunststücke zum Besten geben!"

Er packte ihn am Arm, riss ihn vom Boden hoch und schleppte ihn an den Globus heran.

„Diesmal ist Asien dran", sagte der Vermummte, während sein Komplize gespannt ebenfalls herantrat. „Los jetzt!"

Alex spürte, wie sich alles in ihm sträubte, und einmal mehr musste er sich überwinden, die Befehle auszuführen - um seinen Onkel und seine Freunde zu schützen.

Als er es getan hatte und erneut der Wind durch die Kammer gefegt war, die Oberfläche des Globusses zu leuchten begonnen hatte und offenbar etwas Übernatürliches im Gang war, konnte man die Genugtuung in den Augen der Männer kaum übersehen.

„In ein paar Tagen wird auf dieser Welt die Hölle los sein", sagte der eine glucksend. „Da werden wir keine Ausreden mehr für irgendwas brauchen!"

Kapitel 25

Es war am Tag nach ihrer Gefangennahme. Das wusste Sandra, da sie irgendwann von ihrem Entführer aus dem kleinen Zimmer geholt und in den Raum daneben gebracht worden war, wo er ihr befohlen hatte, eine Nachricht an ihre Eltern zu schreiben. Auf dem Weg dorthin am Korridor hatte sie einen Blick auf das Fenster der Hinterseite des Hauses erhascht, durch das Sonnenstrahlen gedrungen waren. Auf ihrem Handy hatte sie die versäumten Anrufe ihrer Mutter entdeckt und hätte alles dafür gegeben, sie anrufen zu dürfen. Sandra hatte widerstandslos das geschrieben, was von ihr verlangt worden war und ununterbrochen den Blick des vermummten Mannes mit der glatten Stimme im Nacken gespürt, der sie keine Sekunde aus den Augen ließ. Auch war ihr aufgefallen, dass in jenes Zimmer kein Funken Tageslicht hereinkam, obwohl ein Fensterrahmen vorhanden war. Kurz darauf hatte sie bemerkt, dass diese mit Platten verbarrikadiert waren. Ihr war beinahe übel geworden bei dem Gedanken, dass diese Leute hier schon monatelang hausten und sie nur deshalb nichts davon gemerkt hatten. Danach hatte sie etwas trinken und auf die Toilette gehen dürfen, ehe sie zurück in die Kammer gesperrt worden war. Im Anschluss hatte der Unbekannte Josh mitgenommen und wieder abgeschlossen.

Minuten vergingen, in denen Sandra mehrmals lautes Gerede hörte und nicht zuordnen konnte, woher es kam - ob aus dem Nebenzimmer, in dem sie selbst eben gewesen war, oder von unten aus dem Haus. Es kam ihr wie eine nervenzerreißende Ewigkeit vor, als lautes Gepolter vor der Tür zu hören war und diese kurz darauf kräftig aufgestoßen wurde.

„Das hast du jetzt davon!", schrie der Entführer Josh an und stieß ihn brutal ins Zimmer. „Tu das nächste Mal gefälligst das, was dir gesagt wird, sonst kannst du lange auf was zu essen warten!"

Sandra erhob sich verängstigt, damit Josh nicht auf sie fiel. Er kam am Rande der Matratze zum Liegen und sie schnappte nach Luft, als sie sein Gesicht sah.

Ein dunkler Fleck prangte auf seiner Wange und zog sich zu seinem Auge, er blutete aus der Nase und an der Oberlippe.

„Verhaltet euch ja ruhig, kapiert?", bellte der Mann dann noch mal in Sandras Richtung und hielt seine Waffe auf sie. „Sonst stell ich euch ruhig, damit das klar ist!"

Mit diesen Worten knallte er die Tür laut zu und sperrte ab. Sandra atmete schneller und war für kurze Zeit nicht fähig, sich zu bewegen.

Josh stöhnte und betastete vorsichtig, mit gesenktem Kopf seine Wunden.

„Warte", sagte Sandra mit zitternder Stimme, beugte sich zu ihm hinunter und zog ein Taschentuch aus ihrer Hosentasche. „Hier, tu es damit." Ihre Augen waren feucht und sie musste sich neben ihn setzen, um nicht umzufallen.

„Danke", murmelte er und wischte sich das Blut von der Nase. „So ein mieser Kerl."

„Was ist denn passiert?", wollte Sandra wissen.

„Ich hab nicht gleich alles gemacht, was der von mir wollte", rechtfertigte sich Josh. „Eine Nachricht an meine Mom schreiben, damit sie denkt, es wär alles in Ordnung? Sowas Krankes! Na ja, da ist er ausgerastet und hat mir das hier verpasst." Er deutete auf den Bluterguss, der stetig dunkler zu werden schien. „Dachte wohl, damit kriegt er mich klein!" Josh lachte verächtlich. „Da hat er nachgelegt, aber auch damit wäre ich fertiggeworden."

Sandra verstand nicht ganz, fragte aber nicht weiter nach.

„Josh, bitte", appellierte sie an ihn. „Leg dich nicht mit denen an, okay? Sonst tun sie dir noch was Schlimmeres."

„Die können mich mal", erwiderte Josh grimmig, ohne sie anzusehen. „Ich weiß nicht mal, wie ich dazu komme. Es sagt mir ja niemand was!" Der vorwurfsvolle Unterton war nicht zu überhören.

Sandra seufzte und hätte zu heulen beginnen können, wenn sie nicht so unglaublich müde gewesen wäre.

„Ich hab dir doch gesagt ...", setzte sie an, kam aber nicht weiter.

„Du hast gesagt, dass du's mir erklärst, wenn du die richtigen Worte gefunden hast, oder?", fuhr ihr Josh dazwischen.

Seine Sätze klangen durch die geschwollene Lippe etwas undeutlich. „Das ist jetzt Stunden her! War das genug Zeit?"

Nein, dachte Sandra. Für die Wahrheit, die sie ihm erklären hätte müssen, wäre alle Zeit der Welt nicht genug. Er hatte den Globus nicht mit eigenen Augen gesehen und erlebt, was man damit anrichten konnte. Er würde nur wieder glauben, dass sie ihn für dumm verkaufen wollte. Mit Sicherheit sogar!

„Ich weiß, dass du mich nicht leiden kannst", folgerte Josh, als keine Reaktion von ihr kam. „Aber dass du das sogar jetzt durchziehst, wo wir in so einer Scheiße stecken, kann ich nicht fassen."

Jetzt kehrten die Worte zu Sandra zurück.

„Was willst du damit sagen? Dass ich dir Dinge aus Spaß verheimliche, um dich zu ärgern? Denkst du, ich fühle mich wohl hier? Du bist wirklich ein Spinner!"

„Ach ja?", Josh fuhr hoch und drehte sich zu ihr.

„Wir hatten das gestern schon mal und da hast du selbst zugegeben, dass du mich nicht leiden kannst und es dir lieber gewesen wäre, wenn ich nicht mitgekommen wäre!", warf er ihr vor.

„Das habe ich *im Streit* gesagt!", verteidigte sich Sandra erneut, wobei sie ebenfalls aufstand. „Und in dem Moment auch gefühlt, weil du dich so danebenbenommen hast! Deine ständigen Vorwürfe, ich wolle Alex nur für mich haben, wo du ihn das ganze restliche Jahr über für dich hast, fand ich zum Kotzen – und tue das immer noch!"

„Das denkst du, aber weißt du was? Seit er mit dir zusammen ist, hat Alex auch zuhause viel weniger Zeit, obwohl du nicht mal da wohnst. Und warum? Weil er andauernd mit dir chatten und telefonieren muss!"

Das traf Sandra auf eine Weise, die sie nicht vermutet hätte. Irgendwie hatte sie plötzlich Mitleid mit Josh. Aber das wollte sie sich gerade nicht anmerken lassen.

„Alex und du seid seit Jahren beste Freunde!", konterte sie. „Beste Freunde *freuen* sich gewöhnlich, wenn der andere eine Beziehung hat, meinst du nicht auch? Stattdessen gibst du Alex das Gefühl, dass er dich verrät, weil er mit mir zusammen ist! Findest du das fair? Was, wenn es umgekehrt wäre?"

„Was *wäre*, tut nichts zur Sache!", wischte Josh ihre Frage beiseite. „Es ist alles anders, seit ich ... aufgewacht bin!"

Dieses Thema hatte Sandra absolut nicht anschneiden wollen, wo er schließlich nicht mal mit Alex jemals wirklich darüber gesprochen hatte. Scheinbar führte jetzt aber kein Weg mehr daran vorbei.

„Was genau willst du damit sagen?", fragte sie und versuchte dabei, ihre Aufregung möglichst zu verbergen.

Josh winkte ab und schien gerade mit seinen Emotionen zu kämpfen, Sandra ließ jedoch nicht locker.

„Hör mal, es tut mir leid was da letztes Jahr passiert ist", beschwichtigte sie, „aber das hat doch nichts zu tun mit ..."

„Doch, hat es!", fiel er ihr wieder ins Wort. „Es hat sogar sehr viel damit zu tun!"

„Wie meinst du das?", bohrte sie nach. „Wie kann euer Unfall letztes Jahr mit mir etwas zu tun haben? Ich kannte Alex da noch gar nicht, geschweige denn dich!"

Josh sog mehrmals Luft durch die Nase ein und fixierte sie mit seinem grimmigen Blick.

„Du hast echt überhaupt keine Ahnung", sagte er leise.

„Nein, die hab ich auch nicht!", bekräftigte sie. „Also, erklär' es mir bitte!"

Josh wollte zum Sprechen ansetzen, als die beiden zusammenzuckten. Jemand hämmerte laut gegen die Tür.

„Ich sagte, ihr sollt das Maul halten!", brüllte der Entführer zu ihnen rein. „Wenn ich noch einmal was höre, ziehe ich andere Seiten auf!" Nach einem weiteren Schlag entfernten sich seine Schritte.

Nachdem sie den Schreck einigermaßen verkraftet hatten, kam Sandra wieder darauf zurück.

„Josh, ich weiß wirklich nicht, was du meinst", sagte sie so leise wie möglich zu ihm, der am anderen Ende der Matratze saß und betrübt ins Leere starrte.

„Dann weißt du ja jetzt wie das ist, wenn einem nichts erklärt wird", erwiderte er trotzig.

Sandra glaubte, langsam den Verstand zu verlieren.

„Weißt du was? Ich werde dir gar nichts erklären, ich werde es dir *zeigen*, sobald das alles hier vorbei ist, okay? Denn sonst würdest du mir ohnehin nicht glauben!"

Josh runzelte die Stirn.

„Das nehm ich dir erst ab, wenn ich es sehe", gab er zu verstehen und Sandra erwiderte mit einem leisen Schnauben.

Eine Weile sagte niemand von beiden etwas, ehe Josh erneut das Wort ergriff.

„Ich wollte nur auf diese verdammte Party", erzählte er aufgewühlt. „Bei uns in der Gegend waren die meisten in unserem Alter schon davor auf sowas und haben sich drüber lustig gemacht, was für Weicheier wir sind. Also habe ich meinen Bruder Jimmy gebeten, dass er mich mal mitnimmt. Er war damals ständig auf sowas. Es war eine Riesenarbeit, ihn zu überreden und noch mehr, dass Alex auch mitdarf. Er wollte hundert Dollar dafür und ich musste einen Monat sein Zimmer aufräumen, aber das war's mir wert! Und dann hat es geklappt. Wir waren dort, es war so cool, Alex und ich haben nicht mehr getrunken als wir Jimmy versprochen hatten, aber es hat ohnehin ausgereicht. Wir waren schon am Rückweg und drauf und dran, davonzukommen ohne erwischt zu werden. Aber dann ... ist Jimmy von der Straße abgekommen." Sandra meinte, Tränen in Joshs Augen zu erkennen. Nun hatte sie großes Mitgefühl mit ihm, obgleich sie ihm gestern noch die Hölle an den Hals gewünscht hatte.

„War er betrunken?", fragte sie vorsichtig. Josh verneinte.

„Ist am Steuer eingeschlafen", erklärte er. „Hatte die Zeit davor einige College-Prüfungen und sich dafür die Nächte um die Ohren geschlagen. Die Party war als Abschluss für das Semester veranstaltet worden. Ich hatte schon beim Hinfahren das Gefühl, dass er nicht ganz bei sich ist, aber dass er so müde ist, dass er den Weg nachhause nicht mehr schafft ... das hätte ich mir nie gedacht."

Sandra rückte etwas näher an ihn heran.

„Das tut mir so leid", sagte sie betroffen, aber er nahm keine Notiz davon und redete weiter.

„Das Letzte, woran ich mich erinnern kann war, dass Jimmys Kopf aufs Lenkrad gefallen ist und ich ihn angeschrien habe. Er ist dann aufgeschreckt und hat das Steuer verrissen, worauf wir irgendwie von der Fahrbahn abgekommen sind. Ich wusste nicht mehr, wo oben und unten ist. Dann habe ich einen heftigen Schmerz am Kopf gespürt und war weg. Danach habe ich nur vereinzelt Dinge gesehen und gehört. Keine Ahnung, ob ich das wirklich mitgekriegt oder geträumt habe. Als ich aufgewacht bin, waren meine Eltern da und die Erinnerung ist erst nach ein paar Tagen wiedergekommen. Ich ... hab mich schrecklich gefühlt."

Sandra sagte nichts, sah ihn nur voller Mitgefühl an und wartete, dass er weitersprach.

„Als mir Alex eingefallen ist, habe ich mich zuerst gar nicht getraut, nach ihm zu fragen. Ich hatte Angst, dass sie mir sagen würden, er ist umgekommen. Schließlich wurde mir aber gesagt, dass es ihm gut geht und dass er bei seinem Onkel hier ist. Am Anfang war ich erleichtert, dass ihm nichts passiert war, aber auch traurig, dass er nicht gleich herkommen konnte. Als er mich dann endlich besuchen gekommen ist, dachte ich eigentlich, es könnte alles wieder werden wie vorher. Aber das ... ging nicht."

„Wieso nicht?", fragte Sandra ahnungslos. „Du bist doch gesund geworden und Alex war auch wieder da."

„Das schon", meinte Josh traurig. „Es hat so lange gedauert, bis ich wieder laufen konnte, und noch länger, bis ich wieder Sport machen durfte. Das war mies. Noch schlimmer war aber, dass mir Alex ständig von seinem Sommer in England erzählt hat. Dass er euch kennengelernt hat, dass ihr rumgefahren seid und dass er jetzt eine Freundin hat."

„Aber was ist daran so schlimm?", stieß Sandra hervor. „Hast du dich nicht für ihn gefreut, dass er die Zeit so gut überstanden hat?"

„Natürlich hab ich mich für ihn gefreut!", schnaubte Josh. „Nur dass ich an alldem nicht teilhaben konnte, hat mich fast irregemacht! Als ich erfahren habe, dass ich zwei Monate im Koma lag, ist mir auch klargeworden, dass ich damit zwei Monate meines Lebens verloren habe! Ich konnte nicht dabei sein, als Alex euch hier getroffen hat, und auch nicht bei seinen Reisen hier oder dabei wie er dich kennengelernt hat."

Sandra ging plötzlich ein Licht auf. Das also steckte im Kern hinter Joshs Abneigung gegen sie!

„Ich war ewig lange ausgeknockt und hab das alles versäumt, verstehst du?" Josh sah sie klagend an. „Dann hat er immerzu von einem Mädchen geredet, das ich nur von Bildern und aus seinen Erzählungen kannte. Das warst du. Eine Person, zu der ich keinen Bezug hatte und mit der ich auch nichts anfangen konnte, weil ich dich einfach nicht kannte. Und als du dann im Frühling bei uns warst, habe ich gesehen, dass ... ich einfach überhaupt nicht mit dir klarkomme! Trotzdem warst du fast immer das Hauptthema bei Alex. Wenn es ein Mädchen von der Schule gewesen wäre, hätte ich mitreden können, aber so? Ich war immer das fünfte Rad am Wagen, sogar wenn du nicht da warst. Es war, als wäre in meiner Komazeit alles in meinem Leben anders gekommen, ohne dass ich daran mitwirken konnte. Ich wurde einfach vor vollendete Tatsachen gestellt. Und dann noch der Stress zuhause!" Er vergrub sein Gesicht in den Händen.

„Josh, wirklich", setzte Sandra an, „das habe ich mir so nie überlegt. Ich kann wirklich verstehen, wie du dich gefühlt haben musst."

Sie versuchte sich vorzustellen, wenn dasselbe mit Annie und ihr passiert wäre. Sicher hätte sie einen neuen Freund an Annies Seite auch nicht so schnell akzeptieren können.

„Danke", sagte Josh trocken. „Aber ich fürchte, das kannst du nicht. Auch bei mir zuhause war plötzlich alles anders. Meine Eltern haben Jimmy unglaubliche Vorwürfe gemacht und wollten ihn wochenlang nicht sehen. Mein Bruder und ich waren immer die besten Kumpels! Kannst du dir vorstellen, was es bedeutet, wenn er zuhause plötzlich nicht mehr willkommen ist?"

Wenn Sandra an Ricky dachte, konnte sie das schwer, allerdings ahnte sie in Ansätzen, dass es ziemlich hart gewesen sein musste.

„Inzwischen hat es sich zum Glück wieder eingependelt, aber eigentlich hätte der Unfall Alex und mich zusammenschweißen müssen!", schloss Josh. „Stattdessen hat er euch hier zusammengeschweißt und mich von Alex entfernt."

„Das stimmt nicht!", widersprach Sandra energisch. „Habt ihr jemals über den Unfall geredet, Alex und du?"

Beschämt schüttelte Josh den Kopf.

„Das habe ich nie über mich gebracht", erklärte er trübselig. „Und Alex auch nicht. Wir waren einfach froh, dass es vorbei ist. Wieso also weiter drüber reden?"

Sandra war kurz versucht, die Augen zu verdrehen und nahm dann das Wort an sich.

„Hast du eine Ahnung wie es Alex ging, als er letztes Jahr hierhergekommen ist? Ich hab ihn einen Tag nach seiner Ankunft zum ersten Mal getroffen, im strömenden Regen. Er war das pure Elend! Man hat sofort erkannt, dass etwas nicht stimmt, aber natürlich hab ich mich nicht getraut nachzufragen. Auch in den Wochen danach, als ich ihn besser kennengelernt habe, war er immer irgendwie traurig und ich wusste nie, was er hat. Sogar sein Kommen zu meiner Party hat er zuerst abgesagt!"

Josh sah betrübt zu ihr auf.

„Davon hat er mir erzählt ..."

„Er hatte das Gefühl, er würde dich verraten, wenn er kommt und Spaß hat, während du zuhause im Krankenhaus liegst. Vom Autounfall habe ich das erste Mal von John gehört, aber nichts Genaueres. Ich dachte zuerst, er hätte vielleicht beim Üben jemanden angefahren oder irgendwas kaputtgefahren und deswegen Schuldgefühle. Dass sein bester Freund fast draufgegangen wäre, konnte ich nicht ahnen! Das hat er mir erzählt, als wir bemerkt haben, dass sein Onkel verschwunden ist."

Josh hörte ihrer Erzählung aufmerksam zu, ohne etwas darauf zu sagen.

„Hast du ihn jemals weinen gesehen?", wollte sie von Josh wissen, der sie stirnrunzelnd ansah.

„Alex, weinen?", fragte er, als wäre es das Unvorstellbarste der Welt. „Noch nie. Vielleicht mal, als wir noch Kinder waren, aber sonst nicht."

„Tja, ich schon", machte Sandra ihm klar. „Du hättest ihn sehen sollen, als er uns vom Unfall und von dir erzählt hat. Er war völlig verzweifelt und hat sich später sogar gewünscht, er wäre an deiner Stelle. Am selben Tag hat er den Anruf von seiner Mum bekommen, dass es übel aussieht mit dir. Und das dachte er, bis sie zwei Wochen später noch mal anrief und ihm gesagt hat, dass du lebst. Er wollte sofort nachhause fliegen, das sag ich dir! Er ist nur geblieben, weil seine Mum es ihm geraten hat."

All diese Informationen schienen neu zu sein für Josh und ihn gleichermaßen glücklich zu stimmen und zu überfordern.

„Ich hatte sicher nie die Absicht, mich zwischen euch zu stellen", versicherte Sandra ihm. „Aber er bedeutet mir sehr viel, wenn auch auf eine andere Art als dir und ich leide oft darunter, dass wir uns nicht näher sein können." Sie spürte, wie sie ihre Gefühle überkamen.

„Ist schon gut", beruhigte Josh sie und legte seinen Arm um ihre Schultern. „Ich glaube, mir ist gerade viel klar geworden. Zum Beispiel, dass Alex wirklich glücklich mit dir ist. Und dass ich das nicht akzeptieren konnte, weil ich nur an mich gedacht habe. Tut mir wirklich leid."

Sandra schniefte und sah zu ihm auf.

„Danke", schluchzte sie. „Mir tut es leid, dass ich eure Freundschaft nicht genug beachtet habe, als ihr hier angekommen seid und ihn gleich nur für mich haben wollte. Ich ... ich hab ihn einfach so sehr vermisst."

Jetzt hielt nichts auf der Welt mehr ihre Tränen zurück. Josh strich ihr über die Schulter und ließ sie ihre Emotionen nach außen tragen.

„Ich würde sagen, wir fangen von vorne an", meinte er dann zuversichtlich und schenkte ihr ein aufmunterndes Lächeln. „Sobald diese Irren uns freilassen."

Sandra nickte und konnte ebenfalls wieder lächeln. Zwei Dinge brannten ihr aber noch auf der Zunge.

„Ich würde trotzdem gerne etwas von dir wissen", setzte sie an. „Zum einen, warum du nicht zu meiner Party gekommen bist, und zum anderen, wieso du in den letzten Tagen so schlecht drauf warst."

Josh atmete durch.

„Das hängt zusammen", begann er zu erklären. „Ich war so schlecht drauf, weil ich erkannt habe, dass ihr recht hattet. Mit Chris, meine ich. Er ist wirklich kein so toller Typ wie ich eine Zeit lang dachte. Wollte mich immer wieder zu irgendeinem Blödsinn anstiften und dann hat er ... ziemlich mies über Alex und deine Freunde geredet."

Sandra horchte auf und war ganz hin und weg, als sie merkte, dass Josh sich aus Solidarität mit ihren Freunden von Chris abgewendet hatte.

„Und als du das bemerkt hast, warst du so schlecht drauf, dass du allein sein wolltest und deshalb nicht zu meiner Party gekommen bist?", folgerte sie und Josh nickte.

„Das verstehe ich. Und ich finde es wirklich klasse von dir, dass du danach endlich aufgewacht bist!"

Josh lächelte schwach, sein Blut war mittlerweile verkrustet, sein Bluterguss dafür dunkler als zuvor.

„Tut es sehr weh?", erkundigte sie sich.

„Halb so schlimm", winkte er ab. „Wie gesagt, er hätte mich nicht kleingekriegt, irgendwann hätte ich ihm die Waffe entrissen! Das ist ein feiger Schwächling, der sich nur mit der Pistole stark fühlt, glaub mir. Aber er hat gedroht, dich fertigzumachen, da hab ich aufgegeben."

Das berührte Sandra noch mehr und sie hatte das starke Bedürfnis, Josh um den Hals zu fallen.

„Provozier' ihn ab jetzt bitte nicht mehr, okay?", bat sie. „Es hat keinen Sinn, wenn einer von uns unnötig in Gefahr gebracht wird."

„Okay", knurrte Josh, wenngleich er sicherlich anders gehandelt hätte, wäre er allein hier gefangen gewesen. „Sagst du mir jetzt auch, was wirklich dahintersteckt?"

Sandra schloss die Augen und fand, dass nun kein Weg mehr daran vorbeiführte.

„Das mit dem Schatz der Cesslers ist gar nicht ganz unrichtig", fing sie an und erzählte Josh schließlich vom Globus im Versteck und dass Alex vergangenes Jahr durch irgendeinen Umstand, von dem sie nichts weiter wussten, zum Einzigen erwählt wurde, der ihn betätigen konnte. Auch, dass seine seltsamen Zustände in letzter Zeit damit zusammenhingen und von den Leuten, die er seither in seinen Visionen sah. Als sie fertig war, erwartete sie jeden Moment, von Josh für verrückt erklärt zu werden. Allerdings wirkte er nur nachdenklich.

„Ich meine, ich denke nicht, dass du mich anlügst", gab er ihr zu verstehen. „Aber ich kann das auch nicht glauben."

„Du wirst es selbst sehen", versprach Sandra. „Sobald das hier vorbei ist."

„Und Alex weiß nicht mal, wie er diese ... *Fähigkeit* von sich auf diese Typen hier übertragen kann?"

Sandra schüttelte den Kopf.

„Dann ist das unsere Rettung!", sagte Josh überzeugt. „Es wird ewig dauern, bis sie das bekommen, was sie wollen. Bis dahin sind eure Eltern zurück und auch meine und Alex' Eltern werden bis dahin misstrauisch. Sicher schickt irgendwer die Polizei und die stürmen Johns Haus!"

„Josh, dann haben sie aber uns hier als Geiseln!", gab Sandra zu bedenken. „Und wo John, Annie und Rob sind, wissen wir auch nicht. Es soll niemand von uns verletzt werden. Alex werden sie nichts tun, wenn ... oh Gott!" Sie schlug sich die Hände vors Gesicht, als ihr der schreckliche Gedanke gekommen war.

„Wenn sie irgendwann genug haben und Alex umbringen, in der Hoffnung, dadurch automatisch die Macht übernehmen zu können?" Sie spürte, wie ihr übel wurde.

„Das glaub ich nicht", meinte Josh kopfschüttelnd, wirkte aber nicht völlig sicher. „Wenn sie so lange gewartet haben, bis Alex wiederkommt und alles so genau geplant haben, werden sie ihn jetzt nicht einfach aus dem Weg räumen. Das würde auffallen, wenn wir alle nicht mehr auftauchen und Johns Haus würde spätestens dann nach uns allen durchsucht werden. Mach dir keine Sorgen, die drohen uns nur. Sie werden keinen von uns ..."

Der Satz ging in lautem Gepolter unter, als die Tür erneut aufgestoßen wurde.

„Jetzt reicht es!", schrie der Entführer. „Wenn ihr nicht hören wollt, dann eben anders. Los, raus hier!"

Er deutete mit der Pistole auf den Flur vor der Tür.

„Nein, bitte, es tut uns leid ...", stammelte Sandra.

Ein Schuss fiel und sie schrie auf.

„Halt die Klappe und tu, was ich dir sage!", brüllte der Unbekannte sie an. „Los jetzt, beim nächsten Mal treff' ich sonst jemanden von euch!"

Ohne weiter Widerstand zu leisten, stolperten Sandra und Josh dicht aneinandergedrängt aus dem kleinen Zimmer. Sie sah eine schmale Treppe, die ausgefahren war und hinauf zum Dachboden führte. Dahinter das scheinbar einzige nicht verbarrikadierte Fenster im Haus, durch das kein Tageslicht mehr reinkam. Es musste bereits Abend sein.

„Rauf da, wird's bald!", befahl der Entführer.

Wortlos bestieg zuerst Josh, dann Sandra die Treppe, die gefährlich wackelte. Sandra hatte nicht mal ihren zweiten Fuß auf den Boden gesetzt, als der Mann die Treppe auch schon nach oben drückte und einklappte.

„Ich will nichts mehr von euch hören!", hörten sie dumpf seine Stimme. Die Decke zum Dachboden musste besser isoliert sein als die Wände des Zimmers, in dem sie bisher eingesperrt gewesen waren.

Sandra konnte nichts sehen, es gab kein Licht hier oben.

„Josh?", fragte sie zitternd.

„Ich bin hier", sagte er leise und griff nach ihrer Hand. „Warte, ich suche nach einem Lichtschalter."

Sie wagte kaum einen Schritt zu machen, aus Angst irgendwo drüber zu fallen. Die Dunkelheit währte nicht lange, nach einem leisen *klick* gingen zwei Lampen im Dachstuhl an und Sandra blinzelte, um sich an das - wenn auch schwache - Licht zu gewöhnen.

„Zum Glück", sagte sie erleichtert. „Danke!"

Sie sah sich um und entdeckte stapelweise Gerümpel, Kisten, Möbel und andere Dinge, die größtenteils von Staub überzogen waren. An der Decke summierten sich die Spinnweben und es roch seltsam, irgendwie modrig und bitter.

„Hier haben wir wenigstens mehr Platz", meinte Josh schulterzuckend. „Warte mal!"

Er lief zu einer Stelle im Dachstuhl und begann an irgendwas zu rütteln. Sandra trat neben ihn und sah nun auch das kleine Fenster im Dach, das allerdings genauso vernagelt war wie die meisten anderen im Haus.

„Er hätte uns nicht hier raufgebracht, wenn wir so einfach entkommen könnten", merkte Sandra an.

„Vielleicht finden wir in dem ganzen Zeug hier irgendwas, womit wir das aufbrechen können", meinte Josh zuversichtlich.

Gemeinsam mit Sandra begann er, so ruhig wie möglich, damit der Entführer nichts hören konnte, die Kisten zu durchstöbern. Immer wieder mussten sie niesen, wegen des Staubes, der fast ununterbrochen aufwirbelte.

Als Sandra im hinteren Bereich des Dachbodens weitermachen wollte, schreckte sie angewidert zurück.

„Igitt", rief sie und wusste jetzt, woher der modrige Geruch kam. Josh kam zu ihr und sie deutete darauf. Fast der ganze Boden in diesem Bereich, bis zur Decke hinauf, war mit Schimmel überzogen.

„Es ist so widerlich", stieß sie hervor und trat weg davon. Josh drehte sich angsterfüllt zu ihr um.

„Oh nein", hauchte er. „Jetzt weiß ich, warum ich die ganze Zeit so schwer Luft bekomme."

Sandra konnte nicht folgen.

„Ich bin allergisch auf das Zeug!"

Kapitel 26

Je länger sie hier ausharren mussten, desto enger, stickiger und unheilbringender fühlte sich das unterirdische Versteck an. Alex fühlte sich wie im Schlund einer riesigen Bestie gefangen, die ihn nie wieder hergeben, sondern eher verschlingen würde. Es war schrecklich, rein gar nichts tun zu können um von hier zu verschwinden. Auch das Zeitgefühl hatte ihn längst im Stich gelassen. Zwar war er sicher, dass immer noch derselbe Tag war, allerdings konnte er absolut nicht schätzen, ob es erst Mittag, Nachmittag, vielleicht gar schon Abend oder Nacht war. Sein Magen ließ ihn jedoch seit einer geglaubten Ewigkeit spüren, dass er dringend etwas zum Verdauen brauchte. Leider hatten ihre Entführer keinerlei Anstalten gemacht, ihnen Essen aufzutischen und weder Alex noch Annie wagten, sie danach zu fragen.

Irgendwann war einer der beiden Entführer verschwunden und durch einen anderen abgelöst worden, den Alex trotz seines vermummten Gesichts als denjenigen identifizierte, der Annie mit der Pistole bedroht hatte, als sie nach ihrer Gefangennahme aufgewacht waren. Vor ihm hatte er beinahe die größte Angst, da er offensichtlich der kräftigste und auch brutalste von ihnen war. Welche Stelle er auch packte, um Alex herumzustoßen, tat danach weh wie bei keinem anderen. Solange er Annie in Ruhe ließ, sollte Alex das jedoch recht sein.

Seine Versuche, den Globus nur schwach zu berühren, um möglichst keine Schäden zu verursachen, hatten anfangs besser funktioniert, bis der Neue gekommen war und Alex bei jeder Bewegung über die Schulter starrte. Immer wieder hatte er ihn angefahren, kräftiger zuzupacken und Alex hatte es schweren Herzens ausgeführt. Abgesehen von der Angst, dass er sonst Annie etwas antun konnte, fürchtete er auch, die Entführer könnten danach fragen, woher er kam. Bisher war das nicht passiert, Gott sei Dank! Sein größter Albtraum in Bezug auf den Globus - so schädlich dieser ohnehin bereits war - wäre gewesen, Hand an seinem Heimatstaat Michigan anlegen zu müssen. Er betete im Stillen, dass sie nie auf diesen Gedanken kamen!

„Gut so", gab der Unbekannte zufrieden von sich, als Alex mit einer willkürlichen Berührung höchstwahrscheinlich schwere Regenfälle in

Südasien ausgelöst hatte. „Jetzt kannst du in dem ganzen Müll hier weitersuchen, beweg dich!"

Alex starrte apathisch auf die Stelle auf dem Globus, über die sich gerade eine gräuliche Schicht legte und die darunter eingezeichneten Länder verdunkelte.

„Geh schon!", brüllte der Entführer ihn an und gab ihm einen schmerzhaften Stoß gegen den Rücken. „Das Mädchen kann dir dabei helfen." Er bedeutete Annie, aufzustehen und Alex zu folgen, was sie sogleich tat.

Die beiden suchten sich den Tisch aus, der am weitesten von den beiden Männern entfernt stand, gegenüber dem Eingang, der aus Johns Wohnzimmer herführte.

„Es ist nicht deine Schuld", flüsterte Annie ihm zu, nachdem sie scheinbar sein bleiches Gesicht mit der versteinerten Miene bemerkt hatte. Er schluckte gequält.

„Was nützt das, wenn trotzdem Millionen Menschen leiden müssen?", erwiderte er.

Annie wusste offenbar nichts darauf zu sagen und begann ziellos in den Papieren und Aufzeichnungen zu stöbern.

Alex tat dasselbe, während sein Magen unablässig knurrte.

„Sieh mal hier", meinte Annie und hielt ihm eines der Papiere hin. „Sind das nicht die Symbole, wegen denen du letztes Jahr unbedingt hier runter wolltest?"

Tatsächlich, es waren dieselben zwei Kreise und Striche wie auf der Rückseite des blauen Amuletts, das sich jetzt in der Hand von einem der Entführer befand. Ein kleinerer Kreis am Rand, der seine zwei Strahlen aussendete, um den größeren in der Mitte einzufangen. Alex nickte wortlos.

„Viele von diesen Papieren sind wahrscheinlich von Richard Cessler – wenn er wirklich so hieß", vermutete Annie. „Sie müssen schon damals da gewesen sein, vor über hundert Jahren! Sicher hat er darin alles aufgeschrieben, was mit dem Globus zu tun hatte. Wenn wir es nur lesen könnten!"

„Ich bin mir ziemlich sicher, dass dieser Richard einiges über den Globus wusste", stimmte Alex mit ein, während er routinemäßig die

Blätter in seiner Hand sammelte und stapelte. „Ob das „C" wirklich für *Cessler* oder einen anderen Nachnamen steht, wissen wir ja nicht. Es wäre bloß naheliegend."

„Was tuschelt ihr da?", kam es mit einem Mal von der anderen Seite des Verstecks. „Nicht reden, suchen! Mädchen, geh zu dem Tisch dort drüben!" Annie warf Alex einen entschuldigenden Blick zu, bevor sie sich dorthin begab. Alex spürte die Müdigkeit über sich hereinbrechen und bemühte sich mit aller Kraft, nicht schlappzumachen. Dazu war seine Zunge ausgetrocknet und er hatte immer größeren Hunger. Selbst wenn irgendwo in diesen Unmengen an Aufzeichnungen etwas darüber stand, wie man die Macht vom Globus übertragen konnte, hätte er es nie gefunden, da er diese Schrift nach wie vor einfach nicht lesen konnte.

„Es regnet und stürmt also in Asien?", schnappte Alex auf. Die beiden Männer sprachen in ihre Funkgeräte und wurden offenbar gerade über die weltweiten Auswirkungen von Alex' Handlungen auf dem Globus informiert. Ihm lief ein kalter Schauer über den Rücken.

„Und die Inseln im Atlantik sind überschwemmt? Na, was wollen wir mehr? Der Junge tut brav was wir wollen." Sie lachten höhnisch.

„Leider sind das alles arme Länder, die nicht viel bringen, bis auf Rohstoffe. Was haltet ihr davon, irgendwo in Europa oder Amerika die Ernte zu vernichten, die Ware woanders in großen Mengen zu kaufen und dort, wo sie dann dringend gebraucht wird, teuer anzubringen?"

Alex empfand tiefe Abneigung gegenüber diesen Menschen und hoffte, dass sie irgendwann für ihre Verbrechen bezahlen mussten!

„Nein, wissen wir nicht", redete einer der Männer weiter ins Funkgerät. „Der Junge packt nicht aus. Er und das Mädchen suchen gerade in dem Durcheinander hier, dort will er irgendwann was gefunden haben. Mal sehen, was er uns liefert."

Alex fragte sich, wie viel Zeit er mit dieser aufgetischten Lüge noch gewinnen konnte. Wahrscheinlich nicht mehr viel, befürchtete er.

Gerade schob er eine weitere, für ihn nicht entzifferbare Aufzeichnung beiseite, als das Bild vor seinen Augen verschwamm und alles weiß und hell wurde. Er wehrte sich nicht dagegen und hoffte, dass es schnell wieder vorbei war.

Erneut kam er am selben Ort zu sich, bloß zu einer anderen Zeit. Sicherlich einer früheren, denn das Versteck sah nicht weniger aufgeräumt und gepflegt aus als in seiner letzten Vision.

Er fühlte wenig, abgesehen von einer gewissen Neugier und ließ seinen Blick langsam von einem der frisch geschreinerten Holztische durch die Kammer wandern.

Es waren ein paar andere Männer da, etwa eine Hand voll, alle mit gepflegten Schnauzbärten, gekleidet in Hemden, Stoffhosen und Gilets.

„Es *muss* eine Möglichkeit geben!", sagte Alex plötzlich aus fremdem Mund in herrischem Tonfall und schritt langsam um den Globus herum, der wieder irgendwie anders aussah als Alex ihn kannte. „Ich lasse nicht zu, dass mir jemals eine Menschenseele das Erbe meiner Familie streitig macht!"

Die Männer um ihn herum sahen sich gegenseitig tief besorgt an.

„Aber Sir", meinte ein älterer, kahlköpfiger Herr mit leicht zitternder Stimme, „zu dieser Sorge besteht keinerlei Anlass. Die Erben Ihrer Familie hatten stets das letzte Wort bei allen Entscheidungen, niemand wird es wagen, Sie in Frage zu stellen."

„Ihr Versuch der Beschwichtigung rührt mich zu Tränen, Waunder", gab er missmutig zurück. „Mein Entschluss steht fest! Nach Ablauf des Zyklus wird die Macht in meinem Sinne konzentriert. Auf mich als einzigen Herrscher über unser Familiengeheimnis."

Er deutete auf den Globus, der weit weniger eindrucksvoll aussah als in der Gegenwart. Seine Oberfläche wirkte vergilbt, lediglich der Halter im runden Standfuß schien so robust, dass man sich kaum vorstellen konnte, ihn jemals altern zu sehen.

Bei genauem Hinsehen bemerkte Alex aber wieder, dass die vier Vertiefungen im Standfuß fehlten. Ein Grummeln ging um, das ihn jedoch in keiner Weise beunruhigte.

„Sir, bitte bedenken Sie die Gefahren", mahnte der ältere Herr namens Waunder – auch dieser Name kam Alex bekannt vor. „So viel Macht, vereint auf einen einzigen Menschen ... nie zuvor hat es so etwas gegeben. Die möglichen Folgen sind uns allen nicht bekannt."

„Hören Sie auf zu lamentieren und entwickeln Sie gefälligst einen Weg, das zu ermöglichen!" Alex konnte Wut spüren, aber auch Zuversicht. „Für Vieles gab es schließlich ein erstes Mal, nun auch hierfür."

„Sir, wenn ich eingreifen dürfte", meldete sich ein anderer älterer Herr zu Wort, „es wäre mit Sicherheit im Sinne Ihres seligen Vaters gewesen, die Macht zu teilen, so wie bisher ..."

„Vater ist tot!", blaffte er zurück. „Und er wäre erfüllt von Stolz, wenn er um meine Pläne wüsste."

„Bei allem Respekt, Sir", sagte ein weiterer der Herren, „auch ich muss Sie ausdrücklich warnen! Derartige Kreationen könnten zu ungeahnten und furchtbaren Konsequenzen führen, die im schlimmsten aller Fälle bis hin zur Selbstzerstörung desjenigen gehen, auf den die Macht über den Globus beschränkt ist."

Diese Worte ließen Alex, oder Richard, innehalten. Zweifel machten sich breit, ohne jedoch gegen die Siegessicherheit anzukommen, welche die gesamte Gefühlswelt in Beschlag genommen hatte.

„Ist das so?" Er betrachtete die Miniatur-Erdkugel und war erfüllt von Sehnsucht und dem Drang, es auszuprobieren.

„Gewiss vermag niemand von uns dies mit Sicherheit zu sagen", sagte der ältere Herr namens Waunder.

„Doch bitte, denken Sie bei Zeiten erneut gründlich über Ihre Pläne nach", schaltete sich ein anderer ein. „Ansonsten droht großes Unheil, Sir."

In ihm kam es zu einem Wechselspiel aus Ärger und Enttäuschung auf der einen, sowie Verlangen und Neugier auf der anderen Seite. Wie nur war dieses Problem zu lösen? Irgendwie musste es möglich sein!

Alex verließ die Szene ebenso schnell, wie er sie betreten hatte und fand sich vor dem Tisch wieder, den er eben durchstöbert hatte.

Sofort sah er sich zu den Entführern um. Sie hatten allem Anschein nach nichts bemerkt.

Als wäre nichts gewesen, räumte Alex weiter herum und dachte über seine Vision nach, die ebenso wie alle anderen zuvor eine Vielzahl von Fragen aufwarf.

Wer war dieser Richard, durch dessen Augen er eben ziemlich sicher einmal mehr gesehen hatte? War er wirklich ein Cessler gewesen?

Ein Bruder von Arthur und Theresa, oder ein Cousin? Er hatte vom *Erbe* seiner Familie gesprochen – womit er höchstwahrscheinlich die Herrschaft über den Globus meinte! Aber wer war *seine* Familie?

Immerhin hatten die Cesslers zahlreiche Bedienstete gehabt, von denen auch nicht wenige verwandt gewesen waren. Alex dachte an die Carregans und die Crittenfields, deren Nachname ebenfalls mit „C" anfing. War Richard am Ende ein Vorfahre von denen gewesen?

Was Alex weiter beschäftigte war die Tatsache, dass der Globus in seinen beiden letzten Visionen ganz anders ausgesehen hatte, als er ihn gewohnt war. Hatte er in diesem Zustand überhaupt auf dieselbe Weise funktioniert, wie er es kannte? Aus dem Gespräch heraus verstand es Alex so, dass ein einzelner Herrscher normalerweise nicht vorgesehen war. Und dass dieser Richard der Erste gewesen war, der dies vorgehabt hatte.

Immer mehr hatte Alex den Verdacht, dass Arthur Cessler zu unrecht als Schöpfer des Globusses angesehen wurde. Nach allem, was er seit seiner Ankunft in Andover deswegen durchgemacht hatte, verstand er die Warnungen der alten Herren aus seiner Vision umso besser! Wenn er einfach nur schnell dahinterkommen könnte.

„Junge, komm her!", wurde ihm befohlen und er erwachte aus seinen Gedanken wie aus einem tiefen Schlaf.

Benommen ging er in die Mitte des Verstecks, auf den Globus zu, der verhängnisvoll schillerte und ihn mit jedem Mal intensiver dazu einzuladen schien, von ihm Gebrauch zu machen.

„Die gute Nachricht ist, dass deine Handgriffe auf diesem kleinen Wunder alles bewirkt haben, was sie sollten", erklärte ihm der Grobe mit ruhiger, tiefer Stimme. „Die schlechte ist aber, dass du immer noch der Einzige bist, der sie auslösen kann!"

Er packte Alex fest am Kragen und zog ihn nah zu sich. Alex konnte den heißen Atem in seinem Gesicht spüren.

„Pack endlich aus, du kleiner Scheißer!", verlangte der Entführer drohend und drückte Alex den Lauf seiner Pistole an den Hals.

„Ich kann nicht, ich weiß es nicht", wimmerte dieser. „Ich hätte es Ihnen längst gesagt, wirklich, ich will damit nichts ..."

Ein Schlag traf Alex ins Gesicht, genau auf die Nase und er torkelte nach hinten, wo er hart auf dem erdigen Boden landete.

„Immer dieselbe Leier", unterbrach ihn der Unbekannte. „Weißt du was? Ich kann das nicht mehr hören! Du sagst es jetzt oder einem deiner Freunde in unserer Gewalt passiert etwas Böses. Möchtest du das wirklich?"

Alex fasste sich an seine pochende Nase, die zu bluten begonnen hatte und betrachtete seine dunkelrot befleckten Finger.

„Nein, bitte, ich sage die Wahrheit!", flehte er und spürte, wie ihm beinahe die Stimme versagte. „Ich habe in den Aufzeichnungen nichts gefunden und ..."

„Das war sowieso nur eine Finte, nicht wahr? Um Zeit zu schinden! Gib's zu, du Lügner!"

Seine Lippen zitterten so stark, dass er nur schwer sprechen konnte.

„Wir versuchen es noch einmal im Guten", kündigte der Entführer an, ergriff Alex erneut am Kragen und zog ihn hoch. Mit einem Ruck stieß er ihn auf den Globus zu.

Alex gelang es, sich nur wenige Zentimeter vor dessen Oberfläche zu halten. Der Schwung hatte allerdings zur Folge, dass Blutstropfen aus seiner Nase fielen – direkt auf die Nordhalbkugel der Erde!

„Pfui", meldete sich der andere Entführer zu Wort. „Hast du gesehen, K1, der Junge hat die Welt mit seinem Blut besudelt."

Er gluckste in sich hinein.

„Hab ich", bestätigte der Unbekannte, der neben Alex stand und gespannt auf die roten Flecken blickte, die auf dem Nordpol gelandet waren. „Ziemlich unterhaltsam, was? Mal sehen, wie die Vollpfosten vom Fernsehen das erklären!"

Er lachte ebenfalls amüsiert auf und packte Alex, der wie erstarrt auf seine Blutflecke am Globus starrte, fest an der Schulter.

„Wir geben dir ein bisschen mehr Zeit, damit du noch mal drüber nachdenken kannst", trichterte er ihm ein. „Aber wenn du bis morgen Früh nicht damit rausgerückt hast, ist Schluss! Und glaub ja nicht, dass ihr irgendwas zu essen bekommt, so lange du nicht endlich redest, klar?" Mit diesen Worten ließ er Alex stehen und gesellte sich zu seinem Komplizen am Eingang.

Annie stand die Angst ins Gesicht geschrieben, als Alex zu ihr ging und sich die blutende Nase mit seiner Weste zuhielt.

„Oh Gott", schluchzte sie. „Alex, es ... ich ... kann ich was für dich tun?"

Er schüttelte den Kopf und versuchte ihr zu suggerieren, dass alles in Ordnung war, zweifellos ohne Erfolg.

Sie sanken nebeneinander auf den Boden vor einem Schrank und lehnten sich dagegen.

„Was werden sie mit dir machen?", fragte Annie leise schniefend. „Alex, wir müssen hier weg! Notfalls ... in die Tunnel fliehen."

Der Gedanke war ihm auch bereits gekommen, allerdings brauchten sie dazu unbedingt eine Lichtquelle.

„Das machen wir auch, sobald der richtige Zeitpunkt gekommen ist!", beschloss er. „Wir können unser Schicksal nicht von diesen Wahnsinnigen abhängig machen!"

Annie lehnte sich zitternd an ihn und sagte nichts mehr, doch Alex spürte deutlich, dass sie seiner Meinung war.

Alles war besser, als ewig hier auszuharren und sich irgendwann von ihren Entführern umbringen zu lassen!

Selbst in den dunklen Irrgängen verloren zu gehen ...

Kapitel 27

Über vierundzwanzig Stunden waren vergangen, seit das große Vorhaben begonnen hatte. Ein voller Tag, in denen sie - je nachdem wie man es betrachtete - ein paar Schritte weitergekommen waren. Leider aber nicht so weit, wie sie alle erhofft hatten. Nach ihrem Plan hätten sie zu diesem Zeitpunkt bereits die Macht des Globusses für sich haben müssen, wovon sie aktuell allerdings um einiges entfernt waren.

Ellen Carregan und Rebecca Crittenfield saßen Jack Keyser gegenüber in Johns Wohnzimmer, zwischen sich die geöffnete Bodentür. Brad Keyser und Jasper Caldon bewachten gerade die beiden im Versteck, Holroy nach wie vor die beiden auf Nummer neun, unterstützt von Raymond Carregan, während Percival Crittenfield die Straße von seinem Haus auf Nummer 31 aus im Auge behielt und Stuart Alverston den Onkel und den dritten Jungen oben im Schlafzimmer bewachte.

Die Stimmung war angespannt und dass nicht alle zusammen in einem Raum waren, konnte man nur als Segen bezeichnen.

„Wir haben ihm ein letztes Ultimatum gestellt", gab Brad eben über Funk bekannt. „Wenn ihn das nicht zum Reden bringt, muss jemand von seinen Freunden dran glauben."

„Verstanden", erwiderte Jack und legte das Funkgerät dann auf den Wohnzimmertisch. Man konnte ihm ansehen, dass seine Geduld längst überstrapaziert war.

„Wenn das in dem Tempo weitergeht, sitzen wir am Anfang unseres Ruhestandes immer noch hier", bemerkte Mrs. Carregan zynisch und sah Brad vorwurfsvoll an.

„Wir wissen, dass Sie alles besser machen würden", gab dieser spöttisch zurück.

„Schade nur, dass sie nicht wissen wie man einen Plan erfolgreich zu Ende bringt", legte sie nach.

„Wenn ich mich einmischen dürfte", setzte Mrs. Crittenfield an und hob die Hände zur Beschwichtigung, „ich bin inzwischen überzeugt, dass der Stancen-Neffe die Wahrheit sagt."

Weder Jack noch Mrs. Carregan waren überrascht.

„Natürlich tut er das", gestand er zähneknirschend ein. „Der Bengel hat keinen blassen Schimmer. Den hatte er auch letztes Jahr bei Ed nicht."

„Nachdem wir nun alle diese Erkenntnis gewonnen haben, sollten wir vielleicht über einen Plan B nachdenken", sagte Mrs. Carregan sarkastisch. „Ob sie nun den Onkel oder einen der Freunde des Jungen kaltmachen, wird nichts daran ändern, dass er es nicht weiß!"

„Wir wären aufgeschmissen ohne Ihren Scharfsinn", erwiderte Jack ironisch und gab sich keine Mühe, seine Abneigung gegen Mrs. Carregan zu verbergen. „Nichts anderes haben Brad, Jasper und ich den ganzen Tag über durchgekaut. Das Problem ist, dass wir überhaupt keine Anhaltspunkte haben!"

„Erzählen Sie mir was Neues", schoss Mrs. Carregan zurück und verdrehte herablassend die Augen.

„Zanken bringt uns nicht weiter", schaltete sich Mrs. Crittenfield erneut ein. „Die wichtigste Frage ist, ob wir uns zurückziehen oder eine neue Idee haben!"

„Gefangen sind sie schon", meinte Jack schulterzuckend. „Alles von Neuem zu planen und durchzuziehen würde dieselbe Arbeit und das gleiche Risiko bedeuten!"

„Außerdem werden die Umstände nie wieder so perfekt sein wie jetzt", ergänzte Mrs. Carregan. „Kaum Nachbarn vor Ort, die etwas bemerken könnten und noch dazu der Neffe von Stancen hier. Wann soll das jemals wieder der Fall sein? In zehn Jahren, oder in zwanzig? Wir haben das angefangen und bringen es auch zu Ende!"

„Dann sag uns, was wir tun sollen", verlangte Mrs. Crittenfield und hob erwartungsvoll ihre Augenbraue.

„Wir warten ab, was der Junge heute Nacht sagt", führte sie aus. „Wenn er nicht redet, schalten wir ihn aus! Ein Toter kann auch über nichts alleine die Macht haben. Möglicherweise wird danach alles auf Null gesetzt, sehen wir mal. Ansonsten werden wir die anderen auch aus dem Weg räumen, das Versteck in Beschlag nehmen und sämtliche Aufzeichnungen durchforsten. Irgendwo muss Cessler ja notiert haben, wie er es angestellt hat!"

Jack spielte mit der Pistole in seiner Hand und zeigte keine Regung im Gesicht. Auch Mrs. Crittenfield erwiderte nichts, sondern schien mit ihren eigenen Gedanken beschäftigt.

Plötzlich leuchtete es grell durch Jacks Pullover und die beiden Frauen mussten trotz des dicken schwarzen Stoffes ihre Augen zusammenkneifen.

„Was haben sie ihn diesmal machen lassen?", fragte Mrs. Crittenfield genervt. „Eines steht fest, sobald der Globus uns gehört, wird dieses Ding vergraben!"

„Eher auf den Dachboden geschafft und nie wieder angesehen", korrigierte Mrs. Carregan nicht weniger gereizt. „Es könnte sein, dass wir es später für irgendwas brauchen."

Jack griff nach dem Funkgerät.

„Hier K2, Frage an K1 und C1", sprach er hinein. „Amulett leuchtet wieder, was wurde angestellt?"

Es rauschte kurz, dann meldete sich Brad.

„Hat ein wenig von seinem Blut drauf verschüttet", sagte er höhnisch. „Gebt durch, was die Nachrichten drüber bringen."

„Alles klar."

Jack griff nach der Fernbedienung und zappte durch die Kanäle.

„Nichts Neues", sagte er unbekümmert. „Bloß die Berichte über die Flutwelle, die Überschwemmungen und ein paar Stürme."

„Lassen Sie es laufen", meinte Mrs. Carregan kalt, als würden ihr die Verwüstungen nicht das Geringste ausmachen. „Es ist nicht sehr lange her."

„Wie oft hat uns das Amulett heute schon geblendet?", fragte sich Mrs. Crittenfield laut.

„Habe bei zehn aufgehört zu zählen", erklärte Jack gelangweilt. „Davor hatte es aber Brad, da hat es auch schon einige Male geglüht."

Er zog den Anhänger aus seinem Pullover und ließ ihn auf den Wohnzimmertisch schlittern, wo er wie auf Knopfdruck wieder zu leuchten begann.

„Meine Güte", stieß Mrs. Crittenfield hervor und langte geblendet danach. Als das Licht erloschen war, betrachtete sie den blau glänzenden Stein in ihren Händen.

„Wie ist es eigentlich in Ihre Hände gekommen?", fragte Mrs. Carregan beiläufig an Jack gewandt.

Dieser warf ihr einen misstrauischen Blick zu.

„Unser Onkel hat es in seinen Besitz gebracht", erklärte er zurückhaltend. „Keine Ahnung wie genau."

„Jeffrey?", hakte Mrs. Carregan nach und Jack nickte.

„Ich kenne ihn aus den Erzählungen meiner Eltern", sagte sie. „Kein schwaches Kaliber."

„Sind Sie nicht die Tochter der Kendleys?", fragte Jack.

Jetzt musterte Mrs. Carregan ihn prüfend, bevor sie bejahte.

„Wer wohnt in dem Haus auf Nummer ... welche war es noch gleich?" Jack überlegte.

„Zwölf", erklärte sie mit zusammengebissenen Zähnen.

„Richtig. Wer wohnt jetzt da?"

„Mein missratener Bruder hat es geerbt und benutzt es als Wochenendhaus."

Jack lachte grunzend auf.

„Na, herzlichen Glückwunsch."

„Sparen Sie sich das!", zischte Mrs. Carregan. „Jedenfalls hatten mein Vater und Ihr Onkel wohl einen guten Draht zueinander. Ich erinnere mich dunkel an ihn. Schon lange tot, nicht wahr?"

Jack nickte gleichgültig.

„Ein Säufer", sagte er. „Hat gerade noch miterlebt wie Wappins in dieses Haus eingezogen ist."

„Wie traurig", gab sie emotionslos von sich. „Immerhin hat er Cessler um mehr als zwanzig Jahre überlebt."

„Und nichts davon gehabt. Ebenso wenig wie Ihr werter Vater. Ist der noch am Leben?"

Mrs. Carregan nickte.

„Ich besuche ihn gelegentlich im Altersheim."

Das Gespräch verlief im Sand, allerdings währte die Stille nicht lange, denn nach einem weiteren Zapping-Durchgang blieben sie auf einem Nachrichtensender stehen, der eben erstaunliche Bilder lieferte:

In der sommerlichen Arktis, in der die Sonne nicht untergeht, regnete es aus blutroten Wolken!

Man hätte meinen können, es handle sich um eine digitale Nachbearbeitung, obgleich vonseiten der Reporter wiederholt versichert wurde, dass dies nicht der Fall war.

„*Wodurch der rote Regen zustande kommt, konnte bislang nicht geklärt werden*", wurde berichtet. „*Es ist jedenfalls das nächste Glied einer Kette von seltsamen Naturereignissen, die gestern mit einem Tsunami im Mittelatlantik ihren Ausgang genommen haben. Seitdem kam es zu Überflutungen der anliegenden Länder, weiters zu Überschwemmungen in Südasien sowie zu mehreren Erdbeben, Stürmen und Regenfällen auf der Südhalbkugel. Mehrere Länder haben bereits um humanitäre Hilfe angesucht, um die prekäre Lage von Millionen Menschen auszugleichen. Mit dem rätselhaften Blutregen der Nordhalbkugel werden wir uns weiter intensiv befassen und berichten, bleiben Sie also dran ...*"

„Es geht schnell, nicht wahr?", war die erste Bemerkung von Mrs. Carregan. „Ein Grund mehr, dem Jungen endlich das Messer anzusetzen!"

„Da sind wir uns zur Abwechslung mal einig", schloss sich Jack an. „Wenn er nicht in den nächsten Stunden redet, machen wir ihn kalt!"

Kapitel 28

Es waren immer nur gedämpfte Geräusche, die John in seinem Schlafzimmer wahrnehmen konnte. Manchmal Schritte im Flur vor der Tür, die auf und ab gingen, manchmal Gerede aus dem Erdgeschoß oder aus einem Funkgerät irgendwo und jetzt eindeutig der Fernseher. Er schätzte, dass es der Abend am Tag nach ihrer Entführung sein musste, wahrscheinlich nicht lange vor Mitternacht. Aus irgendeinem Grund hatten ihre Entführer den Wecker und die Wanduhr aus dem Raum entfernt. Sicher um ihnen das Zeitgefühl zu nehmen, vielleicht auch aus blankem Sadismus, um sie nach einer Zeit in den Wahnsinn zu treiben. Dazu kam der Hunger, den sowohl John als auch Rob seit vielen Stunden verspürten. Heute hatten sie irgendwann tagsüber die Obstschale aus der Küche und zwei Flaschen Wasser bekommen – nachdem Rob eine Nachricht an Linda hatte verfassen müssen, in der er ihr mitteilte, dass sie zusammen einen Ausflug machten und er sich erst in ein paar Tagen melden würde, wenn sie zurück waren.

Auch John war gezwungen worden, Nachrichten zu versenden, an die Eltern aller fünf. Sicher würden diese sich wundern, warum er nicht anrief oder warum sie die Nachricht einmal von ihren Kindern direkt und ein weiteres Mal von ihm bekamen. Aber sicher nicht so sehr, dass sie deshalb unruhig wurden. Erst nach einigen Tagen, wenn kein Lebenszeichen mehr von John und den Kindern kam, würden sie sich Sorgen machen. Und dann könnte es zu spät sein ...

Einmal mehr verzehrte sich Johns Magen nach etwas Essbarem. Der Apfel und die zwei Bananen aus seiner Obstschale hatten ihn für eine halbe Stunde sättigen können, wenn es hinkam. Dafür hatte er Rob den anderen Apfel, die zwei Orangen und den Pfirsich überlassen. Heute wäre er eigentlich einkaufen gefahren und hätte den Obstvorrat aufgefüllt. *Eigentlich ...*

Er musste ständig an Alex denken, der mit Sicherheit seit gestern unten im Versteck ausharrte. An Sandra, die wahrscheinlich bei ihm war und an Annie und Josh, die vielleicht in einem anderen Zimmer im Haus waren, obwohl es schwierig für die Täter gewesen wäre, alle Fenster dort zu vernageln.

John hoffte, dass es ihnen gut ging – so gut wie in dieser Situation eben möglich. Dass sie nicht verletzt waren oder Schlimmeres. Die Ungewissheit machte ihn rasend, schrecklicher empfand er jedoch das Gefühl der absoluten Ohnmacht. Nichts gegen seine Lage tun zu können, ausgeliefert zu sein. Bei seiner Entführung vor einem Jahr war es nur um ihn gegangen, allerdings hatte er da gewusst, dass Alex frei war.

Unzählige Male war John in seinem Schlafzimmer schon umhergegangen und hatte aufs Neue sämtliche möglichen Fluchtwege in Gedanken durchgespielt. Die Zimmertür fiel aus, da der Flur mit Sicherheit bewacht wurde. Ebenso die Tür zum Badezimmer, da von dort ebenfalls nur eine weitere Tür auf den Flur führte. Das Fenster war vernagelt, ohne Chance, die Bretter mit bloßen Händen runterzureißen. Ansonsten war die Kommode da, der große Kleiderschrank, das Bett, ein paar Ziermöbel und der Nachttisch.

Alles nicht als Waffe geeignet, schon gar nicht, wenn die Gegner Pistolen hatten, dachte John zerknirscht. Dazu kam die Schlappheit, die wohl auf den Schlaf- und Nahrungsmangel gleichermaßen zurückzuführen war. John hatte sich lange nicht so müde gefühlt und zur selben Zeit derart schlaflos. Es war zum Verrücktwerden!

„Ist noch etwas in deiner Flasche?", erkundigte sich Rob, der zusammengesunken auf dem Bett saß.

„Nein, tut mir leid", räumte John ein. „Ich hoffe, es kommt bald wieder jemand."

Rob seufzte und stützte den Kopf in seine Hände.

„Hey, ist dir nicht gut?" John beugte sich besorgt zu ihm.

„Ich hab ziemlichen Durst, mein Kopf dröhnt", beklagte Rob. „Und mein Magen verdaut sich selbst."

Es versetzte John einen regelrechten Stich, dass er ihm nicht helfen konnte.

„Leg dich am besten hin", schlug er vor. „Bis du aufgewacht bist, kommen sie vielleicht wieder." Rob schüttelte entnervt den Kopf.

„Ich kann sicher nicht schlafen", meinte er, obwohl er todmüde aussah.

„Und wenn ich das Licht ausmache?" Auch das winkte Rob ab.

„Ich will einfach nur hier raus", sagte er verzweifelt.

John klopfte ihm schwach auf die Schulter.

„Wenn deine Kopfschmerzen schlimmer werden, klopfe ich so lange an die Tür, bis jemand kommt", versprach er.

„Oh nein, bitte nicht!", lehnte Rob ab und sah durch diese Vorstellung ziemlich verängstigt aus. „Am Ende werden sie aggressiv und lassen uns hier verhungern!"

„Das planen sie womöglich ohnehin", murmelte John. „Warte, ich versuch's!"

Entschlossen ging er zur Zimmertür und begann, kräftig dagegen zu hämmern.

„John, hör auf!", warnte ihn Rob, aber er hörte nicht.

Mit geballter Faust klopfte er immer wieder gegen die Tür, in der Hoffnung, die Aufmerksamkeit der Entführer zu erregen.

„Hey, hört ihr mich?", schrie er. „Wir brauchen Wasser und was zu essen! Hallo?"

John legte sein Ohr darauf und lauschte. Es waren Schritte zu vernehmen, die zuerst näherkamen, sich dann aber wieder entfernten, offenbar die Treppe nach unten.

„Bitte, wir brauchen unbedingt was zu trinken!", rief er und hämmerte weiter. Seine Faust tat inzwischen ziemlich weh, das konnte ihn jedoch nicht abhalten, ebenso wenig Robs eindringliche Versuche, ihn zum Aufgeben zu überreden.

„John", wisperte er angespannt. „Bitte, hör jetzt auf!"

„Nein", entgegnete dieser. „Die können uns nicht einfach hier verdursten lassen! Wenn sie uns schon gefangen halten, sollen sie wenigstens für unsere Verpflegung sorgen."

Jetzt hörte er draußen wieder Schritte, diesmal schwerere, die näherkamen und dann den Türknauf. Gerade rechtzeitig trat John ein paar Schritte von der Tür weg, bevor sie aufgestoßen wurde.

„Was zur Hölle veranstaltest du da?", fuhr ihn einer der vermummten Männer an und richtete seine Pistole auf ihn. „Sei gefälligst still, du Vollidiot, sonst sorge ich selbst dafür!"

John schluckte. Er hatte ziemliche Angst vor diesem Kerl, andererseits wollte er sich nicht völlig einschüchtern lassen.

„Wir verdursten hier", sagte er so vorwurfsvoll wie möglich. „Wir brauchen Wasser, bitte!"

„Du stellst hier keine Forderungen, Stancen!", bellte ihn der Entführer an. „Sei still oder du kannst was erleben!"

Rob erhob sich langsam und schwer atmend, ging zu John und versuchte ihn aus der Schusslinie zu ziehen.

„John, komm jetzt", flüsterte er ihm zu. „Es hat keinen Sinn, bitte!"

Doch John dachte gar nicht daran. Er hatte das schon mal erlebt und wusste, dass man sich nicht allzu unterwürfig verhalten durfte, sonst hatten diese miesen Verbrecher schon gewonnen!

„Es kann wohl nicht so schwer sein, die zwei Flaschen wieder aufzufüllen", drängte John weiter. „Mehr möchte ich gar nicht ..."

„Ihr bekommt was zu trinken, wenn wir es sagen!", bellte ihn der Unbekannte an. „Und jetzt Ruhe, verstanden?"

John konnte es nicht fassen! Er wollte es nicht hinnehmen.

„Das lasse ich mir nicht gefallen", begehrte er auf. „Wollen Sie etwa einen Teenager verdursten lassen ..."

Er kam nicht mehr zum Ende, denn von einer Sekunde auf die andere hob der Entführer seine Waffe und drückte ab. Ein Schuss zerfetzte die Luft, John hob reflexartig seine Arme vors Gesicht, Rob schrie auf und die Kugel landete in der Tür des Kleiderschranks.

„Ich hoffe, das war jetzt deutlich genug", sagte der Unbekannte gefährlich ruhig und verließ dann langsam das Zimmer.

John bemerkte erst nach einigen Sekunden, dass Rob am Boden lag – und sich vor Schmerz den Arm hielt. Obwohl er es vor seinen Augen sah, konnte er es nicht gleich realisieren.

„Was haben Sie ...", keuchte er, aber die Tür war schon zugefallen und abgesperrt worden.

Johns Herz pochte gegen sein Brustbein wie außer Kontrolle, als er das Blut sah, das Robs Arm hinunterfloss.

„Oh Gott, Rob!", keuchte er und half ihm, sich zurück auf das Bett zu setzen.

Rob atmete heftig aus und ein und konnte offenbar gerade nicht sprechen. Scheinbar hatte ihn die Kugel am Oberarm gestreift.

„Das tut mir so leid, wenn ich gewusst hätte ...", John fühlte sich elend und schuldig an Robs Verletzung. „Lass mal sehen!"

Er half Rob aus seinem Pullover, der an der Stelle des Schusses aufgerissen und blutig war. Es sah übel aus, zum Glück aber steckte die Kugel nicht drin. Instinktiv wollte Rob hin greifen.

„Nicht anfassen!", warnte John und schob seine Hand weg. „Das ist eine offene Wunde, sie könnte sich sonst entzünden. Warte."

Er lief zum Kleiderschrank und hatte in der Hektik der Situation beinahe vergessen, wo seine T-Shirts hingen. Als er sie fand, riss er das erstbeste vom Kleiderhaken und band es um Robs Wunde. Dieser stöhnte vor Schmerz und biss die Zähne zusammen.

„Das ist wichtig, um die Blutung zu stoppen und zu verhindern, dass Schmutz reinkommt", erklärte er, obwohl er sicher war, dass Rob sowas ohnehin wusste.

„So ein Mist", stieß er hervor. „Das hat gerade noch gefehlt."

„Wirklich, Rob, es tut mir so leid, das wollte ich nicht riskieren ..."

„Mach dir keinen Kopf", winkte Rob ab. „Diese Typen sind völlig krank! Auch wenn es wehtut, viel mehr Angst macht mir, dass wir denen ausgeliefert sind und nichts tun können."

Die Verzweiflung stand ihm ins Gesicht geschrieben. Und er hatte recht, wurde John aufs Neue bewusst. Es war nicht mal möglich gewesen, an ihre Menschlichkeit zu appellieren und etwas Wasser zu bekommen – stattdessen einen Pistolenschuss!

„Kannst du deinen Arm bewegen?", erkundigte er sich.

Rob nickte schmerzerfüllt und hob den betroffenen Arm ein wenig.

„Nicht viel, aber immerhin", presste er hervor.

John machte sich riesige Vorwürfe. Niemals hätte er Robs Leben riskieren dürfen! Wie sollte er das jemals Linda erklären? Wenn sie denn irgendwann hier rauskamen ...

Entmutigt ließ er seinen Blick von Robs verletztem Arm zur offenen Schranktür wandern, in der jetzt ein Loch war. Ihm fiel auf, dass der Schrank an einer Seite keine Rückwand hatte und er erinnerte sich, wie er ihn vor Jahren eingebaut hatte.

Scheinbar lenkt man sich in belastenden Situationen mit den banalsten Dingen ab, dachte er und überlegte, weswegen er vergessen hatte, genau an dieser Stelle eine Rückwand einzubauen. Nur einen Augenblick später fiel es ihm ein! Aufregung packte ihn und er sprang aus dem Sitzen hoch.

„Der Speiseaufzug", hauchte er und trat sofort vor den Schrank.

„Was?" Rob verstand nicht.

„Hier war früher ein Speiseaufzug!", erklärte John und mäßigte seine Lautstärke, um sicherzugehen, dass ihn von draußen niemand belauschen konnte.

Robs Augen wurden groß, als er zu begreifen schien, was das für sie bedeuten konnte. Er stand ebenfalls auf und trat neben John, der alle Hemden und Pullover auf der Kleiderstange auf die Seite geschoben hatte und so leise wie möglich die Wand abklopfte.

„Du meinst, da ist ein Schacht nach unten?", fragte Rob flüsternd. Die Hoffnung in seinem Tonfall war nicht zu überhören. John nickte glücklich und stellte fest, dass hier nur die Tapete über einen provisorischen Bretterverschlag gespannt worden war.

„Wo führt er hin?", wollte Rob wissen.

„In die Küche und in mein Arbeitszimmer, beide Seiten", wisperte John voller Tatendrang.

Mit einem hölzernen Kleiderhaken durchstach er die Tapete an einer Stelle und riss sie anschließend vom Bretterverschlag. Nach nicht mehr als ein paar Minuten war die Wand frei und offenbarte den Blick in einen dunklen Schacht, der in die Tiefe führte.

„Wir müssen das Papier verstecken, falls noch mal wer reinkommt!", bemerkte Rob leise und sammelte mit seinem heilen Arm alle Tapetenreste ein, um sie anschließend unter dem Bett zu verstauen. „Echt ein Glück, dass er ausgerechnet im Schrank ist, wo wir ihn verbergen können! Aber warum hast du ihn nie benutzt?"

„Ich wohne alleine und habe ihn nie gebraucht", erklärte John, während er seinen Kopf in den Schacht streckte. „Außerdem war er schon außer Betrieb, als ich hier eingezogen bin."

Er griff hinein und tastete nach dem Seil.

„Ist der Schacht überhaupt groß genug für uns?", fragte Rob besorgt.

„Auf jeden Fall!", bestätigte John.

„Aber in den Aufzug selbst passen wir sicher nicht rein und wenn er nicht mehr funktioniert?", gab Rob zu bedenken.

„Hier ist das Seil!", stellte John fest, der zu beschäftigt damit war, ihre neue Fluchtmöglichkeit abzuwägen, um auf Robs Frage einzugehen. „Die Kabine ist unten! Haben wir Licht?"

Er riss die Nachttischlampe an sich, steckte sie neben der Kommode an und leuchtete damit in den Schacht. Das Erste das ins Auge stach war der Staub, der auf allen Vorsprüngen und erst recht auf der Kabine unten lag.

Beim Blick nach oben entdeckte er die Treibscheibe, um die das Seil gewickelt war sowie die Führungsschienen links und rechts, welche die Kabine in Position hielten.

„Wir müssten testen, ob der Strick noch fest genug ist, um sich daran abzuseilen", murmelte John. „Mal sehen, ob ich die Kabine irgendwie hochziehen kann. Allzu schwer dürfte sie nicht sein!"

Er zog an einer Seite des Seils und beobachtete, wie sich die Treibscheibe beschwerlich und leicht quietschend in Bewegung setzte. Mit den Beinen stemmte er sich gegen die Wand und zog weiter so kräftig er konnte an dem Seil. Die Kabine kam nach oben, sogar schneller und leichter als angenommen, sodass John seine Anstrengung etwas eindämmte. Schließlich war sie auf ihrer Höhe.

„Rob, hol mir irgendwas, um die Kabine hier zu fixieren", bat er.

Sofort schritt Rob durch das Zimmer und kam mit einer flachen Schublade zurück, die genau in den Zwischenraum von Kabine und der Wand darunter passte.

„Alles klar", meinte John keuchend und wischte sich den Schweiß von der Stirn. „Die Kabine hat es schon mal getragen, aber die ist nicht so schwer wie wir."

„Sie ist auch nur einen Meter hoch", wandte Rob ein.

„Das reicht aus", versicherte John. „Unten ist auch bloß eine Tapete über einen Bretterverschlag gespannt. Das haben wir schnell entfernt, dann können wir durch ein Fenster in meinem Arbeitszimmer fliehen!" Rob schien von diesem Gedanken ergriffen, wenn auch weit skeptischer zu sein. Zu schön musste auf ihn der Gedanke wirken, bald die Polizei rufen zu können.

„Und wie kommen wir hinunter, ohne dass jemand etwas hört?", fragte er. „Was, wenn jemand in deinem Arbeitszimmer Wache steht?"

„Das glaube ich nicht, dort werden sie kaum jemanden eingesperrt haben", winkte John ab. „Wir müssen die Oberseite der Kabine irgendwie entfernen, um unten hineinzuklettern! Etwa so ..."

Er hantierte am morschen Holz herum, das ziemlich in die Jahre gekommen war und nicht viel entgegenzusetzen hatte. Am liebsten hätte er sie gleich aus dem Schacht entfernt, das Seil davon gelöst und sich direkt daran hinabgelassen. Allerdings war die Kabine zwischen den Führungsschienen eingespannt und ohne Werkzeug würde es ihm nur schwer gelingen, sie herauszuheben.

Zeit für Experimente war definitiv nicht!

Es knarrte und knackte einige Male, als John verbissen versuchte, die obere Platte zu lockern. Zwar musste sie draufbleiben, damit die Kabine wieder runtergelassen werden konnte, unten jedoch musste sie sich rasch entfernen lassen. Eine Welle der Erleichterung durchfuhr ihn, als er eine Seite gelöst hatte, während die andere hielt.

„Das reicht, um sie runterzulassen und unten dann aufzubrechen", sagte er selbstsicher. „Rob, wenn ich das Seil gepackt habe, ziehst du die Schublade heraus, okay?"

Rob tat wie ihm geheißen und kurz darauf ließ John die Kabine, begleitet vom Quietschen der Treibscheibe, in die Tiefe hinunter, bis es nicht weiterging.

„Kein Geräusch", stellte er flüsternd fest, als er die Hände vom Seil genommen hatte. „Perfekt! Hältst du die Lampe hier, damit ich etwas sehen kann?"

Rob nickte und passte auf, dass John Licht hatte.

Zuversichtlich stieg er über die Kante von dem, was vom Verschlag übrig war, etwa anderthalb Meter hoch, und packte erneut das Seil mit beiden Händen. Zusätzlich visierte er die Führungsschienen der Kabine an.

„Dann wollen wir mal."

Kapitel 29

Das Aufwachen war umso schlimmer, je schöner die Träume waren. Obwohl Alex seit mehr als einem Tag weder ein Bett, noch Decke oder Kissen zur Verfügung hatte, hielt ihn das nicht davon ab, wiederholt in einen angenehmen Schlaf zu fallen, in dem er mal zuhause, mal in England war, alles essen konnte, bis ihm übel wurde und ihn niemand davon abhielt, mit Sandra und seinen Freunden glücklich zu sein. Kaum wurde er aber in die Realität zurückgeholt, meldete sich zunächst sein leerer Magen und dieser wurde dabei immer zorniger. Längst hatte sich auch das Bild vor seinen Augen – die runde Kammer unter der Erde, durch die Fackeln in ein oranges Flackerlicht getaucht, mit dem Globus in der Mitte, dessen Erscheinung immer unheilbringender wirkte – so tief in sein Gedächtnis gebrannt, dass er es auswendig und in allen Details auf ein Papier hätte zeichnen können. Es erinnerte ihn jedes Mal aufs Neue, wie ein Sprung ins kalte Wasser, an seine missliche Lage. Zumindest war er nun etwas weniger müde, wenn auch kaum erholter.

Vorsichtig fasste Alex an seine Nase, wo sich das Blut inzwischen verkrustet hatte, weshalb er schlecht Luft bekam und durch den Mund atmen musste. Verschlafen drehte er sich zur Seite und fand Annie unruhig dösend an die Schranktür neben sich gelehnt. Ihr Gesichtsausdruck hätte unglücklicher kaum sein können. Als hätte sie gerade einen furchtbaren Albtraum, der sich in der Wirklichkeit leider fortsetzen würde, dachte Alex traurig.

Als nächstes spähte er so unauffällig wie möglich zum Eingang des Verstecks, wo einer der Entführer lässig an dem Schrank lehnte, den sie letztes Jahr davorgeschoben hatten. Er erwiderte seinen Blick, worauf Alex sofort wegsah und tat, als wäre ihm das entgangen. Er wusste ja nicht mal, wessen Augen es waren. Dem Entführer war das allerdings nicht entgangen und er griff nach seinem Funkgerät. Alex hörte nicht, was er hineinsprach, verkrampfte aber innerlich, als er sich gleich darauf in Bewegung setzte und auf ihn zukam. Ohne ein Wort zu sagen, blieb der Unbekannte vor ihm stehen und warf Alex zwei gefüllte Wasserflaschen hin.

„Der Boss kommt gleich", erklärte er mit einer merkwürdig gedämpften Stimme. „Trink lieber davor."

Damit entfernte er sich wieder, behielt Alex und Annie dabei aber fest im Auge. Als würde er vermuten, dass Alex sonst jeden Moment seine magischen Kräfte einsetzen und ihn aus dem Hinterhalt attackieren könnte.

Voller Abscheu und trotzdem dankbar griff er nach den Flaschen, öffnete eine davon und trank sie beinahe in einem Zug aus. Zumindest wurde sein Kopf davon etwas klarer. Annie stöhnte leise im Schlaf und musste jeden Moment aufwachen. So leid es ihm auch tat, sie in die triste Realität zurückzuholen, er wollte, dass sie auch etwas trank.

„Annie", flüsterte er. „Wach auf."

Ihre Augen wirkten glasig, als sie ihn anstarrte und sich ihre Haare richtete, so gut es eben ging. Er reichte ihr die Flasche, die sie überrascht musterte.

„Haben sie uns die gebracht?", wollte sie wissen und Alex nickte. Gierig leerte auch Annie das Wasser runter und sah kurz danach schon etwas munterer aus, wenn auch nicht weniger verzweifelt und verängstigt.

„Hat er dir irgendwas gesagt?", fragte sie dann leise und deutete auf den Vermummten am Eingang, dessen Blick keine Sekunde von ihnen abließ.

„Nur, dass der *Boss* gleich kommt", antwortete Alex.

Annie sank ernüchtert zusammen und verdeckte ihr Gesicht mit den Händen.

„Dann geht das Ganze von vorne los", wimmerte sie.

Alex legte seine Hand auf ihre Schulter.

„Hey, mach dir keine Sorgen", beschwichtigte er. „Ich werde es ihnen immer noch nicht sagen können und wenn nur ein Funken Anstand in ihnen steckt, werden sie uns nichts tun."

„Ich weiß nicht, Alex", schluchzte sie. „Vorher hat er uns gedroht, dass *Schluss* ist, wenn du nicht endlich redest. Ich will mir nicht vorstellen, was er damit meint."

Er wusste keine Worte zum Antworten, nahm Annie nur in den Arm und tat sein Bestes, um sie zu trösten.

Nicht lange später betrat jener Mann, der Alex vor einigen Stunden die Nase blutig geschlagen hatte, das Versteck. Alex versuchte beim besten Willen, gegen seine innere Panik anzukämpfen. Ihm wurde heiß, seine Kehle trocken und er nahm tiefe Atemzüge durch den Mund.

„Also dann", rief der Entführer und trat mit stapfenden Schritten auf den Erdboden auf ihn zu. „Du hast lang genug deine Ruhe gehabt. Rede jetzt endlich!"

Er zog Alex am Arm aus dem Sitzen hoch und schleppte ihn direkt zum Globus – wo er zu seinem Unbehagen feststellte, dass sich um den Nordpol herum noch immer einige seiner roten Blutflecke befanden.

„In den Nachrichten nennen sie es *Blutregen*", beantwortete der Unbekannte die Frage, die sich Alex in Gedanken stellte. „Gab es nie und niemand kann es erklären", führte er weiter aus und hörte sich ziemlich zufrieden an. „Tolle Nummer, ehrlich. Jetzt möchte ich aber wissen, wie du das anstellst, als Einziger. Also?"

Alex wollte den Entführer anschreien, ihm einprügeln, dass er auch jetzt keine Ahnung hatte und ihm seine Frage nicht beantworten konnte. Gleichzeitig stieg die Panik in ihm immer höher, als dieser seine Pistole einmal mehr auf ihn richtete.

„Du hattest genug Zeit, in dem Mist hier danach zu suchen", meinte er aggressiv. „Ich gebe dir jetzt zehn Sekunden, dann redest du! Ansonsten" – er stieß ihn von sich und trat ein paar Schritte zurück – „kriegst du ein paar Kugeln verabreicht. Zehn ..."

Alex überlegte fieberhaft, wie er sich retten konnte. Zu beteuern, dass er nichts wusste, half kaum. Sich eine neue Lüge auszudenken, um Zeit zu schinden, würde auch nichts bringen und die Entführer im schlimmsten Fall so sehr auf die Palme bringen, dass sie Sandra, John oder einem anderen seiner Freunde etwas taten.

„Sieben ... sechs ..."

Er sah zu Annie, die vor Entsetzen ihre Hand auf den Mund gepresst hatte und sich kaum rühren konnte.

„Drei ... zwei ..."

Es war zwecklos, das wurde ihm bewusst. Er würde gleich sterben oder zumindest einen Schuss abbekommen. Daher konnte er auch nicht sagen, ob es ein Fluch oder eher ein Segen war, als die Umgebung vor seinen Augen wie schon so viele Male in dem gleißend hellen Schleier verschwand. Nur um Bruchteile einer Sekunde später wiederaufzutauchen, am selben Ort, zu einer anderen Zeit.

Vom Gefühl her spürte Alex dieselbe Angst, die er gerade selbst hatte, dazu kam aber der von ihm so gefürchtete endlose Seelenschmerz, den er nie in Worten zu beschreiben geschafft hätte. Sein Geist verbrannte und erfror gleichzeitig, alles zog ihn in den Abgrund, ohne jemals einen Boden zu finden. Ein endloser Schmerz, der durch nichts gelindert werden konnte und jegliche Kraft für anderes verschlang.

Inmitten dieses inneren Horrors konnte er den Globus auf dem Sockel in der Mitte des Verstecks sehen. Die Form des Halters mit den vier eisernen Bügeln, die sich an der Unterseite der Erdkugel hochschwangen, schloss eine Verwechslung weitgehend aus. Bloß die Oberfläche sah gar nicht aus wie gewohnt. Wieder die vergilbten Farben, die dem Globus ein veraltetes Aussehen verliehen.

Alex blickte zu seinen Füßen - über einen langen, beigefarbenen Rock hinweg, der am erdigen Boden knapp bis vor das Viereck aus Steinen reichte, das sich auch in der Gegenwart dort befand.

Die Szenerie hatte etwas Esoterisches und Mystisches, allerdings nicht im positiven Sinn. Alex wartete regelrecht auf das Ritual, das jeden Moment starten musste.

Ein junger Mann schritt gemächlich im Raum umher. Richard! In seiner Miene lag ein verheißungsvolles Lächeln, während er die vier Amulette auf dem Standfuß des Globusses verteilte und danach auf Theresa zukam.

„Gleich ist es so weit", sagte er, sichtlich in Höchstform.

Alex konnte die Worte zwar wahrnehmen, doch sie kamen ihm leer und bedeutungslos vor. Die Verzweiflung, die in ihm brannte, lähmte ihn vollends und ermöglichte nicht ansatzweise eine Reaktion auf irgendwas. Sie hatte die totale Kontrolle über ihn übernommen und war nicht mehr zu bändigen. Wenngleich sie nach außen nicht sichtbar war und deshalb auch niemanden beunruhigte, schon gar nicht Richard, der jetzt mehrere Papiere in der Hand hielt und sie am Steinviereck verteilte. Als wären sie heilige Schriften, strich er über sie, bewegte dabei seine Lippen, ohne laut etwas zu sagen und tat das bei allen vieren.

„Richard!", zerriss plötzlich ein Schrei die Luft und der Mann fuhr herum, ebenso der Blick von Theresa.

Dort stand Arthur Cessler, gemeinsam mit Elizabeth und beiden hätten ihre Wut und Fassungslosigkeit nicht deutlicher anzusehen sein können.

„Du Scheusal!", schimpfte Arthur und stürzte nach vorne, auf Richard zu, der damit offenbar gar nicht gerechnet hatte, sich jedoch sofort wild verteidigte. Dabei war kaum zu übersehen, dass er mit aller Mühe versuchte, nicht in das steinerne Viereck zu treten.

„Richard, wie konntest du nur!", schrie auch Elizabeth, die an die beiden Männer herantrat und nun Theresa bemerkte. „Theresa, wurdest du auch hierher genötigt?"

Die Antwort blieb aus und Alex verstand genau, weswegen. Der Sturm, der hier tobte, ohne von irgendjemandem wahrgenommen zu werden, erlaubte die Bildung eines klaren Satzes nicht, geschweige dessen Formulierung mithilfe der Lippen.

Elizabeth ließ von ihr ab und wandte sich den zwei rangelnden Männern zu, versuchte, sie auseinanderzubringen oder auch Arthur zu schützen. Genau war es nicht zu erkennen.

„Du armseliger Schwächling!", fluchte Richard an Arthur gewandt, während der Globus und die Amulette sich mehr und mehr erhellten. „Niemals wieder wirst du mir im Wege stehen!"

Er versuchte ihn in das Viereck aus Steinen zu drängen, doch Arthur wehrte sich vehement dagegen.

„Deine Machtfantasien sind dir ohne Zweifel zu Kopf gestiegen", presste Arthur hervor. „Sei doch vernünftig!"

Der eiserne Wille funkelte bloß stärker aus Richards Augen und er hatte Arthur beinahe dort, wo er ihn – warum auch immer – haben wollte.

Der Globus und die Amulette waren inzwischen in ihrem eigenen Licht verschwunden, blendeten Alex, und Theresa wandte den Kopf ab.

Die Angst nahm überhand und siegte sogar über das seelische Inferno, sodass sie von ihrem Stuhl aufsprang und so weit von dem Geschehen weglief, wie es das Versteck zuließ.

Dann ein lauter Schrei. Das Geräusch der Glasmurmel, die in eine Glasflasche geworfen wird und laut klirrte, das Alex sofort bekannt vorkam. Anschließend erlosch das Licht und er fuhr herum.

Der Globus senkte sich gerade zurück in seinen Halter, keine einzige Beschriftung zierte mehr seine Oberfläche. Er hatte jene Gestalt, die Alex nur zu gut kannte!

Als nächstes die beiden leblosen Körper im Viereck aus Steinen, Elizabeth und Richard. Daneben Arthur, der geschockt auf ebendiese hinabstarrte und unfähig schien, etwas zu tun.

„Nein", hauchte Arthur und stürzte auf sie zu. „Elizabeth! Kannst du mich hören?" Er tätschelte ihre Wange, aber nichts passierte. „Oh nein", wiederholte er kaum vernehmbar und begann unweigerlich zu weinen.

Es war das Letzte, das Alex sah, bevor sich alles auflöste und er am Boden des Verstecks zu sich kam.

„Na endlich!", sagte eine mürrische Stimme.

„Glaubst du, er hat simuliert?", fragte eine andere.

„Keine Ahnung, ist mir auch egal!", knurrte die erste Stimme und zog Alex hoch.

„Was soll das, verdammte Scheiße?", schrie der Entführer ihn an. „Denkst du, so kannst du uns ablenken? Antworte gefälligst!"

Er tätschelte grob seine Wangen und Alex musste zuerst Luft holen.

„Mir ... ist schwarz vor Augen geworden", keuchte er mühsam.

„Dann konzentrier' dich!", blaffte er ihn an. „Du hast jetzt noch mal fünf Sekunden, klar? Rede endlich!"

Der zweite Mann war ein anderer als jener, der ihnen vorher die Wasserflaschen gegeben hatte. Scheinbar war dieser abgelöst worden.

Anhand der Statur und der Augen war sich Alex sicher, dass es jener war, der ihn an seinem ersten Tag hier mit kaltem Wasser geweckt hatte.

„Scheiß auf die fünf Sekunden!", sagte dieser kurz angebunden und richtete seine Waffe auf Alex.

Bevor er sich schützend die Arme vor den Kopf halten konnte, knallte ein Schuss. Annie kreischte, Alex zuckte zusammen – und ein helles Licht flammte auf. In derselben Sekunde ging der Entführer, der gerade geschossen hatte, jaulend zu Boden und schrie aus vollem Hals.

„Verdammt, was war das?", fragte der andere verwirrt.

Alex konnte es nicht erklären, es war alles zu schnell gegangen. Nun zückte auch der zweite Mann seine Waffe, ging in die Knie, zielte von unten auf Alex und drückte ab. Der Schuss zerfetzte die stickige Luft – und prallte an irgendwas ab, bevor die Kugel in einem Holzbalken an der Decke landete.

„Das gibt's nicht", zischte der Unbekannte und schien mit der Situation überfordert. „Geh zu dem Mädchen zurück, sofort!"

Alex gehorchte und stolperte auf Annie zu, die elender nicht hätte aussehen können. Sie zitterte am ganzen Körper und Alex nahm sie fest in den Arm.

„Alles gut, mir ist nichts passiert", flüsterte er in ihr Ohr.

„Aber wie ist das möglich?", fragte sie bibbernd. „Sie haben beide genau auf dich gezielt und die Schüsse sind einfach ... *abgeprallt*!"

„Darüber denken wir nach, sobald das hier vorbei ist", schärfte er ihr ein.

„Hier Brad ... ich meine K1", polterte der Entführer in sein Funkgerät. „Mein Bruder ... K2 ist verletzt! Sofort jemanden schicken, der ihn ablöst und raufbringt!"

Er beugte sich zu dem zweiten hinunter, der sich am Boden krümmte und schmerzerfüllt stöhnte.

„Halt durch!", sagte er gleichermaßen hoffnungsvoll und befehlerisch. „Es kommt gleich jemand."

„Was ist da grade gelaufen, Mann?", presste der verletzte Entführer hervor. „Wieso schützt dieses Scheißteil den Jungen?"

„Woher soll ich das wissen?", fuhr der andere ihm drüber. „Das werden wir rausfinden, aber zuerst muss jemand deine Wunde behandeln!" Sein Blick fiel auf Alex und Annie.

„Ihr seid schuld, ihr kleinen Scheißer!", schrie er zu ihnen herüber und stürmte auf sie zu. Alex nahm Annie und lief an der Wand der Kammer entlang davon. „Na wartet!"

Ein Schuss ertönte - und landete irgendwo in der Wand.

„Scheiße, wieso funktioniert das nicht?", fluchte ihr Verfolger.

„Ziel' auf das Mädchen!", riet ihm sein Komplize, der sich gefasst zu haben schien.

Alex fuhr herum und sah, dass der Entführer die Pistole auf Annie richtete. Intuitiv stellte er sich in die Schusslinie und die Kugel prallte einmal mehr ab. Sie verfehlte den Schützen nur knapp.

„Ich sage euch, sobald Jack hier weg ist, seid ihr alle dran!", schrie er außer sich und machte kehrt, um sich um seinen Komplizen zu kümmern, der offenbar sein Bruder war.

„Alex, sie werden uns töten", schluchzte Annie und aus ihren hellbraunen Augen sprach die pure Verzweiflung.

„Mich können sie offenbar nicht umbringen", sagte Alex mit neuer Zuversicht. „Und so lange du bei mir bist, auch dich nicht. Wenn sich alles beruhigt hat, werde ich ihnen einen Vorschlag machen, damit auch sonst keinem von uns etwas zustößt. Du wirst sehen, das kommt in Ordnung!"

Aus dem Augenwinkel sah er die Taschenlampen, die von den Entführern auf einem der Tische abgestellt worden waren, da sie diese nach Erleuchten der Fackeln nicht mehr benötigten.

Irgendwie mussten sie an die Lampen rankommen und in die Gänge flüchten, damit sie in Sicherheit waren. Sobald die nächste Gelegenheit da war, würden sie das tun, beschloss Alex.

Diese Typen konnten ihn verprügeln, herumschubsen und unter Druck setzen - aber nicht erschießen!

Das wusste Alex jetzt.

Und das änderte seine Situation grundlegend.

Kapitel 30

Die stickige und staubige Luft im Schacht des alten Speiseaufzugs machte das Hantieren nicht gerade einfach. John hustete und nieste im Minutenabstand und musste es so leise wie möglich tun, um nicht durch einen dummen Zufall von den falschen Leuten gehört zu werden. Dass die alte, morsche Holzplatte der Kabine sein Gewicht tragen konnte, wunderte und verärgerte ihn zugleich. Er hatte es bis jetzt nicht geschafft, sie vom Rest der Kabine zu lösen und das Einfachste wäre gewesen, sie zu zerbrechen. Das aber auch nur, wenn es leise ging, denn die Küche war gleich daneben und ein Krach hätte die Entführer mit Sicherheit aufgeschreckt.

Rob tat sein Bestes, um ihm Licht zu spenden, ohne das John in der Dunkelheit verloren gewesen wäre. Es musste eine Ewigkeit vergangen sein, seit er hier unten auf dem engen Platz, der vorhanden war, kauerte und alles versuchte, in die Kabine hineinzugelangen. Sein Hunger und seine Müdigkeit hatten ihn bisher nicht abhalten können, nagten aber zunehmend an seinen Kräften und zermürbten ihn zusammen mit jedem weiteren gescheiterten Versuch.

„Alles okay?", rief ihm Rob so gedämpft wie möglich zu.

„Ich schaff's nicht, diese verdammte Platte runterzunehmen", fluchte er als Antwort. „Da oben alles okay?"

„Ja, es tut sich nichts", teilte Rob ihm mit und John sah, wie er einen nervösen Blick in Richtung Zimmertür warf.

„Gut, ich versuch's hier noch etwas weiter!"

Mit der Kraft, die er nach all den Strapazen noch hatte, machte er sich an einen neuen Versuch. Der minimale Zwischenraum an den Rändern der Kabine zur Wand des Schachtes war kaum groß genug für seine Finger. Daran, dass er seine schmutzigen Hände momentan nicht mal waschen konnte, dachte er gar nicht, so sehr war er darauf fokussiert, endlich voranzukommen. Leider vergebens.

Da er auf der Deckplatte der Kabine stand, konnte er sie nicht wegheben, geschweige denn lösen, und einen alternativen Platz zum Stehen gab es nicht. John hätte ausrasten können!

Eine Seite der Platte war ja bereits gelockert, leider nicht weit genug, um sie jetzt einfach runter zu lösen. Angestrengt überlegte er, ob er nicht doch irgendwelches Werkzeug in seinem Schlafzimmer hatte und wenn ja, ob es die Entführer nicht ohnehin weggenommen hatten, so wie die Uhren.

So vielversprechend er den Fluchtplan durch den Schacht des Speiseaufzugs anfänglich eingeschätzt hatte, so aussichtslos kam er ihm jetzt vor. Er saß röchelnd in einem dreckigen, verstaubten Schacht, ohne Werkzeug und stand auf einer Platte, die er heben wollte. Schlechtere Voraussetzungen konnte er sich kaum ausmalen.

„Oh nein, John!", kam es von oben. „Ich höre Stimmen und Schritte von draußen!"

„Kommen sie näher?", fragte John und musste husten.

„Keine Ahnung, aber es könnte sein!", rief Rob panisch.

„Okay, ich komme schon", brachte John keuchend hervor und fasste nach dem Seil. Er nahm alle Kraft zusammen und wollte sich hochziehen, als er den Halt verlor und mit voller Wucht gegen die Wand des Schachtes stieß.

„Wo bleibst du?", drängte Rob.

John betrachtete das Seil in seiner Hand - es war gerissen!

„Scheiße", stieß er aus.

„John?"

„Ja, Augenblick", zischte er nach oben und umklammerte die Führungsschienen der Kabine. Sie schienen stabil genug zu sein, um ihn zu halten. Mit zitternden Armen hievte er sich Stück für Stück daran hoch. Irgendwann erreichte er die Oberkante des Bretterverschlags und stützte sich darauf ab.

„Geht's dir gut?", fragte er Rob, als er sich in seinen Kleiderschrank gehoben hatte.

Robs Miene verneinte eindeutig.

„Die Wunde tut weh", sagte er beiläufig. „Aber sonst ja. Komm schnell da raus, falls jemand reinkommt!"

John wischte den gröbsten Schmutz an seinen Hemden ab, schob sie nah an den Zugang zum Schacht in der Wand und schloss dann hastig die Schranktür. Rob hatte die Lampe an ihren Platz zurückgestellt und alles sah nun aus wie vorher. Wenn wirklich einer der Entführer reinkam, würde er nichts merken. Erleichtert sank John auf die Bettkante und hustete einige Male.

Er konnte tatsächlich etwas von draußen hören, entweder weiter vorne im Flur oder unten. Scheinbar war dort ein Aufruhr losgebrochen, aber so lange sie auch warteten, zu ihnen kam niemand.

John wurde immer müder und sah Rob an, dass auch er kurz vor dem Einschlafen war.

„Komm, lass mich deine Wunde sehen", bat er ihn.

„Warum?" Rob schien von dem Gedanken, dass jemand seine Wunde auch nur anschauen wollte, verängstigt zu sein.

„Vielleicht brauchen wir einen frischen Verband", meinte John, der eigentlich nur einen Vorwand suchte, um nicht einzuschlafen.

Ohne Robs Einverständnis abzuwarten nahm er seinen Arm und löste das verknotete T-Shirt davon.

„Autsch!" Rob zuckte zusammen, als das verklebte Blut an seiner Wunde riss. Sie sah nicht gut aus.

„Ich binde dir ein neues drauf", beschloss John und nahm eines aus dem Schrank. Dass sie die Wunde nicht säubern konnten, machte ihm Kopfzerbrechen. Er hoffte, dass sie sich nicht schlimmer entzündete und eine Blutvergiftung bei Rob auslöste. An so etwas wollte er gar nicht denken!

„Was hast du da unten gemacht?", fragte Rob und biss die Zähne zusammen.

John erzählte von seinen erfolgslosen Versuchen.

„Und jetzt ist auch noch das Seil ab", klagte er seufzend. „Dafür sind die Führungsschienen noch da. Ich versuch's gleich wieder."

„Ruh dich aus", riet ihm Rob. „Ich will nicht dran denken, was passiert, wenn du da unten schlappmachst!"

Er hatte recht, dachte John, aber er konnte nicht dasitzen und nichts tun, während Rob hier verletzt vor sich hin vegetierte, ohne Wasser und Nahrung!

„Je schneller ich da unten weiterkomme, desto schneller können wir hier weg!", sagte John hoffnungsvoll.

Es sollte motivierend klingen, ob für Rob oder ihn selbst wusste er nicht recht. Jedenfalls ging der Effekt nicht auf.

„Du brauchst dich ja nur eine Stunde oder so hinlegen", meinte Rob flehend. „Komm schon, wenn du zusammenbrichst, geh ich hier alleine zugrunde!"

Das gab John zu denken.

„Mach dir keine Sorgen", winkte John ab. „Ich ruh mich jetzt aus, so gut es geht, dasselbe solltest du auch tun! Sobald ich aufgewacht bin, mach ich mich wieder an die Sache ran. Wir werden hier nicht zugrunde gehen, das *verspreche* ich dir!"

Rob nickte schwach lächelnd und lehnte sitzend an der Bettkante. John setzte sich an den Kopf des Bettes, wo die Kissen waren und schloss die Augen.

Er würde nur kurz dösen, um dann gleich wieder weiter zu werken! Das nahm er sich fest vor.

Sein Magen rumorte, seine Kehle verlangte nach Flüssigkeit und seine Hände fühlten sich unangenehm verdreckt an.

Er schob alles beiseite und dachte nur an seinen Plan, bald durch den Speiseaufzug in sein Arbeitszimmer zu gelangen, um dort durch ein Fenster zu fliehen. Diese Vorstellung gab ihm Hoffnung und den Willen, weiterzukämpfen, bis er diese Dreckskerle an die Polizei ausliefern konnte!

Allein für Rob, der dringend einen Arzt brauchte, aber auch für Alex, Josh, Sandra und Annie. Er hatte ja keine Ahnung, wie es ihnen ging oder wo sie waren. Der Gedanke, dass sie am Leben waren und ausharrten, war alles, was ihm momentan seelische Kraft verlieh.

Bald würde er wieder an seinem Vorhaben arbeiten, dachte er entschlossen, während die Müdigkeit zunehmend von ihm Besitz ergriff. Nicht lange und er würde mit Rob fliehen können.

Nur ein kurzes Ausruhen, dann ging es an die Arbeit.

Höchstens eine Stunde, wenn nicht weniger.

Dann konnten sie endlich hier raus ...

Kapitel 31

Vom Lärmpegel betrachtet, war der Dachboden in Keysers Haus der optimale Ort zum Schlafen. Es war so gut wie nichts zu hören, außer wenn der Wind etwas stärker war und durch undichte Ritzen pfiff. Alle anderen Faktoren machten diesen Ort allerdings zum schlimmsten Albtraum für Sandra.

Zunächst war da der viele Staub und der Schimmel in einem Teil des Bodens, der besonders Josh schwer zu schaffen machte. Rasch, nachdem sie hierhergebracht worden waren, hatten sie so weit wie möglich entfernt davon Platz zwischen Kisten und Gerümpel gemacht, in der Hoffnung, es würde ihm etwas bringen. Sicher war es allemal besser, als direkt daneben. Trotzdem fiel Josh die Atmung zusehends schwerer und hörte sich obendrein unangenehm rasselnd an. Dazu kam, dass die Luft bereits bei ihrem Eintreffen stickig war und keine neue Luft reinkam – abgesehen von den wenigen undichten Stellen. Nirgends gab es eine Möglichkeit zu lüften. Sandra hatte gerade mal etwas abgestaubt, mit einem Besen, den sie in einer Ecke gefunden hatte. Eine Weile hatte sie sich mit Josh zu unterhalten versucht, um die Lage etwas erträglicher zu machen. Sein blaues Auge war noch dunkler geworden und er wirkte ziemlich mitgenommen. Nicht lange später war er eingeschlafen und auch Sandra hatte irgendwann ihre Müdigkeit überwältigt.

Wie lange sie geschlafen hatte, konnte sie nicht sagen, möglicherweise mehrere Stunden. Auch wie viele Tage seit ihrer Gefangennahme vergangen waren, war schwer einzuschätzen. Nach ihrem Gefühl hätten es auch Wochen oder Monate sein können. Nur die Tatsache, dass sie noch nicht verhungert oder verdurstet war, verriet ihr, dass es höchstens zwei oder drei Tage sein konnten.

Nie zuvor in Sandras Leben hatte sich eine so kurze Zeitspanne derartig lang angefühlt!

Ihr Kopf dröhnte, als sie sich aufsetzte und ihr gesamter Hals nach einer Zweiliterflasche Wasser verlangte. Sofort sah sie nach Josh, der immer noch schlief. Sein Bluterguss im Gesicht war unverändert, wenigstens hatte er sich nicht mehr vergrößert. Allerdings waren sein

Hals und auch sein Gesicht leicht angeschwollen und seine Atemzüge klangen angestrengt.

Sandra dachte an Alex, an ihre Eltern und Ricky, an Annie und Rob, von denen allen sie nicht wusste, wie es ihnen gerade ging. Ob sie wohlauf waren oder ob ihre Eltern sich Sorgen machten, weil sie sich nicht meldete. An Tammy, die ihr unweigerlich Tränen in die Augen trieb.

Betrübt erhob sie sich und ging auf und ab, in der naiven Hoffnung, die Zeit dadurch schneller vergehen zu lassen. Als das nicht half, begann sie die Kisten zu durchforsten, die überall verteilt waren. Vielleicht fand sie ja etwas, das ihnen in irgendeiner Weise helfen konnte.

In den Kartons und Holzboxen befanden sich haufenweise alte Bücher, Kleidungsstücke und Haushaltsgeräte. In einer weiteren fand sie eine Steppdecke, die zwar verschlissen, dafür relativ sauber war. Behutsam schüttelte Sandra sie aus und deckte Josh damit zu. Dabei fiel ihr Blick auf seine Narbe hinter dem Ohr, die sich den Hals hinunterzog. Bei dem Gedanken, dass er vor einem Jahr einen schweren Unfall überlebt hatte, wurde ihr ganz übel, wenn sie sich vorstellte, dass er jetzt vielleicht an diesem furchtbaren Ort sterben musste.

Energisch machte Sandra sich dran, die Kisten weiter zu durchsuchen, damit sie ihre Ängste nicht in den Wahnsinn trieben. Dabei stieß sie auf einige Ziergegenstände, die sie selbst sich niemals freiwillig in ihr Haus gestellt hätte, auf Zeitungen von früher sowie eine Kiste mit Brettspielen, die bloß allesamt unvollständig waren. Bei manchen fehlten die Würfel oder Figuren, bei anderen die Karten oder gar das Spielbrett.

Als sie eine weitere Spiel-Verpackung öffnete, fand sie darin einen Haufen Fotos und Briefe vor, denen jegliche Sortierung fehlte. Neugierig nahm sie einige heraus und erwartete schon, Familienbilder der Keysers zu finden. So sehr sie dieses Pack auch verabscheute, so interessant hätte sie es gefunden, in ihrer Vergangenheit zu stöbern.

Was sie allerdings vorfand, waren eine Reihe verblasster Schwarzweiß-Fotos und sepiabraune Portraits von Personen, deren Aussehen sie den Keysers kaum zuordnen würde. Sie nahm an, dass es sich um andere Leute handeln musste.

Alle wirkten so adrett, so kultiviert und normal. Obwohl Sandra wusste, dass so etwas nicht viel aussagte, dennoch passte ihr Eindruck von den Keysers und die Menschen auf diesen alten Fotografien nicht zusammen. Sie drehte jedes der Fotos um und suchte nach Informationen, wer die abgebildeten Personen waren. Auf vielen standen kurze Grußbotschaften, manchmal mit Name und Datum, oft aus den vierziger und fünfziger Jahren.

Erst beim nächsten Foto, das sie in die Hände bekam, schlug ihr Herz einen Schlag höher. Sie kannte diese Frau von ihren Gesichtszügen her, auch wenn Sandra sie in dieser Form nie gekannt hatte. Margaret! Als junge Frau, mit dichten, lockigen Haaren und einem Lächeln, das vor Lebensfreude nur so strahlte.

Sie war sehr hübsch, dachte Sandra und wurde gleichsam daran erinnert, dass Margaret keine Ahnung hatte, was gerade hier passierte. Wenn das hier vorbei war, musste sie der alten Dame das Bild mitbringen, da sie selbst keine mehr besaß. Immerhin war ansonsten alles im Feuer verloren gegangen. Was für ein Gesicht Margaret wohl machen würde, wenn Sandra mit diesem Foto auftauchte! Irgendwie musste sie es mitnehmen, ohne es zu zerknittern.

Gespannt drehte sie es um und fand eine schön geschriebene Botschaft: *„Meine liebe Regina! Damit Du mich nie vergessen und so in Erinnerung behalten mögest, überlasse ich Dir dieses Portrait von mir. Ich finde, der Fotograf hat mich gut getroffen. Welche Zeiten uns nun auch immer bevorstehen, wir halten zusammen, meine Schwester im Herzen! In Liebe, Deine Margaret. Andover, 6. September 1940."*

An Regina Cessler gerichtet? Wie kam bloß ein Bild im Besitz von Regina auf den Dachboden des Keyser-Hauses? Sie betrachtete es eine Weile, dann sah sie sich das nächste an. Ein Mann in Soldatenuniform, der mit ernstem Ausdruck starr in eine Richtung blickte, die Haare sorgfältig geschnitten und zur Seite gekämmt.

Auch hier befand sich eine Botschaft auf der Rückseite, die beinahe den knappen Platz sprengte: *„Liebste Regina! Tagtäglich denke ich an Dich und der Gedanke, Dich irgendwann heiraten zu dürfen, gibt mir die Kraft, dies alles zu überstehen. Ich fürchte leider, dass dieses Jahr für uns unvermählt vorübergehen wird, da keine Entspannung in Sicht ist und somit* *auch keine Freistellung für mich. Doch sobald ich wieder bei Dir bin, treten wir vor den Altar! Bis dahin, verzage nicht und schreib mir recht bald. Ich hoffe, euch geht es gut. Alles Liebe und tausend Küsse, Dein Victor. Palermo, 27. August 1943."*

Wie romantisch, dachte Sandra berührt. Was mit Regina und Victor letztendlich passiert war, hatte ihr Margaret nie erzählt. Nur dass sie keine Kinder bekommen hatten, das wusste sie. Ob Regina und Victor zusammen bis zum Feuer im Cesslerhaus gelebt hatten?

Das nächste Foto zeigte wieder Margaret, anscheinend ein paar Jahre nach dem Portrait, auf dem sie ziemlich mitgenommen aussah. Daneben ein junger Mann, der eindeutig nicht Abraham Cessler war. Gespannt drehte sie es um.

„Margaret mit Bruder Colin, 1945", stand dort lediglich.

Stimmt, erinnerte sich Sandra, Margaret hatte einen Bruder gehabt! Von diesem hatte sie auch nie ausführlich gesprochen, Sandra wusste nicht mal, was aus ihm geworden war. Bei nächster Gelegenheit musste sie Margaret vorsichtig darauf ansprechen. Colin sah noch mitgenommener aus als Margaret auf dem Foto. Obwohl er hübsche Gesichtszüge und eine attraktive Statur hatte, lag in seinem Gesicht eine abweisende Kälte. Er sah nicht richtig in die Kamera, sondern fast beschämt zu Boden. Als wäre ihm jeglicher Augenkontakt unangenehm gewesen.

Sandra wollte eben weiter in der Box nach Fotos suchen, als sie ein gequältes Stöhnen hörte.

„Josh?" Sie legte alles beiseite und ging zu ihm. Er war aufgewacht und sah kein bisschen erholt aus.

„Wie fühlst du dich?", erkundigte sich Sandra.

Joshs Atemnot war nicht zu überhören und auch nicht zu übersehen.

„Ich kriege schwer Luft", presste er hervor. „Mir ist etwas übel und ich hab Hunger. Hat der Typ vielleicht was zu trinken gebracht?"

Sandra schüttelte mitfühlend den Kopf.

„Nein, leider", erklärte sie ihm widerwillig. „Aber bald muss er kommen, er kann uns nicht verhungern lassen!"

Josh lehnte sich röchelnd zurück.

„Weißt du, welcher Tag heute ist?", fragte er dann.

Sie zuckte mit den Schultern.

„Nein, nicht genau. Vielleicht Dienstag?"

„Wann haben die uns verschleppt?"

„Sonntagabend." Eine Welle aus Abscheu durchfuhr sie.

„Dann hab ich zwei Tage nichts gegessen", stellte Josh fest. „Verdammt, ich würde alles für einen Hotdog oder ein paar Scheiben Toast geben."

„Wenn er uns was bringt, überlasse ich alles dir", versprach sie. „Ich hatte ja etwas, nicht viel, aber du hast es jetzt nötiger."

„Danke", sagte er röchelnd und schaffte es, etwas zu lächeln. „Was denkst du, was in diesem ... *Versteck* gerade passiert?"

Sandra wollte es sich nicht vorstellen.

„Ich nehme an, sie zwingen Alex, überall auf der Welt Verwüstungen anzurichten", spekulierte sie besorgt. „Und wahrscheinlich drohen sie ihm, uns anderen sonst was anzutun, weswegen er alles tut."

„Kann er denen nicht einfach geben, was sie wollen?", fragte Josh angestrengt und musste allein für diese Frage dreimal Luft holen.

„Keine Ahnung", murmelte Sandra. „Aber wenn doch, werden sie uns kaum so einfach gehen lassen. Also kann es dann noch nicht geschehen sein. Alex weiß kaum etwas darüber, das denken diese miesen Kerle nur!"

Josh seufzte.

„Wo sind wir da bloß reingeraten?"

Sandra legte ihm die Hand auf den Arm.

„Wir kommen hier schon raus", versicherte sie ihm. „Wenn sie sehen, dass sie nicht weiterkommen."

„Hoffentlich", erwiderte Josh schwach. „Sag mal, stimmt es, dass diese Emily dir gedroht hat, Alex zu erzählen, dass ..."

„Bitte", unterbrach sie ihn sofort. „Reden wir nicht darüber! Emily kümmert mich gerade am wenigsten."

„Wir haben ja sonst nichts zum Reden", meinte Josh nur. „Ich habe von der Geschichte gehört, als ich öfter mit Chris und seinen Kumpels unterwegs war. Ihr Bruder Marty ist einer davon."

Sandra wollte über nichts weniger sprechen, als darüber, aber sie konnte Josh auch nicht abweisen.

„Ja, das stimmt", sagte sie zerknirscht. „Und ich will nicht, dass Alex es erfährt! Es ist mir peinlich."

„Ach, komm schon", meinte Josh verständnislos. „Ihr seid fast ein Jahr zusammen, er wird es witzig finden."

„Nein!", beharrte Sandra. „Außerdem geht es mir um das Prinzip. Emily war eine Freundin und hat mich erpresst, weil sie eifersüchtig war, das reicht schon. Und von mir erfährt Alex es sicher nicht."

„Warum sagst du es ihm nicht, wenn wir hier rauskommen? Da werden wir alle so erleichtert sein, dass es ihm erst recht egal ist."

„Wie auch immer, das ändert nichts an der Sache mit Emily. Außer sie entschuldigt sich bei mir."

Josh gab sich geschlagen, vor allem wahrscheinlich wegen seiner Atemnot. Jedes Wort, das er über die Lippen presste, schien anstrengend für ihn zu sein. Er schloss die Augen und nickte wieder ein. Sandra blieb bei ihm sitzen und fragte sich, warum er ausgerechnet jetzt auf dieses Thema gekommen war.

Es war auch egal, sie mussten bald etwas essen und trinken, sonst würden sie hier verkommen! Und Josh brauchte dringend frische Luft und musste noch dringender hier weg.

Sie fragte sich, was der Entführer wohl gerade unten im Haus machte. Auf und abgehen? Zeitung lesen? Fernsehen? Mittagessen, während sie hier oben hungerten?

Am liebsten hätte sie sich auf ihn gestürzt und ihm so richtig ihre Meinung eingetrichtert.

Irgendwann würde sie das möglicherweise können. Wenn das alles vorbei war. Wenn sie wieder frei waren.

Es konnte nicht mehr allzu lange dauern, redete sie sich ein. Es *durfte* nicht mehr lange dauern!

Was sonst passieren konnte, wollte sie sich nicht ausmalen.

Kapitel 32

An diesem Abend war selbst unter den gegebenen Umständen nichts wie gewöhnlich. Jack Keyser lag mürrisch auf dem Sofa in Johns Wohnzimmer und gab zwischendurch wiederholt ein schmerzerfülltes Stöhnen von sich. Die eigene Kugel war in seiner Leiste gelandet und obwohl keine akute Lebensgefahr bestand, konnte er sich kaum alleine aufrichten, geschweige denn aufstehen. Niemand von den Komplizen hatte medizinische Kenntnisse und die Kugel von jemandem rausnehmen zu lassen, lehnte Jack ab.

Brad saß auf dem gepolsterten Stuhl und überlegte angestrengt – der sonst so kühle Kopf in jeder noch so verfahrenen Situation, wirkte durch die Ereignisse in den frühen Morgenstunden so mitgenommen wie kaum zuvor. Als hätten sie sein Weltbild grundlegend erschüttert.

„Lassen Sie mich noch mal sehen", verlangte Mrs. Carregan, die zwar nichts zu Jacks Verarztung beigetragen hatte, sich aber nicht zu schade war, alle Anwesenden mit ihren medizinischen Weisheiten zu beehren.

„Sie sind keine Ärztin", blaffte Jack sie an. „Lassen Sie mich in Ruhe."

„Bitte", gab sie trotzig zurück. „Wenn Sie möchten, dass sich die Wunde entzündet, verstecken Sie sie ruhig und hoffen, dass sie sich in ein paar Stunden von selbst heilt."

Jack warf einen genervten Blick zu Brad, der ihn schnaubend erwiderte.

„Niemand konnte wissen, dass der Junge vor Kugeln geschützt ist", stellte er mürrisch klar.

„Was nicht heißt, dass man gleich willkürlich Schüsse abgeben muss", entgegnete Mrs. Carregan belehrend. „Er selbst ist nicht seine größte Schwachstelle, sondern sein Onkel und seine Freunde! *Die* hätten Sie sich vornehmen sollen. Mit Ihrer Verletzung werfen Sie uns komplett zurück und Raymond darf unten seit Stunden nutzlos herumsitzen, um mit diesem Hohlkopf Caldon auf die Kinder aufzupassen. Toll gemacht!"

„Halten Sie eigentlich irgendwann die Klappe?", schnauzte Brad sie an und ging, ohne eine Reaktion abzuwarten, zu Jack, um seine Wunde zu begutachten. „Sieht nicht entzündet aus. Wenn alles gut geht, verheilt sie von selbst."

„Tut trotzdem höllisch weh!", klagte Jack.

„Stellen Sie sich vor, es wäre Ihr Herz gewesen", warf Mrs. Carregan höhnisch dazwischen.

„Ich würde Sie am liebsten da unten verrotten lassen, wissen Sie das?", sagte Jack wütend.

„Ach, hören Sie auf!", fuhr sie ihm drüber und erhob sich. „Sie alle sind erwachsene Männer, keine Schulkinder, die heulen, weil sie vom Fahrrad gefallen sind. Das Ganze haben Sie sich selbst zuzuschreiben und keinem anderen! Oder wollen Sie, dass ich einen Krankenwagen hole?"

Brad und Jack war anzusehen, dass sie ihre Aggression unterdrücken mussten. Mr. Alverston, der eingeschüchtert etwas abseits in Johns Küche stand, trat vorsichtig ein paar Schritte näher, als würde er sich einem Minenfeld nähern.

„Lasst uns bitte alle die Nerven bewahren", sagte er so ruhig er konnte. „Dass wir jetzt wissen, dass wir dem Jungen mit Waffen nichts anhaben können, ist nur ein Vorteil - abgesehen von Ihrem Unfall, Jack."

Niemand antwortete, die Keysers und Mrs. Carregan betrachteten sich weiter gegenseitig mit einem Ausdruck tiefster Verachtung.

„Morgen ist der dritte Tag von unserem Vorhaben und die Zeit wird knapp", gab Mr. Alverston weiter zu bedenken. „Wir haben vielleicht zwei Tage übrig, drei wenn's hochkommt, bis irgendein Elternteil Verdacht schöpft. Bis dahin müssen wir es entweder *erfolgreich* zu Ende bringen - oder abbrechen!"

Damit schien er ein Thema angesprochen zu haben, über das auch schon die anderen nachgedacht haben dürften. Je mehr Zeit verging und je klarer wurde, dass keiner ihrer Gefangenen etwas über den Globus wusste, desto unwahrscheinlicher wurde es, dass sie ihr Ziel erreichen würden. Es blieb also nur ein geordneter Rückzug, um keine Verhaftung zu riskieren.

„Nicht einfach so", widersprach Brad. „Ohne den Jungen gehe ich nirgendwo hin!"

„Was meinst du?", fragte Jack und zuckte zusammen, als er sich ein Stück zu viel bewegt hatte.

„Ich sage, wir nehmen den Neffen von Stancen mit, wenn wir abhauen", erklärte Brad entschlossen. „Jasper und ich werden so schnell wie möglich ein Fahrzeug zur Flucht ranschaffen und spätestens morgen Nachmittag verschwinden. Die anderen können Sie gerne irgendwann freilassen, oder auch nicht."

„Schön, dass wir die einfachen Arbeiten ausführen dürfen", meinte Mrs. Carregan bissig. „Und was haben Sie mit dem Jungen vor? Ihn bis an Ihr Lebensende festhalten?"

„Lassen Sie das unsere Sorge sein und kümmern Sie sich um Ihren eigenen Dreck, klar?", gab Brad zynisch zurück.

„Man sieht ja, was dabei rauskommt", meinte sie unbeeindruckt. „Allerdings schadet es sicherlich nicht, ihn zur Sicherheit im Auge zu behalten. In der Zwischenzeit können die Übrigen von uns das Versteck genauer untersuchen, die Aufzeichnungen, den Globus und die Tunnel, die von dort wegführen. So viel Zeit müsste sein, bis irgendwann die Eltern der Gören mit der Polizei hier auftauchen."

„Sie haben ja auch Nützliches auf Lager", meinte Jack mit gespielter Anerkennung und klatschte in die Hände. „Man glaubt es kaum, aber klar! So wären wir notfalls aus dem Schneider und Sie könnten hier ein paar Tage in Ruhe alles unter die Lupe nehmen."

„Wenn ich etwas einwenden darf", setzte Mr. Alverston an, „es wäre nicht klug, die anderen Gefangenen einfach ihrem Schicksal zu überlassen. Immerhin hat uns niemand von ihnen erkannt oder gesehen. Die Wahrscheinlichkeit, dass sie gegen uns aussagen, ist verschwindend gering. Wir könnten sie also wieder betäuben und allesamt hierher schaffen. Ein paar Stunden später wachen sie auf, als wäre nichts gewesen und alle Verdächtigen sind verschollen. Sie haben keine Anhaltspunkte, selbst wenn sie Anzeige bei der Polizei erstatten."

„Und wie haben wir dann vor, im Versteck ein- und auszugehen, ohne dass Stancen es merkt?", fragte Mrs. Carregan wenig überzeugt.

„Davor könnten wir alle Unterlagen von unten und den Globus selbst entwenden und wegschaffen, an einen sicheren Ort", führte Mr. Alverston weiter aus. „Dann ist der Junge eben einer Entführung zum Opfer gefallen und spurlos verschwunden, bis wir etwas herausgefunden haben."

„Der Globus lässt sich nicht bewegen", gab Jack zu bedenken. „Das hat Ed schon gesagt. Nur die Unterlagen können wir uns holen."

Brad überlegte und nickte dann entschieden.

„So machen wir es", sagte er ruhig. „Das Fahrzeug zu besorgen, sollte nicht länger als bis morgen Mittag dauern. Dann ziehen wir uns zurück." Er wandte sich an Mrs. Carregan und Mr. Alverston. „Sie werden die Zeit, die bis zum Aufkreuzen der Polizei bleibt, nutzen um den zweiten Zugang ins Versteck zu finden! Dann sind wir auch nicht mehr auf Stancens Haus angewiesen."

Mrs. Carregan hatte die Arme verschränkt und trommelte mit den Fingern dagegen. Sie schürzte die Lippen und sah drein, als wäre es ihr überhaupt nicht recht, dass ihre Komplizen diesen Plan beschlossen hatten, ohne sich ihre Meinung anzuhören. Doch sie sagte nichts dergleichen, sondern nickte als Zeichen ihrer Zustimmung.

„Wie sieht die Aufteilung für heute Nacht aus?", wollte sie dann wissen.

„Jack fällt aus, das heißt jemand muss Überstunden schieben", stellte Brad klar. „Die Crittenfields sind in unserem Haus und ihrem eigenen zur Straßenbewachung eingeteilt ... Mr. Crittenfield wird abgezogen und kommt hier zum Einsatz, Holroy wird wohl mit den zwei Bälgern am Dachboden alleine klarkommen."

Er gab einen Funkspruch durch, um den neuen Plan in Kurzform mitzuteilen. Dann richtete er sich an Mrs. Carregan.

„Sie wechseln sich mit Mrs. Crittenfield ab, die Straße im Auge zu behalten", sagte er befehlerisch, aber sie schüttelte sofort den Kopf.

„Ich verlasse dieses Haus nicht, bis ich das Versteck von innen gesehen habe", stellte sie klar. „Stuart oder Percy können das genauso machen."

„Vielen Dank, Ellen", erwiderte Mr. Alverston beleidigt, doch sie ignorierte ihn. Brad starrte sie finster an.

„Soll mir recht sein", knurrte er. „Dann bewegen Sie Ihren Hintern nach oben und sehen Sie zu, dass Stancen und der schwarzhaarige Junge keinen Ärger machen!"

„Ich bleibe genau hier", widersetzte sich Mrs. Carregan und zeigte sich nicht im Geringsten eingeschüchtert.

„Wisst ihr was, ich gehe nach oben", bot Mr. Alverston an, um den Konflikt zu entschärfen. „Jemand kann mich später ablösen."

Er hatte es offenbar eilig wegzukommen, und verschwand in Richtung Flur zur Treppe.

„Dann wäre das geklärt", sagte Mrs. Carregan herablassend und nahm wieder auf dem zweiten Sofa Platz, als wäre nichts gewesen. Sie nahm eine Zeitschrift vom Wohnzimmertisch und blätterte beiläufig darin. „Keyser, Sie können sich gerne ausruhen, ich halte so lange neben Ihrem armen Bruder die Stellung."

„Ich verfluche den Tag, an dem ich Sie mit ins Boot geholt habe", stieß Brad hervor.

„Sie hätten ja Karen Andrews nehmen können, die Sie sofort durch ihre Tollpatschigkeit verraten hätte", spöttelte sie, ohne von der Zeitschrift aufzusehen. „Oder die Norwoods, die immerzu entschlossen tun, in Wirklichkeit aber weglaufen, wenn sie ihren eigenen Schatten sehen."

„Setzen Sie sich dorthin, ich will mich hier ausbreiten", verlangte Brad von ihr.

„Passen Sie auf und fallen Sie nicht durch die Bodentür."

Mit einem geringschätzigen Blick erhob sich Mrs. Carregan und nahm auf dem gepolsterten Stuhl Platz, wo sie ihre Komplizen keines Blickes mehr würdigte und in der Zeitschrift weiterblätterte.

Kurze Zeit später kam Mr. Crittenfield zur Terrassentür herein und sah fragend in die Runde.

„Alles ruhig bei uns?", kam ihm Jack zuvor.

„Keine Probleme", bestätigte Mr. Crittenfield. „Die Kinder sind still und fast nirgends brennt Licht. Wir brechen also morgen ab?"

„Wir *ändern* ab, Percy", korrigierte Mrs. Carregan. „Weil die schlauen Köpfe hier nichts erreicht haben. Zumindest hatte Stuart ein paar gute Einfälle, dann haben wir diese elende Situation morgen überstanden."

Weder Brad noch Jack sagten etwas darauf, doch es war förmlich zu spüren, dass sie Mrs. Carregan am liebsten vor die Tür gesetzt hätten.

Während sie zu dritt noch mal den Rückzugsplan diskutierten, wobei sich Jack und Mrs. Carregan konsequent ignorierten, ging Mitternacht vorbei und insgeheim waren sie alle froh, dass am Folgetag wieder Normalität in ihr Leben einkehren würde.

Zumindest wenn alles so lief wie geplant.

Kapitel 33

Dass die beiden brutalsten Entführer gerade nicht anwesend waren, empfand Alex als wahren Segen. Seit er herausgefunden hatte, dass ihm Pistolenschüsse nichts anhaben konnten, war die Zuversicht, bald von hier abhauen zu können, immer stärker geworden. Selbst wenn er sich nicht ansatzweise erklären konnte, wie das möglich war. Es steckte offenbar viel mehr in seiner Verbindung zu diesem Globus, als er gedacht hatte. Wenn er auch keine Ahnung hatte, was genau. Im Grunde war es auch egal, dachte er wiederholt. Hauptsache, er wusste es jetzt und konnte diesen Umstand zu seinen Gunsten nutzen!

Nachdem er einmal mehr neben Annie eingeschlafen war, hatte er sich nach dem Aufwachen sicher gefühlt, heute zu entkommen und Sandra, John und die anderen zu befreien! Dabei wusste er nicht mal, welcher Tag gerade war. Obwohl das keine Rolle spielte, verunsicherte ihn die Tatsache ein wenig, dass er keinerlei Zeitgefühl mehr hatte. Das reichte bis in seine Träume, wo er gerade erst erlebt hatte, dass er mit Annie entkam, während in der Welt da oben mehrere Jahre vergangen waren und sich niemand gewundert hatte, dass sie so lange weg gewesen waren. Jetzt hingegen konzentrierte sich Alex in erster Linie auf die Taschenlampen der Entführer, die leider an zwei unterschiedlichen Holztischen abgelegt waren, sodass es nicht möglich sein würde, beide auf einmal in die Hände zu bekommen, zumal die beiden Tische meterweit auseinanderlagen. Irgendwas musste er sich einfallen lassen ...

„Alex?" Annie blinzelte ihn verschlafen an.

„Ich bin hier", sagte er beruhigend und beugte sich nah an ihr Ohr. „Heute hauen wir ab, versprochen!"

„Hoffentlich", sagte Annie schniefend. „Ich halte das nicht mehr aus!"

„Keine Sorge, denen ist ein Mann ausgefallen und wenn ich in deiner Nähe bin, können sie auch dir mit ihren Pistolen nichts anhaben!"

„Wie kann das überhaupt sein?"

„Keine Ahnung, Annie, aber das ist egal! Es spielt uns in die Hände, vertrau mir. Wir müssen uns nur die Lampen beschaffen, für jeden eine, falls wir uns trennen müssen."

„Trennen? Soll das heißen, ich soll *alleine* da hinein?"

Für Annie schien allein der Gedanke schlimmer zu wirken, als hier unten gefangen zu sein.

„Wir müssen sie verwirren", erklärte Alex aufgeregt. „Wenn wir zusammen weglaufen, ist die Gefahr größer, dass sie uns gemeinsam schnappen."

„Dann können sie mich aber mit ihren Waffen auch nicht aufhalten", gab Annie zu bedenken. „Weil du das Schutzschild bist. Wenn es in den Tunneln überhaupt wirkt, was weiß ich! Alex, bitte, bleiben wir zusammen, ich kann nicht alleine da hineinlaufen, ich habe Angst da drin. Du weißt doch, was letztes Jahr passiert ist."

„Ja, natürlich. Okay, dann bleiben wir zusammen, aber wir müssen schnell sein! Du musst dicht hinter mir bleiben, ich sage dir kurz davor, welchen Tunnel wir nehmen und dann nichts wie hinein!"

Annie nickte und atmete unruhig ein und aus.

Das musste einfach klappen, dachte Alex und betete, dass nichts dazwischenkam. Wie aus dem Nichts kam plötzlich einer der Entführer auf sie zu gestapft.

„Ich hab euer blödes Getuschel satt!", schrie er sie an.

Trotz seiner Sturmhaube wusste Alex, dass es derjenige war, der Annie – vor wie langer Zeit? – hinauf ins Haus begleitet und sich über seinen Unfall beim Globus lustig gemacht hatte, als sein Blut darauf getropft war. Bisher hatte er sich eher im Hintergrund gehalten, aber jetzt war anscheinend neue, aggressive Energie in ihm erwacht.

„Redet ihr über den Globus?"

Er deutete mit seiner Pistole zur Mitte des Raums.

„Nein", antwortete Alex kurz angebunden. „Darüber weiß ich nichts."

„Jetzt reicht's, C3!", rief er seinem Komplizen zu, der sofort angelaufen kam.

„Nimm das Mädchen und sieh zu, dass sie nicht wegläuft", befahl er ihm, worauf der Unbekannte nach Annie langte und sie an sich riss.

„Nein, lassen Sie mich in Ruhe", kreischte sie und zappelte nach Leibeskräften. Gegen den Entführer, der sie nun von Alex wegschleifte, hatte sie aber keine Chance.

„Und jetzt zu dir", sagte der zweite, der sich Alex zur Brust nahm. „Zugegeben, als ich das erste Mal von diesem Cessler-Globus gehört habe, dachte ich, die wollen mich verarschen. Nur habe ich jetzt gesehen, dass es stimmt und dass das einzige Hindernis du miese kleine Plage bist! Du hast unseren Plan versaut und freust dich wahrscheinlich, was? Glaub aber ja nicht, dass es damit für dich vorbei ist! Was würdest du davon halten, wenn ich auf deine Freundin schieße? Es einfach drauf ankommen lasse, ob die Kugel danach zurückprallt oder doch sie trifft, hä?"

Alex' Herz begann zu rasen. Das kam völlig überraschend, er hatte nicht mit so etwas gerechnet. Eher gehofft, dass sich die Entführer endlich geschlagen gaben.

„Bitte nicht. Wenn Arthur Cessler am Leben wäre, würde ich ihn sofort fragen, aber das geht nicht mehr!"

„Erzähl' mir was Neues", sagte der Unbekannte verächtlich. „Wenn du nicht jetzt gleich mit irgendeiner Information rausrückst, die uns irgendwie weiterbringen könnte, dann muss deine Freundin dran glauben."

Er zielte mit der Pistole auf Annie, die den Schuss mit Sicherheit abbekommen würde, da sie von dem Komplizen eisern festgehalten wurde.

„Nein, hören Sie auf!", schrie Alex verzweifelt. „Ich weiß nichts, ehrlich!" Seine Gedanken rasten, er suchte nach irgendeinem Strohhalm, der ihm helfen konnte.

„Schlechte Entscheidung", sagte der Vermummte und Alex hörte seine Waffe klicken.

„Nein, okay!", schrie Alex dazwischen. „Ich kann Ihnen etwas sagen, bitte!"

Das ließ den Mann innehalten und er drehte sich zu ihm zurück.

„Und was?"

Alex wollte das nicht, doch er sah keine andere Wahl, um Annie zu retten. Er hoffte, dass es nicht zu einer Katastrophe führte.

„Margaret Cessler", stieß er hervor. „Sie war die Schwiegertochter von Arthur Cessler, die ein paar Jahre vor dem Feuer verschwunden ist."

„Ja und?", fragte der Entführer ungeduldig.

„Sie war vor mir die Herrscherin über den Globus", sagte Alex schweren Herzens.

Das ließ den Mann aufhorchen, ebenso seinen Komplizen. Er sah, dass Annie entsetzt ihre Augen aufriss und den Kopf schüttelte.

„Woher weißt du von ihr, wenn sie verschwunden ist?", wurde Alex gefragt.

„Weil ... sie hier in der Straße wohnt", eröffnete er dem Entführer und kam sich vor wie ein Hochverräter.

„Was sagst du da?", hakte der Unbekannte nach. „Die Frau, die vor dir den Globus beherrscht hat, wohnt *hier*?"

Alex nickte hastig und hoffte, dass ihm das genügen und er Annie in Ruhe lassen würde.

„Wo genau wohnt sie?"

Diese Worte zu formulieren fiel ihm schwerer, als den Hunger zu ertragen, den er schon so lange verspürte.

„Nummer drei", sagte er leise.

Der Vermummte überlegte kurz.

„In Ordnung, wir werden der Dame einen Besuch abstatten und sie ausfragen", verkündete er. „Wenn das stimmt, was du sagst, hat deine Freundin Glück gehabt." Er stieß Alex hart gegen die Wand und wandte sich seinem Komplizen zu.

„Geh hoch und sag den anderen Bescheid", verlangte er. „Wenn die Alte was weiß, soll sie damit rausrücken!"

Der andere nickte nur, stieß Annie von sich in die Arme seines Komplizen und verschwand durch den Schrank vor dem Eingang.

„So lange er weg ist, bleibt sie bei mir und du wo du bist!"

Alex gehorchte und fühlte sich mit jeder Sekunde elender.

Es war eine Kurzschlussreaktion gewesen.

Er hatte Annie retten wollen, was ihm vielleicht auch gelungen war. Bloß war sie dadurch nicht außer Gefahr und nun hatte er auch Margaret mit reingezogen.

So herzlos konnte doch keiner von diesen Typen sein, einer alten Dame etwas anzutun, oder? Er war sich über nichts mehr sicher. Die Ungewissheit über seine Freunde, John und Sandra ... das tagelange

Ausharren hier unten, ohne genug zu essen und trinken, ohne Tageslicht ... er fürchtete langsam, den Verstand zu verlieren.

Beschämt sah er zu Annie, die seinen Blick betrübt erwiderte. Sie schien ihm keine Vorwürfe zu machen, doch das half Alex nicht viel. Die Vorwürfe, die er sich selbst machte, zehrten schon an ihm. Als wäre das nicht bereits schlimm genug, löste sich seine Umgebung im nächsten Moment auf und er wurde in das gleißende Licht gezogen, bevor er am selben Ort wieder zu sich kam.

Dass er sich in Theresa Cesslers Erinnerung befand, merkte er innerhalb von Bruchteilen einer Sekunde. Sein Leben war nichts mehr wert, sein ganzes Dasein sinnlos und er wollte nichts, als von diesem Leiden erlöst werden. Sein Empfinden ausschalten, seine Gefühle loswerden, seinen Körper nicht mehr haben!

Was er sah, war die Fortsetzung der Szene von vorher. Arthur Cessler, der trauernd bei Elizabeths leblosem Körper kauerte, daneben der ebenso leblose Körper von Richard. Es verging eine Weile, als sich Arthur erhob und auf Theresa zukam.

„Komm, ich bring dich hier weg", sagte er so ruhig er konnte, die völlige Verzweiflung ins Gesicht gebrannt.

Nach anfänglichem Zögern reichte Alex in Theresas Körper Arthur die Hand und ließ sich von ihm durch die Kammer führen. Vorbei an den beiden Leblosen, die so friedlich dalagen, als würden sie schlafen.

Was es genau war, würde Alex wohl nie beschreiben können, doch bei dem Anblick überfiel ihn eine Welle der Panik, wie er sie nie zuvor gespürt hatte. Er keuchte, brach zusammen, stand wieder auf, lief im Versteck herum, wollte sich verkriechen, in Sicherheit sein, weg von all dem!

„Theresa, bitte beruhige dich", appellierte Arthur verzweifelt an sie. „Du musst hier niemals wieder herkommen, ich bringe dich ins Haus. Bitte, so komm doch!"

Aber seine Worte nutzten nichts, Alex wollte schreien, heulen, um sich schlagen, beißen, kratzen, treten, sich die Haare ausreißen, seinen Kopf gegen die Wand schlagen.

Arthur versuchte verzweifelt, zu beschwichtigen, als Alex sah, dass Theresas Hand am Globus ankam.

Eine Stelle mitten in Russland, vielleicht etwas östlich. Wie eine elektrische Entladung sah es aus, als zwischen ihrer Hand und der Oberfläche des Globusses ein Funke entstand, der sie einigermaßen beruhigte - so weit es ging.

Der Sog in den Abgrund zerrte weiter an ihr, Alex konnte ihn nur zu gut spüren. Arthur beugte sich zu Theresa und flüsterte beruhigende Worte, als plötzlich alle vier Amulette hell zu leuchten begannen. So hell, dass das Bild vor seinen Augen verschwamm.

Als er wieder etwas sehen konnte, lag er am Boden des Verstecks und schwitzte.

„Was zur Hölle war das gerade?", hörte er den Entführer sagen, die Worte kamen jedoch nicht richtig bei ihm an. Zu tief steckte er immer noch in Theresas Emotionen, die so überwältigend gewesen waren, dass er sie spürte, als wären es seine eigenen.

Er musste hier weg! Jetzt sofort! Mit Annie! Das würde nie aufhören, seine Visionen würden ihn irgendwann zerstören.

Alex wusste nicht, wie lange er weggetreten war, doch nicht lange später kam der Komplize zurück.

„Und?", fragte der Entführer. „Hast du die Alte besucht?"

Der Komplize nickte. Aus irgendeinem Grund sprach er kein Wort, sondern kommunizierte nur mit Bewegungen.

„Was ist passiert?", hakte der Unbekannte nach.

Daraufhin fuhr sich sein Komplize stumm mit dem Finger den Hals entlang ...

Alex verstand, was das bedeutete und konnte nicht verhindern, was sich nun an Hass und Abscheu in ihm ausbreitete und die Kontrolle übernahm.

„Sie haben Sie *umgebracht*?", rief er entsetzt.

„Du hältst die Schnauze!", bellte ihn der Vermummte an, der Annie weiterhin festhielt.

„Nein!", schrie Alex außer sich. „Haben Sie Margaret umgebracht? Sagen Sie es mir, sofort!"

Keine Reaktion. Sein Wutausbruch schien beiden die Sprache verschlagen zu haben. Doch Alex deutete das als Geständnis und wollte nichts mehr, als diesen Mörder erwürgen!

Er dachte nicht darüber nach, was jetzt passieren konnte, er vertraute auf seinen mysteriösen Schutzschild und auf eine glückliche Fügung der Umstände.

Unter einem wütenden Schrei rannte er auf den Entführer zu, der reflexartig die Pistole auf ihn richtete und einen Schuss abgab. Diesen Moment nutzte Annie, um sich aus seinem Griff zu befreien und wegzustürmen. Gerade rechtzeitig, als die Kugel auf ihn zurückprallte und ihn mitten in den Bauch traf. Erschrocken wankte er zurück, ging in die Knie und blieb anschließend auf dem Boden liegen.

Alex stürmte daraufhin auf seinen Komplizen zu, der gerade die Waffe zückte, als Alex danach schlug. Jaulend ließ der Vermummte die Pistole fallen und torkelte ebenfalls nach hinten.

Sofort visierte Alex die beiden Taschenlampen an und griff sie sich so schnell er konnte. Annie wartete in Schockstarre am nächsten Tunnelzugang, als Alex mit den Lampen zu ihr stieß.

„Lauf!", schrie er und sie setzte sich wie ferngesteuert in Bewegung.

„Wir kriegen euch, ihr Bastarde!", brüllte einer der Männer ihnen nach, doch Alex ignorierte es.

Zu zweit rannten sie, bis ihnen die Luft ausging. Die Tunnel hatten sich öfter gegabelt und sie hatten stets den linken gewählt, um später so vielleicht besser zurückzufinden. Sie mussten viele Meter gekommen sein, als sie schweratmend auf den erdigen Boden sanken. Die Luft war feucht und stickig, es roch nach modriger Erde. Alex atmete dennoch so lange tief durch, bis er glaubte, wieder reden zu können.

„Endlich", sagte er zu Annie.

„Oh Gott, Alex! Hat er sie wirklich ermordet? Das kann nicht sein." Ihre Stimme versagte.

Alex wusste keine Antwort.

„Wenn ja, wird er dafür bezahlen!", sagte er hasserfüllt. „Wer immer dieses Arschloch ist!"

„Was ist mit Sandra, Rob und den anderen?", fragte Annie dann. „Was wird jetzt aus ihnen?"

„Irgendwie werden wir hier rauskommen!", versprach Alex. „Dann rufen wir die Polizei und befreien sie."

„Okay", gab sich Annie für den Moment zufrieden.

Sie lauschten ständig, ob sie irgendwen kommen hörten. Hielten ihre Umgebung im Auge, ob von irgendwo ein Lichtstrahl kam. Aber es kam niemand.

Nach einer endlosen Wartezeit stand Alex auf.

„Komm, wir gehen weiter", sagte er zu Annie.

„Wohin?"

Er zuckte mit den Schultern.

„Irgendwohin, wo es frische Luft, etwas zu essen und zu trinken gibt", sagte er zuversichtlich und half ihr auf.

Sie stapften nebeneinander her, nahmen weiterhin immer den linken Tunnel und leuchteten zwischendurch den Weg zurück.

„Ob wir irgendwann zu dem Brunnen kommen, der ein zweiter Ausgang ist?", überlegte Alex laut.

„Der Weg dorthin war beschrieben", erinnerte sich Annie. „Es waren immer verschiedene Abzweigungen. Ich glaube nicht, dass ..."

Ihr Satz ging in einem ohrenbetäubenden Schrei unter und sie stolperte zurück.

Alex rechnete schon mit dem Schlimmsten, dass ihre Verfolger sie eingeholt hatten. Aber er konnte niemanden sehen.

„Annie, was hast du?", fragte er ahnungslos.

Sie sagte nichts, hielt sich die Hand vor ihr schockiertes Gesicht und deutete zitternd mit ihrer Taschenlampe auf eine Ausbuchtung im Tunnel. Alex sah hin und konnte zuerst nichts erkennen - dann entdeckte er es auch. Er schnappte nach Luft und schreckte zurück.

Ein menschlicher Schädel lag halb in der Erde, halb darüber, dazu die anderen Überreste!

Dicht daneben ein weiteres Skelett ...

Kapitel 34

Joshs Zustand verbesserte sich kaum. Sandra tat was sie konnte, um sein Leiden zu lindern, aber es war nicht genug. Nach einer Weile war sie zu dem verschimmelten Teil des Dachbodens gegangen, hatte sich ihr Sweatshirt über Nase und Mund gehängt und begonnen, so viele Kisten wie möglich davorzustellen, in der Hoffnung, das würde die Sporen in der Luft dort festhalten. Es hatte Stunden gedauert, bis sie einsah, dass es Josh nicht half. Wenigstens konnte er weiterhin atmen, wenn auch nur unter Anstrengung. Es schien seine ganze Energie aufzusaugen, sein Gesicht war deutlich angeschwollen. Daraufhin war Sandra erneut aufgestanden und hatte nach undichten Ritzen gesucht, wo am ehesten frische Luft reinkam, um Josh vielleicht dort zu platzieren. Leider war sie nicht fündig geworden und nicht viel später selbst in einen unruhigen Schlaf gefallen.

Wie nach jedem Aufwachen, seit sie auf diesem Dachboden eingesperrt war, versicherte sie sich zuerst, dass Josh noch atmete. Zum Glück tat er das, wenn auch mühsam und keuchend.

„Josh?", fragte sie leise. „Kannst du mich hören?"

Er räusperte sich und öffnete schwach die Augen.

„Ja", sagte er röchelnd und musste husten.

„Warte, ich helfe dir beim Aufsetzen", bot sie an und zog ihn in eine aufrechte Position.

Während er weiterhustete, sah sie routinemäßig zur Luke, die nach unten führte – und erblickte eine Wasserflasche!

„Schau mal, dort", stieß sie hervor und stürzte glücklich darauf zu.

„Er muss sie gebracht haben, als ich geschlafen habe", folgerte sie und entdeckte jetzt auch die halbvolle Packung Toastbrot, die sie sofort an sich riss und mit beidem zu Josh zurücklief.

„Sieh mal", machte sie ihn aufmerksam und öffnete die Flasche. „Trink was, komm!"

Josh sah gequält zu ihr und nahm die Flasche mit beiden Händen. Jeder Schluck, den er machte, sah für Sandra wie Schwerarbeit aus. Als er etwa ein Drittel getrunken hatte, reichte er sie ihr wieder.

„Mehr kann ich nicht", brachte er hervor. „Danke."

Sandra trank gierig den Rest, der sich anfühlte wie ein in Erfüllung gegangener Traum. Dennoch war es sehr wenig, nur ein halber Liter für sie beide.

„Hier ist was zu essen", meinte sie dann und holte zwei Scheiben Toast aus der Packung. „Versuch es bitte wenigstens, sonst verhungerst du!"

Während sie selbst gierig zulangte, plagte sich Josh Bissen für Bissen mit einer halben Scheibe.

„Danke", presste er hervor und schloss seine Augen. „Sandra, ich fürchte, dass ich draufgehe, wenn ich nicht bald hier wegkomme."

Sandra sah ihn entsetzt an.

„Sag sowas nicht!", flehte sie. „Bis jetzt hast du gut durchgehalten, das wird schon, versprochen."

Sie wusste, dass ihr Versprechen wertlos war, weil sie es nicht beeinflussen konnte, sie wollte bloß irgendwas Aufmunterndes sagen. Für Josh und besonders für sich selbst.

„Ich schlaf wieder ein bisschen", verkündete Josh und schloss die Augen. Sandra kaute betrübt an den restlichen Toastscheiben und fragte sich, wie lange er seine allergische Reaktion tatsächlich noch hier ertragen konnte.

Es verging einige Zeit, in der sie ihm beim Schlafen zusah und es auch selbst versuchte. Ihre Sorgen machten ihr das allerdings unmöglich. Wie so oft dachte sie an Alex, an Annie und Rob, an ihre Familie.

An Tammy ...

Plötzlich hörte sie etwas von weiter vorne, schreckte hoch und sah dann, dass sich die Luke geöffnet hatte. Vorsorglich stand sie auf und wartete darauf, was geschah. Im nächsten Moment kam der vermummte Entführer die ausklappbare Leiter hochgeklettert.

„Was ist mit deinem Freund?", fragte er harsch.

Sandra erblickte seine Pistole und verkrampfte innerlich.

„Er ist allergisch", sagte sie leise.

„Wie traurig", höhnte der Unbekannte und blieb auf halbem Weg zu ihr stehen. „Dann lass ihn liegen und komm mit runter."

Sandra verstand nicht.

„Du sollst mitkommen!", brüllte er und sie fuhr zusammen.

„Wieso?", fragte sie verängstigt. „Was ist los?"

„Das erfährst du, wenn wir dort sind, los jetzt!", befahl der Entführer und fuchtelte mit seiner Waffe.

Sandra hätte lieber drei weitere Tage hier verbracht, als mit dem Unbekannten alleine nach unten ins Haus zu gehen.

„Ich kann ihn nicht alleine hier liegenlassen", sagte sie zitternd und deutete auf Josh. „Er erstickt vielleicht!"

„Das tut er mit oder ohne dich", meinte der Mann in zunehmend aggressivem Tonfall und kam bedrohlich auf sie zu. „Gehorche mir gefälligst!"

Er packte sie an den Haaren und zerrte sie zur Luke. Sandra versuchte sich mit wild rudernden Armen zu befreien, doch sein Griff war zu stark.

„Da runter", befahl er ihr.

Sandra schaffte es, über die Luke drüberzusteigen und stolperte auf der anderen Seite zu Boden.

„Was soll das?", schrie der Unbekannte aufgebracht und richtete seine Pistole auf sie. „Wenn du nicht so verdammt hübsch wärst, würde ich dich sofort erledigen!"

„Ich geh nicht mit Ihnen runter", sagte sie beharrlich.

„Doch, das wirst du! Und wenn ich Gewalt anwenden muss!"

Er stürzte auf sie zu und griff nach ihr.

„Nein!", schrie sie und wehrte sich nach Leibeskräften. Sie trat nach dem Entführer, schlug nach ihm und tat alles, um sich von ihm fernzuhalten.

„Du Miststück, das wirst du büßen", fluchte er und stieß sie erneut auf den Boden. „Sei jetzt ruhig!"

„Lassen Sie mich in Ruhe!", kreischte sie verzweifelt und wollte nichts als weg.

„Ich zeig dir gleich, was du davon hast!", drohte er ihr, packte sie am Arm und wollte sie erneut die Luke hinunterdrängen. Sandras Kräfte schwanden, sie wusste nicht, wie sie sich weiter dagegen wehren sollte.

Als auf einmal ein lauter Schlag zu hören war und der Vermummte mit voller Wucht auf dem Boden knapp neben der Luke landete und dort reglos liegen blieb. Verwundert starrte Sandra nach oben – und erblickte Josh, der mit einem zerschmetterten Stuhl in der Hand dastand und auf den Entführer hinabsah.

„Josh!", stieß sie hervor. „Wie hast du ...?"

„Scheißkerl", sagte er nur schwer atmend und blickte voller Verachtung auf den Unbekannten hinunter. „Wollen wir mal sehen, wer sich so feige hinter der Sturmhaube versteckt." Er griff nach dem Kopf des Entführers und zog die Haube runter.

„Nein, Josh, nicht", sagte Sandra, aber es war zu spät. Zum Vorschein kam ein Mann, der nicht viel älter aussah als sie selbst. Mit hellbraunen dünnen Haaren und einem glatten Milchgesicht.

„Josh, wir müssen hier weg!", drängte Sandra und spähte vorsichtig durch die Luke auf den darunterliegenden Korridor. Es war niemand zu sehen und auch nichts zu hören.

„Die braucht er nicht mehr", stellte Josh klar und kickte die Pistole des Entführers von diesem weg, sodass sie durch die Luke nach unten fiel und scheppernd am Boden landete. Sandra hielt die Luft an.

„Wenn noch jemand im Haus ist und das gehört hat", überlegte sie panisch und lauschte. Nichts.

„Da ist niemand", meinte Josh röchelnd. „Komm, verschwinden wir!" Sandra war verwundert, dass er überhaupt noch die Kraft hatte, aufrecht zu stehen. Die Fluchtmöglichkeit schien ihm ungeahnte Energien zu verleihen.

Sie stieg zuerst die Leiter hinunter und passte dann auf, dass Josh nicht abstürzte.

„Das hab ich ihm auch abgeknöpft", sagte er und hielt das Funkgerät hoch, das er neben die Pistole auf den Boden warf. „Komm, schließen wir ab!"

Gemeinsam klappten sie die Leiter hoch und ließen die Luke einschnappen. An die Wand gelehnt stand eine Stange mit einem Schlüssel dran, der wohl für das Schloss in der Tür oben gedacht war. Als sie es verriegelt hatten, sahen sie sich im Korridor um.

Sandra fürchtete sich immer noch, dass vielleicht jemand Zweiter im Haus war, der unten schlief oder jeden Moment zur Tür hineinkommen konnte.

„Bitte sei leise", flüsterte sie Josh zu. „Bis wir wissen, ob wirklich niemand da ist!"

Er nickte, obwohl seine lauten Atemzüge sie sicherlich ohnehin bereits verraten hätten. Stufe für Stufe traten sie ins Erdgeschoß, wo nichts zu hören war außer dem Surren eines Kühlschranks.

Sandra wagte einen Blick ins Wohnzimmer, das ungemütlicher nicht hätte aussehen können. Alles staubig und abgenutzt, der Wohnzimmertisch voller Zigarettenreste, die Fenster vernagelt und die Luft nicht weniger stickig als oben auf dem Dachboden. Leute waren aber keine hier.

„Gut, lass uns abhauen!", sagte Sandra erleichtert und wollte zur Tür stürmen, wo Josh jedoch schon kopfschüttelnd auf sie wartete.

„Die ist abgeschlossen und hier sind keine Schlüssel", erklärte er. „Wir müssen durch ein Fenster oder zur Hintertür raus!"

Ohne Zögern drehte Sandra sich um und lief gefolgt von Josh in den hinteren Teil des Hauses, wo die Küche war, gleich neben einer Terrassentür mit einer Glasscheibe. Sie war ebenfalls abgeschlossen.

„Scheiße", fluchte Sandra beunruhigt. „Er muss die Schlüssel bei sich gehabt haben!"

„Davon lassen wir uns nicht aufhalten", presste Josh hervor, wandte sich ans nächstbeste Fenster und öffnete es. „Wer zuerst?"

Sandra schluckte und spürte plötzlich ihre staubtrockene Kehle. Ihr starker Durst kehrte zurück, sie rannte wortlos zum Waschbecken, drehte das kalte Wasser voll auf und trank gierig direkt aus der Leitung.

„Möchtest du auch?", fragte sie Josh.

„Wir haben keine Zeit, komm schon!", sagte er hektisch und kletterte flink aus dem Fenster. Sandra folgte ihm etwas unbeholfen.

Die kühle Luft, die in ihr Gesicht, in ihre Lungen strömte und über ihre Haut wehte, war das größte Geschenk, das man ihr in diesem Moment machen konnte!

Auch Josh sog die Luft ein wie ein Heilmittel und stützte sich an der Hauswand ab. Sandra schloss das Fenster von außen wieder, um keine Spuren zu hinterlassen, wohin sie geflohen waren, falls doch irgendein Komplize kam.

„Wir müssen zu den Waunders!", stellte sie klar. „Meine Nachbarn, die auf mich aufpassen, so lange meine Eltern weg sind. Meinst du, du kannst mitkommen?"

Josh atmete immer noch tief ein und aus.

„Gib mir ein paar Sekunden", bat er sie. Sein Gesicht war weiterhin geschwollen, doch er schien bereits besser Luft zu bekommen.

Der Himmel war düster und kündigte Regen an, es ging ein kräftiger Wind und Sandra spürte schnell, wie sie auskühlte.

„Okay, wir können", meinte Josh und gemeinsam liefen sie zum morschen Gartenzaun, den sie mit Leichtigkeit überkletterten. Nun befanden sie sich zwischen dem Haus der Keysers und dem daneben.

„Was, wenn jemand von denen auf der Straße ist?", fragte Sandra verunsichert.

„Das sehen wir gleich", erwiderte Josh tatkräftig.

Vorne an der Hausmauer streckten sie vorsichtig ihre Köpfe hervor und suchten den Ausschnitt der Mendelaine Road ab, den sie von hier aus sehen konnten. Niemand da.

Leise und immer die Umgebung im Blick, traten sie durch den Vorgarten auf den Gehsteig, wo der Wind noch stärker durchfegte.

„Schnell, zu mir", drängte Sandra und Josh folgte ihr die paar Häuser weiter, wo sie direkt auf die Tür der Waunders zusteuerte und ihren Finger nicht mehr von der Klingel nahm. Keiner öffnete.

„Das kann doch nicht wahr sein!", zischte sie verärgert und klingelte weiter wie wild.

„Sind wohl nicht zuhause", meinte Josh ernüchtert. „Was ist mit deinem Haus?"

„Ich hab keine Schlüssel bei mir", räumte sie ein. „Sie haben mich ja entführt. So ein Mist!"

„Und wenn wir über die Hintertür oder ein Fenster einsteigen?"

„Ich hab kein Fenster offengelassen und die Türen sind beide verschlossen."

Sandra konnte es kaum fassen. Sie waren geflohen und jetzt das!

„Wen könnten wir sonst um Hilfe bitten?", wollte Josh wissen. Sandra dachte angespannt nach.

Margaret wohnte zu nah an Johns Haus, sonst fiel ihr niemand ein, der gerade zuhause war. All ihre Freunde waren im Urlaub.

„Vielleicht liegt ein Zweitschlüssel unter der Fußmatte", fiel ihr plötzlich ein und sie rannte los, durch ihren Vorgarten auf die Veranda zu, Josh ihr nach.

„Und?", fragte er erwartungsvoll.

Zermürbt ließ sie die Fußmatte wieder fallen.

„Leider nichts", sagte sie enttäuscht. „Das machen wir eigentlich auch nie, außer manchmal in Ausnahmefällen."

„Was sollen wir jetzt tun?"

Sandra wusste es nicht. Sie bemerkte die Lampe, die durch den Bewegungsmelder automatisch angegangen war.

„Wir sollten hier weg", meinte sie schweren Herzens. „Wenn sie merken, dass wir entkommen sind, wäre das zu offensichtlich. Irgendwo in den Wald oder ..."

„Hey", rief ihnen plötzlich jemand zu und Sandra fuhr herum.

Jeremy Rey!

„Gott sei Dank", stieß sie erleichtert aus und hätte vor Freude heulen können.

„Jeremy, hilf uns!", rief sie, während sie auf ihn zu rannte.

„Ich wollte grade bei Alex vorbeischauen, weil er mal bei uns am Dachboden ..." Jeremy hielt inne und musterte sie schockiert. „Sandra, was ist passiert? Du siehst so mitgenommen aus."

„Bitte, ruf die Polizei!", flehte sie. „Die haben uns entführt, wir sind grade entkommen, Alex und die anderen sind noch gefangen, bitte!"

„Aber wer ..."

„Bitte, *schnell*!", rief sie schrill.

„Okay, kommt mit", lenkte Jeremy ein und steuerte den Weg die Straße hinauf an.

Endlich waren sie frei, dachte Sandra.

Trotzdem würde sie keine Ruhe haben bevor sie wusste, dass Alex und die anderen ebenfalls in Sicherheit waren!

Kapitel 35

Johns Plan war nicht aufgegangen. Er war eingeschlafen und musste erst Stunden später wieder aufgewacht sein. Zwar hatte es ihm gutgetan sich etwas zu erholen, bloß dadurch hatte er auch wertvolle Zeit verstreichen lassen.

Wunderlicher Weise waren eine halbvolle Wasserflasche und eine geöffnete Schachtel seines Teegebäcks auf dem Nachttisch gestanden. Als er zu Rob rüber gesehen hatte, war dieser dösend an der Bettkante gelehnt. Offenbar war der bescheidene Nachschlag gebracht worden, als er geschlafen hatte und Rob hatte ihm die Hälfte übrig gelassen. Besser als nichts, hatte John gedacht und sofort zugeschlagen.

Anschließend hatte er sich wieder an sein Vorhaben mit dem Speiseaufzug dranmachen wollen, als er Rob näher betrachtete.

Er sah nicht gut aus, irgendwie krank. Sein Gesicht war blass, er schwitzte und als John an seine Stirn fasste, stellte er fest, dass sie ziemlich warm war. Er musste Fieber haben. Auch das noch!

Nachdem er Rob nicht aufwecken hatte wollen, war er neben ihm sitzen geblieben und hatte darauf gewartet, dass er die Augen öffnete.

Es dauerte lange, bis er endlich schwach seine Lider hob.

„Rob?", fragte John leise. „Wie fühlst du dich?"

Er leckte sich über die Lippen und hatte offenbar Schwierigkeiten, John zu fokussieren.

„Nicht so gut", sagte er gequält. „Ich glaub ich hab Fieber."

„Das fürchte ich auch", meinte John besorgt. „Deine Wunde muss sich entzündet haben, sowas Dummes! Dabei haben wir sie gleich verdeckt."

„Es ist meine Schuld", gestand Rob.

John runzelte die Stirn.

„Was soll das heißen? Du hast dir den Schuss nicht selbst zugefügt, Rob ..."

„Nein, nicht das", presste er hervor. „Während du geschlafen hast, habe ich das T-Shirt abgenommen, weil es so gejuckt hat und ..."

John ahnte Böses.

„Du hast die Wunde berührt?" Er griff sich an den Kopf.

„Ich weiß, es war dumm", sagte Rob schuldbewusst. „Aber ich dachte, wenn ich aufpasse, kann nichts passieren."

„Danach hast du ein neues T-Shirt genommen?"

Rob schüttelte den Kopf.

„Nein, dasselbe", räumte er ein. „Ich hab nicht daran gedacht ..."

John entfernte das Kleidungsstück von Robs Arm und bekam eine furchtbare Entzündung zu sehen, die rundherum tiefrot war und ziemlich schmerzhaft aussah.

„Meine Güte, Rob", sagte er niedergeschlagen. „Was hast du dir da angetan!"

„Mum wird mich umbringen", stöhnte Rob.

„Dich? Sie wird *mich* umbringen!", korrigierte John. „Weil ich nicht auf dich aufgepasst habe ..."

„Wenn wir es überhaupt lebend hier rausschaffen", ergänzte Rob schwer atmend.

„Das werden wir, verlass dich drauf!", sagte John entschlossen und steuerte auf den Kleiderschrank zu. „Du wirst sehen, bald habe ich die verdammte Kabine geöffnet!"

Mit diesen Worten riss er die Schranktür auf, holte die Lampe vom Nachttisch und ließ sich dann erneut an den Führungsschienen in den Schacht hinunter, auf die obere Platte der Kabine. Diesmal hatte er ein paar Kleiderhaken mit, die ihm eventuell behilflich sein konnten.

Zumindest besser als nur seine bloßen Hände, dachte er selbstsicher und machte sich dran, die Platte von der Kabine zu lösen. So leise wie möglich, damit ihn auch niemand hören konnte.

Immer wieder vernahm er Gerede, Getrampel oder Geräusche aus der Küche, die gleich neben ihm lag. Da alles sehr gedämpft klang hoffte er, dass Geräusche, die er selbst vielleicht verursachte, umgekehrt auch nicht so laut nach draußen dringen würden.

So konzentriert wie möglich rammte John die Kleiderhaken immer wieder unter die schon lose Stelle der Holzplatte, auf der er gleichzeitig stand, und versuchte sie nach oben zu ziehen.

Er spreizte seine Beine bis zur Wand des Schachtes und verlagerte sein Gewicht dorthin, um die Platte so frei wie möglich zu halten, rüttelte an den Schrauben, die die Kante der Kabine zusammenhielten und biss grimmig die Zähne zusammen, um nicht abgelenkt zu werden.

Das Holz knarzte und die obere ließ sich immer weiter von der seitlichen Platte wegziehen. Die Schrauben waren alt aber lang und protestierten förmlich gegen Johns Versuche, die Kabine auf diese Weise zu zerlegen.

Wenn er nur besseres Licht hätte, dachte er schnaufend. Und besseres Werkzeug! Er würde in Zukunft einen Werkzeugkasten in jedem Raum seines Hauses lagern, um auf solche Situationen vorbereitet zu sein, dachte er voller Anspannung. Selbst wenn sich sowas, wenn sie es heil überstanden hatten, kaum wiederholen würde! Und diese verdammte Kabine würde er gleich als erstes entfernen und persönlich verschrotten!

Energisch versuchte John, einen Fuß zwischen die beiden Holzplatten zu stemmen, was nicht funktionierte. Er musste die obere noch weiter heben, aber wie?

Dann fiel es ihm ein! Das Seil, das die Kabine befördert hatte, war zwar nicht mehr über die Treibscheibe oben gespannt, doch es hing nach wie vor am Haken der Kabine!

Zuversichtlich lehnte John sich gegen eine Seite des Schachtes und stemmte seine Beine gegen die andere, um nicht länger auf der Oberseite der Kabine stehen zu müssen. Dann bündelte er sämtliche Energien, die er noch hatte, in seinen Armen und zog am Seil.

Es spannte sich immer mehr und mehr, bis er neu Luft holen und unterbrechen musste. Sofort wiederholte er die Aktion, zog das Seil so fest zu sich wie es nur ging und sah voller Erleichterung, dass sich die Platte an der lockeren Seite so weit löste, bis sie mit einem Ruck ganz draußen war. John stellte sich kurz darauf zurück zum Durchatmen, um gleich wieder seine Position zwischen den Schachtwänden einzunehmen und die Platte endgültig zu entfernen. Darauf bedacht, seine Hände nicht in eine der alten Schrauben zu rammen, riss er die obere Platte der Kabine hoch und bog sie so fest er konnte auf die andere Seite – als sie zerbrach und den Weg ins Innere freigab.

„Endlich", stieß John erleichtert aus und hoffte, dass keiner der Entführer etwas vom zerbrechenden Holz gehört hatte.

Vorsichtig ließ er sich auf den Kabinenboden hinab und duckte sich dort. In dieser Stellung hätte er sogar in die geschlossene Kabine gepasst.

Erwartungsvoll tastete er die Wand vor sich ab, hinter der sein Arbeitszimmer im Erdgeschoß lag. Sie bestand nur aus der Tapete, die er vor etlichen Jahren darüber gespannt hatte!

Zum Glück, dachte John unter einem weiteren Schub der Erleichterung und rammte einen Kleiderbügel hinein.

Das Loch war groß genug, um den Tapetenrest über der Öffnung aufzureißen. Trotzdem lauschte er zunächst, ob auch niemand im Raum war, der ihn entdecken konnte. Dem war offenbar nicht so, sodass John die Tapete zerriss und zum ersten Mal seit – er wusste nicht genau wie lange – wieder Tageslicht sehen konnte, das durch die Fenster schien. Endlich waren sie frei!

Allerdings stand noch etwas Wichtiges bevor, nämlich Rob von oben hier runter zu schaffen. Konnte das überhaupt gut gehen, bei dem Zustand, in dem Rob sich befand? Es *musste*, dachte John entschlossen und umfasste die Führungsschienen. Das Seil band er vom Haken der kaputten Holzplatte los, knotete es sich um die Hüfte und kletterte dann nach oben. Dass er seit Tagen zu wenig gegessen, getrunken und geschlafen hatte, spielte jetzt alles keine Rolle!

Es gab nur ein Ziel und ehe dieses nicht erreicht war, existierte so etwas wie eine Ruhepause für ihn nicht!

„Rob", rief er ihn, als er aus seinem Kleiderschrank stolperte. „Ich hab's geschafft, komm!"

„Was?" Rob war ziemlich weggetreten und sah aus, als könnte er nicht mal allein aufstehen.

„Wir können entkommen, durch mein Arbeitszimmer", erklärte John und packte ihn unter den Armen.

„Autsch!", sagte Rob und zuckte zusammen, als John etwas zu grob an seinem verwundeten Arm ankam.

„Sorry, aber komm jetzt schnell! Nur das noch, dann sind wir frei und können dich ins Krankenhaus bringen!"

Rob wankte nach vorne und brach vor dem Kleiderschrank fast zusammen.

„Warte, ich lass dich mit dem Seil runter!", wies John ihn an und band es unter Robs Armen fest. „Steig' in den Schacht, los!"

Robs Bewegungen wirkten ziellos und John musste ihm helfen, den Bretterverschlag zu überwinden, der nur bis zu ihren Oberschenkeln reichte.

„Ich halt dich fest, keine Sorge", versprach John und keuchte, als Robs ganzes Gewicht an ihm hing.

Unter normalen Umständen hätte er das wohl mit Leichtigkeit gemeistert, aber nach tagelangem Hungern und Dürsten hatte er das Gefühl, einen kleinen Elefanten abzuseilen.

Umso befreiender war es, als Rob unten ankam und in der Kabine zusammensank.

„Mach etwas Platz!", rief er so leise wie möglich hinunter. „Damit ich nachkommen kann."

Von Rob kam nur ein bejahendes Stöhnen.

Bevor John sich hinunterließ, stellte er die Lampe an ihren Platz zurück, schaltete das Licht im Schlafzimmer aus, tastete sich dann zum Kleiderschrank zurück und schloss dessen Türen. Ein wenig Licht drang von unten hinauf, gerade genug, um die Führungsschienen zu sehen, an denen er sich nun ein letztes Mal nach unten hangelte.

„Steig einfach durch die Öffnung hier", wies er Rob an, der es langsam und schwerfällig ausführte. Sofort stützte er sich auf dem Tisch im Arbeitszimmer ab und schloss die Augen, als hätte es ihm alles abverlangt. Auch John stieg aus dem Schacht und stürmte zum erstbesten Fenster.

Besorgt suchte er die Straße nach Entführern ab. Mehrmals ließ er seinen Blick von einer Seite zur anderen schnellen, bis er sicher war, dass niemand ihnen auflauerte. Dann öffnete er es.

„Komm, hier raus", sagte er zu Rob, der immer mehr den Anschein machte, in einem Delirium zu sein. „Nur noch das, dann haben wir's geschafft, Rob!"

Er half ihm über das Fensterbrett zu steigen und hielt ihn fest, bis er am Boden darunter stehen konnte, nach vorne taumelte und auf seinen Knien im Gras des Vorgartens landete.

Dieser erste Luftzug im Freien war ähnlich himmlisch für John wie vor einem Jahr, als er aus Keysers Haus geflohen war. Schnell schoss ihm aber durch den Kopf, dass die Gefahr – ebenso wie damals – nicht vorüber war!

Hektisch sah er zu seiner Haustür und zum Fenster daneben, das ums Eck in sein Wohnzimmer führte. Er konnte niemanden sehen und half Rob wieder auf die Beine.

„Rob, nur noch ganz kurz, dann sind wir in Sicherheit!", flüsterte er ihm zu und stützte ihn auf dem Weg die Straße hinauf.

Sie mussten schnellstmöglich bei einer Hausnummer klingeln, wo jemand zuhause war! Aber wo war das der Fall?

Margaret war zu riskant, dort wären sie in Sichtweite der Entführer, dachte John fieberhaft. Während er in Gedanken alle anderen Leute durchging, die ihm einfielen, blies ihm der kräftige Wind ums Gesicht.

Sie durften auf keinen Fall so kurz vor dem Ziel erwischt werden, dachte John verbissen und bewegte sich so schnell, wie es mit Rob derzeit möglich war, von seinem Haus weg.

Kapitel 36

„Ich will euch die Hälse umdrehen!", brüllte Brad Keyser und fegte vor Wut alles von der Kommode im Wohnzimmer.

Mr. Carregan zuckte zusammen, während seine Frau auf Konfrontation schaltete.

„Geben Sie nicht meinem Mann die Schuld!", kreischte sie zornig. „Mit Ihren Tölpeln von Komplizen musste das ja schiefgehen!"

„Halten Sie endlich Ihre Schnauze!", brüllte Brad noch lauter und warf einen Bilderrahmen nach ihr, der sie jedoch verfehlte. Aufgestachelt griff sie nach der Fernbedienung und schleuderte sie ebenso kräftig nach ihm.

„Hört auf!", rief Mr. Crittenfield dazwischen und hatte sichtlich Angst, dass es bald Tote geben könnte. „Das bringt uns nicht weiter! Wir müssen überlegen, was wir jetzt tun. In die Tunnel ausschwärmen und nach den beiden Kindern suchen hat keinen Sinn, das dauert zu lange."

Caldon räkelte sich schmerzerfüllt neben Jack, dessen Wunde ebenso unverheilt war, wenn auch älter.

„Darauf wäre ich selbst gekommen, Crittenfield!", bellte Brad ihn an. „Wie kann man auch so dämlich sein und auf den verdammten Jungen schießen, wo wir schon gesehen haben, was dann passiert?" Vorwurfsvoll starrte er Mr. Carregan und Caldon abwechselnd an.

„Das hätten Sie genauso getan, Sie Vollidiot!", schaltete sich Mrs. Carregan für ihren Mann ein. „Das war Reflex, auch wenn ich nicht sicher bin, ob Sie wissen, was das ist! Zudem hat Raymond gar nicht geschossen, sondern nur ihr toller Freund Caldon!"

„Ich stopf' Ihnen gleich das Maul!", schrie Brad sie an.

„Versuchen Sie's, wenn Sie sich trauen!", provozierte Mrs. Carregan und ihre Augen funkelten vor Aggression. Sie sah aus wie eine Löwin, die gerade ihre Beute anvisiert hatte und bereit war, jede Sekunde zuzuschlagen.

„Bitte, hört endlich damit auf!", bat nun auch Mr. Alverston, der zu den anderen dazugestoßen war. „Wir können jetzt nur zusehen, dass wir ungestraft davonkommen. Das wird nicht schwer, niemand hat uns erkannt und bis die zwei da unten rausfinden, sind wir längst zurück in unseren Häusern."

„Aber ohne den Globus", sagte Brad zähneknirschend.

„Es wird eine neue Gelegenheit kommen", versuchte Mr. Carregan zu beschwichtigen. „Allerdings nur, wenn wir nicht alle im Gefängnis landen!"

„Jemand von uns muss Rebecca und diesem Holroy Bescheid sagen, dass wir uns zurückziehen", stellte Mr. Crittenfield fest.

Ehe er nach seinem Funkgerät greifen konnte, ertönte die aufgebrachte Stimme seiner Frau.

„An alle, Percy?" Es knisterte zwischendurch.

„Rebecca? Ja, wir sind auf Nummer zwei, ist was passiert?"

„Sie sind entkommen!", plärrte Mrs. Crittenfield ins Funkgerät und ließ alle Anwesenden in eine Art Schockstarre verfallen. Sogar Jack und Caldon richteten sich entsetzt auf.

„Was soll das heißen, *entkommen*?", fragte Brad ungehalten. „Wer?"

„Das Mädchen von den Brentons und der Blonde", erklärte Mrs. Crittenfield schrill. „Sie sind gerade mit einem anderen von nebenan zu Mrs. Rey gerannt! Sicher holen sie die Polizei!"

„Das kann nicht wahr sein!", schnaubte Brad und drückte sein Funkgerät so fest, dass man sich darüber wunderte, wie es noch funktionieren konnte. „Holroy, melde dich!"

Keine Reaktion.

„Holroy, wo steckst du?", brüllte er hinein.

„Der Trottel hat sich von den beiden Gören überwältigen lassen", stellte Mrs. Carregan fest und schlug sich gegen die Stirn. „Wen wundert es auch? Nichts wie weg hier!"

„Niemand verlässt dieses Haus, bevor wir keinen Fluchtplan haben!", schrie Brad und richtete seine Pistole auf sie. „Denken Sie daran, Jack und ich haben nichts zu verlieren."

Mrs. Carregans verachtender Gesichtsausdruck erreichte ein neues Maximum, doch sie sagte kein Wort.

„Caldon, wo hast du unser Fluchtfahrzeug abgestellt?"

„Am Waldrand, beim Feldweg", erklärte er schmerzgeplagt.

„Alles klar, ich laufe vor und halte es fluchtbereit", meinte Brad und hielt vor seinem Bruder die Hand auf. „Jack, gib mir den Anhänger!"

Dieser musterte ihn stirnrunzelnd, nahm das Amulett aber widerstandslos aus seinem Pullover-Ausschnitt und gab es ihm.

„Carregan, Crittenfield, Alverston, Sie helfen meinem Bruder und Caldon, mir zu folgen!", verlangte er befehlerisch. „Holroy muss selbst zusehen, wie er klarkommt, der elende Versager! Notfalls haben wir oben im Schlafzimmer noch zwei Geiseln. Die alte Nörgeltante hier kann nachhause gehen, sie wird nicht mehr gebraucht!"

Mrs. Carregan sah ihn an, als würde sie versuchen, ihn mit ihrem Blick zu töten.

„Los jetzt!", schrie Brad, ließ sich von Caldon die Autoschlüssel geben und stürmte durch die Terrassentür hinaus.

„Wir holen euch die beiden Geiseln von oben", ließen Mr. Crittenfield und Mr. Alverston die anderen wissen. „Raymond, Ellen, verdeckt die Bodentür! Die Polizei soll sie nicht finden, falls sie herkommt."

Damit verschwanden die beiden Männer im Flur zur Treppe und Mr. Carregan machte sich dran, die Bodentür hastig zu schließen und den dunkelroten, gemusterten Teppich darüberzulegen. Nichts deutete jetzt mehr auf einen Tunnel darunter hin.

„Sie sind abgehauen!", schrie jemand aufgebracht aus dem Flur. „Wir verschwinden!"

Die Haustür fiel zu und weder von Mr. Crittenfield, noch von Mr. Alverston war jetzt etwas zu hören.

„Diese Feiglinge!", fluchte Jack und hob seine Waffe. „Zuerst passen sie nicht auf die beiden auf, jetzt hauen sie einfach ab um ihre Haut zu retten. Wehe, Sie fallen uns jetzt in den Rücken!"

Er zielte auf Mr. und Mrs. Carregan.

„Wir helfen Ihnen zu diesem Auto", versicherte Mrs. Carregan und ging langsam auf Caldon zu, während Mr. Carregan Jack zu stützen versuchte.

„Jetzt!", rief Mrs. Carregan und schlug Caldon seine Waffe aus der Hand, während Mr. Carregan dasselbe bei Jack versuchte, jedoch erfolglos.

Mrs. Carregan trat die Waffe mit ihrem Fuß unter das Sofa, während ihr Mann und Jack Keyser miteinander rangen. Mehrere Schüsse lösten sich, die jedoch allesamt in der Decke landeten.

Plötzlich konnten sie alle aus der Ferne ein vertrautes Geräusch vernehmen. Polizeisirenen!

„Raymond, weg hier!", kreischte Mrs. Carregan und stürmte wie wild durch die Terrassentür, rannte durch Johns Garten nach hinten und kletterte flink über den Zaun, wo sie im Wald verschwand.

Mr. Carregan gelang es schließlich, Jack die Waffe aus der Hand zu schlagen.

„Du Scheißkerl, das wirst du bereuen!", brüllte er ihm nach, als er denselben Fluchtweg einschlug wie seine Frau. „Beschissene Verräter, ich würde sie am liebsten totschlagen!"

„Was jetzt?", fragte Caldon nur und hielt sich seine Wunde am Bauch. „Wieder hinunter und hoffen, dass uns die Bullen dort nicht finden?"

„So ein Mist, raus hier und so weit weg, wie nur möglich", sagte Jack und zog seine Sturmhaube über. Das Aufstehen fiel ihm allerdings schwerer, als er angenommen hatte. Auch Caldon wurde dabei von Schmerzen geplagt und konnte erst recht nicht daran denken, mehrere Schritte zu gehen, geschweige zu laufen.

„Das Auto ist startklar", tönte Brads Stimme aus dem Funkgerät. „Wo seid ihr?"

„Die haben uns im Stich gelassen!", ließ Jack ihn wissen und klang dabei so schrill wie jemand, der jeden Moment zu heulen begann.

„Ich hätte es wissen müssen", knurrte Brad. „Es bleibt keine Zeit, ich muss hier weg!"

Die Polizeisirenen waren nun sehr nah, sodass es nicht mehr lange dauern konnte.

„Hör zu, Jack, egal was passiert, ich lass mir was einfallen und wir kriegen das irgendwann hin, klar?"

Frustriert vom gescheiterten Plan, von der schmerzenden Wunde und der Tatsache, dass er bald verhaftet werden würde, schloss Jack die Augen und schnaufte.

„Verstanden", erwiderte er schließlich. „Pass auf dich auf, Brad!"

„Verlass dich drauf", sagte Brad noch.

„Wir sehen uns bald wieder!" Dann verstummte das Funkgerät.

Im nächsten Moment hörten sie Geräusche aus dem Flur.

„Hier ist die Polizei", rief jemand und Jack warf gleichzeitig seine Waffe und das Funkgerät auf den Boden.

„Widerstand ist zwecklos, das Haus ist umstellt!"

Keiner der beiden sagte ein Wort. In Jack kochte der Hass auf ihre untreuen Komplizen, die sich einfach aus dem Staub gemacht hatten. Er hoffte stark, dass man sie vielleicht auch fassen und verhaften würde!

Eine Gruppe vermummter und schwer bewaffneter Polizisten betrat das Wohnzimmer und richtete ihre Maschinengewehre auf sie.

„Legen Sie sich auf den Boden, Hände auf den Rücken!"

„Wir sind verletzt", erwiderte Jack trotzig. „Wir können nicht von selbst aufstehen."

Kapitel 37

Das unterirdische Labyrinth war eine eigene Welt. Erbaut von Wahnsinnigen, dachte Alex immer wieder, die sich wahrscheinlich ausgemalt hatten, wie Menschen sich darin verirrten und denen diese Vorstellung womöglich gefallen hatte. Ob es die Vorfahren der Cesslers waren, wusste er nicht und es war ihm auch egal.

Er wollte nur raus!

Seit sie die Skelette entdeckt hatten, war Annie merkwürdig still. All ihre Emotionen und Regungen waren wie ausgeschaltet, ihr Gesicht wie versteinert. Apathisch folgte sie Alex, der selbst nicht wusste wo sie waren oder hinsollten. Er kannte diese Irrgänge bloß aus den Erzählungen der anderen, ohne bisher selbst da gewesen zu sein.

Mittlerweile verstand er nur zu gut, wieso sie letztes Jahr so panisch gewesen waren. Zumal sich John sogar von der Gruppe getrennt und versucht hatte, alleine ins Versteck zurückzufinden. Ein Wunder, dass er die anderen jemals wiedergefunden hatte, dachte Alex schaudernd und sah sich zu Annie um, die seinen Blick nicht erwiderte, nicht mal zu bemerken schien.

„Annie, wenn du dich aussprechen willst, kannst du es tun", bot er an. „Dann wäre es nicht so still."

„Was gibt es da auszusprechen?", entgegnete Annie mit einem panisch-wütenden Unterton. „Wir haben zwei *Leichen* entdeckt! Ich kann das nicht ..." Sie fand keine Worte.

„Ich weiß", sagte Alex und bemühte sich, so beruhigend wie möglich zu klingen. „Denen können wir leider nicht mehr helfen, aber uns selbst!"

Annie schniefte und starrte auf den Boden.

„Tatsächlich?" Sie schien ziemlich pessimistisch zu sein.

„Was meinst du damit? Natürlich helfen wir uns selbst, indem wir hier *rausfinden* und die Polizei rufen!"

„Denkst du, das schaffen wir lebend?"

Alex seufzte und konnte es nicht fassen.

„Mit Sicherheit, Annie! Oder denkst du, wir sind unseren Entführern entkommen, um hier drin zu verhungern? Damit werde ich mich nicht abfinden!"

„Tut mir leid", sagte Annie kleinlaut. „Es ist nur ... ich wollte eigentlich niemals wieder hier runter, schon gar nicht in diese Tunnel. Und jetzt bin ich wieder gefangen. Ich habe solche Angst, hier lebendig begraben zu werden, so wie ..." Sie meinte die Skelette, konnte es aber wohl nicht über die Lippen bringen.

„Wir werden nicht aufgeben", versuchte Alex sich selbst und auch Annie zu motivieren. „Notfalls tasten wir uns im Dunkeln weiter! Wir finden hier raus, und wenn es Tage dauert. Danach kannst du jedes Mal einen Riesenbogen um diesen Ort machen. Dasselbe werde ich auch tun."

Annie nickte und lächelte sogar schwach, zumindest meinte Alex das im Schein seiner Taschenlampe zu sehen.

„Glaubst du, Sandra und Rob geht es gut?", fragte sie dann traurig.

Alex litt unter dieser Ungewissheit mindestens genauso wie unter seiner Lage, deren Verbesserung - den Entführern entkommen zu sein - immer noch schrecklich war.

„Was soll ich darauf sagen?" Alex fielen zahlreiche Theorien ein, über die er sich ewig das Hirn zermartern hätte können.

„Ich hoffe so sehr, dass sie ihnen nichts getan haben, nachdem wir entkommen sind", bangte Annie.

„Das hätte uns auch nicht wieder zu ihnen gebracht", meinte Alex. „Kann ich mir nicht vorstellen."

„Du glaubst wohl trotzdem an das Gute in diesen Monstern?", sagte Annie zynisch.

„Blödsinn! Nur was sollte es ihnen bringen, meinem Onkel oder Sandra etwas anzutun, wenn ich nicht mal da bin, um mich unter Druck zu setzen? Wenn, dann hätten sie es in meiner Gegenwart getan, damit ich leide und tue, was sie von mir wollen. Ich hasse mich nur selbst dafür, dass ich Margaret verraten habe und so vielleicht für ihren Tod mitverantwortlich bin ..."

„Mach dir keine Vorwürfe", sagte sie. „Du wolltest mich retten und konntest nicht wissen, dass sie es gleich überprüfen. Oder dass er so kaltblütig sein könnte und einer alten Dame etwas antun. Ich fürchte mich nur davor, was sie dann Sandra, Rob, Josh und deinem Onkel angetan haben könnten ..."

„Das sehen wir, wenn wir uns selbst gerettet haben", sagte Alex bestimmt, hoffte dabei aber genauso sehr, dass niemand von den anderen verletzt war.

Sie stapften eine Weile schweigend weiter, den Hunger im Magen, den Durst in der Kehle und die Müdigkeit im Kopf. Alex konnte schon seit ewiger Zeit nicht mehr sagen, aus welcher Richtung sie gekommen waren oder wo sie sich gerade befanden, was über ihnen lag.

Der Fund der menschlichen Überreste hatte sie beide derart aus der Fassung gebracht, dass sie nur von dieser Stelle wegwollten, bis sie genug Abstand dazwischen gebracht hatten, damit der Schock endlich nachließ.

Trotzdem hatte Alex sich im Hinterkopf gefragt, um wen es sich handeln konnte. Waren es die einzigen zwei Menschen, die hier unten ihre letzte Ruhe – sofern man es so nennen konnte – gefunden hatten, oder wandelten sie in einem Massengrab umher? Da sie seither nirgendwo weitere Knochenreste entdeckt hatten, nahm Alex an, dass Letzteres nicht der Fall war. Blieb die Frage, wer die beiden Verstorbenen gewesen sein konnten.

Unweigerlich kam ihm die Erinnerung an seine letzten Visionen. Elizabeth und Richard, die leblos im steinernen Viereck gelegen hatten. Waren sie von Arthur dorthin geschafft worden, um ihren Tod zu vertuschen? Aber weshalb? Welchen Grund hätte er haben sollen, seine Geliebte und den Unbekannten in diesem dunklen Grab verschwinden zu lassen? Und allem voran, wie waren sie eigentlich gestorben? Indem sie einfach umgefallen waren? Alex hatte es nicht genau sehen können und spekulierte daher, ob die beiden vielleicht so ungünstig aufgekommen waren, dass sie sich das Genick gebrochen hatten. Das war wohl ziemlich unwahrscheinlich.

„Alex, sieh mal", riss Annie ihn aus den Gedanken. Er leuchtete aufgeschreckt geradeaus und entdeckte einen ziemlich hohen Erdhaufen, der bis zur Tunneldecke reichte. Das alleine wäre nicht allzu interessant gewesen, hätten nicht zahlreiche Gegenstände herausgeragt. Der

Ständer einer Lampe, die Lehne eines Fauteuils, die Fransen eines Teppichs und vieles mehr. Alles deutete darauf hin, dass es sich um die verschütteten Überreste einer Hauseinrichtung handelte, was wiederum eine Reihe von Fragen aufwarf. So beispielsweise, wie die Möbel und Gegenstände hierher gelangt waren.

Alex leuchtete nun in einen weiteren abzweigenden Tunnel, der schnurgerade in die Dunkelheit führte. Er kam ihm seltsam bekannt vor ... als ihm etwas einfiel.

„Erinnerst du dich an Margarets Erzählungen?", fragte er Annie. „Sie sagte, dass es neben ihrem Haus ein weiteres gegeben hat, das in der Nacht des Feuers auch abgebrannt ist. Mendelaine Road *Nummer eins.*"

Annie überlegte kurz und schien zu begreifen. „Du meinst, das hier sind die Überreste von diesem Haus?"

„Es wäre möglich! Wenn es durch das Feuer eingestürzt ist und knapp darunter ein Tunnel verlief, müssen einige Trümmer hier gelandet sein. Das würde die Sache mit den Einrichtungsstücken erklären."

Alex beugte sich näher zu dem Haufen und begutachtete die Gegenstände, die ihm halb vergraben, halb entblößt entgegenfunkelten. Eine Tischkante ebenso wie ein Stuhlbein und einige Papierecken. Nein, dachte Alex und zog daran, es waren einige zusammengebundene Kuverts.

„An Familie Jenners, Mendelaine Road Nummer eins, Andover", las er murmelnd vor. „Das müssen die Briefe von Margaret sein, von denen sie erzählt hat!"

Annie spähte ihm ratlos über die Schulter.

„Margaret hat alle Briefe, über die sie mit Arthur Cessler kommunizierte, an diese Adresse geschickt, damit niemandem was auffallen konnte", erklärte er ihr und nahm den ersten Brief aus dem Umschlag. Was er vorfand, war aber kein Text von Margaret.

„Lieber Vater", las er an Annie gewandt, *„wir sind nun seit zwei Wochen hier und können unsere Neugier kaum noch zügeln. Dein Sohn leidet unter schlechtem Schlaf, Dein Enkel vermisst seine Mutter und seinen Großvater fürchterlich und ich kann mir immer noch keinen Reim auf Dein seltsames Verhalten machen. Bitte unterrichte uns schnellstmöglich über alles, was*

diese Aktion verursacht hat! Wir alle hoffen, dass James und du wohlauf seid und wir uns bald wiedersehen können.

Mit besten Grüßen, R. Dunning. 26. Mai 1962."

„R. Dunning?", wiederholte Annie. „Das müssen Freunde von dieser Familie Jenners gewesen sein, deren Decknamen Margaret angenommen hat."

„Möglich, aber was soll das alles bedeuten?", überlegte Alex. „Neugier kaum zügeln, Aktion verursacht, James und du ... wer schreibt solche Dinge in einen Brief?"

Er steckte das Papier zurück in den Umschlag und machte sich an den nächsten.

„Lieber Vater! Es hat mich vieles an Zeit gekostet, die richtigen Worte zu finden für das, was ich ausdrücken möchte. Unglücklicherweise konnten wir seit unserer Abreise kein Gespräch mehr führen und ich warte sehnlich auf den Moment, da dies wieder möglich sein wird. Es geht uns gut hier im Norden, abgesehen von der Tatsache, dass weder R. noch ich verstehen können, weshalb Du uns unbedingt wegschicken musstest. Ebenso wenig kann A. das alles erfassen, täglich fragt er mehrmals nach Dir. Was auch immer die wahre Ursache dafür sein mag, ich hoffe, dass Du sie uns bald offenbaren wirst. Ebenso wie R. und ich hoffen, dass Du uns Margarets Aufenthaltsort verraten wirst, um uns als Familie wieder zu vereinen. In deinem letzten Brief hast Du einmal mehr verschwiegen, wo sie sich aufhält. Bitte schreibe es uns sobald wie möglich! Zuletzt sei Dir bitte sicher, dass ich Dir keine Vorwürfe für das mache, was Du mir in der Nacht meiner Abreise offenbart hast. So oder so hast Du mich großgezogen und warst und bist mein einziger Vater, den ich liebe, was auch immer passiert sein mag. Ich grüße Dich auch von R. und A. und ersuche Dich ein letztes Mal, uns schnell zu antworten!

Alles Liebe, A. Dunning. 10. Juni 1962."

„Wieso schreibt dieser A. Dunning die Namen nicht aus?", fragte sich Annie, als Alex fertig war. Dieselbe Frage stellte auch er sich, neben unzähligen anderen.

„Und warum kannte er Margaret? Familie wieder vereinen? Das klingt ja fast so, als ..."

Sie sahen sich ungläubig an.

„Der Brief ist von Abraham und der davor von Regina Cessler!", folgerte Annie. „10. Juni 1962, das ist eine Woche, bevor das Feuer ausgebrochen ist!"

„Das würde ja dann bedeuten", schloss Alex daraus, „dass Abraham, Regina und Andrew nicht im Feuer umgekommen sind! Sie wurden von Arthur rechtzeitig weggeschickt und haben überlebt. Aber ..."

Die vielen Unklarheiten, welche diese neue Erkenntnis aufwarf, übermannten ihn, wie es sonst nicht einmal der ganze Erdhaufen mit den verschütteten Einrichtungsstücken fertiggebracht hätte.

„Wieso wusste Margaret nichts davon?", fragte Annie aufgeregt. „Sie glaubte doch bis zuletzt, dass ihre Familie unter den Opfern im Feuer war? Sie hat sie in ihrem Zimmer gehört, als sie in dieser Nacht zurück ins Haus gelangt ist!"

„Sie hat sie aber nicht *gesehen*", widersprach Alex, der immer noch wie gebannt auf die Zeilen des Briefes starrte. „Sie kann viele Leute gehört haben, sie *dachte* nur, dass es ihr Mann und ihr Sohn waren, weil es davor ihr Zimmer war. Wenn Arthur seinen Sohn, seine Tochter und seinen Enkel aber weggeschickt hat, könnte es gut sein, dass jemand anders darin eingezogen ist!"

„Du meine Güte", hauchte Annie. „Die arme Margaret ... sie dachte umsonst, dass sie alles verloren hat. Könnten wir es ihr bloß sagen ..."

Alex antwortete bewusst nicht darauf, sondern steckte sich die Briefumschläge in die hintere Hosentasche.

„Ich weiß, wie wir zurückfinden!"

Er leuchtete geradewegs in den Tunnel, der sich wie eine Linie vor ihnen herzog. „Hier geht es ins Versteck zurück!"

„Woher willst du das wissen?"

Annies Zweifel waren nicht zu überhören.

„Weil ich diesen Tunnel in einer Vision gesehen habe", erklärte Alex und marschierte los. „Die Person, die ich darin war, ist ihn entlanggegangen und im Versteck gelandet. Und das tun wir jetzt auch!"

„Aber Alex", protestierte Annie und hatte Mühe, seinen schnellen Schritten zu folgen. „Was, wenn die Entführer noch da sind und auf uns warten?"

„Dann jag' ich sie zur Hölle!", stellte er klar und beschleunigte sein Tempo.

Der Gedanke, dass einer von ihnen Margaret etwas angetan und damit verhindert hatte, dass sie jemals vom Überleben ihrer Liebsten erfuhr, machte ihn rasend. Er wollte sich mit diesen Arschlöchern prügeln, dachte er aggressiv und war zu allem entschlossen, je näher er dem Versteck zu kommen glaubte. Und tatsächlich! Nach einem nicht allzu langen Weg leuchtete ihnen das vertraute, orange-flackernde Licht der Fackeln vom Ende des Tunnels entgegen.

„Bitte pass auf", flüsterte Annie ihm zu.

Er nickte und legte sich den Finger auf die Lippen. Dann streckte er langsam den Hals in die Kammer. Keiner war zu sehen.

„Warte hier, ich geb' dir Bescheid, wenn du nachkommen kannst", wies er Annie an.

„Alex, was wenn sie dir auflauern?"

„Sie *können* mir nichts anhaben, das hast du doch gesehen!", zischte er ihr zu. „Sollte jemand da sein, laufen wir denselben Tunnel zurück, dann wissen wir wenigstens wo wir sind!"

Damit gab sich Annie offenbar zufrieden, wenn ihr die zum Zerreißen gespannten Nerven auch deutlich anzusehen waren.

Behutsam setzte Alex einen Schritt ins Versteck und suchte es nach einem Anzeichen von Menschen ab. Er lauschte ganz genau, ob er jemanden atmen hören konnte. Gar nichts.

Die Kammer musste leer sein, bis auf den Globus in der Mitte und die immer mehr verfallenden Schränke und Tische, um die herum sich die Aufzeichnungen verstreuten.

Zur Sicherheit ging Alex eine ganze Runde durch die Kammer und sah in jeden Tunnelzugang, ob dort jemand lauerte. Die Entführer waren tatsächlich abgehauen, war er nun sicher.

„Annie", rief er ihr zu. „Es ist niemand hier, komm!"

Besorgt um sich starrend kam Annie aus dem Tunnelzugang hervor und lief zu Alex.

„Sie sind echt verschwunden?", fragte sie verdutzt.

„Was sollen sie sonst tun? Ohne mich können sie nichts mit dem Globus anfangen."

„Gut für uns", meinte Annie erleichtert und steuerte den Aufgang zu Johns Wohnzimmer an. „Nichts wie raus hier!"

Alex fragte sich, ob sie nun wirklich frei waren oder direkt in eine Falle tappten.

Dennoch stieß er mit Annie zusammen die kleine Tür im Tunnel auf und war immens erleichtert, dass die Entführer sie nicht verschlossen hatten. Was allerdings wiederum für eine Falle sprach, denn warum sollten sie ihn so einfach entkommen lassen? Oder hatten sie aufgegeben?

Es half nichts, dachte Alex, sie mussten nachsehen, ob jemand in Johns Haus war!

Im Gegensatz zu den unendlich langen Tunneln, die sie die vergangenen gefühlten hundert Jahre durchwandert hatten, kam ihnen dieser sehr kurz vor. Schnell kamen sie am Schacht an, der ins Wohnzimmer hinaufführte. Die Bodentür war geschlossen!

„Ich sehe nach", flüsterte er Annie zu. „Notfalls läufst du zurück ins Versteck."

„Hoffentlich nicht", wimmerte sie mit geballten Fäusten.

„Leuchte mir nach oben, ja?"

Er gab ihr seine Taschenlampe und sie hielt beide hinauf, sodass er die provisorische Leiter gut erkennen konnte.

Alex stieg eine Sprosse nach der anderen hoch, bis er an der Bodentür ankam. Mit pochendem Herzen hob er sie ein Stück an.

Sie war ziemlich schwer, fiel ihm auf und er bemerkte gleich darauf, dass der Teppich darüberlag.

Sonst drangen keine Geräusche aus dem Haus. Keine Schritte, keine Atemzüge, kein Gerede, nichts. Wie ausgestorben.

„Hallo?", hauchte er. „John? Bist du da?"

Er wusste nicht, wieso er das fragte, denn wahrscheinlich saß John noch irgendwo fest. Wie auch immer, er musste raus und Hilfe holen!

Mit all seiner Kraft stemmte er den freien Arm gegen die Bodentür und öffnete sie mitsamt dem schweren Teppich, der darübergelegt worden war.

„Die Luft ist rein", rief er Annie zu, die sofort die Taschenlampen abdrehte, sie auf den Boden legte und ihm flott nachkletterte.

Sie hatten es geschafft! Sie waren dem Versteck entkommen und sahen wieder Tageslicht! Alex warf einen Blick auf die Küchenuhr. Es war kurz nach zwölf Uhr mittags. Er wusste allerdings nicht das Datum. Das spielte gerade auch keine Rolle, sie mussten die anderen befreien!

„Das Telefon", stieß er hervor und stürmte darauf zu, als er sein Handy auf dem Küchentisch entdeckte, neben denen der anderen.

„Das ist merkwürdig", meinte Annie verängstigt. „Warum ist niemand hier? Wieso haben sie alles dagelassen?"

„Ist doch egal, wir müssen die Polizei ..."

Dann stach ihm das flackernde blaue Licht in die Augen, das vom Parkettboden im Flur zum Vorzimmer gespiegelt wurde.

Die Polizei war also schon da!

„Lass uns nachsehen!", sagte er zu Annie und rannte los.

Kapitel 38

Die Szene, die sich am Beginn der Mendelaine Road vor Johns Haus abspielte, würde Alex nie vergessen. Als er die Haustür aufriss, sah er sich einer Ansammlung von Polizisten der Spezialeinheit gegenüber, im Hintergrund mehrere Wagen mit Blaulicht, vermischt mit einigen Krankenwagen, dazu Absperrungen und das alles bei kräftig stürmischem Wind.

Kein Actionfilm hätte das besser inszenieren können, dachte Alex, als er begleitet von Annie die Stufen vor der Haustür hinunterging.

„Hände hoch!", wurde ihnen zugerufen.

Die beiden taten, was von ihnen verlangt wurde, im Wissen, dass es jetzt endgültig vorbei war. Zumindest für sie.

„Ich bin Alex, der Neffe von John Stancen", rief er zurück. „Das ist Annie Stellers, aus der Straße! Wir wurden hier gefangen gehalten!"

Die Polizisten winkten sie zu sich.

„Seid ihr verletzt?", wurden sie gefragt und verneinten sofort, trotz dem Kribbeln, das Alex immer noch leicht in seiner Nase spürte.

„Das Haus wurde vorhin durchsucht", erklärte ihnen ein Officer. „Zwei mutmaßliche Geiselnehmer wurden festgenommen, aber ihr wart nicht da! Wo haben sie euch gefangen gehalten? Habt ihr euch versteckt?"

Nervös überlegte Alex, was er als Ausrede verwenden konnte und vermied es nach Möglichkeit, Annie anzusehen, damit sie sich nicht durch ihre Mimik verrieten.

„Im Schuppen", kam Annie ihm zuvor. „Hinten im Garten." Das war genial, fand Alex, auch wenn er nicht sicher war, ob Annie das geglaubt wurde. Er befürchtete bereits, dass gleich noch mehr Fragen kommen würden, doch dann hörte er eine vertraute Stimme.

„Alex!" Im nächsten Moment erblickte er Sandra, die ihm wie wild zuwinkte und nur durch einen Polizisten zurückgehalten werden konnte. Gleich dahinter stolperte John hervor und verfiel bei seinem Anblick in tief erleichtertes Seufzen.

„Sind noch andere Leute im Haus?", erkundigte sich der Officer. Alex verneinte wieder.

„Ich habe niemanden gesehen oder gehört", sagte er. „Dürfen wir jetzt zu ihnen?"

Er wurde gemeinsam mit Annie zu Sandra und John gebracht. Die folgende Umarmung verbannte alles, was in den letzten Tagen geschehen war, in völlige Bedeutungslosigkeit. Das Wissen, dass John und Sandra wohlauf waren, so gut es nach einer Entführung nur möglich war, machte Alex so glücklich wie zuletzt der Anruf seiner Mutter, dass Josh aus dem Koma aufgewacht war.

Apropos, dachte Alex plötzlich.

„Wo sind Josh und Rob?", fragte er besorgt.

„Sie wurden ins Krankenhaus gebracht", erklärte John. „Aber keine Sorge, sie sind nicht schwer verletzt."

Sandra und sein Onkel erzählten Alex, was mit den beiden passiert war, was ihn noch mehr beruhigte. Alle hatten es überstanden!

„Junger Mann", mischte sich dann ein anderer Officer ein. „Du siehst leicht verwundet aus, komm mit zum Krankenwagen."

Ohne Widerrede ließ er sich zusammen mit Annie und gefolgt von Sandra und John zu den Sanitätern begleiten. Seine Nase wurde steril gesäubert und eingesalbt, er bekam etwas zu trinken und Zwieback zum Essen. Gierig stürzten sie sich alle darauf.

„Möchten Sie mit der Vernehmung bis zum Revier warten oder können Sie uns gleich Angaben dazu machen?", erkundigte sich ein Ermittler, der eben dazugestoßen war.

„Geben Sie uns ein paar Minuten, in Ordnung?", bat John und der Kriminalbeamte stimmte zu.

„Sie sind alle dehydriert", stellte eine Sanitäterin fest und reichte ihnen Wasserflaschen nach. „Aber nur schluckweise, nicht auf einmal. Sonst überlasten Sie Ihren Organismus."

Alex lenkte ein, leerte allerdings die halbe Flasche, als die Sanitäterin nicht hinsah. Dasselbe taten John und Annie, während Sandra sich vor Fragen kaum zurückhalten konnte, jedoch musste, um den Umstehenden nichts zu verraten.

„Oh Gott, Margaret!", fiel Alex plötzlich ein und er sprang auf. „Sir, waren Sie im Haus Nummer drei?"

Der Kriminalbeamte, der eben mit seinem Kollegen und einem Officer der Spezialeinheit geredet hatte, blickte ihn überrascht an.

„Haus Nummer drei? Was ..."

„Bitte, Sie müssen sofort nachsehen, ob alles in Ordnung ist!", flehte Alex verzweifelt. „Die Entführer haben gesagt, sie hätten Mar ... ich meine, der Bewohnerin etwas angetan!"

Kurz musterte ihn der Kriminalbeamte, bevor er sich an seine Kollegin wandte und anordnete, in Margarets Haus nach dem Rechten zu sehen.

„Alex, was ist los?", fragte Sandra leise, die neben ihn getreten war. Alex fand keine Worte dafür. „Sag nicht, dass diese Typen sie ..." Sandra stockte.

Alex umarmte sie und starrte dann angespannt nach vorne zu Margarets Haus, wo gerade Verstärkung geholt wurde.

„Haben Sie Mrs. Jenners gefunden?", hakte Alex bei dem erstbesten Officer nach, der an ihm vorbeiging. „Geht es ihr gut?"

„Bitte haltet euch zurück, die Spurensicherung beginnt dort gerade mit ihrer Arbeit", wurden sie angehalten.

„Spurensicherung?", wiederholte Sandra erschrocken. „Aber die kommt doch nur wenn ..."

Gerade kam der Kriminalbeamte zu ihnen zurück.

„Du hattest recht, junger Mann", sagte er zu Alex. „Woher wusstest du davon? Hat dir einer der Entführer davon erzählt? Weißt du, was er in ihrem Haus gesucht hat?"

Alex blieb für einen Moment das Herz stehen.

„Aber Sir, was bedeutet das?", fragte er stotternd.

Der Kriminalbeamte sah ihn ernst an.

„Die Frau ist tot", erklärte er sachlich.

Sandra japste, schlug sich die Hände vor den Mund und begann bitter zu weinen. Alex hielt sie fest und war selbst aufgewühlt wie selten zuvor.

„Das war dieses Arschloch!", schrie er wütend. „Er hat sie ermordet, dieser widerliche Mistkerl!"

„Bitte beruhige dich", sagte der Kriminalbeamte bestimmt.

„Sie müssen sie alle verhaften!", polterte Alex weiter. „Sie dürfen damit nicht davonkommen, diese Schweine! Sie haben sie auf dem Gewissen, das müssen Sie mir ..."

„Junger Mann, bitte!", fuhr ihm der Kriminalbeamte drüber. „Das wird die Obduktion klären, in Ordnung? Erst wenn die abgeschlossen ist, können wir Genaueres sagen. Geht jetzt zurück zum Krankenwagen."

Alex und Sandra folgten niedergeschlagen der Anweisung und stießen wieder zu Annie und John, denen sie die traurige Neuigkeit schweren Herzens mitteilten. Annie reagierte ähnlich wie Sandra und auch John sah tief betroffen aus.

Schließlich kam der Ermittler erneut zu ihnen und fragte sie nach einer Vernehmung, die sie einzeln nacheinander abgaben. Dass sie das Versteck und den Globus erwähnen würden, stand für Alex außer Frage. Es war einerseits ziemlich unschön, die Ereignisse der letzten Tage noch mal auszuführen, andererseits war es auch eine Entlastung, sich alles von der Seele zu reden und zu wissen, dass alle ihre Angaben gegen die Entführer verwendet werden würden, von denen Alex mittlerweile erfahren hatte, dass sie verhaftet worden waren.

„Wer passt auf die Jungen und die Mädchen auf?", fragte der Kriminalbeamte an John gerichtet, nachdem er die Aussagen von allen aufgenommen hatte. Dieser erklärte ihm die Umstände, mit den verreisten Eltern, den Nachbarn als Bezugspersonen und seiner Verantwortung für Alex, Rob und Josh.

„Wir setzen uns mit Mr. und Mrs. Waunder in Verbindung", kündigte der Ermittler an und bedeutete Sandra, ihm zu folgen. „Dann informieren wir auch deine Eltern."

„Ich komme gleich nach, in Ordnung?", versprach Alex und kurz darauf war Sandra begleitet von zwei Officers die Straße hinauf verschwunden.

„Auch deine Eltern müssen wir informieren", erklärte der Ermittler an Annie gewandt. „Komm mit, dann erledigen wir das gleich."

Als Annie mit einem weiteren Officer mitging, wandte sich der Kriminalbeamte an John.

„Die Eltern der Jungen informieren Sie?" John bejahte.

„Sobald ich zuhause bin und telefonieren kann", sicherte er zu. Alex war übel, was sicher nicht am vielen Wasser lag, das er vorher hinuntergeleert hatte, sondern vielmehr an der Sache mit Margaret. Er ärgerte sich so sehr, dass er sie verraten hatte! Er hätte sich etwas anderes ausdenken sollen, irgendeine Lüge, die echt klang und die Entführer für eine Weile hinhalten hätte können. Stattdessen hatte er Margarets Leben geopfert. Er hatte sie auf dem Gewissen. Und außer Annie wusste noch keiner etwas davon ... wie würde Sandra reagieren, wenn er es ihr gestand? Er wollte gar nicht daran denken!

In diesem Moment verließen einige Leute gleichzeitig Margarets Veranda. Gefolgt von mehreren Männern, die eine Bahre heraustrugen, auf der ein geschlossener Leichensack lag. Auch John hatte es gesehen und legte schützend seine Hand auf Alex' Schulter, der es jedoch kaum wahrnahm.

Er musste nur an Margaret denken und daran, dass sie seinetwegen gestorben war. Obwohl er nun frei und in Sicherheit war, fühlte er sich hundeelend und hätte sich am liebsten gleich wieder für immer in die unterirdische Kammer zurückgezogen, um diese Schande zu verbergen.

„Meine Eltern wissen Bescheid", sagte Annie schluchzend, die wieder zu ihnen kam und die Bahre ebenfalls gesehen haben musste. Ihre Augen waren stark gerötet, ihre Wangen feucht. „Es ist nicht deine Schuld, Alex."

Das war nett gemeint, dachte er, aber leider gelogen!

„Darf ich zu Sandra?", fragte er an John und den Ermittler gerichtet. Beide stimmten zu und begleiteten Annie und ihn die Straße hinauf. Den Blick zu Keysers Haus mied Alex, so gut er konnte.

Diese Bude gehörte abgerissen!, dachte er voller Hass.

„Sie sollte bei ihren Nachbarn sein", wies der Ermittler ihn darauf hin, sodass sie zu den Waunders gingen.

„Das ist alles so schrecklich", beklagte Mrs. Waunder, als sie das Haus betraten. „Mein Mann und ich hatten ja keine Ahnung. Wir waren zwar verwundert, als wir seit Montag nichts mehr von Sandra gehört haben, weswegen wir auch ihre Eltern angerufen haben. Ihre Mutter sagte uns aber, sie hätte ihnen eine Nachricht geschrieben, dass sie mit Mr. Stancen und ihren Freunden spontan verreist sei. Natürlich fand ich das seltsam, aber wenn sie das schreibt? Ich dachte mir nichts weiter. Heute war ich meinen Großeinkauf machen, mein Mann ist bei der Arbeit. Kurz, nachdem ich wieder zuhause war, stand die Polizei vor der Tür ... das arme Mädchen!"

„Wo ist Sandra?", fragte Alex, als er sie nirgendwo entdeckte.

„Ich habe ihr den Zweitschlüssel von ihrem Haus gegeben, den ihre Eltern mir für die Zeit ihres Urlaubs dagelassen haben", erklärte Mrs. Waunder betroffen. „Sie ist drüben."

Gemeinsam mit Annie machte er kehrt, während John und die Männer von der Polizei und Ermittlung dablieben.

Schweigend durchquerten sie die Vorgärten, deren Rosen vom Wind hin und her geschwenkt wurden. Sie steuerten auf Sandras Veranda zu, wo Alex bemerkte, dass die Haustür offenstand. Langsam trat er darauf zu.

„Sandra?", rief er hinein. Es kam keine Antwort.

Sanft stieß er die Tür auf und erblickte Sandra am Boden kniend. Dann stieg ihm ein beißender Geruch in die Nase. Er wusste, was das bedeutete.

Sandra kniete vor dem Kadaver ihrer schwarzen Hündin und weinte bitterlich. Alex zerriss es das Herz, sie so zu sehen. Eine Blutlache hatte sich um Tammys toten Körper ausgebreitet. Ohne diese hätte man annehmen können, sie wäre einfach am Boden eingeschlafen.

„Oh, Sandra", sagte Annie mitfühlend, kniete sich daneben und legte die Arme um sie. Alex tat dasselbe von der anderen Seite und blickte auf Tammy hinab, die trotz aller Trauer einen fürchterlichen Geruch ausströmte.

„Sie wollte mich beschützen", presste Sandra hervor, bevor ihre Stimme in lautem Schluchzen unterging. „Tammy ..."

Sie streichelte der Hündin über den Kopf und Alex ließ es sie tun, obwohl er nicht wusste, ob das gut war. Sandra musste Abschied nehmen und er wollte sie nicht dabei stören. Nach einer Weile störte ihn nicht mal mehr der Verwesungsgeruch.

„Alex?" Er fuhr herum und sah John, der eben in Sandras Haus gekommen war. „Oh mein Gott."

John trat auf die drei zu und stellte offenbar fest, dass es sich um ein Abschiedsritual handelte.

„Komm, Sandra", sagte er dann gefühlvoll, „ich helfe dir, sie in eine Box zu legen, in der du sie begraben kannst."

„Zuerst soll die Spurensicherung alles untersuchen!", verlangte sie zornig. „Damit sie diese Scheißkerle wegen Mordes an einem Tier drankriegen!"

Sowohl Alex, als auch John und Annie wussten, dass das nicht so funktionieren würde, wie Sandra es sich vorstellte. Sie sagten aber nichts. John meinte zu ihr, dass er den Kriminalbeamten fragen würde, worauf Sandra von Tammy abließ und gemeinsam mit Alex und Annie auf ihre Veranda ging.

„Was ist nur schiefgelaufen?", fragte sie zermürbt. „Das sollte ein toller Sommer werden, und jetzt? Margaret ist tot, Tammy ist tot, Rob und Josh sind im Krankenhaus ..."

„Hast du mit deinen Eltern gesprochen?", wollte Alex wissen. Sandra nickte.

„Sie brechen ihren Urlaub ab und kommen heute Abend", sagte sie gleichgültig. „Aber das ändert auch nichts mehr."

„Meine Eltern fahren auch heute noch nachhause", ergänzte Annie. „Wenn Linda davon erfährt, wird sie dasselbe tun."

„Wirst du mit Josh gleich nachhause fliegen?", fragte Sandra traurig. „Ich meine, wenn er aus dem Krankenhaus kommt?"

Daran hatte Alex noch gar nicht gedacht. Seine Eltern wussten ja bisher nicht mal davon, was passiert war.

„Das überlege ich mir, wenn es so weit ist", sagte er.

Er nahm Sandras Hand und schenkte ihr ein aufmunterndes Lächeln, das aber leider seine Wirkung verfehlte.

„Habt ihr gesehen, wie sie die Typen verhaftet haben?", fragte Annie an Sandra und John gewandt. Die beiden nickten.

„Es waren drei", erzählte John. „Zwei aus meinem Haus und einer aus dem Haus von Keyser."

„Dort haben sie Josh und mich festgehalten", ergänzte Sandra, was Alex überraschte.

„Wirklich? Das ... ich ..."

„Keine Sorge", beschwichtigte sie und lächelte jetzt. „Wir haben die Zeit genutzt und uns ausgesprochen."

Das war in der Tat eine Neuigkeit, die Alex sehr erfreute.

„Aber nur drei?"

Es beunruhigte ihn, denn wenn er alle Vermummten richtig auseinandergehalten hatte, dann waren es mindestens fünf gewesen.

„Leider nicht alle", meinte John seufzend. „Ein paar dürften entkommen sein."

„Sehr toll", sagte Annie sarkastisch. „Dann können wir uns ja ganz sicher fühlen."

„Die werden sich nicht trauen, so schnell wieder zuzuschlagen", winkte John ab. „Sind eher froh, dass sie entkommen sind. Irgendwann findet die Polizei sie schon, keine Sorge."

Während sie alle auf Sandras Veranda standen und warteten, dachte Alex weiter ständig an Margaret. An die Schuld, die er auf sich geladen hatte, egal was die anderen ihm sagten. An die Dinge, die er der alten Dame nun nicht mehr sagen konnte, obwohl sie ihr viel bedeutet hätten.

Und an ihre letzten Worte.

Letztendlich kommt alles, wie es kommen sollte ...

Kapitel 39

In den darauffolgenden Stunden und Tagen überschlugen sich die Ereignisse. In den Nachrichten wurde von einer beendeten Geiselnahme berichtet, deren genaue Hintergründe unklar seien. Zu dem Aufgebot an Polizei und Sanitätern hatten sich Journalisten verschiedener Medien dazugesellt, die erpicht darauf waren, Informationen und neue Details herauszufinden, weswegen die Polizei eine Zeit lang Johns Haus abschirmen musste. Dass er ein bekannter Buchautor war und vor einem Jahr schon etwas Ähnliches passiert war, machte die Sache für Journalisten bloß interessanter. Das ganze Land schien wissen zu wollen, wieso ein harmloser Schriftsteller ein so beliebtes Ziel für derartige Aktionen sein konnte.

Wahrscheinlich dachten sie an große Reichtümer, die John besaß, oder dass er in irgendwelche dubiosen Geschäfte verwickelt war, die ihm beinahe zum Verhängnis geworden waren. Dass in unmittelbarer Entfernung vor langer Zeit das Herrenhaus von Arthur Cessler gestanden war, wurde zwar stets am Rande erwähnt, schien aber keine größere Rolle zu spielen. Von der Wahrheit waren also sämtliche Reporter glücklicherweise weit entfernt.

Sandra und Annie waren mit Alex zu John gekommen, um in den schweren Stunden nicht allein zu sein. John hatte alles Essbare, das er bei sich finden konnte, verkocht und angerichtet, was zu einem konfusen Menü aus Reis, Kartoffeln und Nudeln in Kombination mit Gemüsesuppe, Knabbergebäck, Rüben und einer gekühlten Wassermelone führte. Für Alex und die anderen war es das beste Gericht, das sie seit langem gegessen hatten!

Mehrmals hielten sie sich gegenseitig dazu an, nicht zu schnell und nicht zu vermischt zu essen, um ihre Mägen nicht zu überlasten und im schlimmsten Fall zu erbrechen. Am Ende beachtete diese Vorgabe keiner. Obwohl ihnen angeraten worden war, zu einer Untersuchung ins Krankenhaus zu fahren, wollte niemand dieses Angebot annehmen. Schlimm genug, dass Josh und Rob dort eingeliefert worden waren, dachte Alex betroffen, war aber erleichtert, dass die beiden nicht schwer verletzt waren.

Die gemeinsamen Stunden nutzten sie, um sich einerseits gegenseitig von ihren Martyrien zu erzählen und andererseits, dass John Linda und Alex seine Eltern anrief um ihnen ebenfalls von den Vorfällen zu berichten. Das Drama war perfekt. Seine Mutter bestand als erste Reaktion darauf, dass Alex und Josh sofort nachhause kamen, sobald Josh aus dem Krankenhaus entlassen wurde. Erst nach der Intervention von John und Sandra ließ sie sich umstimmen und versprach, es den Eltern von Josh schonend beizubringen. Dass diese ähnlich denken würden, war Alex klar, doch er würde trotzdem auf ihren Anruf warten. Noch intensiver war aber das Gespräch mit Linda, die in den letzten drei Tagen geschlagene sechzehn Mal bei John angerufen hatte und ihm zuerst eine Tirade an Vorwürfen entgegenwarf, wie er es wagen konnte, mit Alex und den anderen einfach wegzufahren und nichts weiter als eine lächerliche Nachricht zu schicken und auch nicht an sein Telefon zu gehen. Als John nach mehreren Minuten endlich zu Wort kam, versuchte er es seiner Partnerin so harmlos wie möglich zu schildern. Selbst als Schriftsteller, der ständig mit Worten zu tun hat, fiel es ihm offensichtlich ungeheuer schwer, angemessene Sätze zu formulieren.

Nachdem er fertig war, artete Lindas Antwort in eine Mischung aus Geschrei, Geheul, Mitleid, Wut und Aggression aus – die sogar noch stärker wurden, als John ihr gestand, dass Rob von einem Schuss gestreift worden war und im Krankenhaus lag. Es dauerte weitere zehn Minuten, bis Linda auflegte, nachdem sie angekündigt hatte, sofort los und direkt ins Krankenhaus zu fahren, um „ihrem armen Baby" beizustehen. John sagte ihr währenddessen zu, ebenfalls dort zu sein und wirkte nach dem Gespräch fast noch gestresster, als nach seiner gelungenen Flucht. Danach folgte der Anruf von den McCormacks, die völlig fassungslos darüber waren, dass Josh in so etwas verwickelt worden war und etwa acht Mal die Frage stellten, wie das passieren konnte. John gab sich alle Mühe, ruhig zu bleiben und versprach ihnen, Josh sofort ans Telefon zu holen, sobald er ihn im Krankenhaus besuchte. Alex wusste nicht, ob es am gemischten Essen oder an den anstrengenden Telefonaten lag, dass sie nun alle noch müder waren als vorher. Lange hatten sie jedenfalls keine Zeit gehabt, sich auszuruhen, denn nicht viel später waren Sandras Eltern eingetroffen, gefolgt von

Annies Familie und hatten sich alle in Johns Haus eingefunden, wo zahlreiche Tränen flossen, vor allem als Sandra von Tammys Schicksal erzählte.

Die beiden Mädchen wurden mehrfach gefragt, ob einer der Entführer, für die vor allem ihre Väter zahllose Schimpfwörter parat hatten, eine von ihnen angefasst hatte, was sowohl Sandra als auch Annie verneinten. Diane und Mrs. Stellers übertrafen sich gegenseitig in ihren Fantasien, was sie den Entführern am liebsten antun würden und wurden dabei von ihren Männern angeregt unterstützt.

Schließlich hatten Diane und Mr. Stellers angeboten, sie alle ins Krankenhaus zu fahren, damit sie bei Rob und Josh sein konnten. Sie trafen fast zeitgleich mit Linda ein, die aussah, als hätte sie gerade einen Weltuntergang hinter sich, was unter anderem zur Folge hatte, dass sie die Dame an der Information anschnauzte, sie solle gefälligst schneller nachsehen, in welchem Zimmer ihr Sohn liege. Niemand traute sich, ihr Einhalt zu gebieten.

Josh und Rob lagen in verschiedenen Zimmern, die allerdings nicht allzu weit auseinanderlagen. Alex und Sandra beschlossen daher, zuerst bei Josh vorbeizusehen, während John mit Linda und Annie in Robs Zimmer ging. Lindas dramatische Szene war über den gesamten Flur zu hören.

Der Anblick von Josh in einem Krankenhausbett weckte böse Erinnerungen in Alex, wenngleich sein bester Freund diesmal bei Bewusstsein und auch nicht an die Vielzahl von Geräten angeschlossen war wie damals.

In erster Linie waren sie froh, dass dem jeweils anderen nichts passiert war, bis auf Joshs allergische Reaktion auf den Schimmel in Keysers Dachboden, die inzwischen aber schon fast abgeklungen war. Viel größere Sorgen bereitete Josh, dass seine Eltern ihn am liebsten sofort nachhause geholt hätten und wahrscheinlich nie wieder mit Alex nach England reisen lassen würden. Da Alex Joshs Handy mitgenommen hatte, auf dem ebenfalls mehrere versäumte Anrufe seiner Eltern aufschienen, brachte er es gleich hinter sich und musste durch einen ähnlichen Spießrutenlauf wie zuvor John. Am Ende konnte Josh sie überzeugen, zumindest bis zum Ende der Woche bleiben zu dürfen, was besser war als gleich am darauffolgenden Tag abzureisen, fand Alex genau wie er.

Die größte Überraschung war, als Alex erfuhr, dass Sandra seinen besten Freund in der gemeinsamen Gefangenschaft in das Geheimnis mit dem Globus eingeweiht hatte, was er erst realisieren musste. Josh schien die Geschichte zu glauben und wollte unbedingt in das Versteck. Alex hatte nicht das geringste Bedürfnis, jemals wieder dort hinunterzugehen, sah aber ein, dass er eventuell einige seiner Eingriffe zu bereinigen hatte, weswegen er einlenkte.

Schnell wurde diese Sorge von seiner Beobachtung überstrahlt, dass Sandra und Josh sich plötzlich verhielten wie dicke Freunde. War das nur der Schock nach ihrem Entkommen oder hatte sie ihre Gefangenschaft etwa zusammengeschweißt? Als die beiden Alex von ihrer Aussprache erzählten, verspürte er eine unglaubliche Erleichterung in seiner Brust und er konnte nicht glauben, dass in all dem Schrecklichen der letzten Tage auch etwas so Gutes lag. Es führte dazu, dass Alex und Josh zum ersten Mal offen über den Unfall letztes Jahr sprachen, geleitet von Sandra, die sich dabei wie eine professionelle Mediatorin verhielt. Alex waren nun viele Dinge klar und sicherlich auch Josh, was ihre Freundschaft nur stärken konnte.

Nach dem langen Gespräch verließ Sandra die beiden und wollte bei Rob vorbeischauen, im Gegenzug John zu ihnen schicken. Die Minuten zu zweit nutzte Josh, um Alex auf ein völlig anderes Thema anzusprechen.

„Du kennst diese Emily doch auch, nicht wahr?", fragte er.

Alex bejahte verwundert.

„Und du weißt, dass Sandra sich mit ihr zerstritten hat?"

„Klar, ich hab aber keine Ahnung warum."

Josh seufzte.

„Tja, ich schon."

Gespannt wartete Alex auf seine Erklärung.

„Es ist Sandra sehr unangenehm und am liebsten hätte sie, dass du es nie erfährst", setzte er an, „aber ich halte es für so dämlich und finde, dass du es erfahren solltest."

„Dann sag schon!", drängte Alex.

„Na ja", begann Josh, „als ich öfter mit Chris abgehangen bin, hab ich von der Geschichte erfahren. Scheinbar hatte Emily ... also, ja ... Interesse an dir."

Verlegen lehnte sich Alex zurück. Er hatte Emily gut leiden können und ihre Gesellschaft auch genossen, aber das war ihm nicht bewusst gewesen.

„Deswegen haben sie sich gestritten?", fragte er verunsichert. „Wegen *mir*?"

Josh schüttelte den Kopf.

„Das Ganze ging noch weiter", meinte er und rollte mit den Augen. „Scheinbar hat es Emily gestört, dass Sandra ständig von ihren Chats und Telefonaten mit dir erzählt, bis sie irgendwann explodiert ist. Sandra hat natürlich dagegengehalten – du kennst sie ja – und daraufhin hat Emily sie ... gewissermaßen erpresst."

Alex verstand nicht und runzelte die Stirn.

„Also, wie ich mitgekriegt habe, habt ihr beide euch letzten Sommer im Regen kennengelernt, oder?"

„Ja, wieso?"

Josh räusperte sich.

„Du hast Sandra wohl vom ersten Moment an gefallen, weswegen sie damals nach dem Nachhausekommen sofort alle ihre Freundinnen aus der Straße, darunter auch Emily, angerufen hat, ob sie dich kennen oder etwas über dich wissen."

Jetzt fehlten Alex die Worte.

„Und als sie danach zu John gekommen ist, weil sie sich ausgesperrt hat", fuhr er fort, „war das nur ein Vorwand. Sandra hatte den Schlüssel bei sich, sie wollte nur einen Grund haben, bei dir vorbeizuschauen."

Alex lachte verdutzt auf.

„Und deswegen hat sie sich mit Emily gestritten?"

„Emily war anscheinend so aufgewühlt, dass sie Sandra gedroht hat, es dir zu erzählen. Und das wäre ihr ziemlich peinlich gewesen."

Jetzt musste Alex lachen und fasste sich ans Herz.

„Sie ist so süß, oder?"

Josh grinste ebenfalls.

„Ich finde nur, dass es nichts ist, was eine Freundschaft zerstören sollte", meinte Josh abschließend. „Vielleicht redest du mal mit ihr. Auch wenn ich diese Emily nicht kenne, aber sie dürfte seitdem ziemlich unglücklich sein. Das fand ihr Bruder Marty zwar witzig, aber sich ausgeschlossen zu fühlen ist mies. Das weiß ich zu gut."

Alex nickte einsichtig und sagte zu, das Thema bei Gelegenheit bei Sandra anzusprechen. Die richtigen Worte mussten ihm aber wohl erst einfallen, eventuell würde er seinen Onkel um Hilfe bitten.

Gerade als er an ihn dachte, kam John zur Tür herein und Alex wollte sich vorübergehend verabschieden, um ebenfalls nach Rob zu sehen. Da Josh aber schon ziemlich fit war, stand er einfach auf und begleitete ihn. Robs Zimmer wurde auf diese Weise recht voll, was ihm nicht sehr angenehm schien. Das lag aber weniger an der Anzahl der Leute, sondern vielmehr daran, dass nun alle in den Genuss kamen, Linda über ihn wachen zu sehen.

„Mein Baby", sagte sie immer wieder seufzend. „Wenn dir etwas Schlimmeres passiert wäre, dann ..."

„Mum, *bitte*", versuchte Rob sich zu entziehen und war dauerhaft errötet. „Ich habe nur einen Streifschuss abbekommen und meine Blutvergiftung ist nicht mehr gefährlich, seit ich das Medikament bekommen habe!"

Linda verstummte nur kurz, bevor sie Rob Vorwürfe machte, was er dagegen hatte, dass sie sich um ihn sorgte und dass er von Glück reden konnte, dass er noch lebte. Anschließend führte sie lang und breit aus, dass er sich nun mehrere Wochen schonen musste und welche Salben sie ihm empfehlen konnte, um die Narbe verblassen zu lassen. Sie riet ihm auch, mit ihr Yoga zu machen, um seine mentale Widerstandskraft gegen die Wunde zu stärken.

Alex hatte das Gefühl, dass Rob immer mehr im Bett versank und musste sich sein Lachen verkneifen, ebenso wie Sandra, Josh und Annie. Sogar John presste mehrmals die Lippen zusammen, um Linda keinen Vorwand zu liefern, auch ihm einen Vortrag zu halten.

Als es Abend wurde, verabschiedeten sie sich von Josh und Rob, die für die Nacht im Krankenhaus bleiben mussten, was ihnen nicht sehr recht war, aber nötig. Linda meinte sogar, es sei unverantwortlich, ihren Sohn nur eine Nacht hierzubehalten und es müsste eigentlich mindestens eine Woche sein. Gleichzeitig beschwerte sie sich den ganzen Weg vom Zimmer zum Auto, dass die Besuchszeiten so knapp angesetzt waren und sie nicht länger bei ihrem Sohn bleiben durfte.

In die Mendelaine Road war inzwischen die Ruhe zurückgekehrt. Nach ihrer Ankunft versammelten sich alle in Johns Haus, auch Sandras und Annies Eltern kamen und brachten Einkäufe fürs Abendessen mit. Trotz der Müdigkeit, die Alex mit seinen Leidensgenossen teilte, wurde es ein wunderbarer Abend voller gegenseitiger Anteilnahme und Unterstützung. Alex brachte nicht mehr allzu viel runter, nachdem sein Magen noch immer mit dem provisorischen Mittagessen beschäftigt war. Da Linda bereits von der unterirdischen Kammer wusste, weihten sie nun auch Sandras und Annies Eltern ein, ließen den Globus aber aus. Sie waren überaus erstaunt und Ricky, der zur Abwechslung sehr ruhig zugehört hatte, wollte sofort hinunterklettern und Schatzsucher spielen, was ihm Diane ebenso rasch ausredete.

Warum die Entführer wegen einem angeblichen Geheimnis einen derartigen Aufwand veranstaltet hatten, erschloss sich aber keinem der Gäste. Stattdessen verloren sich Sandras und Annies Eltern erneut in hasserfüllten Ausbrüchen gegen die Täter, denen sie vieles an den Hals wünschten dafür, dass sie ihre Kinder tagelang eingesperrt und bedroht hatten. Einmal mehr wurden Sandra und Annie eindringlich gefragt, ob sie von den Männern auch wirklich nicht angefasst worden waren, was sie inzwischen mit verdrehten Augen verneinten. Linda fragte sogar Alex, ob er von einem der Entführer einschlägig angefasst worden war, was er sehr rücksichtsvoll aber auch ziemlich abwegig fand. Entsetzt zeigten sich alle darüber, dass wahrscheinlich nicht alle Täter gefasst worden waren, was besonders Diane und Linda dazu veranlasste, sich immer weiter reinzusteigern. Diane dachte darüber nach, ihr Haus mit einer Alarmanlage auszustatten und versuchte sogleich, auch alle anderen davon zu überzeugen. Linda hingegen hoffte, eines Tages auf den Mann zu treffen, der Rob angeschossen hatte, um sich mit ihm zu duellieren. Sollte er sogar unter den Festgenommenen sein und ihm die Tat nachgewiesen werden, wollte sie persönlich den Scheiterhaufen vorbereiten und wenn es das Letzte war, das sie tat!

Der Abend ging vorbei und obwohl es den Eltern von Sandra und Annie schwerfiel, stimmten sie zu, dass beide diese Nacht in Johns Haus verbringen konnten, sodass sie in Alex' Gästezimmer eine weitere Matratze für Annie auflegten, während John und Linda im Wohnzimmer übernachteten, da John sein eigenes Schlafzimmer momentan nicht sehen wollte.

An Sandras Seite schlief Alex sehr geborgen und erwachte erst zu Mittag einen Tag später, erholt und gut gelaunt. Gemeinsam labten sie sich an den Resten des Abendessens, die noch reichlich vorhanden waren. Keinem von ihnen war wichtig, *was* sie aßen, sondern nur, *dass* sie etwas aßen.

Am Nachmittag würden sie Rob und Josh aus dem Krankenhaus abholen können, die Zeit bis dahin verbrachten sie in Johns Wohnzimmer und sprachen sich gegenseitig ihre Erlebnisse von der Seele. Irgendwann läuteten auch Diane mit Ricky und Mrs. Stellers an, um sich dazuzugesellen. Sie meinten, im Fernsehen liefe eine Pressekonferenz der Polizei zu den Vorfällen der letzten Tage. Sofort schaltete Linda den Fernseher ein und beschwerte sich in ihrer Hektik bei John, dass die Sender bei ihm allesamt eine andere Nummer auf der Fernbedienung hatten, als bei ihr zuhause.

Der Pressesprecher der Polizei vermeldete, dass die festgenommenen mutmaßlichen Täter die ganze Nacht über verhört worden waren, ohne jedoch eine Aussage zu machen. Bei der Durchsuchung von Keysers Haus waren unter anderem mehrere Waffen, Funkgeräte und gefälschte Ausweise gefunden und beschlagnahmt worden. Sandras und Joshs Fingerabdrücke waren der Beweis dafür, dass sie dort gefangen gehalten worden waren. Die Klärung der Identitäten der Festgenommenen lief zu diesem Zeitpunkt noch, wurde gesagt. Ebenfalls wurde angedeutet, dass es unklar sei, ob weitere mutmaßliche Täter auf freiem Fuß waren.

Als ein Journalist die Frage nach der gefundenen Leiche einer alten Dame stellte, schnürte es Alex die Kehle zu. Außer Annie wusste noch niemand in der Runde, dass er indirekt für ihren Tod verantwortlich war und er fürchtete, dass er es allen gestehen musste, nachdem der Pressesprecher die Frage beantwortet hatte.

Was stattdessen gesagt wurde, verblüffte Alex in jeder Hinsicht: bei Margarets Obduktion waren keine Hinweise auf Fremdeinwirkung festgestellt worden!

Wie konnte das sein?, schoss es Alex durch den Kopf. Er dachte, sich verhört zu haben und lauschte der Ausführung genauer.

Demnach war Margaret schon vor mehreren Tagen eines natürlichen Todes gestorben und wer immer sich gewaltsam Zutritt zu ihrem Haus verschafft hatte, worauf Spuren hinwiesen, hatte sie bereits tot vorgefunden. Als Alex das hörte, überstieg die Verwunderung seine Erleichterung um ein Vielfaches. Margaret war bereits seit Tagen tot? Aber sie hatten sie doch am letzten Samstag, vor Sandras Party, noch besucht! Im nächsten Moment erkannte er, dass heute Donnerstag und ihr letzter Besuch bei Margaret damit schon fünf Tage her war. Sie war also während der Entführung gestorben ...

Obwohl Alex heilfroh war, dass ihn nun doch keine Schuld an ihrem Tod traf, teilte er Sandras Bestürzung. Denn auch wenn Margaret schon recht alt gewesen war, kam ihr Tod für alle ziemlich überraschend. Dazu hatte Sandra sich in den letzten Monaten viel um Margaret gekümmert, wodurch sie ihr in gewisser Weise nahestand und nun neben Tammy einen weiteren Verlust erlitten hatte. Alex rückte nahe an Sandra und legte seinen Arm um sie, während sie still um Margaret weinte.

Selbst da Alex nun die Sicherheit hatte, dass Margaret nicht durch seinen Verrat gestorben war, fühlte er sich in der Folge kaum besser. Er dachte an die Briefe und seine daraus gewonnene Erkenntnis, dass Abraham und Andrew Cessler nicht im Feuer umgekommen, sondern rechtzeitig geflüchtet waren - wohin auch immer.

Und dass Margaret jetzt nie davon erfahren würde.

Kapitel 40

Sandra hatte Tammys Beerdigung für den späten Nachmittag angesetzt, damit Josh und Rob auch dabei sein konnten. Sie wollte davor eine passende Stelle im Wald erkunden, wo die Hündin ihre letzte Ruhe finden sollte. Sowohl Alex, als auch Annie, John, Linda und Diane hatten angeboten, sie zu begleiten. Sandra hatte jedoch abgelehnt und darauf bestanden, das alleine zu tun, um sich mental besser darauf vorbereiten zu können.

Am frühen Nachmittag waren John und Linda mit Annie losgefahren, um Josh und Rob vom Krankenhaus abzuholen. Da im Auto nur mehr zwei Sitzplätze frei waren, hatte Alex Annie den Vortritt gegeben, da Rob nun mal ihr Freund war. Keine Stunde später waren sie auch schon zurück und Alex half John beim Vorbereiten des Mittagessens, während die anderen im Wohnzimmer saßen und nun auch mit den beiden gerade Entlassenen ihre Erlebnisse aufarbeiteten.

Das Mittagessen war zum ersten Mal mit Sandra und Josh am selben Tisch richtig harmonisch, sie lachten viel und unterhielten sich über ganz andere Themen, als die letzten Tage. Es war fast so, als wäre ihre Gefangenschaft schon ewig her.

Alex hoffte, dass dieses Gefühl anhielt.

Danach verkündete Sandra, dass sie sich alle um fünf Uhr bei ihr treffen sollten, um gemeinsam in den Wald an jene Stelle zu gehen, die sie ausgesucht hatte. Wieder lehnte sie Alex' Vorschlag ab, sie gleich zu begleiten. Er solle sich ausruhen, meinte sie dankbar und ging nachhause. Dasselbe taten Annie, Rob und Linda.

„Was tun wir bis dahin?", erkundigte sich Alex, als sie zu dritt am Tisch übriggeblieben waren.

„Ich werde mich dranmachen, die Bretter von meinem Schlafzimmerfenster zu reißen", erwiderte John voller Tatendrang. „Und danach die Spuren beseitigen. Vielleicht habe ich noch was von der Tapete, dann könnte ich die einfach darüber kleben. Mal sehen." Er stand auf und wollte den Werkzeugkasten aus der Abstellkammer holen.

„Es ist dir nicht unrecht, wenn Josh und ich nach unten gehen?", fragte Alex vorsichtshalber nach.

„Ich werde euch kaum abhalten können", sagte John und zuckte die Achseln. „Jetzt, da Josh eingeweiht ist, wäre es gemein, ihm nichts zu zeigen. Aber seid vorsichtig, ja?"

Alex versprach es und sah herausfordernd zu Josh.

„Bereit?"

Sein bester Freund nickte und Alex begab sich ins Wohnzimmer, wo er mit einem kräftigen Ruck den Teppich zur Seite zog.

„Krass, man sieht die Bodentür fast gar nicht", meinte Josh kopfschüttelnd, als Alex sie öffnete.

„Das war wohl Absicht", sagte dieser und holte Johns Taschenlampen, um sich nicht auf die zwei der Entführer verlassen zu müssen, die noch immer am Boden vom Schacht lagen.

„Wie lang ist dieser Tunnel?"

„Ich schätze fünfzig Meter. Du wirst dich gleich bücken müssen, die Decke wird immer niedriger."

Die kleine Tür stand offen, daneben lagen die beiden Schlösser. Richtig erfüllt hatten sie ihren Zweck nicht, meinte Alex bitter.

Die Fackeln brannten nach wie vor, was Alex bei seiner Flucht gar nicht beachtet hatte.

„Wer hat die angezündet?", fragte Josh sofort. „Ist das nicht gefährlich? Ich meine, dass das hier alles abgefackelt wird und damit auch der ...?"

Er deutete fasziniert auf den Globus in der Mitte, der ihnen mystisch wie eh und je entgegen schillerte.

„Das ist so abgefahren", sagte Josh leise und ging langsam darauf zu.

„Wem sagst du das?", entgegnete Alex und schnaufte.

Er merkte, dass die Nähe zum Globus ziemlich intensiv war. Als würde er direkt in der Sonne stehen, nur ohne geblendet zu werden. Oder in warmes Wasser eintauchen, ohne dabei nass zu werden. Gleich darauf umwehte ihn ein erhebender Wind, wie schon so oft.

„Was war das?", fragte Josh, als er die Luft ebenfalls bemerkte. „Gibt's hier eine Klimaanlage?"

„Wohl kaum", sagte Alex schmunzelnd. „Das passiert jedes Mal wenn ich hier bin."

„Und warum?"

Alex hob nur die Schultern. Josh betrachtete den Globus aus sicherer Entfernung, wie ein Naturforscher ein seltenes Tier, und umrundete ihn interessiert.

„Und alles, was man ... was *du* darauf tust, passiert auch in echt?" Sein Gesicht verriet deutlich, wie beeindruckt er war.

„Sieht so aus." Es klang genauso verrückt wie damals, als sie dahintergekommen waren.

„Das heißt, wenn ich es tue, kann ich nichts anrichten?"

„Versuch's", forderte Alex ihn auf. Obwohl es unverantwortlich war, irgendwie hatte er die Hoffnung, dass es bei Josh auch funktionierte. Er wusste nicht wieso, aber vielleicht hatte er mit ihm etwas gemeinsam und der Globus reagierte genau darauf. Es war mehr ein verzweifeltes Ersehnen, als eine ernsthafte Erwartung. Der Wunsch, doch nicht als Einziger dafür verantwortlich zu sein.

Als Josh die Oberfläche jedoch fast berührt hatte, geschah dasselbe wie bei allen anderen bisher. Der Globus wurde durchsichtig und wirkte wie eine optische Täuschung.

„Wahnsinn", hauchte Josh, als er es mehrmals wiederholte.

Alex trat widerwillig näher und entdeckte auf Anhieb die roten Flecken auf der Stelle der Arktis. Auch die Stürme und Überschwemmungen, die er angerichtet hatte, stachen ihm ins Auge.

„Was tust du jetzt?", wollte Josh wissen.

„Ich muss versuchen, alles rückgängig zu machen", meinte Alex unsicher und näherte seine Hände der Oberfläche.

Das Gefühl wurde stärker, er kam sich plötzlich ungeheuer stark, fast unbesiegbar vor. Langsam wischte er über die roten Blutflecke – die in Kürze verschwanden. Auch die Stürme zog er einfach weg, als wären sie nur Staubflocken. Er hatte keine Ahnung, wie das funktionierte oder was er eigentlich tat. Es kam ihm einfach richtig vor.

„Ich pack' das grade nicht", stieß Josh hervor. „Mein bester Freund hat die Erde in seiner Hand!"

„Das ist nichts Positives", meinte Alex betrübt. „Sieht man ja. Niemand kann etwas ausrichten außer mir, aber man kann mich *zwingen*! So wie es diese Typen getan haben. Es ist nur eine Last."

„Warum er ausgerechnet dich ausgewählt hat, weiß niemand?"

Alex schüttelte den Kopf.

„Vielleicht, weil du als Einziger nicht hier wohnst?", spekulierte Josh.

Das stimmte, dachte Alex verwundert. Es konnte allerdings kaum der Grund sein. Es musste etwas anderes, etwas Tieferes sein, das ihn unfreiwillig zum Herrscher gemacht hatte. Etwas, das er vielleicht nie herausfinden würde.

Josh sah sich noch etwas im Versteck um, dann verließen sie es, diesmal jedoch nicht, ohne vorher die Fackeln auszumachen. Alex zog an der Schnur am Eingang und sie erloschen wie durch Magie.

„Ich hoffe du verstehst jetzt, dass ich es dir nicht sagen konnte", meinte Alex, als sie wieder im Wohnzimmer waren und er den Teppich über die geschlossene Bodentür rollte. Josh stimmte zu.

„Natürlich, ich hätte geglaubt, du willst mich veralbern", gestand er. „Trotzdem bin ich froh, dass ich es jetzt weiß. Wird ohnehin unser Geheimnis bleiben, ich meine zuhause. Das würde uns keiner glauben!"

Als es Zeit wurde, zogen sie sich an, um zu Sandra rüberzugehen. John hatte das Fenster in seinem Schlafzimmer wieder freigemacht und das Loch in der Wand beim Kleiderschrank provisorisch zugeklebt. Alles Weitere wollte er in den nächsten Tagen machen.

Es war seltsam zu wissen, dass Margaret nicht mehr in ihrem Haus wohnte. Als Alex hinübersah, wirkte es beinahe so als könnte sie jeden Moment auf die Veranda treten um ihnen zuzuwinken. Vereinzelte Sonnenstrahlen drängten sich durch die dünne Wolkendecke und erleuchteten die Fenster ihres Hauses.

Sie blieben auf Johns Straßenseite, um einen möglichst großen Bogen um Keysers Haus zu machen, das jetzt sogar noch hässlicher auf Alex wirkte als vorher, wenn das überhaupt ging. Ein absolut abscheuerregender Ort, der hoffentlich irgendwann verschwinden würde!

Als sie bei den Brentons ankamen, war Annie schon da. Rob und Linda trafen kurz darauf ein. Sandra hatte ein helles Sommerkleid angezogen und einen Teil ihrer Haare zu einem Zopf gebunden, die restlichen hingen offen hinunter.

Sie geleitete Alex und die anderen Gäste durch das Haus in den Garten, wo bereits ihre Eltern und Ricky warteten. Hinter dem Pool, den sie diesen Sommer noch gar nicht benutzt hatten, begrenzte ein Holzzaun den Garten, geziert von mehreren Sträuchern und Blumen.

Eine abschließbare Tür eröffnete den Weg zu einem Trampelpfad in den Wald, den sie nun alle gemeinsam entlanggingen, Sandra ganz vorne. In der Hand hielt sie eine Box aus Holz, in deren Deckel Tammys Name eingeritzt war. Ricky ging mit gesenktem Kopf neben ihr her und trug ein Kreuz mit beiden Händen, ebenfalls aus Holz.

Unter den Bäumen war es etwas kühler und das Zwitschern verschiedener Vögel begleitete ihren Gang hindurch.

Schließlich gelangten sie zu einer größeren freien Stelle, die teilweise mit Moos bedeckt und von Baumkronen geschützt war. Eine kleine Schaufel lag neben einer Grube, die Sandra damit ausgehoben hatte. Sie stellte die Holzbox davor und senkte den Kopf.

„Ich möchte gar nicht lange Zeit verlieren", setzte sie an und klang dabei erstaunlich gefasst, „alle wissen, was Tammy mir bedeutet hat und dass es mir unendlich schwerfällt, mich für immer von ihr zu verabschieden. Sie hat mich begleitet, seit ich in der Mittelstufe war ..."

Ihre Stimme versagte und sie schniefte. Alex nahm sie in die Arme und sie begann unweigerlich zu weinen, ebenso wie Annie, Rob, Diane und Ricky.

Betreten machten John und Mr. Brenton einen Schritt nach vor, legten den Behälter sanft in die Grube und bestreuten ihn bedächtig mit der ausgehobenen Erde. Ricky steckte das Kreuz in die Erde, auf dem Tammys Name und ihre Lebensjahre geschrieben standen.

Annie legte eine weiße Rose auf das Grab und Josh eine rote. Eine Weile standen sie zusammen davor und gedachten der Hündin im Stillen. Dann fing sich Sandra wieder.

„Ich bin sicher, dass ich sie irgendwann wiedersehe", sagte sie schniefend, „und wenn ich rausfinde, wer von diesen Verbrechern das war, lernt er mich kennen!"

Sie bückte sich und strich ein letztes Mal mit ihrer Hand über die Erde des Grabes. Dann gab sie den anderen Bescheid, dass die Zeremonie beendet werden konnte.

Sie gingen den Pfad zurück zum Haus der Brentons. Alex blieb bei Sandra, während sich alle anderen verabschiedeten und gleichzeitig zum Abendessen bei ihr verabredeten.

Josh hatte volles Verständnis dafür, dass Alex nach diesem Ereignis bei seiner Freundin sein wollte und würde seine Zeit bis dahin mit Annie und Rob verbringen.

Sie lagen auf Sandras Bett, das Fenster einen Spalt geöffnet und hörten eine ihrer Playlists mit ruhigen Popsongs. Es spielte einige Dutzend, bevor Alex das Wort ergriff.

„Möchtest du über irgendwas reden?", fragte er leise.

Sandra atmete langsam ein.

„Auf Keysers Dachboden habe ich eine Schachtel entdeckt", begann sie gleich zu erzählen, „mit Fotos. Auf einigen war Margaret drauf, als junge Frau. Ich wollte sie eigentlich mitnehmen und ihr zeigen. Aber dann habe ich vergessen und jetzt ist es ohnehin nicht mehr möglich."

Alex schluckte betroffen und streichelte ihren Rücken.

„Es tut mir so leid", sagte er betrübt. „Ich wollte ihr auch die Briefe zeigen, die ich unten entdeckt habe."

„Welche Briefe?"

Ihm fiel ein, dass er es ihr noch gar nicht erzählt hatte. Als sie sich untereinander ausgetauscht und die Entführung aufgearbeitet hatten, war es hauptsächlich um ihre Zeit dort und die letztendliche Flucht gegangen, weniger um solche Details und neue Erkenntnisse.

Aufgeregt und gleichzeitig durch die Umstände abgeschwächt, berichtete er ihr von dem, was er in den Briefen gelesen hatte. Diese lagen jetzt in seinem Gästezimmer bei John.

„Du denkst wirklich, dass sie von Abraham und Regina kommen?", fragte sie überrascht.

„Es ist naheliegend, nicht? Beide schreiben keine Namen aus, zumindest Vornamen. Die ersten Buchstaben decken sich mit den Vornamen von den beiden. Und noch dazu sind sie an dieselbe Hausnummer adressiert, wie Margaret es beschrieben hat. Das kann kein Zufall sein." Sandra verstummte nachdenklich und richtete sich auf.

„Das bedeutet ja dann, dass sie noch leben", meinte sie ungläubig. „Aber warum dachte Margaret immer, dass sie im Feuer umgekommen sind? Du musst mir die Briefe unbedingt zeigen!"

„Das mach' ich", sicherte er zu. „Dass Abraham und Regina leben, ist heute unwahrscheinlich. Sie wären auch schon über achtzig oder um die neunzig. Allerdings könnte Andrew noch leben, Margarets Sohn!"

Diese Vorstellung schien Sandra auf ganz andere Gedanken zu bringen. Der Kummer wich immer weiter aus ihrem Gesicht und sie schien sich bereits Pläne auszudenken, wie sie die Verschwundenen am besten finden konnten. Zur selben Zeit stand auch ihr der Frust ins Gesicht geschrieben. Darüber, dass sie Margaret diese freudige Botschaft nicht mehr überbringen konnten.

„Es steht kein Absender auf den Briefumschlägen", ergänzte Alex. „Das wird es natürlich nicht leicht machen, sie zu finden."

„Warum sind sie nie zurückgekommen?", fragte sich Sandra. „Dann hätten sie Margaret gefunden und wären wieder vereint gewesen! Margaret dachte, dass ihre Familie tot ist, deswegen hat sie nie nach ihnen gesucht. Aber andersrum? Wieso haben sie nie nach ihr gesucht?" Alex konnte nur spekulieren.

„Margaret hat uns erzählt, dass sie nach dem Feuer wieder nach London zurückgegangen ist, weil sie als Herrscherin nicht für die Zwecke von wem auch immer missbraucht werden wollte", erinnerte er sich. „Sie ist erst wieder hierhergekommen, als sie keine Visionen mehr hatte und das war viele Jahre später. Vielleicht hat Abraham nach ihr gesucht, vielleicht ist er dafür auch hierhergereist. Bloß sie war nicht da. Und als sie wiederkam, hatte er es möglicherweise schon aufgegeben ..."

„Ich frage mich, wieso nicht mal das Feuer ein Anlass für ihn war, zurückzukommen", meinte Sandra kopfschüttelnd. „Sicher hat er durch die Zeitung von dem Brand erfahren. Wenn man sowas erfährt, dass die ganze Familie gestorben ist, dann kommt man doch zurück!"

„Arthur wollte ihn und Regina schützen. Wahrscheinlich hat er ihnen eingebläut, auf keinen Fall zurückzukommen. Daran haben sie sich wohl gehalten."

Für Sandra schien das plausibel aber unverständlich.

„Margaret hat mir nie von ihrem Bruder erzählt", sagte Sandra dann und blickte ins Leere. „Sie hat nur erwähnt, dass sie einen hatte. Ich habe auch ein Foto von ihr zusammen mit ihm gefunden. Zu blöd, dass ich sie nicht mitgenommen habe!"

„Mach dir nichts daraus", beruhigte Alex sie. „Vielleicht wird das Haus irgendwann geräumt und ein Trödel organisiert. Die Keysers werden wohl nicht so schnell wieder einziehen."

„Darauf verlasse ich mich nicht", winkte Sandra ab. „Irgendwann hole ich mir diese Fotos!"

„Du kannst nicht einfach so dort reingehen und stöbern", sagte Alex schockiert. „Vor allem in *dieses* Haus! Was wenn dich jemand erwischt?"

„Wer soll das sein? Okay, Mr. Spencler, der immer einen Vorwand sucht, um sich in die Sachen von anderen einzumischen. Dann muss ich eben hintenrum gehen. War nur so eine Idee. Ich frage mich sowieso, was jetzt mit Margarets Haus und ihren Sachen passiert. Es klingt vielleicht berechnend, aber ich hätte gerne ein paar Dinge von ihr, als Erinnerung."

„Ich nehme an, dass ihr Nachlass an die Stadt geht", vermutete Alex. „Was unrecht wäre, wenn Andrew wirklich noch lebt."

„Du sagst es! Eigentlich müssten wir ihn so schnell wie möglich finden. Dann könnten wir ..." Sie stockte auf einmal.

„Was ist?" Alex sah sie gespannt an.

Wortlos sprang Sandra auf, lief zu ihrem Schreibtisch und zog eine Schublade auf. Zielgerichtet langte sie hinein und nahm einen Schlüsselring heraus.

„Ich habe noch Margarets Hausschlüssel", sagte sie mit funkelnden Augen. Alex glaubte zu wissen, was sie vorhatte.

„Du willst jetzt in ihr Haus gehen?", fragte er vorsichtig. „Sandra, das ist verboten."

„Komm mit", forderte sie ihn auf. „Hier ist auch der Schlüssel ihrer Terrassentür, wir gehen hintenrum!"

Mit diesen Worten öffnete sie ihre Zimmertür und Alex folgte ihr. Ihren Eltern, die im Wohnzimmer fernsahen, erklärte sie, dass sie mit

Alex noch einen Spaziergang machte. Keiner von beiden fragte nach. Diane schien eher glücklich darüber, dass Sandras Trauer über Tammy weitgehend verschwunden war.

In hastigem Tempo schritten sie am Pfad entlang, der hinter den Gärten der Häuser entlangführte.

„Ich warte draußen, in Ordnung?", meinte Alex.

Es klang fast bittend.

„Margaret hätte sicher kein Problem damit gehabt, wenn wir in ihr Haus kommen", versuchte sie ihm klarzumachen. „Wir stehlen ja nichts, schon gar keine Wertsachen! Ich möchte nur ein letztes Mal hinein und ein Andenken mitnehmen. Bitte, Alex."

Er fand kein Gegenargument und folgte ihr daher durch Margarets Garten, der mit seinen hohen Hecken wenigstens gut gegen Beobachtungen von den Nachbarhäusern abgeschirmt war.

Aufgeregt schloss Sandra die Terrassentür auf, in deren Scheibe ein verklebtes Loch klaffte. Der Entführer musste es verursacht haben, als er bei Margaret eingebrochen war und die Spurensicherung hatte es danach wohl abgedichtet.

Ein unangenehmer Geruch beherrschte das Innere des Hauses, synthetisch und überaus abstoßend.

Alex folgte Sandra durch den Flur, der an der Küche vorbei ins Wohnzimmer führte. Es sah genauso aus wie vor ein paar Tagen, als sie die alte Dame zum letzten Mal besucht hatten. Die Möbel standen unverändert einladend da, die Pendeluhr tickte noch, obwohl ihre Gewichte schon weit unten waren. Auf dem Beistelltisch stand eine leere Tasse Tee. Gleich daneben lag das bestickte Tuch mit dem kunstvoll verzierten „E", über das Margaret immer drüber gestrichen hatte. Sandra ging direkt darauf zu und hob es auf.

„Das nehme ich mit", sagte sie leise. „Vielleicht finden wir irgendwann heraus, was es ihr bedeutet hat."

Dann gingen sie langsam durch das Haus, bevor sie es durch die Hintertür wieder verließen.

„Wollen wir von vorne in die Straße zurückgehen?"

Alex stimmte zu und sie machten eine Runde, bevor sie am Waldrand auf den Beginn der Mendelaine Road zusteuerten.

Auf der linken Seite, bevor Margarets Haus kam, fiel Alex die leere, überwucherte Stelle ins Auge, an der früher das Haus mit der ersten Nummer der Straße gestanden hatte. Ziemlich genau darunter musste die Stelle in den Tunneln liegen, wo er mit Annie die Briefe gefunden hatte. Es war ein seltsamer Gedanke, sich das vorzustellen. Als würde von diesem Ort eine Macht ausgehen, blieb er davor stehen und suchte das Grundstück ab. Es war kleiner als jenes von John oder anderen aus der Straße, Alex schätzte in etwa die Hälfte.

„Was ist los?", erkundigte sich Sandra.

„Ich möchte nur kurz nachdenken", meinte er und sah wiederholt hin und her. Er versuchte, sich das Haus vorzustellen. Ein kleines Heim für ein kinderloses Paar oder eine alleinstehende Mutter mit Kind. *Jenners*, fuhr Alex immer wieder durch den Kopf. Margarets Deckname ... Wieso hatten sie alle Briefe an diese Familie adressieren müssen? Hatte es diese wirklich gegeben oder war es nur für die Tarnung gewesen?

Bevor er Sandra seine Gedanken mitteilen konnte, löste sich seine Umgebung auf und alles versank in trübem, weißem Nebel. Dann wurde es dunkel. Es war plötzlich Nacht und er rannte. Hatte Todesangst, musste zusehen, dass er sich in Sicherheit brachte, irgendwo!

Die Taschenlampe in der dürren Hand beschien die sommerlich blühenden Bäume, die in der Dunkelheit allerdings mehr bedrohlich als freundlich wirkten. Er rannte und rannte, bis plötzlich ein kleines, zweistöckiges Haus in Sicht kam. Am Beginn einer Straße, die ihm sofort bekannt vorkam. Die Mendelaine Road! Er erkannte Johns Haus gleich gegenüber und teilweise die anderen Häuser, die sich die Straße hinauf aneinanderreihten.

„Bleib stehen!", zerriss eine donnernde Stimme die Luft. „Wir kriegen dich ohnehin!"

Die Angst steigerte sich weiter und das Bedürfnis, irgendwo einen sicheren Unterschlupf zu finden, wurde so stark, dass es ihm fast den Atem raubte.

Ohne viel nachzudenken oder abzuwägen, lief er zur Hintertür des kleinen Hauses, in dem nirgends Licht brannte. Sie war abgeschlossen. Verzweifelt rannte er weiter, zwischen diesem und dem Nachbarhaus durch, an den dortigen Fenstern vorbei – und erspähte eines, das leicht geöffnet war! Hoffnungsvoll schob er die dünnen Finger darunter und zog es hoch. Er konnte hier einsteigen!

Sofort ergriff er die Gelegenheit, stieg über das Fensterbrett, stolperte ins Hausinnere und schloss das Fenster. Dann machte er die Taschenlampe aus und lief ziellos durch den Raum, der das Wohnzimmer zu sein schien. Das Wenige, das zu erkennen war, hatte er allein dem Schein der Straßenlaternen zu verdanken. Immer noch verängstigt kauerte er sich hinter die Lehne eines Sofas und wartete ab.

„Wo ist sie?", war eine aggressive Männerstimme von draußen zu hören. „Sie ist hier langgelaufen!"

„Sicher versteckt sie sich irgendwo zwischen den Häusern", spekulierte ein anderer. „Oder ..."

Ein greller Lichtschimmer blendete ihn auf einmal durch das Fenster hinter ihm. Sein Herz setzte aus und er fuhr reflexartig hoch.

„Da ist sie!", schrie ein Mann beim Fenster auf der anderen Seite seinen Komplizen zu. „Sofort ins Haus rein, los!"

Sie hatten ihn entdeckt!

Er sprang los und sah sich nach Fluchtmöglichkeiten um. Die Verfolger machten sich an der Vordertür zu schaffen und rüttelten daran. Sie würden jeden Moment reinkommen!

Dann entdeckte er die Umrisse der Bodentür. Sie war vielleicht einen Quadratmeter groß, wenn überhaupt. Aber das genügte!

Ohne Zögern riss er sie auf und fand eine schmale Treppe vor, die hinunterführte. Er stellte das Sofa näher ran und begab sich dann in den Gang darunter, wobei er die Bodentür hinter sich zuzog. Still und kauernd verharrte er dort und wartete.

Polternde Schritte waren zu hören.

„Komm heraus!", schrien die Männer. „Margaret, wir wissen dass du hier bist! Wir finden dich, sei dir sicher!"

„Du kannst es beschleunigen", hakte ein anderer ein. „Dann ist vielleicht genug Zeit, Abraham und Andrew zu retten. Aber du musst dich beeilen, das Haus steht längst in Flammen! Oder möchtest du dir vorwerfen, an ihrem Tod Mitschuld zu tragen?"

Ein Drang, sich zu ergeben durchfuhr Alex, der sich sogleich ein erbittertes Duell mit dem Bedürfnis nach Sicherheit lieferte.

Eine verwirrende Mischung aus Wut, Angst, Trauer und Hass erfüllte ihn und er wollte mehrere Dinge, die sich allesamt widersprachen, gleichzeitig tun.

„Hier ist sie nicht", gab sich einer der Verfolger geschlagen. „Wir müssen draußen weitersuchen!"

„Sie *muss* hier sein! Ich habe sie gesehen, verdammt noch mal! Wie soll sie entkommen sein?"

„Vielleicht ist sie oben?"

„Wir vereinfachen das! Leg Feuer, so treiben wir sie hier raus!"

Die Männer durchstreunten das Haus mit lauten Schritten und verließen es anschließend, die Tür fiel krachend zu.

Er wartete, bis er nichts mehr hören konnte und wohl noch länger. Dann wagte er einen Blick nach oben – und starrte in ein Meer aus Flammen. Das Wohnzimmer brannte, mitsamt den Möbeln.

Panisch schreckte er zurück und flüchtete in den Gang, ohne zu wissen, wo er hinführte. Offenbar ins Nichts, denn die Umgebung verschwand plötzlich.

Alex blinzelte schnaufend und sah in Sandras besorgtes Gesicht.

„Bist du wieder da?", fragte sie bang.

Er nickte und erwiderte ihre Umarmung, ohne die er womöglich umgekippt wäre.

„Was hast du gesehen?"

„Das Haus", brachte Alex heraus. „Nummer eins. Es ist verbrannt, ich war drin."

„Was?" Sandra starrte ihn an. „Wie kann das sein?"

„Margaret ... sie war ... sie ist ... die Nacht des Feuers! Sie ist hier hineingeflüchtet. Sie haben sie verfolgt."

„Wer denn?"

„Keine Ahnung. Sie ist durch die Bodentür entkommen, im Haus."

„Da drin auch?"

Alex nickte und suchte in seiner Anspannung das leere Grundstück nach der Bodentür ab, die aber nirgendwo zu finden war.

„Alex, du hast gerade Margarets Erinnerung gesehen?"

Das brachte ihn in die Realität zurück.

„Das war nicht das erste Mal", keuchte er. „Ich hab sie schon einmal gesehen, als ich im Versteck gefangen war. Deshalb wusste ich auch, wohin der lange Tunnel führt! Sie ist ihn auch gegangen, damals, in dieser einen Nacht. Sie ist ins Versteck gelangt, hat das grüne Amulett gefunden und ... den Globus angefasst!"

Sandra konnte offensichtlich nur schwer folgen, gab ihm aber keine Sekunde das Gefühl, dass sie ihm nicht glaubte.

Es war die Wahrheit!

Jetzt wusste Alex, wessen Vision es gewesen war. Margaret war in der Nacht des Feuers durch den Tunnel dorthin gelangt und hatte ... ja, was eigentlich?

Niemand konnte sie mehr fragen.

Kapitel 41

Josh verbrachte bis zum Ende der Woche in Andover, bevor er zurück nachhause flog. Alex fand es schade, dass sein bester Freund gerade jetzt abreiste, wo er sich mit Sandra so gut verstand und auch Josh selbst wäre gerne länger geblieben, was seine Eltern jedoch nicht erlaubten. Für sie war es schlimm genug, dass ihr Sohn ein Jahr, nachdem er den Unfall überlebt hatte, erneut in eine lebensbedrohliche Situation geraten war. Josh nach seiner Entlassung aus dem Krankenhaus ein paar weitere Tage in England zu geben, betrachteten sie ohnehin bereits als Privileg.

Sandra begleitete sie zum Flughafen, was Alex sehr freute. Er selbst würde wie geplant noch dreieinhalb Wochen hierbleiben, obwohl auch seine Eltern versucht hatten, ihn zur früheren Rückkehr zu bewegen. Da er hier allerdings seinen Onkel und seine Freundin hatte, sahen sie sich gezwungen, am Ende nachzugeben - gegen das Versprechen, sich alle zwei Tage bei ihnen zu melden, was Alex zwar nicht gerade begeisterte, aber allemal besser war, als Sandra gleich wieder für Monate zu verlassen.

Wenn er daran dachte, wie unangenehm die Stimmung bei ihrer Ankunft gewesen war, als jeder Fremde Sandra und Josh ihre gegenseitige Abneigung ansehen hätte können, kam es ihm vor, als wäre das nur ein unbedeutender Traum gewesen. Die ganze Autofahrt hatten die beiden miteinander geredet und gelacht und zum Abschied umarmten sie sich sogar.

„Lass oft von dir hören!", verlangte Sandra von ihm. „Und komm in einem Jahr wieder mit."

„Hab ich vor", erwiderte Josh grinsend. „Bis bald!"

Als Josh durch die Sicherheitskontrolle gegangen war und ihnen winkte, spürte Alex einmal mehr die Zerrissenheit zwischen hier und zuhause. Wie gerne hätte er einfach beide Orte genommen und zusammengelegt, sodass er jederzeit in aller Nähe wäre! Gleichzeitig war er glücklich, am Flughafen und doch nicht derjenige zu sein, der wegflog.

Sie verbrachten fortan besonders viel Zeit miteinander und trafen sich einmal bei John, einmal bei Sandra, dann wieder bei Linda und

Rob, hin und wieder auch bei Annie. Keiner hatte das Bedürfnis, Ausflüge zu unternehmen oder gar Städtebesichtigungen zu machen. Viel wichtiger war es allen, sich gegenseitig in Sicherheit zu wissen. Die Tage der Gefangennahme hatten sie noch enger zusammengeschweißt als die Ereignisse mit Edmund Keyser vor einem Jahr. Sicher lag es daran, dass es diesmal schwerwiegendere Konsequenzen gehabt hatte. Aber auch, dass es unter anderen Umständen geschehen war und dass es mit Tammy ein Todesopfer gegeben hatte, spielte mit rein.

Die Erkenntnis, dass er nun auch Margarets Erinnerungen als Visionen erleben musste, stimmte Alex nicht zuversichtlich. Langsam fragte er sich, wie viele Personen noch dazukommen würden. Theresa, Elizabeth, Richard, Margaret ... in den Tagen danach hatte er sich alle Visionen, so gut es ihm möglich war, in Erinnerung gerufen und zusammen mit seinen Freunden versucht, daraus irgendwelche logischen Schlüsse zu ziehen. Allerdings fehlten zahlreiche Verbindungsstücke und Details, was dieses Vorhaben massiv erschwerte.

„Ich kann nicht fassen, dass du Margarets Erinnerungen siehst!", meinte Sandra immer wieder.

„Es ist sicher hilfreich, wenn wir die ganze Geschichte erfahren wollen", wandte Rob ein.

„Dumm nur, dass ich weder steuern kann, wann ich diese Visionen habe, noch *welche*", gab Alex trocken zurück.

Sie saßen in Johns Wohnzimmer, hatten alle Fenster geöffnet und genossen die warmen Brisen, die gelegentlich hereinwehten. Die Briefe, die Alex im Tunnel unter Nummer eins entdeckt hatte, lagen auf dem Wohnzimmertisch und hatten zuvor die Runde unter ihnen gemacht.

„Es gibt wirklich absolut keine Hinweise darauf, wo sie sich aufgehalten haben", sagte Annie seufzend. „Nur dass es *im Norden* ist, aber das kann überall im Land sein."

„Wenigstens wissen wir, dass es innerhalb von Großbritannien war", wies Rob darauf hin. „Wegen den Briefmarken."

„Trotzdem die Suche nach einem unbekannten Stern unter Millionen", murmelte Sandra verbittert. „Nachdem Margaret erzählt hat, wie sehr Arthur darauf aus war, ihren Aufenthaltsort geheim zu halten, können wir davon ausgehen, dass es bei Abraham, Regina und Andrew nicht anders war."

„Wir haben einen Namen", warf Alex ein. „*Dunning*, auch wenn es nicht ihr echter ist. Vielleicht lässt sich damit etwas anfangen."

„Möglich", erwiderte Rob. „Kann nur eine Zeit dauern, zumindest länger als die drei Wochen, die du noch hier bist. Und dann beginnt auch schon wieder die Schule."

„John hilft uns sicher", war Alex überzeugt.

„Ich denke, wir können sie finden", zeigte sich Annie optimistisch. „Obwohl wir nicht wissen, ob Abraham und Regina überhaupt noch leben. Bei Andrew ist das am wahrscheinlichsten."

„Jeder, der uns irgendwas sagen kann, ist wertvoll", bekräftigte Alex. „Mit dem, was meine Visionen hergeben, werden wir nie dahinterkommen. Vielleicht wenn ich irgendwann völlig durchgedreht bin."

„Du solltest nach jeder Vision sofort mit jemandem darüber reden", schlug Sandra vor. „Auch zuhause. Mit Josh, oder du rufst bei uns an. Das verschafft dir fürs Erste Erleichterung und jeder von uns kann sich Gedanken machen, wie es ins Bild passt. Ein paar Teile haben wir ja schon."

„Du hast erzählt, dass du dieselbe Szene aus zwei verschiedenen Menschen heraus erlebt hast", meinte Rob gespannt und beugte sich nach vorne. „Einmal von Richard, einmal von Theresa aus. Und dass der Globus davor noch ganz gewöhnlich ausgesehen hat, danach aber so wie heute." Alex nickte.

„Ich kann mir vorstellen, dass der Globus zu diesem Zeitpunkt geschaffen wurde", folgerte Alex. „Anders lässt es sich nicht erklären. Ich habe Theresas Erinnerung gesehen, als sie von Richard durch den Brunnen ins Versteck gelotst wurde. Er sagte, Arthur und Elizabeth würden bereits warten. Ich vermute, dass sich dieses *Ritual* in derselben Nacht abgespielt hat. Nur ist so vieles daran unklar."

„Zum Beispiel, wieso Arthur und Elizabeth zuerst geschlafen, dann mit Richard gekämpft haben und am Schluss zwei von ihnen scheinbar tot waren", führte Sandra aus. „Woran sind sie gestorben? Und wer waren sie überhaupt? Okay, bei Elizabeth wissen wir, dass sie in Arthur verliebt war, aber Richard? War er ein Cessler?"

„Gut möglich", sagte Alex nachdenklich. „Er hat mit seinen Initialen unterschrieben, das „C" hätte aber auch für *Carregan*, *Crittenfield* oder *Crendon* stehen können." Bei Emilys Nachnamen bemerkte Alex, dass sich Sandras Miene leicht verzog.

„In der Straße wohnen noch andere Leute, deren Nachname mit „C" beginnt", gab Rob zu bedenken. „Keine Ahnung, ob Vorfahren von denen auch für die Cesslers gearbeitet haben. Er muss der Familie jedenfalls nahegestanden haben, wenn er in ihrem Haus gewohnt hat und ein eigenes Arbeitszimmer dort hatte."

„Er hat erwähnt, dass er das Erbe *seiner* Familie weiterführen will, nicht wahr?", fragte Annie an Alex gerichtet. „Das hast du doch gesehen? Dass er der alleinige Herrscher über den Globus sein wollte, obwohl das davor nie der Fall war. Und dass ihn alle davor gewarnt haben, richtig?"

Alex nickte und dachte an Theresas Panikattacke, die er seelisch in aller Ausführlichkeit miterlebt hatte. Erst jetzt fiel ihm auf, dass in dieser Vision kurz zuvor dasselbe passiert war wie damals, als er selbst zum Herrscher erwählt worden war. Und dass sie in ihrem Ausnahmezustand am Globus angekommen war ...

„Sie muss die erste Herrscherin gewesen sein", murmelte er. „Theresa konnte den Globus berühren. Weil Arthur sie später nie mehr erwähnt hat, passt das auch zusammen mit Margarets Unwissenheit über sie. Und dass Arthur ihr nie verraten hat, wer vor ihr Herrscherin war."

Das leuchtete allen ein, allerdings tat sich im gleichen Gedankengang die alles entscheidende Frage auf:

„Wieso auch Alex?"

„Das passt nicht mit Richards Plan zusammen", fand Annie. „Er wollte Alleinherrscher sein und dann wird es Theresa, die offenbar psychisch krank war? Wie konnte ihm das passieren?"

„Vor allem, was war ausschlaggebend für die Wahl des Herrschers?", ergänzte Sandra. „Was kann Alex mit Theresa und Margaret gemeinsam haben? Oder wählt der Globus nach Zufallsprinzip aus?"

„Das ist zwar nicht ausgeschlossen, würde aber auch nicht mit Richards Plan zusammenpassen", meinte Alex. „Denn wieso sollte er bei insgesamt vier anwesenden Personen den Zufall entscheiden lassen, wenn er die Macht für sich wollte? Und dann auch noch tot umfallen."

„Alex", setzte Annie an, „denkst du, die beiden Skelette, die wir entdeckt haben ... könnten das ... na ja ... Richard und Elizabeth gewesen sein?"

Ihm war diese Theorie auch schon gekommen, bloß war sie inmitten der vielen anderen Dinge, die passiert waren, untergegangen.

„Ja, vielleicht", sagte er leise.

„Dann wissen wir jetzt auch, warum er später nicht sie sondern Victoria geheiratet hat", warf Sandra sofort ein. „Aber warum hätte Arthur seine Geliebte einfach so verschwinden lassen sollen? Ich meine, bei Richard verständlich, auch wenn es nicht richtig ist, aber Elizabeth? Sie liebte ihn doch und hat Richard verabscheut, das hat Alex gesehen."

Alex blickte ins Leere und versuchte, eine Antwort darauf zu finden.

„Wie hätte er es erklären sollen?", meinte Rob betroffen. „Seine Geliebte und ein Verwandter oder Bediensteter sterben auf mysteriöse Weise dort unten und die Einzigen, die heil davonkommen, sind Arthur und seine kranke Schwester. Sicher hatte er Angst, dass ihm jemand den Tod der beiden anhängen will."

So furchtbar das auch klang, es war sehr plausibel.

„Alex, du hast gesagt, es gibt vier Amulette?", fragte ihn Annie und er nickte.

„Das blaue, das wir kennen", führte er aus, „ein grünes, ein rotes und ein bernsteinfarbenes."

„Es ist doch weg", erinnerte Annie. „Einer von den Typen hat es an sich genommen."

„Ja", gestand Alex seufzend ein. „Aber außer dass es leuchtet wenn jemand - oder *ich* - vom Globus Gebrauch macht, hat es ja nichts weiter zu bedeuten."

„Ich frage mich, wo die anderen drei sind", sagte Sandra.

„Eines habe ich noch in einer anderen Vision gesehen", erzählte Alex. „Das grüne. Margaret muss es an sich genommen haben ..."

Verwundert sahen ihn die anderen an.

„Ob es noch bei ihr im Haus ist?", meinte Sandra aufgeregt.

„Dann hätte sie es uns gezeigt", warf Annie ein. „Warum hätte sie es uns vorenthalten sollen?"

„Und die anderen zwei?"

Alex durchsuchte seine gesamten Erinnerungen nach Hinweisen, die ihn der Antwort näherbringen konnten.

„Ich glaube, als ich im Internet recherchiert und einige Bilder von Arthur Cessler gefunden habe, trug er eines davon um den Hals", erläuterte er. „Allerdings waren die Bilder schwarzweiß. Die Farbe konnte ich nicht erkennen."

„Es hat wohl keinen Sinn, sich weiter darüber Gedanken zu machen", sagte Rob ernüchternd. „Wir werden sie kaum jemals finden, wo sollten wir auch anfangen?"

„Trotzdem wäre es interessant, herauszufinden, was Margaret mit dem grünen gemacht hat", beharrte Sandra. „Und warum es noch da unten war, als sie durch Nummer eins dorthin geflüchtet ist."

„Wir können niemanden mehr fragen", dachte Alex laut und spürte plötzlich ziemlich stark die Verbitterung darüber, dass ein großer Teil des Wissens über die Wahrheit mit Margaret für immer verschwunden war.

„Erinnert ihr euch an die Zeichen auf der Rückseite?", fragte er dann in die Runde. „In der Vision waren sie auch auf der Rückseite vom grünen Amulett. Wir müssten ihre Bedeutung entschlüsseln, dann würden wir vielleicht mehr herausfinden, als über ihr nerviges Leuchten."

„Du meinst, in den Papieren da unten?"

Annies Begeisterung darüber, womöglich wieder ins Versteck zu müssen um die vielen Aufzeichnungen zu durchforsten, schien so gering zu sein, dass sie lieber eine weitere Woche gehungert hätte.

„Du musst ja nicht mitkommen", beruhigte Alex sie. „Ich kann es mit John, notfalls auch alleine machen."

„Dann komm ich mir aber vor, als würde ich euch im Stich lassen", jammerte Annie und Sandra verdrehte die Augen.

„Das sehen wir dann, wenn es so weit ist", wollte Alex das Thema abschließen. „Bei Jeremy haben wir auch einen Besuch ausständig. Auf dem Dachboden seiner Tante sollen sich einige Dinge von den Cesslers befinden, ich möchte dort mal nachsehen."

„Dachböden kann ich momentan nicht ausstehen", meinte Sandra gequält. „Das müsst ihr ohne mich machen, bitte."

„Das verstehe ich", erwiderte Alex gelassen. „Planen wir nichts, lassen wir es einfach auf uns zukommen."

„Ist eine gute Idee", stimmte Rob zu.

„Abgesehen davon sollten wir das, was wir haben, unbedingt festhalten!", mahnte Annie. „Dass wir auch ja kein Detail vergessen. Wisst ihr was, ich werde ab sofort alles aufschreiben, was wir herausfinden! Alex, du erzählst mir irgendwann noch mal ganz genau von deinen Visionen, mit so vielen Details wie möglich."

„Da spricht die zukünftige Journalistin", rief Sandra und lächelte anerkennend.

„Ganz genau, das wird meine erste große Story", erwiderte sie stolz.

„Die dir leider niemand glauben wird", meinte Rob leise.

„Das werden wir ja sehen", entgegnete Annie bestimmt. „Zumindest wird es eine gute Übung für mich sein und uns allen nützen, glaubt mir."

„Kannst du dich überhaupt an alle Visionen erinnern, die du bisher gehabt hast?", fragte Sandra.

Alex dachte nach.

„Eigentlich schon, auch wenn ich es nicht gern tue. Einige waren sehr belastend, wie ihr wisst."

„Reden ist die beste Therapie", sagte Annie. „Was ist zum Beispiel in deiner allerersten passiert?"

„Theresa hat in den Spiegel gesehen und ist danach heulend zusammengebrochen." Es war eine Qual, diese Szene nachzuerzählen, so nah fühlten sich Theresas Emotionen immer noch an. „Richard war bei ihr und hat Hilfe geholt."

„Sie ist einfach so zusammengebrochen?", hakte Annie nach. „Ein Schwächeanfall?"

„Na ja, sie ... ich hab einen geöffneten Brief am Tisch vor dem Spiegel gesehen, keine Ahnung."

„Sie muss darin irgendwas erfahren haben", folgerte Annie. „Vielleicht vom Tod eines Angehörigen?"

„Das ist naheliegend", schaltete sich Sandra ein. „Sonst gibt es keinen Grund, so schlimm durchzudrehen, oder? Nur wer es gewesen ist bleibt unklar ..."

„Ich kann mir nicht vorstellen, dass der Tod von einem Menschen, der ihr nahestand, der Grund für all das war", warf Rob dazwischen. „Auch, wenn es im ersten Moment ein Schock ist, der Leute zu vielem bringen kann. Aber Theresas Erinnerungen sind praktisch durchwegs negativ. Denkt ihr, dass ein einziger Mensch ihr so viel bedeutet haben kann, um sie für ihr restliches Leben in Depressionen zu stürzen?"

„Menschen sind unterschiedlich", stellte Sandra klar. „Manche erleben Schreckliches und gehen weiter, andere erleben Schreckliches und versinken in ihrer Trauer. Vielleicht war Theresa so, wer weiß? Sie tut mir furchtbar leid. Vor allem, dass wir ihr nicht mehr helfen können."

„Als Kind hab ich sie auch gesehen", gab Alex zu bedenken. „Sie wirkte glücklich. Was immer ihr Leben zerstört hat, muss später passiert sein."

„Hast du Sandra und Rob das Bild von ihr gezeigt?", wollte Annie wissen. Daran hatte er nicht gedacht.

„Es ist unten", räumte er ein.

„Wir haben Zeit", meinte Sandra gelassen. „Irgendwann möchte ich sie auf jeden Fall sehen, aber jetzt will ich gerade nur die Ferien genießen. Und dass Melissa und Chris weg sind!"

„Schätze, das haben wir uns verdient", stimmte Rob mit ein.

Nach allem, was passiert war, hatten sie wirklich jede Ruhe der Welt verdient, dachte Alex entspannt.

Kapitel 42

Obwohl Alex sich mittlerweile daran gewöhnt haben sollte, verlangten ihm die täglichen Visionen jedes Mal aufs Neue einiges ab. Es kam ihm sogar vor, dass sie häufiger wurden, je länger er hier war. Am Anfang hatte er sie ein bis zwei Mal am Tag erlebt, inzwischen war es ganz normal, fünf bis sechsmal für ein paar Sekunden weggetreten zu sein. In den meisten Fällen wusste er, wessen Erinnerungen er durchlebte, in den übrigen war Alex sich zumindest ziemlich sicher.

Wenn es Elizabeth oder Richard waren, konnte er aufatmen, denn ihre Erlebnisse waren nicht allzu emotional gewesen und nicht selten sah er Situationen, die für ihn völlig belanglos waren. Margarets Erinnerungen waren dagegen schon etwas intensiver, vor allem wenn es um ihren Bruder Colin ging, den Alex nur über die Visionen überhaupt kennengelernt hatte. Er schien Margaret viel Kummer bereitet zu haben, wenn Alex auch nicht herausgefunden hatte, warum. Colin schien ein schwermütiger Mensch gewesen zu sein, der sein Leben nie richtig auf die Reihe bekommen hatte. Nur eine weitere unbeantwortete Frage unter so vielen, dachte Alex zerknirscht.

Auf der anderen Seite dürfte Margaret zusammen mit Abraham und Regina auch viele glückliche Momente im Hause Cessler gehabt haben, was ihm zwischendurch anschaulich vor Augen geführt wurde. Sandra meinte schon, sie würde ihn darum beneiden, dass er ihre Erinnerungen live miterleben durfte und sie am liebsten mit ihm getauscht hätte. Alex nahm an, dass sie sofort zurückgetauscht hätte, wenn sie nur einmal durch Theresas Augen gesehen und ihre Emotionen fühlen hätte müssen. Denn ebendiese waren maßgeblich dafür verantwortlich, dass Alex oft die Lust für den ganzen Tag verlor.

Merkwürdigerweise war es wie Rob gesagt hatte, denn unter all den schrecklichen Rückführungen in Theresas Leben hatte Alex bisher keine einzige erlebt, die annähernd positiv gewesen war.

Kein glücklicher Moment aus ihrer Kindheit oder Jugend, keine erste oder große Liebe, keine Reise an einen schönen Ort und auch keine gemeinsame Zeit mit ihrem Bruder Arthur oder ihren Eltern. Ihr Leben schien vollständig aus Trauer, Hoffnungslosigkeit und Trübsal bestanden zu haben und Alex fragte sich nach jedem Mal, wenn er es wieder durchgestanden hatte, wie ein Mensch überhaupt so viel Kummer ertragen konnte.

So eindeutig dieser Umstand war, so unklar war der Rest von Theresas Leben. Aus den bisherigen Visionen hatte Alex zusammen mit Sandra und den anderen nur Eckpunkte festmachen können, ohne eine konstante Zeitlinie zu rekonstruieren. Offenbar hatte sie in diesem Brief etwas erfahren, das ihr für ihr gesamtes Leben alle Freude genommen hatte, die sie irgendwann empfunden hatte. Sehr wahrscheinlich war es der Verlust eines Menschen, den sie geliebt hatte, bloß wer genau, konnte niemand mehr herausfinden. Entweder vorher oder später war sie von Richard im Versteck zur Herrscherin über den Globus gemacht worden, womöglich als erste. Der Grund dafür lag auch nach unzähligen Brainstormings und Theorien, die Alex gemeinsam mit den anderen aufgestellt hatte, im Dunkeln. Niemand konnte sich ansatzweise erklären, wieso Richard, der die Macht über den Globus für sich alleine wollte, diese letztendlich Theresa verliehen hatte und selber dabei draufgegangen war. Es fehlten zu viele Details, um daraus die ganze Geschichte nachzubilden. Jedenfalls war auch klar, dass Victoria Cessler kein netter Mensch gewesen war und die Schwester ihres späteren Ehemanns verachtet hatte, was Theresa höchstens tiefer in ihre Abgründe getrieben haben musste.

Irgendwann war sie einem schweren sexuellen Übergriff zum Opfer gefallen, der Alex noch immer übel werden ließ, wenn er daran dachte. Und an einem Punkt war sie offensichtlich in einer Klinik gewesen, ob davor, danach oder dazwischen konnte er nicht festmachen. Alles andere konnte er nur vermuten.

Sandra schien jedes Mal, wenn Alex davon erzählte, besonders davon betroffen zu sein. Am tiefsten bedrückte sie wohl die Tatsache, dass Theresas Schicksal längst besiegelt war und nicht mehr geändert werden konnte. Auch Alex verspürte den Wunsch, als er selbst in die jeweilige Vision zu springen und Arthur Cesslers Schwester zu Hilfe zu eilen, zählte andererseits aber die Sekunden, bis die Vision endlich vorbei war.

Er wollte die Wahrheit erfahren, wollte herausfinden, was Theresa zugestoßen war, dass sie ihr Leben lang nur noch in Verzweiflung gelebt hatte. Doch ihm war bewusst, dass er dafür noch tiefer in ihr Leben eintauchen und damit eine Reihe weiterer Erinnerungen durchleben musste, was er eigentlich mit allen Mitteln verhindern wollte.

Am Ende stand für Alex die Frage, ob das die Wahrheit wert war – und ob er sie überhaupt erfahren wollte!

Er war nun schon über drei Wochen in Andover, als Sandra ihn eines Morgens bei John abholte und aufgeregt zu Margarets Haus deutete.

„Dort hängt eine Todesanzeige!", berichtete sie ihm. „Mit dem Termin, wann Margaret beerdigt wird."

Gemeinsam liefen sie über die Straße auf Margarets Veranda, wo die Traueranzeige an die Tür gehängt worden war.

„Keiner weiß von ihrer Identität", stellte Alex fest, als er sie überflogen hatte. „Sie wird *Joanne Jenners* genannt. Lebensdaten oder Angehörige stehen auch keine dabei."

„Ihre Beerdigung ist in vier Tagen", las Sandra vor. „Ob dort auch andere Leute hinkommen?"

Alex zuckte mit den Schultern.

„Vielleicht aus der Straße?", spekulierte er. „Sie hatte ja keine Verwandten mehr. Und von Freunden oder Bekannten wissen wir nichts."

Sie verbreiteten die Nachricht von Margarets Beerdigung unter allen, die sie kannten und die inzwischen aus dem Urlaub zurückgekommen waren.

Im Vergleich zu den Ereignissen, die sich in deren Abwesenheit in der Mendelaine Road abgespielt hatten, schien dieser Termin jedoch für viele eine geringe Priorität zu haben. Alle hatten Margaret gekannt, doch niemand hatte ein so enges Verhältnis zu ihr gehabt, dass er sich die Zeit nehmen wollte, ihr die letzte Ehre zu erweisen.

Sandra war von vielen enttäuscht, als letzten Endes feststand, dass sie zusammen mit Alex, John, Annie und Rob die Einzige sein würde. Das äußerte sich in unterschwelligen Vorwürfen, welche sie Samuel, Julian, Adam, Norman und Carmen machte, die alle bereits zurück waren. Auch ihre Eltern und Linda bekamen eine dramatische Szene geboten, als sie bekanntgaben, dass sie nicht an der Beerdigung teilnehmen würden.

Schlussendlich gewann sie mit Jeremy einen weiteren Gast, der Margaret zwar kaum gekannt hatte, Sandras eindringlichen Begründungen, wieso er dennoch hingehen sollte, aber nichts entgegensetzen konnte.

Es war der Donnerstag genau vier Wochen, nachdem Alex mit Josh angekommen war. Die Zeremonie würde am späten Vormittag stattfinden, sodass Alex nach dem Frühstück den geliehenen schwarzen Anzug und die polierten Schuhe von Rob anzog und sich mit John und Sandra auf den Weg machte. Annie und Rob waren mit Jeremy mitgefahren und warteten bereits vor dem Friedhof auf sie.

Die Sonne wurde von weißgrauen Wolken abgehalten, dazwischen zeigte sich aber der blaue Himmel und es hatte die optimale Temperatur, dass Alex in seinem Traueranzug nicht heiß wurde. Gemeinsam gingen sie zur Aufbahrungshalle, die bis auf einen älteren Herrn im grauen Anzug, der eine Aktentasche bei sich trug, leer war. Der geschlossene Sarg wirkte ziemlich verlassen, was sich änderte, als Sandra die Blumenkränze von John und Jeremy darauf ablegte.

„Guten Tag", grüßte sie der Herr. „Darf ich fragen, sind Sie Verwandte der Verstorbenen, Mrs ... Jenners?"

Alle verneinten.

„Wozu möchten Sie das wissen?", erkundigte sich John, nachdem sie ihm ihr Verhältnis zu Margaret erklärt hatten.

„Nun, ähm ..." Der Herr wirkte etwas verlegen und blickte sich ein paar Mal um, als würde er hoffen, sich mit der Ankunft von weiteren Personen aus der Situation befreien zu können. „Wenn ich mich vorstellen darf, mein Name ist Franklin Bellins, ich bin Testamentsvollstrecker und mit dem Nachlass der Verstorbenen betraut."

Damit hatte er die ungeteilte Aufmerksamkeit für sich.

„Es ist so, dass Mrs. Jenners keine Adressen oder Kontaktdaten der Person angeben konnte, der sie ihren Besitz vererbt hat. Ich habe gehofft, dass der Herr ... ich meine, diese *Person*, vielleicht zur Beerdigung kommen würde."

Das machte Alex und alle anderen außer Jeremy, der die Wahrheit nicht wusste, stutzig. Wem hätte Margaret ihr Haus vererben können? Schließlich hatte sie doch keine Angehörigen mehr. Oder vielleicht ihr Bruder Colin? Lebte er etwa noch? Wieso hatte er sich dann nie bei ihr blicken lassen?

Mr. Bellins durfte wohl nichts weiter über seinen Auftrag sagen, weswegen sie alle Platz nahmen und auf den Pfarrer warteten, der die Trauermesse leitete. Sie dauerte nicht allzu lange, wenngleich es Alex vorkam wie ein ganzer Tag. Im Anschluss wurde der Sarg von einigen Trägern hinaus zum Grab transportiert und dort hinabgelassen. Ein Grabstein mit einem eingemeißelten Kreuz trug nur Margarets Decknamen, keine Lebensdaten oder Ornamente.

Nachdem die Totengräber ihre Arbeit beendet und der Pfarrer noch ein paar abschließende Worte gesagt hatte, verabschiedeten sich diese und schritten davon.

Mit gesenktem Kopf stand Sandra neben Alex und starrte auf Margarets bedecktes Grab, auf dem die beiden Blumenkränze lagen. Mr. Bellins fühlte sich offensichtlich fehl am Platz, wollte aber aus einem bestimmten Grund anscheinend auch nicht gehen.

„Mein Beileid", sagte er, wohl um die Stille zu durchbrechen. „Standen Sie der Verstorbenen nahe?"

„Sie wohnte mir gegenüber", übernahm John. „Ich habe das Haus seit etwa fünfzehn Jahren und kannte sie seit damals. Mein Neffe und seine Freunde haben sie öfter besucht."

„Hat sie irgendwann Verwandte erwähnt?", hakte Mr. Bellins nach. „Einen Sohn, Bruder, Cousin, Enkel oder ähnliche?"

Alex fand diese Frage vor dem Hintergrund, dass Margaret immer dachte, alle ihre Lieben verloren zu haben, sehr geschmacklos, obgleich er wusste, dass Mr. Bellins von ihrer wahren Identität ja keine Ahnung hatte. Sie würden es ihm auch bestimmt nicht sagen, zumal sie es auch nicht beweisen konnten.

„Es ist zu verworren", schnaufte Mr. Bellins und schüttelte den Kopf. „Sie müssen wissen, eigentlich darf ich keinen Außenstehenden davon erzählen, doch nachdem außer Ihnen niemand die Dame kannte und keine Nachkommen oder Verwandten da sind, wird sich wohl keiner beschweren." Er lachte gekünstelt und umklammerte nervös seine Aktentasche.

Alex hätte ihn gerne zum Teufel geschickt, andererseits interessierte ihn, was er über Margarets Nachlass zu sagen hatte.

„Mrs. Jenners hat alle Schritte bereits vor Jahren in die Wege geleitet", erläuterte Mr. Bellins, als wäre er froh, endlich mit jemandem darüber sprechen zu können. „Dass im Falle ihres Todes die Beerdigung an diesem Ort stattfindet, sogar den Grabstein hat sie vorsorglich aufstellen und ihren Namen einmeißeln lassen. Soweit ist also alles klar, bloß ihr Vermögen ..."

Überrascht sahen sie sich untereinander an.

„Sie hat alles einer Person vermacht, die ich beim besten Willen nicht ausfindig machen kann", klagte Mr. Bellins.

„Ich nehme an, Sie dürfen uns nicht sagen, um wen es sich handelt?", fragte John mit gehobenen Augenbrauen.

„Nun ... nein. Leider nicht", antwortete Mr. Bellins und biss fast seine Lippe blutig, um sich nicht zu verplappern. „Sagen Sie, kennen Sie den Namen *Cessler* von irgendwo her?"

„Natürlich, die Familie kennt jeder hier", meinte John. „Bloß lebt davon niemand mehr, ihr Herrenhaus ist ..."

„... seit fast fünfzig Jahren abgebrannt, ja ich weiß", fiel Mr. Bellins ihm ins Wort. „Ich bin hier aufgewachsen, müssen Sie wissen und war auch deshalb so überrascht, als ich im letzten Willen der Verstorbenen den Alleinerben gelesen habe."

Alex runzelte die Stirn.

„Soll das heißen, sie hat alles einem Cessler vererbt?", fragte er verwirrt.

„Das darf ich nicht bestätigen", wich Mr. Bellins aus. „Aber ich sage in aller Ehrlichkeit, dass ich es auch nicht bestreiten möchte. Ich war etwas früher da und bin über den Friedhof spaziert. Dabei habe ich ein Grab von mehreren Cesslers entdeckt, doch die sind seit Ewigkeiten tot. Und der angeführte Erbe ist auch nicht dabei."

Alle Blicke waren plötzlich auf ihn gerichtet.

„Ein Cessler-Grab?", wiederholte Sandra ungläubig. „Hier? Würden Sie es uns zeigen, Sir?"

Mr. Bellins wirkte ziemlich überrumpelt von diesem Interesse, nickte aber.

„Folgen Sie mir alle, ich führe Sie hin", sagte er und geleitete sie einige hundert Meter weiter zu einem hohen und prunkvollen Grabstein, der allerdings eindeutig seit langer Zeit nicht gepflegt wurde.

Pflanzen wucherten, wo man auch hinsah und die Eisenbeschläge mit Laternen rosteten vor sich hin.

„Wenn Sie mich entschuldigen, ich muss weiter", verabschiedete sich Mr. Bellins dann. „Alles Gute, auf Wiedersehen!"

Als er weg war, betrachtete Alex den Grabstein genau.

„Tatsächlich, dort steht der Name Cessler!", stellte er hoffnungsvoll fest und beugte sich nach vorne. „Wir müssen die Ranken auf die Seite schieben, um die Inschrift zu lesen."

Annie und Jeremy halfen ihm dabei.

Schließlich hatten sie die Inschriften freigelegt und lasen sie voller Spannung.

Randolph Cessler, 1835 bis 1902.

Josephine Cessler, 1862 bis 1888.

Theresa Cessler, 1880 bis 1922.

Bei Theresas Namen stockte Alex und sah bestürzt zu Sandra, Annie und Rob. Auch John starrte verblüfft auf ihre Lebensdaten, während es Jeremy wenig erstaunte.

„Die Arme", meinte er beiläufig. „Ist nur zweiundvierzig Jahre alt geworden, die andere sogar nur sechsundzwanzig. Die hatten die heutige Medizin nicht."

Keiner reagierte darauf, alle waren damit beschäftigt, die Tatsache zu verarbeiten, dass Theresa vierzig Jahre vor dem Feuer gestorben war und sie es jetzt eindeutig wussten.

„Wenigstens mussten sie nicht mehr erleben, wie ihr Haus abgebrannt ist", redete Jeremy weiter. „Das ist wahrscheinlich der Grund, warum Arthur Cessler und seine Familie hier nicht ihre letzte Ruhe gefunden haben."

Alex fand keine Worte, mit denen er antworten konnte. Zu stark war seine Verwunderung darüber, dass sie gerade auf Theresas Grab gestoßen waren. Sie war also wirklich früh gestorben, dachte er mitfühlend. Ebenso die andere Frau, die nach den Jahreszahlen wohl ihre Mutter gewesen war.

Und der Mann? Er war um einiges älter, also war er wahrscheinlich Theresas Großvater gewesen. Er fragte sich, wo der Vater von Arthur und Theresa begraben war.

Nachdem Richards Name nicht angeführt war, handelte es sich wohl auch nicht um einen Verwandten, folgerte Alex. Was aber, wenn eines der beiden Skelette in den unterirdischen Gängen wirklich Richards Überreste waren? Theoretisch hätte es doch Arthurs Bruder sein können, den er verschwinden und deswegen nicht hier begraben ließ. Bloß warum? Hatte Arthur wirklich befürchtet, mit dessen Tod in Verbindung gebracht zu werden?

Jedenfalls hatte Annie nun eine ganze Menge aufzuschreiben, dachte Alex und wollte sich vom Grabstein abwenden, als sein Blick über die wuchernden Pflanzen wanderte. Sofort verschwamm seine Umgebung und fast im selben Moment überfiel ihn eine Trauer, die er nie zuvor erlebt hatte. Nicht in seinem Leben, nicht in seinen Visionen. Eine Trauer, die nur die Spitze eines gigantischen Eisberges darstellte, der voller anderer Abgründe war, darunter Wut über eine fürchterliche Ungerechtigkeit, Verbitterung, Hass, dem Wunsch alles zu verändern, noch eine Chance zu bekommen und Sehnsucht.

Es war dämmrig und er befand sich auf einem Friedhof, der außer ihm selbst menschenleer war – nur Theresa war hier und litt innere Höllenqualen. Alex hörte sie weinen, schreien, wimmern, schluchzen und schniefen. Sie befand sich vor einem Grabstein, der von Pflanzen verwachsen war, welche die Inschrift einrahmten und deren äußere Ränder verdeckten.

„... rles Goodw ...“, konnte Alex dazwischen entziffern und darunter die ebenso verdeckten Lebensdaten: *„... 878 – 190 ...“* Der Rest der Inschrift war unter den Pflanzen verborgen.

Er lag vor dem Grab, Theresas Hände fuhren über das Gras und sie brach darauf zusammen. Es war alles vorbei, es gab keine Hoffnung mehr, sie würde nie mehr glücklich werden.

Dass man solche grauenhaften Gefühle überleben konnte, war die größte Qual daran. Viel einfacher wäre es, wenn sie einen einfach töteten und damit erlösten, aber das taten sie nicht. Als würde es ihnen Vergnügen bereiten, einen immer weiter ins Verderben zu stürzen.

„Alles ist gut", hörte Alex dann jemanden in sein Ohr flüstern. „Wir sind da."

Er sah plötzlich wieder den Cessler-Grabstein vor sich, mit Theresas Namen darauf. Seine Augen tränten, er zitterte und rang nach Luft.

„Soll ich jetzt einen Krankenwagen rufen?", hörte er Jeremy besorgt fragen.

„Nein, danke", beschwichtigte Sandra. „Alex, hörst du mich?"

Er presste ein leises „Ja" heraus und schaffte es schließlich, ihre Umarmung zu erwidern.

„Wir fahren jetzt nachhause, okay?" Sie half ihm auf und stützte ihn auf dem Weg zurück zum Auto.

Obwohl John, Annie und Rob allesamt besorgt aussahen, war das nichts im Vergleich zu Jeremy. Seinem Gesichtsausdruck hätte man entnehmen können, dass er gerade ein Schlachtfeld überquert hatte.

„Danke, Jeremy", brachte Alex hervor, da es ihm ein Anliegen war, ihn von seiner Gesundheit zu überzeugen. „Ich meine, dass du mit uns warst. Ich melde mich die nächsten Tage bei dir und komme mal vorbei, du weißt schon. Damit wir auf euren Dachboden gehen."

„Klar, gerne", erwiderte Jeremy und lächelte betreten. „Alles Gute."

„Wir treffen uns am Nachmittag bei John, in Ordnung?", schlug Sandra an Annie und Rob gerichtet vor, die gleich zusagten.

Damit fuhr John mit Alex und Sandra zurück nachhause. Auf der kurzen Fahrt redete er kein Wort, da es ihm zu anstrengend vorkam. Er wollte nichts als ins Bett und keine Gefühle mehr haben. Nur Ruhe und Frieden, um damit fertigzuwerden, was er eben durchgemacht hatte.

Sandra begleitete ihn in sein Zimmer bei John und legte sich neben ihn, damit er nicht allein war, was Alex viel bedeutete. Zwei Stunden später wachte er aus einem erholsamen Schlaf auf und hatte großen Hunger. Zum Glück hatte John in der Zwischenzeit gekocht, sodass sie gleich mittagessen konnten.

Gerade als sie fertig waren, klingelte es an der Tür. Annie und Rob waren gekommen, um dabei zu sein, wenn Alex von seinem neuerlichen Anfall berichtete. Sie saßen im Wohnzimmer, als er nach den richtigen Worten suchte, um das zu beschreiben, was in dieser Vision geschehen war.

Annie hatte ihren Collegeblock bei sich und schrieb mit, wobei sie immer wieder vergaß, weil sie so mitgenommen von seiner Erzählung war.

„Sie tut mir immer mehr leid", war Sandras erste Reaktion, als Alex fertig war.

„Mir auch", pflichtete Annie bei.

„Sie hat also wirklich jemanden verloren, der ihr sehr viel bedeutet hat", folgerte Rob. „Wie war der Name?"

„Ich konnte ihn nicht ganz sehen", erklärte Alex. „Die Pflanzen hingen darüber. Ich nehme an *Charles Goodw ... ill* oder so ähnlich."

„Nennen wir ihn mal so", meinte Annie und notierte es.

„Wer kann Charles gewesen sein?", fragte sich John. „Vielleicht ihre große Liebe?"

Annie presste die Lippen zusammen.

„Keine Ahnung. Er war zwei Jahre älter als Theresa, es könnte gut sein."

„Dann wissen wir jetzt, wieso sie ihr Leben lang so unglücklich war", schloss Rob daraus. „Sie hat die Liebe ihres Lebens verloren und ist daran zerbrochen."

„Zumindest ist es wahrscheinlich", erwiderte Annie, während sie unentwegt Notizen machte. „Es könnte auch ein enger Freund gewesen sein oder ein Cousin, zu dem sie ein gutes Verhältnis hatte."

„Cousin noch eher", meinte Rob. „Frauen hatten damals keine *normalen* Freunde. Sobald sie mit einem Mann gesehen wurden, hat man sofort über sie geredet, ihr wisst schon. Nur wenn sie verheiratet waren, konnten sie sich zusammen sehen lassen."

„Furchtbare Zeiten", fand Sandra. „Als ob die Leute keine anderen Sorgen gehabt hätten!"

„Es könnte auch ein geheimer Freund gewesen sein", meinte Annie. „Einen, den sie geliebt hat und der sie nicht heiraten durfte, aus irgendeinem Grund. Oder den sie heiraten wollte und der davor gestorben ist."

„Jedenfalls vor 1910", bestätigte Alex. „Die letzte Ziffer konnte ich nicht sehen, aber die vorletzte war eine Null."

„Mit diesem Namen könnten wir weiterforschen", sagte Annie tatkräftig. „Wenn wir mehr über diesen Charles Goodwill herausfinden, erfahren wir vielleicht auch etwas über Theresa."

„Einen Versuch ist es wert", stimmte Rob zu und wandte sich an Alex. „Deiner Vision nach muss Theresa am Boden zerstört gewesen sein, als sie sein Grab besucht hat. Es war wohl ein furchtbarer Verlust für sie."

„Das kannst du laut sagen", erwiderte Alex bitter und erschauderte beim Gedanken an die Szene, die immer noch in ihm arbeitete.

„Und die andere Sache?", erinnerte Sandra daran. „Dass Margaret ihr Haus einem Cessler vererbt hat, der unauffindbar ist? Findet ihr das nicht seltsam?"

„Klar", stimmten alle mit ein.

„Zumindest hat uns dieser komische Testamentsvollstrecker den Nachnamen gesagt", fand Annie und deutete auf ihren Collegeblock. „Ich habe schon alles aufgeschrieben. Nur was jetzt passiert, werden wir nicht erfahren."

„Dass Margaret ihre Beerdigung schon vorher organisiert hat, wundert mich nicht", warf John ein. „Immerhin hätte es sonst niemand tun können und es war ihr wohl wichtig, dass alles geregelt ist."

„Hätte sie uns nicht ihre wahre Geschichte erzählt, hätte sie ihr Geheimnis mit ins Grab genommen", murmelte Sandra. „Nicht mal am Grabstein stand ihr richtiger Name."

„Mich würde interessieren, ob es diese Familie Jenners wirklich gegeben hat", sagte Rob. „Die angeblich auf Nummer eins wohnte, das nicht mehr steht. Oder ob sie nur eine Tarnung war, damit Margaret unter ihrem Decknamen Briefe dorthin schicken konnte, ohne dass es auffiel. So als Verwandte an ihre Familie, meine ich."

„Da müssen wir wohl auch nachforschen", seufzte Alex.

„Hat die Polizei schon was Neues herausgefunden?", wechselte Sandra dann das Thema und sah zu John. „Über die Täter und wie viele es waren?"

John verneinte.

„Mein letzter Stand ist, dass die drei Festgenommenen ihre Aussage verweigern", erklärte er. „Auch ihre Namen habe ich nicht erfahren. Wir werden wohl irgendwann zu einer Gegenüberstellung geladen, um sie zu identifizieren. Damit wir beim Prozess gegen sie aussagen können."

„Einen habe ich ja gesehen!", fuhr Sandra auf. „Den jungen, der mich behandelt hat wie ein Stück Dreck und dem es egal war, dass Josh fast erstickt wäre. Ich hoffe, sie sperren ihn lebenslänglich weg!"

„Einige Jahre werden es sicher werden", beruhigte John. „Freiheitsberaubung, Körperverletzung und so weiter. Die anderen zwei waren die ganze Zeit maskiert, wir müssten sie an ihrer Stimme oder irgendwelchen Details erkennen."

„Das wird nicht schwer", sagte Annie. „Diese Stimmen vergesse ich nie!"

„Es waren aber mehr als drei", gab Alex zu bedenken. „Mindestens fünf, wenn nicht sechs oder sieben! Also ist rund die Hälfte von denen auf freiem Fuß."

„Das ist leider richtig", meinte John wenig begeistert. „Ich werde demnächst eine Alarmanlage im Haus anbringen. Mehr fällt mir nicht ein, außer in allen Zimmern Werkzeug zu haben. Falls dasselbe wieder passiert, kann ich mich leichter befreien."

„Sag sowas nicht", bat Alex, obwohl er überzeugt war, dass diese Aktion von den Leuten, die hinter dem Globus her waren, kaum die letzte gewesen sein konnte.

Kapitel 43

Es war noch eine Woche bis Alex nachhause fliegen würde. Weiterhin erlebte er täglich Visionen, manchmal mehrere, dann wieder weniger davon. Irgendwie hatte er sich fast daran gewöhnt, dachte er wiederholt, wenn es nicht gerade eine Erinnerung von Theresa war.

Sein Leben bevor er davon heimgesucht wurde, erschien ihm wie vor langer Zeit zu Ende gegangen. So weit er sich damit abgefunden hatte, so schmerzlich war ihm bewusst, dass seine Visionen jetzt ein Teil seines Lebens waren.

Für Alex blieb die Frage, wieso es ein Jahr gedauert hatte, bis sie zum ersten Mal aufgetreten waren. Als er letzten Sommer zum Herrscher gewählt worden war, hatte es kein Anzeichen dafür gegeben und auch das gesamte folgende Jahr nicht. Er wurde daraus nicht schlau, ebenso wenig wie aus den vielen anderen Dingen, auf die sie gestoßen waren. Alle paar Tage saßen sie zusammen und grübelten über Annies Notizen, die beträchtliche Ausmaße angenommen hatten.

Zwischen den spärlichen Fakten befanden sich mehr Fragezeichen als sonstige Symbole und die Theorien, die sie aufgestellt hatten, nahmen überhand. Dazu wurden sie teilweise auch ziemlich abwegig und warfen sie immer wieder an den Ausgangspunkt zurück. Ohne weitere bedeutende Anhaltspunkte würden sie keinen Schritt weiterkommen, war sich Alex sicher und dachte oft darüber nach, ob ihn das Ganze wirklich noch dreiundvierzig Jahre beschäftigen würde. Eine Zeitspanne, die er sich nicht vorstellen konnte.

Gleichzeitig passierte auch etwas Positives. Alex hatte Sandra gestanden, dass er von der Sache mit Emily wusste. Zuerst war sie außer sich gewesen, wollte sich bei Josh beschweren, dass er gepetzt hatte und mied eine kurze Zeit vor Scham Alex' Blick. Nach wenigen Tagen hatte sie aber Kontakt mit Emily aufgenommen und sich zu einer Aussprache verabredet, die bei Annie stattfinden sollte, sozusagen auf neutralem Boden. Das freute nicht nur Alex, sondern besonders Annie und Rob, die nun endlich die Aussicht hatten, in Sandras Gegenwart wieder Emilys Namen erwähnen zu dürfen.

An diesem Tag Mitte August, an dem es besonders warm war, frühstückte Sandra bei Alex und John. Annie kam sie anschließend abholen, während Rob bei Mrs. Reys Haus Nummer 29 wartete. Alex hatte nämlich für die Zeit, die Sandra und Annie beschäftigt waren, einen Besuch bei Jeremy vereinbart, um endlich mit ihm den Dachboden zu durchforsten. Selbst wenn es nicht viel bringen würde und Alex eigentlich keine Lust darauf hatte, er hatte es eben schon vor Wochen zugesagt und wollte Jeremy nicht vor den Kopf stoßen.

„Emily wartet bei mir zuhause", verkündete Annie, als sie auf dem Weg die Mendelaine Road hinauf waren und gerade am Haus von Carmen und ihrer Mutter Alison vorbeigingen. Sandras Gesicht kam Alex versteinert vor, was sich danach hoffentlich ändern würde.

„Also dann, viel Glück", wünschte er ihr, als sie vor Annies Hausnummer ankamen. „Ich bin bei Jeremy, holt Rob und mich später gerne dort ab. Bis dann!"

Er war nicht sicher, ob Sandra seine Verabschiedung überhaupt wahrnahm, so fokussiert wirkte sie auf das, was ihr gleich bevorstand. Annie übernahm für sie und führte Sandra dann durch ihren Vorgarten. Alex schlenderte über die Straße, wo Rob auf ihn wartete.

„Was meinst du?", fragte er grinsend. „Sollen wir eingreifen, wenn wir eine Stunde nichts von ihnen hören?"

„Sagen wir zwei Stunden", entgegnete Alex schmunzelnd. „Bis dahin sollten sie das Schlimmste hinter sich haben."

Jeremy begrüßte sie mit einer kindlichen Freude in seiner Miene, als wäre es unglaublich aufregend für ihn, sie zum ersten Mal bei sich zu Besuch zu haben. Er führte sie ins Wohnzimmer, das aus einer Filmkulisse stammen hätte können und vom Stil her eindeutig an das viktorianische Zeitalter anschloss. Pompöse Vorhänge, imposante Polstermöbel, überzogen mit Seide und verziert mit unüberschaubaren Ornamenten, mehrere große Spiegel mit wuchtigen Rahmen aus Ebenholz sowie glitzerndes Silbergeschirr, verliehen dem Raum den Anschein einer Reise in eine andere Zeit.

Geena Rey war im Grunde eine freundliche Dame in mittleren Jahren, die ihnen sofort drei verschiedene Getränke hinstellte und dazu Kuchen, Kekse und anderes Gebäck. Ihre rotbraunen Haare trug sie modisch frisiert und mit Haarspray in Form gehalten, dazu fand man in ihrem runden Gesicht kaum eine Stelle ohne Make-up. Ihr Kleid wirkte wie neu und Alex wunderte sich, wie sie mit dem vielen Schmuck an ihren Händen, Armen und um den Hals so gut hantieren konnte. Sie hatte kein Problem damit, dass Alex gerne auf ihrem Dachboden stöbern wollte, freute sich im Gegenteil sogar, dass jemand daran Interesse hatte.

Mühsam wurde es ab dem Punkt, an dem sie begann, ihre Lebensgeschichte in aller Ausführlichkeit zu schildern. Obwohl sie mindestens fünf Mal betonte, dass sie die Jungen nicht weiter aufhalten wollte, dauerte es am Ende mehr als eine Stunde, bis Alex mit Rob und Jeremy auf den Dachboden gehen konnte. In dieser Zeit hatten sie so ziemlich alles über die gescheiterten drei Ehen von Mrs. Rey erfahren, den Zank in ihrer Familie, welche Kleider sie als nächstes kaufen wollte und am wichtigsten über ihren Neffen Jeremy, den sie offenbar für die Wiedergeburt eines Heiligen hielt.

„Tut mir leid", raunte Jeremy ihnen zu, als sie schließlich ohne seine Tante den Dachboden betraten. „Ich kann sie nicht einfach unterbrechen, das wäre unhöflich."

„Wir verstehen das", beschwichtigte Alex, obwohl ihm nach ewigen Ausführungen über gemeine Cousinen, beleidigte Exmänner und einen perfekten Neffen immer noch leicht der Kopf dröhnte.

„Die Cessler-Dinge, die ich gefunden habe, sind dort", sagte Jeremy und deutete auf einen Stapel Kartons unter einem Dachbalken. „Ihr könnt sie gerne durchsehen, ich suche in den anderen weiter. Hab noch nicht alle durch."

Gemeinsam mit Rob begann Alex in den Kisten zu wühlen und stieß auf Briefe, Fotos, sogar Urkunden und Gegenstände aus dem Herrenhaus, wie ein Zierkissen, eine Karaffe aus Kristall und eine in schwerem Leder gebundene Bibel aus dem achtzehnten Jahrhundert, allesamt mit kleinen Zetteln versehen, auf denen verschiedene Leute mit dem Nachnamen Rey mit diesen Geschenken bedacht wurden.

„Sieh mal", sagte Rob beeindruckt und hielt Alex ein Foto entgegen. „Da ist es schön drauf."

Das Bild zeigte tatsächlich das Herrenhaus der Cesslers in voller Pracht, wenn auch in verblassten Sepiafarben. In echt hatte es noch besser ausgesehen, dachte Alex und drehte das Foto um. Es war kein Jahr angegeben.

„Steht bei dir irgendwo ein Name von den Personen, die abgebildet sind?", fragte er Rob. Dieser verneinte.

„Fehlanzeige. Die dachten wohl, das wäre nicht nötig, weil sie ohnehin alle Leute kennen. Dass dieses Wissen irgendwann mit ihrem Tod verloren geht, haben sie nicht berücksichtigt."

Wohl wahr, dachte Alex etwas enttäuscht. Trotzdem war es ein besonderes Abenteuer, die vielen Erinnerungsstücke zu sichten und den einen oder anderen Brief lesen zu können, wenn er nicht gerade in einer uralten Schrift verfasst war, die zu entziffern er nicht schaffte.

„Mann, irgendwann müssen wir jemanden finden, der das lesen kann", sagte er entschlossen zu Rob. „Darf nicht sein, dass wir so viele Informationen vielleicht direkt vor der Nase haben und daran scheitern, dass sie zu undeutlich geschrieben sind!"

„Irgendwen finden wir schon", meinte Rob, der eben einen weiteren Stapel Bilder aus einer kleinen Blechtruhe durchsah. „Oder wir beschaffen uns eine Vorlage aus dem Internet und versuchen es selbst. Würde bloß länger dauern."

„Habt ihr was Spannendes gefunden?", fragte Jeremy von der anderen Seite des Dachbodens.

„Auf jeden Fall", antwortete Rob. „Hier ein Bild vom Herrenhaus, als es noch stand, willst du es sehen?"

Jeremy kam zu ihnen, während Alex seinen Arm tief in dem Karton hatte – und plötzlich auf etwas Hartes stieß. Etwas Glattes, Rundes, etwa so groß wie sein Handteller ... an einer Schnur!

Intuitiv umfasste er es und holte es ruckartig heraus. Was vor seinen Augen baumelte, war ein Amulett, das mit jenem von Keyser beinahe ident war.

Der große Unterschied war die Farbe des äußeren Steins, der in einem dunklen Blutrot schillerte. Er fühlte sich kalt an und hatte auf der Rückseite dieselben Formen wie jenes von Keyser. Alex brachte keinen Laut heraus.

„Was hast du da?", wollte Rob wissen und spähte ihm über die Schulter. „Etwa eine ..." Er stockte, als er das Amulett sah. „Ist das ..."

„Eines der vier Amulette", vollendete Alex den Satz. „Keine Ahnung wie es hierherkommt. Denkst du, wir dürfen es mitnehmen?"

Rob zuckte mit den Schultern und deutete auf Jeremy.

„Frag ihn."

Genau das tat Alex und Jeremy, der nicht um die Bedeutung des Anhängers wusste, hatte nichts dagegen.

„Fragt aber auch Tante Geena, sonst fühlt sie sich vielleicht übergangen", riet er ihnen und begleitete sie nach unten, wo Mrs. Rey nur darauf zu warten schien, ihnen den zweiten Teil ihrer Lebensgeschichte mit allen Details zu erzählen.

„Wenn es dir so gut gefällt, schenke ich es dir", meinte sie in Bezug auf das Amulett, was Alex sehr erleichterte. „Ich habe es noch nie gesehen und auch keine Verwendung dafür. Wertvoll ist es wohl auch nicht."

Dankbar steckte Alex es in seine Hosentasche und wollte sich mit Rob verabschieden, kam allerdings nicht umhin, eine weitere Tasse Tee von Mrs. Rey anzunehmen und sich noch eine halbe Stunde ihre Geschichten anzuhören. Schließlich half ihnen Jeremy, sich zu befreien und begleitete Alex und Rob zur Tür.

„Ihr könnt gerne bald wiederkommen", bot sie freundlich an. „Jeremy freut sich sehr darüber!"

„Danke, Ma'am", erwiderte Alex höflich. „Ich fliege in einer Woche zurück nachhause."

„Wirklich?", fragte Mrs. Rey überrascht. „Woher kommst du denn?"

Alex' Antwort hatte beinahe zur Folge, dass Mrs. Rey ihnen alles von ihren Amerikareisen erzählen wollte, was Jeremy gekonnt unterband.

„Sie sind jetzt verabredet, Tante Geena", meinte er diskret. „Ich helfe dir mit dem Mittagessen, in Ordnung?"

Damit schloss sich die Tür und Alex und Rob gingen durch den Vorgarten zum Gehsteig. Dort angekommen atmeten beide auf.

„So nett sie auch ist, aber ihr Gerede verlangsamt die Zeit", meinte Rob erschöpft. „Das nächste Mal musst du alleine hingehen."

„Vor nächstem Sommer habe ich das nicht vor", versicherte Alex und bemerkte im nächsten Moment Sandra und Annie, die begleitet von Emily fröhlich schwatzend aus Annies Haus traten.

„Hey, perfektes Timing!", rief Sandra ihnen zu und kam über die Straße. „Seid ihr auch gerade fertig geworden?"

Alex wollte das Amulett vor Emily nicht rausnehmen, um sie nicht neugierig zu machen und begrüßte sie stattdessen.

„Ist zwischen euch wieder alles klar?", erkundigte sich Rob vorsichtig bei Sandra, die freudig bejahte.

„Wir haben alle Missverständnisse aus der Welt geschafft", antwortete sie. „Das ist wirklich toll und wir haben ..."

Sie unterbrach, als sie neben Mrs. Reys Haus eine Tür ins Schloss fallen hörte. Es war das Haus der Crittenfields, aus dem gerade Mrs. Carregan stolzierte und ihnen einen abfälligen Blick zuwarf.

„Warum glotzt ihr mich so an?", stänkerte sie ihnen entgegen. Ihre Stimme hatte etwas Gewaltiges und nicht Bezwingbares, das Alex sofort einschüchterte. Auch Annie, Rob und Emily verstummten augenblicklich. „Habt ihr keine Hobbys, dass ihr hier die ganze Zeit auf der Straße rumlungern müsst?"

„Was geht Sie das an?", schoss Sandra sofort zurück und trat demonstrativ einen Schritt nach vorne. „Haben Sie nichts anderes zu tun, als sich in unsere Angelegenheiten einzumischen?"

Die rebellische Antwort schien Mrs. Carregan furchtbar zu verärgern und sie kam näher.

„Hüte deine Zunge, du freches Balg!", rief sie eine Stufe höher und Alex hatte das Bedürfnis, wegzurennen. „Sonst können sich deine Eltern etwas anhören, das sage ich dir."

„Wann kapieren Sie endlich, dass meine Eltern Sie hassen?"

Sandra war ein Phänomen. Sie schien immun gegen Mrs. Carregans dominante Stimme und ihre aggressive Art zu sein und gerade erst warmzulaufen. „Den Weg können Sie sich sparen und stattdessen Melissa besser erziehen. Zeit wäre es!"

Mrs. Carregan trat noch näher und hatte ihre Hände zu Fäusten geballt. Sandra wich keinen Zentimeter zurück, stemmte ihre Hände in die Hüften und lächelte sie provokant an.

„Das hast du mir nicht zu sagen!", sagte sie schrill und gefährlich. „Und jetzt verzieh' dich!"

„Sonst was?", gab Sandra zurück.

Mrs. Carregan schien eindeutig nicht gewohnt zu sein, dass ihr jemand Paroli bot. Sie blickte immer verbissener drein und hätte Sandra wohl am liebsten eine gescheuert.

„Du bist ein frecher Trampel, nichts weiter!", schimpfte Mrs. Carregan. „Pass auf, dass dich nicht dasselbe Schicksal ereilt wie eine gewisse Familie in dieser Straße!"

Damit konnte niemand anderer gemeint sein als die Cesslers.

Mrs. Carregan drohte Sandra gerade! Doch diese gab ein entspanntes Lachen von sich.

„Als ob Sie wüssten, wie man Feuer macht", spottete sie. „Sie können ja nicht mal aus dem Haus gehen, ohne auszusehen wie eine billige Kopie der Königin!"

Mrs. Carregan war rasend, das konnte keiner mehr leugnen. Mit ihrem eisigen Blick versuchte sie offenbar, Sandra in die Knie zu zwingen und verzweifelte daran, dass es nicht ansatzweise funktionierte.

„Wissen Sie etwas über das Feuer?", platzte es plötzlich aus Alex heraus. Er konnte nicht sagen, warum. Irgendwie flammte in ihm auf einmal die Hoffnung auf, dass Mrs. Carregan eine wichtige Information beisteuern konnte. Sie musterte ihn hingegen nur abschätzig und visierte ihn dann an, was seine Hände kalt werden ließ.

„Du dummer Junge!", schimpfte sie. „Was denkst du, wie lange das her ist? Ich war damals nicht mal auf der Welt."

Während Alex sein Herz rasen spürte, sah Sandra plötzlich unheimlich verärgert aus.

„Ach ja? So wie Sie aussehen, hätten Sie damals schon vierzig sein können!", schrie sie Mrs. Carregan entgegen.

Diese trat nun so nahe, dass sie keine zwei Meter mehr von Sandra entfernt war.

„Wiederhol' das!", forderte sie sie auf.

„Oh, Entschuldigung", meinte Sandra mit gespielter Reue. „Sagte ich vierzig? Ich meinte *sechzig*!"

„Nimm das sofort zurück!", zischte Mrs. Carregan und klang immer unberechenbarer.

„Und wenn nicht? Ist nicht meine Schuld, wenn Sie die Wahrheit nicht ertragen können!"

Die letzten Worte waren so laut, dass Mrs. Carregan zurückschreckte. Sandra machte kehrt und schritt die Straße hinunter, Alex und die anderen folgten ihr perplex.

„Du wirst riesige Schwierigkeiten bekommen!", kreischte Mrs. Carregan hinter ihnen.

„Erzählen Sie es im nächsten Seniorenclubtreffen!", gab Sandra zurück.

Ein paar Hausnummern weiter war Mrs. Carregan außer Sichtweite und Emily griff sich ans Herz.

„Wow", keuchte sie. „Das hatte es in sich! Wie ich das vermisst habe."

„Glaubt sie ernsthaft, ich habe Angst vor ihr?", meinte Sandra und schnaubte.

Alex und Rob lachten, während Annie ziemlich neben sich zu stehen schien.

„Ist etwas?", erkundigte sich Sandra. „Du fürchtest dich doch nicht etwa vor dieser blöden Kuh?"

Annie schüttelte den Kopf und blickte auf den Boden ins Leere.

„Nein, ich ..." Sie schien durch irgendwas verwirrt zu sein. „Als Alex und ich im Versteck unten festgehalten wurden, hat einer der Entführer mit seinen Komplizen durch ein Funkgerät gesprochen. Dabei habe ich eine Frauenstimme gehört. Sie klang genau wie ... die Stimme von Mrs. Carregan!"

Kapitel 44

Am Tag seiner Abreise aß Alex mit seinen Freunden, John und Linda ein letztes Mal zu Mittag. Er verließ diese Umgebung nicht gerne, trotz der Vorfreude auf Josh und seine Familie. Vor allem die Trennung von Sandra für so viele Monate fiel ihm schwer und ihr nicht weniger.

Nach dem Mittagessen saßen sie eine Weile zusammen in Johns Wohnzimmer, bevor sich Linda verabschiedete. Annie und Rob würden ihn wieder zum Flughafen begleiten und sein Koffer war schon gepackt, weswegen sie noch eine gute Stunde Zeit hatten, bevor sie aufbrechen mussten.

Sandra hatte sich so dicht an ihn gekuschelt, dass man annehmen konnte, sie würde nicht planen, ihn je wieder loszulassen.

„Ich habe überlegt, vielleicht mit Linda und Rob über Weihnachten nach Michigan zu kommen", sagte John. „Das habe ich lange nicht gemacht."

„Hey, und was ist mit uns?", rief Annie empört.

„Genau!", stimmte Sandra mit ein und fuhr hoch. „Wir wollen auch dabei sein!"

„Wenn eure Eltern es erlauben, dann gerne", verteidigte sich John. „Die Deadline für mein kommendes Buch ist im Dezember, das würde sich gut ausgehen."

„Das habe ich dich noch nie gefragt", setzte Rob neugierig an, „bist du nach England gekommen, um Autor zu werden?"

John schüttelte den Kopf und schmunzelte.

„Ich war Informatiker", erzählte er. „Durch ein Jobangebot konnte ich hier überhaupt erst arbeiten. Am Anfang war ich in London, später auch in Manchester und Birmingham. Geschrieben habe ich nur nebenbei. Nach ein paar Jahren wurde ich schließlich hierher versetzt und wollte da auch bleiben. Das Haus war ziemlich günstig, wohl weil ein Mensch darin verstorben ist, was mich nie gestört hat. Ich fand es zwar schrecklich traurig, aber es hat mir so gut gefallen, dass ich deswegen niemals nein gesagt hätte."

„Wow, das hast du uns ja bisher gar nicht erzählt", meinte Sandra erstaunt. „Wann hast du aufgehört, als Informatiker zu arbeiten?"

„Vor ungefähr zehn Jahren", erzählte John weiter. „Da hatte ich schon zwei erfolgreiche Bücher am Markt und einige Rücklagen. Zum Glück hatte ich weiter Erfolg mit dem Schreiben, sodass ich den Job dann an den Nagel gehängt habe. Auf dem aktuellen Stand der Technik halte ich mich seither selbst. Es hat sich so viel verändert, das könnt ihr mir glauben!"

„Und wann hast du die hier entdeckt?" Sandra deutete auf den Teppich, unter dem die Bodentür verborgen war.

„Recht schnell eigentlich", sagte John. „Zuerst dachte ich, es ist eine Art Kühllager für Wein oder so. Runtergestiegen bin ich erst nach ein paar Jahren, wo ich den Tunnel entdeckt habe. Ich wollte aber nichts riskieren, das wisst ihr ja – bis Alex letztes Jahr spontan zu mir kommen sollte."

„Da dachtest du, jetzt ist es auch schon egal?", fragte Alex und alle mussten lachen.

„So in etwa", antwortete John augenzwinkernd. „Dass ihr das rote Amulett bei Mrs. Rey entdeckt habt, finde ich wirklich unglaublich! Vor allem wie es dort hingekommen ist."

„Wir können Mrs. Rey irgendwann mal fragen", schlug Rob vor. „Bloß müssen wir dafür einen halben Tag einplanen."

Alex prustete los.

„Darf ich mal?" Annie langte nach dem Amulett, das John auf seiner Armlehne liegen hatte. Sie betrachtete es im Detail. „Mich würde vielmehr interessieren, welche Bedeutung es hat. Zusammen mit den anderen drei, welche Rolle es in der ganzen Sache spielt."

„Verschieben wir es auf den nächsten Sommer", sagte Alex gequält. „Oder in zehn Jahren! Echt, ich möchte so lange wie möglich nichts damit zu tun haben. Schlimm genug, dass ich mich auf ein Leben mit ständigen Aussetzern gefasst machen muss."

„Wie gesagt, ruf uns an!", verlangte Sandra von ihm. „Und erzähl' Josh alles, jetzt könnt ihr ja richtig miteinander reden."

Vielsagend musterte sie Alex.

„Hab ich vor", versicherte er. „Und die andere Sache?"

„Du meinst Abraham, Regina und Andrew Cessler?" Alex nickte.

„Ich werde in den nächsten Monaten auf jeden Fall nachforschen", sagte John zu. „Die Briefmarken und die Reste vom Poststempel sind der erste Anhaltspunkt, um herausfinden, von wo die Briefe abgeschickt wurden. Der Name *Dunning* könnte auch nützlich sein, denn vielleicht kannte sie dort jemand unter diesem Namen. Alles Weitere werden wir dann sehen."

„Wir helfen dir", versprach Annie. „Wenn wir die drei ausfindig machen könnten, wäre das viel wert!"

„Vergiss aber nicht, dass Abraham und Regina schon sehr alt sind", gab Rob zu bedenken. „Wenn sie überhaupt noch leben. Andrew ist am wahrscheinlichsten."

„Meinte ich ja", sagte Annie trotzig. „Andrew wüsste bestimmt auch eine Menge."

„Was denkt ihr?", fragte Sandra in die Runde. „Könnte Andrew derjenige sein, dem Margaret ihren Nachlass vererbt hat? Immerhin ist er der Einzige von der Familie, der noch leben könnte."

Eine Frage, die Alex durchaus schon oft beschäftigt hatte.

„Dann frage ich mich bloß, woher sie wissen sollte, dass er noch lebt? Sie glaubte ja, dass er im Feuer umgekommen ist. Wieso also sollte sie ihrem tot geglaubten Sohn alles vermachen?"

„Aber wer soll es sonst sein?", fragte Sandra ratlos.

Keiner antwortete. Eine unbehagliche Stille senkte sich über sie, in der sie alle ihren Gedanken darüber nachhingen. Sie mussten Andrew finden, das stand fest! Nur er konnte ihnen weiterhelfen und vielleicht ein klein wenig Licht ins Dunkel bringen.

„Und die Entführer?", meinte Alex besorgt. „Die auf freiem Fuß sind? Ich bin fein raus, aber ihr?"

John und Rob wollten zum Sprechen ansetzen, doch Sandra riss sofort das Wort an sich.

„Wenn diese Hexe von Carregan unter ihnen war, kann sie sich warm anziehen!"

„Und wie sollen wir ihr das nachweisen?", fragte Annie entmutigt. „Nur weil ich sie wahrscheinlich gehört habe, ist sie noch lange nicht überführt, Sandra! Wir müssten sie schon *gesehen* haben."

„Die anderen waren alle maskiert, außer dem einen", beharrte Sandra. „Die haben wir auch nicht gesehen und werden sie an ihrer Stimme erkennen müssen. Also warum nicht auch diese widerliche Kuh?"

„Na, hör mal", schaltete sich John ein. „Übernimm dich nicht mit deinem Hass auf sie, sonst eskaliert das am Ende."

„Darauf freu ich mich schon!", meinte Sandra provokant. „Wenn ich Melissa und ihre kriminelle Mum zusammen fertigmachen kann!"

„Sandra, bitte lass es nicht drauf ankommen", appellierte nun auch Rob an sie. „Auch der Streit von letzter Woche war nicht notwendig."

„Dann sag das *ihr*!", fuhr Sandra ihm drüber.

„Du weißt ja, dass ihr wunder Punkt ihr Alter ist", sagte Rob kleinlaut. „Ist es notwendig, darauf rumzureiten?"

„Ganz genau, und den verwende ich ab sofort jedes Mal gegen sie, wenn sie mir blöd kommt!", stellte Sandra klar. „Eine Frechheit, meinen Freund als dumm zu bezeichnen!"

„Sie hat Alex als dumm bezeichnet?" John verstand nicht.

„Ja! Dabei war das nicht mal seine Frage, sondern ob sie etwas über das Feuer weiß. Kein Grund, ihn zu beleidigen. Das wird ihr eine Lehre sein, dieser ..."

Sandra schien keine Beleidigung einzufallen, die momentan passte. Deshalb biss sie die Zähne zusammen und kreischte mit geschlossenem Mund.

„Du kannst ihr ja aus dem Weg gehen", schlug Alex vor, was ziemlich nach hinten losging.

„Wenn, dann soll sie *mir* aus dem Weg gehen! Ihr Haus meide ich ohnehin, aber die übrige Straße gehört nicht ihr!"

Annie und Rob atmeten aus, wohl um damit zu signalisieren, dass sie aufgaben. Sandra war zu festgefahren in ihrer Meinung über Mrs. Carregan, die sie jetzt schon als unbeliebteste Nachbarin aller Zeiten betitelte, was sie irgendwann auch beweisen wollte.

„Die eine Frage die ich mir jetzt stelle ist, ob ich wirklich bis zu meiner Rente die Visionen durchmachen muss oder es eine Möglichkeit gibt, das zu beenden."

„Wenn, dann liegt der Schlüssel zur Lösung in den vielen Aufzeichnungen da unten", sagte Rob als erstes. „Ich werde versuchen, diese alte Schrift zu lernen und einzelne davon zu entziffern. Vielleicht finde ich etwas heraus, bis du wiederkommst. Ansonsten rufe ich dich an!"

„Danke", erwiderte Alex, obwohl das nur ein schwacher Trost war. „Ich denke mir nur ... wenn der Globus so geschaffen wurde, dass er eine Verbindung zu einer beliebigen Person aufbauen kann, dann muss es auch irgendeine Möglichkeit geben, sie wieder aufzulösen! Nur wie? Ich muss es zumindest versuchen."

„So froh ich darüber bin, dass die Schüsse der Entführer da unten an dir abgeprallt sind", setzte Annie an, „verstehen kann ich es bis heute nicht. Es war fast so, als würde der Globus einen magischen Schutzschild um dich aufbauen."

„Nur bei Pistolenkugeln", gab Alex zu bedenken. „Verprügeln konnten sie mich trotzdem."

„Sie konnten dich verletzen", folgerte Annie daraus. „Aber nicht *töten*. Heißt das jetzt, du bist als Herrscher unsterblich? Das wäre die Krönung!"

„Was weiß ich." Alex machte es rasend, dass er so wenig wusste. „In diesem Globus liegen Geheimnisse verborgen, die nicht mal Arthur Cessler selbst auflösen konnte."

„Weil er den Globus wahrscheinlich gar nicht selbst erschaffen hat", erinnerte Sandra daran. „Deinen Visionen nach ging das von diesem Richard aus. Ihm muss irgendein Fehler unterlaufen sein, dass Theresa zur Herrscherin erwählt wurde und er selbst dabei gestorben ist. Wer also sollte darüber etwas wissen, wenn nicht mal dessen Schöpfer selbst richtig wusste, was er da tat?"

„Du hast ja recht", gab Alex zu. „Trotzdem hoffe ich, dass wir das ändern können."

„Also gut, es wird Zeit", machte John sie aufmerksam. „Wir müssen zum Flughafen. Hol deinen Koffer."

„Wir warten draußen", meinte Sandra und eilte mit Annie und Rob durch den Flur zur Haustür. „Bis gleich!"

John suchte seine Sachen zusammen, während Alex nach oben ging und den Koffer und seine Reisetasche holte. Er blickte sich im Zimmer um und freundete sich schweren Herzens mit dem Gedanken an, für eine Weile Abschied davon nehmen zu müssen.

Zaghaft schloss er die Tür hinter sich und trug den Koffer nach unten. John wartete wohl auch schon im Auto, das Haus war leer. Ein letztes Mal für diesen Sommer ging Alex ins Wohnzimmer und drehte eine Runde.

Dabei stach ihm das Bild ins Auge, das John vor einem Jahr von ihm, Sandra, Annie und Rob geschossen hatte, bevor sie damals zum Flughafen gefahren waren. Sie waren alle gut getroffen, stellte Alex fest und fuhr mit den Fingern den Rahmen entlang. Bei Gelegenheit musste er seinen Onkel bitten, ihm das Foto zu schicken!

Am Weg zurück ins Vorzimmer fiel sein Blick auf den Teppich über der Bodentür – und das dunkelrote Amulett, das nach wie vor auf der Armlehne des Polsterstuhls lag. Es sah so unscheinbar und doch so geheimnisvoll aus. Als ob es verborgene Dinge enthielt, die es um nichts in der Welt preisgeben würde.

„Alex?", rief John von der Haustür aus. „Kommst du oder hast du's dir anders überlegt?"

„Augenblick!", erwiderte Alex und warf einen kurzen Blick auf den blutrot schillernden Anhänger.

Dann gab er sich einen Ruck, stapfte durch den Flur und verließ mit seiner Reisetasche bepackt das Haus. Seinen Koffer hatte John bereits ins Auto geladen. Alex nahm auf der Rückbank neben Sandra Platz, Rob saß vorne.

„Fühlst du dich gut?", erkundigte sich Sandra, als sie durch die Mendelaine Road in Richtung Autobahn fuhren.

Alex nickte und streichelte ihr über die Haare.

„Und du?"

„Eigentlich schon", meinte sie zurückhaltend. „Nur dass ich mich von dir verabschieden muss, macht mich traurig. Ich würde dich gerne begleiten."

„Ich weiß. Du kannst mich wieder besuchen kommen und nächsten Sommer bin ich wieder hier – wenn ich bis dahin nicht schon in eine Nervenklinik eingewiesen wurde!"

„Hör doch auf!“, schimpfte Sandra und versetzte ihm einen leichten Stoß. „Das wird nicht passieren. Wir wissen alle Bescheid und Reden hilft! Nicht wahr?“

Alex stimmte zu und beschloss, die letzten Momente mit Sandra und seinen Freunden einfach zu genießen und nicht weiter an das zu denken, was ihm bevorstand.

Sicher kamen harte Zeiten auf ihn zu, mit den Visionen und dem Wissen, dass da draußen immer noch Leute rumliefen, die es auf den Globus abgesehen hatten.

Er schob die Gedanken beiseite und versuchte sich damit zu beruhigen, dass er die besten Freunde hatte, die man sich wünschen konnte. Freunde, die ihn nie im Stich lassen und diese Sache gemeinsam mit ihm durchstehen würden!

Die diesen Weg mit ihm gehen würden, egal wohin er führte.

Dessen war er sich sicher.

Epilog

Für ein weiteres Jahr war der Sommer vorübergegangen. Die Schule hatte erneut begonnen und es herrschte der übliche, leicht überschaubare Trubel in Andover, den Dorothy Bellins seit so vielen Jahrzehnten kannte. Sie hatte von ihrem Mann das Antiquitätengeschäft geerbt, in dem sie bereits arbeitete, seit sie eine junge Frau war. Damals war es ein Pfandhaus gewesen, was ihr Mann nach der Übernahme geändert hatte, da ihm der Beruf eines Antiquitätenhändlers sympathischer war als der eines Pfandleihers.

Über die Jahre hatten sich unzählige Dinge zusammengesammelt. Viele davon waren Mrs. Bellins nicht mal mehr in Erinnerung, andere hatte sie so sehr ins Herz geschlossen, dass sie nicht zum Verkauf, sondern nur zur Dekoration im Geschäft standen. Im hinteren Bereich befanden sich ein gemütlich eingerichteter Salon und eine Küche, in die sie oft ihre Freundinnen einlud, die sich dieses Vergnügen trotz ihres hohen Alters nicht nehmen lassen wollten.

So auch an diesem lauen Sonntag im September, an dem sie zusätzlich Besuch von ihrem Sohn Franklin erwartete, der als Notar und Testamentsvollstrecker arbeitete und sie drei bis vier Mal im Monat mit seiner Anwesenheit erfreute.

Die Gesprächsthemen beim Cream tea waren hauptsächlich die Familie, die Freunde und die Nachbarschaft, aber seit Wochen auch die Ereignisse, die sich vor anderthalb Monaten in einer gewissen Straße der Stadt abgespielt hatten, die alle nur zu gut kannten. Darüber hinaus die rätselhaften Wetterereignisse, wie ein Blutregen am Nordpol oder mehrere Stürme und Überschwemmungen auf der ganzen Welt.

Mrs. Bellins erinnerte sich zu gut daran, dass in der Mendelaine Road vor einem Jahr etwas Ähnliches passiert war. Und dass einige Zeit zuvor eine Gruppe von Jugendlichen bei ihr im Geschäft gewesen war, die sie interessiert nach der Familie Cessler gefragt hatten. Auch damals waren merkwürdige Wetterereignisse geschehen und dann war ein Krimineller dort verhaftet worden, wo unweit das Herrenhaus gestanden hatte. Genau wie dieses Jahr. Sie wusste nicht, was sie davon halten sollte, doch kursierten die Gerüchte und Legenden um

Arthur Cessler und seine mysteriöse Familie, von der kaum je etwas nach draußen drang, bereits seit sie denken konnte.

„Ach, Dorothy, mach dich nicht lächerlich", spöttelte eine ihrer Freundinnen in der Teegesellschaft. „Das alles ist so lange her und das Wetter hat immer schon zeitweise verrückt gespielt. Da gibt es keinerlei Zusammenhänge."

„Wahrscheinlich hast du recht", sagte Mrs. Bellins einsichtig, als die Tür aufging.

„Franklin, mein Lieber!", rief sie freudestrahlend und ging auf ihren Sohn zu, um ihm den Mantel abzunehmen.

„Hallo, Mutter", grüßte er zurück und gab ihr einen Kuss auf die Wange. „Wie geht es dir?"

„Nicht anders als letzte Woche", winkte sie ab und geleitete ihn zum Tisch, wo bereits ein Kuchen und eine Tasse Tee auf ihn warteten. „Und dir? Bist du noch an diesem schweren Fall dran, von dem du mir erzählt hast?"

„Allerdings", bestätigte Mr. Bellins und begann genüsslich, den Kuchen zu verspeisen. „Es ist ein Jammer, Mutter, ein Jammer!"

„Wieso denn?", fragten Mrs. Bellins' Freundinnen neugierig und sahen ihren Sohn wissbegierig an.

„Eigentlich darf ich nicht näher darüber sprechen", machte Mr. Bellins aufmerksam. „Aber auf euch kann ich mich verlassen, nicht wahr?"

Sie versprachen allesamt zu schweigen, während aus ihren Gesichtern die Freude darüber sprach, bei ihren kommenden Teegesellschaften neue Gesprächsthemen auf den Tisch zu bringen.

„Nun", setzte Mr. Bellins an, „ihr wisst, dass Ende Juli eine Geiselnahme in der Mendelaine Road stattgefunden hat. Im selben Haus, wie vor einem Jahr bereits. Zufällig verstarb zeitgleich eine alte Dame im Haus gegenüber."

„Wurde sie etwa ermordet?", fragte Mrs. Bellins schockiert.

Ihr Sohn verneinte.

„Die Obduktion hat ergeben, dass sie eines natürlichen Todes gestorben ist", stellte er klar. „Sie war eine Klientin von mir, Mrs. Joanne Jenners. Kanntet ihr sie vielleicht?"

Die Damen tauschten ratlose Blicke aus. Keine von ihnen hatte jemals etwas von einer Mrs. Jenners gehört.

„Zu schade. Sie hat ihren Nachlass nämlich einem einzigen Mann vermacht. Und es handelt sich um einen beträchtlichen Nachlass!"

„Tatsächlich?" Die Damen rückten gespannt immer näher.

„Neben dem Haus in der Mendelaine Road ein Vermögen von mehr als einhundert Millionen Pfund!"

Wie aufgescheucht von dieser Summe klatschten die Damen in die Hände und Mrs. Bellins hielt sie sich vor den Mund.

„Und wer ist der glückliche Erbe?"

Mr. Bellins nahm einen Schluck Tee und zuckte die Achseln.

„Das ist das Problem, ich kann ihn nirgendwo ausfindig machen. Sein Name ist *Andrew Joseph Cessler*, könnt ihr euch das vorstellen? Ein Angehöriger der Cessler-Familie! Ich dachte immer, sie sind damals alle umgekommen. Und ich denke es nach wie vor, da dieser Andrew Cessler wie vom Erdboden verschluckt ist. In keinem Melderegister und keinem Totenregister scheint er auf. Lediglich im Geburtenregister, was mir auch bestätigt hat, dass er existiert."

„Bestimmt", bekräftigte Mrs. Bellins. „Andrew Cessler war der Sohn von Abraham und Margaret Cessler. Sie alle verschwanden innerhalb weniger Jahre vor dem Feuer, zumindest hat sie keiner mehr gesehen. Es wird gemeinhin angenommen, dass sie sich zurückgezogen haben und im Feuer umgekommen sind, ansonsten hätten sie sich danach wohl gemeldet. Selbst wenn man ihre Überreste nie gefunden hat."

„Hat man nicht?" Mr. Bellins richtete sich seine Brille.

„Nein, das war damals ein ordentlicher Aufruhr", erzählte Mrs. Bellins. „Aus den Trümmern des Hauses wurden mehrere verbrannte Leichen geborgen, die man anhand ihrer Gebisse identifiziert hat. Einige Cesslers fehlten, darunter Abraham, Margaret, Regina, Andrew und Victoria, die Frau von Arthur. Obwohl die Trümmer des Hauses mehrmals durchsucht wurden, konnte man sie nicht finden. Aber Franklin, heißt das etwa, dass deine verstorbene Klientin vielleicht mehr wusste?"

„Ich habe nicht den blassesten Schimmer, Mutter", gestand Mr. Bellins und kaute gerade sein drittes Stück Kuchen. „Sie hat jedenfalls ziemlich genaue Angaben über ihn gemacht. Sein Geburtsdatum zum Beispiel, ich habe es überprüft. Es stimmt mit dem Geburtenregister überein! Woher konnte sie das wissen? Und warum hat sie keine Adresse hinterlassen, wenn sie ihn als Alleinerben einsetzen wollte? Die ganze Sache wird mich Zeit und Nerven kosten, das sage ich dir!"

„Oh, mein armer Franklin", sagte Mrs. Bellins besorgt. „Du berichtest mir aber doch unverzüglich, wenn du etwas Neues herausgefunden hast, nicht wahr?"

„Natürlich, aber das muss unter uns bleiben!"

Er verspeiste sein letztes Stück und trank seinen Tee aus.

„Jetzt muss ich aber weiter", verkündete er. „Da momentan so viel los ist, darunter nun auch dieser Fall, brauche ich jede Zeit, die ich bekommen kann, selbst am Wochenende. Bis bald, Mutter!"

Damit schlug er den Weg durch das Geschäft zur Ladentür ein, nicht jedoch, ohne vorher seinen interessierten Blick wie meistens über die Regale schweifen zu lassen um so möglicherweise ein interessantes neues Stück zu entdecken, das seine Mutter reinbekommen hatte. Leider war dem nicht so, weswegen er das Geschäft verließ.

Nur ein paar Meter weiter in einem Regal, das mit zahlreichen Ziergegenständen überhäuft war, lag ein schöner, funkelnder grüner Anhänger an einem Band aus abgenutztem Leder, in der Mitte ein kleinerer Stein, der in unterschiedlichen grünblauen Farbtönen glänzte. Er strahlte eine mysteriöse Aura aus, wie der Schlüssel zu einem lang gehüteten Geheimnis.

Das Amulett lag schon lange hier und war noch niemandem richtig aufgefallen. Ebenso wenig wie die Tatsache, dass es von Zeit zu Zeit hell leuchtete.

Daniel Silbiger wurde 1994 in Korneuburg geboren und wuchs in Wien auf. Seine erste eigene Geschichte schrieb er mit elf Jahren. Bald kamen weitere Texte und Kurzgeschichten dazu, auch Gedichte und Liedtexte, die meistens von seinen Lieblingsfilmen, Büchern und Serien inspiriert waren.

Als er mit 14 Jahren eines Tages sein Zimmer aufräumte, kam ihm die Grundidee zu seinem ersten Roman: *Voodoo-Planet*. In den folgenden Jahren arbeitete er vor allem am ersten Teil *Ein Geheimnis, das nie gelüftet werden sollte*, der 2020 als erstes Buch der geplanten vierteiligen Reihe bei myMorawa veröffentlicht wurde. Der dritte Band soll 2023 erscheinen.

Der Autor lebt und arbeitet in Wien.